U0599471

汉口码头

董宏猷 钱五一 著

武汉大学出版社

图书在版编目(CIP)数据

汉口码头/董宏猷,钱五一著.—武汉:武汉大学出版社,2011.10
ISBN 978-7-307-09227-3

Ⅰ.汉… Ⅱ.①董… ②钱… Ⅲ.长篇小说—中国—当代
Ⅳ.I247.5

中国版本图书馆 CIP 数据核字(2011)第 196566 号

责任编辑:张 璇　　责任校对:黄添生　　版式设计:马 佳

出版发行:**武汉大学出版社**　(430072　武昌　珞珈山)
　　　　(电子邮件:cbs22@whu.edu.cn　网址:www.wdp.com.cn)
印刷:武汉市新华印刷有限责任公司
开本:720×1000　1/16　印张:29　字数:470 千字
版次:2011 年 10 月第 1 版　　2011 年 10 月第 1 次印刷
ISBN 978-7-307-09227-3/I·457　　定价:32.00 元

版权所有,不得翻印;凡购我社的图书,如有质量问题,请与当地图书销售部门联系调换。

目 录

目 录

另一种"打码头"

武汉人有一句方言:"打码头"。外地人对"打码头"大多不懂,而武汉的年轻人也似懂非懂,只有老武汉人才深懂谙熟。"打码头"原意指封建帮派争夺码头的火并争斗,后引申为看不见刀光剑影的商战。汉口码头成了经商擂台。帮派林立,精英云集,龙吟虎啸,风谲云诡,其激烈化残酷性较之码头的火并争斗一点也不逊色,正所谓"武打码头,文打商战"。由此可见,"打码头"原是贬义,后演变成褒义,有"打基业"、"打江山"之意。

武汉素有"九省通衢"的美誉,长江汉水堪称"黄金水道",汉口码头兴于唐宋,盛于明清,近代更是堪比上海、天津的商埠口岸。汉口码头最鼎盛时期有各种码头 400 多个。著名的有八大码头:艾家嘴、关圣祠、五圣庙、老官庙、接驾嘴、大码头、四官殿和花楼。叶调元在《汉口竹枝词》曾描绘道:"廿里长街八码头,陆多车轿水多舟",寥寥几笔就勾勒出汉口码头的繁荣发达,宛如汉口版的《清明上河图》。汉口码头的兴衰沉浮,实际上是武汉经济发展和城市巨变的缩影。一幕幕历史长剧悄然上演,一个个人生传奇铿然诞生,武汉的经济格局和城市面貌在岁月的长河中不断行进、更新、裂变。

著名作家冯骥才曾撰文指出:没有天津的码头文化就没有天津。我们也可以借用这句话:没有汉口的码头文化就没有武汉。汉口码头见证了武汉城市发展的变迁,孕育了码头文化,锻造了武汉城市精神。当然,武汉码头文化还应以开放与创新为主旋律,与时俱进,海纳百川,包容世界,朝

"大、活、实、新"的境界奋进:"大"——以大视野、大气度的文化胸襟构建大通关、大协作的发展格局;"活"——以灵动活络的文化心态建立通流无碍的运转机制;"实"——以求真务实的文化精神推进奋发有为的创业实践;"新"——以勇立潮头的文化品格铸就开拓创新的时代精神。

在汉口码头上,诞生了一大批靠正义和智慧"打码头"、为武汉发展作出贡献的汉口商人,他们中有的人出身草根,来自乡野,在历史的码头江湖中转折沉浮。与晋商、徽商、浙商等相比,他们更具有开放、包容、侠义、敢为天下先的精神,堪称"侠商"。

由董宏猷编剧、钱五一执导的电视连续剧《汉口码头》以及两人联袂创作的同名电视小说,全力打造了一个有情有义、有胆有识的侠商形象。晚清民初之时,湖北茶乡少年黄天虎,不幸流落到汉口码头当扁担,又当过货栈学徒、洋行学徒,在乡情、友情、爱情的纠缠碰撞中,在码头上各派力量对利益的追逐较量中,坚韧顽强,历经磨难,勇闯茶叶商贸发展之路,体现出诚信、侠义、善良的品格。在辛亥革命、北伐、八七会议、抗战期间,都展示了黄天虎在历史的风口浪尖始终以民族大义为重的精神,最终成长为具有民族气节的一代巨商富贾。同时通过汉正街和汉口租界上的几个家族的恩怨情仇,围绕着乡码头、汉码头、洋码头展开的一场场惊心动魄的利益纷争,背衬着20世纪初两湖地区风起云涌的革命风潮和民族工商业崛起的步伐,史诗般再现"东方芝加哥"在历史洪流中的命运与辉煌。

无疑,黄天虎是褒义上"打码头"的成功侠商和城市英雄,精神可歌可泣,形象可敬可赞。为武汉侠商和城市英雄树碑立传歌功颂德,为码头文化和武汉精神正本清源扬名讴歌,这是一种有勇气有意义的尝试!我祝愿电视剧与电视小说能成功热播畅销。

在新世纪里,武汉逐步由文化大市向文化强市迈进,创造了更加宽松的环境,制定了更加优惠的政策,使武汉成为优秀文化的聚集地,成为全国优秀人才创新、创优的"码头"。我们热情欢迎全国艺术家和文学家来武汉"打码头",打出自己的精彩与豪迈,也打出武汉的美丽与辉煌……

朱毅

中共武汉市委常委、宣传部长

2011 年 10 月 17 日于汉口

第一章　驶向汉口

~**1**~

1900 年 8 月，盛夏。武汉三镇，闷热异常。傍晚时分，长江上乌云密布，江鸥乱飞，可是响了几声闷雷后，却迟迟不见下雨。长江南岸，武昌城内的蝉声，便与江涛一样，一阵一阵的此起彼伏，搅得人更加烦躁了。

天气如此闷热，树荫下卖西瓜的汉子，上身赤膊，露一身油黑，满身大汗。湖广总督衙门四周，戒备森严。护卫官兵，皆戎装在身，满眼戒备，盯着来往的行人，豆大的汗珠挂在眉梢，也不敢有丝毫懈怠。

天空密云不雨。衙门内，紧张异常，连送冰的亲兵，也轻脚轻手的，生怕惊动了总督张之洞。

此刻，湖广总督张之洞将自己关在书房里。

书桌上，是一份报呈他审批、将立即斩决的死囚名册。

名册上，首犯的名字赫然在目：唐才常。

提起唐才常，张之洞并不陌生。他是两湖书院的学生，说起来，也算是张之洞的门生了。这个唐才常，与"戊戌六君子"之一的谭嗣同，并称"浏阳双杰"，当年也是一腔热血，准备赴京参加维新变革。哪知刚到汉口，便传来变法失败、谭嗣同被杀的噩耗。唐才常大哭，从汉口回家后，立即出国，辗转到日本，见到了康有为。康有为也以"勤王"大任相托，要唐在国内武力扶持光绪复位。

当时流亡在海外的爱国志士，除了维新派以外，还有以孙中山为首的革命党人。同年秋天，唐才常到横滨拜会了孙中山，向孙陈述了自己准备在长江流域起事的计划。孙中山表示赞成，也告诉唐才常，革命党正在两广酝酿起义，相约两广、两湖倘若起义，便互为援应。唐才常十分振奋。从日本回国后，即投入紧张的起义筹备工作，建立了秘密组织自立会，寓有自立新国之意。经过艰苦细致的组织发动，大江南北之会党豪杰或武装志士，多愿受节制，来归者甚众，整个长江中下游地区的会党力量悉为所用，包括新军的许多军官，甚至张之洞的亲信，都加入了自立会。

1900 年春，北方爆发了义和团运动，政局动荡。唐才常决定加快起义步伐。当年 7 月，他邀上海维新人士集会于张园。出席会议的有容闳、严复、章炳麟、文廷式等百余人。会议成立了中国国会，推举容闳为会长，严复为副会长，唐才常任总干事。唐才常召开国会，旨在借社会名流的声望，使武装勤王取得合法地位，请光绪皇帝复辟。但在依靠哪一派政治力量保全中国的策略问题上分歧很大，会上争吵激烈。有人主张依靠张之洞等地方实力派保护中国东南，徐图振兴之策；有人主张依恃日本和英、美等列强；唐才常则十分痛恨后党顽固派，坚决主张勤王起事。

1900 年 8 月初，唐才常从上海来到汉口，同林圭等议定了起义计划：8 月 9 日发难，以武汉为中心，五路并举，先占领武汉，长江中下游几十万会党群起响应，两湖两江即可为义军所占，然后宣布东南诸省独立，提兵北上，直捣幽燕。

俗话说，兵马未动，粮草先行。既然要起义，就需要军火。唐才常将起义计划秘密告知海外的康有为和梁启超，请他们筹集军饷。不久，海外传来消息，康梁已派信使回国。又听说，海外筹集到了 30 万美金，有信使专程送达到汉口。但是，日子在焦急的等待中一天天过去了。清廷已经警觉，长江沿岸已经戒严，信使一直未到。唐才常只好将起义时间推迟到 8 月 13 日，随后，又推迟到 8 月 23 日。

但是，唐才常的延期军令未能及时传达，秦力山在安徽大通不知起义延期，于 8 月 9 日如期发难，但遭到清军重兵镇压，义军孤军血战两昼夜，终因寡不敌众，弹尽援绝而失败。大通举义后，武汉风声日紧，湖广总督张之洞这只老狐狸，原来对自立军的活动睁一只眼，闭一只眼，是因为慈禧太后和光绪皇帝还在逃难之中。此外，义和团兴起后，英国一面极力拉拢张之洞结成"东南互保"，一面策动康有为指使自立军拥立张之洞在长江流域宣布独立，建立"东南自立之国"。唐才常、林圭等奉康有为旨意，也曾劝说张之洞宣布独立，脱离清政府。在清廷、英国和自立军三者之间，张之洞反复权衡，态度暧昧。现在，一听说慈禧太后和光绪皇帝已经到达西安，外国人对自立军的态度也有改变，于是，张之洞立即先发制人，下令清军包围唐才常、林圭在汉口前花楼街宝顺里4号的住所，以及设在汉口英租界内李慎德堂的自立军总部，连夜逮捕了唐才常、林圭等30余人，将唐才常等自立军领导人一网打尽。

此刻，唐才常、林圭等人的名册，就摆放在张之洞的书桌上。

书房的四角，都摆放了冰盆，滋滋地冒着冷气。张之洞的额头，仍然冒着汗。他转身回到书桌前，双眉紧皱，举起朱砂笔。

此笔一下，将是多少颗人头落地?!

这支朱笔，似乎很沉，很沉。

自立军的首领中，有的是他的学生，有的是他选派带到日本学习军事的。而且，他听说，当官兵去抓捕唐才常时，他的同乡李荣盛劝他赶快逃跑，但是，唐才常毫不畏惧，说早已准备为救国而死，只劝李荣盛快走。李荣盛含泪说，您既然敢于舍生，荣盛何惧死耶？于是两人坦然直面官兵抓捕。在公堂上，唐才常不但不认罪，相反，慷慨陈词，大呼，事之不成，唯死而已！其供状曰：湖南丁酉拨贡唐才常，为救皇上复权，机事不密请死。其他被捕志士，也临死不屈，大呼速死。

张之洞再次举起朱笔，重重咬牙，在"唐才常"的名字上狠狠画了一个圈。

杀心一下，张之洞不再手软，圈了林圭，又圈了傅慈祥，朱笔越圈越快，下笔越来越狠。圈到最后，大写一个"斩"！随后，将笔狠狠地甩到名册上，溅出一片血红。

一道闪电刺破云层。

又一道闪电在长江上咔咔闪过。

惊雷炸响。大雨倾盆。

在这闷热的夏夜,武昌紫阳湖畔被清军团团围住。斩首的断头桩一字排开,刽子手手握大刀,阴沉沉的毫无表情。

一阵急切的马蹄声。又一阵急切的马蹄声。唐才常等自立军义士被囚车押到刑场,被按倒在断头桩前。这是他们被捕后的第一次见面,也是最后一次见面。虽然遍体鳞伤,即将身首异处,但是,义士们却毫不畏惧,纷纷跟唐才常打招呼。

"佛尘兄!我先走一步了!"

"好兄弟!我随后就来!"

"啊!天啊!有心杀贼,无力回天哪!"

"狗官!我死了也要变厉鬼,直捣幽燕!"

在一片呼喊声中,监斩官走了过来,厉声喝问道:"我最后再问一遍,黄腊生在哪里?谁说出来,马上免死!"

黄腊生?一个陌生的名字。可是唐才常知道,这是康梁从海外派遣回国携带军饷的信使。唐才常苦笑了。他们等待这个黄腊生已经很久很久了。要是知道黄腊生在哪里,要是军饷到手,起义计划不推迟,被杀头的,就不是他们了。

监斩官走到林圭面前,厉声喝问:"黄腊生在哪里?说!"

林圭怒吼:"狗官!要杀便杀!何须多言!"

监斩官下令:"斩!"

刽子手大刀呼啦砍下。

监斩官又走到一义士面前,蹲下,再次喝问:"黄腊生在哪里?军饷在哪里?说!"

义士仰天哈哈大笑,笑得满脸泪水:"哈哈!哈哈!天哪!要是军饷早到,现在该是我取你狗头啊!哈哈!哈哈!"

监斩官忽地站起,大喝:"斩!"

刽子手大刀又呼啦砍下。

惊雷闪电中，大刀挥动，人头落地，唐才常满含热泪，仰天大笑，激动地大呼："天不成我大事！天不成我大事！天不成我大事啊！"

监斩官铁青着脸，厉声大喊："斩！斩！给我斩！"

就在这个不眠之夜，湖北巡抚衙门前，清军马步两军举着火把，将雨夜映得通红。

湖北巡抚于荫霖站在衙门前，叮嘱即将奔赴各地镇压会党的清军统领："今日香帅出雷霆手段，斩杀唐逆，各地会匪还不知情，务必星夜启程，一网打尽，斩草除根！"

清军统领："遵命！"

于荫霖又拱手对身着便衣的江汉道稽查长徐升说："江汉道此次破获会匪首脑机关，稽查长功不可没！现会匪交通黄腊生挟带30万美金海外军饷，另有康梁逆党密函，已经脱逃。望稽查长将黄逆迅速捕拿归案！"

稽查长徐升说："大人放心，哪怕是一只蚊子，也逃不出我的密网！"

于荫霖拱手："拜托！"

清军统领挥手，马步两军分头出发。马蹄飞奔，火把飘动，在雨夜里画出一道血痕，渐渐消失在夏夜深处。

～ 2 ～

太阳出来了。照在起伏的山峦上。河水闪着金鳞，散发出水汽与茶香。

这里是湖北鄂南山区中的新店小镇，是距离著名茶乡羊楼洞最近的水码头。长江的支流汤河穿过小镇。羊楼洞以及周边茶乡的茶叶，如果走水路，均是从这里经长江，运往汉口。因此，小镇非常繁华，临河的河街上，茶楼、酒肆、旅社、饭馆、商铺等鳞次栉比。

码头上。桅杆林立。

一艘小火轮停泊在码头上。船上的乘客正在下船。

几个黑衣人正盯着下船的人群。他们是徐升手下的密探，正在码头上守株待兔。因为新店正是海外信使黄腊生的故乡。

俄国茶商伊万诺夫戴着礼帽和墨镜走下船来。他的身后，紧跟着一个提着皮箱的男子，也戴着礼帽和墨镜，好像是他的随从。

黑衣人盯住了他们。

码头边，停有许多马车。车夫上前招揽生意。

伊万诺夫走到一辆马车前，回头朝轮船望去。他早年在武汉育婴堂领养的中国儿子阿廖沙匆匆跑了过来。伊万诺夫和阿廖沙上了一辆马车，走了。密探偷偷展开一张画着黄腊生头像的通缉令，认真地看着，提皮箱的男子紧跟在伊万诺夫后面，也钻进一辆马车，跟着他们的马车一起走了。

紧跟在伊万诺夫后面提皮箱戴礼帽的男子，正是密探们千方百计想要抓捕的黄腊生。

两个密探一看，觉得不对劲，跳上一辆马车，尾随而去。

马车在青石板路上奔走，一辆辆鸡公车（独轮车）吱呀吱呀地推了过来，车上满载着茶包。一排排茶庄的招牌，在伊万诺夫眼前晃动着，他喜欢中国的茶，这也是他从武汉来到新店的原因，他要在这里见一个人。

伊万诺夫的马车停在了一家茶庄门前，茶庄有人出门上前迎接伊万诺夫。黄腊生的马车没有停下来，而是越过伊万诺夫的马车仍然往前行，在一个拐弯处，一个小巷口，黄腊生提着皮箱迅速跳下车，钻进小巷，而那辆马车依然朝前跑着。

伊万诺夫的马车此时也朝镇外跑去。

密探们的马车跟了上来，他们撩开帘子看了一眼，满脸困惑，一个密探向另一个密探使了一个眼色，其中一个跳下车，尾随黄腊生而去，另一个继续跟踪两辆朝镇外跑去的马车。

提着皮箱的黄腊生小心翼翼地往自己家走去，走到巷口，他停下来，探出头窥探了一下，那个密探正在他家门前晃动，黄腊生便知道自己有家难归了，于是迅速转进另外一条小巷。

密探在黄家门口四处张望，他看到黄家四处都围着墙，伸出手试图爬上黄家围墙。围墙不矮，密探有点肥胖，爬得十分艰难。就在这个时候，密探身后突然响起一个声音："你在干吗？"

密探吓一跳，回头望去。

一个少年好奇地看着他。密探松口气，支吾道："那上头……上头树上……好像结着果子。"

这个少年名叫黄天虎，他是黄腊生唯一的儿子。他并不知道自己的父亲正在被这位企图爬进他家的密探跟踪着，而是调皮地对密探说："噢，你胖，爬不上，要不，我去端个板凳来，你踩着凳子往上爬？"

密探难堪地望了望黄天虎，一边想要离开一边继续支吾地说："嗯……不不不，不麻烦你了。"

密探越是这个样子，黄天虎越感觉他不是什么好人。不过机智的黄天虎不动声色，他问密探是不是想翻墙过去偷东西？密探一边摇头一边继续作走的姿态，黄天虎故意神秘地贴近密探说："别走啊！带上我一个。"

密探停步，讪笑道："原来是个小毛贼。"

黄天虎还是不动声色，他让密探不要那样看他，他在那边的屋子里住了很多年，什么东西也偷不到，而密探眼尖，比他们家阿黄强多了，也许还可以帮帮自己，去那屋子里搞点值钱的东西出来。

"你小子找死！"密探听出他话里的意思，狠狠瞪了黄天虎一眼，急步走了。黄天虎偷笑着，朝密探离去的方向扔了一块石头。

黄天虎的身后，他妈妈正背着一个大茶篓走来，她在后面喊了一声："天虎。"

黄天虎扑到妈妈身前，很神气地向她描述着，自己捉弄小偷的情景。黄母疑惑地望着黄天虎，她在这里住了很多年，很少有小偷光顾他们家，她已经意识到，她的家被盯上了。她警惕地扫视四周，把茶篓放到黄天虎肩上，要他赶快到码头、河街去转转，要是看到他爹，就告诉他爹赶快离开咸宁，千万不要回家。

黄天虎诧异地问妈妈："为什么不让爹回家？"黄母推了他一把，让他快去，不要问太多。黄天虎带着母亲的叮嘱离开了，可他的疑惑却驱赶不去，他隐约感觉到了，他的爹爹正面临着一场危难的降临，这让无忧无虑的他，在这一瞬间多了一分沉重。

～ 3 ～

雨后的茶山，延绵起伏，青翠欲滴。晶莹的水珠，在太阳的照射下，如颗颗珍珠，镶在一片青色之中。伊万诺夫深深地吸了吸清新的空气。他的养子阿廖沙在他的身边昏昏欲睡，阿廖沙对这一切毫无兴趣，只是伊万诺夫要他跟着一起来，他不得不跟着。

清新的茶叶香味密密砸砸地扑进伊万诺夫的鼻孔，旅途的劳累在这一吸之中，一扫而光。他兴致极高，让马车尽情地在茶山上奔走，一片片茶园，一排排茶树，在蝉声阵阵之中肆意地享受着雨露的滋润，乡村的质朴如油画般展现在伊万诺夫的视线之中，他越来越喜欢这片茶山，也越来越想成为这片茶山的主人。

马车还在向茶山深处跑去，密探跟踪而来的另一辆马车远远地跟着。密探撩开帘子，盯着前面的车，他不知道前面的马车要去哪里，为了万无一失，他必须眼睛眨也不眨地跟着。

一座古香古色的茶亭出现在伊万诺夫的眼前，在茶亭前停着蔡瑶卿的马车。蔡瑶卿就是伊万诺夫想见的人，汉口著名的茶商，同时，也是这片茶园的主人。

茶亭内摆着一张木桌、一个大茶缸，桌上有一排大碗，茶商蔡瑶卿以及手下的祝掌柜、茶厂的工头等，坐在茶亭里喝茶。周围摆了几篓茶叶，他们刚从茶山上下来，采摘了最新的一批茶叶。祝掌柜刚给蔡瑶卿斟上茶，忽然听到一阵马蹄声。伊万诺夫的马车在茶亭外停下了，伊万诺夫和阿廖沙先后下车。蔡瑶卿看到伊万诺夫，感觉很奇怪，他怎么来了？他的眉头紧紧拧在了一起，他想他清楚伊万诺夫来这里的目的了。

祝掌柜要去接伊万诺夫，蔡瑶卿摆手，站起身吩咐备车。

伊万诺夫边喊边大步追到他身后说："别走啊，蔡老板，用你们中国人的话来说，有客从远方来，应该是不亦乐乎吧。"

蔡瑶卿仍往马车那儿走去，他一边走一边说："不错，可我和你的话，早已在汉口说完了。恕不奉陪。来，给伊万诺夫先生上茶。"

伊万诺夫拦住蔡瑶卿。他从汉口专程到这里来拜访蔡瑶卿，除了想要这片茶山外，确实有件喜事要告诉他。

蔡瑶卿仍想辞客，他尖刻地望着伊万诺夫说："您的喜事对我来说却未必。"

伊万诺夫并不理会蔡瑶卿的情绪。最近，在法国巴黎举办的世界工业博览会上，俄罗斯生产的茶获得了金奖，这对于伊万诺夫而言是一件很光荣的事情。光绪十九年，皇上下旨，挑选了最好的1200株茶树，连根带土，送到了俄国。现在伊万诺夫说的获奖，应该就是这批茶树产的茶叶。蔡瑶卿很清楚俄国以前是不种茶树的。

在黑海的茶叶，就出自蔡瑶卿这山上，种茶的，也是中国人。伊万诺夫多年在中国经商，茶叶也是经他的手带到俄国的，现在沙皇陛下非常喜欢中国的茶叶，他希望在他的皇家茶园里，也能生长获得金奖的茶叶。于是，伊万诺夫从汉口赶到了新店，一路追着蔡瑶卿而来，他希望和蔡瑶卿谈成这笔生意。

伊万诺夫和蔡瑶卿在谈茶叶的事情，阿廖沙听得无趣，独自走到一边，采摘野花，不远处的密探还在死死地盯着茶亭里的一行人，一队士兵疾步跑到马车边，密探下车，给士兵指点着山上茶亭，士兵往山上赶去。

而此时的伊万诺夫仍然沉浸在他的构想之中，他希望说服蔡瑶卿把茶山卖给他，他目前有的是银子，他不相信作为商家的蔡瑶卿会见利不图。他直接对蔡瑶卿说："蔡老板在汉口有码头，有茶行茶楼，在乡下又有这座宝山，我伊万诺夫除了银子，什么也没有，开个价吧。"

蔡瑶卿默不作声，走回茶亭，突然重重地拍了一下桌子。伊万诺夫吓了一跳。蔡瑶卿厉声道："您看错人了！蔡某决不是为了银子出卖祖宗基业的贪婪小人！"

伊万诺夫又改口："蔡老板，我不是你的敌人，我们都是商人。我们谈的是生意。你要是不卖，我们参股，共同经营也行。只要你……"

伊万诺夫的话还没有说完，突然听见祝掌柜惊呼起来："哎哎哎，官爷，你们这是干吗？"

一队士兵已将茶亭包围。徐升吼道："给我听清楚了，本官奉督抚之命，捉拿康梁余党，你们都给我放老实点，听从本官查询。"

蔡瑶卿一怔。密探指着伊万诺夫，问蔡瑶卿，这是谁。蔡瑶卿告诉密探，伊万诺夫是俄国新成洋行的老板。

伊万诺夫傲慢地扫视着密探，密探讨好地望着他说："原来是洋大人！失敬失敬。对不起，我们是奉命办差的。和你一起下船的同伴呢？"

伊万诺夫莫名其妙，他根本没有什么同伴，这时阿廖沙捧着野花走过来，笑嘻嘻地说："噢，太有戏剧性了！你们要找的是我吗？"

密探看看他，又转问伊万诺夫："还有一位给你提皮箱的人呢？"伊万诺夫彻底恼怒了，他没有想到，在中国竟然还有人敢跟踪他们。他正准备发火，阿廖沙却接过话说："哦，你问的是另外一个男人吧？他也戴礼帽和墨镜。"密探立即转向他问："他在哪里？"

阿廖沙嗅嗅野花阴阳怪调地说："先生们，你们的侦探水平太差了！我们不认识他，谁知道他去了哪里。"

密探不客气了，吩咐手下抓住伊万诺夫和阿廖沙，要带他们走。伊万诺夫吼叫起来："这太过分了！蔡老板，这是怎么回事？"

蔡瑶卿无可奈何地摇头，他根本不知道到底发生了什么。伊万诺夫继续指责蔡瑶卿，茶山卖不卖都好商量，他用不着设下圈套来陷害他。蔡瑶卿百口难辩，他知道这肯定是一场误会，可一时半刻也弄不清楚，这场误会缘于什么，那位也戴着礼帽的人是这场误会的起因，只是他也不知道这个人是谁，除了苦笑，他没有办法让伊万诺夫相信，他没有也根本不可能去陷害他。

密探催促士兵们带着伊万诺夫和阿廖沙朝山下走去。伊万诺夫万分生气，他实在不相信，他一向敬重的蔡瑶卿会用这样的方式陷害于他。阿廖沙倒像没发生什么一样，大摇大摆地朝山下走去，一边走一边说："很好！戏的开头很好，很有悬念！"

官兵带伊万诺夫一行下山，上了马车。蔡瑶卿目送着他们，吩咐祝掌柜快走，他要马上坐最近一班船回汉口，他要弄清楚到底发生了什么事。在他的茶山上，发生了这样的事情，蔡瑶卿说什么也不能坐视不理。

᷇ 4 ᷇

黄天虎背着茶篓在新店小镇的码头上走来走去。一个个扛着茶包的农夫踩上跳板，跳板尽头是一艘大帆船，又有茶要送到汉口去。对于黄天虎而言，汉口远在他想象不到的地方，也是他幻想过的大世界，只是他没敢想有一天，他与汉口会结下不解之缘。

黄天虎的视线在码头上搜索，几个密探也在码头附近转来转去。黄天虎看不到他爹的影子，就背着茶篓去了蔡家祠堂。

祠堂里，传来胡琴声和唱戏声，黄天虎趴在窗口朝里张望，花鼓戏潘家班已排练完毕，16 岁的花旦潘小莲穿着戏服，走过来对镜补妆。黄天虎闪开身子，从口袋里摸出一个刺猬果往窗里掷去。刺猬果准确地落在小莲的头发上。小莲摘下果子看了一眼，疑惑地回头看去。窗口空无一人。

小莲想了想，仍一边照着镜子一边喊："出来。"

黄天虎弯着腰躲在窗下，大气也不敢出。

小莲笑了起来，又说："躲起来我就不知道你赵钱孙李了吗？出来，黄天虎。"

窗口露出黄天虎的笑脸，他幸福地望着小莲，小莲装作生气，似是怪黄天虎又欺负她，没理他。黄天虎急了，这也叫欺负？他怕小莲生气，从裤袋里摸出一把刺猬果，让小莲往他的头上扔。小莲不接他手里的东西，望着他直言不讳地说："我知道，你欺负我是因为你喜欢我。"

黄天虎一愣，脸都红了，他没有想到小莲会直接道出他的心绪，他结结巴巴地又不服气地说："我我我……我怎么会喜欢你？！"

小莲见黄天虎不承认，就告诉他，她要走了，去汉口，不管黄天虎喜欢不喜欢她，她都要离开这个地方。

黄天虎不相信，盯着小莲看，他的影子印在小莲的瞳孔之间，端端正正。他希望自己，就如这个小影子一样端端正正地被小莲带走，带到那个小莲要去的汉口，那个他曾经幻想过的大世界去。只是他能去吗？远在他无法想象的汉口，是他去的地方吗？他若有所失，似乎一件心爱的物品被自己不小心弄丢了一般。那种感觉怪怪的，酸酸的，又涩涩的。这是他从来都没有的一种感觉，也是他说不明白道不清楚的一种感觉，他不知道这种感觉叫什么，他好像有许多话要告诉小莲，他舍不得小莲走，小莲也不可以丢下他一个人去他不敢想象的汉口。他想阻止小莲去，临到嘴边的话却成了："汉口有什么好玩？人比蚂蚁还多，撒尿还要憋着到处找地方。"

小莲也很无奈，她舍不得黄天虎，可她爹说，汉口人多，银子也多。她爹眼里就只知道银子，对她的心事从来不管不问。她也不敢对她爹说，她喜欢黄天虎，她不愿意离开这里。她爹决定的事，她改变不了，今晚是他们在新店小镇最后的一场戏，她希望黄天虎能来。

黄天虎当然要来，而且他还想给小莲带好吃的东西。小莲要黄天虎告诉她是什么，黄天虎不说，他让小莲猜，他做了一个猜的手势，就跑开了。

小莲盯着黄天虎的远去的背影，就要离别的伤感如野火之后的春草，疯一般地滋长着。

黄天虎跑到大宅院门口时，正好遇到一队士兵押着伊万诺夫和阿廖沙往大宅院走去。黄天虎停步，站在路边，好奇地看着他们，他并不认识伊万诺夫和阿廖沙，只是感觉这两个人很熟悉，似乎在哪里见过，他这么想的时候，士兵们已经押着这两个人远去了。在两个小黑点彻底消失在他的眼前时，他才想起他要去葡萄院给小莲摘葡萄。

黄天虎从院墙上跳下，朝四周看了看，就悄悄朝葡萄架走去。他爬上葡萄架，一串串葡萄被扔进茶篓，茶篓慢慢沉了起来。葡萄摘得差不多时，黄天虎跳下葡萄架。突然，一只手捂住他的嘴，有人把他拖进了屋。

黄天虎拼命挣扎。他用腿拐住了后面人的腿，一使劲，两人同时倒地。他挣脱开，转身抓起一把椅子，朝地上的人砸去。

黄腊生不得不开口说话了，他低声喝道："虎子！是我！"

黄腊生要赶在清军到来之际通知起义的兄弟们，现在的情况十分危急，张之洞连自己的学生都杀，各地的起义必须停止，潜伏下来等待时机。晚上在茶楼有个聚会，各地的兄弟们肯定都在路上了，黄腊生得知这个消息，更加急切，他要葡萄院的主人想办法，通知一个是一个。就在他和主人商量晚上的暗号时，听到院子传来一阵异响，却是自己的儿子在院子里偷葡萄。

黄腊生在黄天虎发愣的时候，取下墨镜和礼帽，微笑着，望着他。黄天虎傻傻地站着，突然，他将椅子摔在地上，转身抽泣起来。

黄腊生走过去，扳着他的双肩，满脸慈爱："小子长高了，把爹摔成这样，有本事！是爷爷教的？"

黄天虎点头。自从黄腊生走后，家里的日子一天比一天难过，只能靠母亲采茶来维持一家人的生活。黄腊生一把将儿子搂在怀里，他很歉疚，他对不起儿子，也对不起妻子，对不起年迈的父亲。

黄天虎从父亲怀里钻了出来，突然想起了妈妈的嘱托，他转告父亲，不能回家！黄腊生点头。黄天虎继续说："妈妈要你快走！"

黄腊生知道自己的危险，只是他目前不能走，他对黄天虎说："爹还有事要办，现在还不能走。虎子，你帮爹看看去，鄂南春茶楼二楼第二个窗口，是不是有一盆君子兰。如果有，你就在附近盯着，天黑后，赶紧来告诉爹。"

黄天虎点点头，只是他感觉有点紧张。黄腊生拍拍他的脸，笑道："敢偷人家的葡萄，就不敢去看花啦？"

黄天虎不服气，在新店小镇，哪里还有他不敢的事情，他不看黄腊生，很豪迈地往鄂南春茶楼走去。

黄天虎来到茶楼门口，抬头张望，二楼的第二个窗口，果然有一盆君子兰。

5

士兵们把伊万诺夫和阿廖沙押到大宅院里。徐升已经弄清楚了他们的身份，他亲自躬身送伊万诺夫和阿廖沙出门，并且要备酒，给伊万诺夫先生压惊。

伊万诺夫拒绝了徐升的好意，只是他想弄清楚一个问题，他问徐升："这场误会，是不是蔡瑶卿在幕后捣鬼，诬陷我们？"

徐升诡谲地说："对不起，无可奉告。"

伊万诺夫无奈地摇摇头，甩手走了。阿廖沙快步走到父亲身旁说："喂了半天蚊子，找个茶馆喝水去吧。"伊万诺夫停步，他好像听到了音乐声，从一座老宅里传来。

阿廖沙也听到音乐声，他丢下伊万诺夫，沿着那音乐找去。

蔡家祠堂里，旦角小莲和丑角在班主的监督下正在排戏。

阿廖沙走到窗前窥探，不小心碰倒了一只坛子。随着一声巨响，小莲吓得失声尖叫。

班主正端杯喝茶，看见窗外晃动的人影，大喝一声："滚！"顺手将一杯茶朝窗外泼去。阿廖沙没有防备，被泼得一头一脸，也惊叫了一声。小莲这才看清楚对方是个陌生人。

班主也才发现绅士装扮的阿廖沙，马上换了口气："喔哟哟，真是的，我眼花了，对不起，对不起。"

阿廖沙很礼貌地说："是我不对，打搅你们排戏了。"

小莲走上前，掏出一条手帕，为阿廖沙揩身上的水。当阿廖沙得知小莲是花鼓戏的旦角时，惊讶地问班主："花鼓戏的旦角不是男人吗?"

班主支吾地说："男旦这个，生病了。嘿嘿！我的女儿，临时顶替一下。"

阿廖沙在俄国学过中国的戏曲史，而且很喜欢听花鼓戏，特别是在看到真正的女旦角时，他觉得很有意思，决定晚上来看小莲的戏。他伸手抓住小莲的手，要自己来擦身上的水，小莲急忙抽手，手帕却留在了阿廖沙的手上。

黄天虎出现在窗口，无意间撞上了这一幕。他脸色阴沉着，犹豫片刻后还是走进门，轻声喊了一声："小莲。"

小莲走到他身旁，黄天虎从茶篓里取出一串葡萄说："看看，这是什么?"

小莲惊喜地叫了起来："葡萄！我正想吃。"

小莲刚拿起葡萄，班主却吼了起来："小莲，你手贱是吧？这烂东西你也敢拿?!"

　　小莲不解地看着班主，这么新鲜的葡萄，一个都没有烂，她不明白自己的爹这是怎么啦。正在她犹豫着要不要收下黄天虎的葡萄时，班主一把抢过葡萄，狠狠扔在地上，对着小莲恶狠狠地说："没烂也给我放下，别以为我不知道，就是这野小子，天天油抹布一样来缠着你，害得老子泼错了人。"

　　黄天虎脸色变得铁青，当他把目光投向阿廖沙时，正看到他的脸上浮起得意的笑容，哦，他正是士兵们押去大宅门的那个人，现在怎么又出现在这里？

　　黄天虎的疑问越来越多，他顾不了自己的疑问，一跺脚，跑掉了。身后，传来小莲嘤嘤的哭泣声，这声音如刀尖划过心口，他第一次知道有一种痛与流血没有关系。

　　黄天虎在夕阳西下的时候去了茶楼。那盆君子兰还端放在二楼的窗口，胖密探正朝窗外偷窥，他的视角里出现了黄天虎的身影，仅仅一瞬间，黄天虎转身朝蔡家祠堂走去。

　　胖密探望了望远去的黄天虎，出门迅速跟上了他。黄天虎匆匆朝葡萄院走去，无意中回头，发现有人跟踪。胖密探见他回头，急忙躲在一棵大树后。黄天虎灵机一动，回头跑到树前去撒尿。胖密探恨得牙痒，但又不敢作声。黄天虎系好裤子，突然绕到胖密探身前，胖密探大吃一惊，黄天虎却一本正经地说："大叔，你是不是想开了，带我一起去爬墙？"

　　胖密探嗫嚅道："嗯，不不不。"黄天虎要送胖密探回走，胖密探瞪他一眼，怏怏走了。黄天虎目送着胖密探的背影消失在大树后，才快步跑到小院子门口敲门。

　　黄腊生开门后，黄天虎快速闪到门后。

　　黄腊生急切地问他："花还在吧？"

　　黄天虎点点头说："第二个窗口，有盆花，一直都在。"

　　黄腊生拍拍儿子的肩，想想儿子真的长大了。黄天虎接着说："茶楼的后面就是河，可以划船过去的。爹，你小心点。"

　　黄腊生笑了笑，他安慰黄天虎说："放心吧，爹是孙猴子，会七十二变。"

黄天虎将父亲的礼帽戴到自己头上，说："爹，带我一块儿去吧，我也会变。"黄腊生盯着儿子头上的礼帽，心念一动，他觉得礼帽戴在儿子头上最安全，他叮嘱黄天虎不要把礼帽弄丢了，一定要戴好，让他在楼下去喝茶，看戏。黄天虎笑了笑，戴着礼帽，做了个怪相去了鄂南春茶楼。

～ 6 ～

夜色初上，茶客接踵涌进高挑着茶旗的鄂南春茶楼大门。一楼，花鼓戏还没有开始，茶馆里已是座无虚席，人声鼎沸，茶商们相会见面，寒暄；一群年轻的茶工，正围坐着，互相斗茶、嬉戏。戏台上，"打闹台"即暖场的锣鼓已经敲了起来。

阿廖沙把一束野花放在桌上，饶有兴趣地扫视着茶楼。伙计端来茶盘，将茶托、盖碗一一放在桌上，然后揭开盖碗，为阿廖沙介绍道："这里喝茶，讲究在茶里放调料。这调料分南北片不同。南片茶中放花椒，北片呢，放生姜和一点盐，还有炒黄豆、炒绿豆、炒芝麻，随客人自己调。大人您看？"

阿廖沙显得心不在焉，说了声："随便吧。"然后，掏出怀表看了一眼，时间还早。这时，头戴礼帽的黄天虎带着一群孩子冲进茶楼。茶工们看见他，欢呼着，有的说黄天虎戴礼帽变成洋人啦，有的说礼帽是黄天虎偷来的，还有的说猴子戴礼帽，就变成弼马温啦！黄天虎得意地显摆着，他才不在乎这些伙伴们怎么说，他哼了一声："没有吃到葡萄，就说葡萄酸，也不睁眼看看，这可是正宗的洋货！"

阿廖沙认出了黄天虎，打量着他，神情不屑一顾。

黄天虎不理会这些，心里很是得意洋洋。当舞台上锣鼓和乐曲响起来的时候，他才拿眼睛去寻找小莲。

小莲上场，唱起了民间小调《薅黄瓜》：

> 姐在园中薅黄瓜，
>
> 郎在外面丁瓦碴，
>
> 唉呀，我的冤家哪，
>
> 你丁了我的黄瓜花。

黄天虎和茶工们欢呼着捧场，跟着她一起唱起来：

> 咿吹子郎咚
>
> 歪吹子郎咚
>
> 么事么子郎咚
>
> 咚呀咚锵
>
> 瓜子梅花香
>
> 想呀嘛想情郎

茶楼中，有人朝台上扔铜钱。黄天虎取下礼帽，托在手上，鼓动大家投钱，有人朝他的礼帽投钱，黄天虎张开嘴，咬住一枚铜钱，茶馆里笑声连连。

台上，小莲唱得更加卖劲了：

> 丁了个公花不要紧，
>
> 丁了个母花少了一条瓜，
>
> 惹得我的爹娘骂！

阿廖沙目不转睛地望着小莲，举起野花，起身朝戏台走去。小莲从阿廖沙手里接过那束野花。黄天虎不甘示弱，急忙端着礼帽上前，把一帽子的铜板都倒在舞台上。

楼下黄天虎和阿廖沙还在暗自较量，楼上雅间自立军成员正在这里秘密聚会，气氛很紧张，自立军一成员正在介绍各地起义的情况："安徽大通前军未得通知，十五日准时起义，一举轰毁大通盐局，占领大通县城。但贼军来势凶猛，秦哥寡不敌众，已率众退往九华山。现中军有令，汉口立即起义，湘、鄂各地同时并举，占领武汉，挥师西安，救回光绪帝！"正在这时候，突然响起敲门声，众人顿时噤声。一成员手持匕首，走到门前，低声喝问："谁？"来人说出暗号："日新其德。"门内也说出暗号："业精于勤。"这名成员小心打开门，来的人是黄腊生，当介绍各地起义的自立军成员喊出黄腊生的名字后，众人马上扑了过去。一成员揪住黄腊生的衣领，用匕首抵住他的咽喉："你还敢回来！"

黄腊生一边挣扎一边问:"你!你们也反水了?!"

成员喝问道:"你奉命到海外取款,却一再拖延,竟致自立军大事难成,你说,军饷是不是被你私吞了!"

黄腊生长叹,这才明白,为什么一回来就腹背受敌!为成大事,他曾陪唐才常去香港筹募经费,为省开支,三人挤在船尾货舱的角落里,三天未尝饱食,他对自立军一片赤心,他怎么会私吞军饷呢?只是江湖如此传言,他现在有一百张嘴,恐怕也没有人会相信他。再说了,现在也不是解释这件事的时候,他挣脱这名成员的手,焦急地说:"关于取款的事,我自有凭据!现在,十万火急!汉口出事了!机关被张之洞破获,才常兄 30 余人被抓!这里也不宜久留,大家赶快散吧!"

押住黄腊生的成员根本不相信他的话,起义在即,黄腊生还在这里造谣惑众,动摇军心,分明是奸细。在他的鼓动下,众人又一次扑向黄腊生,死死将他按在地上。一成员一手持枪一手卡着黄腊生的脖子,要黄腊生交出钱和南海先生的密函。

时间就是生命,黄腊生明白这个茶楼已经很危险,他的脖子被众人卡得难受,可他仍然艰难地吐出了几句话:"各位想保命的话就听我一句,我敢肯定,这茶楼已经给包围了,大家赶快逃命去吧。"

夜色中徐升带着一队马步兵冲向茶楼,在门口放哨的自立军成员突然发现大队清军扑来,急忙打了个嗯哨,一个密探瞄准他开了一枪。正在演唱的小莲听见枪响,吓了一跳,愣在舞台上。黄天虎发现小莲异常,赶快把礼帽戴在头上,站起身向小莲走去。阿廖沙的秘书要阿廖沙快走,说这里不安全。就在这个时候,清军冲进茶楼,众自立党的成员松开了黄腊生,黄腊生大喊:"快走啊!"一成员往门口冲去,忽然听到押住黄腊生的那名成员喊:"不许动!"大家回头一下,他正举起枪,对着大家,所有人惊呆了,他冷笑一声说:"老子是侦缉队的!你们一个也跑不了!"黄腊生不顾一切地冲向他。他扣动了扳机,随着又一声枪响,一名自立军的成员被击中。黄腊生扑上去,死死抓住他的手腕,扭打起来。

枪声越来越密集地响起来,看戏的人群大乱,小莲尖叫着往门口挤去。黄天虎冲向小莲,可人潮汹涌,他怎么也挤不过去。

一张张茶桌被挤翻了,茶杯一个又一个"砰"地落在地上,茶楼一片狼藉。

清军瞄准楼梯口射击，两个自立军成员被击中。一个自立军成员掏枪反击，清军群枪齐发，那个自立军滚下了楼梯。

在茶楼雅间，黄腊生正操起一张板凳砸向反水的成员，反水的成员被砸翻倒地，黄腊生一个鱼跃，窜出窗口，反水的成员爬起身，举枪向窗外射击，窗外除了跳水的声音，已看不见黄腊生的人影。

戏台上也成了茶客们的逃生之路，茶客冲向戏台，班主拉着小莲躲到屏风后面，阿廖沙被挤得东歪西倒，终于冲出门。

人流差点把黄天虎冲翻了，他灵机一动，爬上桌子，跳向另一张桌子，终于接近了大门。

士兵手上的火把闪烁。大批茶客挤出门逃跑，呐喊声、哭喊声四起，一片混乱。

黄天虎冲出茶楼，他还想营救小莲，回头看了一眼，随即被挤进夜色中。胖密探发现黄天虎背影，急忙向徐升报告，徐升示意士兵跟他一起追捕。黄天虎见形势不对，抓着礼帽钻进小巷，拼命往家奔去。

黄天虎"砰"地一下撞开大门，大喊："妈！妈妈！"突然，他惊怖地睁大了眼睛。爷爷，倒卧在侧厢门口，胸前大片的阴影，竟都是血。"爷爷！"黄天虎惨然喊了声，又冲向堂屋。他妈妈手握菜刀，满身鲜血，横躺地上，眼睛还微睁着，气息微弱。黄天虎抱住妈，失声痛哭："妈妈！"

徐升、胖密探带着一队士兵向黄家扑来。黄母睁开眼睛，颤颤巍巍地支撑起身子，对儿子喃喃道："快，快跑……"黄天虎扶着母亲，想带着母亲和他一起逃。黄母拼足全力，推了儿子一把："走，快走！"黄天虎被母亲推到后院，徐升、胖密探带着一队士兵已冲进门。披头散发的黄母摇晃了一下身子，抬手擦去眼眶上的血污，举起菜刀，嘴里喊出嘶哑的一声："杀！"十多支枪对着她同时开火，她倒在了血泊之中。

在枪声暴响中，黄天虎整个身子颤抖着，他已经知道，母亲为了救他，没命了。他爬上一棵大树，跳过院墙，身后传来一片呐喊声："快！快抓住那小崽子！"

∽ 7 ∾

慌不择路的黄天虎，手上还紧紧抓着那只礼帽，躲进一个门洞。他听到了小莲的哭声，在小莲的哭声中，夹杂着班主的骂声："马上就去汉口了，还嚎个鬼！"接着，戏班子的人挑着担子从门洞前走过。

等他们走远了，黄天虎才钻出来。刚才灯火通明的繁华小镇，此刻一片死寂。黄天虎孤独的脚步此时显得异样的响亮，他不知道自己要去哪里，他的脚步本能地沿着小莲哭泣方向移动。

突然，有人敲响了破锣，一个沙哑的嗓子高喊道："谁家窝藏了黄家小子，赶快交出来！否则格杀勿论！谁家窝藏了黄家小子，赶快交出来！否则格杀勿论！"

码头上，茶楼老板把班主送上戏船，他很抱歉，戏还没演完，就送他们走了。

班主安慰茶楼老板说："哪里哪里，像我们这样的班子，一年四季，叫花子似的，到处讨饭吃。能够进茶楼，已经是天大的面子了。尤其是小莲，女孩子上戏台，犯忌的事情，也让你担待了。"

茶楼老板接过班主的话说："嗨，你还别说。人家戏班子的旦角，都是男的，偏偏你们潘家班旦角是个女孩子，实话跟你说，每天挤到我茶楼来的，都是冲着小莲这'真旦'来的。"

小莲走过来，坐在船尾，黄天虎不知道在哪里，想起再也见不到他，眼泪禁不住黄豆般地往下掉。

班主有个师兄在汉口租界茶楼里组班子唱戏，也是听说小莲是个"真旦"，觉得新鲜，就让他们去汉口唱戏。班主也觉得汉口是个捡钱的好地方，就决定带着戏班闯汉口去。

班主和茶楼老板正说着话，胖密探突然带着几个士兵冲上码头喊道："停船，停船！"

班主急忙赔上笑脸说："官爷，刚才都查过了！"

胖密探不理他，吩咐道："给我仔仔细细再搜一遍！"

小莲急忙披上一件褂子，打开一只小瓶，掏出一团锅底灰往脸上抹去。几个清军登上船，翻箱倒柜地检查。一清军钻到船尾，突然看见一脸黑烟的小莲，吓一跳："这谁啊？吓死人了！"班主连忙解释说："这是烧火的伙计，大爷息怒。"

清军扳过小莲的脸看了看，疑惑地问这烧火怎么烧到脸上去了？班主赶紧又说："是啊，整天烟熏火燎的，不知怎么就上了脸。"

另外几个清军查找了一会，一无所获，喊了声"走"就上了岸。清军终于松开小莲，走了。班主望着小莲，一屁股坐在船板上。

小莲扑哧一声笑了，她觉得用这种方式骗过了清军很有趣，可班主却长叹一声，他都吓出了一身汗，要是让清军看见小莲的模样，他真的不敢想后果了。

水上，一支芦管在水中移动，藏在水中的黄天虎露出头来换气。他一直跟着小莲他们的船，趁他们不注意时候，爬到船尾，悄悄地摸进船舱，迅速躲进了衣箱。

小莲舀了点河水开始洗脸，河水荡漾着，一如她要离开新店小镇的心情。班主喊"开船了"，小莲散开头发梳头，船工起帆划船，小镇缓缓移动，向后退去。小莲的心随着小镇的后退，一点一点地往下沉着。

汉口，那个繁华的大世界，那个遍地黄金的大世界，对于小莲来说，永远没有这个小镇亲，没有黄天虎对她亲。

小莲梳好头，准备换衣，打开衣箱，突然看见一个人，不由惊叫一声，黄天虎急忙示意她说："是我，别叫。"小莲愣了一下赶紧把衣箱合了起来。

班主走过来问小莲："怎么啦？啊？"

小莲颤声说："一个……一个水老鼠，跑了。"

班主骂小莲像撞到鬼了一样，转身做自己的事去了。班主一走，小莲小声问黄天虎："你知道吗？到处都在抓你……"

黄天虎点头，对她摆手，要她别出声。小莲怕黄天虎闷死了，不敢关衣箱，扯过一件衣服，搁在箱口，黄天虎把礼帽递给小莲，小莲连连摇头不肯要。

　　黄天虎只好告诉小莲，这是他爸留给他唯一的礼物，怕弄丢了，要她先帮忙收着。小莲点点头，把礼帽放进了箱子。

　　黄天虎说天亮就走。他想那时小莲肯定还在睡觉，就先告诉小莲，走的时候不跟她打招呼了。小莲让他小心点，别睡着了。

　　班主这时走到船头问船老大，夜间航船有问题吗？船老板让他放一百个心，这条线他闭着眼睛都能走。这夜里有风，船快。安心去睡就好。他们有人换班，一人一炷香。

　　班主打着呵欠钻进船舱，小莲连忙喊道："不要过来。"班主疲惫了，他不满地对小莲说："好啦，莫大惊小怪的。快睡吧。"

　　满天繁星，闪烁着一个又一个小莲看不见的希望，带着夜航的戏船向汉口驶去。

　　在船舱里，班主和小莲都睡着了。班主突然惊醒，他侧耳倾听，有鼾声来自小莲那边。

　　班主又惊又怕，他悄悄地往后舱爬去，小莲睡着了，那鼾声是从衣箱里传出的。在衣箱上，放着一顶礼帽。他悄悄退出船舱，对船主耳语。

　　船主刷地抽出一把刀，二人低头朝后舱摸去，衣箱里阵阵鼾声还在响着，船主持刀飞快扑向衣箱，猛地揭开衣箱，举刀欲刺。

　　小莲被惊醒了，她尖叫一声，扑上前，一把抓住船主持刀的手。班主探头看去，衣箱内，黄天虎睡得正香。

第二章　死而复生

～ *1* ～

繁华的大汉口。夜色笼罩着气势雄浑的货码头。

汉口码头帮会的老大刘钦云被一群打手簇拥着，在趸船上，姿态儒雅地坐在一把靠椅上品茶。另一群打手举着火把，拖着四只麻袋走到趸船上，麻袋口，竟然露出四个挣扎的人头。

刘钦云的得力心腹红旗老五麻哥走到他身前，毕恭毕敬地望着他说："老爷，乱闯我码头的几个鸡杂鸭杂都在这里，请老爷发落。"

刘钦云品了一口茶，问麻袋里的人，"是不是蔡家的？"一个麻袋口的人头乱摇。刘钦云放下茶杯又问，"是不是洋人的？"几个麻袋口的人头同时乱摇，求刘钦云饶命，放了他们。刘钦云头微微一侧，不再看这几个人，说了一声："下了。"

麻哥立即和手下抬起一只麻袋。"啪"的一声，麻袋被掷入长江。紧接着，另外两只装人的麻袋也被掷入江水，麻哥抬起第四只麻袋往江边走，正准备把这个也"下了"，刘钦云却站起身说了一句："留一个，让他回家给主子报信去。"说完，刘钦云就在保镖的簇拥下，扬长而去。

刘钦云一走，麻哥也懒得理会刚刚"下饺子""下掉"的几条性命，他扔下剩下的一个麻袋，随着打手们一起走了。

麻袋口松开了，从麻袋口里钻出一个人，他一脸惊恐，庆幸自己总算捡回了一条命。他的名字叫九戒，年龄不大，却已经对汉口这些码头上的打打杀杀见怪不怪。刘钦云手下打手如云，被他"下掉"的生命不计其数，能够如他一般捡回了一条命，真真算是奇迹。

汉口英租界。江汉关的钟声当当地响了。

一辆马车驶进英租界。马车上，伊万诺夫双目紧闭，雪茄在他的嘴边一闪一亮。从新店小镇回汉口后，他就在琢磨蔡家的茶山，思来想去，他认为很有必要去拜会拜会以前的竞争对手刘钦云。

刘钦云的家在英租界。伊万诺夫来的时候，刘钦云身披中式衣褂，却穿着皮鞋，戴着眼镜，正在给关公上香。壁上高悬着忠义堂的大匾，在烟袅绕中显得庄严、神秘。

麻哥从大门匆匆进来，穿过庭院，保镖见了他，都肃立地站直着身子。他来到忠义堂前，见刘钦云正在上香，便停步等着。刘钦云双目微闭，他知道是麻哥来了，微微一侧头。麻哥赶紧说："老爷，新成洋行的老板来了。"

刘钦云睁开眼，一脸惊讶，麻哥便解释了一句："俄国人，新成洋行的老板伊万诺夫。"

刘钦云霍然转身，眼露凶光，他不喜欢这个俄国人。麻哥也纳闷，一大早的，这红毛子就上门来了，他捉摸着肯定没什么好事，只是他不敢不向刘钦云汇报。刘钦云不想见伊万诺夫，麻哥答应着，正欲转身，刘钦云却又改变了主意："慢！就叫他在会客厅等着。"

麻哥离开了忠义堂。

刘钦云并没有马上去会客厅，任由伊万诺夫在会客厅等候。

时间过了很久，伊万诺夫还不见刘钦云，就有些不耐烦地站起身，四处张望，他看到盯着他的保镖突然都低下了头，刘钦云满面笑容地走了过来，他一边走一边说："哎呀，伊万诺夫先生，让你久等了！"

伊万诺夫勉强地堆出笑脸，回了刘钦云一句："是啊，刘老板。上次拜见你们皇上，好像也没等这么久。"

刘钦云装作没听见伊万诺夫的埋怨，吩咐上茶的同时，也把话岔开了，他问伊万诺夫："这么早就起来了，精气神真不错啊，到乡下跑了一趟，也不休息休息？"

伊万诺夫一怔，他没有想到他去蔡家茶山的消息，刘钦云这么快就知道了，看来在汉口，什么也瞒不过刘钦云的眼睛。

刘钦云拿出一盒雪茄，示意伊万诺夫自取。伊万诺夫取出一支，赞了一句，"好雪茄"。他话音一落，刘钦云挥挥手，手下又送来两个精致的盒子。刘钦云对伊万诺夫说："拿几盒回去抽吧。"

伊万诺夫摇头，无功不受禄，这是中国的古话，在中国时间一久，中国的风俗人情，他还是明白一二的。当然如果刘钦云能够收下他的一份薄礼，礼尚往来的话，他就觉得他们之间就是君子交往了。

刘钦云让伊万诺夫直接说他的薄礼指什么。伊万诺夫望了望麻哥和周围的保镖问了一句："我来拜访，刘老板觉得不安全吗？"刘钦云哈哈笑了，挥手叫他们都退下。

伊万诺夫这才说了来刘府的目的，再过两个小时，他吩咐他的人马全部从货码头撤离。刘钦云一怔，望着伊万诺夫问了一句："这就是你送给我的礼品？"

伊万诺夫点头。刘钦云纳闷，这个洋毛子在搞什么鬼把戏，货码头不是他的地盘，是蔡瑶卿的，照说这礼品他该送给蔡家，现在他大清早跑他家来说这件事，到底有什么目的，他拿不准。他靠着给英国人买办发家，在汉口码头打打杀杀这些年，什么样的风雨都见识过，早就练得对自己拿不准的事情，深藏不露，他倒是要看看这个洋毛子，究竟要耍什么把戏。

伊万诺夫算个中国通，特别是对汉口码头的状况一清二楚，他早就知道刘钦云做梦也在想着蔡瑶卿的货码头、他的洋码头，还有汉口别的码头。他很欣赏刘钦云的机智，以及敢作敢为的胆量，和英国人打交道，也不是那么容易的事情，而刘钦云不仅靠着英国人起家，还把这个家越发越大。在汉口码头，提起"刘钦云"三个字，可以说如雷贯耳。目前汉口码头太乱，需要有码头秩序，这种秩序说白了就是商家的利益，也是商家与商家必须去遵循的一种规则，他把这么大的一个人情送给刘钦云，让刘钦云去建立码头秩序，再适合不过。

刘钦云总算是弄明白了伊万诺夫的意图，他不相信地问伊万诺夫："你不会白白让出那块地盘吧？"

伊万诺夫从皮包里取出一块贡茶的茶砖，那是德昌号蔡老板的贡茶，也是大清皇帝需要的贡茶，刘钦云当然熟悉，只是他还是没弄明白伊万诺夫到底要干什么。

刘钦云点燃了一支雪茄，看着伊万诺夫，等伊万诺夫说出最终的目的，他相信这个红毛子，迟早会亮出底牌。果然不出刘钦云所料，他一支雪茄还没抽两口，伊万诺夫就说出了他的目的，他对清朝的皇帝不感兴趣，他感兴趣的是蔡家的茶山。

刘钦云愣了一下，不过很快就若无其事地问伊万诺夫："噢？茶山？那是蔡家的祖业，他恐怕不会松手吧？"

伊万诺夫终于露出了他的一份狡黠，望着刘钦云说："所以我今天专程来跟你讨论讨论货码头的事。"

直到这个时候，刘钦云才真正感到这个俄国人的厉害，他第一次认真看着伊万诺夫，这个红毛发的洋人，在刘钦云的眼里雾化成一幅浓墨重彩的图画。

～ 2 ～

汉正街的清晨，阳光洒在石板路上，被雨水洗过的石板，氤氲出石质的气息，一阵又一阵地扑进德昌号茶庄，茶庄的店门已经大开，清晨迎客是德昌号的规矩。

德昌号茶庄老板蔡瑶卿正坐在后厅喝茶，一个小伙计提着满满的一篮小吃，匆匆走进来，摆开小吃，就退了出去。

祝掌柜来了。他走到蔡瑶卿身旁说："这几天夏茶来得很猛，湘茶也陆续到岸了。奇怪的是往年洋行一到这个时候，就要压价，但是今年他们却到处放风，说要提高收购价。"

蔡瑶卿知道这是欲抑故扬的一套老把戏，经营茶叶多年，茶市上的风吹草动都瞒不过他的眼睛，他要祝掌柜先稳住，看看行情再作打算。

蔡瑶卿招呼祝掌柜坐下一起过早（吃早饭），他问祝掌柜："龙山的茶今天该到了吧？"

祝掌柜说："下午就到。"

茶叶下午就到，蔡瑶卿叹了一口气，他的弟弟蔡老三却到现在不见人影。这些年，蔡、刘两家为了打码头，明枪暗箭斗了几十年，码头没几天太平日子，现在俄国人盯上了蔡家的茶山，那是祖业，俄国人却要收买，这等于是在挖蔡瑶卿的祖坟。在这个时候，老三却天天只知道玩，把码头交给这样的人，蔡瑶卿放心不下。

眼看夏收上市，码头就肥了，俏了，事情自然也就多了。这些年，码头上打打杀杀，蔡瑶卿也累了，倦了。只是现在蔡家只剩下这个货码头，说什么也不能败在老三这个败家子手上，他算是指望不上这个弟弟了，他要祝掌柜盯着点，码头上的事，多留几个心眼。

祝掌柜嘴上应允着，心里却犯嘀咕，这个蔡家三爷，不是个听话的主，老大一把岁数，就是不好好成一个家，骨瘦如柴不说，还嗜赌如命。蔡瑶卿把码头交给他打理，他却经常在码头上要么睡大觉，要么赌蛐蛐。

工头秋秋递给蔡老三手下金强一个蛐蛐罐，并向金强递了个眼色。金强赶紧跑到三爷身边，一边给蔡老三看蛐蛐罐，一边说："三爷，这可是钢嘴铜牙的大将军！在武昌连胜三场，那是呱呱叫，您要是再去打，保险能把昨晚的本给翻回来。"

蔡三爷看了看蛐蛐罐里的蛐蛐，一阵欣喜，可又不大相信地问金强："你个狗日的，又来诓我！这么好的宝贝，你是怎么弄来的？"

金强嘿嘿地笑。鱼有鱼路，虾有虾路，为了孝顺蔡老三，让他高兴开心，他托人弄了只上好的蛐蛐，让蔡老三翻本去。蔡老三果然大喜，笑骂金强："算你狗日的还有良心。走！要是再输了，看老子剥你的皮！"

两个人离开了码头，朝茶馆走去，站在远处窥探的秋秋看着二人离去的背影，暗暗笑了起来。

蔡老三去了汉正街茶楼。在茶楼二楼雅座里，一群赌徒正在赌蛐蛐，这是蔡老三经常玩的地方，他对这种嘈杂的叫喊声太熟悉了，他喜欢这样的赌博，只有在这里他才觉得刺激，才觉得时间容易打发，也才觉得他还活着，而且活得有滋有味。只是他经常输，他不知道是自己没有赌运，还是他一直就是个容易失败的人。多年前，他跟着哥哥蔡瑶卿来到了汉口，靠着拳头打下了一片码头，那个时候，他觉得自己的人生还算辉煌。在汉口这个日益繁华的大世界里，他在一个又一个大缸里染着，这染色素一多，他也不知道自己本来的底色是哪一种，除了赌，他再也提不起当年打码头的雄风了。

蔡老三挤进赌蛐蛐的人群里，信心满怀地摆出金强给他弄来的"大将军"。"大将军"名字倒是威风十足，可当两只蛐蛐在罐里斗了才几个回合，他的"大将军"就被对手咬得到处乱跑。

蔡三爷又输了，汗水如涌泉般往外冒，他的额头、脖子、脸迅速浸泡在大汗之中。他顾不上擦掉汗水，大声喊道："妈的，老子就不信邪了!"他还要继续赌，可庄家望着他嘲讽地说："三爷，您的胳膊上次已经输过一回了，您不会再把大腿押上吧?"

蔡老三火了，"砰"的一声，把桌子拍得巨响，吼叫了一句："老子押个鸟! 你敢赌吗?"

庄家见蔡老三真的发火了，不敢再激他，任由蔡老三喊着："再来，再来。"

庄家赔着笑脸继续和蔡老三周旋，一只只蛐蛐在罐里被主子们赌着，叫好声，叹息声，骂娘声，一浪高过一浪。

～ 3 ～

戏船在风平浪静的长江上继续航行，黄天虎被班主从箱子里拖了出来，他被班主带到船头，罚跪在那里。

班主要送黄天虎回新店小镇去，小莲替黄天虎向父亲求情，黄天虎全家都被杀了，官府还在抓他，他要是回去，就再也活不成了。

班主只顾抽烟，不说话。

小莲突然双膝跪地："爸，你就带他到汉口，让他逃命去吧。"

班主扶起小莲说："人在江湖漂，谁人不挨刀啊。这小子虽然调皮，但看着他全家蒙难，我也心疼啊，人心都是肉长的，我怎么会赶他回去送死呢？唉。"班主一边说，一边叹了一口气。

小莲见父亲同意带黄天虎去汉口，高兴得想抱着黄天虎对着长江大喊大叫几声，只是碍于父亲在场。她笑着对班主说了一声："谢谢爸。"

班主答应不送黄天虎回小镇，却没有答应要带黄天虎去汉口，小莲高兴得太早。班主望着黄天虎说："天虎，别怪你叔无情啊。我这条老命不要紧，关键是我得把她好好的送到汉口。可这一路上关卡重重，与其玉石两焚，不如下一个码头，你就先下，逃命去吧。"

黄天虎给班主磕了个头，然后站起身望着小莲说："小莲，听话啊，到了汉口，好好唱戏，不要担心我。"说完，他一个猛子，跃进江中。

小莲失声大喊："虎子哥！"欲去拉住虎子，却被班主死死扯住。

黄天虎的人头在波浪中沉浮，班主皱了皱眉头，一边自言自语："这个犟瓜！"一边喊船工："快！救人！"

戏船朝着黄天虎的方向摇去。小莲大喊："虎子哥！快上来！"黄天虎的人头在波浪中沉浮起伏，小莲的心也随着波浪沉浮起伏。她只顾着大喊黄天虎，当一阵大浪涌来时，一个趔趄，栽入水中。

班主看到小莲落水，急了，他大喊："来人啊，快！救救我女儿！"

黄天虎听见了喊声，转身朝小莲奋力游去，戏船也朝着小莲落水的位置摇去，一条茶船也摇过来，船工们纷纷举起长篙，伸向小莲落水的地方。两个船工跳下水，朝小莲游去，小莲的头浮出水面，两手乱抓着，黄天虎游到小莲的身边，托住她的头，带着她往戏船游去。

两个船工也奋力游来，戏船和茶船都靠近了黄天虎和小莲，许多竹篙向他们伸了过来，小莲伸手抓住了一根竹篙。黄天虎见小莲得救后，抹了一脸江水，转身朝岸上游去。

班主大喊道："上来吧！唉，你硬是我的冤家啊！上来上来！到了汉口，你再走吧！"

班主喊完话后，小莲伸出一只手去拉黄天虎，黄天虎也伸出一只手去抓小莲的手，当两只手紧紧握在一起的时候，小莲那颗起起伏伏的心才终于平静了下来，只要黄天虎活着，她和他就有再见的机会，她的希望、她的梦想才有岸可靠。

一场有惊无险的救人场景留住了黄天虎，戏船跟着扬帆前进的茶船船队继续向汉口方向行驶。

江面越来越宽了，船队越来越多了。朝思暮想的大汉口，眼看就要到了。

"汉口到啦！"茶船上有人兴奋地大喊。

戏船上，小莲和黄天虎都听到了这声喊叫，他们钻出船舱，跑到船头，兴奋地眺望。

茶船上的一个船工用粗犷的男声拉长调子吆喝道：

"紧走慢走啊，走不出汉口啊！"

其他的船工随即应和唱了起来：

> 紧走慢走啊，
>
> 走不出汉口啊。
>
> 汉口的洋妹妹，
>
> 电烫飞机头啊！

一群江鸥在长江汉水的交汇处叫着，飞翔着，船工们粗犷的歌声回荡着，在歌声中，林立的桅杆，喊着号子升帆的船工，大轮船的烟囱，汽笛，趸船，弯腰扛着麻包的码头工人，拄着文明棍的假洋鬼子，缠着小脚的贵妇人，黄包车上珠光宝气的洋太太，码头口的乞丐等全部涌进了黄天虎的眼睛。他惊讶地张着嘴，汉口，这个他不敢想象的大世界真的就这样现实又这样近地呈现在他的眼前。对他而言，这是一个全新的世界，也是一个他从来没有见过的世界，在这个世界里，他除了眺望，就只有陌生。

小莲和黄天虎一样，觉得一切都是新奇的，只是小莲的目光没有黄天虎那般急切，她虽然也想尽快了解汉口这个新鲜的大世界。对于她而言，有黄天虎的日子，比什么都重要，她可以不要汉口的新鲜，但她不可以不要黄天虎，他是她的命根子，他也是她的希望和未来。

～ 4 ～

码头上，一长串装卸工背扛着巨大的麻包弯腰驼背地前行着，黄天虎正在看这些装卸工人时，突然一群手持棍棒的打手，从岸上冲向汉水边，挥舞着棍棒殴打着码头工人，手无寸铁的码头工人愤怒地骂着，抵抗着，挨打的惨叫着，纷纷往水边逃跑，有的跳入水中，几只麻包也掉入江水，水花四溅。

戏船上的小莲也看到了这一切，她惊惶地问黄天虎："怎么打架了？"

黄天虎摇摇头，班主在一旁叹气说："老戏本啦，打码头！"

不远处，麻哥叼着香烟，眯缝着眼，坐在竹椅上，身边的人为他撑着伞，摇着扇，他却漫不经心地望着眼前殴打的场面。

祝掌柜也来到了码头，他站在堤上看到了这个场面，一脸惊恐。码头果然如蔡瑶卿所言，极不太平，他并没有停留多久，就匆匆离去。

麻哥挥挥手，杨秋秋媚笑着跑了过来，麻哥说："差不多了，清完场子，马上下卡子。蔡老三要来了。"

秋秋转身大声喊道："叫他们赶快滚蛋！清场子！下卡子！"

打手们吆喝着，驱赶挨打的码头工人。

祝掌柜一路小跑，回到了德昌号茶庄，蔡瑶卿正在看账本，祝掌柜喘着粗气说："麻子又把货码头封了！"

蔡瑶卿把账本一扔，皱着眉头问："这几天伊万诺夫也在货码头上货，麻子他敢？"

祝掌柜连忙说："不，两个钟头前，伊万诺夫把他的人手全撤了，真有点奇怪。"

蔡瑶卿诧异地思索了片刻问祝掌柜："老三呢？"

祝掌柜支吾着，他想蔡三爷大概在茶馆里。蔡瑶卿发火了，他让祝掌柜赶快派人把老三叫回来，另外拿两百两银票，去衙门跑一趟，叫他们快点派人到码头去。

祝掌柜按蔡瑶卿的吩咐去办，派人去了汉正街茶楼。蔡老三正赌得欢，德昌号的小伙计急急忙忙扯住他，贴着他的耳朵说码头出事了。蔡三爷的眼珠子骨碌转着，听完，猛地又拍桌子骂："狗日的！邪了！"

蔡三爷骂完后，又大喝了一声："操家伙！回码头！"

庄家在他的身后嘲讽地喊着："三爷，小心你的鸟！"

蔡老三头也不回，大喊道："好咧！给你妈留着！"

一句话抵得庄家再也不敢接蔡老三的话茬。

蔡三爷带着一群人，手持扁担棍棒气势汹汹地赶到了码头，麻哥仍躺在竹椅上摇着二郎腿，叼着一支烟旁若无人地抽着，秋秋走过来提醒他，蔡老三来了。

麻哥鼻子哼了一声说："老子等的就是他！"

蔡三爷边走边骂："麻子，你个狗日的！欺到老子头上来了！"

秋秋弯腰笑着迎上前："三爷来了！"

蔡三爷把他推到一边："好大的味口啊！真是腰里别个死老鼠当猎人，当年你从乡下讨饭讨到这里，跪着求我收留你，你他妈全忘了？啊？"

麻哥摘下墨镜，装模作样看了看三爷，嘲讽道："哎哟喂！我说是谁呢，原来是蔡家三爷啊！您是老江湖了啊，可您就忘了江湖的规矩：江湖不问出身。什么老江湖？我看你也就是块老豆腐！"

蔡三爷厉声喝道："少跟老子废话！老子的货到了，这是蔡家的码头，请你识相些，到别处发财去！"

麻哥坏笑着，伸出手来："呵呵，原来是蔡家的码头，对不起啊。"

蔡三爷得意地也伸出手，麻哥一把握住蔡三爷的手，猛地发力，将他的手反扭到背后，刷地从腰间抽出一把手枪来，顶住了他的太阳穴，蔡三爷的人立即冲了上来，麻哥吼道："谁敢上来，老子就毙了他！"

蔡三爷依然嘴硬地骂道："麻子！你个狗日的，用枪！坏了码头的规矩！"

麻哥不理他，用枪使劲一抵说："它就是规矩！"

蔡三爷把头低了下去，无奈地挥了挥手说："退后！都退后！"

戏船上，小莲和黄天虎仍在看着码头上的争斗。"别看了，小莲进舱，虎子也进去。"班主催促船家马上离开，他怕沾上火星，脱不开身。

　　戏船慢慢离开。这时一只小划子却悄悄靠近了戏船，船上埋伏着蔡家码头的人：吴哥、黑皮、憨子、九戒等。小划子靠近戏船后，黑皮等人突然爬上戏船，抄桨就往岸上划，班主急忙求情说："几位小爷！我们实在不想沾火星啊！"

　　黑皮说："没你的事，我们就借个道。"

　　黄天虎赶到船尾，低声喝问："你们想干什么？"

　　九戒恶狠狠地冲黄天虎说："少管闲事！老子借个路！让开。"

　　黄天虎站着不让，这儿又不是谁家菜园子，凭什么他就得让着他们？九戒又喊了一句："让开！"黄天虎还是站着不动，九戒一拳打来，黄天虎被打中，身子摇了摇，急忙回了一拳，九戒也被击中，痛得他叫了一声"哎哟！"

　　黄天虎回了九戒一句："没出息，还冒充老子，我看你就是根黄瓜秧子！"

　　九戒没想到黄天虎手脚这么麻利，只是他又不甘心，撂下一句话说："等忙完大事，我要打得你鼻青脸肿，打得你四脚朝天，还要把你嘴里的门牙虎牙什么牙都打在地上。"

　　黄天虎觉得对方有点可笑，也丢下一句："我等你。"

　　戏船慢慢靠近码头，码头上的一个打手发现了悄悄靠近岸边的戏船，奇怪地问："哎，这是什么船？还装着锣鼓家什。"另一打手自作聪明地说："戏船嘛。苕货，这都看不出来。"等戏船再靠近一些的时候，一打手认出了黑皮他们，尖叫起来："快来啊！拦住它！"打手们马上举着竹篙冲到码头边。

　　黑皮握着木桨，准备迎战，大声喊道："憨子！九戒！小心！"几根带刺的竹篙戳了过来，九戒、憨子连忙用木桨阻挡，又一根竹篙呼啦啦直刺过来，黄天虎在一旁失声大叫："小心！"眼看竹篙就要刺到黑皮，黄天虎急忙抓住了竹篙。黑皮回头看黄天虎，黄天虎用力拉着竹篙，打手也在岸边死命拉扯，两人如拔河一样。

　　麻哥惊讶地盯着黄天虎，这张脸他很陌生，他不知道黄天虎是从哪里来的。黄天虎眼看就要被拉入水中，黑皮冲上来，双手抓着竹篙用力一拽，打手被拽入水中，水花四溅。黑皮初战得手，大展身手，又用竹篙往码头上横扫，接连几个打手被扫入江中。

"砰！"麻哥举枪朝天放了一枪，狂喊："叫他们退后！退后！不退后就要他们死人翻船！"

蔡三爷大喊："老吴啊！莫靠了！莫靠了！退后！退后！"

黑皮等人爬上自己的小船。小船荡开后，吴哥问黑皮："黑皮，你认识船上那小子？"黑皮摇摇头，九戒在一旁说："多亏他，不然黑皮就没命了！"

打手们登上了戏船，抓住了黄天虎，小莲惊恐地走出船舱。这时麻哥走过来，大声喝问："哪来的野种？好大的胆子，敢撞老子的枪眼！"

班主急忙跪在船上："老爷！我们是咸宁的戏班子，今天刚到汉口，不小心粘了火星，求老爷高抬贵手，放我们一马！"

麻哥手下的几个打手不干，要不是黄天虎硬夺他们的篙子，横插一杠子，那几个水鬼一个也跑不了。

麻哥回头看了一眼蔡三爷，蔡三爷背后的人个个横眉怒眼，紧握棍棒，蓄势待发。他决定杀鸡吓猴，他大喝一声："统统给我绑起来！"打手们立即去抓小莲和班主，班主连连磕头，喊着："老爷！冤枉啊！"

小莲没见过这种架势，哭了起来。黄天虎跨前一步对麻哥说："篙子是我拉的，跟他们无关，放了他们。"

"嘿嘿！小杂种！你有种！"麻哥点上烟，指了指桅杆："我倒要看看你的骨头有多硬！给我吊起来！"

众打手七手八脚地将黄天虎拖拽到一只帆船上，一根麻绳捆住了黄天虎双手，几个人合力一扯，黄天虎被高高吊起，小莲哭着喊着："不要！不要啊！救命啊！"

班主又磕头求情道，黄天虎还小，不懂事，求求他们放过他。小船上，黑皮微眯了眼望着黄天虎，他愤怒极了，黄天虎跟他们非亲非故，现在却为他们受罪，他看不下去，喊了一句："走，老子和他们拼了！"

九戒也附和着说："走！老子昨晚差点被他们下了饺子，今天非出这口气不可。"

吴哥拉住黑皮，麻子有枪，不能这样硬拼。拼死一个算一个，这是黑皮的个性，吴哥却认为不值得，他建议赶快去请欢喜爹爹，只有他，才能救黄天虎。黑皮他们也认为吴哥的建议好，就奋力把船往岸边划去。

～ 5 ～

蔡家的茶船队缓缓靠近码头，麻哥手下的打手手持棍棒站在岸边吼道："不准靠岸！"

船老板笑着和他们套近乎说："嘿嘿！拐子，拐子！我们一直就是靠这个码头的，该交的租子，我们都交了的！"

一打手说："哪个是你拐子？哼！说不让靠，就不让靠！"

船老板只好搬出德昌号蔡老板，可打手们根本不管这些，他们冲船老板吼："老子不管什么菜老板肉老板！少废话！快走！"

祝掌柜从衙门回到德昌号茶庄，向蔡瑶卿汇报了码头的情况，麻子疯了，在码头上开枪，而刘钦云一大早去了跑马场，他是故意的。再说了，他是麻子的老板，他不会胳膊肘往外拐的，衙门只给了两百两银票，怕是塞不饱他们，这个时候还没派人过去。

蔡瑶卿生气极了，拍案而起："拿人钱财，替人消灾。再去请！"

祝掌柜坐着人力车急忙忙赶到衙门。在衙门口，他看见了刘钦云的马车，急忙闪到一边。刘钦云与师爷有说有笑地走了出来，刘钦云拱了拱手，师爷也拱了拱手，刘钦云上了马车，马车迅速远去。

祝掌柜等师爷进去后，才走进了衙门，按照蔡瑶卿的吩咐，请衙门马上去码头协调。

在货码头，麻哥还在折磨黄天虎。蔡三爷看不下去，高喊："死麻子！折磨人家乡里伢算什么本领？有种的过来，一对一，单挑！"

麻哥嘲讽地说："单挑？你以为我怕你啊？老子先整服了这个小杂种，再跟你过招！"说完转身对黄天虎喊道："小杂种！先跟我求饶，喊声爷爷！老子饶你不死！"

小莲哭喊着，连连磕头："爷爷！爷爷！饶命啊！饶命啊！"班主也跟着磕头，麻哥不松口："你们喊他妈的不算！老子偏要他喊！"

黄天虎满头大汗，颤声道："放、放了他们我就喊。"

麻哥诧异地看了看黄天虎说："小杂种！你死到临头还替人家求情啊？好！老子就冲你这份义气，放了他们！"说着他对戏船挥挥手："滚！快滚！"打手们驱赶戏船，小莲哭喊着不愿离去，班主抱住她，把她扯进船舱，戏船调过头，往江上划去。

麻哥喊道："小杂种！大声喊！给老子叫响一点！"

黄天虎颤声说："我……我爷爷……"

秋秋高喊道："大声点！"

黄天虎忍痛大声喊道："我、我爷爷……不欺负穷人！"

麻哥脸色大变，好一个小杂种，敬酒不吃吃罚酒，"给老子'下饺子'！"他喊了一句。打手们将绳索一松，黄天虎摔在船板上，"啊"地惨叫起来。打手们将他拖拽着，放到船外，准备沉水——"下饺子"。

九戒和憨子用竹杠抬着欢喜爹爹，朝码头跑来。

麻哥狂喊道："求不求饶？说大爷饶命，我就放了你！"

黄天虎紧咬住牙关，不作声，许多下船的乘客聚集在跳板上，大声呼喊："傻孩子！求饶吧！""苕伢子！快低头啊！"

黄天虎半身浸在水里，头低垂，似昏迷了。

船上的打手说："麻哥，怕是不行了。"

麻哥仍然狂喊道："非要他开口！让他清醒清醒！下！"

打手们将黄天虎沉进水中，走出舱的小莲远远地看着黄天虎，她的眼泪不停地往外涌，早知道汉口是这样的，她说什么也不愿意离开小镇，就算是死，她也愿意和黄天虎一起死在小镇里。

蔡三爷的人马与麻哥的人马正在乱骂纠缠成一团，九戒和憨子等四人用竹杠将欢喜爹爹抬了过来，欢喜爹爹大喊："住手！都给我住手！"

双方人马闪开一条道，欢喜爹爹坐在蒲团上，他是个双腿微残的老人，他大声喊道："麻子！你赶快把人扯起来！"

麻哥示意将黄天虎扯起来，转身打招呼："哎呀，欢喜叔！这么热的天，您这是何苦呢？"

在汉口码头上，欢喜爹爹是帮会中的长辈，老人，连刘钦云都要让他几分，麻哥更不敢得罪他。麻哥一见他老人家亲自来了，连忙解释说这码头上，一天不吵不闹，就不热闹，他和蔡三爷也只是玩玩，没有别的意思。

欢喜爹爹质问麻哥："玩玩？玩出人命来？啊？这家有家规，国有国法，码头有码头的规矩，歪江湖还有正道理。蔡家的船队历来就靠这货码头，你凭什么拦人家的货啊？"

麻哥脸上挂不住了，把脸沉了下来。他本想给欢喜爹爹面子，可现在欢喜爹爹却步步逼他。他开始喊叫起来，要欢喜爹爹不要多管闲事。

蔡三爷愤怒地扑了过去，他就看不惯麻子欺负欢喜叔，他扯开衣襟，拍着胸冲麻子喊："有种的你开枪啊！开枪啊！"

麻哥抽出枪来，抵住蔡三爷，疯狂地喊道："你以为老子不敢？啊？"

就在这时，蔡瑶卿出现了。蔡瑶卿上前，双手背后，笑着说："好啊，你就开枪啊，那就让你和老三这对冤家一起到阎王那里去打官司！"

麻哥一看是蔡老板，顿时就软了下来，收起枪，赔起了笑脸："嘿嘿，蔡老板！把你也惊动了！"

蔡瑶卿冷冷地说："你这放枪放炮的，除了衙门听不见，整个汉口都听见了吧。说，有什么想法，直说吧！"

麻哥嘿嘿笑着，嘴里说着夏茶上市，弟兄们只想讨杯茶喝，眼睛却盯着水上的茶船。

蔡瑶卿眼睛瞪着麻哥问："噢，讨杯茶喝？想喝什么茶啊？"

麻哥仍然赔笑，却毫不犹豫地指了指水上的茶船。蔡瑶卿明白，麻哥指的是他的新茶，他长叹一口气说："要我的新茶？小意思嘛，叫你们的刘老板跟我打个招呼就行了，何必打啊杀啊的。"

蔡三爷却怒吼了起来："完全是强盗！"

蔡瑶卿拦住弟弟，问麻哥要多少。

麻哥厚颜无耻地笑了起来，说只是同蔡老板开个玩笑，新茶随便蔡老板赏赐，然后将秋秋推上前，"不过还请蔡老板多关照，今后秋秋就在这码头上讨口饭吃。"秋秋也嬉皮笑脸地对蔡老板鞠躬，请他多关照。

这时，黄天虎已经昏迷过去。打手解开他手上绳子喊："麻哥！麻哥！乡里伢子不行了！"

岸上人群骚动起来，衙门的巡捕们大声吆喝着过来了："闪开！闪开！"捕头大摇大摆走来，看见蔡瑶卿，笑道："哈哈，原来是蔡老板！"

蔡瑶卿冷笑道："来得早不如来得巧啊！"

捕头打着哈哈，拿最近流民滋事，忙不过来搪塞蔡瑶卿，然后指着麻哥问他又在干什么？

麻哥坏笑起来，说是一场误会。捕头转向蔡瑶卿："就是一场误会。"

蔡瑶卿冷笑着。捕头嘿嘿干笑着，指着麻哥，让他快滚。

麻哥点头哈腰，大声吆喝着手下的打手们，撤退了。

码头恢复了片刻的宁静。蔡瑶卿让手下赶快救黄天虎，吴哥、九戒、憨子马上冲向帆船，黑皮冲到黄天虎身边，拍打着他的脸叫："喂！喂！"

黄天虎昏迷不醒。黑皮把手指放在他鼻子上，试了试，突然哭了。

第三章 大难不死

～ 1 ～

夏夜，月光下的码头，一只又一只桅杆的倒影在水面被拉得细瘦漫长。一艘货轮拉响的汽笛声打破了夜的宁静，也搅乱了一江波纹，惊醒了一直昏睡的黄天虎。

他迷迷糊糊睁开眼睛的时候，看到工棚里睡满了人，双层木板床通铺似的一个连着一个，只是有的地方，用蚊帐隔成一小间，鸽子笼似的，那是码头工人的"夫妻房"。当然黄天虎是不知道这些的。他现在睡的地方是欢喜爹爹的房间，在最东头，鸽子笼般的一个小小单间。微弱的烛光照在熟睡的黑皮脸上，黄天虎才知道，是他们救了他。

他移动了一下身体，搭在额头上的湿毛巾滑了下来，紧贴着他睡觉的黑皮被惊醒了。黑皮伸手摸了摸黄天虎的额头，退烧了，这才松了一口气。当他在码头上试黄天虎的鼻息时，感觉没气了，他一下子就哭了起来。他也不知道自己为什么会对黄天虎这么牵挂，黄天虎就如他失散多年的亲人一般，撞进了他的生活。

黄天虎也真是命大，一口气睡了三天。他一醒，黑皮和九戒都醒了。黄天虎想起了小莲和戏班子，便问黑皮和九戒，戏船上的人去了哪里？

黑皮知道黄天虎问的是那个长得灵醒的丫头，他告诉黄天虎，他们都走了，让他放心。

九戒嘻嘻地笑着问黄天虎："哎，那个丫头好俏皮啊，是你的媳妇吗？"

"是……同乡"，黄天虎提到小莲，就变得结巴了。他说着话时，有点尿意，就下床想往外走，可一抬脚身子就摇晃起来，轻飘飘的，他才想起自己生过一场大病，元气大伤。

黑皮和九戒赶紧起床，扶着黄天虎，来到工棚外。一排排简陋的芦席工棚，沿着土堤蜿蜒伸展，夏虫的鸣叫和工棚里的鼾声混合成一种码头才有的交响乐，如工棚一般向黑夜无尽的远方延伸着。

三人来到土堤边，九戒问黄天虎："要我扶着你尿吗？"黄天虎摇了摇头，九戒倒是大大咧咧将短裤往下一扯，光着屁股，不管不顾地撒着尿，月光下三条曲线亮闪闪的。九戒话多，他看着黄天虎惊奇地说："嘿，打成这样，尿还这么冲啊。"

黑皮怕九戒的话伤了黄天虎，赶忙阻止九戒说："九戒，没人说你哑、哑巴。"

九戒点点头，不再提码头上的事，建议一起上堤吹吹风。他和黑皮搀着黄天虎来到土堤上，把他扶着坐下，江风一阵赶一阵地飘过，凉爽极了。

九戒倒在地上说："还是堤上凉快，屋里闷死了。"

黑皮问黄天虎："你叫虎子？"

黄天虎警觉地问黑皮："你怎么知道的？"

黑皮解释，他是听小莲在喊虎子哥。黑皮提起小莲，黄天虎又难过起来，他不知道小莲现在在哪里，他怕小莲担心他。他很想告诉小莲，他现在好好的，没事了，他的命又被捡了回来。

黄天虎正在想小莲的时候，九戒却插话说："哎，你拼死拼活救了他们，到现在也没有人来看你一下，良心叫狗吃了吧？要不是吴哥喊来了欢喜爹爹，麻哥再下一回饺子，你小命就丢了。"

黄天虎向黑皮和九戒解释，他已经给小莲他们添麻烦了，他是逃难躲到他们船上的，事先就说好了，到汉口就分手。他们能够收留他，并把他带到汉口，他就已经很感激了。

他不怪他们，只是他真的很想小莲，在偌大的汉口，他只有小莲这么一个熟人，一个亲人，一个需要他时时刻刻去牵挂的人，要没小莲，他来汉口干什么呢？汉口哪里才是他的家呢？黄天虎陷入惆怅之中。

九戒听了黄天虎的解释，一下子坐了起来，凑近了问黄天虎："那你是……犯事了？"

黄天虎摇头，九戒又问："你家里？"黄天虎再也控制不住，低头哭了起来，家，家在一瞬间没了，母亲为了救他，用血淋淋的身体挡下了一颗又一颗子弹，现在他流落到了汉口，哪里是家？他不知道。

黑皮示意九戒别问，他拍拍黄天虎的肩膀说："兄弟，你、你要瞧得起，这里就、就是你的家。"

九戒也劝慰黄天虎说："我叫九戒，比猪八戒还多一戒呢，但比猪八戒好看多了吧？我是汉阳人，爹妈死啦，就跑到码头上来混。他呢，叫黑皮，黄州人，也是孤儿，从小就混码头啦。莫哭莫哭啊，码头上最金贵的，就是眼泪水。要是想那丫头了，我帮你找去！"

黄天虎听了黑皮和九戒的话，果然止住了泪水，男儿有泪不轻弹，他知道这一点，只是在这样的夜里，他想家，想小莲，想母亲，也想父亲，父亲到底去了哪里？黄天虎很想知道。

三人正在聊天时，黄天虎看到从夜色里走过来一个年轻女人，她手里抱着个孩子，正在轻声喊道："九戒，九戒！"

九戒急忙迎上前叫了一声："菊姐。"

菊姐把孩子递给他说："帮我带一下鼻涕虫。"

九戒稍稍犹豫，接过小孩，小声问了一句："有生意？"菊姐含含糊糊应了一声，九戒又问："什么人？"菊姐迟疑了一下，她没有回答九戒的问题，转身走了。

九戒跟上几步，黑皮喊了一句："回来！"

九戒有些不甘心地停了下来，黑皮骂九戒："有本……本事就娶了人家，别黏黏糊糊的，菊姐要赚钱过日子，你管她接什么人。"

九戒支吾了一声:"我怕……人家不干净。"

黑皮从九戒手上接过小孩,抱在自己怀里。黄天虎好奇地看着他们,他不明白他们在说什么,他看不懂码头的生活。

九戒、黑皮和黄天虎仍坐在土堤上,没有人再说话。鼻涕虫突然哭了起来,九戒急忙接过孩子,一边给他擦鼻涕一边说:"一脸的鼻涕,真是个鼻涕虫,几丑啊,叔叔给你擦擦。"

九戒慢慢地拍着孩子哄到不哭,只是他抱着孩子,却仍是忍不住朝菊姐家的方向张望,他口里念着童谣:

> "张打铁,李打铁,打把剪子送姐姐。
>
> 姐姐说,我不要,送你回去包茶叶。
>
> 茶也香,酒也香,一把桨,送过江……"

孩子在九戒怀里睡着了,九戒的目光紧紧盯着菊姐家的方向。在那里,一个中年男人在堆满破烂的小院门口正在等待菊姐,菊姐走过去,领着那个中年男人进了自己的家门。油灯结了一个灯花,菊姐也懒得去拨弄,任由灯火一下一下地跳动,把那个趴在自己身上的中年男人的身影照得起起伏伏。她如木头一样,任男人呼哧呼哧地在她的身体里耕种,男人喘气的陌生气息一浪接一浪打在她的脸上,打在半裸的身体上,她痛苦地闭上了眼睛。

桌上快要燃尽的煤油灯,灯花越结越大,那个中年男人汗淋淋地从菊姐身上爬了起来。菊姐精疲力竭地躺着没有动,她的脸上,汗水粘着一撮一撮披散的头发,她没去理。每次接待男人,她都有这样的疲惫感,也有一种对九戒的负疚感。她每次都把孩子交给九戒,每次都用这种方式告诉九戒,她要接客了。在这个码头上,除了还算年轻的身体,她没有任何可以维持她和儿子生存的本领。自从丈夫病死后,她就靠这种方式去还丈夫生病欠下的债,却内疚于九戒那颗一直关爱她的心。

中年男人取下墙上挂的衣裳,从口袋里掏出一把铜钱,拍在桌上。煤油灯的灯芯一震,散落在桌面上,如同菊姐的心,似是被乱刀劈过一般,七零八落。

中年男人头也没回地走了。那些铜钱在灯的照射下,生发出一丝冰冷的光，映亮了菊姐的屋子，也映照着菊姐那张满是泪汗的脸。

～2～

清晨，虚弱的黄天虎从柴火里找出一根棍子，拄在手上。黑皮和九戒带着他往小吃店走。那是古老的河街，离工棚不远，大多是平房，是码头工人聚集的地方，小饭馆、小吃店、杂货店、小茶馆密密麻麻地聚集在一起。

黄天虎、黑皮和九戒来小吃店的时候，还是凌晨三点，但是许多小店都开了门。黑皮和九戒走在前面，他们径直把黄天虎带进了一家王记米粉馆。王记米粉馆比别家起得更早，炉子上的一大锅水沸腾着，在水蒸气中，一位姑娘正麻利地忙碌着。她的名字叫巧妹，人如名字一样能干，在这里经营着小吃店。她的父亲是一个跛子，姓王，大家都喊他王跛子。他们来的时候，王跛子正在切卤好的牛肉，黑皮径直走到他身边，接他手中的刀。王跛子推让，示意要黑皮去帮巧妹。

巧妹看在眼里，一串话啪啪啪地就射过来了："哎哟，爹，你莫要递眼色，人家晚上忙死，专门去管那些风流闲事！"

黑皮闷头闷脑的，不言语，只是一个劲地在一旁抹桌子。

巧妹过去抢他的抹布："莫在这里鬼做！鼻涕虫的屁股还没有洗，你快点去洗！你可以做他的干爹咧！"

黄天虎杵在一旁，又不知他们是什么关系，心里替黑皮不平，但是又不知如何处置，很尴尬，就对黑皮说了声："黑皮，你继续挨训啊，我走了！"

"别走，别走。"黑皮这才发现黄天虎还站着，急忙拉他坐下。黄天虎不肯坐，翠了起来："这里的板凳有钉子。"

巧妹一听，火上来了："哎！你现在活了，有狠气了是吧？你晓不晓得三天三夜，是哪个在守着你啊？我又没有说你，你呕的是哪门子气嘛？嗨，真是船上不急，岸上急！"

黑皮低声对黄天虎说："这几天我们上码头了，都是巧妹帮你熬药，抹汗，端茶送水。"

黄天虎这才发现，门口有个小炉子，上面有个药罐子，正熬着药呢。

黄天虎这才坐下，嘟囔着："你是我兄弟，我听着你挨骂难受嘛！"

巧妹扑哧一声笑了："兄弟能过一辈子啊？"

黄天虎认真地："当然啊，同生不了，同死嘛。"

巧妹调侃他："啊，兄弟伙的，就不娶堂客了？不生伢崽了？"

黄天虎一时语塞，这才知道黑皮和巧妹是一种什么关系，也明白巧妹正在生黑皮的气，估计是看到黑皮替菊姐抱孩子了。

就在黄天虎捉摸黑皮和巧妹的关系时，有两个密探在离巧妹早点旁的包子铺门口盘问包子铺伙计姓什么，叫什么，当包子铺伙计说自己姓黄，密探立即逼近他问："姓黄？叫什么？啊？"

伙计吓坏了，胆战心惊地说自己叫狗子。老板看到这个阵式，连忙跑出来对密探说："老爷，老爷！他是我的乡下侄子，小名就叫狗子。"

密探一听黄狗子的名字，怎么叫的巧，就问是哪里人，老板回答说是安徽人，在这里开铺子好几年了，隔壁左右都晓得。

密探看了看黄狗子，没发现什么可疑的，就掏出一张画像，问见过这个人没有？

老板辨认了一会儿，笑着说："没有，嘿嘿，没有。"

密探一边抓了个包子一边说："见到了立即报告！"老板点头，指着蒸笼讨好地说："嘿嘿，这边是肉馅的！"密探又抓了一个肉馅的就往王记米粉馆走去。

密探走进米粉店，巧妹泼辣地迎上前说："老爷，你刚才的问话我都听见了，我们不姓黄，是湖南人，新化的。在这儿开铺子好几年了，隔壁左右的，都晓得的。"

密探没想到巧妹这么灵光，就说了一句："我还没问你，你倒噼里啪啦的，放鞭炮啊？"密探说完这话，突然看见黑皮和黄天虎在这里，就问："这是什么人？

巧妹说："这黑皮，扛码头的，你肯定面熟。这是我兄弟，才来，不会做事。把碗摔了，罚他干活。老爷，要不要来一碗牛肉粉？"

密探说："来一碗，就一人来一碗！"

巧妹招呼密探坐下，给他们下牛肉粉，问道："老爷好辛苦，这么早就出公差啊？"

密探说："唉，上面催得紧，要抓逃犯，害得老子们日夜不安。"

巧妹问："又是哪里的逃犯哪？"

密探拿出一张画像问巧妹："喏，就是他。"

巧妹辨认着上面的字："黄腊生。"

一边的黄天虎听见了，大惊，急忙往里间走去，不小心在门槛上绊了一下。

密探听见声响，不禁回头张望。

巧妹高声骂道："要你莫打牌，硬是不听！打到半夜，输了个精光，现在做事腿软得就像烂面条！滚回去睡觉！莫把我的碗摔光了！"躲进里间的黄天虎紧张地想着脱身之计，密探端着碗边吃边走，走到门口时说："骂得好，多骂骂就长记性了。"

巧妹笑着对密探说："乡里伢，硬是没得办法。"

密探吃完："嗯，味道不错。今天没带钱，明天来再补！"

巧妹笑着说："哎哟，老爷来了，就是我们的福气，哪里还敢收钱哪？老爷走好！下次再来！"

密探走了，巧妹快步走进里间，突然惊叫一声。黑皮急忙冲进门，仅有的一扇小窗半开着，黄天虎不见了。

黑皮和巧妹急急忙忙去找黄天虎。黄天虎的身体还没完全恢复。巧妹提着刚刚煎好的药罐匆匆地和黑皮向工棚走去，等他们来到工棚，才发现工棚里空无一人，巧妹喊道："虎子！虎子！"没人应答。

黑皮走上土堤，一边四处张望，一边喊："虎子！虎子！"还是没人应答。

巧妹纳闷地自言自语："咦，这个人，瘸着腿，歪到哪里去了呢？"黑皮没接巧妹的话，他很担心黄天虎，他已经感觉到黄天虎是个很倔强的人，这样的人在码头这种地方，注定会有这样那样的磨难，可是他又说不清楚，黄天虎到底会面临怎样的磨难，更说不清楚，黄天虎到底又将会有多少故事。

～ 3 ～

黄天虎听到巧妹念出"黄腊生"三个字的时候，大吃一惊，他不知道自己的父亲到底犯了什么事，为什么在汉口这样的大世界里，密探还在捉拿他呢？他知道自己在巧妹店里很危险，就从后窗爬了出去，独自来到土堤上。他拄着棍子在土堤上茫然地走着，江水一浪拍着一浪地扑向了岸边，那是一种雄性的力量，是长江特有的一种力量，也是黄天虎需要的一种力量，只是他说不清楚，他为什么需要这种力量。若干年后，黄天虎一直认为他就是靠长江这种雄壮的力量赢来了码头，赢来了市场，也赢来了自己作为大商家的另一种人生。

黄天虎拄着木棍在人流中一瘸一瘸地四处张望，不知不觉中，他来到了汉正街，那是一条很热闹的街，他无心看四周热闹的情景，他要寻找父亲，父亲还活着，这是让他又惊又喜的一个消息。

黄天虎在一家中药店门口看见一个戴着礼帽和墨镜的男子走进中药店，黄天虎觉得眼熟，于是他站在中药店的对面等候。男子从药店出来后，黄天虎急忙跟了上去。男子回头，发现有人跟着，加快了脚步，黄天虎一瘸一瘸地跳跃着紧紧跟着这个男人。

男人拐进一条巷子，黄天虎一边咳嗽一边瘸着脚跟进了巷子里，小巷没有人，黄天虎正四处寻找那个男人时，突然，一只手抓住他，把他拖进了一条横巷。抓他的正是墨镜人，他卡住黄天虎的脖子，低声喝问："为什么跟着我？"

黄天虎边咳嗽边说："你、你到我们家去过……"

墨镜人飞快地朝两边看了看，喝问："你是谁？"

黄天虎说："我，我的爸爸叫黄腊生。叔叔，我在找他。"

墨镜人这才将手松开，望着黄天虎说："你这样到处瞎晃荡，多危险啊！快回去！别找了！"

黄天虎的眼泪又涌出了，他已经没有了家，现在有了父亲的消息，除了找父亲外，他不知道哪里才是他的家。黄天虎把自己家的情况告诉了墨镜人，他要墨镜人告诉他，他的父亲到底在哪里。

墨镜人知道黄天虎家里的情况后，对黄天虎说："我也是听说的，你爸受伤了，还活着。现在到处都在通缉他，你到监狱那边再看看吧。"

黄天虎又惊又喜地问："在哪个监狱？"

墨镜人摇摇头，黄天虎还想问什么，可墨镜人不等黄天虎再问，撒腿就走了。

墨镜人走后，黄天虎一路问着路人，来到了一家监狱门口。一群囚犯，戴着木枷，拖着脚镣，从衙门方向走来。有的受了刑，被士兵架着拖着。已蓬头垢面的黄天虎拄着木棍仔细打量着囚犯，一张张或悲愤或木讷的脸在他的眼睛里缓缓划过，都是些陌生面孔。失望的黄天虎想看清楚些，就又朝着囚犯走得更近了点。狱卒看到了黄天虎，挥手驱赶着，让他走开。黄天虎后退几步，看着犯人们一个又一个走远了，可没有找到自己的父亲，他有些失望，可他不甘心。

这天夜里，黄天虎又出现在监狱门口，两个狱卒警惕地看着他，他走到一边，望着监狱的高墙，墙上有一块砖微微凸出，似乎可以攀援。黄天虎后退几步，竭尽全力地一跳，果然抓住了那块砖，可砖头突然断裂，黄天虎"砰"地坠地。一队巡逻的士兵听到声响，走了过来，喝问："什么人？"

黄天虎急忙爬起身，一瘸一瘸地逃跑。士兵追了上来。又饿又累的黄天虎实在逃不动了，跌倒在地，手中的破碗在地上咕噜噜一滚老远。

士兵们追上前来，黄天虎被士兵们抓住带走了。

黄天虎被士兵带走的这天，在一家茶楼的后房，小莲从箱子里取出几件戏服挂在架子上，她父亲班主找来几块砖，正在填床脚。

挂好衣服的小莲，看父亲还在低头忙碌，便偷偷溜出门。在茶楼后的巷子里，小莲环顾左右，班主追出门喊："等等，小莲，你去哪里？"

小莲迟疑片刻，回头望着父亲说："我去外头转转，看看汉口，来汉口好几天，都没认真看看汉口是什么样子的。"

班主追到小莲身后说："戏演好了外头有你转的。你不会是去找姓黄的那小子吧？"

小莲被父亲说中了心思，支吾地说："我……不知道他是死是活。"

班主没好气地说："他是死是活关你屁事，我们再不好好唱戏，在汉口也只有死路一条。快跟我回去！"

小莲仍不动弹，她昨晚做梦，梦见黄天虎掉水里了，她老是感觉黄天虎有危险，白天做事，她也总是分心，她放心不下黄天虎。

班主告诉小莲，黄天虎早被那几个扁担（挑夫）救了，让小莲不要瞎操心，小莲惊喜地问父亲："他还活着？"

班主点头说："活着，活蹦乱跳的。走走走，回去。"小莲被父亲一把拽走了。

回到茶楼里，小莲的心定了些，可她还是想黄天虎，她知道，无论她在哪里，黄天虎一直会藏在她的内心深处，这种藏，是属于她一个人的藏，也是属于她一个人的秘密。大约女孩在成长过程中都有这种有一个人被自己深深地藏着、收着的经历，这是一种私密，这也是一种幸福，更是一个女孩的甜蜜。这种甜蜜尽管看不见，抓不着，可实实在在地存在着。

～ 4 ～

在刘钦云的刘宅里，麻哥示意小厮离开。他亲自斟了一杯茶，恭敬地端到刘钦云面前说："老爷，你尝尝这个。"

刘钦云端起茶杯品尝着，麻哥得意地吹嘘道："这是新茶，是蔡瑶卿送的，别看蔡瑶卿老板大，一听我们老爷的名头，吓得差点尿裤子，乖乖地送礼上门，十大件呢，值点银子。"

刘钦云听了麻哥的话，反倒不喝了，放下茶杯问："蔡瑶卿送给你十大件茶叶？"

麻哥点了点头说："是。"

刘钦云指指茶杯，让麻哥把茶喝了，麻哥说："小的不敢。"

刘钦云让麻哥喝掉这杯茶,麻哥举起茶杯,一饮而尽。刘钦云让麻哥再倒,再喝。麻哥端起茶壶欲倒,忽然感觉刘钦云话中有话,迟疑起来,他看着刘钦云。刘钦云不看他,径直说:"倒啊,不是还有十大件吗?我要你都喝了它!"

麻哥不寒而栗地问刘钦云:"老爷,小的知道自己错了,但小的笨得猪狗不如,请老爷明示。"

刘钦云说:"你以为我稀罕蔡家的茶叶?"

麻哥自作聪明地说:"噢噢噢,小的明白了,蔡家的房子蛮大,好几处呢。对了,他的姑娘叫什么雪……蔡雪,长得也蛮漂亮……"

刘钦云被麻哥气得七窍生烟,拂袖往内室走去。麻哥急中生智,终于醒悟,跟上几步说:"噢,我知道了,老爷喜欢的是蔡家码头!"

刘钦云的脚步停了一下。就这么一下,麻哥就知道自己猜中了老爷的心。他看着刘老爷的背影,思索着如何替刘钦云拿到蔡家码头。

在德昌号后院,蔡瑶卿病了,躺在床上哼哼着,一个丫鬟端上中药,小伙计搀扶他起来喝药,蔡三爷走进来问:"大哥,好些了没有?"

蔡瑶卿闭着眼靠在床上,不回答。蔡三爷落座,关心地说:"大哥,你这晚上少个人照应,不行啊!要不,叫雪儿早点回来?"

蔡三爷提到雪儿时,蔡瑶卿睁开眼,他没有看自己的这个弟弟,而是冲着祝掌柜说:"这丫头,身体也不好,这么热的天,也不来封信。老祝啊,帮我写封信,问问她最近怎么样了,缺不缺银子?没事,就早些回来。"

祝掌柜点头说了一句:"哎。我马上就办。"

蔡三爷继续对蔡瑶卿说:"还是找个教会洋大夫来看看吧?洋药说不定来得快。"

蔡瑶卿一听"洋"字,火就上来了,冲着蔡三爷说:"我宁愿死!都不找洋人!"

蔡三爷叹了口气说:"好好好!你病了不找洋人看,生意也不跟洋人做,到手的银子也不捡。"

祝掌柜打断蔡三爷的话，让他别哪壶不开提哪壶。其实蔡瑶卿的病是给码头上的事气出来的，如果蔡三爷争气，哪里轮得到被刘家这么侮辱，而且还是被刘家的下人麻哥这种人侮辱，蔡瑶卿再好的脾气，也受不了这种窝囊气。

蔡三爷却不以为然，轻描淡写地说："气什么？不就丢了几包茶叶吗？就当喂了狗。"

蔡瑶卿大怒，他实在拿这个不争气的弟弟没辙，他骂三弟："放狗屁！你以为他们稀罕你的茶叶？老三，我警告你，你要是再不把心思放在生意上，再这样吃喝嫖赌下去，莫怪我翻脸！"

蔡三爷被大哥骂了一顿，气哼哼地走了，可他不明白大哥为什么会生这么大的气，这些年，家里的事都是蔡瑶卿说了算，他也没操什么心，这次码头事件，他是对不起大哥，只是事情过去了，大哥还值得生这么大的气吗。

蔡瑶卿拿这个不争气的弟弟实在没辙，蔡家除了他们兄弟俩和雪儿，再没人了，这些打下的家业，眼看要被弟弟败光了，而在这个当口，刘钦云明里暗里都在打蔡家码头的心思，这一点，他是看得清清楚楚，可这个傻瓜弟弟，除了赌博，什么事都没记性，这个家他能够交给谁呢？

蔡瑶卿陷入了苦苦的思索之中。

〜 5 〜

货码头上，骄阳似火，长长的跳板上一串蚂蚁似的码头工人正在背着大麻包，踉踉跄跄地走着，大颗滴落的汗水随着他们的脚步洒了一路。在如蚂蚁般的码头工人堆里，黑皮、吴哥、憨子、九戒都背着大麻包，他们每天就是用这样的苦力挣些维持生计的工钱。

抓着一把竹签的欢喜爹爹盘坐在码头一角，每一个工人经过，他就给他们嘴里发一根竹签，这是他每天的工作，以前他也是和这些工人们一样背大麻包。为了争码头生意，打过，杀过，从刀光火影中走过的他，早就看淡了许多，只是他仍然愿意为码头工人们主持正义和公平，尽管这种正义和公平是相对的，也是很小很小的一点利益。只要能够为码头工人们说句公道话，做些公道事，他就觉得他活着，是一个有用的人，是一个顶天立地的汉子。

收工后，黑皮、九戒、吴哥和憨子将欢喜爹爹用大箩筐抬到了王记米粉店门口。巧妹一见欢喜爹爹就迎上前喊："哟！欢喜爹爹！您来了！"

欢喜爹爹笑着对巧妹说："吵扰！吵扰！"

巧妹热情地回答欢喜爹爹："吵么事，接您还接不到呢！黑皮！你把小桌子抬到边边上去，叫欢喜爹爹先喝酒，我马上炒几个菜来！"

黑皮和九戒一起将小饭桌抬到河街临水的边边上，然后把欢喜爹爹安置好。

吴哥走近巧妹说，他们每天在巧妹这里吃喝，很有些过意不去，可巧妹倒是很爽朗，让他们别不好意思，又不是白吃，钱她还是要收的。吴哥心里清楚，他们那一点铜角子，哪里喝得起酒，只是巧妹总安慰他们说是乡里的土酒，她和爹又不喝，放也放坏了，还不如大家一起喝，热闹。

憨子听说有土酒，笑嘻嘻地说："嘿，我最喜欢喝土酒了！"

九戒嘲笑他："哎，你不是说你最喜欢乾隆爷喝过的状元红吗？"

憨子憨憨一笑："只要是酒，都好喝。"

众人一边说着话，一边各自落座。巧妹炒菜端上来后问："哎，那个虎子呢？找到没有？"

黑皮接过话说："我正想问你呢。他是不是走了又拐回来了？"

巧妹说："没。"

黑皮将酒杯一搁："都三天了，他吃什么？我找他去！"说着，就站了起来。

憨子喊住他说："你先吃了饭再去找啊，说不定待会儿他就回来了。"

黑皮想黄天虎不会不辞而别的，可三天了，他还没有回来，他到底又去了哪里呢？九戒也站了起来要去找，这时欢喜爹爹说话了，他对憨子说："憨子啊，你也去！"

憨子很爽快地回答说："好咧！"

巧妹猛然想起那天密探说要捉拿逃犯的事，她说："哎！我想起来了！

那天有两个官差到这里到处巡查，说是捉拿逃犯。"

王跛子使个眼色，示意她小声说。巧妹弯腰小声说道："我后来看了官差的画像，上面写的好像是黄……黄什么生。虎子一听，脸色就变了，赶紧躲到里头去。官差一走，我和黑皮发现他就在里头跳窗走了。"

憨子禁不住吐舌头："哎哟，那他是钦犯呀！"

欢喜爹爹严厉地盯着他："臭嘴！人家毛孩子一个，钦什么犯呀！这种事情，说出去，要砍脑壳的！江湖讲的就是个义字！坐在这里的，谁也不许乱说！谁反水，我废了他！"

大家严肃地点点头。

吴哥沉思地说："虎子这孩子，不简单。与咱们素不相识，就敢拔刀相助，咱们不能辜负了他。我看他不会走远，如果那个姓黄的真是他父亲，他肯定会到监狱附近去打听，去守着，我们先到监狱附近去找找。"

欢喜爹爹举起酒杯："来！满上！带把的，干！"

"干！"大家举杯，一饮而尽。

吴哥站了起来："爹爹慢喝。我们走！"

这天夜里，黑皮、九戒和憨子随着吴哥一起来到了监狱门口。一队卫兵在监狱门口巡逻。躲在树后的吴哥探头看了一眼，监狱大门紧闭，很安静。吴哥示意大家分头在附近寻找，黑皮、九戒和憨子分头离去。

在烟花巷，大红竹笼下，有妓女在门口媚笑拉客，憨子停下来看着妓女，黑皮打了他一掌，拉他走。他们来到小巷，两个捡破烂的老头正在垃圾堆里寻找什么，黑皮走上前问："哎，两个爹爹，请问，看见一个乡里伢没有？"

一老头摇头，另一老头说："蛮多乡里伢。"

黑皮就对这个老头描述黄天虎的样子：十六七岁，这么高，手里拿根棍子，噢，对了，他发烧，还在咳着，就是常在那边监狱门口转的那个。

老头听完黑皮的描述，说了一句："死了。"

黑皮大惊，问："死了？怎么死的？"

老头说："他到监狱门口讨饭，这不是找死吗？打他也不走，后来，就歪在这里，一动不动。"

黑皮的眼泪夺眶而出，喊了一句："虎子！"捡破烂的老头问黑皮："你是他什么人？"

黑皮犹豫了一下说："我是，我是他哥啊！"

老头一听黑皮这么说，就告诉黑皮，黄天虎被善堂的人刚拖走，赶快追，还来得及见一面。

黑皮一听，就狂喊："吴哥！九戒！憨子！"

吴哥三人分别跑来，吴哥边跑边问："怎么啦？啊？"黑皮还在哭泣，他哽咽着说："他死啦！善堂，刚拖走哇！"

吴哥一行去善堂追黄天虎的尸体。通往城外乱坟岗的路上，善堂收尸的人拉着一辆板车，往乱坟岗走去。板车上，一个一个的死尸叠摞着，四肢随着板车在抖动。吴哥一行赶来，大声呼叫："站住！站住！"

板车停了下来，黑皮等人冲上去，黑皮还在哭泣。他们在板车上乱翻，九戒的手一直发抖，他不相信黄天虎说没就没了。憨子的手也一直发抖，他害怕这么多的死人。黑皮冲着他们狂吼道："搬啦！"他和吴哥将尸体一个个搬下来，在最下面，终于发现了黄天虎。

黑皮疯狂摇着黄天虎喊："虎子！虎子！"九戒、憨子也在一旁垂泪。吴哥的眼里噙满泪花，脱下衣服，轻轻地拭擦着黄天虎的脸。突然，他的手停住了。他的手在黄天虎的鼻子旁，感到了细微的气息。

善堂的人安慰他们说："人死不能复生，让他好生走吧！"

吴哥大叫："还有气！"

众人惊愕。

黑皮赶快趴在黄天虎的胸前，仔细听了听，狂喊道："活的！活的！"

善堂的人惊叫："诈尸了？"

黑皮推着板车就要走："快走！他还活着！"善堂的人拦住他说："别慌着走啊，这地下躺着的怎么办啊？"

黑皮吼道："来不及了，我要救人去！"

善堂的人拦住他："哎！有气的你搬走了，没气的你留在这里，我一个人怎么搬得动啊？"

黑皮冲着善堂的人喊："让开！"

这时，一辆马车从乱坟岗那边驶过来。马车停了下来，一位三十岁的外国传教士走了下来，他是美国圣公会的传教士鲁兹，他刚从乱坟岗为无名死者做了祈祷归来。

鲁兹上前问道："噢，上帝！这里发生了什么？"

吴哥上前说："我们的一位兄弟，还有气，还活着！"

鲁兹惊异："还活着？"他上前仔细查看了黄天虎的脉搏："赶快抢救！"

黑皮吼道："听见没有？赶快抢救！"

鲁兹对黑皮说："搬上马车！"黑皮等人惊异地望着这个洋人，吴哥喊道："快搬！"大家七手八脚地将黄天虎搬到马车上。

鲁兹上了车，说："交给我吧。"黑皮拉住马车："不行！我要去！"鲁兹点头："那就快上来！"黑皮跳上马车，喊道："你们快回去！"

马车跑了起来，吴哥等人目送马车跑远，长长地舒了口气："阿弥陀佛！好事做到底，帮忙还原吧！"

吴哥等人将死尸搬上板车，善堂的人拖着板车走了。吴哥望着鲁兹的马车方向，在心里默默地为黄天虎祝福，他相信黄天虎一定会大难不死，对他，吴哥充满了异样的希望，这种希望在这个混乱的世道里，显得格外温暖。

第四章 "老子就是汉口"

~ 1 ~

黄天虎被鲁兹带进了汉口英租界圣保罗教堂。夏日的阳光照进圣保罗教堂的病房里时，洁白的墙壁与洁白的床铺在阳光下，让人有一种雪一般的洁净感。

阳光爬到了黄天虎的脸上，正在输液输氧的黄天虎被阳光照醒了，他慢慢睁开了眼睛。窗外，白玉兰树映入他的视线之中，接着小鸟的叫声撞进他的耳朵，他一时迷糊了，这是在哪里？他使劲地想，可还是想不起来。他尝试着动弹，但是浑身发软。这时，一个修女微笑着走过来望着他说："噢，上帝！你终于回来了！"

黄天虎这才发现，自己的手背上，有一根胶皮管和一个玻璃瓶连接着，鼻子里，也插着一根管子。又有人进来，一个戴眼镜的外国男子一进来就微笑地望着他说："早晨好！"这话当然是用英语说的。

黄天虎没听明白这个外国男子说什么，而是问他们："我，是在做梦吗？"

外国男子就是救了黄天虎的鲁兹，他笑了起来，对黄天虎说："你做了一个很长的噩梦，现在醒来了。"这次换成了中文。

黄天虎仍然觉得恍恍惚惚，他疑惑地望着鲁兹。鲁兹接着说："你的朋友，黑皮，要你好好休息。他们会来看你。"

黄天虎睁大了眼睛，黑皮的名字是他所熟悉的，他没有想到还能够见到黑皮，他以为他再也见不到黑皮他们了。他靠着讨饭，寻找父亲，却在监狱门口被士兵们带走，他被他们打得昏死过去，以后的事，他就不知道了。当鲁兹告诉黄天虎是黑皮，他的朋友救了他的时候，黄天虎突然拔掉氧气管，挣扎着要起来。鲁兹连忙按住他说："哦！上帝！你要干什么？"

黄天虎一边挣扎一边说："放开我……我、我要回家……"

鲁兹安慰黄天虎说："我们肯定会送你回家，但是，你现在病得很重，你的朋友们，都在为你担心。你难道还要他们放下工作，到处去找你吗？你们码头上，不是最讲义气的吗？"

黄天虎的鼻子酸了一下，有泪含在眼里。他的父亲是被通缉的要犯，他再回到码头上去，只能连累黑皮他们，而他最不愿意连累他们，他宁愿一个人背着，也不想他的朋友们因为他受到任何牵连。

鲁兹从黄天虎的表情猜到了什么，他握着黄天虎的手说："你听我说，我不管你有什么样的故事，但是，现在，你是上帝的孩子，是我的病人，你在发烧，你需要治疗。你想回家的唯一办法是安静下来，为了那些爱你的人，快点治好病，然后快点回到他们的身边，好吗？"

黄天虎点了点头，他从鲁兹的笑容中感受到了一种力量，也明白了他现在最要紧的就是养好身体，不让黑皮他们为他操心。正如鲁兹所希望的那样，尽快让自己又成为一头小老虎，生龙活虎地出现在黑皮他们中间。

黄天虎在鲁兹的说服下，安心地待在圣保罗教堂治疗。在鲁兹和修女们的精心治疗下，他的身体很快恢复过来。当鲁兹把他送出门时，已换上一身干净土布衣服的黄天虎朝鲁兹深深地鞠了一躬，然后转身离开了。鲁兹欣慰地看着远去的黄天虎，为自己又救了一条鲜活的生命而高兴。

身体复原的黄天虎背着一个小包，步伐轻松地沿着土堤行走着，在他的脑海里全是黑皮他们这些朋友，为了早点见到他们，他加快了脚步，他实在是想念这些朋友们。

江水拍着岸，一声赶一声地传入黄天虎的耳膜，是那样亲切。这种声音是他向往的一种声音，也是他熟悉的一种声音，是力量，也是见证，他将来定会成为这里的一员，与长江为伴，与码头结盟。

黄天虎一路听着江水行走，在一阵烟雾弥漫中，黑皮、九戒、吴哥、憨子等人在滩上架起锅灶，正在煮着他们喜欢吃的野味。

九戒最先发现黄天虎，他欣喜地喊了一声："他回了！"

吴哥等扭头望去，黄天虎正缓步走来，黑皮等人激动地往堤上奔去。黄天虎这个时候也发现了他们，奔跑起来。

土堤长长地横卧在地平线上，一望无际的江水浩瀚地奔向远方，一群破衣烂衫的少年扁担们在土堤上奔跑着，一种简单的团聚就令这群无亲无故的少年们欣喜若狂，快乐在他们的眼里就如同长江的水，一奔千里。

当这群少年扁担们再次相聚在一起的时候，黄天虎泪流满面，他突然跪了下来，望着救过他生命的难兄难弟们说："谢谢你们，兄弟！"

黑皮也泪水横流，一把拉起黄天虎说："兄弟，是兄弟就不下跪！"

九戒抱住黄天虎和黑皮，又突然松开手，挥着自己的破衣裳对着堤下大喊："回来啦！黄天虎回来啦！"

～ 2 ～

黄天虎又回到了黑皮他们中间。

这天夜里，工棚里铺上铺下躺满了码头工人，鼾声起伏。黄天虎不停地翻身，他努力想睡着，可仍是睡不着，索性便起身下床往工棚门口走去。

黄天虎一到工棚门口，就看到不远处黑皮和九戒往菊姐家走去，黄天虎决定去找他们。

在菊姐家院子里，喝醉了酒的秋秋东倒西歪地走了过来，一边走一边叫菊姐："小寡妇，在干吗呢？"

正在收衣服的菊姐抱起孩子说："秋爷来了。"

秋秋邪笑着说："陪我玩玩吧。"

菊姐看着秋秋这个样子，一阵恶心直往上涌，她努力压抑着自己，轻声地说："秋爷，我今天不方便。"

秋秋恼火地说："你秋爷一来，什么时候都方便。去，把小孩给那些小扁担玩一会儿去。"菊姐摇摇头，抱起孩子往家里走去。

秋秋一把拉住她说："别走啊，哎，菊姐，我听说最近你迷上了一个小扁担，跟人家啊，眉来眼去的。扁担算么事？扁担在我手下就是条狗，叫他往东他就不敢朝西，叫他喝稀的他就喝不上干的。秋爷我，啊，小时候就偷过刘大老板对门杂货店家的棒糖，现在又在刘老板家做事，有的是钱！"

菊姐不想理秋秋，仍然对秋秋说："你找别人去吧。"

秋秋没想到菊姐会拒绝他，一巴掌扇在菊姐脸上，嘴里还不干不净地骂着："臭婊子，给脸不要脸！"

菊姐被打倒在地，眼泪夺眶而出，恰好被走到院子门口的九戒、黑皮和黄天虎看见了，他们又气又急。九戒咬牙切齿地说："我跟他拼了！"黄天虎一把抱住九戒，九戒打不过秋秋。九戒急了，他冲着黄天虎吼："打不过也要打。菊姐的老公也是挑扁担的，就害在他手上！"

黄天虎灵机一动，搂住九戒和黑皮耳语，九戒和黑皮点头，迅速离去。等他们走远了，黄天虎捡起一块石头，看了看，放下，又换上一颗小石头，然后瞄准秋秋的脑袋，"唰"地扔去。

石子砸在秋秋身上。他"哎哟"一声，抱住了头，随即走到院子门口骂道："哪个瞎了眼的乱扔东西？"

躲在暗处的黄天虎又扔出一块石头，秋秋一侧身，石头落空。黄天虎转身就逃，秋秋骂骂咧咧地追了出来，黄天虎的身影消失在一截断墙后。秋秋刚刚追过断墙，黑皮、九戒便从暗处跑出来，用麻袋猛地套住了秋秋的头。秋秋拼命挣扎，九戒和黑皮将他拖到一个水坑边，两人合力抬起他，"砰"的一声，秋秋被扔进了水坑。秋秋在水凼子里扑腾："爷爷饶命！爷爷饶命！"

黄天虎过来了，三人弯腰暗笑。九戒笑着对黄天虎伸出大拇指。菊姐远远地看着这一切，亦喜亦愁。秋秋心狠手毒，他不会就这样轻易放过她，更不会当这件事从没发生过，秋秋一定会报复，她倒是不怕秋秋报复她，如果没有儿子，她早就想随着丈夫一了百了。菊姐担心九戒、黑皮和黄天虎他们，她怕秋秋报复他们。

黄天虎、九戒和黑皮走远了，菊姐还站在自家院子里发呆，直到听到儿子的哭声，她才醒过来一样，走到儿子床边，挨着他，一边拍着他，一边唱着哄他睡觉的歌。

夜深了，一个老更夫走上土堤，敲着梆子报更："梆！梆梆!"这是夜半三更天，也是扁担们上码头工作的时间。对于扁担们而言，这梆子声就是催他们上码头工作的钟声。

工棚内，仿佛像炸了马蜂窝一样，刚才还鼾声四起的工棚，在梆子声中，突然喧闹起来。码头工人们几乎是下意识地从床铺上跳下来，呼朋唤友，冲向墙边。

黄天虎坐起身，好奇地看着左右，墙边靠满了扁担和木杠。一双双大手，像士兵紧急集合拿取枪支一样，刷刷地取走自己的工具。欢喜爹爹大声呼喊着："憨子！憨子，九戒！起床啊！"

九戒惊醒，应答着，迷迷糊糊地赶快下床，一不小心摔在地上。欢喜爹爹又喊："过细！搭肩！搭肩！黄天虎起来了吗?"

黄天虎已站在他面前，说："起来了。"

欢喜爹爹递给他一个搭肩，黄天虎抓起搭肩，跟着众人走出工棚。

黄天虎作为一名扁担的生活就在这种紧张中开始了，他对这种生活感到既新奇也充满着乐趣，特别是看到在土堤旁，一大排男人，军队一样，站在一起，刷刷地撒尿，那是一种他从来没见过的气势，也是他认为男人们最壮观的一幕。

在汉江边上，更多的男人扑向江边，蹲着洗脸，洗头，漱口。不少人干脆泡进江水里，洗脸，洗澡。说笑声，叫骂声，一片喧嚣。这样的生活对于黄天虎而言，将是他扎根于汉口的开端，也是他即将成为他们中一分子的开始。

河街上。小吃店门口摊子上摆满了发糕、馒头、烧饼等早点，摊主如临大敌，气氛紧张地为一个又一个扁担们发放着食物，从他们手里再接过铜板。

黄天虎跟着黑皮等人走到巧妹身前,王跛子捧来一大摞碗,巧妹利索地一边捞着米粉,一边说:"快,拿了吃。"

黄天虎犹犹豫豫站在后面,巧妹用勺敲了一下碗说:"怎么像个姑娘伢?快拿了吃,要不就来不及了。"

黄天虎刚刚端起碗,让他想不到的场面出现了:如林的扁担和木杠出现在街口,潮水般的人流涌来,一双双黝黑的手,争先恐后抓起蒸笼里热烫的包子就跑,一枚枚铜钱雨点般撒向柜台、蒸笼以及老板伙计的身上。一双双手又伸向烧饼摊,烤好的烧饼眨眼间就被抢光了。

巧妹举起铁捞子砍那些抢碗的手,高声喊叫:"交钱!交钱!"一个个铜钱扔进簸箕。这时,憨子慌慌张张跑过来:"马上发签啦!快走!"巧妹抓起一大把牛肉,塞到他的手中。黄天虎跟着众人往码头跑去。许多正在吃米粉的,也纷纷放下碗,朝码头跑去。河街一下像退了潮,安静下来。

河街安静下来了,货码头热闹了,黑压压人头一片,到处是扁担、杠子、箩筐。黄天虎和黑皮、九戒、憨子挤在一起,当人群一阵骚动时,工头秋秋带着一帮打手大摇大摆地来了。秋秋的额头贴了一张膏药,左边的眼睛也肿了。一个散工讨好地问秋秋:"哎哟,老大,被蚊子咬啦?"

秋秋哼了一声,推了他一把。秋秋经过黑皮等人身边,用眼睛横了他们一眼。黑皮也用眼横他,九戒扭过头去,憨子点头笑嘻嘻地讨好地望着秋秋,秋秋的鼻子哼了一声,扬长而去。

憨子泄气般说了一句:"哎哟!秋秋不会赖在我头上吧?"

九戒哼了一声:"我都不怕,你还怕个鬼?"

黑皮打断他们:"少说话!"

一批批的散工领到散筹离开码头,剩下的人越来越焦躁了。黑皮走到秋秋身边:"哎,秋秋!货码头是我们的地盘,你不给我们开工,是不是想再搞一场啊?"

秋秋接着黑皮的话说:"嘿嘿!你们都有地盘,就我没有地盘,好吧,你的地盘,你扛走啊!"

吴哥站了出来说:"秋头,大家出来混,都是讨口饭吃。有话好说,你看还有没有活,先让大家做了再说?"

秋秋没接吴哥的话，而是说："老子明人不做暗事！心里有火！有人昨夜暗算了我，打了老子黑枪。有种的，现在站出来！"

码头上顿时鸦雀无声，秋秋愈发张狂起来，盯着九戒问："哼，你以为老子没看清！谁跟那个臭婊子勾勾搭搭，老子心里清楚得很！"

九戒不禁捏紧了拳头，黑皮一把抓住他的手，示意他不要乱动。吴哥也拦住了他，笑着打圆场："秋头，冤有头，债有主，要是查出打黑枪的，我们决不放过他！只是现在不早了，大家伙儿还得干活吃饭，你看，就先让大家干起来？"

秋秋说："吴哥，那就看在你的面子上，这里还有一根签，是王家庙码头卸煤的，要是不去，那我就没办法了。"

憨子嚷起来："哎哟，你想让我们当黑鬼啊？"

秋秋冷笑着："你还以为自己是少爷啊！你他妈早就是鬼了！"

秋秋举起竹签问道："王家庙，卸煤，谁去？"无数的散工举起手来抢："我去！我去！"

吴哥一把夺过签："走！这世道本来就黑白不分了！还讲什么黑白啊！做鬼的，跟我走！"

王家庙煤码头，一串状如黑蚂蚁的码头工行走在细长的跳板上。

黄天虎与九戒挑着一筐煤，小心翼翼地过跳，一步一颤。黄天虎汗流浃背。九戒问他："挺得住么？挺不住就说。"黄天虎说："没事。"九戒把一只箩筐扔进舱。吴哥、黑皮等人一锹锹地把煤装进舱。骄阳似火，船舱里，吴哥等强劳力都打着赤膊，浑身上下都是黑的，脸上、身上的汗水直淌，留下一道道汗迹。

黄天虎咬着牙把扁担放上肩。憨子挑着一筐煤，踉踉跄跄地上跳。黄天虎已一脸漆黑，汗水在脸上流成小河，他也顾不上擦，随着黑皮他们一起，挑着煤开始了他在码头正式生活的第一天。

中午，在江滩上，一群黑人似的码头工在江滩上做饭。吴哥把一团烂棉花塞进土灶，黄天虎寻找可以烧火的垃圾，黑皮把一小袋米和一把烂菜叶放进锅，这就是他们的中饭。

饭熟后，黄天虎、九戒等人已各自抱着一只碗吃起来。土堤上，祝掌柜飞奔而来，大喊："吴哥，快回去，水果行的在抢我们的货码头！"

吴哥诧异地问："水果行跟我们井水不犯河水，为什么来抢？"

祝掌柜说："搞不清楚，快去，把他们赶走！"

"走！"吴哥率众人离去。

河街上，巧妹看到吴哥、黑皮、九戒、黄天虎等十几人满脸黑煤灰，手拿扁担、杠子，匆匆跑来，不知道发生了什么。她拦住黑皮问："凶神一样，去哪？"

黑皮说："货码头，水果帮的在抢。"

巧妹阻止黑皮去，说："水果帮跟蔡家既无仇又无冤，肯定有人搞鬼，你别去把命丢了。"

"你别管。"黑皮大步离去。巧妹见拦不住黑皮，就一把拉住黄天虎说："黄天虎，你不像是个会打架的人，就别去打打杀杀了，帮我和面去。"

"不，我要去，打完了再帮你和面。"黄天虎跑步追上队伍，巧妹气得一跺脚，突然灵机一动，往另一个方向飞奔而去。

吴哥、黑皮等人举着扁担冲到码头上，气势压人，水果帮的扁担扑了上来，黑皮举起杠子高叫一声："打！"

"等等。"吴哥示意众人别打，他要先盘问盘问对方头目："吃错药了吧？你们水果帮的跑到蔡家码头来发什么疯？"

水果帮头目说："嘿嘿，吴哥，拿人钱财，替人消灾，这道理你不会不懂。别的我也不跟你多说了，这码头只要你让我三天，我保证自己滚蛋。"

吴哥说："三天？我给你三分钟，三分钟你不滚蛋，我打得你滚蛋！"

水果帮头目盯着吴哥说："你敢，老子不是吓大的，只要老子……"

"少废话！"黑皮一举杠子："打死你这个拿了黑心钱的，打！"

黑皮带人往水果帮冲去。

在江边巷子里，秋秋正在冷眼旁观。他的身后，聚集了一群打手，手里拿的，都是钢管、铁尺、大棒等利器。此时，他见水果帮招架不住，马上挥手叫打手们冲上去。打手们举着斧头，砍刀，呐喊着冲了过来。

码头上正打得不可开交时，巧妹冲进一间老宅喊着："龙哥！龙哥！"

一个壮汉手臂上文着青龙，脖子上带着粗粗的金项链，正在打麻将。他见了巧妹说："巧妹来了，坐坐坐，巧妹是我的财神爷，你一来我就和牌。"

巧妹拉起他说："打么事牌啊？快去救火！"

龙哥挣脱巧妹问："是个么子事哟？"

巧妹喊道："死人翻船的事！有人拿刀要砍货码头！"

龙哥不理巧妹，说："哎呀，我快和了。"巧妹把牌推倒："不救火就和不了，快走！"

龙哥无奈，他怕了巧妹，把麻将一推，跟着巧妹往码头赶。

～ 3 ～

在江边矗立着一幢洋楼，洋楼前的铜牌，用俄文和中文刻着：新成洋行。

新成洋行的老板就是伊万诺夫，他办公室里的布置都是俄罗斯风格，百叶窗外，可以看到长江。伊万诺夫在工作之余，喜欢远眺长江，长江的雄伟，总是让他有一种异域之情。当他正在看长江时，李秘书悄然进来，等待伊万诺夫的指示。

伊万诺夫望着李秘书说："小姐马上要回了，谁去接？"

李秘书回答说："少爷说他亲自去接。"

伊万诺夫又问："刘老板那边有什么消息吗？"

李秘书摇头。伊万诺夫让李秘书给刘钦云送一箱印度红茶，并转告刘钦云，他很想念他。

李秘书低头应了一声"是"，就走出了伊万诺夫的办公室。

李秘书去准备送给刘钦云的礼物，还要叮嘱阿廖沙去接伊万诺夫的女儿回家。

　　这时，在长江上，一艘客轮从上海方向开来，船舷上，蔡瑶卿的女儿蔡雪，与伊万诺夫的女儿娜佳，作时髦女学生打扮的两人，正依着船栏杆朝岸上眺望。

　　娜佳兴奋地喊："终于回来啦！明天可以去跑马场玩啦！蔡雪，你一定要和我一起去！"

　　蔡雪不愿意去。娜佳说她真扫兴，回家了，还不能放松地玩玩。蔡雪没有娜佳这么好的心情，她还在担心她的父亲，不知道父亲的病好些没有。

　　娜佳笑着安慰蔡雪说："病没好没关系，叫你爸爸也去骑马！马上一颠，什么病都颠没啦！"

　　蔡雪责怪地望着娜佳说："怪不得，你颠成这样，疯疯癫癫！"

　　大客轮缓缓靠岸。在客运码头上，蔡雪与娜佳在船边正好目睹了吴哥带着黄天虎们和水果帮的扁担们的这场混战。

　　娜佳问蔡雪："怎么打起来了？"

　　蔡雪着急喊："哎呀，那是我们家的码头！"

　　打手们从背后冲向吴哥的队伍，前后夹击。吴哥回头看了一眼，大惊，急忙喊道："小心后边！"

　　即将溃败的水果帮见有强援，士气大振，又反扑过来。

　　吴哥他们被迫两边应战，用扁担抵挡着利器，顿时落为下风。一个扁担被砍中肩膀，鲜血直流。又一个扁担惨叫着倒地。吴哥正在抵挡水果帮的冲击，一个打手溜到他背后，高举着斧子朝他砍去。

　　黄天虎的扁担扫出，击中打手的臂部，斧子"吭啷"一声落地，一个打手看出黄天虎是个劲敌，邀了另外两个打手围攻他。

　　在客轮上，蔡雪与娜佳目睹三个打手向黄天虎逼去。蔡雪恐惧地喊："哎呀，三个打一个！"

　　娜佳望着黄天虎大喊："打不过就逃呀，快逃！"

　　两个举铁管一个举斧子的打手逼近黄天虎，黄天虎手持扁担，左右戒备。

一辆装饰豪华的马车停在客运码头附近，这是俄商伊万诺夫家的马车。马车窗口，阿廖沙举着一柄望远镜，在欣赏码头上的打斗。

突然，他注意到了黄天虎，在他的镜头里：黄天虎被逼得步步后退。

举斧子的打手狞笑道："小屁伢！磕几个响头求爷爷饶命吧。"黄天虎后退几步，高举扁担，朝拿斧子的打去。斧子打手急忙防备，扁担在空中突然拐了弯，打在一个铁管打手的肩膀上，铁管"咣当"落地。那个被黄天虎偷袭的打手疼得倒在地上。顿时，四五个打手又围住了黄天虎。

幕后指挥秋秋也在观战，表情生动，一会儿激昂，一会儿叹气，不知在给谁鼓劲。突然，他的表情凝固了。汉口码头骁勇善战的湖南宝帮，在龙哥的带领下，一大群人，举着各种武器，扁担、杠子、长篙子、大砍刀，跑了过来。

秋秋吓呆了，急忙叫身边的打手："宝帮来了！快！撤退！"

打手从巷子里冲出去，吹起了尖锐的口哨，然后挥动双手，大声呐喊："撤退！撤退！"

吴哥大喊："宝帮来啦！"

在场的茶叶帮齐声呐喊："啊！"开始反击。打手们一看，无心恋战，纷纷撤退，往码头上跑。宝帮的人马也呐喊着冲了过来。水果帮的人四处逃散，有的往水里跳，有的往客运码头跑。

在客运码头，轮船上的乘客开始下船。蔡雪与娜佳提着皮箱走上趸船甲板，一个手持斧头的打手跑向客运码头，黑皮与黄天虎在后面紧追不舍，旅客们吓得纷纷躲让。蔡雪与娜佳提着皮箱走上跳板，打手亡命跑了过来，见黑皮与黄天虎紧追不舍，一下箍住蔡雪，举起斧头，狂喊："不要过来！再过来，就砍死她！"

娜佳在一边吓呆了。阿廖沙看见了这一幕。他飞快地下车，跑向跳板。

黄天虎提着扁担走上前，大声喊道："这个兄弟！有话好说！不要乱来！"

打手狂喊："给我站住！放下扁担！"

黄天虎直视着他，放下了扁担。打手指着黑皮说："还有他！"黄天虎回头，示意黑皮放下扁担，黑皮愤愤地放下扁担。

黄天虎又说："兄弟！莫吓人家姑娘伢，松手，走人啊！"打手一看，岸上黑压压的人群，都在望着他。阿廖沙冲了过来，打手颤抖着又举起斧头，架在蔡雪的脖子上："不准过来！"

蔡雪被他箍得喘不过气来，娜佳吓得尖叫。阿廖沙大声喊道："娜佳！快跑！"娜佳却蹲在地上哭起来。

黄天虎厉声制止阿廖沙："你别过来！"然后笑着对打手说："江湖上说话算话。我们已经放下扁担了，你也爽快一点走人！"

打手心虚地说："前面那么多人！我出不去了！"

黄天虎望着打手说："长江没盖盖子啊。"打手一看，也只有这样了，但马上提出条件："好！我走！有言在先，你不准追我！"

黄天虎点头说："说话算话！"打手突然把蔡雪推倒在地，然后将蔡雪的皮箱甩进江里，自己往后跑上甲板，跳进长江。

黄天虎和黑皮冲上前，扶起蔡雪、娜佳，阿廖沙推开黄天虎，搀扶住娜佳，蔡雪哭喊着："箱子！我的箱子！"

黄天虎稍稍犹豫，转身跳进江。

江水很急，皮箱飞快地流走，黄天虎奋力击水，冲向皮箱。在江面上，九戒和憨子划船前来接应，这时祝掌柜也来了，搀扶住蔡雪。

蔡雪闭眼含泪，浑身颤抖。阿廖沙拉娜佳离开，娜佳挣脱，盯着水中的黄天虎，黄天虎几经曲折，终于抓住了皮箱。

在跳板上，黑皮等人欢呼起来。蔡雪睁开眼睛，欣慰地看着黄天虎，她没有想到黄天虎那么勇敢。

阿廖沙过来拉着娜佳要走，他嘴上说："几个小流氓，有什么好看的？"娜佳不肯走，她不爱听哥哥说的话，她质问哥哥说："阿廖沙！你怎么这样说话？"

阿廖沙不理娜佳，还是固执地拉娜佳走，蔡雪也劝她走。祝掌柜过来劝蔡雪先回去，并叫人马上去取皮箱。

　　两个姑娘依偎着往岸上走去。祝掌柜喊来一个伙计,掏出一把钱给他说:"快去把大小姐的箱子拿回来。"

　　划子靠岸。德昌号的小伙计已等候在岸上,黄天虎提着皮箱上岸。小伙计一看,也就是乡下刚来汉口的小孩子。他迎上前:"这是我们大小姐的皮箱。"

　　九戒问道:"你们家大小姐的?谁家啊?"

　　小伙计说:"德昌号,蔡老板的大小姐。"说着,掏出一把铜钱说:"这是赏钱。"

　　憨子嚷起来了:"嘿!这么多,够买几碗热干面了。天虎你拿着吧。"

　　黄天虎不接钱,他把皮箱交给小伙计,如释重负地往岸上走去。小伙计仍傻乎乎地伸着手说:"你怎么不要钱啊?"

　　九戒嚷道:"你打发叫花子去吧!"说完,随着黄天虎头也不回地离开了码头。

　　一场斗争平息后,在蔡府堂屋里,蔡瑶卿安慰着仍在流泪的蔡雪说:"好啦,皮箱马上就送回来了,人没伤着,就是万幸了。"

　　蔡雪说:"箱子里有药,我在上海给你买的药。"

　　祝掌柜也说:"当时码头上打得一塌糊涂,我们也过不去,让大小姐受惊了。"

　　蔡三爷大大咧咧走来说:"雪儿!雪儿回来啦!"

　　蔡雪起身喊了一句:"三叔。"

　　蔡三爷笑道:"嗨,今天三叔多打了一会儿瞌睡,没想到就闹得鸡飞狗跳的。嘿嘿,三叔给你赔不是了。"

　　蔡瑶卿哼了一声:"说得轻松,还鸡飞狗跳,简直就是死人翻船!我问你!今天怎么会有水果帮过来抢码头?啊?那些斧头帮的又是从哪里冒出来的?这明明是算计好了的!你却在茶馆里打瞌睡!"

　　小伙计提着皮箱进来了,他把赏钱还给祝掌柜,祝掌柜问:"没给他们?"

小伙计说："他们不要。"

祝掌柜奇怪地问："不要赏钱？"小伙计点头。

蔡瑶卿责怪祝掌柜，人家拼了命，拿这几个铜钱，让人瞧不起。祝掌柜解释当时情况紧急，他身上只有几个铜钱。

蔡三爷就问："是哪个山头的，连赏钱都不要？"

祝掌柜告诉蔡三爷，就是那天，被麻哥吊起来准备"下饺子"的那个乡下男孩。

蔡三爷诧异地说："他啊？命大呀！一个小屁伢，小叫花子，别理他！"

蔡雪不满地说："三叔，我看他不像叫花子。今天我在船上亲眼看见，他一根扁担，就往斧头堆里冲。"

祝掌柜附和蔡雪说："嗯，像不要命的。"

蔡三爷让他们别把黄天虎当个宝，这种人，就是烂命一条，死了拉倒，有什么稀罕的！

蔡瑶卿却不这样认为，人家拼了命，救了人，捞了货，不收一文钱，还被蔡三爷这样糟蹋，天下哪有这样的道理？今后江湖上怎么看他们蔡家啊？还有人家宝帮，连龙哥都出面了，也没见蔡三爷好好谢人家？

蔡三爷问蔡瑶卿："那你说怎么办吧？"

蔡瑶卿说："请！老祝马上去德诚酒楼订个大套房，我不但要请宝帮，还要请这帮小兄弟！蔡家，就剩这块码头了。"

"请吧，请吧！我晓得你总是瞧不起我！今后你就靠这帮叫花子来打码头吧！"蔡三爷气冲冲地走了。

这天夜里，在中式套房里，摆开了丰盛的酒宴。蔡瑶卿请龙哥和吴哥、黄天虎等吃饭。蔡家兄弟、祝掌柜以及龙哥、吴哥、欢喜爹爹坐在首席，黄天虎等小字辈坐在末席。

蔡瑶卿首先举杯："各位兄弟！今天略备薄酒，想跟大家说几句心里话。我十三岁跟着先父来到汉口，这码头上的风风雨雨，打打杀杀，我真的是看够了。蔡某不才，这一辈子只想本本分分地做生意，清清白白地做人，德昌号能有今天，全仰仗各位兄弟大力帮衬。"

主人说话时，九戒、憨子、黄天虎不停地偷吃。

蔡瑶卿继续说："可是，树欲静而风不止啊！今天，我茶船受阻，有人趁火打劫，想卡我的脖子，多亏各位不顾个人安危，拼死相助，义薄云天，蔡某真的是感激不尽！这第一杯酒，我敬所有的兄弟们！干！"

蔡瑶卿又斟满酒，这是他的第二杯酒，专敬龙哥和宝帮的兄弟们。祝掌柜也端起杯，说今天多亏龙哥来得及时，龙哥把脚一跺，那帮龟孙子就吓得屁滚尿流了。龙哥很得意地说："嗨，那帮草包！太不经打了！老子还只动了个小指头，一个个飞得比燕子还快！"

蔡瑶卿说："今后码头上的事，还请龙哥多多担待！"龙哥也爽快，说只要蔡瑶卿一句话，他会赴汤蹈火。他们又干了一杯。

蔡三爷一直在喝闷酒。这时站起来说："龙哥！这杯子太小了吧？拿碗来！"龙哥把桌子一捶，"痛快，拿碗。"蔡瑶卿拦住他们说："慢。我还有一句话，说完再尽兴吧。哪位是救小女的兄弟？"

大家齐声嚷起来，指着黄天虎和黑皮说："是他！是他！"

蔡瑶卿来到黄天虎身旁，黄天虎和黑皮诚惶诚恐地站了起来。蔡瑶卿从祝掌柜手里接过一封银子，递给黄天虎说："小兄弟，这是我的一点心意，请笑纳。"

黄天虎摇摇头，他不要。蔡瑶卿不解地望着他问："我的伙计给你铜钱你不要，我给你银子还是不要，想要什么？"

黄天虎沉默片刻，突然说："我连自己的命都不要，还要钱？"

蔡瑶卿一惊，黄天虎年纪轻轻，何出此言？黄天虎的眼泪流出来了，他的家人都不在了，是欢喜爹爹、吴哥、黑皮他们这些兄弟救了他，他拿命换命，什么也不图！

龙哥霍地站了起来，对着黄天虎说："好！义气！"

蔡瑶卿端起酒给黄天虎敬酒，黄天虎给他上了一课。他把酒杯满上，同时，又解释说本来蔡雪也要来亲自来答谢黄天虎的，但是由于受了点惊吓，有点不舒服，只能改日再来谢黄天虎。蔡瑶卿举起酒杯说："冲着你们的兄弟义气，我们干一杯！"

黄天虎举杯一饮而尽。蔡瑶卿兴奋地回到首席，对吴哥和欢喜爹爹说："自古英雄出少年。我看这几个小兄弟都蛮不错的。现在，码头上，还有货栈，也需要人照看，我想请他们几位跟着三爷，磨炼磨炼，吴哥，欢喜叔，你们看，怎么样？"

吴哥高兴地连说："好啊，好啊。"

蔡三爷阴阴地说："他们是英雄，我可是狗熊，我可带不了！"

欢喜爹爹沉吟着："这事啊，再说，再说。先让他们在码头上磨一磨吧。"

欢喜爹爹替黄天虎们回绝了蔡瑶卿，这场酒也就在欢喜爹爹的婉拒中结束了。

~ **4** ~

汉口后湖，也叫潇湘湖，汪洋一片，几只小船划了过来。刘钦云坐在中间的一只船上，抽着雪茄。麻哥站在他的身后，用手比划着说："老爷，这一大片，你都要买下来啊？"

一群野鸭扑簌簌飞起，刘钦云不回答，悠闲地看风景。麻哥继续问："这么大的荒湖，花钱买下来，这不是把银子往水里扔吗？老爷你想要，我派几个弟兄把他们的鸭棚子拆了就是了。"

刘钦云淡淡地说："你想让我当宋江啊？也不看看现在是什么世道？汉口那些码头、租界哪里来的？还不是水里土里长出来的。下棋啊，得多看几步，将来，这里也是汉口！"

麻哥连忙恭维刘钦云看得远。刘钦云问麻哥，伊万诺夫又派人给他送茶啦？他惦记着蔡老板？货码头那边怎么样？搞定了没有？

麻哥已经派秋秋盯在那里，噎住他的喉咙，让他吞不进，又吐不出，难受。刘钦云没想到麻哥开窍了，只是他告诫麻哥，要想让蔡老板变成鱼鹰，他得多小心些，一松手，鱼鹰还是要吃鱼的。

麻哥点头，他在刘钦云身边多年，多多少少也学了一点刘钦云的办事风格,他对刘钦云是打从心眼里服气,只要是刘钦云交代的事情,他都愿意倾心倾力去做。

从后湖回来后,麻哥在烟馆内找到了秋秋,他与秋秋两人在烟馆躺着抽大烟。麻哥问秋秋:"你小子只顾着吃香的,喝辣的,正经事儿你给我忘啦?"

秋秋媚笑着说:"嘿嘿,麻哥您的事情,哪里敢忘呢?不过,现在是我在掌管货码头,你要我左手打右手,这不都疼吗?"

麻哥:"混账东西!谁叫你左手打右手啦?你就不能找一只手,打他的手啊?"秋秋眼珠子骨碌一转,突然坏笑起来:"噢,这几天水果压过来了,到处找不到码头卸货呢!"

秋秋凑近麻哥耳边,耳语,麻哥点头。两人从大烟馆出来后,各自分头行动。

发生在货码头惊心动魄的一幕,实际的幕后指挥,其实是麻哥。

但是,麻哥也没有想到,秋秋会又一次失手。

这天夜里,在刘府,刘钦云一个耳光扇在秋秋脸上,秋秋被刘钦云打倒在地。刘钦云铁青着脸吼:"拉出去!废了!"

秋秋连忙哭着磕头:"老爷!饶命!"又跪求麻哥:"麻哥!救命哪!我可都是按你的吩咐去做的哇!"

麻哥扑通跪下说:"老爷!放了秋秋!一碗都是我的!"

刘钦云霍地转身,满眼都是杀机:"我说过多少次,做事要动脑筋!你就是不听!你以为你背杆猎枪就能打兔子?别把斧头就能打天下?你胡乱张口,一口没吞下,还把宝帮的舌头引出来了!"

秋秋说:"都怪那个小杂种搅了局,宝帮说不定也是他引来的。"

刘钦云疑问:"小杂种?嗯?怎么冒出个小杂种来?"

麻哥说:"都怪我做事没做干净,那天他搅局,就该彻底下了他的饺子!"

"小杂种?宝帮?"刘钦云有了兴趣,转身对麻哥说:"你给我说清楚！"

黄天虎醉醺醺地一头倒在江堤上，黑皮、九戒、憨子依次挨着躺了下来，繁星一片，闪闪亮亮，如无数颗珍珠般。黄天虎舒展着身子，长长嘘了一口气说："嗨，回家啦！"

九戒醉醺醺地说："家？家是王八蛋！老子想要的时候，它就跑了！"

憨子说："唉，你得了便宜就别卖乖啦。你有菊姐管着，黑皮呢，有巧妹疼着，虎子也有个小老乡，就只有我，天不疼，地不要啊。"

"我要，我要"，黑皮和九戒翻身过来按住憨子挠痒，憨子连连求饶。黄天虎扯了一根狗尾巴草，放在嘴里嚼着，突然想起小莲了。

憨子神秘地问："唉！说真的，你们尝过女人味没有？"

九戒说："憨子你今天发骚了吧？狗日的你偷看菊姐洗澡，怕我不知道？哼！"

憨子说："也就看了一回。哎，菊姐的奶子啊，好大啊，我真想变成鼻涕虫，好好地去吃一吃！"

黑皮拍他的头说："那九戒就是你的干爹了，哈哈！"

九戒长叹，他到现在连菊姐的一根毛都没看到。憨子却兴奋了，他建议今晚就让九戒当新郎官，这时，远处传来喊"九戒！九戒！"的声音，是菊姐唤九戒带鼻涕虫的声音，这声音也意味着她要接客了。

憨子沮丧起来，没戏啦，九戒要帮菊姐带鼻涕虫。黄天虎一直沉默着不说话，他扯过一把狗尾巴草，塞到嘴里嚼着，大家突然沉默下来。远处，突然传来苍凉的叫喊声："紧走慢走啊，走不出汉口啊！"

九戒突然爆发，站起来，扯着喉咙喊："紧走慢走啊，哪里是汉口啊！"

憨子接住蹦起来，也喊起来："紧走慢走啊，我没有汉口啊！"

黑皮也站起来，扯着嗓子喊："紧走慢走啊，还是在汉口啊！"

黄天虎站起来了，叉腰喊道："紧走慢走啊，老子是汉口啊！"

大家哈哈大笑，一起喊道："紧走慢走啊，老子是汉口啊！"

夜在大家的喊声中，过得很快，一晃又是凌晨，黄天虎、黑皮、吴哥、憨子、九戒扛着扁担在码头排队候工。

黄天虎的活儿是在煤船上卸煤，一天下来，浑身都是黑的，不过这样的生活，黄天虎也慢慢习惯了。除了扛煤，他还要扛包。在茶码头，黄天虎肩上搭着搭肩，口里含着竹签即"欢喜"，扛着茶包上坡，他现在不管做哪一种活，都能捉摸出省力的经验来，不再像初来码头一样，走路摇摆。欢喜爹爹坐在地上，往码头工人嘴里插着竹签，这是他每天的工作，只是每次黄天虎从他面前经过，他总有看到某种光环闪过的感觉，他越来越感觉黄天虎是个可造人才，这样的人才，才会带着光环而过，照亮自己的同时，也能够影响更多的人。

下暴雨了，德国租界德珍茶楼的门口竖着一大幅海报，海报上有小莲的大幅剧照，上面写着大字："天下第一真旦小莲花"。

暴雨中，一辆马车驶向茶楼，阿廖沙打着伞，下车，走进德珍茶楼。

茶楼上，小莲忧郁的眼睛盯着窗外的雨，她一直在打听黄天虎的消息，可没有人告诉她，黄天虎到底在哪里。

小莲的打扮已经完全变了，不再是那个乡下毛丫头的装扮。她开始化妆，清理着自己的衣箱，她拿出那顶黑礼帽，戴在自己的头上，照了照镜子，又取下，放进衣箱里。这时，楼梯上传来脚步声，她慌忙收拾好东西，关上衣箱。

阿廖沙敲门，小莲慌忙给衣箱上锁，阿廖沙在门外说："我知道你在里面，我在楼下等你。"小莲轻轻叹了口气。

在德珍茶楼门口，阿廖沙举着伞在门口等小莲，换了装的小莲走进伞下，班主在身后叮嘱小莲说："早点回啊，晚上的戏可耽误不起。"

阿廖沙说："老板放心。喝完咖啡，保证完璧归赵。"

阿廖沙和小莲上了马车，大雨还在倾盆般地下着，马车带着他们向咖啡馆驶去。

在客运码头，雨很大，黄天虎他们到客运码头的趸船上躲雨，没有客轮，趸船显得空旷。黄天虎、黑皮、九戒、憨子等人脱下外衣，拧水，揩脸。在趸船的板壁上，贴着一张海报，正是小莲的剧照。

九戒看见了，急忙喊道："虎子！虎子！快来！"

黄天虎走过去。

九戒指着小莲的像："看！你的老乡！"黄天虎仔细一看，呆住了。

黑皮和憨子过来一看，惊奇地说："呵，真是她啊！"

黄天虎直瞪瞪地看了又看，突然笑起来。九戒问他："你笑什么？"黄天虎微笑地说："我想起她小时候的傻样了，打着赤脚，跟在我后面，到水田里去捉泥鳅。"

九戒还在看海报："德——珍——茶——楼，嗨！德珍茶楼！我去过，在德租界！"

黄天虎的视线重新停留在海报上，记忆中那个打着赤脚的女孩子和海报上这位漂亮得让他不敢相认的小莲重叠交叉着，有些迷糊，这两个小莲，哪一个才是属于他想象中、记忆中的小莲呢？

第五章 决 斗

~1~

"德珍茶楼"，这四个字被黄天虎牢牢装在了大脑里，尽管他并不知道德珍茶楼在哪里，他也没有去过这个地方，但一点也不影响他对这四个字的牢记。

空闲下来的黄天虎去了河街水果摊，小摊上有各种各样的水果，在这些水果中，葱绿的葡萄装在一只只小竹篓里，格外引人注目。黄天虎走近葡萄摊，提起一篓仔细检查着，摊主望着他讨好地说："刚到，真正的新疆葡萄。"

黄天虎回了摊主一句："我要最好的。"摊主觉得自己的葡萄都好，让黄天虎随便挑。黄天虎挑得很仔细，可他却总有一种说不出来的感觉，他甚至在想，要是能够回家再为小莲偷一次葡萄该多好。葡萄买好后，黄天虎在汉正街一家转糖摊前停下来了，他看到许多孩子围着转糖的摊子，他也好奇地走过去。在一个四方转盘上，圆圈外画着花篮、龙、飞鸟等图案，中间一个竹制的指针。转动指针，指针最后停在哪个图案上，摊主就用糖汁画出来，凝固后，就成了糖做的图案。

黄天虎转了一次，没成功；再转，还没成功；又转，指钟恰好停在了花篮上。他要了这个花篮，正好配着小莲最喜欢吃的葡萄，美极了。

当江汉关钟声长鸣的时候，黄天虎一手提葡萄，一手举着糖花篮，小心翼翼地往德珍茶楼走去。阳光下，糖花渐渐融化了。黄天虎有些着急，这样下去，不等他到小莲那里，花篮就会化掉。他一急，顾不了太多，撒腿就往德珍茶楼跑去。

当衣服湿透的黄天虎，满头大汗地站在德珍茶楼门口时，花篮的提把已经融化了。他冲到茶楼门口问："小师傅，小莲在吗？"伙计不耐烦地挥手说："后面，后面。"

黄天虎转到后门，后门用布帘子遮着，他不敢贸然进去，心却跳到嗓子口一般。他缓了缓紧张的情绪，轻喊着："小莲。小莲。"

小莲露出头来，看到站在门口的人竟然是黄天虎，惊喜地叫："哎，虎子哥。"她没有想到，黄天虎会出现在这里，她有很多的话要对黄天虎说，可她还没来得及张口，另一个头探出来了，班主惊异和厌恶的表情，让小莲把想说的话咽了下去。等班主一转身，小莲像燕子一样飞出来问黄天虎："虎子哥，你怎么找来啦？"

再看到小莲，黄天虎有一种石头落下般的轻松。他兴奋地告诉小莲，他是如何通过海报地址找到这里来的，而且他现在交了蛮多朋友，都是挑扁担的，他就跟他们在码头上做事，有饭吃，有钱挣，真的蛮好，他有一种从来没有过的满足感。一如现在能够这么幸福地望着小莲一样，都是他想也没敢想过的事情，现在就是他最幸福最满足的时刻。

小莲看到黄天虎不仅活着，还能够在汉口有饭吃，有事干，替他开心的同时，又有一种内疚。尽管她一直想去找黄天虎，可她爸不让，她对不起他。

黄天虎望着小莲傻笑，他才舍不得怪小莲，只要晓得小莲还在唱戏，能够享福，他就很知足了。他希望小莲过得好，只要小莲开心和幸福，他做什么都愿意。明天小莲又要演新戏，她很想黄天虎能够来看她演戏，她希望台下有一双她熟悉的眼睛看着她，希望她的戏是他喜欢看，喜欢听的。

黄天虎当然会来，他不仅喜欢看小莲演戏，也喜欢听小莲唱戏，那种韵味从小到大，伴着他一路前行。她是他的开心果，也是他的力量和向往的码头。他举起葡萄对小莲说："看看，这是新疆的葡萄，我在码头上买的。"

小莲眼睛亮闪着，如黄天虎在雨后茶山上看到的水珠，晶莹剔透。小莲没想到黄天虎还记得她最喜欢吃葡萄，只是这里再也偷不到葡萄了，她和他同时想起了偷葡萄的事情，两个人会心地笑了起来。

小莲笑过之后，看到了糖花篮，问黄天虎：“这是什么？”

黄天虎告诉小莲，这是花篮，糖做的，可以吃，就是晒化了，他拼命跑，可还是晒化了。黄天虎很遗憾地拿着快晒化的花篮。小莲张开了嘴，安慰黄天虎化了正好吃，黄天虎把糖花篮放到小莲嘴边。这时，茶楼的伙计引着阿廖沙来了。阿廖沙手里提着礼品盒，正好看见这一幕。

班主探出头看见了阿廖沙，脸上立刻堆满笑容：“哟，沙少爷来啦。”说完，他立即飞奔下来喊：“小莲呀，沙少爷来啦。”

小莲听到父亲的喊声，无奈地对黄天虎说：“有客人了，稍等一会啊。”

阿廖沙进门，看了黄天虎一眼，问小莲：“他是谁？”

小莲支吾着：“他是……”

班主抢过话回答说：“乡下的，乡下人，少爷这边请。”

阿廖沙感觉在哪里见过黄天虎，只是一时想不起来。他被班主和小莲带进了门。

大杨树上蝉声阵阵，黄天虎提着葡萄，举着糖花篮，站在树下等待小莲。花篮一点一点地融化着，他的心也一点一点地往下沉。

在二楼雅间，小莲正在试阿廖沙送的皮鞋。阿廖沙站在一边，矜持地笑着看着小莲，他越来越喜欢小莲，这个乡下女孩不知不觉让他多了许多的牵挂，这是他没有想到的。

穿着高跟鞋的小莲，歪歪扭扭地走了几步，站不住了，笑着歪倒，叫了一声：“哎呀。”阿廖沙扶住她说：“穿穿就习惯了。”

班主在一旁讨好阿廖沙，说让他破费了。阿廖沙不在乎这些，这对于他来说是小意思，只要小莲喜欢就好。小莲试完鞋子，他又掏出一个礼品盒，让小莲闭上眼睛，小莲眼皮合拢，真的听话闭了起来。阿廖沙取出一个八音盒，打开，按动按钮，音乐响起，两个小人开始跳舞。

阿廖沙说："可以睁开了。"

小莲睁开眼，惊喜地大叫："哇，好漂亮啊。"

阿廖沙又将一个礼品盒递给班主说："这是送你的皮鞋，不知道合不合脚。"班主没试，就笑眯眯地说："哎呀。太破费了。合脚。合脚。"

这时，小莲突然记起黄天虎还在楼下，大叫一声："哎呀。"她急忙跑下楼去。在后门大杨树下，放着那篓葡萄，花篮融化了，只剩下一根竹签。小莲拎起葡萄，抱在怀里，想哭，却没有泪。

～ 2 ～

背扛着大麻袋的黄天虎，穿着一双草鞋，一步一颤地艰难前行。在长跳板上，一长溜扁担都如他一般在艰难前行。扁担们的生活对黄天虎来说，已日渐习惯，他的力气也在这种习惯之中，渐渐地增长。当他空着手走回趸船时，九戒追到黄天虎身后问他："哎，今晚德珍茶楼，没忘吧？"

黄天虎当然不会忘，尽管小莲和班主冷落了他，尽管那个被太阳晒化的花篮让他如此心疼，可他还是放不下小莲。当九戒又问了一句"去不去"时，黄天虎犹豫起来，他不知道现在的他，这个样子的他，有什么资格去看小莲的戏，他有些沮丧。

黑皮急了，他要黄天虎出个声，表个态。憨子却说："人家现在有名了，不知道还认不认得你，只怕早攀高枝了。"

九戒接过话说："哎哟，不就是去看一眼戏，喝一口茶吗？还费这么多心思，不去算了。"

黄天虎不服气了，他说："没说不去啊，我可是茶馆里泡出来的。"他语音一落，大伙欢呼起来，齐声喊："走，去开个心。"

夜幕降下了，已换上干净土布衣裳的黄天虎、黑皮、憨子、九戒一行去了德珍茶楼。

茶楼门口，两辆豪华马车驰过来。麻哥率先下车，打开车门，刘钦云走下车，几个保镖簇拥着刘钦云往门口走去，这场景气派极了。黄天虎他们怯生生地打量着权贵、洋人进出的大门。憨子首先怯了，问了一句："人家会让我们进吗？"

　　九戒不服气地说："你比人家少一个鸟啊？"

　　就在这时，一辆马车跑来，阿廖沙走下车，随后，小莲也从马车里走了下来，黑皮指着他们喊："虎子，看！"

　　黄天虎抬眼望去，阿廖沙正伸手扶着小莲下车，憨子张大嘴说："跟了洋人啦！噢，是个装成洋人的中国人。"

　　九戒没好气地说："才来汉口几天啊，就花成这样？"黑皮也接着说："花鼓戏其实没什么看头，还是回家睡觉吧。"

　　黄天虎淡淡地说："要回你们回，我要看戏。"说着就往门口走。黑皮连忙跟上黄天虎，在黄天虎身后说了一句："哎，那就一起看吧。"

　　古香古色的茶楼，几乎座无虚席。黄天虎他们一进去，立刻成为中外茶客注意的目标。他们的衣着与环境反差太大，许多眼光冷冷地朝着他们射来。憨子有些怕了，怯怯地说了一句："好像，没位置了。"

　　黄天虎四下看了看，只见前面有一张茶桌，坐着一个戴礼帽的男人，他带头朝那张茶桌走去。伙计迎上来说："几位小哥，前面没位置了。"

　　黄天虎说："那边只有一个人。"伙计说那桌已经有人预定了。黄天虎继续往前走，他告诉伙计他们先坐一下，人来了就走。伙计仍试图拦阻，可是黄天虎已经走到了桌边。

　　戴礼帽的先生扭过头来，突然惊喜地喊："嘿，是你啊？"

　　黄天虎也一惊，仔细辨认这位"先生"。

　　"先生"其实就是娜佳。她取下礼帽，微笑着说："不认识我了吗？码头上你救了我。"

　　黄天虎认出来了。

　　娜佳高兴异常，她觉得太神奇了，她正想着怎么去找他们，没想到他们就来了。她问："你们也都是来看戏的吗？"

　　黄天虎回答娜佳："是啊，可没位置了。"娜佳热情邀请他们坐她订的位子。娜佳一边招呼大家，一边主动伸出手来自我介绍说她叫娜佳。黄天虎迟疑了一下，也伸出手介绍自己叫黄天虎。

娜佳好奇地问了一句："黄天虎？天上飞的老虎？"黄天虎嘿嘿地笑了起来。娜佳夸黄天虎很有想象力，然后伸手给黑皮说："你好，你很勇敢。"黑皮笨拙地抬起了手学着黄天虎的样子说："我叫黑皮。"

娜佳又好奇起来，她笑着问："黑皮？啊哈，有意思，那你，是白皮？"她问九戒。

九戒幽默地说："我啊？青油炸豆腐——黄皮。"

娜佳问："黄皮？"

黄天虎笑着向娜佳解释，九戒是蒙她呢，他叫九戒。九戒连忙接话说："我还个哥哥，写书里去了，叫……"娜佳笑起来说："八戒。"

黄天虎向娜佳介绍憨子，娜佳一一握手，她觉得太有趣了，他们的名字有趣，人更有趣。

伙计趁着他们高兴的时候问："小哥，您看，喝什么茶啊？"娜佳热情地告诉黄天虎他们尽管点茶，她来请客，黄天虎问伙计："你们都有些什么茶啊？"

伙计说："天上的茶，咱有一半；地上的茶嘛，那就全有啦。"

黄天虎问卧龙翠芽，伙计说没有，他又问松峰毛尖，伙计还是说没有。黄天虎追问："宜红呢？宜红总有吧？"伙计尴尬地笑了："小哥，你点的，都是我们湖北的茶。可是汉口这地方吧，怪，自己的宝贝吧，不当事，偏偏喜欢人家外地的。"

九戒望着伙计说了一句："嘿嘿，本地茶喊不出价，是吧？你就巴不得客人都点龙井。"

黄天虎不想再纠缠这个问题，就吩咐伙计先来几杯菊花茶。伙计被黄天虎解围后，立刻喊道："好咧。五碗菊花。"

黄天虎看了看娜佳后，让伙计给娜佳的菊花茶加冰糖。这时，潘家班的一个演员从茶桌边走过，看见了黄天虎，立刻表情变了，匆匆离去。

这个演员去了德珍茶楼后台化妆间。小莲正忙着化妆，阿廖沙在一边欣赏化妆的小莲。班主埋怨小莲："晚上有戏，有重要客人，你硬是不听，还喝酒。"

　　阿廖沙替小莲解释："是红酒，法国葡萄酒，不是伏特加。"

　　班主不听阿廖沙解释，要小莲不管什么葡萄酒梨子酒，今后有戏，不准喝酒。小莲让父亲别吵，让她静一下。

　　那演员走近班主，告诉班主他看见黄家那小子了。班主没听清楚问演员："谁？"

　　那演员说："虎子，黄天虎啊。就是跟我们一起到汉口的。"

　　班主瞟了阿廖沙一眼，随后严厉地对演员说："什么虎子猫子的，你看花眼了吧？还不下去。"

　　那个演员看了看小莲和阿廖沙，马上退了出去，一边走一边说："是是是，我这眼睛，这几天老出毛病……"

　　小莲也听到黄天虎来了，她的神情立刻复杂起来，犹豫片刻，抓了条纱巾蒙住脸就往门口走去。班主一把拉住她问："去哪里？"

　　小莲要去见黄天虎，班主说："什么事比得上演戏要紧啊？你这样子出去见人，你丢得起脸我还丢不起呢。"

　　小莲从父亲手里挣脱，她只想对黄天虎说两句话，她要解释上次的事情，她不想伤黄天虎的心。

　　阿廖沙却把小莲拦住了，他说："我知道他是谁，不用害怕，我会叫他马上消失。"

　　小莲霍地转身，板着脸问阿廖沙："你为什么要他消失？"

　　阿廖沙反问小莲："他和你，有关系吗？"小莲不理他，班主对阿廖沙说："沙少爷，你先去喝茶吧。"阿廖沙气愤地说："好，我走。"说完，愤然离去。班主急了，压低嗓门对小莲说："我跟他可是有约在先，到了汉口，不再来找我们的麻烦。今天晚上，你给我好好演戏。不准和他见面。"

　　小莲顶撞父亲说："干脆你把我绑起来好了。"

　　班主拿小莲没办法，气哼哼地走了。小莲见父亲生气了，只得回化妆间，重新开始化妆。

～ 3 ～

阿廖沙生气地离开小莲后，往茶座走去，娜佳和黄天虎等人正聊得起劲，阿廖沙走近后发现妹妹跟黄天虎坐在一起，不由一愣，阴沉着脸走到黄天虎身后说："起来，起来，这是我的位置。"

娜佳热情地介绍说："啊，这是那天救我的人。这是黄天虎，这是黑皮，九戒，这是憨子。这是我哥哥，阿廖沙。"

黄天虎站起身，惊讶地问："你哥哥？"

娜佳解释说："是我的中国哥哥。你们认识？"

阿廖沙和黄天虎已经见过四次面了，印象很深刻。娜佳要哥哥和黄天虎成为朋友，阿廖沙说他没有这样的朋友，他要黄天虎走，这是他的位置，黄天虎对娜佳说："多谢你的菊花茶。我们走。"

娜佳拦住黄天虎说："不要走。"然后对阿廖沙激动地说："阿廖沙，他们是我的客人。你太没有礼貌了。"

阿廖沙对娜佳说："你知道他们是什么人吗？他们来干什么？你知道吗？"随即转身对黄天虎说："请跟我来。"黄天虎莫名其妙地跟着他，娜佳欲阻拦，追到他们身后。

阿廖沙回头说："放心，我只是跟他说说话，不会动他一个手指头的。"

麻哥看到了阿廖沙和黄天虎争执的一幕，他走进楼上包厢，告诉刘钦云，黄天虎这个小扁担也在楼下看戏，麻哥指点着黄天虎让刘钦云看。刘钦云看到了，他一边点头一边说："扛码头的扁担跑这里来看戏，奇怪。"

麻哥赶紧说："还有更怪的，他和伊万诺夫的公子正在吵架，看样子要打起来。"

刘钦云哈哈笑了起来："好啊，台下的戏比台上的戏好看多了，我喜欢。让他们打，不准插手。但是，一点一滴都给我看仔细了。"

这边，阿廖沙把黄天虎带到茶楼的一角，黄天虎问阿廖沙想说什么？阿廖沙说他知道黄天虎是什么人，知道他父母是为什么死的，知道他为什么逃到汉口。

黄天虎不服气地问阿廖沙："你想怎样？"

阿廖沙摊牌了，他要黄天虎离开小莲，永远不要在他眼皮底下出现，而且现在就离开茶楼。

黄天虎问了一句："我要是不走呢？"

阿廖沙说："这里是租界，是我们的地盘。你们这样的中国人，不能随便来。"

黄天虎没想到阿廖沙这样说话，他问阿廖沙："你们中国人？那你是什么人？"

阿廖沙骄傲地说："我是真正的俄罗斯人，你想怎样？"

黄天虎打量着阿廖沙，感觉奇怪，他长一张中国面孔，心比洋人还坏。黄天虎不想和阿廖沙纠缠，也没工夫听阿廖沙说废话，他离开阿廖沙往茶座走去。阿廖沙恼羞成怒，冲上前猛力推了黄天虎一掌说："快滚！"

黄天虎被推得趔趔趄趄倒地，还撞翻了一把茶壶。黑皮大吼："你敢打人。"说着就冲上前，也推了阿廖沙一掌。娜佳尖叫着："别打架，别打架。"

戏台上，暖场的锣鼓敲起来了。化妆间小莲趴在镜子前哭泣，班主问一演员："打起来了，这是什么事啊？去，再安排个小曲。打个闹台。"

小莲哭着求父亲说："让我出去说句话，他肯定就会走的。"班主坚决不让小莲去，他说黄天虎就是个灾星，小莲又趴在镜子前哭，她担心黄天虎不是阿廖沙的对手。

而刘钦云坐在包厢里一边和商人们说笑，一边观察楼下的事件变化。

阿廖沙又扑过来，被伙计们拉住。九戒操起一条板凳，吼道："你这个假洋鬼子，无缘无故地打人骂人，欺负人是吧？老子废了你。"憨子也抓了只酒瓶，围了过来。

阿廖沙吼道："一群流氓！你们人多，只会几个打一个。有种的，决斗。"

黄天虎问："决斗？单挑是吧？"

阿廖沙吼道："对，我和你！一个对一个。"

黄天虎："走。"

阿廖沙却说明天晚上，黄天虎问在哪里，阿廖沙要明天再通知他。黄天虎问阿廖沙："说话算话？"

阿廖沙说："只要你现在离开，当然算话。"

黄天虎对黑皮等人喊道："走。"

阿廖沙喊道："我还要告诉你一件事，她不想见你。不准你再骚扰她。"

黄天虎一愣，随后大步走出茶楼。

黄天虎走了，娜佳激动地对阿廖沙说："为什么决斗？像小孩子一样？"阿廖沙吼道："不要你管。"

娜佳生气地冲出门，她在德珍茶楼门口追上了黄天虎。娜佳走到黄天虎身旁说："请原谅。我哥他习惯说决斗。他跟我吵架，也是说，决斗。不要，请不要决斗。"

黄天虎告诉娜佳，阿廖沙有自己的习惯，他也有自己的习惯。说出的话，泼出的水，收不回来了。这就是他的习惯，也是一个男人应该保持的习惯。在黄天虎看来，这是一个顶天立地的男子汉最起码的特质。可娜佳却不懂，她不明白什么叫泼出的水，收不回来；她也不理解，男人之间为什么那么喜欢决斗。对于武力解决这样的事，在娜佳眼里都是残忍，她认为人与人之间不应该存在这种残忍。她问黄天虎为什么要答应决斗？

黄天虎没有回答娜佳的问题，而是头也不回地走了。

夜深了，黄天虎默默坐在堤上。夜风吹动着他的头发，起起伏伏，一如他此时的心情。他没有回答娜佳的问题，是因为他不知道如何回答。他能告诉娜佳，他和阿廖沙是为了小莲而决斗？想到小莲，黄天虎就觉得心里一阵疼。晒化的花篮，一直存在他的内心某个看不见的角落，时不时跳出来撞击一下他的心，疼感，就会在这种撞击中油然而生。

黑皮走过来，什么也不说，挨着黄天虎坐下。江水波光粼粼，江面不时传来突突的马达声和汽笛声，对于黄天虎而言是那么熟悉又是那么陌生，这个喊出"老子就是汉口"的少年，这个认定自己就是汉口的少年，此时倍感郁闷。他是汉口吗？或者汉口是他吗？他不知道。

九戒和憨子也来了，憨子打着哈欠说："哎，屋里像蒸笼，都快蒸熟了。"九戒捡起一块石头，对黄天虎说："来，我跟你比比，看谁甩得远。"

黄天虎仍旧沉默，而且一动不动。九戒叹了一口气说："别伤神了，为这样的女人，不值。我看她还不如菊姐。"说着，将石头甩出。黑皮止住九戒，不让他说这种话刺激黄天虎。九戒不甘心，又嘟囔了一句："我怎么啦？自家兄弟，还把话憋在肚子里变成屁啊？"说完，他又捡起一块石头，一边扔一边说："还有那个假洋人，神经病一个，值得去单挑吗？"

黄天虎还是默不作声。

憨子沉不住气了，他喊了一声"虎子"，又接着说："你不能一个人去啊，连官府都怕洋人，长得像洋人的也怕，我们挑扁担的何必去找不痛快？万一他挖个坑，做个笼子，你还往里跳啊？"

黄天虎也捡起一块石头扔出，江水发出咚的一声。黄天虎望着长江，发狠地说："地盘被他占了，钱被他赚了，女人也被他抢了，我总不能再被他一个喷嚏吓死吧？我要去，只要他真的来决斗，就是下刀子我也去。"

黄天虎说完这些，黑皮的手率先伸了过来，几个少年的手紧紧地握在了一起。江水还在浩荡地拍击着江岸，而几个少年的力量却牢不可破地凝聚在了一起，有了这种力量，黄天虎什么都敢去闯。

～4～

夜，在几个少年的承诺中滑了过去，当曙光再次升起来的时候，黄天虎扛着一篓茶在码头上行走着，当他路过欢喜爹爹时，黄天虎张开嘴，欢喜爹爹往他嘴里喂进一根竹签。吴哥、黑皮、九戒、憨子等从跳板上鱼贯而下，一个个用嘴衔住欢喜，满头大汗朝码头走去。等到卸了货，吴哥边往回走边问黄天虎："想好了吗？你今晚去不去？"

黄天虎说："接了单，就不能躲起来。"

吴哥点点头，他鼓励黄天虎去，洋人靠不住，更何况那是个假洋人，他们什么烂屁眼的事情都做得出来。害人之心不可有，但是防人之心不可无，他要黄天虎小心。黄天虎认为阿廖沙没那个狗胆。吴哥沉吟了一下问黄天虎："决斗，非枪即刀，最起码也是拳头定胜负。你赤手空拳，有把握赢吗？"

黄天虎老实告诉吴哥，他没有把握，吴哥诧异了，他没想到黄天虎是这种个性，他问黄天虎："没有把握，你去送死啊？"

黄天虎说："说话算话，我答应了。"

吴哥叹气："说话算话，也要看什么情况嘛。对手是君子，就君子；对手是小人，那就小人啦。"

黄天虎点头，谢过吴哥，他说自己会摆平的。吴哥不放心，决定待会儿一起练练拳击，他教黄天虎几招。这时欢喜爹爹也喊黄天虎，也要教他几招，黄天虎笑着谢过他们。

蔡雪在一块木牌上书写了几个字：免费凉茶，为君解渴。写完，蔡雪放下毛笔，端详着木牌，感觉这字写得还不错。

在德昌号门前，两个伙计在店门前摆了一张方桌，桌上放了一缸花红茶和一摞大瓷碗。蔡雪把那木牌挂在墙上。

一个挑了担酸梅汤的小伙计跟着蔡雪往码头走去，当他们来到码头时，满头大汗的黄天虎正在卸货。憨子过来了，神秘地说："看看，谁来了？"黄天虎扭头望去，蔡雪带着挑酸梅汤的小伙计在货码头张望。

憨子看见了蔡雪，就对黄天虎说："那是蔡家大小姐吧？真漂亮！她肯定是来找你的。"

黄天虎不解地问憨子："找我干吗？"

憨子说："你个莽货，你救了人家，还不让人家来谢谢你？"

憨子说话时，蔡雪发现了黄天虎，果然带着小伙计过来了。蔡雪问黄天虎："是黄天虎黄先生吧？"

黄天虎点头，他望着蔡雪说："是我，但我不是先生。"蔡雪依然称黄天虎为先生，感谢他在她下船遇到麻烦时，拔刀相助。

黄天虎不让蔡雪喊他先生，他听了都别扭。黄天虎和蔡雪谈话时，憨子的话显得特别多，他插话说："叫狗子猫子都行。"

蔡雪开始叫黄天虎为天虎，只是她在开口向黄天虎道谢时，还是说了一句先生，黄天虎听了，就笑了起来。这时九戒跑了过来，看到了酸梅汤就问："嘿，酸梅汤。不会是犒劳我们的吧？"

蔡雪哼了一声说："这是我到归元寺去烧香敬菩萨的。"

黄天虎笑着说："哎，我听说归元寺的菩萨最近牙疼，怕酸。"大家哈哈大笑起来。

蔡雪瞥了黄天虎一眼，笑着说："好啊，那就留下啦。慢慢喝，我这就到归元寺去，看看菩萨是不是牙疼了。"

蔡雪留下小伙计，独自走了，黄天虎祝福蔡雪走好。等蔡雪一走，他舀起一碗酸梅汤正准备喝，一工头模样的人走过来问："请问，哪位叫黄天虎？"

黄天虎说："我就是。"

工头摇起大拇指说："新成洋行的沙少爷托我带个信，今晚单挑的事情，不知还算不算数？"

九戒要阿廖沙他自己来单挑，憨子说不去，工头望了望，说："不去？那我就丑话说在前面了，按照码头规矩，你们货码头就要请大家喝茶，当面认输赔罪。"

黄天虎接过话说："江湖说话算话，我去。在哪里？"

工头佩服地看了看黄天虎，把阿廖沙说的时间、地点告诉了黄天虎：时间为晚上八点，地点在肥码头。而且阿廖沙说多去一个人，就算失言毁约，单挑就取消。

黄天虎告诉工头，让他回去告诉阿廖沙，尽管放一百二十个心，他肯定去，但阿廖沙也只能一个人去，多去一个人，就算失言毁约，单挑取消。

工头拱手说了一句："好，那就恭候了。"说完扬长而去。

单挑，就成了黄天虎要独自去面对的一场武斗了。

～ 5 ～

却说还是前一天晚上，一场戏落幕后，小莲松了一口气，她又唱完了一场父亲要求的新戏。当她谢幕时，刘钦云带头鼓掌，随后掌声热烈起来，在茶楼上空飘荡。刘钦云示意麻哥过去，把一个花篮和一个红包献给了小莲，小莲捧着花篮鞠躬，刘钦云满足地带着麻哥离去。

小莲捧了大花篮去后台化妆间，匆匆卸了妆，就往门口走去，班主推门进来，拦住小莲问："你去哪里？"

小莲要去找黄天虎，班主告诉小莲，她要是去见那个姓黄的，就别回这个家了，回来他打断她的腿。

小莲急了，她冲父亲喊："你打呀，现在就打。"

班主手足无措地望着小莲说："哎呀，我的姑奶奶啊！你爹是不想让你往火坑里跳啊！你怎么不听爹的话啊？"

阿廖沙撞上了这一幕，就问："又怎么了？"

班主马上变脸说："没什么，没什么。"

阿廖沙叹了一口气，今天这场戏，差点让那个姓黄的给砸了，他对班主说他很生气。班主安慰他别生气，"您来捧小莲的场，刘钦云刘大老板也来捧场，还送了花篮送了银子，小莲就是运气好啊。"

阿廖沙没理会班主的好兴致，要小莲陪他去喝一杯。班主心情好，很爽快地让小莲去，只是叮嘱小莲少喝点酒，多跟阿廖沙少爷说说话。

小莲无奈地陪着阿廖沙去喝酒。她很少说话，而阿廖沙一个劲灌自己，很快他就喝醉了。小莲让伊万诺夫家的马车送阿廖沙回去。当女仆秀梅把醉酒的阿廖沙搀进厅时，伊万诺夫和娜佳都迎上前。娜佳扶起哥哥问："你怎么醉成这样？"

阿廖沙推开她，说自己没醉。伊万诺夫生气地冲阿廖沙说："阿廖沙，我不同意你去决斗，不同意。"

阿廖沙醉醺醺地说："我要去，我要为我的荣誉和爱情而战斗！"

伊万诺夫厌恶地挥挥手，对秀梅说："看着他。"说完就离开了阿廖沙。娜佳跟秀梅一起把阿廖沙扶进卧室。

落地自鸣钟当当地又响了，伊万诺夫仍在客厅徘徊，娜佳走近问父亲："爸爸，你不觉得阿廖沙这样做太轻率了吗？我不明白，他为什么这么无礼，这么冲动。"

伊万诺夫说："也许他在俄罗斯学的是戏剧，艺术，让他变得冲动。"

娜佳不明白，她认为再冲动也不能不讲道理。伊万诺夫说娜佳，喜欢把自己装扮成男孩子，可是，她根本不懂男孩子。女孩子的生命是爱情，男孩子的生命是荣誉。阿廖沙不是个好商人，但如果他想教训教训那班肮脏的小流氓，他不会反对。

娜佳没想到父亲会这样认为，生气地质问父亲："都是你把他宠坏了。那个人救了我的命，你不但不感谢，还要侮辱他，骂他小流氓，还要叫他消失。爸爸，这公平吗？这是一个父亲的立场吗？"

伊万诺夫望着娜佳一字一顿地说："这个世界，有时候就要靠拳头来说话。"

娜佳惊讶地望着他。伊万诺夫看了看娜佳，语气缓和下来说："唉，要怪，就怪你的爷爷，把中国描绘成一个神秘的童话，让你从小就做了太多中国梦。当年，我从花园山育婴堂把阿廖沙领回来的时候，看中的是他纯真而勇敢的眼睛。娜佳，你要相信你的哥哥，他会捍卫我们家族的荣誉的。"

娜佳不懂自己的父亲为什么会这样说话，她郁闷地离开了父亲，独自去了自己的卧室。一晚上，她在床上辗转反侧，直到天亮。

她起床走到阿廖沙卧室门前，仔细倾听，屋里没有动静。她轻轻推开门，卧室无人。她朝楼下客厅走去，忽然听见阿廖沙说话的声音。她在楼梯口悄悄朝下观望，阿廖沙正在和一个中国工头说话。

阿廖沙问："你能保证你的人个个都武艺高强吗？"

工头说："少爷放心，他们个个都身强力壮，随便挑一个，就要了那臭小子小命。"

娜佳不由大惊。

阿廖沙笑了："那好。你去给他报信,尽量激将他,要他晚上到肥码头来,我和他决斗,记住,只准他一个人来。"

工头说:"码头上讲究说话算话,这小子好哄,肯定会上钩的。"

阿廖沙告诉工头,事成之后,他会重赏他,工头嘿嘿媚笑着走了。阿廖沙狞笑着,正准备上楼,突然看见了娜佳愤怒的眼睛。

阿廖沙呆住了,问娜佳:"娜佳? 你,一直在听?"

娜佳愤怒地骂阿廖沙"卑鄙!"说着,就冲下楼。阿廖沙急忙抱住她,问她要干什么。娜佳一边挣扎一边说:"放开我。我要去阻止这个阴谋。"

阿廖沙吼起来,他只是想教训黄天虎,可娜佳不相信,阿廖沙一直在说要让黄天虎消失,她不相信哥哥只是为了教训一下黄天虎。

阿廖沙咆哮起来,恶狠狠地说:"没错。谁挡我的道,我就要他消失。"说完不由分说,将娜佳拖进楼上她的卧室,连哄带骗:"好了,娜佳,你是我的妹妹,这件事和你没有关系。我答应你,不会过于为难他。"

娜佳说:"我不相信你。我要告诉爸爸。"

阿廖沙吼道:"爸爸也是男人,是贵族。在汉口,就是要用拳头和刀枪说话。"

娜佳沮丧地趴在床上,痛哭起来。阿廖沙迅速地出门,将卧室锁了起来。他快速地下到客厅,恶狠狠对秀梅说:"谁也不准开小姐的房门,也不准告诉老爷。"

娜佳哭喊着捶门,声音已经嘶哑了:"开门! 开门,阿廖沙,你这个混蛋,放我出去。"秀梅见她喊得可怜,偷偷跑到卧室门前说:"小姐,少爷把钥匙拿走了,我们开不了门,你就忍忍吧。"

娜佳要秀梅帮她,上次秀梅和她一起去过汉正街德昌号茶庄。娜佳要秀梅帮她送一封信给她的同学蔡雪,"坐人力车去,一定要交到蔡雪的手中。"秀梅战战兢兢地答应了。娜佳飞快地跑到书桌前,提笔写了一封短信,装进信封,从门缝里塞了出去。

装作买菜出门的秀梅到处找寻人力车。一辆人力车过来,秀梅急忙招手,人力车夫拖着秀梅离去。人力车在德昌号茶庄门口停下,秀梅叫他稍等，跑进茶庄。茶庄伙计迎上前问："有事吗？"

秀梅要找蔡家大小姐，伙计告诉秀梅，大小姐到归元寺去了，得晚上才回。

秀梅呆住了，这时祝掌柜走过来问秀梅："请问，你是？"

秀梅说："我家小姐是蔡小姐的同学，她有一封急信要交给蔡雪小姐。"

祝掌柜问："你是新成洋行的？请进。"秀梅没工夫进去，要祝掌柜赶紧把信交给蔡小姐，然后匆匆坐人力车离去。

祝掌柜拿着信快步走到蔡瑶卿身旁说："老爷，伊万诺夫的女儿送来给小姐的急件。"蔡瑶卿赶快取出信：满纸英文。蔡瑶卿傻了眼，他要祝掌柜念念，祝掌柜一看，全是些小蝌蚪，他也是一个不认识。他们只能坐着等蔡雪回来，希望蔡雪早点回来，告诉他们到底发生了什么事。

夕阳西下的时候，黄天虎把包扛到欢喜爹爹面前，欢喜爹爹说："虎子，扛了这一包就收工啦。"

黄天虎说了一句"好"。黑皮也劝黄天虎早点收工，准备准备。黄天虎好奇地问黑皮："决斗不就是打架吗，带拳头去就行了，还准备什么？"

黑皮也不晓得什么，只叮嘱黄天虎听欢喜爹爹的就是了。两个人回到工棚，欢喜爹爹拿着一件坎肩过来对黄天虎说："来，虎子，穿上试试。"

黄天虎穿上坎肩，发现两个口袋都是鼓鼓的。憨子好奇，摸了摸问："虎子，装的什么呀？"

黄天虎笑了，这是欢喜爹爹给他的秘密武器，他要憨子别看。憨子偏要看，掏出一把圆溜溜的鹅卵石问："这就是你的秘密武器呀？"

黄天虎说："当然啦，一打一大片，多好。"

九戒又去搜另一个口袋，黄天虎按住说："别动，石灰。"

憨子笑着说："嗨。难怪你硬是要一个人去吃独食啊？"

黄天虎也笑着说："这个独食，你们谁也抢不走。"

九戒笑道："这哪里像去单挑啊，像是小孩过家家。"

黄天虎也没把单挑看得多严重，说了一声"我走啦"就出门了。黑皮等一行人跟着他，黄天虎回头看看问："你们去哪?"

黑皮说："陪你一起去啊! 放心，我们就去看看热闹，不动手，也不说话。"

九戒也说： "让我们一起去吧，我的右眼跳了个把钟头了，感觉不好。"

黄天虎坚持要一个人去，他说："只要你们有一个人跟着我，我就不去了。"众人悻悻地停下来，黄天虎放开大步走了，众人看着黄天虎的背影孤独地消失在他们的视线之中。黑皮轻轻咕噜了一句： "比牛还犟，一根筋。"

黄天虎独自来到了肥码头。

在租界内停靠外轮的码头因条件好，工钱高，被码头工人称为"肥码头"。这时，栈桥上空无一人。黄天虎小心翼翼地往趸船上走去，趸船上也是空荡荡的，除了江水拍击着堤岸的声音，听不到别的声音。他喊了起来："阿廖沙，阿廖沙!"依然无人应答。他欲爬上二楼，突然间，一扇大铁门哗地打开了，涌出大群人马，手握扁担、棍棒，黄天虎一惊，旋即定神环视，都是些陌生面孔。

黄天虎问："阿廖沙呢?"没人回答他。逼上前的打手，个个杀气腾腾。

第六章 "我不打扁担"

〜 1 〜

肥码头上，一群扁担打手围住了黄天虎。黄天虎尽量保持着镇静，他对着这些和自己一样是从事苦力的扁担们说："哎哎，各位兄弟，我是货码头的，也是挑扁担扛货的。那个假洋人喊我来单挑，他自己却不讲信用，拉你们来打我。货码头的吴哥，宝帮的龙哥，都是我大哥。人情留一线，今后好见面。先让我和他见个高低，再让兄弟们处理。"

棒子们听他这么一说，犹豫起来。工头急了，喊道："还戳在那里干什么？打呀。"

"兄弟，对不起了。"棒子们一起围上，挥棒就要往黄天虎身上打，黄天虎大喊了一声："等等，等等！我还有一句话。"

工头不耐烦了，要黄天虎有屁快放。

黄天虎没有理睬工头，而是厉声喊道："阿廖沙，你滚出来！"无人回答，棒子们下意识地往楼梯口看了一眼。黄天虎又喊："阿廖沙，我晓得你躲在那里，你不敢跟我决斗，连脑袋也不敢冒出来吗？"楼梯上响起一阵脚步声，不一会儿，阿廖沙出现了。黄天虎对着阿廖沙说："沙少爷，是你说好了，只许一个人来，两个人单挑的。现在，有种的，先来和我单挑。"

阿廖沙有点尴尬，但随即又猖狂起来，他有自己的理论，黄天虎很讲信用，但黄天虎必须挨打。他约黄天虎决斗，就是想打黄天虎一顿，他打黄天虎，一群人打黄天虎，在他看来，是一个道理。

黄天虎独身来应对阿廖沙的时候，想过阿廖沙可能会不守信用，可他没有想到阿廖沙居然会不守信用到这种地步，他冲着阿廖沙高喊道："决斗就是一对一。你不敢单挑，你输了。"

阿廖沙也喊道："谁输谁赢，只有棒子能说话。打，快打啊！"一个棒子举起了扁担，对黄天虎说："小兄弟，拿人钱财，替人消灾。今天这顿打，你是逃不掉了。"

黄天虎望着扁担们说："跟我决斗的不是你，也不是你！你！你！我只跟那个假洋人打，你们想动手就动吧。"棒子们面面相觑。工头喊："快打！"一个棒子挥棒打来，黄天虎不动弹，挨了一棒。棒子奇怪地问："你怎么不回手不躲躲啊！"

黄天虎说："我说过了，我也是挑扁担的，不会跟挑扁担的打。"棒子们又犹豫起来。

工头没想到黄天虎这样收买人心，抢过一根扁担朝黄天虎打去。扁担打在黄天虎的屁股上，黄天虎踉跄了几步，倒在地上。

就在扁担们打黄天虎的同时，麻哥带着一群人在不远处的江堤上埋伏着，他正在坐山观虎斗。

而此时，在伊万诺夫家里，焦虑万分的娜佳在窗口来回走动张望，终于有一辆马车驰进院子来，秀梅大喊："小姐，老爷回来了。"伊万诺夫一下车，娜佳就在窗口大喊："爸爸，快来开门，快！"她要去救黄天虎。

从归元寺回来的蔡雪，看完娜佳用英文写的信后，一边出门一边责怪父亲："爹，跟你说过我去归元寺了，这么急的事怎么不派人去找我啊？"

蔡瑶卿其实派人去找过，没有找到蔡雪。他虽然知道娜佳的书信肯定有急事，可他找不到蔡雪，又看不懂这样的信，也只能等蔡雪回家。当他从蔡雪嘴里知道，阿廖沙正带着一群人殴打黄天虎时，马上为蔡雪准备了一辆马车。蔡雪上车，直奔肥码头而去。当蔡雪的马车经过货码头时，遇到了吴哥、黑皮、九戒等十几人，分坐四辆人力车，正匆匆走到码头口。

蔡雪从马车上跳下来问:"吴哥,去哪儿?"吴哥说,带着黑皮他们要去汉正街。蔡雪诧异地问:"怎么去汉正街不去肥码头啊?"

吴哥向蔡雪解释:"大小姐,解铃还得系铃人,先去汉正街。"

"我也去。"蔡雪不再多问,居然也挤上了人力车。人力车向汉正街方向跑去。

在肥码头上,黄天虎被打倒在地上,没一会,他就坚强地爬了起来,身子摇晃了一下。他给自己打气,只要有一口气,他就得站着,而且还得站直。工头看到站得笔直的黄天虎,又催促棒子们快打,棒子们终于狠下心,分别举起扁担朝黄天虎打去。黄天虎被打得歪歪倒倒,手也被打出了血。在楼梯口指挥的阿廖沙兴奋至极,他就是要看到黄天虎被众人狠打,他要让黄天虎知道,和他阿廖沙争女人就是这个下场。

黄天虎又倒在地上。工头过去用扁担头拨了一下黄天虎,喊道:"起来,别装死。"黄天虎纹丝不动,工头对阿廖沙说:"少爷,恐怕不行了。"阿廖沙这才有胆量走到黄天虎身前说:"臭叫化子,还敢跟我抢女人?"

黄天虎突然一翻身,石灰包掷出。石灰包准确击中阿廖沙的脸部,阿廖沙顿时被砸得满脸开花,嗷嗷叫着窜到一边,迅速掏出手枪,瞄准黄天虎。

～ 2 ～

娜佳和伊万诺夫就在这个时候赶到了肥码头。娜佳看到阿廖沙用枪指着黄天虎,急得高喊:"别开枪,哥哥,别开枪!"阿廖沙瞟了一眼妹妹,还是扣动扳机。枪声响起,子弹从黄天虎身边划过,全场震惊了,只是阿廖沙眼睛受了伤,没瞄准。阿廖沙不甘心,又举起了枪。

黄天虎紧张地盯着阿廖沙手上的枪,娜佳也紧张地望着自己的哥哥。就在这紧急关头,响起一个清脆的女声:"阿廖沙,求求你,不要开枪。"小莲来了。她身后是蔡雪、吴哥、黑皮等码头工人。黄天虎惊讶地看着他们,他没有想到吴哥请来了小莲。

"小莲,你别上他们的当,你快回去。"阿廖沙再次举起手枪,对准黄天虎。

"你要是开枪，就打我好了。"小莲突然用身子挡住了黄天虎，站在枪口前。阿廖沙一惊，他完全没有想到小莲会为了黄天虎，命都不要。接着是蔡雪，她也跨上几步说："打我吧！"娜佳也挺身而出说："打我！"最后涌上的是吴哥、黑皮、九戒等码头工人，他们用身体将黄天虎挡得严严实实。阿廖沙万没料到会出现这种情况，步步后退，持枪的手颤抖着，终于垂下了枪口。

黑皮一把夺过手枪，又用胳膊勒住阿廖沙的脖子，用手枪对准他的头："说话像放屁，我打死你！"

工头愣住了，对着黑皮说："别打！别打！"伊万诺夫惊恐地冲着黑皮大喊："不要！不要开枪！"黑皮仍勒着阿廖沙不松手。

伊万诺夫要黑皮不要激动，说完全可以坐下来谈判。黑皮质问伊万诺夫，为什么阿廖沙说了单挑，却下毒手杀人。伊万诺夫解释说是个误会。黑皮用枪顶住阿廖沙的头说："我也是误会！"

阿廖沙吓得大叫："不能误会！不能！"

正在这时，麻哥带人出现了。他故意大声嚷道："怎么打成这样了？搞什么名堂？"

伊万诺夫好像看见了救星，急忙拉住他，要他让黑皮快放下枪。

麻哥问："洋大人都来了，这是怎么回事啊？"

吴哥上前说："麻哥！你知道，码头上的规矩，是说话算话，一句话说出去要砸个坑的。阿廖沙约虎子今晚在这里两人单挑，说好了，不能带人，可是虎子讲信用一个人来了，那位洋少爷却设了陷阱，埋伏了这么多的刀枪！天底下哪有这样的道理？"

麻哥的眼珠子转了转，问阿廖沙："沙少爷，是你约人家单挑的吗？"阿廖沙已经吓昏了，连忙说："是，是，是的！"

麻哥走到黄天虎的面前，夸他是条汉子，他其实什么都看到了。他问黄天虎是不是还想单挑？

黄天虎说："想。"

麻哥对伊万诺夫说："伊万诺夫先生，是你的公子先约人家单挑的。既然是这样，那就单挑！"

伊万诺夫让麻哥叫他们放人。黄天虎对黑皮说："黑皮！把人放了！"

黑皮松手，狠狠推了阿廖沙一把。

麻哥要过手枪，将黄天虎和阿廖沙召到自己的身边，问："怎么玩啊？"

黄天虎说："只要说话算话，随便。"

麻哥转动左轮，退出子弹，又拿出一颗，塞进去，再转动，然后举起来："看清楚了，里面只有一颗子弹。现在赌命！谁躲过子弹，谁走运！敢不敢？要是不敢，那就算了！"

九戒喊道："谁先约的，先开枪！"

麻哥给阿廖沙递过手枪："请！"

阿廖沙的腿顿时软了，连忙说："我，我放弃……"

麻哥得意地笑了，望着黄天虎问："呵呵，你呢？你敢吗？"

黄天虎正要说话，娜佳跑了过来，一把抓住他的手："别打了，好吗？阿廖沙他错了，上帝会惩罚他的。"

伊万诺夫也走上前，对黄天虎说："年轻人，你救了我的女儿，我非常感谢你！请你相信我一回，放弃这残酷的游戏！我替他向你道歉！并答应你的任何要求！"

麻哥仍想挑唆："还打不打啊？都没出息，怕得像鬼。"

九戒喊道："要打他先打！"

伊万诺夫仍期待地看着黄天虎。黄天虎长长吸了一口气说："好，我答应你，不打了。"

伊万诺夫握住黄天虎的手："谢谢！你的手在流血，我送你去医院。"黄天虎抽出手来，说："不用了。"

伊万诺夫诧异地望着黄天虎，说："你可以提出要求，我一定会满足你的要求。"

黄天虎的要求只有一个,他要阿廖沙的嘴巴放干净些。

黄天虎不等伊万诺夫再说什么,就和吴哥、黑皮他们一起上了人力车,小莲也跟着上了车。正在擦眼睛的阿廖沙不由喊了一声:"小莲。"小莲没有回答,只是回头看了他一眼,她的眼神是那么悲凄和复杂。一场因为她而引起的决斗总算平静,只是阿廖沙会放过黄天虎吗?倔强的黄天虎也绝不会轻易服输。她夹在他们之间,有一种生疼的感觉,一边是她念念不忘的黄天虎,一边是父亲不敢得罪的阿廖沙。她甚至幻想过他们能成为朋友,这是奢望吗?小莲不知道。

当人力车离开肥码头时,麻哥问伊万诺夫:"事情摆平了吧?有事尽管找我,告辞啦!"

"谢谢!问刘老板好!"伊万诺夫走到儿子身旁。阿廖沙边擦眼睛边说:"爸,你应该叫巡捕房……"伊万诺夫越看越气,二话不说,举手就给了他一耳光。

人力车把黄天虎他们送到了蔡府,蔡雪给黄天虎包扎伤口。蔡瑶卿走过来问黄天虎:"撑得住吗?魏神仙已经在路上了,他的金创药,很管用。"

黄天虎坚强地说:"不麻烦蔡老板了,我没事。"蔡雪惊讶地望着黄天虎,她实在没想到,黄天虎这么勇敢和坚强,那么多人打他一个,就算是铁人也被打垮了,黄天虎居然还说没事。

黄天虎向蔡雪解释,是真的没事,那些打手其实也都是些挑扁担的,一听说他也是个扁担就手下留情了。"就是这儿,有点疼。"黄天虎指着屁股说。九戒接过黄天虎的话说:"这是屁股,肉厚,疼一晚上就过去了。"

蔡瑶卿坚持要魏神仙来看看,怕伤了黄天虎的筋骨。黄天虎突然双膝跪地,对着蔡瑶卿说:"多谢蔡老板救命之恩!"蔡瑶卿急忙扶起他,对于蔡家而言,这是举手之劳的事,他没想到黄天虎这么记恩。黄天虎谢过蔡瑶卿,又走到蔡雪面前说:"多谢大小姐!"

蔡雪告诉黄天虎,如果他实在要感谢的话,就谢他那冤家的妹妹娜佳,他哥哥把她关起来,是她冒险报的信,蔡雪才知道肥码头上发生的事。黄天虎听蔡雪这么一说,一时很不自在,为了小莲,原来他牵动了这么多人,而这么多人都在关心和爱护他。

～ 3 ～

伊万诺夫回到家里后，拿起左轮手枪看了看又放下。他点燃一支雪茄，烟雾很快迷漫了整个房间。他陷入了沉思，直到秘书进门喊他"老爷"时，才醒过来。他问秘书："今天有谁来找过少爷？"

秘书告诉伊万诺夫，肥码头的工头来过。伊万诺夫问秘书认识工头吗，秘书摇头，原来的工头回乡去了，这个是新来的。

伊万诺夫又问："那些码头工人呢？"

秘书还是不知道。伊万诺夫怀疑这工头和刘钦云的山头有关系，秘书仍然摇头。伊万诺夫要秘书尽快去打听清楚，他越来越感觉到汉口码头的复杂性，在这个码头生活，凡事都得十二分的小心，可阿廖沙这个笨蛋，除了追女孩外，什么都不明白。

阿廖沙又去了德珍茶楼，一下车，就敲门喊："小莲，小莲！"房门没开，班主从二楼窗户探出了头说："沙少爷！沙少爷，小莲受了风寒，身子不舒服。"

阿廖沙要送小莲去医院，班主说不用，喝点姜汤睡一觉就好了，他要阿廖沙先回去。阿廖沙想看看小莲，班主不回话，人也不见了。阿廖沙等了一会，看着紧闭的后门，焦灼起来，又上前敲门。班主终于开门，但只开半扇："沙少爷，真是对不起，别说你，就是她亲娘活老子也说不上话。你快回去吧。"

阿廖沙刚喊了一句"大叔"，房门"砰"地关上了，阿廖沙只得怅然离去。

阿廖沙去了酒吧。在酒吧里，阿廖沙仰着脖子，几乎喝干了一瓶洋酒。当他站起来往酒吧门口的巷子走时，他的身子摇摇晃晃，显然喝多了。他跌跌撞撞，一脚踢到台阶，顿时倒在地上，挣扎了几次仍爬不起身。几个大人小孩围了上来，有的喊："喝醉了。"有的喊："哎，是个假洋人，洋酒鬼。"还有人要扶他起来，另外就有人反对说："别扶，当心他发洋酒疯。"

这时，一辆马车驶来了。麻哥走下车，他认出地上的醉汉是阿廖沙，不由一怔，随后把阿廖沙抱进马车，自己也上了车。

麻哥把阿廖沙带进了烟馆。他把阿廖沙扔到烟榻上，让其半躺半坐，阿廖沙仍醉卧不醒。麻哥轻轻拍打着他的脸："醒醒，醒醒。"阿廖沙发出几声呓语，仍没睁眼。麻哥从炕几上端起一碗醒烟的凉水，泼到阿廖沙脸上。阿廖沙一激灵，睁开眼，恍恍惚惚打量着周围。麻哥又端来一杯茶，阿廖沙接过来喝，麻哥对阿廖沙说："呵呵，堂堂新成洋行的大少爷，变成这个样子，丢人，丢你们洋人的脸。"

阿廖沙呼哧呼哧地喘气，却说不出话来。麻哥又说："不就是一个戏子、一个码头上的小扁担，你犯得着跟人家赌命吗？"

阿廖沙口齿不清地说："我……我是在除害，帮，帮中国皇帝除害，他他……是个逃犯。"

麻哥笑着继续对阿廖沙说："打不过人家就往人家身上抹黑，算了吧你。他那样子，说叫化子还差不多，说逃犯鬼才信。"

阿廖沙见麻哥不信，继续说："他……是个逃犯。我亲眼看见的，就在咸宁的卧龙山，你们官府的人马在抓他……"

麻哥产生了兴趣，开始认真倾听阿廖沙酒后吐出来的真言。当麻哥从阿廖沙嘴里套出话后，立即回到刘府，向刘钦云报告了这一秘信，那个黄天虎的老子，名叫黄腊生，是自立军的人，朝廷的钦犯。

刘钦云大吃一惊，不由站起身来，麻哥疑惑地问："老爷有事么？"刘钦云连忙掩饰自己的神态，对麻哥："没，没什么。噢，我听说，除了朝廷，自立军的余孽也在抓他，据说他偷了自立军的 30 万美金。"

麻哥连连点头说："是是是，这 30 万里肯定有老爷捐的 3 万。"刘钦云狠狠打了他一耳光。麻哥一震，顿时明白了，指着没挨打的左脸："打得好，该打，小的罪该万死，差点……老爷，这边也来一下。"

刘钦云鼻子哼了一下，走到一边。麻哥又凑上身说："如今蔡瑶卿护着这小子，肯定是知道他的来历。伊万诺夫也看上了这小子，很可能还不明真相。"

刘钦云深感意外地问："伊万诺夫也看上他了？"麻哥点头。刘钦云没想到黄天虎这小子这么有能耐。当麻哥建议把黄天虎搞到刘府来时，刘钦云沉吟了好一会儿，既然伊万诺夫看上了黄天虎，那就是租界的事，租界有巡捕房，巡捕自会处置，跟他们不相干。

麻哥连连点头，说了一句"明白"，就离开了刘府，忙着按刘钦云的意思准备去了。

~ 4 ~

伊万诺夫决定请黄天虎他们来自己家里聚会。阿廖沙知道这个消息后气势汹汹地赶到了父亲的办公室。阿廖沙一进门就责问父亲："我听说，您要请那几个挑扁担的到我们家吃饭，有这个事吗？"

伊万诺夫说，有这个事情，也建议阿廖沙参加这个聚会。阿廖沙质问父亲为什么不征求他的意见？伊万诺夫很不高兴，他这个当父亲的请客，还非得征求儿子的意见吗？阿廖沙被伊万诺夫的态度愣住了，他觉得父亲这是在羞辱他，上次决斗还嫌他不够丢人，这次把黄天虎请到家里来，这不是让他更加丢人么。他这么想的时候，就很心酸，他到底不是伊万诺夫的亲儿子，他如此觉得。

伊万诺夫不认为请黄天虎他们来家里聚会是羞辱阿廖沙。他认为，每个人都要为自己的言行负责，他不仅邀请黄天虎他们来家里聚会，还准备邀请黄天虎他们到肥码头来工作，他隐隐感觉到黄天虎不是一般的人物，只要精心培养，黄天虎可以发挥出巨大的发展潜力，这样的人是他伊万诺夫最需要的人才。打码头一如打江山一样，靠的不仅仅是武斗，还有胆量和智慧，这些从黄天虎的身上，伊万诺夫已经看到了苗头，只要给黄天虎适当的平台，他会如雨后的春笋一般，生机勃勃。

阿廖沙没想到他竟然说服不了伊万诺夫。他对伊万诺夫叹了口气说："我看您实在是老了！您这是引狼入室。那些下等人，哼，只要给点钱，他们连自己的亲爹亲娘都敢杀！"

伊万诺夫生气地站了起来，望着阿廖沙说："要是有人给的钱比你多，要他们杀你，怎么办？"

阿廖沙愣住了。伊万诺夫缓和了一下自己的语气，继续说："阿廖沙，我们是来做生意的，不是来跟谁打架的。肥码头，就是我们的脖子。你愿意有人在我们的脖子上拴一根绞索吗？"

阿廖沙不以为然，伊万诺夫肯定想多了，不会有这么严重，在汉口码头上，谁还敢得罪洋人呢？伊万诺夫见阿廖沙还意识不到时局的动荡和复杂，就很严厉地对阿廖沙说："绞索已经套上来了！你感觉不到？"

阿廖沙耸耸肩，他确实从来没这样想过。伊万诺夫告诉阿廖沙，黄天虎他们现在是蔡老板码头上的新生力量，他们要是一走，不但打击了蔡瑶卿码头上的士气，也有利于他在汉口的大业。他如果没有看中这伙人，刘钦云也会看中，谁得到黄天虎他们，谁就会如虎添翼。

阿廖沙讨厌这样做生意，他不喜欢如此有心机地经营生意，更不认为，生意是靠人做的。在他的意识里，他是沙俄贵族中的一员，就这一点，中国人就应该巴结他们，就应该和他们做生意，甚至讨好他们，没必要去为了几个穷小子，低下沙俄贵族高贵的头，那样做就实在太累。与穷小子们为伍，聚会，他绝对不会参加。他要父亲自己忙聚会去，他还有其他的事情要做。父子俩的这场对话，不欢而散。

蔡家找来魏神仙治好黄天虎的伤后，黄天虎又回到了工棚。

这天，在夕阳西下时，一块破布罩住了工棚门口的一角，黄天虎、黑皮等人各自提来一桶水，随后把自己脱得赤条条的，提起大桶从头上浇下，水在古铜色的皮肤上流淌着，男性的美在水的流淌中光芒四射。

几个男人沉浸在冲洗的愉悦之中。娜佳和蔡雪从江堤一前一后地来到了工棚，走到门口，她们停了下来。蔡雪撩开那块破布看了一眼，顿时发出一声尖叫，窜到一边。

黄天虎等人听到帘子外的女人声，手忙脚乱地往身上套衣服。娜佳在破布外喊："黄天虎在吗？"

"在"，黄天虎撩起帘子，走到她们身前。

娜佳又问："黑皮他们呢？"黑皮、九戒、憨子都钻出布帘。娜佳这才一本正经地说："各位先生，我代表我父亲来邀请你们，请你们参加明晚在我家举办的晚宴。"

九戒奇怪地问："晚宴？"他不知道晚宴指的是什么。娜佳解释就是吃饭、喝酒、说话，问他们去不去？四个年轻人挤眉弄眼地相互看看，齐声回答："去。"

娜佳的任务完成后，就拉着蔡雪一起往工棚里走，她们想看看黄天虎住的地方是什么样子的。黄天虎想阻拦她们，工棚实在太乱太脏了，他不想让两位姑娘看到这些，可他还没来得及阻拦，娜佳和蔡雪已钻进了工棚。

明晦交错的工棚，散发出强烈的汗味霉味，娜佳和蔡雪惊愕地扫视着工棚。娜佳感叹了一声："是这个样子啊，真没想到。"

蔡雪也是第一回进来，她也没想到扁担们住在这样的地方。黄天虎有些尴尬，不过他很快就自然了，对蔡雪和娜佳说："两位大小姐，实在没什么可以招待你们，没有茶，也没有水，还没有凳子，嘿嘿，要坐的话，只能坐床上。"

憨子赶紧拍拍自己的床："我的床蛮干净，不像九戒的……猪圈。"众人笑了起来。娜佳大大咧咧地坐在床沿上，甚至还躺下试试，忽又站起身问："你们白天扛那么重的东西，茶、煤、米、布什么的，晚上回来睡这种地方，你们心里，高兴吗？"

九戒抢先说："高兴。"娜佳不解地望着他，九戒继续说："有活干，有钱挣，有人说话，有时还有肉吃，为什么不高兴？"娜佳仍疑惑地摇头，她无法理解这些。

黑皮接过话说："大家在一起做事，不闷，蛮快活，真的。"

蔡雪说话了，这些人都在她家的码头做事，她很感触地说："但我看你们扛货挑扁担，实在是太累了啊。"

黄天虎望着蔡雪说："男人么，有力气，累了睡一觉力气又回来了，不觉得累。"

娜佳感慨起来，她一定要到这里来画一组画，画一个系列，画名她已想好了，就叫"长江码头上的男人"。

黄天虎和黑皮他们都为娜佳的创意叫好，四个小伙子和两位姑娘在这个简陋的工棚里谈得很开心。直到黄昏的时候，两位姑娘才提出来要走。四个小伙子把她们送到土堤外，满天的晚霞，金灿灿地洒在江堤上，把江堤装扮得格外温馨。

四个小伙子恋恋不舍地送别蔡雪和娜佳。她们的背影消失在晚霞的最远处，黄天虎却还在遥望，一种他也说不清楚的东西在两位姑娘的背影中滋生，他甚至幻觉远方的背影是小莲的，那是他一辈子想要去追随的背影，想要去保护的背影。只是小莲会来工棚吗？小莲像蔡雪和娜佳那样不嫌弃他和他的伙伴们吗？

这天夜里，工棚的鼾声此起彼伏，黄天虎仰躺在自己的小床上，他睡不着，双眼望着上层铺板。九戒突然探出头来问他："明天真去娜佳家吃饭？"

黄天虎说："去。"

黑皮接过话说："听说娜佳家还是俄国的贵族。"

九戒问什么叫贵族？黑皮解释："贵族嘛，就是……蛮贵……蛮贵的有钱人。"九戒哈哈大笑起来，娜佳家就是阿廖沙的家，伊万诺夫的家，俄国大老板的家，还是蛮贵蛮贵的有钱人家。"哎，伊万诺夫会不会一觉醒来，发现请我们几个吃饭是个馊点子，不请我们了？"黄天虎认为不会，这一点他相信伊万诺夫。九戒高兴起来，说："那我从现在起到明天晚上就不吃东西，明晚好好撮一顿。"

黄天虎笑起来。憨子也没睡着，他问九戒："九戒，你的布鞋还在吧？"九戒说在，憨子要九戒借给他穿明天一个晚上。九戒问憨子："借给你了我穿什么？

憨子骗九戒，说他穿草鞋也蛮好看。九戒不吃这一套，他要憨子莫哄他，他明晚要穿上他最好的行头，去跟伊万诺夫干杯，跟贵族大小姐娜佳吃饭。

几个小伙子都沉浸在参加娜佳家的聚会的兴奋之中，直到深夜，才迷迷糊糊地睡着。

第二天，四个小伙子一起来到汉正街。繁华的街市，坐黄包车的旗袍女人、打陀螺的小孩、炸面窝的小贩、给婴儿喂奶的女人、伸手乞讨的叫化子……人来人往，川流不息。最醒目的是一个剃头匠，刷刷地在一块油黑的长条布上磨刀，在高矮不一的板凳上，黄天虎、憨子、九戒三人分别在洗头、剃头、刮胡子，黑皮挑着扁担在一边等待他们。

这时，一辆马车过来了。正在洗头的黄天虎抬起脸，看着蔡雪下了车。蔡雪也看到了他们，不由笑了起来，对他们说："呵呵，我还担心你们脏兮兮地跑到娜佳家吃饭,掉汉正街的底子,没想到一早就做起清洁来了。好啊,这才像话。"

蔡雪说完,给黄天虎递过一包东西。黄天虎好奇地接过蔡雪递过的包,打开一看,竟是四双布鞋。他没有想到蔡雪这位大家闺秀,心地这么善良和细致,等他想起来该向蔡雪道谢时,蔡雪已经上了马车,走远了。

黄天虎的眼前又一次出现了幻觉,蔡雪的影子和小莲的影子重合交叠在了一起,他一时分不清谁是谁。

～ 5 ～

夜晚,在伊万诺夫家的花园,彩灯亮着迷惑的光彩,大餐桌摆着鲜花,最引人注目的是一个俄罗斯的大茶炊,俄语称"萨莫瓦尔"。茶炊造型古朴、典雅,其构造颇似中国的火锅,像茶桶一样装着一个水龙头。

蔡雪带着四个小伙子来了。娜佳今晚打扮得很淑女,当她看到蔡雪时,夸张地张开双臂,拥抱蔡雪,并夸蔡雪今天真漂亮!

蔡雪笑了起来,今晚的公主是娜佳,自己不过稍微打扮了一下,她可不想抢好朋友的风头,只是娜佳太兴奋了,看谁都认为漂亮至极。

黄天虎理了发,换了衣服,显得很英俊,只是他和兄弟们都过于拘谨和紧张。娜佳望着他们,也是一阵大夸:"哇!好帅啊!"说着就要上前拥抱。蔡雪拦住了娜佳。娜佳这样的方式,像狼似的,会吓着黄天虎他们。

黄天虎很腼腆地微笑并向娜佳问好,黑皮等不约而同地点头憨笑,娜佳拍掌大笑,用英语对蔡雪说:"太可爱了,雪儿!"

蔡雪也用英语回答娜佳:"你要把四只羔羊都吃掉吗?"

娜佳摇头说:"不!我没有那么好的胃口!"说完又狡黠地眨眨眼补充了一句:"我只需要一只!"

蔡雪回了娜佳一句:"小心,也许那不是羊,是狼!"

黄天虎等在一边,听不懂她们的对话,于是乱猜测。憨子问:"哎,她们叽里咕噜地在说什么呀?"九戒学着洋腔说:"这几位先生,为什么这么漂亮!"黑皮笑着说:"是……是因为我们鼻子里插……插了葱,装、装大象！"

几位小伙在打趣的时候，黄天虎却警惕地四处张望着。九戒问黄天虎贼眉鼠眼的，在看什么？憨子笑黄天虎想偷人，黄天虎也笑了起来。他在看，有没有埋伏，要是出了事，从哪里逃跑。九戒叹了一口气，他说黄天虎一朝被蛇咬，十年怕裤腰带。这时，伊万诺夫出现了，他笑着和黄天虎他们打招呼："年轻人，欢迎你们！"

黄天虎有礼貌地回礼，同时表示对伊万诺夫的感谢。伊万诺夫问黄天虎他们感觉怎么样？喜欢吗？只有珍贵的朋友他才会请到家里来，这样更随意一些，他要黄天虎他们不要拘束。

秀梅过来了，她用精细的瓷杯一边接红茶，一边说："小姐，茶开啦。"娜佳邀请大家入座。餐桌上摆满了各种各样的糕点。憨子睁大了眼睛喊："哇，好香啊！"

娜佳指着餐桌上的糕点介绍，这是果酱，这是糖，那是奶等等。他们俄罗斯人爱吃甜的东西，糕点都喜欢放糖，她介绍完就询问蔡雪要不要放糖？

蔡雪回了娜佳一句，说自己最不爱吃甜的，她喜欢咸，喜欢盐。娜佳哈哈地笑了起来，她说蔡雪是在形容她们的性格。蔡雪没反对，反而说："有差异才有味道啊，但它并不妨碍我们成为好朋友。"

伊万诺夫举着茶杯，对黄天虎说："年轻人，我首先为阿廖沙——我的儿子——他的任性向你道歉。当然，也为你和你的伙伴们救了我的女儿向你们致谢！"

黄天虎也端起茶杯说："伊万诺夫先生，那件事情已经过去了。我也要感谢你和娜佳及时赶去，救了我！"

黄天虎话音刚落，娜佳指着秀梅咯咯地笑了起来，说还应该谢谢秀梅这个信使。娜佳正说着话，突然，花园里响起了阿廖沙的声音和掌声："呵呵！这简直太有戏剧性了！我学过戏剧，没想到生活比舞台更精彩！"

众人回头看去，阿廖沙带着小莲走了进来。黄天虎一惊，他没想到小莲会在这样的场合出现，而娜佳和蔡雪都不约而同地看了一眼黄天虎。

阿廖沙带着轻蔑的微笑，牵着小莲的手走了过来。他走近餐桌后对着所有人说:"既然你们的戏这么精彩,那我也当一回导演。请允许我介绍我的女朋友。大家不会陌生吧?这可是真正的演员,正在走红的花鼓戏真旦潘小莲。"

小莲这才看见黄天虎,脸色顿时大变。她没有想到阿廖沙这么卑鄙,把她带到家里,就是要让她面对黄天虎的尴尬。

黄天虎的脸色也变得十分难看,整个场面顿时冷了下来。伊万诺夫也没想到阿廖沙会来搅局,阿廖沙说去看戏,不愿意面对黄天虎他们,结果,却在这个时候出现在家里,而且还带着小莲。

阿廖沙看着黄天虎说:"这里的戏更精彩!黄先生,你不是想见她吗?我帮你请来了,够意思吧?"

小莲的目光落到黄天虎身边的女孩子身上,不管是蔡雪还是娜佳,都是漂亮而且富贵的小姐,她一时之间百感交集。尽管她恨阿廖沙是个骗子,可面对黄天虎身边的女孩子们,她的眼泪还是来得那么快。她不想当着众人的面流泪,只狠狠地看了黄天虎一眼,转身跑了出去。

阿廖沙见小莲跑走了,急忙去追。黄天虎情不自禁地也跨了一步。蔡雪一直在观察黄天虎,而且把这一切都看在了眼里。

阿廖沙一走,娜佳松了一口气。她解释这是个意外,指着糕点说:"甜的有了,再来一点辣的,蛮有味道的。"她还管黄天虎叫虎子,问他觉得怎么样?黄天虎这才努力地使自己从尴尬且心痛的情绪中解脱出来,他干脆落落大方地说:"蛮好啊,我蛮长时间没有见到小莲了。她是我老乡,曾经救过我,我很感谢她。"

蔡雪也哈哈大笑,她幽默地对黄天虎说:"你真是个江湖贾宝玉啊!这么多女孩子救你!哈哈!"

伊万诺夫看了看黄天虎,突然想起来了,在新店,还是在茶馆,黄天虎戴着一顶礼帽。他早就见过黄天虎。

娜佳吃惊问:"怎么?你们以前就认识?"

伊万诺夫想起来,是在茶乡见过黄天虎,只是黄天虎,怎么就到汉口扛码头了?

黑皮他们紧张地望着黄天虎,黄天虎微笑着回答伊万诺夫说:"我的兄弟们想我，我就来啦！"

伊万诺夫趁机说："年轻人，既然你喜欢码头，我有一个小小的建议，当然，也是我的一个小小的心愿。你们知道，我的码头，被称为肥码头，条件应该比你们的货码头、煤码头，都要好。我想邀请你们到我的码头来工作，帮帮我，也算是我的一点心意。"

憨子惊喜地问："真的吗？"

伊万诺夫点头。

九戒也问："是散工还是正式工啊？"

伊万诺夫说："我会为你们办理正式工人的牌照。"

憨子和九戒既惊又喜，黑皮低头不语，蔡雪怪怪地望着黄天虎。黄天虎很平静，微笑着说："谢谢你的好意，我可能更习惯货码头。"蔡雪松了一口气，她也不明白自己为什么那么在乎黄天虎的一言一行。

正在大家说话的时候，铁门外突然发出了喧哗声："你们不能进去！"

黄天虎和黑皮迅速交换了一个眼神。

伊万诺夫大声喊道："怎么回事？怎么回事？"

这时，两个全副武装的巡捕闯了进来，管家跟在后面，还在阻拦。伊万诺夫立即站了起来，严厉地说："先生们！你们太没有礼貌了！"

巡捕板着脸说："对不起，伊万诺夫先生，我们在执行公务。"

伊万诺夫说："这是我们的家庭聚会，和你们的公务无关！"

巡捕不理伊万诺夫，而是问谁是黄天虎。

黄天虎正准备答应，黑皮按住他，自己刷地站了起来说："我就是！"

伊万诺夫、娜佳、蔡雪等人惊讶地望着他，九戒也呼啦站起来说："不是他！是我！"

巡捕生气了，大声喝道："我再问一遍，究竟谁是黄天虎？"

黄天虎站了起身，"是我！"他表情平静地说。

巡捕掏出手铐，上前将黄天虎铐了起来，伊万诺夫吃惊地喊："不，不要这样。"

巡捕对伊万诺夫说，黄天虎是清国的逃犯，娜佳惊诧地看着黄天虎。黄天虎转身对黑皮、九戒他们说："没事的。是祸躲不脱，躲脱不是祸。该来的，就让它来吧！"

九戒哭了起来。伊万诺夫生气极了，对巡捕说："你们怎么能闯进我的家里，带走我的朋友！我要到领事馆告你们！"

巡捕冷冷地说："请便。但是，这个人我们一定要带走！走！"娜佳激动地拦住他们，骂他们是强盗。黄天虎安慰所有人说："没事的，我清清白白，相信我！我不是逃犯！"

巡捕带走了黄天虎。在伊万诺夫家门口，巡捕房的囚车停放在门外，还有几个巡捕守着大门。阿廖沙将小莲劝说回来，在家门口时，刚好碰上了这一幕：黄天虎戴着手铐，被押解出来。小莲看到这一情景，"啊"的一声尖叫。阿廖沙睁大了眼睛，自言自语说："我的上帝！这是高潮吗？"

黑皮看见了阿廖沙，愤怒地扑上去骂："混蛋！你才是混蛋！"

巡捕拦住了黑皮和激动的九戒，还有哭泣的憨子。小莲也哭喊着扑了上去，叫着："虎子哥！虎子哥啊！"

黄天虎看着小莲，泪水一下子漫了出来。他相信小莲如他一样，心里都有着对方，只是他没有回头看小莲一眼，而是大步走上了囚车。当巡捕关上车门，囚车呼啸而去时，伊万诺夫走到阿廖沙面前，狠狠打了他一耳光。阿廖沙委屈极了，他不知道自己又哪里做错了。

第七章　关进死牢

～ 1 ～

黄天虎被关进了死牢。

当戴着手铐的黄天虎，被推进牢房里时，他踉跄了一下，差点摔倒。他努力镇定下来，打量着他即将要待的地方。牢房里灯光昏暗，给人一种阴森恐怖的感觉，在长长的走道里，逆光将黄天虎的影子拉得老长，他被两个巡捕押着。当他们终于走完过道时，巡捕给黄天虎打开手铐。牢屋里两边墙上点着油灯，好似鬼火重重。

一个巡捕开锁，牢门哗啦拉开，黄天虎被推进去，牢门哗啦又关上了。黄天虎从地上撑起身子，抬起头来。狭窄的牢房里，昏暗的油灯下，挤着六个面无表情的囚犯。

黄天虎站了起来。突然，一个声音冷冷地响起："跪下！"

黄天虎茫然不知所措。他寻找声音的源头，刚才还像僵尸一样的囚犯，一个个阴沉着脸，从席子上站了起来。只有一个人，没有站起，而是靠在墙上，冷冷地看着他，他连忙朝那个人跪下了。那个人，就是牢头。牢头哈哈笑了起来："还识相，犯了什么事啊？"

黄天虎说："我也不知道。"话未说完，一个囚犯飞来一腿，将他踢倒在地，其他囚犯上来，对他拳打脚踢。黄天虎疼得在地上打滚。牢头又说话了："起来！跪下！"黄天虎挣扎着，跪了下来。

牢头又问黄天虎："进了号子先让你懂点规矩！说！犯了什么事？"

黄天虎揩着嘴角的血，说："我没有犯事，他们说我，是逃犯，抓了我。"

牢头不相信黄天虎没有犯事，喊了一句："给我打！"囚犯们又一次扑上来，拳打脚踢。黄天虎痛得发出了一阵阵惨叫声。一个值班的巡捕走了进来，站在过道口大声呵斥："闹什么？不想活了？"囚犯们立即没了声音，黄天虎也停止了叫喊。巡捕见没了声音，又出去了。

黄天虎昏死过去。一个囚犯说："大哥，没声了。"

牢头说了一句"灌尿"，两个人将他拖到墙角的马桶处，将尿泼在他的头上，灌进他的嘴里。黄天虎被呛醒了，大声咳嗽，吐出一团鲜血。

牢头说："拖过来！再审！"

两个囚犯将黄天虎拖过来，架着，不让他再倒下。牢头问黄天虎："说！到底犯了什么事？这是死牢，你不犯事，会丢进死牢来？"

黄天虎已经迷迷糊糊了，说："我、我叫黄天虎，我在、在货码头扛包。"

牢头听了，问黄天虎："你在货码头扛包？你认识吴哥吗？"

黄天虎回答了一句："吴哥，还有龙哥，都、都是我大哥。"

牢头连忙直起身子说："啊？你怎么不早说呢？拖上来！"黄天虎被拖到地铺上。

牢头很奇怪，吴哥一向义气，这次自家的兄弟打进死牢了，怎么就一点动静也没有？黄天虎告诉牢头，他是在朋友家喝茶时，突然被抓走的，真的不晓得是怎么回事，就拖到了这里。牢头皱了皱眉，看来黄天虎真是个冤死鬼了，但牢房里的规矩还是要讲的，新贩子进号子，先睡马桶边上！他对其他囚犯说了一句："跟他腾个位置，睡觉！"囚犯们便不再说话，各自睡去了。

第二天，看守送来一小桶稀饭，一筲箕馒头。囚犯们都盯着食物，却不敢动，回头望着牢头，牢头盘坐在地铺上，双手合十，两眼微闭，不知在念叨着什么。

黄天虎艰难地爬了过来，牢头睁开眼睛，说了声："开动！"众囚犯马上把馒头抢光，一囚犯恭恭敬敬给牢头递过几个馒头。当黄天虎爬了过去时，盘子已经空了。一囚犯骂道："你还想吃想喝啊？新贩子！先饿三天！"

众囚犯狼吞虎咽。黄天虎嘴唇干涸，贪婪地望着囚犯手中的馒头。一囚犯逗他："喊我爷爷！我给你一口！"

黄天虎白了他一眼，转身，又爬回去。黑暗中，突然有一个馒头飞来，落入黄天虎怀中。黄天虎拿起馒头，目光寻找着是谁给了他馒头，没想到掷馒头的是牢头。牢头做个手势，示意黄天虎快吃。黄天虎咬了一口馒头，感激地看着他。

黄天虎确实是饿了，他顾不得什么，狼吞虎咽地吃起馒头来，对于他自己的明天，黄天虎不愿意去想。

～ 2 ～

蔡雪把黄天虎被捕的事情经过，前前后后地告诉了蔡瑶卿。蔡瑶卿一边叹息一边说："唉，想不到啊，他就是我们老家新店的人嘛！他家跟我们家就隔两条巷子，很近。他爷爷是新店有名的茶师，手艺很好。唉，这个苕儿子，怎么就一声不吭呢？"

蔡雪问父亲，黄天虎爸爸犯的是什么罪？蔡瑶卿左右看了看，压低声音告诉蔡雪，黄天虎的父亲是自立军，会党。

蔡雪明白了，低声说："那是你的同党哇！"

蔡瑶卿瞪了蔡雪一眼，要她莫瞎说。他年轻的时候，也是一腔热血，是蔡雪的爷爷，偏要他接德昌号，还告诉他不管哪个当皇帝，最后还是要让老百姓吃饭，穿衣。要让百姓的日子过得好一点，只有靠经商，商业也能救国。从那以后，蔡瑶卿就安下心来，一心一意做生意。只是没想到的是，这世道变得如此污浊，现在，就是想吃口安稳饭都很难。

蔡雪笑着向蔡瑶卿要求，帮父亲经商。蔡瑶卿摇头，蔡雪要念洋学堂，要去上海，他都依了她；唯独经商，非男人不可，他断然不想蔡雪继承他的事业。

蔡雪不甘心，想说服蔡瑶卿，她上洋学堂就是为了要帮父亲打理德昌号。蔡瑶卿还是摇头。蔡雪叹了一口气说："唉，要是有下辈子，我真的要求阎王爷，让我投个男胎！男子汉大丈夫，金戈铁马，痛痛快快地活一辈子。马革裹尸，死了也值！"

蔡瑶卿只是摇头不语。蔡雪突然调皮地说："爸爸，你真的再娶一房吧！快点生个弟弟，我来培养，让他顶天立地，光宗耀祖！"

蔡瑶卿嗔了蔡雪一眼，说："姑娘家！又说混账话了。"然后转了话题，他明天就去找伊万诺夫，要他赶快救人。

蔡瑶卿提到了黄天虎，蔡雪望着窗外，轻轻叹了一口气，她知道黄天虎是头犟牛，在牢房里肯定要受罪。她很担心黄天虎，她也不知道自己为什么会如此在乎这头犟牛，而且如此上心他的一举一动。

第二天，蔡瑶卿在蔡雪的陪同下，乘着一辆豪华人力车去见伊万诺夫。祝掌柜在门外为他们送行，蔡瑶卿吩咐祝掌柜要他告诉蔡老三，货栈一定要看好，最近茶多，不能马虎。

祝掌柜要蔡瑶卿放心，说完，蔡雪就扶蔡瑶卿上车，人力车在汉正街跑了起来，很快就到了租界的新成洋行。在伊万诺夫办公室前，蔡雪用英语和秘书对话，说她和父亲有急事要见伊万诺夫，要秘书转告。秘书说董事长有客人在，让他们稍等。秘书将他们领到会客区，然后叫仆人送上红茶。

过了好一会儿，伊万诺夫才匆匆走进办公室对蔡瑶卿和蔡雪说："蔡老板！噢，蔡雪也来了！对不起，久等了。请坐。"

父女俩重新落座后，伊万诺夫才问："蔡老板，你一向不喜欢跟洋行打交道，我知道，你今天是无事不登三宝殿吧？"

蔡瑶卿问伊万诺夫："只有一个问题，前天你举办家宴，你要我们帮忙邀请的那个客人，什么时候能回到我的码头？"

伊万诺夫没想到蔡瑶卿说话如此滴水不漏，不过他首先要对蔡瑶卿解释的是，他的邀请是充满诚意的，巡捕的出现完全是个意外。刚才，他已经去了领事馆，向领事提出了严正的交涉，领事答应马上调查。再说了，黄天虎是蔡瑶卿的工人，他的客人，他相信很快会解除这场误会的。

蔡瑶卿也知道伊万诺夫是俄国的贵族。贵族说话，应该是有分量的。只是巡捕房方面，不会有问题吧？伊万诺夫皱了皱眉，告诉蔡瑶卿说，在租界的巡捕房处理华人案件，一般要请当地的华人官员，而且黄天虎被抓走后，晚上有人砸他家玻璃。他并不担心他家的安危，只是担心黄天虎会不会陷入贵国的政治事件，如果是，那就麻烦了。

蔡瑶卿摇头说："他还是个孩子，能有什么事？"

伊万诺夫来汉口很多年了，在武昌城头挂的人头，有多少是有事的？他深知中国政治的准则是，宁肯错杀一百，也不愿放过一个。

蔡雪插话问："他现在关在哪里？"伊万诺夫也不知道，不过他已经派人去打听了。

蔡瑶卿一心想救出黄天虎，他对伊万诺夫说："伊万诺夫先生，我们都是生意人。做生意嘛，讲究的是一个诚字。你说的对，我一向是独来独往，不跟洋行做生意，但是，这一次，我想和伊老板做一笔生意。"

伊万诺夫感到意外，问了一句："噢？你愿意出让茶山了？"

蔡瑶卿摇头，除了茶山，什么都可以谈。

伊万诺夫不懂蔡瑶卿的意思。蔡瑶卿直说了他的意图，要是黄天虎顺利回来，他愿意将今年的夏茶低价出让。

伊万诺夫站了起来，激动地说："不不，蔡老板，你误会了！我不是为了做生意而将我的客人故意抓起来的！你说得对！我们家是贵族，如果这样做，那是有违贵族风度的。"

蔡瑶卿连忙说："我知道。我说的，也是两码事。"

伊万诺夫今天不想谈生意。他对蔡瑶卿说，在必要的时候，他会去拜访他的，而黄天虎的事情，他一定会尽力。

蔡雪问伊万诺夫昨晚怎么会有人砸他们家的玻璃？伊万诺夫告诉蔡雪，可能他们想报复，可惜，砸的是娜佳的窗户。蔡雪惊讶地问："啊，娜佳受伤了吗？"

伊万诺夫耸耸肩，娜佳身体没有受伤，可她的心也许受伤了。她是好心邀请黄天虎他们来家里做客，可好心办成了这么大的错事。更让她难受的是，她还被人误解着，要不，半夜三更为什么会有人砸她房间里的玻璃呢？

娜佳想不明白，蔡雪也没想明白是谁要报复娜佳。

～ 3 ～

去伊万诺夫家砸玻璃的是黑皮、九戒、憨子。黄天虎被抓走后，他们认定是阿廖沙的阴谋，他们想好好教训一下阿廖沙，只是伊万诺夫家戒备很森严，连看门狗都用上了。九戒拖过扁担说："怕他个鬼！有枪老子也放翻他。"

就在九戒说话时，一阵马蹄声传来，黑皮急忙捂住九戒的嘴。一辆马车过来了，黑皮示意九戒和憨子做好随时出击的准备，可率先下车的居然是两个持枪护卫，他们护送后下车的阿廖沙进了门。九戒泄了气，一骨碌躺在草丛中。黑皮仰望着灯火闪亮的窗口，抓起一块石头。憨子和九戒顿时明白了，各自也抓起一块石头。

三人悄悄溜到围墙旁，一扬手，三块石头先后飞向公馆的玻璃窗。正在上楼的阿廖沙突然听到玻璃的破裂声，吓得一哆嗦，差点在楼梯上摔倒，娜佳也尖叫着冲出卧室。黑皮等三人似乎得到了一种发泄，很快就消失在夜幕中。

当黑皮等人回工棚时，发现欢喜爹爹端坐在堤上，三人想开溜，欢喜爹爹喝道："过来！"三人硬着头皮走过去，怯怯地站在欢喜爹爹面前，欢喜爹爹喊了一句："跪下！"三人相互看一眼，面对欢喜爹爹跪下。

欢喜爹爹问："是谁先开的花？说！"

黑皮说是自己，九戒承认是他，憨子迟疑了一下，也说是自己。欢喜爹爹站起身，毫不留情，一人一个大嘴巴，打完后说："你们以为这样就出了气？就是讲义气？猪脑子！这样做就害惨了虎子！他在洋人家被抓，本来脱不了干系；现在一闹，好啊，黄天虎还有同党，抓得对！抓得好啊！"

三人面面相觑，不敢吭气。

欢喜爹爹叹口气说："要是虎子在，他肯定不会到人家家里去闹事的。

莫怪爹爹今天打你们。爹爹在码头上混了一辈子，见过多少的狠人哪！冒个泡，喔嗬！不见了。有的打个滚，连水泡也不冒一个。为什么？码头分明暗，出手看有无，在明码头上公开的撒泼抖狠，那好防，难防的是暗码头，在暗地里下你的毒手，你死到棺材里，还不知冤家是谁！"

黑皮问欢喜爹爹，现在他们怎么办？总不能见死不救吧？欢喜爹爹告诉他们救人要救在点子上。他要黑皮他们想想，虎子为什么被抓？

九戒说是阿廖沙恨虎子，憨子说是那个臭丫头忘恩负义。欢喜爹爹摇头说："糊涂！洋人要抓他，哪个地方不好抓，偏要在自己家里抓，往自己脸上抹狗屎？"

黑皮憨笑，摸自己的脑壳。欢喜爹爹也笑了："笑个鬼！猪脑壳！"

憨子又问："爹爹，虎子到码头没来几天，怎么就会有仇家呢？"

欢喜爹爹说："问得好！我脑壳也想疼了，有谁跟一个十多岁的乡里伢过不去呢？杀鸡是为了给猴看，这个下手的到底是谁？"

欢喜爹爹这么一说，黑皮他们几个都不再说话，谁也猜不出来黄天虎到底和谁结下了仇。

第二天，提着扁担的吴哥飞奔而来。走到工棚门口，吴哥对黑皮等人使个眼色，黑皮等人跟他进了门。此刻的工棚空荡荡的，只有刚进门的吴哥等四人。吴哥说："打听到了，黄天虎现在被关在三号监狱的死牢里。"

众人一惊。黑皮问怎么一下子就打入了死牢？九戒也奇怪，死牢里关的都是要杀头的囚犯，黄天虎怎么会进死牢呢？

吴哥说："还用问吗？有人要黄天虎死！"

黑皮吼道："没那么容易，老子去把他抢出来。"

九戒："对，抢他去。"

憨子："抢？人家看号子的都有枪，枪子不长眼睛。"

吴哥掏出一张草图对黑皮他们说："我刚去三号监狱门口画了张图，晚上再去一趟。先把地形搞清楚，我们再商量下一步，是装成收渣滓的或者送饭的混进去，还是半路拦截囚车，到时候大家拿主意。枪不用担心，宝帮那儿我能借到两支短枪，还可以凑个十来把土铳，最迟三天后动手。"

吴哥的话音刚落，隔壁突然传来一个苍老的声音："想得蛮好，但来不及了。"

吴哥惊讶着，欢喜爹爹怎么在这里？果然是欢喜爹爹。他说："我看最迟明天晚上，黄天虎就保不住自己的小命了。"

众人紧张起来。黑皮："不会那么快吧？还没过堂呢。"

欢喜爹爹："已经打入死牢了，还用得着过堂？算了，没工夫说了，快，抬我出去，我得赶紧去见一个人。"

憨子拉来一辆板车，黑皮、九戒抬着一个大笸筐，欢喜爹爹端坐在笸筐内，憨子在一边照护着，大家将欢喜爹爹抬到板车上，吴哥拉车前进，一路奔向欢喜爹爹要见的人。

这个时候，在巡捕房的接待室里，娜佳和小莲坐在长椅上。娜佳因黑皮他们砸错了窗户，一晚上不敢睡觉，再加上担心黄天虎，神情异样疲惫。小莲的眼眶红肿着，显然也是哭了一晚上。两个女孩都不约而同地约在一起去寻找黄天虎。

当她们坐在接待室里的时候，娜佳注意到了小莲的皮鞋很漂亮，仔细一看是法国的皮鞋，小莲不好意思地低下头。娜佳问："是……阿廖沙送的？"小莲点点头，娜佳扭过头说："我还是喜欢你的布鞋。"

这时，一个巡捕走出来告诉娜佳："小姐，你说的这个人，我们这里没有。"

娜佳吃惊问："怎么会没有！明明是巡捕房的人把我的客人带走的。"

巡捕问娜佳："小姐，汉口的租界很多，你说的是哪个国家的巡捕房呢？"

娜佳生气了，说："见鬼！难道德租界的巡捕会到俄租界来抓人吗？"

巡捕说了一句："对不起，罪犯在哪里，巡捕就在哪里。"娜佳大声喊了一句："可他不是罪犯！"娜佳不相信黄天虎是罪犯。巡捕强调这里没有黄天虎这个人，娜佳烦躁起来，她觉得不可能。小莲问："请问，还有关人的地方吗？"巡捕说还有监狱，不过，那都是判刑以后，关押犯人的地方。小莲和娜佳对视了一眼，问："监狱在哪里？"

巡捕告诉了小莲和娜佳监狱在哪里。炎热的夏天，小莲和娜佳顾不得劳累，又往监狱赶去。在监狱大门口，娜佳询问门卫："前天晚上，有一个中国人被抓，才十六岁，是不是送到你们这里来了？"

门卫说不知道。娜佳不甘心地问："谁能帮我找到他？"

门卫说："你是洋人，找人该问上帝。"

娜佳问了一句："我能进去找吗？"门卫说不行。娜佳冲动起来，她骂了一句"见鬼"，就对门卫说要见他们的长官。门卫说不可以，小莲在一旁等不及了，沿着高墙呼喊起来："天虎！虎子哥！"

娜佳也跟着呼喊："虎子！"

饿得浑身无力的黄天虎趴在地铺上。一个囚犯听见了外面的喊声，说："哎，有人在外面喊！"

又有一个囚犯接着说："嘿，是女人，在喊……虎子？"

黄天虎一惊，凝神倾听。果然，有声音隐约传来："黄天虎！虎子哥！"他听出来了，是小莲。他沙哑着喉咙回应："哎……"

牢头震惊地问黄天虎："喊你？"黄天虎满眼含泪说："是，是我的妹妹……"

牢头兴奋地说："听声音，好像我的妹妹！答应！"

黄天虎又应了一声。牢头发飙，大声呐喊："啊……"

囚犯们也兴奋起来，恶作剧地大喊："哎……"

其他囚室的囚犯们也闹腾起来，大声呼喊："哎！"

在监狱的高墙外，小莲和娜佳还在呼喊，突然，娜佳拉住小莲说："你听！"

她们站定了仔细一听。果然，她们听到了高墙内传出的回应，她们也兴奋了，又大声再喊："虎子哥！"

高墙内狼一样的嚎叫声："哎！"

小莲哭了起来："虎子哥……"娜佳抱住小莲，也哭了。两个女孩为她们找到了黄天虎而惊喜，又为黄天虎的安全而担心，除了抱在一起哭，她们找不到更好的方式。岗亭中的持枪哨兵警惕地看着她们，见她们除了抱在一起哭，没有其他的行动，也就任她们哭去。

～ 4 ～

黄天虎被送进死牢其实是麻哥一手策划的。当麻哥向刘钦云汇报这件事的时候，刘钦云"噢"了一声。麻哥问："往下如何处置，请老爷明示。"

刘钦云说了一句："既然进了死牢，还用走着出来吗？"

麻哥一惊，欲言又止。刘钦云要麻哥有话就说，别吞吞吐吐。麻哥说："老爷，小的跟黄天虎无仇无冤，他老子和我，还有老爷，有一面之交，我……"

刘钦云突然凶相毕露，一把将麻哥揪进书房，狠狠把他推到地上，骂着："笨蛋！用你的麻木脑壳好好想想，黄天虎要是落到稽查处，掉脑袋的绝对不止一个黄天虎！别忘了，那30万美金虽然没有我的份，但以前给自力军的钱从没少过，要是牵出葫芦带出瓢，别说你，我都自身难保。"

麻哥明白了刘钦云的用意，后背一阵冷汗，连连说："小的糊涂，该死，该死。老爷，我这就去巡捕房加加码，要他们……"刘钦云打断他话头，冷酷地："不行！相反你要避开巡捕房，避得越远越好。你到号子里去打听打听，看看死牢里有哪个手艺好，悄悄把他买下来。"麻哥领令去办。

麻哥办完事回来的时候，看到吴哥推着板车来到刘府门前。麻哥进门去禀告刘钦云时，刘钦云正在书案前写字。麻哥来到门口，站住，不敢说话。

刘钦云运气挥毫，笔墨酣畅，"气吞江汉"几个大字一气呵成。刘钦云不回头，问："什么事？"

麻哥说潮州帮的土货搞清楚了，是宝帮接的货。

刘钦云停笔问："宝帮出息了，敢接土了。货现在在哪里？"

麻哥说："分散到后花楼和法租界的土膏店里去了。"

刘钦云问："龙哥的场子有没有接货？"

麻哥说："这批货他不敢留。他手下的一个兄弟老鼠，在河街有个'燕子窝'，有十几杆烟枪。"

刘钦云把毛笔一甩。他要发威了，老虎不出洞，就被当病猫了。他让麻哥晚上带人把河街的"燕子窝"给砸了，把后花楼天香阁也给砸了。

麻哥说"知道了"，并告诉刘钦云欢喜叔来了。刘钦云问："这个老家伙，他来干什么？"麻哥估计是为了黄天虎那小子。

刘钦云说："唔，有点意思，小小一个人，竟然惊动了这么多的人。死牢那边怎样了？"麻哥与他耳语："都安排好了，今晚就可以动手。"

刘钦云点头说："叫欢喜进来。"

欢喜爹爹坐在椅子上，其他人站在他的身后，刘钦云走进来说："噢，是欢喜叔。稀客。"

欢喜爹爹称刘钦云为贤侄。他身体不方便，没有行礼。刘钦云的父亲和欢喜爹爹当年打码头时结拜为兄弟，在汉口码头混的人都知道欢喜爹爹当年打码头三刀六眼的壮举。

刘钦云自然客气地检讨自己这些年疏忽，少了问候，请欢喜叔包涵。

欢喜爹爹也说了一些客气话，然后直接说明来意，他有事求刘钦云帮忙。刘钦云说："欢喜叔从来不登门，也不愿意麻烦人。何况当年先父曾经嘱托我，欢喜叔为我们刘家受了三刀，今后要答应欢喜叔三件事情。您尽管讲。"

欢喜爹爹就把黄天虎的事情说了一遍。刘钦云听完后，故作惊讶地说："哦，我还没听说啊。"说完，望了麻哥一眼。

麻哥对吴哥等说："请。"带吴哥他们下去。

欢喜爹爹说："这孩子姓黄，叫黄天虎。听说他的父亲，与会党案有牵连，官府正在寻拿。但大人的事情，不该株连到孩子啊。"

刘钦云恍然大悟般说："原来如此。"

欢喜爹爹继续说："大哥在世的时候，名震江湖，对会党成员，也多有同情。贤侄如今在汉口，也是众望所归，要是江湖上知道会党后人在我们码头上闪失，恐怕面子上就不好看哪。"

刘钦云说他尽量去打听周旋，一定给欢喜爹爹一个答复。欢喜爹爹不想等，要刘钦云现在答复他。

刘钦云说："欢喜叔，现在让我说，有点勉为其难啊。"

欢喜爹爹接过话说："不难我会登门找你？我知道你的实力。这样吧，令尊大人答应给我办三件事，这太难为你，我就只要你办这一件事：我要黄天虎完完整整地回来。"

刘钦云无可奈何，说："我尽力而为，嗯，货码头那边，我有时照顾不到，欢喜叔还要多帮我啊！还有宝帮那边，也请欢喜叔帮我周旋，有什么动静，随时吩咐就是！"说完，随即呼唤麻哥进来："来人！给欢喜叔封一个大红包！用我的马车送欢喜叔回去！其余的弟兄，赏钱喝茶！"

刘钦云送走欢喜爹爹一群人后，陷入了沉思之中。

～ 5 ～

伊万诺夫从领事馆回家后，气冲冲地喊："阿廖沙，出来！"

阿廖沙漫不经心走来问："又出什么事了？"

伊万诺夫要阿廖沙必须告诉他，他到底在搞什么鬼。阿廖沙不明白父亲在说什么？伊万诺夫把找领事的经过说了一下，调查说巡捕房没有黄天虎。

阿廖沙奇怪，巡捕房没有黄天虎这和他有什么关系？他觉得父亲莫名其妙。伊万诺夫一把抓住阿廖沙的衣服，咬牙切齿地说："阿廖沙我告诉你！这是个阴谋！人家要打击的不是那个中国小子，而是要羞辱我们！在我的家里把我的客人抓走，这欺人太甚了，明白吗？"说完，他一把推倒阿廖沙，不等阿廖沙说话，继续说："有人利用了你！利用了你的幼稚、傲慢和狂妄。现在的问题与中国小子、中国姑娘无关，和我们家族的荣誉与生存有关！"

阿廖沙坐在地上，慢慢站了起来。他突然想起了在酒吧和麻哥说的话。阿廖沙说了一句："难道是他？"

伊万诺夫严厉地问："谁？"阿廖沙说，肯定是麻哥，刘钦云的手下，那天他喝醉了，可能瞎说话了。伊万诺夫冷笑起来："果然是他。"他冲出门。

一辆豪华马车急驰到刘家门口，伊万诺夫要见刘钦云。麻哥走到刘钦云身后说："老爷，伊万诺夫来了。"

刘钦云料定伊万诺夫不会不来，他要麻哥告诉伊万诺夫他不在家，而且吩咐麻哥，由他去见伊万诺夫。麻哥一怔，问了一句："我见？"

刘钦云说："对。你知道该说些什么，只要他答应让我们每个月用一两次肥码头，别的事都好商量。"

麻哥这才知道刘钦云的算盘是什么，赶紧拍马屁地说："老爷真是高明，抓一个黄天虎，一箭三雕啊。"

刘钦云笑笑，对麻哥说："去吧。"

麻哥走到门口又折回："哎呀，坏了，老爷我忘了件大事，死牢那边我已传话过去了，说不定黄天虎已经翘辫子了。"

刘钦云却很平静，他说黄天虎死了就死了，有什么好慌的。麻哥说欢喜爹爹、伊万诺夫都来要人，他当然会惊慌。刘钦云阴阴地说："可他们没说要活人还是要死人吧？没说就怨不了谁，走一步看一步吧。备车，我出门松口气。"说着，就出了门，留下麻哥与伊万诺夫在刘府周旋。

刘钦云去了弹子房，巡捕房的总巡在打弹子，刘钦云走进门说："总巡大人，实在抱歉，我来迟了。"

总巡说他也刚到，做了一个"请"的动作。两人落座后，刘钦云说潮州的那批货查到了，在法租界。总巡让交给他。刘钦云说，还有一点在后花楼，他已经派人去清理了。总巡狡黠地一笑问："恐怕不止一点吧？"

刘钦云说："老规矩。你和巡捕房的弟兄们，两成。另外，你帮了麻子一个忙，我的那份，就帮麻子做个人情好了。"

总巡问："刘老板这回够爽快，不过无功不受禄，刘老板肯定还有什么要求。"

刘钦云也不推辞，他直接说找总巡要一个人，前天送进去的那个。总巡惊讶地问："那个扁担，能值两成烟土？他现在在死牢，只要我悄悄一抹，他就消失了，不过伊万诺夫先生已经找了领事了。"

刘钦云接过话说："下一次接货，我们就直接走伊万诺夫的肥码头。"

总巡问："肥码头？可靠吗？"

刘钦云说："瓶子是他的，可里面的酒，是我的。"

总巡拍拍他的肩夸道："高明，哈哈！行，我答应你。"总巡和刘钦云之间的交易就这样搭成了。

麻哥托人找过牢头，让牢头干掉黄天虎。

深夜，牢头走到黄天虎身旁，打量着他。

正在打盹的黄天虎睁开眼，恰好与牢头的目光相遇。牢头问："醒了？你那儿味大，来，这边坐。"

黄天虎顺从地走到他身边落座。牢头又递过一个馒头说："把这吃了。"黄天虎接过馒头吃起来，另外四个囚犯面无表情地看着他们，他们已经意识到了，牢头要黄天虎的命。

当夜越来越浓时，死牢更显得阴森恐怖，高高的天窗投下一团昏光。黄天虎慢慢走到光影中，牢头盯着他，四个囚犯却盯着牢头和黄天虎，黄天虎仰望着天窗。牢头站起身，很随便地说："蛮热，不想睡。"

黄天虎奇怪地说："一点不热啊，刚才你还……"话没说完，四个囚犯就狼一样地扑上来，七手八脚地把他放倒了。

"你们……"，黄天虎刚想说话，牢头就往他嘴里塞了一块破布。四个囚犯用力压着黄天虎的手脚。牢头从马桶边上取过一叠黄糙纸，把纸放马桶里浸湿了，就一张一张地往黄天虎脸上糊。黄天虎竭力挣扎，但只挣扎出几声呜呜。又一张纸糊在他脸上，黄天虎就像戴了个纸面具。

就在这生死关头，突然传来了敲门声。看守要牢头过来，牢头稍稍犹豫，伸手在纸壳上戳了个小孔，然后走到门口。

黄天虎像死了一样，躺在那儿纹丝不动。看守告诉牢头，刚刚接到上头的命令，明天就放黄天虎回家。

牢头一下子变得轻松起来，他其实也不太舍得杀死黄天虎。

第二天，看守押着黄天虎来到监狱大门，打开黄天虎的手铐，推了他一把说："滚吧！"

黄天虎呆呆地，仍然伸手保持着戴手铐的姿势，不明白这是怎么回事。

看守将他推出门说："还不快滚？关傻了吧！"

黄天虎跟跄着被推出了监狱大门。阳光热烈地照着他，他情不自禁地用手挡住了阳光。这时一辆马车停在他面前，麻哥靠在马车旁等着他。

黄天虎跟着麻哥走进刘府，直到这时，他的眼神才灵活起来。麻哥转身对他说："要不是刘老爷挺身相救，你马上就要拉出去杀头了。好好磕头谢恩！"

刘钦云正在忠义堂上香，麻哥带黄天虎来到忠义堂，示意他跪下。刘钦云有条不紊地上完香，转身，俯视着黄天虎。

黄天虎磕头说："谢谢刘老爷！"

刘钦云说："起来吧。"

黄天虎站起身，打量着这个码头大佬。

刘钦云接着说："要谢，就谢你们的欢喜爹爹吧。你帮我带句话，我答应他的事情，我办到了；我对他说的话，他也不该忘记。"

黄天虎点头，刘钦云挥手让黄天虎走。黄天虎弯腰，拱手再次说："谢刘老爷！"

黄天虎去了货码头。憨子扛着沉重的麻袋上坡，突然，一个跟跄，麻袋却被一双手扶住了，他抬眼一看，竟是黄天虎。黄天虎将他的麻袋扛在自己的肩上，朝欢喜爹爹走去。

憨子激动地大喊："黄天虎！虎子回来啦！"

扛包的黑皮和九戒都抬起头来看黄天虎。黄天虎扛着麻袋，走到欢喜爹爹面前，张开嘴，欢喜爹爹紧抿嘴唇，点点头，递过去一根"欢喜"。

突然，黄天虎将肩上的麻袋一歪，甩下，扑通一下跪在欢喜爹爹的面前，哭着磕头起来。黑皮等围了过来，眼里也都含着泪水。欢喜爹爹板着脸吼道："起来！不许哭！"自己却揩起泪水来。

黑皮将黄天虎拉起来，冲着他嘿嘿地笑，黄天虎也憨笑着，伸手去捏黑皮的鼻子。九戒和憨子一人一边捏住了黄天虎的耳朵，然后拉扯起来，黄天虎疼，举手投降。等九戒和憨子刚松手，黄天虎突然发力，将他们推翻在地。黑皮嗷嗷叫着扑上来，将黄天虎扑倒，九戒和憨子也扑过来，四个人笑着滚成一团。

　　这时，一辆人力车停了过来。娜佳和小莲下车，看着黄天虎和他的伙伴们打滚，小莲大喊："虎子哥！"

　　黄天虎抬头朝码头上观望。小莲突然将礼帽甩过去："帽子！"礼帽旋转飞来，黄天虎伸手去接，黑皮等都笑着闹着去抢，好多双伸出的手，在码头上抢着礼帽。娜佳和小莲会心地笑了起来，黑皮他们也都跟着笑了起来，码头沉浸在一片笑声之中。

第八章　因祸得福

～1～

从死牢里出来的黄天虎交好运了。蔡雪得知黄天虎放出来后，去货码头找他，正赶上那场热闹的抢礼帽场面。她很欣慰黄天虎又过了人生中危险的一关。她领着娜佳和黄天虎回到了蔡府。在往前厅走的时候，娜佳戴着黄天虎的礼帽，左顾右盼，蔡雪欲摘下娜佳头上的帽子，也想戴戴，娜佳一扭头，不给蔡雪戴。

蔡雪笑着对娜佳说："再怎么戴，还是母老虎。"

娜佳指着黄天虎快乐地说："哈哈！那他就是公老虎啦！这顶帽子，归我啦！"

蔡雪一愣，娜佳毫不掩饰她对黄天虎的感情，而黄天虎对小莲的感情谁都看得清楚。她呢？她似乎也对黄天虎产生了一些连她自己都不太懂的情愫，是什么呢？蔡雪糊涂了。

蔡雪把黄天虎带到了蔡家前厅。黄天虎一见蔡瑶卿就双膝跪地说："多谢蔡老板的搭救之恩！"

蔡瑶卿急忙扶起黄天虎说："起来，起来，你的情况我都知道了。我们不但是老乡，还是邻居。你到汉口来，就应该直接找我。唉，害你遭了这么多的罪！坐。"

黄天虎落座，小伙计端茶上来。黄天虎一闻茶香，眼睛突然活了，他吸了一口气，情不自禁地说："好茶！"

蔡瑶卿略感惊讶地问："这茶好在哪里？说说看。"

黄天虎说："好久没有喝到家乡的茶了。这是蔡老板您老家卧龙山今年的春茶，但不是最好的茶。"

蔡雪嚷起来："哎，你这人怎么这样啊？这是我家待客的最好的茶！"蔡瑶卿制止蔡雪，他要黄天虎说说，卧龙山什么茶最好？

黄天虎说："我也是瞎说。因为卧龙山有十二个山头，每一个山头的茶，味道都不一样。有的阴面多，阳面少；有的阳面多，阴面少。还有，就是每个山头都有不同的溪水，每条溪水，也不一样。"

娜佳惊讶地望着黄天虎，她实在没想到黄天虎这么清楚，就像山里的猴子一样熟悉每一寸土地。

黄天虎倒不好意思起来，他娘从小就用茶篓背着他上山采茶。他们这些小孩子，成天就在山上玩。所以，山上的哪块石头是单眼皮，哪块石头是双眼皮，他们都知道，这在黄天虎眼里算不上什么。只是今天他这么一说的时候，蔡瑶卿却大惊，他问黄天虎："那你说说，这是哪个山头的茶？"

黄天虎想也不想，说："这是龙尾山的茶，比起龙头山的茶，味道稍微差一点。"

蔡雪不服气，她没想到黄天虎对她家的茶山了如指掌，她问父亲，黄天虎说的对吗？

蔡瑶卿哈哈大笑，从事茶叶生意这么多年，竟然碰到行家了，而且居然还是一个如此年轻的小伙子。蔡瑶卿对黄天虎一下子兴趣大增，他要蔡雪陪娜佳去院子里看看花，他还有话跟黄天虎说。

蔡雪其实很不想走，她对黄天虎越来越好奇，黄天虎到底是怎样的一个男孩呢？蔡雪有一种探险的冲动，这种冲动引着她，让她不由自主地想要去接近黄天虎，想要更深入了解黄天虎。

蔡雪和娜佳去院子后，蔡瑶卿望着黄天虎直接说："天虎，咱们是乡亲，就不绕弯子说话了。你现在孤身一人，在码头上挑扁担难免凶险。再说，扛码头总不能扛一辈子吧？还是要趁年轻，学个手艺，今后好养家糊口。要是你不嫌弃，就到我这里来帮忙吧。我的货栈现在正需要人手，希望你不要推辞。"

黄天虎没有马上答应蔡瑶卿，而是站起来对蔡瑶卿说："多谢老爷的好意！我回去跟欢喜爹爹和吴哥商量一下。"

蔡瑶卿把货栈目前的情况对黄天虎大致讲了一下。现在是蔡三爷在掌管，但是蔡瑶卿不放心，黄天虎是个可塑之才，他希望黄天虎过来后，能多一双眼睛，多个心眼，有什么事，直接告诉他，只有这样，他才放心。

黄天虎明白了蔡瑶卿的意图，如果他真的来蔡瑶卿家做事，他会对得起蔡瑶卿的培养，这一点，他坚信自己做得到。

黄天虎别过蔡瑶卿、蔡雪和娜佳后，去了货码头。黄天虎特地为货码头提来一桶花红茶，还有一篮子大瓷碗，树荫下，大家累了，就在树荫下坐在一起休息，喝茶。

九戒听说蔡老板请黄天虎去货栈的消息，很高兴，黄天虎能因祸得福，他羡慕极了。只是憨子有点失望，他希望黄天虎去肥码头，他想跟黄天虎一起去，去那里是实实在在的利益，他不明白这么好的事情，黄天虎为什么会拒绝。黑皮说憨子成天就想着怎么肥，他不喜欢憨子有这么强的功利心。

在几个伙伴中，黄天虎认为吴哥年龄比他们都大，见识也超过他们，他希望吴哥帮他拿个主意。吴哥没有表态，他想听听欢喜爹爹怎么说。在码头上，姜当然是老的辣，他一直如此认为。没有欢喜爹爹出面救黄天虎，黄天虎的小命怕早丢了。

欢喜爹爹闭眼不语，黄天虎摇着他胳膊说："欢喜爹爹，你说话嘛。"欢喜爹爹睁开眼，对着黄天虎说："人生三节草，谁知哪节好哇。按说呢，到货栈，风不吹，雨不淋，饭碗安稳。何况，这是蔡老板的菩萨心肠，有心照顾你。人生在世，要知道好歹，自然该去。"

黄天虎继续问："听您的意思，那还有不该去的理由呢？"

欢喜爹爹叹气说："那是和尚头上的虱子，明摆着的。蔡家老三，成天吃喝嫖赌，蔡家迟早要败在他的手上。你在他的手下讨生活，首先要学会受得气，挨得骂，日子也难过哇。"

九戒接话说："对！还有那个金强，最阴险。"

黑皮拍拍黄天虎的肩说："天虎，我支持你去！有什么事，我们帮你顶着！"

吴哥也说："先去看看吧。大不了还是回来。码头上还少了你一根扁担？"

黄天虎点头，在码头上，有这样的一群朋友，黄天虎觉得，这才是真正的福。

～ 2 ～

娜佳从蔡府回家后，一直兴奋不已，这个黄天虎太让她好奇了。在家里吃晚餐时，娜佳眉飞色舞地叙述今天她看到的斗茶："他用鼻子一闻，马上就认出是哪个山头的茶！全部都猜对啦！"

阿廖沙很不高兴，他警告娜佳今后别带小莲到码头去。娜佳不服阿廖沙，径直对阿廖沙说："小莲明明喜欢的是他，你凭什么要干涉？"

阿廖沙将刀叉重重地摔到桌子上，冲娜佳发火说："不！喜欢他的是你！我看你是鬼迷心窍了！"

娜佳也恼火了，冲着阿廖沙说："你以为你是沙皇吗？沙皇也不能干涉我情感的自由！"

伊万诺夫一直沉默着，见兄妹有失分寸，就发脾气了："你们两个再这样下去，明天就送你们回俄国去。"伊万诺夫一发脾气，两个人不吱声了。阿廖沙起身离桌往门口走去，他不想待在家里生闷气。伊万诺夫在身后突然对阿廖沙说："等等，你明天联络几家洋行，再压压茶价！"

阿廖沙不解地问伊万诺夫："夏茶快收尾了，再压不怕崩盘吗？"伊万诺夫坚定地要阿廖沙去压价，其他的事他自有安排。

阿廖沙不明白父亲要干什么，不过还是点点头，照着父亲的意图去办。

这天，当伊万诺夫正在办公室签字时，阿廖沙走了进来。伊万诺夫将签好的文件递给秘书，秘书拿着文件一出门，阿廖沙就对伊万诺夫说："爸爸，几家洋行都在担心，按你的压价，整个汉口的中国茶商都会亏本，同时，这个价格也低于印度茶在伦敦的报价。这样会导致英国人重新杀回汉口，和我们争夺中国市场。"

伊万诺夫给阿廖沙讲整个市场情况，中国人做生意的习惯是讨价还价。他们认为你只是在杀价，那么，他们也会还价，最后，才达成一种妥协。至于英国人，他们回不来了。从印度、锡兰到伦敦的运输费用，远远低于从中国运往伦敦的费用。这一点，他们很清楚。

阿廖沙听了父亲的分析后反问道："你凭什么就断定中国人一定会妥协？"

伊万诺夫对中国目前的状况看得很清楚，他觉得中国目前整个民族的特点，就是一盘散沙。现在，阿廖沙需要做的工作，就是寻找一个突破口，给他承诺，让他先松口，按照我们的价格，卖给我们；然后，我们会暗地里赔偿他所有的损失，还给他其他的奖励。这样，整个大堤都会崩溃。

阿廖沙直到这个时候才明白自己的父亲是什么意图，只是父亲的这种意图在他看来，不是在做生意，而是在做间谍。

伊万诺夫不这样认为，生意人在利润面前是不讲道德的，而对于阿廖沙目前的状态而言，他需要的不是浪漫，而是冷静。他不希望阿廖沙在汉口谈情说爱，阿廖沙现在不是戏剧学院的大学生，而是沙俄帝国的商人，作为一名商人，利益才是最高的标准，浪漫的情爱，只是一棵大树枝节上的某一片叶子，冬天落了，春天还会再生长。

阿廖沙被伊万诺夫一顿数落后，面色变得很难看，他一言不发，默默地走了。

～ 3 ～

菊姐知道黄天虎要去蔡家货栈做事，很是高兴，她连夜为黄天虎缝衣服，想让黄天虎在货栈穿得体面一些。

当她正缝得起劲的时候，九戒背着鼻涕虫走进门。九戒将睡熟的鼻涕虫放在床上，菊姐扯断线头，举起衣裳，对九戒说："来，试试看！"

　　九戒脱下身上的衣裳，换上菊姐缝的衣裳，试着在屋子里走了几步。换上新衣服的九戒一下子显得格外熟悉，菊姐看着他，眼神有些恍惚。

　　九戒发现了菊姐的眼神不对，就问："姐，怎么啦？"

　　九戒把这衣裳一穿，还真像菊姐去世的男人。菊姐看着九戒，不由伤感起来。九戒见菊姐这个样子很难过，就上前抱住菊姐，要菊姐别乱想，人死不能复生，菊姐还有鼻涕虫，还有他九戒。

　　菊姐被九戒的神态弄得"扑哧"笑起来，九戒终归是要找媳妇的，只是她还是很感动，九戒对她的关心和爱护。

　　九戒把菊姐紧紧抱住，他一直那么喜欢她，而且他一直希望自己挣够钱，能娶菊姐。

　　菊姐笑着推开九戒，尽管她感动于九戒愿意娶她为妻，但她嫌弃自己脏得慌。可九戒不嫌弃菊姐，而且他一直觉得菊姐长得蛮好看的，一直把她当做未来的媳妇。

　　菊姐被九戒的表情和表白逗笑了，她笑弯了腰，一边笑一边说："哎哟！哎哟！姐都是老太婆了！还哪里谈好看啊！"

　　笑完，又举起一件衣裳，说："黄天虎明天要去货栈了，也没有一件好衣裳。这是你大哥的衣裳，我改了改，你带给他吧。"

　　九戒接过衣裳，故意说："姐，你是不是喜欢他了？"

　　菊姐哈哈大笑："你怎么说些小孩子的话！你们都是姐的小弟。不过姐最疼的呢，当然是你啦！"

　　九戒痞劲上来了说："那我要亲一个！"菊姐躲闪，腰笑得更弯了。九戒趁机在她的脸上亲了一口，慌慌张张跑出了门。

　　菊姐望着九戒的背影，心情一下子沉重起来，如果她不是这种状态，如果她的身子是干净的，她现在真的想嫁给九戒，相夫教子的生活是她一直盼望和奢望的，可这样的生活，她还能有资格拥有吗？菊姐一片迷茫。

　　第二天，黄天虎穿着菊姐缝的衣裳，去了蔡家货栈。当他站在蔡三爷面前时，蔡三爷躺在竹躺椅上，乜斜着眼看黄天虎，看了半天才冒出一句："听说你昨天露了一手？"

黄天虎低着头说：“不敢，那是好玩的。”

蔡三爷接黄天虎的话说：“好玩的？好啊，我也给个东西你好好玩玩。拿家伙来！”

金强坏笑着，拿过来一把很大的芭蕉扇，扇面比脸盆还要大，扇柄垂着的不是丝绒流苏，而是一串精致的银链，银链下吊着一颗贼亮亮的大钢珠。

黄天虎听欢喜爹爹讲过，蔡三爷不好缠，他有心理准备，只是没想到蔡三爷的第一关就是打扇。他接过扇子，便发现那芭蕉扇可不好扇，摇扇时，垂着的钢珠便随着一起摆动，一不小心，便会砸在身上。

他双手握住扇柄，小心翼翼地扇动起来。刚扇了一下，蔡三爷就吼了起来，问：“风呢？风在哪里？”

黄天虎无奈，只好使劲，谁知那钢珠不听使唤，一下甩到了他自己的心窝上！

“哎哟！”他疼得顿时弯下腰去。

金强在一边偷笑，蔡三爷也哈哈大笑说：“小子！尝到三爷的味道了吧？”说完，他走过来，接过扇子，喊道：“看我的！”

黄天虎蹲在地上，抱着心窝，忍痛看他表演。

蔡三爷扇动那扇子。只见扇子呼呼地响，扇起很大的风，可是下面的钢珠却纹丝不动。蔡三爷得意地笑道：“怎么样？三爷我自己扇！不亏你！还敢扇吗？”

这时，老货栈雷先生过来解围，他对黄天虎说：“虎子，练扇子功不是一日之功，赶快回去治伤！别让淤血堵在心窝里了！”

黄天虎捂着心窝拼命想站起来：“我再试试……”可是一伸腰，就疼得蹲了下去，他这才知道被蔡三爷的扇子伤得不轻。

黄天虎出了货栈，弯腰捂胸走到货码头，喊了声“黑皮”，便倒在地上。

黑皮大惊，甩下麻袋，跑过来。

黄天虎平躺在地上，心窝处一大片淤紫。

黑皮大叫："九戒！憨子！"二人闻声而来，一看大惊，问："哪个打的？"

黄天虎吃力地说："是、是我自己，扇扇子，不小心……"

吴哥也过来了，他一看就说："怪我怪我！怎么就忘了蔡三的扇子功呢？这个混蛋，拿钢珠来整你！走，把他搬到我背上来，赶快去找魏神仙。"

吴哥把黄天虎背起，大家都跟着他，朝汉正街跑去。

汉正街有名的叶开泰药房，著名老中医魏神仙在这里坐诊，正在给人拿脉。吴哥扶黄天虎坐下。魏神仙仙风道骨，看了看黄天虎，笑道："又是你！"

黄天虎强笑说："又麻烦您了。"

魏神仙也笑了笑说："我治的就是麻烦，请跟我来。"

魏神仙递给病人一张药方，马上要吴哥等扶黄天虎到里间治疗室。吴哥他们把黄天虎扶到里间后，让黄天虎躺下。黄天虎胸部一大片淤紫，魏神仙用手轻叩伤处，黄天虎疼得满头大汗。黑皮、九戒、憨子看着黄天虎这个样子，也是一脸焦急，却又无能为力。

魏神仙检查完后，摇摇头说："万幸，要是再过去点就危险了。"

魏神仙的话音刚落，蔡雪闯进治疗室，一脸焦急地问："怎么样了？"

魏神仙笑了起来，他没想到惊动了蔡家大小姐，目前黄天虎的伤没大碍，他让大家都出去候着。蔡雪不肯，她在上海学过护理，她要留下给魏神仙帮忙。魏神仙沉吟片刻，就吩咐蔡雪先把黄天虎身上的汗擦干净，他便出门调药。

黑皮在外面听到了魏神仙的话，他端来铜盆，里面是冷水、毛巾。他对蔡雪说："我来吧。"

蔡雪不让黑皮擦，她觉得黑皮和黄天虎臭。黑皮无奈，只好站到了一边。蔡雪拧了毛巾，首先帮黄天虎揩脸。黄天虎眉头紧皱，闭眼抿嘴，很紧张。蔡雪板着脸问："你好像在受刑啊？"一边揩脸，一边数落："嗨！

嗨嗨嗨！好臭！像从茅坑里拖出来的！"

黑皮在一旁忍不住偷笑。魏神仙拿着一碗酒，一贴膏药，走了进来，又喊蔡雪："过来！端碗！"蔡雪走近，端起酒碗。魏神仙点火，酒就燃烧起来。魏神仙抓起一团蓝色的火苗，朝黄天虎伤处抹去，蓝色的火苗在黄天虎胸前燃烧，黄天虎疼得咬紧牙关。

在魏神仙的治疗下，黄天虎的伤得到了控制。而蔡瑶卿也知道了黄天虎被打伤的事情，他把蔡三爷叫到前厅。蔡三爷一进前厅，蔡瑶卿就问："扇子呢？你的扇子怎么没带来？"

蔡三爷知道蔡瑶卿要问什么，不过他也不怕这个哥哥，他淡淡地说了一句，"今天不热。"蔡瑶卿冷冷地回说："不热也该带在身上，看谁不顺眼就一扇子打死他！"

蔡三爷也反问蔡瑶卿："哟嗬，一个臭扁担，你还帮他出头。"

蔡瑶卿很生气，他觉得弟弟这是明里打黄天虎，暗里打他。他每次派人去货栈，弟弟总是把人家打跑，这个弟弟一丁点仁爱德性都没有，眼里也根本没有他这个大哥。

蔡三爷火了，蹦起来说："你派人来跟我商量了没有？你买那么多的夏茶，人家慌着脱手都来不及，你都收进，做好人，当菩萨，你跟我商量了没有？你眼里根本没有我这个兄弟。"

蔡瑶卿不再让蔡三爷，直接说："你还有脸说'商量'二字？每次找你商量，你在哪里啊？都在那些不干不净的地方！"

蔡三爷要横了，他觉得该他享福，娘老子留下的产业，有他的一份，吃喝嫖赌，是他的事，蔡瑶卿这个做哥哥的没资格管他。

蔡瑶卿气急，拍桌子："蔡家怎么出了你这么个东西！这回我偏不依你！人来定了！"

蔡三爷也拍桌子，吼道："天王老子来，也要先过老子这一关！"

兄弟两个你一句，我一句，互不相让，直到吵累了，蔡三爷才离开。而兄弟俩吵架的事情却在汉口码头风一般地传开了。

刘钦云正躺在躺椅上，闭目养神，一个小丫鬟在给他捶腿。麻哥笑嘻嘻地进来说："蔡家两兄弟昨天打起来了!"

刘钦云淡淡地说："是吵架了，没打吧?"

麻哥尴尬："嘿嘿，老爷知道了啊。"

刘钦云不动声色地说："汉口的事情，能瞒得过我吗?昨晚你在三分里睡了人家姑娘，挂了账，还动手打了人，有这事吗?"

麻哥吓慌了，他万万没想到，才发生的事，刘钦云就知道了，他急忙向刘钦云解释。刘钦云不听，打断他说："好啦!你的账，我已经派人给你结清了。今后有什么事，告诉我。别瞒着。说吧，有什么想法?"

麻哥见刘钦云不计他犯下的错，赶紧讨好建议，想再烧蔡家一把火。刘钦云问一句："哦?怎么烧?再去打码头?"

麻哥嘻嘻地笑起来。蔡老三的赌瘾是越来越大了，他就让蔡老三赌个痛快，输得脱裤子，看他拿什么来还赌债。

刘钦云淡淡一笑，看来麻哥有进步了，他平时骂麻哥有益。他问麻哥想赢蔡老三的什么，麻哥脱口而出说了两个字："货栈!"刘钦云一听，哈哈大笑。麻哥被刘钦云笑糊涂了，不敢做声。

刘钦云挥挥手："再想!再想想啊!"

一个新的计划，便在刘钦云的一句"再想"中诞生了。

~ 4 ~

黄天虎躺在床上睡着了，胸前贴着一个大膏药，他的伤还在恢复过程之中。

这时一只手，拿着一个纸捻子，轻轻挠他的鼻孔。黄天虎下意识地伸手抓了抓，又去揩鼻孔。拿着纸捻的小莲退后一步，掩嘴偷笑起来。

黄天虎微睁眼睛，看见了小莲，他故意打鼾。小莲再次过来，举起纸捻子，忍住笑，再次伸向黄天虎的鼻孔。黄天虎突然一把抓住她的手，伸舌头，哇地怪叫，小莲尖叫起来。黄天虎笑了，笑急了，禁不住咳嗽，捂住心窝。

小莲连忙端来一碗水，招呼黄天虎喝下，责怪地说："你看你，不能对我使坏，知道吗？一使坏就会倒霉，要对我好。"

这么热的天，小莲来看黄天虎，这让黄天虎有些过意不去，他要小莲就别来了，来多了，她爸知道又要骂她。小莲连忙解释，她父亲现在不敢骂她，他一骂，那些老板官老爷的应酬，她就不去，父亲就得哄她。黄天虎听小莲这么一说，一下子嗅到了什么，他问小莲："哎，你的身上有酒味，还有烟味！你抽烟喝酒啦？"

小莲说："没有啊，昨天一个盐老板非要请我们吃夜宵，整个包厢里全是烟味，快熏死我了！"

黄天虎没说话，小莲问他："你生气啦？"黄天虎闷闷地答了一个字"没"。小莲知道黄天虎不高兴了，只是不愿意承认。黄天虎在小莲的追问下，说了实话。他不喜欢小莲跟这些人出去吃饭什么的，小莲觉得黄天虎不相信她。黄天虎却自责起来，他觉得自己蛮没用，蛮没出息，如果他有钱了，他就会照顾小莲，就不让她出外应酬，可现在，他帮不了小莲什么。

小莲和黄天虎想的不一样，她每次跟这些老板吃饭的时候都在想黄天虎。她把他们都想成是他，他们请她吃饭，她就当是黄天虎在请她吃饭，他们给她夹菜就想象成是黄天虎给她夹菜，这样，她就会觉得特别好吃。要不然，跟着这些人在一起，她会感觉难受，不仅陪不好客人，还会被父亲骂。

黄天虎没想到小莲这么看重他，他开心地大笑起来。小莲却突然叹气说："哥，我现在真后悔，这个汉口，不是我们乡下人的汉口。真的，我来了这么长时间，总觉得是在一个陌生地方。"

黄天虎却说："现在的汉口人，还不是过去的乡下人？听欢喜爹爹讲，汉口过去都是水凼子，没得人烟。后来有人来打鱼，搭个破棚子，这个打鱼的，就是最早的汉口人了。"

小莲觉得要是不来汉口，多好，说不定现在黄天虎正带着她，在卧龙山上偷桃子。她常常做梦，她和黄天虎还在新店，有了一个院子，她采茶，黄天虎做茶，家里养一笼鸡，再养几头大肥猪，日子过得安安稳稳的。

黄天虎听了小莲的想法，故意逗她："不养儿子啦？"小莲害羞了，轻轻打了他一下说："我想好啦，老大呢，是个儿子，叫红薯；老二呢，还是儿子，叫毛豆；老三呢，自然是姑娘，叫桂花；老四呢……"

黄天虎笑了："你想生一窝哇？"小莲又害羞起来，转身不依，用拳头示威，要打他，说："讨厌，难道你不想啊？"

黄天虎故意装出得好好考虑考虑的样子。小莲不干了，黄天虎要考虑，她可不管，反正她想好了，这辈子除了黄天虎，她谁也不嫁，就跟定了黄天虎，他是答应也得答应，不答应也得答应。他也别想甩掉她，以后黄天虎去哪里她就跟到哪里，让黄天虎觉得身后老有一双眼睛在盯着他。

小莲这么设计她和黄天虎的生活时，觉得有趣，就哈哈哈大笑起来。黄天虎打趣小莲，哪有她这样设计生活的，一个姑娘伢也不害臊。

小莲问黄天虎："害怕了吧？"

黄天虎嘿嘿笑了起来，谁怕谁，不就是跟着他吗？到时候不想跟都不行了。

小莲突然问黄天虎："你来汉口，遭这么多的罪，就没想到回去？"

黄天虎说："回去？回到哪里去？我已经没有家了。"小莲没想到提到了黄天虎的伤心处，不由说了一句："对不起……"

这时，蔡雪提了一罐子鸡汤，走到了工棚门口。她听见棚内有人说话，犹像片刻，站定在门口。

黄天虎的声音："你还记得我到山上去捅马蜂窝的事情吗？"

小莲说："哎哟，你好犟！硬是要捅！结果差点被马蜂给蛰死！"

黄天虎继续说："我妈就说我，一旦想干个什么事，阎王老子也拦不住。马蜂你蛰了我，我非捅了你的窝不可！嘿，那才叫痛快！明白吗？"

小莲茫然地摇摇头："汉口又没有马蜂窝，你何必逞强呢？哪里的井水不是水呀？"

黄天虎突然举起枕头边的一个木棍，给小莲看。木棍的下面，用线索吊绑着一块石头。

小莲问："这是什么？"

黄天虎用手腕摇动木棍，石头还在摆动。黄天虎说："我在练扇子功。"

小莲叹气说："哥！这汉口的水，太深了。你怎么就不学着退几步呢？"

黄天虎说："我知道要学会退步啊。但是，我答应人家的事情，我想做的事情，我非做到不可！"

蔡雪不想再听下去，她将陶罐放在门外，轻轻咳嗽了一声，转身就走了。

小莲听见了咳嗽声，回头看了看，但不见人来；又跑到工棚外张望了一下，她发现了地上的陶罐。抬头望去，蔡雪远去的背影，映入她的视线之中，一种让小莲不安的情绪，顿时在内心迷漫着，她不明白自己为什么会在乎那个远处的背影。

～ 5 ～

蔡三爷在货栈斗蛐蛐，两只蛐蛐正怒目对峙。

金强喊道："干爹！你快撩哇！"蔡三爷将蛐蛐草伸进斗盆，去撩拨蛐蛐打架。果然，蛐蛐儿相互斗起来。蔡三爷和金强两个人脑袋顶着脑袋，紧盯着斗盆内，喊着："打呀！咬啊！"不一会儿，一只蛐蛐转身逃跑了。一只蛐蛐振翅长鸣："蛐蛐！蛐蛐！"金强叹气："哎呀！干爹的黑头将军太厉害了！我又输了！"

蔡三爷哈哈大笑："有意思！有味道！"

蔡三爷带着蛐蛐去了茶馆，一群人围着看斗蛐蛐。

蔡三爷和工头秋秋的蛐蛐斗。斗盆里，两雄相遇。桌上，两摞大洋，还有许多赌徒在下注，有的押蔡三爷，有的押秋秋。

裁判用蛐蛐草撩拨，蛐蛐打斗起来，蔡三爷和秋秋都很紧张，互相大喊，赌徒们也在呐喊。

不一会，蔡三爷的蛐蛐又打赢了，裁判高喊："蔡三爷，黑头将军胜！"蔡三爷将秋秋的大洋一把扫过来，哈哈大笑。垂头丧气的秋秋看了一眼金强，金强装作没看见，走开了，而蔡三爷沉浸在胜利之中，对秋秋和金强的神态视而不见。

这时的黄天虎胸前虽然贴着膏药，却不忘练习扇子功。他手里扇动着一把破芭蕉扇，扇柄下吊着的，是一块石头。他自言自语："腕动，手不动！身动，心不动！"扇子快速扇动，石头很少动，偶尔会晃荡一两下。

经过一阵苦练，他的扇子功大有长进。一天，黄天虎在树荫下表演他的扇子功，请大家指正。欢喜爹爹、吴哥、黑皮、九戒、憨子等人都在观看。黄天虎手中的芭蕉扇，扇把上坠着一个小铁秤砣，黄天虎想跟欢喜爹爹扇，黑皮却说："我先来！"

欢喜爹爹制止黑皮，说："来！我正要风！"

黄天虎单手给欢喜爹爹扇风，众人紧张看着扇子，黄天虎手中的扇子越扇越快，风也越来越大，可是下面的铁秤砣，却基本不动。欢喜爹爹定睛看了扇坠一会儿，就开始闭目养神，他的心终于放下来了，黄天虎又过了一关。

黄天虎的伤养好了，欢喜爹爹也认为黄天虎可以去货栈做事。在蔡雪的带领下，黄天虎再次来到货栈，他恭恭敬敬站在蔡三爷的面前。

蔡三爷冷冷地说："哟嗬，又来了，还真不怕死。我告诉你，想跟我三爷混，扇子这一关，你逃不了。想干，就扇吧，可是我得跟你说清楚，这可是你自愿的，要是再伤着哪儿，可怨不了谁。"

黄天虎说："是，我是自愿的。"

蔡三爷喊道："金强！拿扇子！"

金强取来扇子，黄天虎接过扇子说："三爷，我给你打扇了。"

"慢！"蔡三爷狐疑了，站起身打量着黄天虎，然后指着金强说："先给他扇。"金强恐惧地说："我、我不热……"

"来，先给我扇吧！"蔡雪躺在竹躺椅上说。蔡三爷急了，蔡雪却坚定地要黄天虎给她扇。黄天虎悬起胳膊，抖动手腕，只见扇子扇动，下面的钢珠纹丝不动。金强惊讶地张大了嘴，蔡三爷也一脸惊讶，蔡雪闭着眼问了一句："三叔，你要不要来试试？"

蔡三爷咳嗽了一声："好啦！别扇啦！"他走到黄天虎面前，说："既然大小姐亲自来了，这个面子还是要给的。我告诉你，这里不比扛码头，事事要讲个规矩！你先打打杂，熟悉熟悉货栈，不懂的，问金强，还有老雷。"

黄天虎说了一声谢三爷。蔡三爷继续说："还有，不该说的不说，不该问的不问！我丑话说在前头，要是再惹烦了我，天王老子来，我都不依！"

黄天虎点头说记住了。蔡三爷要金强带他下去。

黄天虎一走，蔡雪就对蔡三爷说："三叔，人我可是好脚好手交给你的啊。"蔡三爷哈哈大笑，笑完对蔡雪说："放心，只要他乖，亏待不了他。"

黄天虎开始融入货栈的生活，当他用长扫帚扫地时，一边扫地，一边观察货栈里的货物，尤其是茶叶，他查看茶篓上的标签，又嗅闻茶篓里的茶。他皱眉思索着。

金强这时在验茶，一茶商在和他争辩："这明明是一级茶嘛，怎么就评定是二级呢？"

金强说："潮气太重，火候也还欠缺一点。评二级就很照顾啦！"茶商激动地捧出一捧茶，递给金强看："不会吧？我们一向很讲究信誉的，不然你们蔡老板也不会收我们的茶，你再看看。"随后，他又递给雷叔看，雷叔连连躲避。他又递给黄天虎说："小师傅也看看。"黄天虎刚扭头，金强吼道："看什么看？扫地去！"

黄天虎没说话，默默扫地。又有搬运工运茶过来，雷叔喊："黄天虎，按二级茶堆栈！"黄天虎答应："好咧！"指引搬运工，来到5号区。黄天虎说："就堆这里！"一个年老的搬运工颤颤地扛过来，黄天虎连忙去接应说："我来！"老搬运工连连感谢黄天虎说："谢谢先生！我自己来！莫弄脏了你的手！"

黄天虎笑起来，说他不是先生，他也是扛包的。雷先生这时走来说："黄天虎，放手，这不是你做的事。"黄天虎将衣衫一脱说："没事，我是个贱骨头，几天没扛包，肩膀有点痒了。"

雷先生也笑着说："扛几包就算了啊。"

黄天虎应了一声。一包包茶叶堆进了5号区，黄天虎整齐地堆放好才离开。

这天晚上，黄天虎和黑皮几个兄弟在江里游泳，嬉戏，三人追打黄天虎，黄天虎笑着跑上岸。他突然望见了货栈的灯光，他对黑皮他们说："货栈有人了，我过去啦。"

　　黄天虎来到货栈门口，大门紧闭，黄天虎喊："雷叔！强哥！"门内没人答应，黄天虎捶门，大声喊道："雷叔！强哥！"

　　货栈里的灯光突然熄灭了，黑沉沉的。黄天虎后退几步，惊诧地打量着货栈，可货栈仍然一片漆黑。黄天虎怀疑地揉了揉眼睛，但他确信，他曾看到货栈有灯光。他迷茫了。

第九章　商场风云

～1～

为货栈灯光纳闷了一晚上的黄天虎，第二天一大早就大步往货栈走去，他很想知道昨晚到底怎么啦。

黄天虎带着疑惑快步前行时，身后传来一阵急促的脚步声。他回头一看，九戒抱着鼻涕虫匆匆跑着，菊姐慌慌张张跟在后面。黄天虎停下来问："九戒，去哪？"

九戒很急，没回答黄天虎的问题，而是问："鼻涕虫又发烧了，你身上带了钱没有？我怕钱不够。"

黄天虎的钱藏在工棚里，而且只有三十个铜板。他要去拿，九戒拦住了他，铜板不要了，他急着带鼻涕虫看医生去，让黄天虎自己先忙，他抱着鼻涕虫向魏神仙那里赶。

黄天虎有些心酸地望着九戒和菊姐们走远，才往货栈赶。他到货栈的时候，金强正在烧水泡茶，黄天虎进门说了一声"强哥早"。金强表情有些不自然，回了一声"早"，就继续忙他的事。当黄天虎拿起扫帚扫地时，他问金强："强哥，你昨天晚上来货栈了吗？"

金强回答黄天虎说："我晚上来这儿发疯啊。怎么啦？"

　　黄天虎把昨晚在江里游泳，看见货栈里有灯光，他就想来拿衣裳，可大门怎么也敲不开，他喊金强他们，灯就突然熄了的事情告诉了金强，他说当时，他还真的被吓着了。

　　金强眼珠转了转，说："你玩昏头了吧？眼睛都看花了。"

　　黄天虎还想辩解，金强不给他解释机会，说："行啦行啦，大清早说什么胡话啊？快干活去吧。"

　　黄天虎拿着扫帚，走到 5 号区。突然，他好像闻到了一种不同的茶叶味道，他仔细一看，眼前的这些茶篓，分明不是昨天的那些。这些茶篓，都挂上了"一级"的标签，他凑近闻了闻，皱起眉头，一股陈腐气直冲鼻子，他怀疑这些茶篓被调包了。黄天虎还没来得及细想，金强突然走过来，拉着黄天虎说："走走走，陪我吃点东西去，走。"

　　黄天虎被金强带进了茶楼。在茶楼二楼临窗雅座，金强劝黄天虎喝酒，他把杯子举起来说："来来来，把杯子端起来。"黄天虎推辞说下午还要上工，金强说没事，蔡三爷那儿，包在他身上，蔡三爷也不会怪罪下来。他又举杯要求黄天虎干，黄天虎无奈，只得举杯说了一句："谢强哥。"

　　金强对黄天虎说："黄天虎，你小子交了狗屎运，蔡老板都看上你了。只是蔡老板和三爷之间，兄弟失和，我们做下人的，只能补台，不能拆台，是不是？"

　　黄天虎没想到金强跟他说这样的事，不知怎么回答，只好支支吾吾。

　　金强继续说："有些事情，看到了，就当眼睛瞎了，不能瞎说。人家毕竟是兄弟，打断骨头还连着筋。在大商号里做事，就要学会装糊涂。"

　　黄天虎笑笑，没有说话。金强掏出两块银元，扔在桌上说："给自己去买一件衣裳吧。"

　　黄天虎很震惊，金强怎么这么大方，他坚持不要。金强却说："给你钱还要我求你？以后只要你勤快，听话，我亏待不了你。"

　　黄天虎无奈，只好收起来，他对金强说："那，就算我先借你的吧。"

　　吃完饭后，黄天虎赶紧去了叶开泰药房。魏神仙正在给鼻涕虫看病，九戒朝着黄天虎迎上来，黄天虎将九戒喊到一边，把两块银元塞给九戒。九戒吃惊地问："这么多钱！你哪来的？"

黄天虎没有回答，走了。九戒和菊姐看着黄天虎远去的背影，一时也捉摸不透，黄天虎怎么啦？他的钱是哪里来的？但他们相信黄天虎的钱一定是清清白白的。

～ 2 ～

娜佳有一间属于自己的画室，在伊万诺夫公馆的顶层，采光很好。画室里挂着许多油画作品，这是娜佳最喜欢的创作之地，她目前正在画的一幅，是长江、码头以及扛包的码头工人。娜佳画来画去，码头工人的形象总是黄天虎。

她正在画的时候，阿廖沙进来了，娜佳问他："又睡懒觉啦？"

伊万诺夫交给阿廖沙一个重要的商业活动，他现在可以自由安排时间。不过在娜佳看来，阿廖沙的商业活动经常是在夜晚和凌晨。

阿廖沙开始欣赏娜佳的油画，他赞美娜佳说："噢，长江码头。你的画可以和列宾的《伏尔加河上的纤夫》媲美了。看来，你和列宾、果戈理一样，都是现实主义者。"

娜佳知道阿廖沙这么夸自己，肯定有什么事需要她帮助。阿廖沙道出了事由，他想举办一个私人舞会，请汉口的商界朋友一起聚一聚。他要娜佳帮他请蔡雪和她的父亲。

娜佳知道阿廖沙要办舞会，高兴极了，她赶紧打听时间。阿廖沙卖关子说，这可是一次商业活动，一定要请到蔡雪和她的父亲，商业与茶叶有关，蔡家不到场，这样的商业舞会就失去了意义。

娜佳只想着舞会，没想到商业，她向阿廖沙保证一定请到蔡雪和她的父亲。

舞会这天，娜佳去了蔡雪家，她帮着蔡雪对镜整装。蔡瑶卿走到她们身后夸她们："娜佳漂亮，雪儿也漂亮，呵呵，我都看花了眼呐。"

蔡雪起身挽起蔡瑶卿的手说："爸要是穿上西装，肯定很帅。走，爸带我们一起去参加舞会。"

蔡瑶卿不肯去，这老胳膊老腿的，已经跳不动舞，还是应该这两个姑娘一起去。阿廖沙希望蔡瑶卿去，蔡雪也答应了娜佳，现在蔡瑶卿却一个劲摇头。娜佳急了，直接说："大伯，阿廖沙说还有生意上的事要向你请教呢，你一定得去。"

蔡瑶卿对娜佳说："生意上的事，雪儿也能当家。雪儿去了，就等于我去了。舞会上的主角永远是年轻人，我就不去了。快走吧，我已叫马车在门口等着了。"

蔡雪和娜佳没办法，只好往门口走，到了门口，她们奇怪地对视了一眼，门口并没有马车，只有一个戴草帽的男人守着一辆人力车。蔡雪问："马车呢？"戴草帽的黄天虎站起身走到他们身旁，彬彬有礼地说："两位大小姐，请上车吧。"

娜佳一怔，高兴地喊："虎子？呵呵，是黄天虎。"蔡雪也打量着黄天虎笑了起来："虎子？你怎么拉起黄包车来了？"

黄天虎没事时把货栈的旧车修好了，现在正好派上用场，当然这些都是蔡老板安排好的。

娜佳看了黄天虎一眼问："你就穿成这个样子去？"

黄天虎说："我不穿成这个样子那穿成什么样子？我又不去跳舞，我只是把去跳舞的人送到舞会门口。"

蔡雪也问黄天虎："你怕跟我们跳舞？"

黄天虎摇头，他不是怕，而是不会跳。娜佳却不放过黄天虎，说他就是怕和她们跳舞，更怕看见阿廖沙。

黄天虎摇头，他和阿廖沙架都打过，他不怕阿廖沙。蔡雪说，既然黄天虎这也不怕，那也不怕，那一定要和她们一起去。黄天虎还是不肯去，蔡雪猜到了黄天虎的心思，黄天虎心里只有个小莲，没有别人，黄天虎猛地抬起了头，他不说话了。娜佳想了想，对黄天虎说："要不这样，你不是喜欢戴礼帽吗？我们再给你配上西装和皮鞋，一起去。"

黄天虎有点动心，他西装、皮鞋都没有。娜佳让他别操心这些东西，拉着蔡雪就上了黄天虎的人力车，黄天虎急忙扶起车杠问："去哪？"

娜佳拉蔡雪坐稳后说："去我家。快，开车！"

傍晚的江边，黄天虎拉着两个姑娘跑着。蔡雪在车内对娜佳说："信你的邪，我觉得你出了个馊主意。"

娜佳说："不馊，欧洲还有化装舞会呢，你又不是没见过。"

车轮越转越快，娜佳的家很快就到了。娜佳把黄天虎带到了一排衣柜前，当柜门被打开时，出现了一排西装。娜佳捧着一大摞西装说："这都是阿廖沙的，来，试试，挑一件。"蔡雪则拎来了一堆皮鞋。黄天虎看着它们，手足无措。在蔡雪和娜佳的帮助下，黄天虎总算打扮得当地出了门，他们换乘一辆豪华马车往租界奔去。在维多利饭店，娜佳、蔡雪、黄天虎下了车。黄天虎西装革履，礼帽墨镜，还贴了八字胡，完全看不出来是谁了。娜佳一副男装，也是礼帽墨镜，蔡雪挽着她。

黄天虎步履迟疑，蔡雪对黄天虎低声喝了一句："挺起胸来。"黄天虎挺胸跟上她们。

维多利饭店有汉口当时最好的舞厅，阿廖沙风度翩翩地站在门口迎接客人，小莲穿一袭日式晚礼服，清纯却又华丽地站在阿廖沙旁边。

麻哥进门时，阿廖沙说了一句："大哥，你好。"

麻哥说："刘老板今晚有点急事，不能来，委托我向少爷致谢。"小莲这时也含笑点头说了一句："大哥好。"

麻哥贪婪地望着小莲，打扮之后的小莲更加楚楚动人，男人看了都忍不住心动。

阿廖沙发现麻哥的神情不对，做了一个"请"的动作，麻哥才恋恋不舍地往舞厅里走。

这时娜佳三人走来，娜佳看见小莲说："哇，太漂亮了，简直像白雪公主。"阿廖沙眨眨眼，得意极了，这是他一手为小莲策划的。

娜佳笑了，她也不比阿廖沙差，她一手策划包装了一个黄天虎，不过她在阿廖沙面前只字不提。

蔡雪这时含笑上前对阿廖沙说了一句"你好"。阿廖沙赞美蔡雪犹如东方女神，接着问她身后的人是谁。

蔡雪介绍说，是她的同学，田先生，刚从英国回来。阿廖沙伸手握了握黄天虎的手说："啊，你好。"

　　黄天虎迟疑了一下，也伸手，微笑。阿廖沙用英语问："伦敦的天气还好吗？"黄天虎不懂，微笑，点头。

　　蔡雪用英语说："他的口腔刚刚动了一点小手术，不能讲话。"

　　阿廖沙说："哦，没关系。请。"

　　这时，娜佳故意向黄天虎介绍小莲，说这位是汉口有名的花鼓戏演员，名字叫潘小莲。

　　小莲没有认出黄天虎，伸出手对黄天虎说："田先生，你好。"黄天虎戴着墨镜看小莲，在他握住小莲的手时，竟然颤抖起来。蔡雪把黄天虎的表情看在眼里，她急忙化解尴尬，说："田先生，我们进去吧。"连忙带黄天虎和娜佳离开。

　　进到舞厅后，娜佳问蔡雪为什么要拉她走，她还没玩够，蔡雪小声告诉娜佳，她这样让黄天虎很难堪。

　　娜佳大笑起来，她才不管，她觉得太好玩了，阿廖沙和小莲都没有认出黄天虎来，蔡雪也笑了起来，她问黄天虎："嘿，刚才你为什么点头啊？"

　　黄天虎说："他说的是洋话，我又不懂，只有点头哇。"

　　蔡雪说："幸亏他问的是，伦敦的天气怎么样？你点头，就蒙过去了。"

　　娜佳笑着问黄天虎："要是他问：你是一头猪吗？你也点头？"

　　黄天虎也笑了说："只有猪才这么问。"三个人同时大笑起来。

　　欢快的音乐响起来了。蔡雪与娜佳听到这熟悉的音乐，立马兴奋起来，娜佳要黄天虎和她们一起跳舞，边说边拉着黄天虎进入舞池，黄天虎不会，要退却，蔡雪说她们教他，要他一起跳，也扯了扯黄天虎，黄天虎只好和她们一起下了舞池。三人在舞池里跳着，热情的娜佳不时和周围的朋友交流着，只剩蔡雪在教心不在焉的天虎。

　　当一首抒情音乐响起时，阿廖沙牵着小莲步入舞池，小莲一下子成为全场的焦点，阿廖沙说："女士们，先生们，今晚是属于你们的。请随意。"

　　阿廖沙带着小莲舞动起来，许多宾客也加入到舞池之中，黄天虎目不转睛地望着小莲，蔡雪却目不转睛地看着黄天虎。当看到阿廖沙已经带动小莲轻轻摆动时，蔡雪鼓起勇气，装成一副绅士的样子问黄天虎："这位先生，我能请你跳支舞吗？"

黄天虎说他不会，蔡雪却拉起他的手说："你这样牵着我的右手，这只手放在这，像他们一样。来！跟着我跳！"

黄天虎心不在焉地跳着。蔡雪问黄天虎："听说你和她是一起到汉口的？"黄天虎点头，蔡雪舒了一口气说："那她变得可真快。"黄天虎不吭声，蔡雪说："问你话呢。"黄天虎突然推开蔡雪，很不高兴地说："她是演戏的，有时一天换几套衣裳。"

蔡雪也不高兴起来，冲着黄天虎说："你凶什么呀！我说她一句你就不高兴？"

黄天虎不知道该说什么，离开了舞池，蔡雪也离开了舞池回到圆桌边。黄天虎正在品茶，他扫描着舞厅里形形色色的人，小莲的父亲班主也来了，正对着某老板点头哈腰；麻哥和几个人凑在一起，鬼鬼祟祟的，不知在说什么；一个外国男人搂着一个中国女孩，肆无忌惮地在角落里接吻。黄天虎看不下去，觉得燥热，也不习惯西服，开始拉扯领带，侍者悄悄走来对黄天虎说："先生，有人请你过去一下。"

黄天虎觉得奇怪，站起身，跟着侍者走出舞厅。侍者带领黄天虎走过走廊，走到一间客房前，敲门，门开了，侍者请黄天虎进去。黄天虎一进去，就被人紧紧卡住了脖子，一个声音低沉威严地说："不许动！也不准叫，否则要你的命。"

两个戴礼帽墨镜的男子架着黄天虎，将他推到房中间。一个戴墨镜的胡须男人坐在椅子上翘着腿说："取下墨镜。"一个男子将黄天虎的礼帽和墨镜取了下来。

胡须男人看了看黄天虎后说了一句"松手"。

抓黄天虎的男人松开黄天虎，胡须男人问黄天虎："你是谁？"黄天虎又惊又气，他问他们："你们是什么人？凭什么抓我？"

胡须男人抓起他的帽子问："这帽子是哪里来的？"

黄天虎生气极了，不肯说，一男子反扭黄天虎的手，黄天虎疼得叫起来，男子又问："说，哪来的？"

黄天虎不得不告诉他是父亲留给自己的礼物。

胡须男人这才弄明白，他们抓来的人是黄腊生的儿子。黄天虎问："你们也在找他？"胡须男人示意抓黄天虎的人松手，问黄天虎："你这胡须？"

黄天虎难为情地解释说是朋友贴的，好玩。胡须男人之前猛一看，竟以为是黄腊生。黄天虎知道他们肯定认识父亲，就激动地问他们："我爸在哪儿？他在哪里？"

胡须男人问黄天虎找他父亲干什么？黄天虎就是要问问父亲，为什么他一回家，妈妈，爷爷，就被官兵杀了。父亲为什么从来不顾家？父亲为什么从来就不管他？黄天虎伤感得哽咽起来。

一男子对黄天虎说，他父亲是叛徒，黄天虎不相信，胡须男人不再解释，问黄天虎现在住在哪里。黄天虎告诉他们，他住在货码头的工棚里，胡须男人让黄天虎走，今天的事情，谁都不能说。

黄天虎临走的时候问他们："我爸会来找我吗？"

胡须男人说："我们有事会找你的。"

黄天虎问："你们是什么人？"没人回答他，两双手把他推出门，随后房门砰地关上了。

～ 3 ～

阿廖沙和蔡雪坐在圆桌旁，阿廖沙说："蔡小姐的舞姿太优美了，下一曲一定请留给我。"蔡雪让阿廖沙别客气，她听娜佳说，阿廖沙有事找她，她问阿廖沙是什么事。

阿廖沙说："你可能知道，我是学戏剧的，不太愿意经商。但是，没有办法。我爸爸现在给我一个机会，要我学习做生意。"

蔡雪笑了起来，说阿廖沙找错了人。阿廖沙本来是请蔡雪的父亲，他既然没有来，就请蔡雪带句话回去，现在的茶叶市场一直僵持着，他们的价格，中国茶商不接受，但是，中国茶商的要求，他们也不能接受，阿廖沙想请蔡老板帮帮忙，说服那些茶商，接受他们的条件。

蔡雪答应帮阿廖沙，向父亲转达他的意思，但是，她不知道她父亲能不能帮忙。

坐在一边的麻哥注意到了正在对话的阿廖沙和蔡雪，他努力地让自己听清楚他们谈话的内容，而娜佳和小莲在跳舞，娜佳在教小莲更多的舞步。

阿廖沙继续对蔡雪说："我知道，令尊大人在汉口的茶市拥有很高的威望。要是德昌号能和我们合作，譬如，接受我们的报价，当然，是较低的报价，我们会在事后，将其中的差价全部补还给德昌号，同时，我们还会另外付出一笔报酬。"

蔡雪问："你是说，要我们跟你一起做一个圈套吗？"

阿廖沙说："不，不能这么说，这是生意。"

蔡雪终于明白阿廖沙的意图后，直接拒绝了阿廖沙，她很清楚，她父亲不会按阿廖沙意图办事。

正好一曲终了，娜佳和小莲一起笑着走来，这时，黄天虎也过来了，娜佳问黄天虎："田先生，你去哪里了？"

黄天虎抖抖西服，示意太热了，阿廖沙看着黄天虎的西服问："田先生的西装做工很好，跟我的一套几乎一模一样，也是英国买的？"黄天虎点点头，阿廖沙又打量着黄天虎说："好像在哪见过，真有点面熟。"

娜佳当然知道黄天虎穿的就是阿廖沙的西服，生怕露馅，急忙说："田先生太热了吧？热就去阳台吹吹风。"

黄天虎往阳台走去，当他独自站在阳台上时，夜风吹来，一阵凉爽，他也从紧张之中松了下来，突然一个女声响起来："这里凉快吗？"黄天虎回头，站在门口的是小莲，黄天虎一怔，点点头。

小莲问："田先生是汉口人吗？"黄天虎摇摇头。

小莲又问："是第一次到汉口吧？"黄天虎点点头。

小莲还问："哦。是第一次穿西装吗？"黄天虎赶紧摇头。

小莲不动声色地说："别摇头，只有我知道，你就是第一次穿西装。"黄天虎一惊，小莲扑哧笑了起来，她说："还演吗？呵呵，我一看那礼帽，就知道是你了。"

黄天虎也尴尬地笑了笑，说自己本是来拉车的。小莲知道娜佳姐特别爱搞怪，不过黄天虎穿西装挺精神的，比舞厅里的人穿得都好看。黄天虎也觉得小莲蛮好看。小莲没想到黄天虎这么说，她还以为他会骂她，她也是第一次穿这样的礼服，蛮难为情。只是今晚她却有了一种很强烈的感受，当她看看黄天虎，再看看那些老板时，她好想黄天虎也是一个大老板，那样，她就可以理当气壮地站在黄天虎身边，而不是被阿廖沙摆布。

黄天虎从来没想过，他会当老板，他也认为他没有那个命，现在他能管饱自己的肚子就算不错了，当老板，想也不敢想。

小莲问黄天虎："难道我们乡下人就是一辈子受苦的命吗？都是爹娘生爹娘养的，凭什么你就该一辈子在码头上做苦力？"

黄天虎说了一句："我和你不一样。"

小莲不甘心地说："哦，你是男人，我是女人，是戏子，对吧……唉，我也是上了这趟船，随着水在漂，也不知漂到哪里才是岸。哥，你也去做生意吧。你聪明，能干，将来成了老板，你就可以掌舵，我就可以不瞎漂了啊。"

阿廖沙喊小莲的声音打断了小莲和黄天虎的交谈，小莲说了一句对不起，就丢下黄天虎走了，黄天虎盯着小莲的背影，呆立在阳台上。

舞会很晚才散场。当黄天虎走进工棚时，九戒坐在他的下铺，给酣睡的鼻涕虫打扇。九戒问黄天虎："回来啦？"说着，就要去抱鼻涕虫，黄天虎竖起食指，示意别惊动孩子，他在墙角拿了一卷破席子，对九戒说："外面凉快。"

黄天虎去了堤上，他坐在破席子上，口里嚼着根狗尾巴草，江面上波光粼粼，一如舞会的灯光一样优美。

九戒也来了，默默坐下，黄天虎问九戒："烧退了没有。"

九戒说："退了，出了好多汗。"

黄天虎叹口气，他原来以为他是天底下最遭罪的，出来看看，才晓得有这么多的人都在遭罪。这鼻涕虫比他还命苦，九戒感激黄天虎，多亏他的钱，救了急。今天他给鼻涕虫买了几个肉包子，鼻涕虫高兴得不得了，恨不得一口吞一个。

黄天虎又叹了一口气，小伢病了，菊姐却还在接客，九戒理解地说："她不做，哪有钱还债呢？"

　　黄天虎要九戒告诉菊姐，他的钱不要她还。菊姐死去的男人生病欠下很多钱，都是菊姐在还。九戒颓然倒在席子上，很丧气地说："嗨，我真恨自己没得用。我要是有一大笔钱，早就帮她还清了，再也不让她和鼻涕虫遭罪了。"

　　黄天虎也倒下来，与九戒躺在一起。夏天的夜空，星星一闪一眨，黄天虎咀嚼着草根盯着这些一闪一眨的星星想着小莲的话："哥，你也去做生意吧。你聪明，能干，将来成了老板，你就可以掌舵，我就可以不瞎漂了啊。"

　　黄天虎吐出草根，闭上眼，一粒泪珠，从眼角沁出。

〜 4 〜

　　在蔡府，几个茶商和蔡瑶卿谈生意，大家对俄商压价都感到不满和焦虑，他们说："蔡老板，你说这俄国人打的什么主意啊？去年青茶每担最低价也在十二三两，今年竟然压到八两、十两。这不是要逼得咱们血本无归吗？"大家七嘴八舌说着伊万诺夫的压价事件，希望蔡瑶卿给大家拿个主意。

　　蔡瑶卿示意大家平静，他说："各位各位，汉口的茶市，现在基本由俄商控制，换一句话说，华商与俄商，是互相依存。没有大家往汉口供茶，他的砖茶厂就开不了工。现在的情势，就像两头牛打架，角抵角，看谁先松劲。"

　　一茶商说："蔡老板，你是站着说话不腰疼啊，你是自产、自销，进退自如，可是我们不能老在汉口耗着啊，时间长了，堆栈费也是一大笔银子。"

　　蔡瑶卿让大家不要急，一江水都喝了，还怕一碗水吗？他的货栈，给大家顶着，大家赚了，随便丢几个；没丢的，走人，明年再说。茶商们纷纷道谢，蔡瑶卿要大家再坚持几天，俄国人也会顶不住的。

　　这时的刘府，刘钦云正在看一份电报，管家在一旁候着，刘钦云问管家，俄商现在的报价是多少？管家告诉刘钦云，每担八两，最好的，一级茶，十两。刘钦云又问，印度茶呢？管家说在印度当地，加尔各答，每担十四两，一级茶，十九两。

刘钦云又问，华商的最低价摸清了没有？管家告诉他，现在大家只想保本，十二两。刘钦云说他问的是最低成本，管家说运到汉口，起坡，十一两七分七厘。

刘钦云抽着雪茄，来回走动，想了片刻，对管家说："你去摸一摸，我们报十一两，要是茶商能接受，我全部吃进。"

管家问，英商那边怎么办？刘钦云让等等再说。管家下去后，刘钦云闭起眼，盘算起如何吃进全部的夏茶。

而在新成洋行，伊万诺夫站在窗前，眺望着长江，秘书进来，递给他文件夹说是伦敦急电。

伊万诺夫看着文件，脸色变了，刘钦云在和英商密切联系。他问秘书电报查获了没有？秘书摇头，他们使用的不是商业密码。

伊万诺夫问："有没有特殊的阿拉伯数字？"

秘书说："经过鉴别，有这些数字，值得注意：8，10，11，12，14，19，40。"

伊万诺夫重复，思索："8，10，11，12，14，19，40……"他猛地击掌，笑了起来："啊，我明白了。"

秘书还说："另外，砖茶厂说，储备的茶叶已经不多了。还有，其他洋行……"

伊万诺夫不等秘书说话，就吩咐秘书："马上备车。"这时阿廖沙懒洋洋走进来，打着哈欠说中国人都很狡猾，吃了，喝了，就走了。伊万诺夫教训阿廖沙不是别人太狡猾，是他太不狡猾，他现在要去蔡府。阿廖沙想劝父亲不要去，蔡老板很顽固。伊万诺夫说，他知道怎么对付蔡老板，他有秘密武器，蔡家讲诚信，说话算数，这是蔡老板的枷锁，也是他要对付蔡家的秘密武器。

阿廖沙对伊万诺夫的计策一片茫然，他耸耸肩，准备离开伊万诺夫的办公室，可伊万诺夫要他跟着自己一块去蔡府。

德昌号茶庄大门口的茶水摊，许多扁担在喝大碗茶，小伙计又提来一桶茶，倒进茶缸里，伊万诺夫的马车驰来停下，伊万诺夫和阿廖沙下车，伊万诺夫问小伙计："喝茶要钱吗？"

小伙计说："不要，管够。"伊万诺夫舀了一碗茶，品了品问："是什么茶？"

小伙计说是花红茶。阿廖沙则走进店里说："请帮忙通报：新成洋行的伊万诺夫先生来了，想拜会蔡老板。"

伙计连忙跑去，不一会，蔡瑶卿和祝掌柜出来了，迎接伊万诺夫和阿廖沙。蔡瑶卿将二位客人请进前厅，看座，上茶。蔡瑶卿拿出今年卧龙山的新茶，请伊万诺夫喝，伊万诺夫却说喜欢刚才在门口喝的花红茶，蔡瑶卿笑了起来："那是粗茶，给路人解渴用的。"

伊万诺夫说："哪里，喝了蔡老板的花红茶，我很感动。你的仁爱之心，是在积德啊。"

蔡瑶卿笑了，问这么热的天，伊万诺夫光临他们店，是为了重复阿廖沙对蔡雪说过的话吗。伊万诺夫否认，舞会上年轻人的玩笑，不要当回事，这么重大的决定，是要他和蔡老板亲自当面谈的。譬如，上次蔡老板到他们洋行，肯定不是去开玩笑的。

蔡瑶卿做人做事，一向以诚信为本，凡是承诺了的事情，决不反悔，伊万诺夫就直接提到："上次蔡老板说，今年的夏茶低价给我，还算不算数？"蔡瑶卿微微笑了，说："当然算数。"

伊万诺夫要的就是蔡瑶卿表态算数，他问蔡瑶卿的低价，会不会是他心目中的高价。

蔡瑶卿说："我这个低价，只代表我自己，不代表汉口其他的茶商们。伊老板尽管放心，蔡某说出的话，泼出的水，是不准备收回来的。"

伊万诺夫伸出手问："那好。可否和蔡老板手谈？"蔡瑶卿微笑，也伸出手。两人在袖笼子里，用手指在谈价。伊万诺夫望着蔡瑶卿：（十两？）蔡瑶卿摇摇头：（十二两。）伊万诺夫摇摇头：（十一两？）蔡瑶卿摇摇头：（十一两九钱。）伊万诺夫瞪眼：（十一两五钱。）蔡瑶卿也瞪眼：（十一两八钱。）伊万诺夫摇头：（十一两六钱。）比划完后，他情不自禁说了出来："这个数字，不能再加了。"蔡瑶卿握了握他的手说："成交。"在他们手谈的时候，阿廖沙看着，目瞪口呆。

伊万诺夫谈完价格后对蔡瑶卿说："蔡老板，如果其他的茶商愿意接受这个价格，我愿意全部吃进。"蔡瑶卿答应可以试试，不过，最后要他们自己做主。伊万诺夫哈哈大笑说："他们的茶叶，不都在你的货栈里吗？"

蔡瑶卿一愣，也哈哈大笑起来。一场商场风云变化就在两个人的大笑之中了。

<h2 style="text-align:center">～ 5 ～</h2>

伊万诺夫和蔡瑶卿搭成的茶价协议很快传到了刘府。刘钦云震怒，一掌拍在书桌上，指着管家和麻哥骂："都是一群废物。煮熟的鸭子，都让它飞了。"

麻哥却不急不忙地说："还没飞，还在锅里闷着。"

刘钦云问："我知道你的下三滥的主意，点把火，烧了，是吧？"

麻哥低头不语。刘钦云来回走了几圈，对麻哥说："你去跟金强布置，今晚，在明天出栈的茶叶里埋几颗'土豆'。记住，是埋在发给俄国人的货里。"麻哥点头。刘钦云对管家说："你去联络衙门，明天早上去蔡家货栈查烟土。一旦查到，封他的货栈，茶叶给我全部没收。"

麻哥和管家照刘钦云的吩咐各自办事去了。

下雨了，麻哥让秋秋把蔡三爷约出来打麻将。晚上，黄天虎撑着一把油布伞，又夹着一把伞，顶风冒雨来到茶楼。黄天虎浑身是水地上楼后，看到蔡三爷正在打麻将，屋内烟雾腾腾。

黄天虎站在门口叫蔡三爷："三爷，伞。"

蔡三爷让黄天虎就搁那儿，先回去。黄天虎说他在下面候着，三爷要他先走，黄天虎就先回去了。

秋秋在陪着打牌，他说了句："嘿，这犟牛学乖了。"蔡三爷吹牛："哼，我是驯牛的。开杠，哈哈，和啦！"蔡三爷高兴极了。

黄天虎回工棚，走到货码头时突然又看见货栈里有灯光，他站住了，看着那灯光，转身往回走。走了几步，又站住，再朝货栈望去。他想了想，终于作出决定，去看看。

黄天虎冒雨来到货栈外，大门紧闭，他悄悄转到货栈后面一棵大杨树下，放下伞，爬上大树，靠近窗户，朝里张望。他看见金强正将两包东西塞进茶篓里，黄天虎一惊，这些茶，是蔡老板的茶，明天要运到新成洋行去的。

金强做完这些后，锁住大门，匆匆走了。

金强走后，黄天虎想翻窗，可是窗户太窄太小，他费了好大劲，才束身钻进，在黑暗中，借助窗外的微光摸索到茶篓。黄天虎的手在茶篓上摸索，他的手停在一个茶篓的缺口上。窗外闪电时，他伸手探进篓子，掏出一个小油布包。他的手，再次摸索起来，又是布包。

黄天虎把掏出来的油布包用衣服包好，打着赤膊回到工棚。疲惫的码头工人都睡熟了，工棚内，一片鼾声。他悄悄走进欢喜爹爹的单间内，轻声叫醒欢喜爹爹。黄天虎耳语："爹爹，请您看看这是什么东西？"

他将欢喜爹爹扶起来，点亮一根蜡烛，然后，将门关上。欢喜爹爹打开油布包一看，不由大惊："烟土！"

黄天虎懵了，烟土？

欢喜爹爹急忙吹熄蜡烛，厉声问道："哪来的？"

黄天虎急忙解释。憨子其实醒了，他看见黄天虎悄悄进了欢喜爹爹的房间，还关了门，就好奇，轻脚轻手下来，走到门口倾听。

黄天虎说："这批茶叶明天就要运给伊老板，下午我还点了货的。他暗地塞这些东西，我总觉得没安好心。"

欢喜爹爹问："你觉得他想干什么呢？"

黄天虎问："会不会想陷害蔡老爷？"

欢喜爹爹说："这是肯定的。要是有人到官府举报，查抄出来，不但货栈查封，所有的茶叶要没收，而且，货栈的人，包括你，都有嫌疑，都要抓起来。弄不好，就是死罪。"

黄天虎大惊："啊？"

突然间，外面传来声响。欢喜爹爹严厉地骂一句："狗东西！听壁脚。滚进来。"

　　黄天虎开门，憨子、九戒、黑皮三个人推推搡搡进来了。欢喜爹爹还是很严厉地要他们躺下来，大家全都躺下来。

　　黄天虎就问欢喜爹爹怎么办，欢喜爹爹说这种东西不能留在这里，要赶快弄走。九戒认为有麻烦，往江里一甩，不就完了？黑皮抢着要去甩。憨子说可惜了，能卖好多钱。

　　欢喜爹爹分析金强的背后肯定有人指使，要是发现东西不见了，肯定要到处寻找，黄天虎还是脱不了干系。他想了片刻，突然有了主意，说："物归原主。"

　　黄天虎还没明白什么是物归原主。欢喜爹爹笑了："给金强送回去。"黑皮也笑了，他明白了。黄天虎不晓得金强住哪儿，黑皮晓得，九戒也要一起去，欢喜爹爹让他们快去快回，黄天虎将两个小油布包递给他们说："千万小心。"

　　九戒悄悄笑道："送回去比偷出来心里要安稳些，放心，这是我的拿手好戏。"

　　黑皮和九戒他们去了金强家，那是一排龟缩在夜幕中的低矮平房。九戒探头看了看窗内，欲撬门进去："金强还没回，就走正门。"黑皮一把拉住他说："不，从后门进，跟我来。"两人又绕向后门，悄悄地将油布包物归原主了。

　　第二天，雨停了，货栈大门外，停放了一排板车。黄天虎快步朝货栈走去，雷先生已经来了，正在忙碌。黄天虎问："雷叔，这么早啊？"

　　雷先生说今天要出货，待会儿他来过磅，由黄天虎招呼板车进栈。黄天虎说了一句"好咧"，就开始干活。

　　没多久，一队官兵手执武器跑步经过汉正街。官兵朝货栈跑来，大声吆喝，要拉板车的工人让开。

　　官兵包围了货栈，一个捕头走进门，雷先生上前问道："官爷，这是？"捕头挥手："抓起来。"一群士兵冲进来，将雷先生和黄天虎反扭双手，推出来。雷先生大叫："官爷，官爷，冤枉啊。"金强刚好走来，看见这情景，连忙朝德昌号跑去。

　　捕头对雷先生和黄天虎说："有人举报，你们货栈私藏烟土。快说！免得皮肉受苦。"

雷先生大惊说："官爷，这是万万不可能的。"他话一落，捕头一巴掌扇去，打得雷先生满口流血，捕头说："你还嘴硬？给我搜！"

黄天虎这时心里已经完全清楚金强想干什么了，他没想到蔡三爷身边的金强竟是这样的一个人，他渐渐明白蔡瑶卿为什么要他多长心眼的原因了。

第十章　物归原主

~ 1 ~

货栈的事情，蔡瑶卿和祝掌柜很快知道了，当几个清兵正准备把雷先生和黄天虎押出货栈时，蔡瑶卿和祝掌柜的马车到了，他们走下车看到了这一场景，蔡瑶卿喊："这位官爷，且慢。"

军官问蔡瑶卿是什么人，蔡瑶卿报了姓名，互相打过招呼，蔡瑶卿才知道是有人举报货栈里私藏有烟土，军官他们是奉命缉拿。

蔡瑶卿和祝掌柜将军官请进货栈内，蔡瑶卿对军官说："小号一向奉公守法，汉阳府、夏口厅各位老爷都是知道的，断不会在自己的货栈里私藏烟土，自毁生路。再说，这货栈里的货物堆积如山，好多都是客商的货物。炎天暑热，各位兵爷翻检不易，损坏了客货，小号难以担待。是否请军爷再查实，那烟土究竟藏在何处？以免军爷们白费了气力。"

蔡瑶卿的话说完后，祝掌柜将一锭银子迅速塞进军官的口袋里，又吩咐送茶水招待他们，军官按住口袋，口气缓和下来说："蔡老板，兄弟我也是执行公务，不敢懈怠，还望蔡老板海涵。"

蔡瑶卿趁机指着雷先生和黄天虎说："这两位是货栈的伙计，是否先放开他们，让他们帮忙查实再说？"

军官吩咐说先放开，不准走了。士兵们放开了雷先生和黄天虎，这时蔡三爷在金强的陪同下，走了进来。蔡三爷对军官拱手，解释货栈是他管，与他家老大无关，军官要蔡三爷痛痛快快把烟土交出来，免得他们动手。蔡三爷笑了起来，他要是有烟土，也不会藏在货栈里，这不是明摆着犯傻的事情吗？蔡三爷再混也不至于犯傻到这种地步，他还想对军爷证明什么，蔡瑶卿怕他说话坏事，让他不要再说话。

军官对蔡三爷很不客气，他早闻蔡三爷大名，现在见了果然不同一般，不过是不是犯傻，他说了一句："老子搜了再说。"

蔡瑶卿急忙赔着笑脸说："嘿嘿，军爷，要不这样，我喊码头上的扁担来帮忙，军爷们只要在一旁监督检查就行。"

军官看了看堆放顶天的货栈，也确实不好搜查，就答应了："好吧，那就快点。"

蔡瑶卿就让黄天虎去喊人，军官却不让他走，蔡瑶卿无奈，只好叫祝掌柜去叫人。当祝掌柜带着吴哥、黑皮等许多扁担来后，九戒笑起来说好热闹，吴哥低声呵斥他，少说话，不要跟黄天虎打招呼，别害了他。九戒马上噤声，黄天虎瞥了他们一眼，也垂下了眼帘。

蔡瑶卿见人来了，便建议军爷，现在有一批茶叶要出栈，是不是先查这批茶叶？在一旁的金强脱口而出说："对，先查茶叶。"

蔡瑶卿和蔡三爷不约而同地瞟了他一眼，金强自知失言，连忙解释："我、我是怕客家等急了……"

军官下令仔细搜，祝掌柜带着士兵和扁担来到茶叶堆栈，祝掌柜让军爷先查这边，黑皮扛起一茶篓，给士兵看，士兵说："打开。"黑皮诧异地说："这没人动过啊。"士兵一脚踹来，恶声严气地说："少废话，打开。"黑皮放下茶篓，士兵吼道："拆开。"黑皮拆开茶篓盖子，士兵一脚将茶篓踢翻，茶叶倾倒出来。

祝掌柜连忙跑过来，心疼地扶起茶篓，然后掏出几块银元，塞到士兵手里说："军爷。这些都是没有拆封的，不可能藏东西的。"士兵面无表情，接了银元，喝道："快走。"

天气很闷热，蔡瑶卿、蔡三爷和军官坐在货栈门口，伙计们分别给蔡瑶卿和军官打扇，黄天虎给蔡三爷摇着钢珠扇。蔡雪来了，带着伙计们给士兵们倒茶，军官乜斜着眼，望着黄天虎说："呵。还有两下子，谁教的啊？"

黄天虎指了指蔡三爷，蔡三爷端起了架子，他手下的人，没两下子，哪能在码头上混。这时，一个捕快走来，在军官耳边说了几句，军官点头，然后对身边的士兵喊道："给我重点搜查今天出栈的茶叶。"士兵点头，朝栈内跑去，大喊："重点搜查出栈的茶叶。"

蔡瑶卿和蔡三爷相互对视了一眼。

伊万诺夫的秘书这时也赶来了，蔡瑶卿走到一边和他说话，蔡雪给军官递上一碗茶，军官问她是谁，蔡三爷说："我家大小姐，刚从上海洋学堂回来。"

军官见是蔡家大小姐，赶紧道谢，蔡雪便笑吟吟地说："军爷，那位先生，是俄国洋行的。这批茶叶，是洋人定的货，是洋货。洋人嘛，老佛爷都惹不起，军爷，我们就更惹不起啊。还是要军爷们过细一点啊。"

军官一听是洋货，脸上的表情马上起了变化，大声喊道："这是洋货，要兄弟们过细一点。"

黄天虎一边打扇，一边望着蔡雪偷笑，蔡雪发现黄天虎在看她，白了他一眼，也笑起来。

一溜板车已经装满了茶叶，士兵还在检查茶叶，军官打着哈欠，蔡三爷也打起了瞌睡，蔡瑶卿站在门口，不时叮嘱码头工人："慢点。过细。"黄天虎仍然不动声色，继续打扇。金强却越来越焦急，他眼巴巴地望着不断扛出的茶叶，想说什么，但又不敢。他望了一眼蔡三爷，悄悄朝货栈内走去。蔡三爷打着鼾，却微睁开一只眼，斜望着金强的背影。

金强走到茶叶堆旁，不禁惊讶地张大了嘴，茶叶已经不多了。九戒扛起茶篓，从他身边擦身而过。金强没有在意，他心虚地问祝掌柜："查到没有哇？"祝掌柜说没有，金强心虚，要他们过细查，祝掌柜反感地问金强，这么过细在检查，还能怎么过细？金强见祝掌柜的态度不对，急忙搪塞说："嗯，我是说，别把茶叶弄坏了。"

这时，一匹马跑了过来，一捕快跳下来在军官耳边耳语，军官打着哈欠，喊道："查到没有？"里面回答："还没有。"军官喊："快把这批洋货查完。老子饿了。"

蔡瑶卿笑着说："已经给各位备下薄酒，请军爷赏光。"军官也烦了，抱怨起来："烦死了，尽把这种鬼差事塞给老子！快点快点。"

搜查结束后，军官上马，对蔡瑶卿一拱手："打搅了，告辞。"蔡瑶卿回礼后，官兵们才离去，蔡瑶卿对祝掌柜耳语了一番，祝掌柜大声喊道："听好了！在场的所有人都进货栈，谁也不准离开。"众人往货栈走去，金强抓着耳朵思索片刻，走到祝掌柜身后说："祝先生，昨晚我看到件怪事，但不敢说。"

祝掌柜说："先说给我听听。"金强指指黄天虎的背影说："昨晚下雨，很晚了，他还跑到货栈来。你说这小子来干吗？"祝掌柜狐疑地看看他，又看黄天虎。

～ 2 ～

货栈里挤满了人。蔡瑶卿激动起来，他望着大家说："各位，我蔡瑶卿做生意这么多年，从来没有这么窝囊过，被官兵围了货栈搜查。我算是看出来了，他们是冲着这批茶叶来的。今天幸亏没有查出烟土，要是真的查出来，不但货栈被封，茶叶没收，我们都要坐牢杀头啊。"

蔡瑶卿说完，蔡三爷也说话了："货栈是我管着的，出了事，我兜着。货栈的钥匙，只有三把，除了黄天虎，我和老雷、金强，每人一把，昨晚我在茶楼打了一晚上的麻将，老雷，金强，你们昨天哪个去了货栈的？"

雷先生吓得急忙解释："老板，三爷，我回家后，是从来不单独去货栈的。昨晚那么大的雨，我老婆说要早点睡。我就规规矩矩早点睡了。"

蔡瑶卿坐下身听蔡三爷查昨晚的事，蔡雪给他递上茶，轻轻替他捶背，蔡三爷就问金强在干什么，金强支吾地说他也是早早就睡了，蔡三爷哼了一声："你会早睡？鬼才相信。"

金强叫蔡三爷一声干爹，要他相信他确实在家睡觉，蔡三爷没再继续问金强，而是问黄天虎在干什么，黄天虎说他给蔡三爷送完伞，就直接回家睡觉了。

　　金强不相信黄天虎回家睡觉了，金强就问黄天虎："那昨晚在货栈门口转悠的又是谁？"黄天虎怔住了，不知如何回答，蔡瑶卿和蔡雪把视线投向黄天虎，金强似有底气了一样，就吼黄天虎："说话，老实交代！"蔡三爷也拍了一下桌子吼："黄天虎，黑灯瞎火的，你在货栈门口搞什么鬼名堂？"

　　黄天虎说："我……我是来转了转，可我没有钥匙，开不了门。"金强不放过黄天虎，说他鬼话连篇，刚才还说回家睡觉，一转眼又承认昨晚就在这货栈门口，金强要把黄天虎先绑起来，蔡三爷依了金强只说了一个字"绑"！

　　蔡雪一直没有说话，这时突然问金强："等等，金强，昨晚你亲眼看见黄天虎就在这门口？"

　　金强点头，蔡雪直接说："那说明你也在这门口，你还有货栈的钥匙！"金强张口结舌，众人的眼睛都盯向了金强。

　　蔡三爷这时笑了起来，说："好，还是大小姐厉害。黄天虎，金强，老雷，心中无鬼不怕鬼，搜！老祝，你带着伙计，从我搜起。每个人的家，都给我搜一遍。"

　　祝掌柜望着蔡瑶卿，蔡瑶卿说："这件事很奇怪，分明是有人想陷害我们。如果没有内鬼，官兵肯定不会来，老祝，听三爷的，搜。"

　　雷先生说："好，先搜我家。免得黄泥巴掉到裤裆里，不是屎也是屎。"伙计们一听都偷着笑了。

　　黄天虎也说："我家就在工棚里。只有一块铺板、一床破席子。要搜先搜我的。"

　　金强仍嘴硬说："搜就搜，怕个鬼！"说完金强就往门口走去，蔡三爷问："你去哪里？"金强说他要撒尿，蔡三爷说："你小子想溜是吧？抓住他！"黑皮等人揪住金强，金强浑身发抖："干爹，我有话想单独跟你说……"

　　蔡瑶卿拍桌吼道："有话就在这里讲。"金强横下一条心问蔡三爷："干爹，你让不让我讲？"蔡三爷有些心虚，暗示金强说："打破碗说碗，打破碟说碟。别扯野棉花！"

金强点头说："好，我明白了，那我就斗胆说了，我的家，不能搜。"

蔡瑶卿问为什么？金强一拱手说："实不相瞒，我是栖霞山的人。我的家，是洪帮的地盘，不能搜。"

蔡瑶卿大惊，他没想到金强是刘钦云派来的，金强想他横竖是个死，说了这些就什么也不肯再说。

蔡三爷也没想到他相信的金强竟是对手的人，他一下暴跳起来骂着："你个杂种，哄了老子这些年，给我绑起来！"几个伙计欲上前，金强拉开架势说："谁敢？"说完握拳后退了几步说："三爷，看在这些年的情分上，不要逼我！"

蔡三爷说："呸！你还跟老子讲情分。"说着就扑了上去，金强突然掏出一把尖刀，黄天虎连忙护住蔡雪和蔡瑶卿，众伙计将金强团团围住，更多的伙计操着木杠子跑来，蔡三爷大喊："关门。"金强凶狠地扑过来，蔡三爷一个扫堂腿，将他扫倒在地，伙计们一拥而上，将他按住，绑了起来。

绑完后，蔡三爷拍了拍手说："你还金强，强个鸡巴。搜他的家！"祝掌柜就带着十几个扁担去了金强的家，祝掌柜带人打开大门，翻箱倒柜地搜查。一伙计从床底下拖出一木箱，打开，惊呼："祝掌柜！"祝掌柜一看，也大吃一惊。木箱里，一摞摞的银元宝，还有三小包烟土。一伙计又喊："这里还有一包。"

金强无话可说。欢喜爹爹的这招物归原主厉害，黄天虎算是长了见识。

蔡家处理完金强的事后，消息很快传到了刘府，这天在德租界华清池澡堂的单间豪华休息室里，刘钦云洗完澡，正躺在靠椅上闭目养神，麻哥一脸沮丧地向他汇报金强的事情，说金强自己贪了三包，塞了两包，可是被人盯住了，反掏出来，还塞到他家里一包。

刘钦云听完麻哥的汇报，不动声色地问："蔡三怎么说？"麻哥迟疑了一下说："他说，这件事就算过去了，大家相互都留个面子。只是，只是希望今后高抬贵手，不再找他们的麻烦。"刘钦云冷笑不止，麻哥感觉不妙，就跪了下来说："我去查。一定查个水落石出。"

麻哥的查，就是让一群打手抓住了金强，而且把金强装进了一个麻袋里。打手们抬着麻袋走向江边，金强在里面拼命挣扎，可麻哥不理不睬，指挥打手们将麻袋甩到了长江里，将金强下了饺子。

干完这事后，麻哥站在岸上，将没抽完的烟头扔在地上，狠狠地踩熄了，他们的这一幕，被躲在黑暗中的三个黑衣人看得清清楚楚，他们埋伏在大堤后，其中一人手臂上文着青龙，拿着一把枪，其中一人问："都下饺子了，还不动手？"另一个说："找死就动手，人家几杆枪？真正害死金强的不是他们。"其中就有人问："那金强的仇就不报了？"手臂上文着青龙的说："要报，但现在不是时候。"

说完，三个人消失在黑夜之中，他们把这笔仇记到了黄天虎的头上。

～ 3 ～

第二天，雷先生在货栈验茶，黄天虎协助验茶，当茶商送来样茶时，雷先生先看条索，再闻闻，放在口里嚼嚼，然后递给黄天虎让他看看，黄天虎验茶，也学着雷先生，先看条索，再闻闻，放在口里嚼嚼，然后说："应该是一级茶，但是，还是有些潮气，火功稍微老了一些，要是还嫩一点就好了。"

雷先生微微笑了，问茶商："怎么样？你觉得呢？"

茶商诧异地说："哎呀，这个小师傅能够看到火功，不简单。雷叔，你说话，算数。"

雷先生就给茶商评了个二级上品，茶商笑眯眯地说："好，公道。比金强那是强多了。"评完茶后，茶商走了，雷先生四顾无人，悄悄对黄天虎说："哎，听说昨天晚上金强被麻哥下了饺子。"

黄天虎惊讶地望着雷先生，他实在没想到麻哥他们这么狠，雷先生继续说："还有蹊跷的事情，听说麻哥叫人给了金强五包烟土，要他塞到卖给伊万诺夫的茶叶里，金强贪心，留下了三包，只塞了两包。"

黄天虎点头"哦"了一声，雷先生继续神秘地说："但是，有人救了我们，将烟土掏了出来，又塞给了金强。"

黄天虎故意惊讶起来，雷先生就更加神秘了，继续讲在金强家搜出来的烟土，只有四包。还有一包，不翼而飞。黄天虎这次是真的惊讶了，怎么只有四包？

雷先生便嘘了一声，对黄天虎说："金强走了，蔡三爷不服气，还在暗中查访。我们只管做事好了，免得再沾火星。"

雷先生的话让黄天虎陷入了沉思之中，他还在想怎么就只有四包呢？

当夜幕降下来时，江水一浪又一浪地拍着江岸，浪波壮阔，黄天虎在堤上为金强烧纸钱，火光把他的脸照红了，他喃喃自语地说："金强啊，你是做了坏事，但你不该死啊。你莫要怪我，我也是为了蔡老板，为了货栈。你在那边，再莫贪小利，莫做害人的坏事，我逢年过节，会跟你烧纸送钱的。你走好啊……"

黑皮、九戒和憨子三个人找到了江堤上，九戒看见了黄天虎就说："我说你鬼鬼祟祟的干什么呢？原来跑到这里来烧纸啊？"

憨子却说："哎，这里是下饺子的地方，鬼气重。快回去。"

只有黑皮走过去帮忙黄天虎烧纸，黄天虎却冷冷问他："你们送给金强家里的，是两包烟土吗？"

黑皮诧异地望着黄天虎，他们送去是两包，黄天虎怎么啦？黄天虎却一下站起来问九戒："你们送给金强家里的，是两包烟土吗？"

九戒回避黄天虎的目光，黄天虎小题大做，有毛病，而且他这样明显是不信任他们，什么意思？他很不高兴。

黄天虎就说："在金强家只搜出了四包。还有一包，不见了。"这一下子，黑皮急了，他才明白黄天虎以为他们拿了一包烟土，黄天虎也不知道是不是他们拿的，他也只是问问，他希望不是这样的，可九戒生气了，作为兄弟，黄天虎就应该相信他们，问都不该问，想都不该这样想。

憨子站出来打圆场，都是兄弟伙的，各自少说两句，事情就过去了。九戒却踢了一脚燃烧的纸钱望着黄天虎说："我们为你去冒险，你却在这里为那死鬼烧钱，还怀疑我们，你这叫什么兄弟？"

黄天虎也犟了，他说："我问问也不行？我是为了兄弟情分才问的。把事情搞清楚了，不是对大家都好吗？"

九戒转身就走，黄天虎现在是验茶先生了，他们缠不起了，黄天虎也不再把他们当兄弟了。黑皮就去拉九戒,他批评九戒今天说话怎么这么冲?九戒没想到黑皮也批评他,气得一个人走了,憨子喊道:"哎,九戒,别走啊。"九戒头都不回,一直往前走。

黄天虎颓然坐下,双手抱头,他十分难过,都是兄弟伙的,他该相信他们,可是那一包烟土又到底去了哪里呢?他实在想不明白。黑皮也不说话,拍拍他的肩,挨着他坐了下来。

九戒走后,直接闯进了菊姐家,气呼呼地倒在床上,菊姐过来问他:"这是怎么啦?浑身臭汗的?"

九戒将菊姐一把拉过来,扯倒在床上,一个翻身,打滚,压在菊姐的身上,气喘吁吁,但不说话。菊姐笑着一边躲闪一边说:"哎哟,死鬼!你疯了。鼻涕虫在外边。"九戒表情复杂地看着菊姐,突然翻身下来,仰面躺下,长叹一声。

菊姐以为九戒发情了,她害羞地望着九戒说:"哎,好啦,你要是想,我给你就是啦。过几天,我炒几个小菜,你过来喝酒。"

九戒眼望天花板,没接菊姐的话,而是问:"东西藏好啦?"

菊姐让九戒放心,东西藏得谁也找不着。他们的话刚说完,一道黑影就飞快地消失在夜色之中。

～ 4 ～

蔡家货栈被官兵搜检烟土的消息也传到了伊万诺夫的秘书耳朵里,当他向伊万诺夫汇报这件事时,伊万诺夫很惊讶,他想不明白一向做事极有分寸的蔡家怎么突然出现了这种事?他觉得这件事不是那么简单,当秘书问他车队被拦在货栈外,要不要先撤回时,伊万诺夫摇摇头,只是吩咐秘书立即派人跟蔡老板说,运往他们货栈的茶叶,一定要保证是干净的,不能让烟土流到他们这里来。

秘书走后,伊万诺夫就去了夏口厅衙门,师爷出来迎接伊万诺夫,说他是稀客,伊万诺夫对师爷说:"我有急事要拜见大人。"

师爷说:"我家大人他过江公干了,嘿嘿。"

伊万诺夫落座后,说就在这里等他回来。师爷问伊万诺夫什么事,能否先给他说说。

伊万诺夫把事情的原委对师爷讲了，他的一批茶叶在蔡瑶卿老板的货栈里被扣了，那是一批重要的茶叶，是给沙皇陛下准备的。如果有人想用非法手段夺取他的茶叶，引起外交纠纷，政府要承担一切后果。

师爷的眼珠子转了几转，他对伊万诺夫说："这么点小事啊？好说，好说。您先回去休息，我调查调查再说。"伊万诺夫塞给师爷一张银票，让他去调查，他就在这里休息，师爷吩咐给伊万诺夫上茶，就出去了。没多久，师爷回来对伊万诺夫说："您的茶叶已经起动了。"

伊万诺夫高兴地回到了公馆，一进门就兴致勃勃地喊："阿廖沙！阿廖沙，娜佳！都过来。"兄妹俩听到喊声，分别下楼，伊万诺夫笑着说："好消息，今年的夏茶，我又赢啦。"

娜佳奇怪汉口的华商都亏本了，蔡雪家的货栈也被官兵搜查过，怎么自己的父亲却成了赢家？

商业就是这样风云变幻，在商业竞争之中，谁最后成为赢家都胜算难料，伊万诺夫在这场茶叶之战中胜利了，是靠他的智慧，这一点他是骄傲的。而且他也准备率领自己的商队走一趟恰克图，今年是他父亲第一次走恰克图茶叶之路三十周年，没有当年父亲率领驼队穿越沙漠，把汉口的茶叶运到恰克图，然后运回俄国，就没有他们的今天。

阿廖沙知道恰克图虽然是一条伟大的茶叶之路，但是现在很少有人走，而且风险重重。娜佳却兴奋了，她要去。

伊万诺夫却告诉娜佳，恰克图茶叶之路非常艰险，要穿越沙漠，沿路还会遇到土匪，要去也应该是男孩子去，譬如，阿廖沙。

阿廖沙一惊，他没想到伊万诺夫会让他去，他现在对商业，对汉口，越来越感兴趣，但他不愿意去走恰克图的茶叶之路。

伊万诺夫需要一个可靠同时又很勇敢的人，帮他押运茶叶，可靠的人当然要数阿廖沙。可阿廖沙怕吃苦，他想到了黄天虎，如果把黄天虎推荐给伊万诺夫，他一定胜任。

伊万诺夫一听阿廖沙推荐的人是黄天虎时，大笑起来，娜佳随后也跟着大笑起来，娜佳笑完后对阿廖沙说："阿廖沙，你真是越来越聪明了。你既为爸爸推荐了一个合适的人选,又把情敌赶出了汉口。"

伊万诺夫也笑着说:"一箭双雕。"

阿廖沙却愕然地望着伊万诺夫说:"爸爸,我是真诚的。"

伊万诺夫表示会认真考虑阿廖沙的建议,只是他仍然希望阿廖沙能去,阿廖沙需要这样的锻炼,将来才能够继承他的家业。

娜佳则调皮地揶揄说,阿廖沙不会去的,她打赌阿廖沙不会这么做,伊万诺夫却要娜佳去约蔡雪玩,顺便问问黄天虎愿意去吗?

娜佳叹气,又是让她去当说客,伊万诺夫告诉娜佳有一个理由,可以打动黄天虎,娜佳认真倾听,伊万诺夫狡黠地说:"据商队的人说,有人在恰克图看见过一个中国商人,他的名字,叫黄腊生。"娜佳大惊:"黄腊生?那不是他的爸爸?"娜佳知道,只要说出这一条,黄天虎肯定会去寻找自己的父亲。

这天夜里,娜佳在邦可咖啡馆约蔡雪和黄天虎喝咖啡。当娜佳告诉黄天虎在恰克图有人见过他父亲时,黄天虎惊讶地说不可能,他父亲怎么可能跑到蒙古去?他到那里去干什么?也去卖茶叶吗?黄天虎有太多疑惑。

蔡雪猜测也许是同名同姓,黄天虎却对娜佳说:"不管怎么说,娜佳小姐,我还是很感谢你告诉我这个消息。"

娜佳就把要请黄天虎去恰克图押运茶叶的事说了出来,蔡雪却不愿黄天虎去,那么远,要是碰到土匪,多危险,还有,在戈壁沙漠里找不到水喝又该怎么办?随便想想全是危险,蔡雪发现自己原来这么担心黄天虎的安危。

娜佳笑了,蔡雪胆子这么小,自己这么想去,可父亲却不让她去。蔡雪也说娜佳不能去,一个女孩子家,跟着一帮男人不方便,万一遇到危险,她就是个大累赘。

娜佳才不管这些,她就是想去,蔡雪就笑她:"你……那你就等土匪把你抢了去,当个压寨夫人。"

话被蔡雪打岔了,娜佳赶紧把话题重新引到黄天虎去不去的问题上来,她要黄天虎尽快答复她,黄天虎答应想想再作决定。

~ 5 ~

蔡三爷又在汉正街茶楼麻将室里打麻将。一个小马仔站在门口对蔡三爷招手，蔡三爷走到门口，小马仔在他耳边掩嘴说着，蔡三爷小声地让他："先稳住，半夜再动手。"这个小马仔，就是蔡三爷派出跟踪九戒他们行踪的人。

就在这天夜里，九戒走进了菊姐的家门，他眼前顿时眼睛一亮，小屋里摆了一桌菜，菊姐今天特意打扮了一下，显得格外年轻漂亮。

九戒说："姐，你今天好年轻。"

菊姐一边往碗里倒酒一边说："哪里啊，姐老啦。"

九戒呵呵地笑着说："姐不老，像姑娘一样。"

菊姐嫣然一笑，其实菊姐才二十出头，要不是被男人拖累，她还会显得更年轻。

九戒就给菊姐敬酒，菊姐却说应该是她先敬九戒，要不是九戒这些年的照顾，她连活都不想活了。

九戒让菊姐别这么说，都是码头上的受苦人，他应该帮菊姐，他们就这样一边说话一边喝酒，几杯酒下去，菊姐的脸就红了，她妩媚地望着九戒，她不知道九戒为什么会喜欢她，她年龄比九戒大，身子又不干净，那么多人玩她，可又嫌她，九戒却偏偏喜欢她，她在开心的同时，也纳闷九戒到底喜欢她哪一点呢？

九戒的脸红了，他摸着后脑勺，半天不知道说什么，他自己真的说不上来，他到底喜欢菊姐什么，只是一天看不到菊姐，他就觉得心里空落落的，他不知道这是怎样的一种感觉，只是他愿意和菊姐在一起，愿意看到她，更愿意让她生活得好一点，让她打扮得漂漂亮亮的。这就是他要把烟土留一包藏起来的原因，他想赚点钱，想尽快让菊姐不再接客。

菊姐的头慢慢地靠到了九戒的肩膀上，她和鼻涕虫以后的生活，也许就靠九戒了。她是属于九戒的，她在这个夜晚如此决定。

黄天虎深夜回到工棚时，发现他的下铺，睡着鼻涕虫。黑皮在上铺伸出头来，小声说："你看一下鼻涕虫。"

　　黄天虎问:"九戒呢?"黑皮指指外面,笑道:"菊姐请他喝酒,今晚不回了。"黄天虎笑着点点头,轻脚轻手地上床睡下。

　　月亮柔情地洒在菊姐家的小院里,九戒紧紧搂抱着菊姐睡着了,月色爬过窗户落在九戒的脸上,他一脸满足,这些年,他心爱的女人终于紧紧地被他搂在怀里,这种幸福是他做梦都想拥有的。

　　夜越来越深了,蔡三爷拿着棒子,领着一群人悄悄地围住了菊姐家的小院,蔡三爷悄声问小马仔:"还在锅里?"

　　小马仔说:"在,盖得严严实实的。"

　　蔡三爷一声"上",一群黑衣蒙面人立即翻墙而入,打开院门,蔡三爷走进小院,菊姐惊醒后起身喝问:"是谁?"

　　蔡三爷一脚端开房门,菊姐惊叫着"九戒"。

　　九戒迷迷糊糊"啊"了一声,黑衣蒙面人一拥而上,扑向床上,将他们死死按住。

　　随着煤油灯点燃,蔡三爷淫笑着望着菊姐说:"呵呵,这白汪汪的,老鸡吃嫩草哇。"

　　九戒不满地问:"三爷,你这是干什么?"

　　蔡三爷还是淫笑着说:"嘿嘿,你干什么三爷就干什么。把那婊子给我拖过来。"

　　几个人去拖菊姐,菊姐大喊:"救命啦……救命啦……"

　　蒙面人赶紧将她的嘴堵上。

　　九戒喊道:"三爷,放开她。有什么事冲着我来。"

　　蔡三爷说:"好,要的就是你这句话。爽快点,烟土在哪里?"

　　九戒支吾着说不知道,蔡三爷让人搜。

　　黄天虎梦中被声音惊醒了,他坐起身凝神倾听,确实有声音,他敲击上铺喊"黑皮,黑皮",黑皮睡眼惺忪地问怎么啦?

　　黄天虎说:"好像是菊姐在喊救命。"

黑皮翻了翻身说："你在做梦吧？"

黄天虎不放心，他要去看看。

蒙面人正在菊姐家翻箱倒柜地搜查，九戒和菊姐被绑，身上盖着一床薄被，菊姐在一旁浑身发抖。

黄天虎和黑皮一进院就看到门口守着两个蒙面人，黄天虎大惊，跑过去，蒙面人不准他们进去，黄天虎愤怒地问："你们是什么人？竟敢打劫。"正在拉扯，蔡三爷走来说："是黄天虎哇？你来得正好。"

黄天虎问："三爷，你们到这里来干什么？"

蔡三爷说："我帮你来查烟土啊。有人告诉我，说烟土就藏在这婊子屋里。我们来查，不小心撞到了你的兄弟。你劝劝他，快点把烟土交出来，否则，我就让他们两个人赤身裸体到码头上去游街。然后，绑到桅杆上去展览、下饺子。老子说到做到。"

黄天虎和黑皮面面相觑，九戒在屋里喊："黄天虎，黑皮，不关你们的事，回去。"菊姐却大哭起来。

黄天虎对黑皮说："你在这里看着，快关门，莫闹得水响，我马上就来。"

黄天虎转身跑了，在去蔡府临河的后门，黄天虎飞奔着，到了蔡府，他咚咚地捶门，祝掌柜披衣秉灯开了门见是黄天虎，问他出什么事啦？

黄天虎焦急地说："我要见蔡老板。"蔡瑶卿正披衣靠在床上，黄天虎一进来就"扑通"一下跪到地上，蔡瑶卿问黄天虎，出了什么事，不能天亮说？

黄天虎跪着，不说话，祝掌柜自觉地退出去了，黄天虎这才说："三爷带人去菊姐家，堵住了九戒和菊姐，说要把他们两个人光着身子拖到码头上去游街，然后，绑到桅杆上去展览，下饺子。"

蔡瑶卿惊讶地问："啊？有这种事？他跑去干什么？"

黄天虎把蔡三爷去菊姐家搜查烟土的事说了一遍。正在睡觉的蔡雪也惊醒了，她起来走到蔡瑶卿卧室门口倾听黄天虎和她父亲的谈话，黄天虎把他如何发现金强往茶叶里塞烟土，他们又是如何做的事情全告诉了蔡瑶卿，蔡瑶卿听完黄天虎的讲述后长叹，他终于明白是黄天虎救了德昌号，救了他们蔡家，现在黄天虎要他救九戒的请求，他当然会答应他，黄天虎感动得泪水直流，不停地给蔡瑶卿磕头。

蔡瑶卿扶起黄天虎就和他一起往菊姐家赶。

在菊姐家里，一个马仔从墙缝里搜出一包烟土，急忙将其交给蔡三爷，蔡三爷吼道："这烟土哪里来的？说！"

菊姐心一横说："我这里的男人，流水一样来来往往，我晓得是哪个丢在这里的。"

蔡三爷见九戒和菊姐都不肯说实话，恼羞成怒道："九戒，老子看你是自家兄弟，一直忍着。你再不说，就莫怪三爷我无情无义了。"

他吼道："拿锣来。"

一蒙面人提来一面锣，蔡三爷说："再不说，老子就把你们赤条条地绑出去，敲锣示众！看你们还要脸不要脸！"

黑皮这时在院子里大喊："三爷，有话好说。"

蔡瑶卿、祝掌柜和黄天虎也冲进了小院，蔡瑶卿走进屋内，严厉地命令蒙面人把锣收起来，蔡三爷看到蔡瑶卿倍感意外，他问蔡瑶卿来干什么？

蔡瑶卿没理蔡三爷，而是对蒙面人说："松绑。"

蔡三爷不服气，说这是他的事，要蔡瑶卿别管。蔡瑶卿不得不说话了，他对蔡三爷说："老三，人家为什么要用烟土来害我们？就是想把我们从货码头赶走啊。这些弟兄，都是为了你，为了我，拼了命打码头的。人要脸，树要皮，弟兄们就是有个不是，也犯不着这样嘛。"

蔡三爷转身，不出声了。蒙面人给九戒和菊姐松绑，蔡瑶卿带头往院子里走，让九戒穿好衣服再说话。

蔡三爷也跟着走到院子里，见到黄天虎，一巴掌打过去，一边打一边说："你好大的胆子！竟敢半夜里把老爷搬来压我。"

蔡瑶卿看不过去，教训蔡三爷怎么不问青红皂白，乱打好人？

蔡三爷不服气地瞟着黄天虎说："好人？老子天亮了找你算账。"

九戒和菊姐穿戴整齐，出来一齐跪下，给蔡瑶卿磕头致谢，蔡瑶卿让他们起来去里屋说话，九戒、菊姐请蔡瑶卿进屋，蔡三爷又跟着进屋，黄天虎气愤地捏紧拳头，只是他不知道往哪里发泄。

进到里屋后，蔡瑶卿扫视着寒碜的菊姐家说："九戒啊，这里都不是外人了。关于烟土的事情，我已经知道是怎么回事了。我还知道，菊姐欠了一身的债，你是拖儿带女，卖身还债啊。这烟土，你是想留着顶债是吧？那好，我买了。天一亮，我就叫账房给你结账，送钱你还账。"

蔡三爷大惊，猛地一拍桌子。蔡瑶卿冷静地说："老三，我动的是我自己的钱，不是大账的钱。"

菊姐激动地哭起来，扑通又跪下，九戒也随之跪下，蔡瑶卿扶起他们说："九戒，每次打码头，你都跟着三爷冲在最前头。我都看在眼里，记在心里。你喜欢菊姐，不嫌弃她，说明你是个有情有义的汉子。你要是真喜欢菊姐，我就替你做个主。你就娶了菊姐。从今往后，菊姐不用再去接客，你也就光明正大地住进来。怎么样？你愿意吗？"

九戒激动得连连磕头："愿意！愿意！"

菊姐也泪如雨下，不知道说什么好。

蔡三爷再也忍不住了，猛拍桌子，起身就走，当他怒气冲冲走出门时，大吼一声了"走"，蒙面人都跟随他而去。

黄天虎和黑皮冲进屋里，激动地跪下，他们太感激蔡瑶卿了，蔡瑶卿扶起他们说："要说谢，首先要谢黄天虎。是他救了德昌号，救了蔡家。九戒呀，你们是患难的兄弟，黄天虎怕你们藏烟土出事，也是为你们好，千万别伤兄弟和气啊。"

九戒跪着抱住黄天虎："天虎，对不起。呜呜。"黑皮也跪过来，三个人抱头哭成一团。

蔡瑶卿站了起来，他要黄天虎他们都起来，从今以后，有德昌号在，就饿不到他们，德昌号今后有什么事情，也还要请他们帮衬。黄天虎他们三个人站起来冲着蔡瑶卿拱手，只要蔡瑶卿开口，今后拼死跟着他。

事情这样解决后，蔡瑶卿告诉黄天虎，他这里就不能留黄天虎了，一来蔡三爷势必怨恨于黄天虎，货栈他是站不住了；二来天下没有不透风的墙，刘饮云和金强的兄弟们要是知道了，肯定要找黄天虎的麻烦，他得赶快出去避避风头。他听蔡雪说了，伊万诺夫有意请黄天虎押货去恰克图，这正好是个机会。他在洋人那边做事，他们不敢随便找麻烦的。等这件事平息了，他再请黄天虎回来。他要黄天虎现在准备准备，天亮后就走。

黑皮大惊，黄天虎又去哪里？好不容易几个兄弟误会化解，可以开开心心在一起，现在黄天虎却又要离开，他实在舍不得黄天虎走，黄天虎也忍耐不住，抱住黑皮和九戒哭了起来，他何尝又舍得下这些难兄难弟呢？可他不得不走，而且天亮就得走。

第十一章　去恰克图

～ 1 ～

黄天虎决定去恰克图帮伊万诺夫押送茶叶。去中俄边境的恰克图，那是汉口通向俄国的一条茶叶之路，一如丝绸之路般神奇、惊险。只是当黄天虎作出这个决定的时候，他就已经准备好面对一切的惊险和困难，包括寻找自己的父亲这个藏在内心深处的秘密。

黄天虎去了新成洋行，他在新成洋行门口等伊万诺夫，没一会儿坐在地上靠着巨大的石质立柱睡着了。

当伊万诺夫来新成洋行时，一下车，就发现了已经睡着的黄天虎，他把黄天虎喊醒，让进自己的办公室，又让秘书给黄天虎倒了一杯红茶，黄天虎很别扭地坐在沙发上，一边打量着伊万诺夫的办公室。当伊万诺夫得知黄天虎答应去恰克图时，特别地高兴。恰克图这条茶叶之路非常伟大，但是太艰苦，能够走完恰克图的人就是真正的智者和勇者，可惜阿廖沙却不愿意去走这么伟大的一条茶叶之路。当然对于阿廖沙和黄天虎两个人而言，伊万诺夫更看好黄天虎，只要黄天虎愿意去做，他一定比阿廖沙做得好。

伊万诺夫伸出食指做了个手势，秘书拉开帷幕，一幅中俄茶叶之路地图展现出来。

伊万诺夫招呼黄天虎："你来看。"

黄天虎站起身，走近地图，伊万诺夫举起木棍，指着地图上的汉口说："你看，这里就是汉口，这是长江。"

伊万诺夫的木棍朝北移动说："这就是汉水，就是你们货码头那边的汉水。"

黄天虎第一次看到地图，他张大了嘴，新鲜而又热烈地盯着地图，眼睛跟随着伊万诺夫的木棍移动，他觉得地图太神奇了，哪一块都那么分明地标示出来了。

娜佳这时来到了伊万诺夫的办公室，她听见父亲和黄天虎的声音，就站住了，躲在一侧偷听。

伊万诺夫的声音，他很激动："我们的茶叶首先要用船，往汉水的上游走，到达你们湖北的襄樊，就是这里；然后，换骡马驮运，经过河南，洛阳，过黄河，再到山西的太原，一直到河北的张家口——就是这里。"

秘书想接过他的木棍，帮他举起，但是伊万诺夫拒绝了，他继续对黄天虎说："我已经好久没有走这条神奇的茶叶路了。黄天虎，到了这儿，张家口，就要用骆驼了。骆驼，你见过吗？"

黄天虎笑着摇头，他只见过牛，马，还有狗。伊万诺夫被黄天虎的表情逗笑，他继续说："噢，到时候你会喜欢它们的。你骑着骆驼走完沙漠，到达了蒙古的库伦，就可以换成你熟悉的牛车了，那些可爱的牛，会带着你，一直走到恰克图。"

伊万诺夫继续向黄天虎介绍恰克图，恰克图离汉口大概有三千多公里，如果一切顺利，估计三个多月就可以走到了，如果遇到意外，那就不知道什么时候可以到达了，而且伊万诺夫希望他的船队明天就出发，他问黄天虎这个时间可行吗？

黄天虎一惊，他没有想到这么快，明天就要离开他熟悉的码头，离开他熟悉的朋友，他仅仅思索了一会，就答应伊克诺夫，明天动身，没问题。

这时，娜佳突然走进门说："行，明天出发，我也没问题！"

伊万诺夫一愣，他问娜佳这话是什么意思？娜佳说她也要去恰克图。

伊万诺夫反对娜佳去恰克图，娜佳却打断他的话说："爸您想过没有，去恰克图你念叨了好多年，我孩提时就常听你说，可即将实现这个愿望的时候，伊万诺夫一家人却谁也不去！这种事传到外头，谁听了都会笑得牙疼。"

伊万诺夫叹了一口气，他老了，出不了远门了，阿廖沙是最合适的人选，但他根本不想去。黄天虎代表他去，也算了却了他的一个心愿，至于娜佳，想都别想这件事。

娜佳不甘心，她把黄天虎拉到一边，转而央求他说："天虎，我会做饭、洗衣服，骑马、射击也都会，吃苦也不怕，只要你答应我去，我爸就不会反对的，你说呢？"

黄天虎却冒出一句："娜佳，你还是听你爸的劝。"娜佳眼泪夺眶而出，一跺脚，转身冲出了门。

娜佳走后，伊万诺夫让黄天虎去准备一下，明天就动身去恰克图。黄天虎离开了新成洋行，他去了租界大街，他想跟小莲告别，这一去不知道什么时候能回来，他最放不下的是小莲，最想见的还是小莲。当他气喘吁吁跑到德珍茶楼门口时，一伙计一看见他就说："来晚啦！"

黄天虎问："小莲不在？"

伙计说："一大早，人家沙少爷的马车就接走啦！"

黄天虎大失所望，可他不甘心，他去了阿廖沙的家，他希望在那里可以遇到小莲。当他一只手按响门铃时，秀梅出来开门，黄天虎就问："请问，沙少爷在家吗？"

秀梅说："不在，一大早就出去了。有事吗？"

娜佳听见了黄天虎的声音，便站在窗口招手："哎，天虎！上来！"说完娜佳咚咚地跑下楼去接黄天虎。黄天虎进门后，娜佳问他为什么不同意她去恰克图？

黄天虎向娜佳解释说："你爸的话没错，那么远，女孩子……"

娜佳却打断了黄天虎的话，她说："别说了，我知道你不让我去的真正原因，你是害怕！害怕！别以为我不知道。"

黄天虎奇怪地问娜佳："我怕什么？"

娜佳笑着说："你怕……怕爱上我呀！"黄天虎脸一下子涨得通红，他急忙转移话题问："你哥去哪了？"

娜佳说："一早就带小莲去黄鹤楼了……噢，我知道了，你不是来找我的，更不是来找阿廖沙的。"

黄天虎老实承认："是……但我也想顺道来看看你。"

娜佳笑了起来，黄天虎真是个老实人，不过她就喜欢他说真话，她不再为难黄天虎，她要黄天虎跟她走，她把黄天虎带进了自己的画室，她指着室内的油画让黄天虎看，油画上，一群码头工人正扛包上阶梯，其中一个年轻的码头工人勾勒了轮廓，面部细画了，分明就是黄天虎的样子。

黄天虎惊讶地问娜佳："你画的？"娜佳得意起来，问黄天虎像不像？黄天虎嘿嘿地憨笑，他说："蛮像，但我没有画上的好看。"

娜佳一拍掌，一个计策上来，她要黄天虎给她当模特。黄天虎更是诧异极了，他第一次知道模特这个词，看来他要学习的东西实在是太多。娜佳解释，就是做个样子，让她画黄天虎。黄天虎含糊起来，他是来找小莲的。娜佳看出来了，说小莲和阿廖沙很晚才能回来，黄天虎要是等小莲，就安安心心在这儿当她的模特。

黄天虎不再拒绝娜佳，问娜佳怎么做样子？娜佳要黄天虎脱掉衣服，黄天虎大惊，连忙按住衣服问："都脱啊？"

娜佳又笑了起来，做了个凸起肌肉的动作说："只脱上衣就行，我需要画你的肌肉。"黄天虎明白了，为难地要娜佳转过身去，娜佳一边转身一边说："你还怕羞啊？放心，我保证不偷看。噢对了，我去拿根扁担来当道具。"

娜佳出门找道具去了，等拿着扁担的娜佳进门喊："扁担来了……天虎，黄天虎！"没人回答，黄天虎不见了。她失望地冲到窗前张望，在伊万诺夫公馆门口，黄天虎朝她招手说："对不起！明天就要走啦。"说完，大踏步走了。

～ 2 ～

黄天虎要去恰克图，蔡瑶卿尽管舍不得，为了不争气的弟弟，他也只能割爱了。蔡三爷却不领蔡瑶卿的情，当蔡瑶卿走到他门前喊道："老三！老三！"他在自己卧室里翻了翻身，背对房门，没理蔡瑶卿。

蔡瑶卿就隔着门说："老三，莫怪大哥。你好好想想，为什么今年码头上会发生这么多稀奇古怪的事情？人家是在对我们下刀子啊！这个节骨眼上，我们再窝里斗，那就是让亲者痛仇者快了。"

蔡三爷翻身起来吼道："你叫黄天虎滚蛋！老子不想再看到他！"

蔡瑶卿告诉弟弟，黄天虎马上就出远门了，只是货栈还是需要人手，他要蔡三爷挑一个，黑皮、九戒、憨子都不错，蔡三爷挑了憨子，他要个老实砣子，这样的人听话。

蔡瑶卿"哦"了一声，一回头发现蔡雪狠狠地盯着他，就走到蔡雪身旁去，蔡雪不满地说："爸！三叔都这样了，你还像哄小孩一样！你知道吗，你宠了三叔一辈子！也害了他一辈子！"

蔡瑶卿吃惊地望着蔡雪，蔡雪一跺脚，转身走了，留下蔡瑶卿一个人发愣。

蔡雪去了汉正街，汉正街人流如潮，她在人群里挤来让去，她想给黄天虎买点东西，就挤到了汉正街商店，当她走进仁口鞋店时，店员拿出一款"三寸金莲"问她："小姐，你看看这个款式。"

蔡雪笑了起来，她没有缠足，店员又拿出几双女鞋问她："那你看看这几双。"蔡雪都摇头不要，店员问那你是买什么呢？蔡雪就问："看看男鞋，出远门的，最耐穿的。"

店员就给蔡雪拿了千层底的布鞋，蔡雪买了下来。

黄天虎从娜佳的画室逃出来后，这天夜里去了菊姐家，菊姐正在厨房烧鱼，九戒在一边笨拙地切菜，菊姐唠叨九戒切个葱都切不好，巧妹走到灶台前说："我来吧。"

码头上的朋友聚集在菊姐家，为黄天虎送行。欢喜爹爹说："三个月？到不了。恰克图哇，我知道！我的表哥去过，一年多才回来。他们在沙漠里遇到了风暴，骆驼惊了。他跑去找骆驼，又迷了路，唉，差一点把命丢在沙漠里头！"

憨子睁大了眼睛问："还要走沙漠啊？"

欢喜爹爹就说："恰克图就在蒙古的边边上，一过去就是俄国。运茶叶，非走沙漠不可。"

黑皮感叹："洋人喝我们的茶，还蛮难哪！"

大家你一言我一语，说着恰克图，吴哥没有说恰克图，而是给了黄天虎一件匕首，黄天虎这次要出远门，他把随身带的一把刀送给黄天虎作为礼物，让他留着防身，吴哥还叮嘱黄天虎要是遇到土匪，就拿出匕首，打他的名号，说不定管点用。

九戒问："还有土匪啊？"问完给大家倒酒说："来来来，满上！"这时，蔡瑶卿带着蔡雪和小伙计进门说："热闹！都在这儿啦？"众人见蔡老板来了，纷纷站起身迎接。

菊姐也跑出来说："哎呀！房子太小，让蔡老板和大小姐委屈了。"蔡瑶卿招呼大家坐下，给他也倒一杯酒。

九戒问蔡瑶卿："蔡老爷，今天是给黄天虎践行，这是土酒，土酒你能喝吗？"

蔡瑶卿答道："能！满上，我们先为黄天虎一路平安干一杯！"

大家举杯："干！"一饮而尽。

黄天虎站起身说："我跑到汉口，本来是逃难的。没有想到，在这里活了下来。我先敬蔡老爷，你待我恩重如山！我一定争气！活着回来，好好报答你！"

蔡瑶卿要他坐下说："天虎，我要你先出去避一避，也是权宜之计。将来有机会，我会请你回来的。茶叶之路，我年轻的时候走过，那是真的辛苦哇。我走了一回，就不敢走第二回。这一去一回，就到了明年了。我呢，给你准备了一点银子，到了北方，需要添置什么，你自己买吧。"

黄天虎慌忙坐下，又要跪下，蔡瑶卿连忙搀扶起他："哎，我的话还没有说完。我还要拜托你一件事情。"

　　黄天虎要蔡瑶卿吩咐，蔡瑶卿就告诉黄天虎，二十多年前，那一年他到了恰克图，卖了茶叶，还想做一笔生意，就是还差 50 两银子。这时碰到山西的一个小商号，隆昌号，老板姓陈，叫陈树人，二话不说，就慷慨解囊。那时他穷，就接了，说来年一定奉还。可一晃这么多年了，这钱还没还给他，可这件事一直在他心里，他没有忘，现在黄天虎要去恰克图了，他希望黄天虎帮他了却这桩心事。

　　蔡雪从未听父亲说过这件事，她很惊讶地望着蔡瑶卿，蔡瑶卿继续讲，他曾托山西、蒙古的朋友都去打听过，听说陈老板离开恰克图走了，不知道去哪里了。

　　黄天虎没想到蔡瑶卿是一个如此重恩之人，他要蔡瑶卿放心，他一定找到陈老板。蔡瑶卿给黄天虎指了一条路线，要他到了太原府后，去找找盛远茶庄的邱老板，带上 500 两银票，去寻找陈老板，要是找到了，就替蔡瑶卿还给他，并且谢谢他。

　　欢喜爹爹这时说话了，他对黄天虎说："天虎，蔡老板是在教我们如何做人哪。银钱之事，你可千万要小心！我呢，没什么东西送你，这是一瓶救心丸。遇到要救命的时候，再吞服吧。"

　　黄天虎很感动，他又一次致谢说："感谢欢喜爹爹！吴哥！还有各位兄弟！是你们让我多活了两回！我敬你们！"

　　这时巧妹端上红烧全鱼，要他们慢点喝，还有菜。

　　众人就一面喝酒，一边谈话。

　　蔡瑶卿在这时提出一件事，黄天虎走了，货栈还是要人，他要欢喜爹爹让憨子去货栈帮忙，欢喜爹爹很高兴，让憨子学点手艺是好事，他要憨子快谢蔡老爷，憨子大喜过望，急忙跪下磕头说："谢老爷！"

　　这时蔡雪站了起来说："嗨，你们这又是磕头又是谢恩的，搞得我都受不了了。天虎，这一路北行，都是靠脚板一步一步地走过去的。我碰巧在汉正街看见有卖鞋的，帮你买了几双。你带上，就大大方方地走。到了北方，天冷了，你再去买皮靴。反正我老爸给了你碎银子，你就别让自己受罪，别拿这银子去讨小媳妇的好。"

　　蔡雪的话一落，众人哄堂大笑，小伙计赶紧给黄天虎递上鞋盒，黄天虎接过鞋盒，不知怎么感激才好，又习惯地举杯说："大小姐，这该怎么谢你呢？"

蔡雪却说："别谢我，你只要说话算话，活着回来！"

黄天虎点头，他和蔡雪的目光对接了一下，那一瞬间，他有些恍惚，如果是小莲，如果这些鞋子是小莲送来的……

～ 3 ～

夜色中的黄鹤楼，小莲和阿廖沙在缓慢散步，阿廖沙问小莲："累了吧？走，吃晚饭去。"小莲却加快了脚步说："天都黑了，我该回去了。我先走一步啦。"阿廖沙追到她身后问："今晚又不演戏，慌着回去干吗？"

小莲说有事，就又往前赶，阿廖沙知道，黄天虎明天要走，小莲想赶回去送送他，小莲点头，问阿廖沙："我送他你就不高兴？"

阿廖沙说："不，他也是为我家的事去恰克图，为我家效力，我高兴都来不及。要不这样，我们马上吃饭，然后直接去工棚，我也去送送他。"小莲稍稍犹豫了，点头同意。

阿廖沙带着小莲去了江畔酒店，两人对桌而坐，侍者送来一瓶酒，阿廖沙盯着小莲问："很奇怪，我怎么也想不通。"小莲不解地问："什么？"

阿廖沙说："说到底，黄天虎只不过是个苦力，是个又脏又臭的扁担，你怎么心里总是放不下他？"

小莲沉默片刻，她向阿廖沙解释说："我和他小时候就在一起玩，他就像是我的一个哥哥。换成你的哥哥，你会忘记他吗？"阿廖沙不再吭声，小莲示意自己去洗手间一下，阿廖沙点头，等小莲离开时，阿廖沙想了想，从口袋里掏出一个纸包，将药粉倒在小莲的酒杯里，然后拿起酒杯晃了晃，粉末顿时溶化在红色的液体中，无影无踪。

小莲从洗手间出来后，喝了阿廖沙给她倒的酒，在汉口这样的大世界里，她不能得罪阿廖沙这样的人，这是她父亲的教导，可她心里放不下黄天虎，当她知道黄天虎明天要去恰克图时，她想的第一件事就是要去送送他，哪怕一句话不说，哪怕只是看一眼。

小莲的头晕了起来，阿廖沙搀扶着小莲去了酒店客房，他将小莲放到床上，小莲仰躺着，醉颜如花，美极了。阿廖沙欣赏着小莲，欲火中烧，他快步走到窗前，望着长江，江水雄浑地飞向远方，江对岸是星星点点的灯火，那是汉口，那里有小莲一直放不下的黄天虎，阿廖沙想到黄天虎，咬咬牙把窗帘"刷"的一声拉上。

酒店的灯被阿廖沙拉灭了，人事不省的小莲如睡莲一般在这样的夜里静悄悄地盛放着。

夜深了，黄天虎又去了伊万诺夫公馆对面的树下，小路冷冷清清地伸展着，紧闭的公馆大门外，静得听得见黄天虎的心跳。路灯把他的身影拉得很长很长，孤单的他眼巴巴地望着公馆的门，可小莲没有出现，阿廖沙也没有出现。

晨曦映红了肥码头，大帆船上已经装满了茶叶。

船老板喊了一声："起帆啦！"

船工们喊起号子，一起拉着大帆，号子声中，大帆一点一点地上升着，黄天虎和李秘书一身短打，与朋友们告别，伊万诺夫和蔡雪、黑皮、吴哥前来送行，娜佳和九戒都不知道去了哪里。

黄天虎心有不甘，他问伊万诺夫："沙少爷呢？"

伊万诺夫说阿廖沙昨天很晚才回家，两个孩子都没来送送黄天虎，他叹了一口气，取出一个水壶送给黄天虎说："天虎，这是娜佳给你准备的，路上用得着。"

黄天虎接过水壶，说了一声谢谢。

蔡雪一言不发地拿过水壶，走到江边，弯下腰，舀了满满一壶长江水，交给他，黄天虎郑重地接过水壶，蔡雪的期盼就如这一壶长江水，黄天虎懂，为了她的期盼，他一定得活着回来，他在接过水壶时如此想。

一根长竹篙抵着江岸，木船缓缓离岸，黄天虎和秘书等商队成员在船上挥手告别，伊万诺夫、蔡雪、黑皮等人也挥动双手，蔡雪大声呼喊："早点回来！"她的声音悠悠地散落在长江波声之中，却印进了黄天虎的骨子里，当渐渐飘远的白帆消失在蔡雪的视线外时，她把对黄天虎的期望装进了空空如此的心房之中。

在肥码头一角，两个站在趸船上的黑衣人盯着远去的帆船，一个膀子上文着青龙的男子一侧头，两人迅速离去，这一幕被送行的人忽略掉了，这一幕却也似预示着危险正在靠近。

送行和被送的人群散开后，一辆人力车飞快跑到了肥码头，披头散发的小莲跑到栈桥上，跟跟跄跄地跑向趸船。

趸船上已空无一人，小莲大喊："虎子！"可是她的虎子已经远去了。

小莲在土堤上开始跟跟跄跄地奔跑，她疯一般地哭喊着虎子的名字。她摔倒在地上，哭着往前爬，当她抓住一把野草时，她停了下来，趴在地上痛哭，江风吹着狗尾草，东摇西晃，小莲绝望了，他就这样走了，她却没有送他。

小莲拖着沉重的双腿回到了茶楼，当阿廖沙提着一筐水果来看她的时候，开门的是班主，没等阿廖沙开腔便辞客说："小莲病了，发烧，说胡话，戏都演不成了，天晓得你是怎么带她玩的。"

阿廖沙想进去看看，班主却用力关上了门，阿廖沙一愣，想再敲门，犹豫再三，把那筐水果放在门口台阶上，转身走了，他知道小莲肯定恨死了，可为了得到她，他不得不这样做。

在德珍茶楼后门，小莲轻轻打开门，警惕地扫视左右，她见空荡荡的小巷没人，就快步冲进巷子。等小莲的背影消失，阿廖沙从灌木后直起身子，跟随小莲而去。

小莲离开茶楼后，飞快地向江堤跑去，追她的阿廖沙也越跑越快，当小莲听见身后的脚步回头看时，她大吃一惊，她没想到阿廖沙会跟踪自己，她加快了步伐，阿廖沙却边追边喊："小莲，等等我。"小莲不理阿廖沙，依然飞快地往前跑。

黄天虎住过的工棚快到了，阿廖沙知道小莲要去哪里了，他不再追赶，而是走到堤边上冲着小莲喊："小莲，你再不理我，我就跳下去！"

小莲一震，终于停下来，阿廖沙走到她身旁说："为什么不理我，也不再见我？"

小莲咬着嘴唇，不说话，阿廖沙固执地对小莲说："你给我一个理由。"

小莲生气了，她冲着阿廖沙说："你先问问自己，那天你把我灌醉后，你对我做了什么?"

阿廖沙望着小莲说:"那是爱,是爱的最高最具体的形式!你不要理解错了。"

"你那样叫爱吗?先把我搞醉,然后你……你这个混蛋!"小莲积累的痛苦和怒火终于爆发,她对着阿廖沙又哭又打:"你滚开!滚开……"

阿廖沙不动,听任小莲打骂着。

吴哥、黑皮听到动静,走出工棚看了一眼,就朝阿廖沙冲去。

吴哥把小莲拉到身后,黑皮则用力推了一把阿廖沙说:"又是你这个畜生,来这里找打是吧?"

阿廖沙却说:"我找小莲,跟你们无关,快走开!"

黑皮冲阿廖沙说:"到这里来还抖狠?小莲是黄天虎的朋友,也就是我们的朋友!你以后别让我看见你,见一次我就打一次!"

阿廖沙试图反抗,被突然冲上前的黑皮一掌推倒,没有防备的阿廖沙滚翻到了堤下。

吴哥把小莲带进工棚,小莲仍在啜泣,吴哥问:"他欺负你了?"小莲只顾着哭,不说话。

快步走进工棚的黑皮说:"小莲,要是他欺负你了就说话,我们钱没有,房子没有,就只会帮我们一样的人出头打架。"

小莲抑制住自己的情绪,把话题转移开了,她说:"我,我是想来问问虎子的,他走的那天还好吧?"

黑皮态度一下子冷淡起来,随口说:"蛮好,换了新衣裳,荷包里还装着银子,蛮精神的。"小莲又问送他的人肯定蛮多吧?吴哥接过话说多,都来了,蛮热闹,小莲支吾着,不好意地又问:"他没有……没有问起我吧?"

黑皮脱口而出没有,小莲的脸顿时沉了下来,原来黄天虎没有找过她,原来黄天虎心里也没有她,一种巨大的失落感突然袭来,吴哥见小莲的脸色不对,拧了一把黑皮,试图弥补说:"他嘴上没问起你,心里肯定在问。"黑皮也不忍心,接了一句:"那是肯定的。"小莲突然放声大哭,黑皮和吴哥面面相觑,他们不明白小莲怎么啦?

～4～

刘钦云的弟弟刘祥云从日本回来了。

高大挺拔，戴着礼帽，穿着大衣的刘祥云十分惹眼，看到的路人纷纷回头看他，麻哥带着马仔上前迎接他，他随着麻哥他们一起回到了刘府。

刘祥云去了父母的房间，父母的遗像放在香案上，青烟袅袅。换了便装的刘祥云手持三炷香，跪在蒲团上，刘钦云站在一旁。刘祥云泪流满面，他说："父亲！母亲！不肖孩儿祥云回来了！"

刘钦云在一旁说："多磕几个头吧。妈可是最疼你的。"刘祥云听话地磕了好几个头，六年了，他终于回到了汉口，回到了亲人身旁。

吃饭的时间到了，刘钦云早让下人备好了酒菜，他带着刘祥云去饭厅，兄弟二人落座后，仆人端上黄焖圆子，刘祥云孩子一样惊喜地喊："哈！黄焖圆子！想死我了！排骨藕汤？有吗？"

刘钦云笑了起来："昨天就吩咐煨汤啦，黄焖圆子，排骨藕汤！地米菜春卷，管够！"

刘祥云迫不及待地夹了一个圆子，一边丢进口里，一边说："谢谢大哥！"管家为兄弟二人斟酒，刘钦云举杯："来，老二，为你平安回家，干杯！"

刘祥云说了一声谢谢大哥，这时仆人端上排骨藕汤，刘钦云亲自为刘祥云盛汤，一边盛一边说："老二啊，你们这批武备学堂的学生，是香帅最为器重的，是他亲自挑选你到日本去学习军事。你好好读书就是了，回国后自有功名。那些政治上的事情，你就不必去搅和了。"

刘祥云很敏感地问："大哥，你听说什么了？"

刘钦云当然知道刘祥云他们的行踪，他只有这么一个弟弟，他不关心他，还能关心谁呢？他们到大使馆门前去请愿，静坐，他听说了，他担心这个弟弟，早就希望他回到自己身边来，谋个一官半职。

刘祥云却激动起来，他望着大哥说："各省留学生到日本求学，为的是救国强军，都愿意去学军事。可是公使却极力阻挠，这是为何？我们只是去静坐，没有丝毫的暴力，可是公使竟然勾结日本警察，拘留自己的同胞！

还立即驱逐我们出境！大哥！你说这还有天理吗？"

刘钦云走到刘祥云的身边，拍拍他的肩膀说："祥云哪！不是大哥说你。你已经是陆军士官学校的学生了，人家学不学军事，与你何干？你看看，受牵连，沾火星了吧？"

刘祥云不赞成大哥的态度，他认为大哥是没有出去看看，神州之大，已是布满干柴了，再说国家兴亡，匹夫有责，大丈夫当慷慨悲歌，拔剑而起，这是大哥曾经对他说过的话，如今大哥都忘了吗？

刘钦云帮刘祥云夹了一个黄焖圆子。如今朝廷的确是内忧外患，刘钦云当然清楚，只是他是做生意的，最需要的，就是保个平安，他倒认为这天下不能乱，他们要帮皇上排忧解难，这样才对。

刘祥云哈哈大笑起来，他没想到，这才走几年，他的大哥怎么一下子成了保皇党？

刘钦云见弟弟越来越激动，就压低声说："祥云！你的那些同学，都被砍头了！你不知道吧？我只有你一个弟弟！我不希望你有什么三长两短。你回来了，就给我好好在家待着！有空就去督抚衙门走动走动，拜拜老师，会会朋友。至于是再去应试，还是当差，以后再说吧。"

刘祥云问大哥，就不想他跟着大哥一起做生意吗？对于生意，刘钦云觉得他一个人去趟浑水就够了，没必要把弟弟也拉进来，他希望弟弟好好去做官，弄个一官半职，为爹娘争口气，这样，他们刘家兄弟才有真正的出头之日，也才是真正的春风得意。

刘祥云最怕的就是做官，他这次回来有他的想法，只是面对自己的大哥，他只是笑着打哈哈，一顿饭吃下来，兄弟俩倒也和谐愉快。刘钦云最开心，弟弟留洋回来，还是很能够给他长长脸的，如果弟弟再听从他的安排，弄个一官半职，他这个当大哥的，就更有面子了。

刘祥云回家不久，乘马车去了汉正街，当他看到"德昌茶庄"的招牌时，他让马车停下，走进德昌号："请问，你们家的大小姐，是不是叫蔡雪？"

伙计问他是谁，刘祥云让小伙计去通报，他姓刘，刚从日本回国，他和蔡小姐是私塾的同学，想问候她一下，小伙计通报去了。

蔡雪听说是刘祥云，就来到前厅迎接他。她打量着刘祥云，刘祥云也打量着蔡雪，两人几乎同时惊喜地互相打招呼。蔡雪没想到刘祥云长得这么高大了，要是在大街上，她都不敢认。刘祥云也没想到蔡雪长成了大姑娘，而且这么漂亮动人。

伙计为两个人上茶，蔡雪问刘祥云，到日本去留学，怎么就回来了？

刘祥云没有具体说他在日本的情况，只是问蔡雪到上海去念书怎么样了？

蔡雪本来也想去留洋学医的，可是她父亲身体不大好，就回来了，她想帮帮父亲。

蔡雪和刘祥云各自说了一些自己的情况，刘祥云就感叹汉口变化真大，跟日本的许多城市没有什么区别，他又问蔡雪私塾的杨先生还在吗？

蔡雪笑了起来，她正好前几天还去看了杨先生，头发胡子全白了，还在私塾里教人之初，性本善，刘祥云也笑了起来，他回忆过去的时光，蔡雪是私塾第一个女孩子，那时大家都觉得稀奇，动不动就远远地喊“关关雎鸠，在河之洲，窈窕淑女，君子好逑”。蔡雪也随着刘祥云一起回忆着过去的岁月，那时刘祥云为了她，还去和别人打架，他们人多，他又打不赢，没想到这也成为了他后来想学军事的原因。

蔡雪大笑起来，她望着刘祥云说：“原来你是为了这个去学军事的啊？我还以为你是因为忧国忧民呢。”

刘祥云想对蔡雪说很多话，不过还是欲言又止，想说的话变成了：“找个时间，你带我去看看杨先生吧。”

蔡雪回了一声“好”，刘祥云就起身要走，他这次回国还有很多事要做，对于蔡雪，这个他一直珍藏在心底的名字，见到了，他就会很高兴，再说了，他和她有的是时间，他如此想。那句“窈窕淑女，君子好逑”的诗句，已经伴了他很久，很久。

～5～

汉水上，黄天虎他们的帆船正在一路前行。

秘书打开了一张地图，用放大镜仔细查看到了什么地方，黄天虎走出舱，伸了个懒腰，秘书问黄天虎："大白天你还睡觉啊？"黄天虎一上船就犯困，他也没办法。秘书却要黄天虎在犯困时找点事做，擦擦船板摘摘菜都行，黄天虎不想马上与李秘书对抗，顺从地找了一块抹布问了一句："到哪了？"

秘书掏出怀表看了一眼，还早，大概三个小时后靠赵店，黄天虎建议不要停船，没什么事就别停了，时间就像钱一样，能省点就省点，李秘书闪烁其词，又说停不停船由他定，他听说赵店的烧鸡很有名，黄天虎拿话撞李秘书，说他听说恰克图的羊肉更有名，李秘书却坚持停半小时，他买点东西就开船。黄天虎怀疑地看了他一眼，没说什么。

夜幕降下来，赵店码头到了，帆船徐徐靠岸，秘书跳上岸回身对黄天虎说："上来啊，沾沾地气。"

黄天虎稍稍犹豫了一下，下船跟着秘书走。

秘书心怀鬼胎一般，走走停停，临末在一家小餐馆门口停下来说："进去吃点东西吧。"

黄天虎不肯去，推说自己不饿，秘书说："不饿也吃点，老爷交代的，要我们吃饱睡足。"

黄天虎无奈，推开门跟着秘书进去了，在小餐馆里，黄天虎大吃一惊，店堂里居然站着九戒和菊姐，看见他，两人笑嘻嘻地迎上前来说："天虎，可把你等来了。"

黄天虎奇怪地问他们俩跑这儿来干什么？九戒说他来当黄天虎的保镖，菊姐说她洗菜做饭，伺候大小姐。

黄天虎更迷糊了，他问哪个大小姐？楼梯上传来一个声音："我。"娜佳走下楼说："黄天虎，我看你还敢不敢把我赶回去。"

黄天虎傻了眼，他问娜佳，她这样出门，她父亲知道吗？

娜佳给伊万诺夫留了信，九戒和菊姐来的事，欢喜爹爹和吴哥知道，秘书解释说："天虎，对不起！这是大小姐的吩咐，我不得不从。"

黄天虎叹口气，他们都做好了笼子，就他一个蒙在鼓里，他还能多说什么呢？上船吧，除此，他也没别的办法。

娜佳背起包，兴奋地喊："走，上船。"

黄天虎带着一群人上了船，在汉水上，帆船迎风而行，菊姐用一个大葫芦瓢在往木盆里舀河水洗衣服，九戒在一边洗菜，娜佳支起画架写生。

菊姐麻利地搓着衣服，看了九戒一眼，让他别洗菜，洗不干净的，等她洗完衣服再洗菜。

九戒不服气说："我怎么洗不干净？你洗一遍我洗两遍，你洗两遍我洗四遍，是只乌鸦也洗白了！"

菊姐也拿话抵九戒："你还洗乌鸦？我看你的头发就从来没有洗干净过。"

娜佳听着这夫妻俩的斗嘴，不由哈哈大笑，正好黄天虎走出舱，看了一眼娜佳，急忙走到她身旁，要娜佳换个位置，她那儿离水太近，危险，娜佳心里很高兴，可嘴硬地说："坐在这里就不危险了？"

黄天虎不管娜佳说什么，帮她安好画架后，问她会不会游泳？

娜佳不会游泳，黄天虎赶紧找了根绳子，比划着说："娜佳，你把绳子这头系在腰上，这头系在桅杆上，这样就保险了。"

娜佳却不愿意这样，她要是怕水就不上船了，黄天虎要娜佳听劝，娜佳却说："要我系也行，除非，你把绳子的那头系在你腰上，哈哈，一根绳子系着两只蚂蚱！"

黄天虎拿娜佳无可奈何，菊姐端着茶盘过来解围说："来来来，喝茶。天虎，你放心，我是江水里泡大的，水性好着呢，我来盯着大小姐。"

黄天虎点头走了。

汉江上风平浪静，帆船在水面上漂行了几天，这天菊姐又蹲在船尾洗菜，九戒蹑手蹑脚走到她身后，一把搂住了她，菊姐吓了一跳，九戒却像鸡啄米似地在她脸上吻着，黄天虎和娜佳走出舱时刚好撞上了，九戒和菊姐急忙分开，黄天虎说："我没看见。"娜佳也忍住笑说自己没看见，九戒厚着脸皮说："你们没看见，我们也没做什么啊。"菊姐咯咯地大笑起来，推了一把九戒，都老夫老妻了，要九戒莫装个鬼样。

黄天虎没接他们的话，独自走向船头，娜佳跟在他身后，她很羡慕菊姐和九戒，娜佳问黄天虎："天虎，你们中国男人，是不是不喜欢外国女人？"

黄天虎告诉她不是的，娜佳却继续说："我看是的，像你，眼睛里就一个小莲，再也看不见别人。"

娜佳的话，让黄天虎终于要面对这个问题，娜佳说得对，他心里就只有小莲。

娜佳不甘心，她问黄天虎，那她呢？他心里想过她吗？

黄天虎把娜佳当成朋友，一个很好的外国朋友，而小莲是他的爱人，与朋友不一样。

娜佳叹口气，快快地走到一边，秘书来了，看看船速问黄天虎："天虎，按这个船速，今晚半夜才能到襄樊。"

黄天虎"哦"了一声，秘书问："船老大是不是又喝酒啦？瞎喝瞎开，昨天晚上，我看见你在陪他喝酒。"

黄天虎承认，他昨晚是陪船老大喝了点，跑船的和挑码头的都蛮累，做事的地方湿气大，都喜欢没事喝两口，他要李秘书理解一下，李秘书不听，他觉得黄天虎在为自己的错误行为找理由，他只知道酒能误事，酒能乱性，他要黄天虎今后没有他的允许，不准喝酒。

黄天虎说了一句知道了，就远眺着江水，不再说话，他在想那个熟悉又让他疼痛的影子。

第十二章 菊姐走了

~ 1 ~

刘祥云回汉口后，他与蔡雪的交往逐渐多了起来。这天，他们一起坐人力车去了汉口英租界圣保罗教堂，在他们身后，一辆人力车远远地跟着。他们来到圣保罗教堂停下来后，另一辆人力车也停下来了，他们毫无所觉。

鲁兹见了蔡雪，很高兴，微笑着拥抱了蔡雪，也抱了刘祥云，他很高兴刘祥云平安回到汉口来，他带刘祥云和蔡雪去看他们的阅览室，阅览室里窗明几净，几个青年在静静地阅读书刊，一个图书管理员也在静静地看书，鲁兹带他们走进来，向他们介绍说："这里有你们中国的报刊，也有其他国家的报刊，没事的时候，可以来看看报，看看书。"

图书管理员这时抬起头来，鲁兹向刘祥云和蔡雪介绍说："这位是刘安先生，是我们的管理员。需要什么报刊，可以找他。"

刘安先生站了起来，彬彬有礼地说："有什么事情，只管吩咐。"

鲁兹带着蔡雪去看他们新进的一些医疗器械，刘祥云留在图书馆看书。

刘安看看没人，与刘祥云握手说："欢迎你！"

刚才静静看书的青年也都转身冲着刘祥云微笑。

刘祥云说了一句："太好了！我们又在汉口见面了！"

原来刘祥云和他们早就认识，只是在鲁兹和蔡雪面前演了一场戏而已。

在教堂病房里，鲁兹带领蔡雪参观病房和手术室，一边走，一边介绍说："蔡小姐，你在上海圣公会的经历太宝贵了。我们的许多教友，对现代医学缺乏了解，一个小小的感冒，常常就能夺去他们的生命。我真是太痛心了！其实只需要一粒小小的药丸，就可以拯救他们的生命。蔡小姐，你是汉口人，你可以帮助他们，帮助这些迷途的羔羊。"

蔡雪对鲁兹说："非常遗憾，我只是实习了几个月。不过，我非常愿意来这里继续学习，并且尽力来帮助我的同胞。"

在鲁兹带蔡雪参观教堂病房时，在教堂门口，一个戴礼帽的男子，其实就是密探，他想进教堂，被门房拦住了，门房大声问他："先生，你找谁？"

密探支吾着，说他随便看看，门房不让进，告诉他教堂今天有活动，要他改日再来，在阅览室的刘安听见了门房的声音，立即说："有情况！散开！"

刘祥云起身准备往外走，刘安通知大家下个礼拜，到武昌县华林，具体时间，再个别通知，让大家保重。刘祥云和刘安握手说好，刘安对着刘祥云说："你的目标太大，最近多去公开场合，好好玩玩，麻痹他们。"

刘祥云笑了起来，对刘安说："纵情声色，逢场作戏。"

话是这么说，刘祥云也清楚自己目标大，还真的准备逢场作戏试试。

从圣保罗教堂出来后，刘祥云带着蔡雪去了德珍茶楼。

戏台上，小莲正在演戏，她唱得很投入，但是眼神却空洞无物，好像整个世界不存在一样。

刘祥云和蔡雪一边品茶一边看戏，刘祥云是第一次看小莲演戏，他很吃惊，没想到在汉口，旦角是女的。

蔡雪就笑，待会请小莲过来，让刘祥云仔细看一下。

白天那个跟踪刘祥云的密探此刻坐在靠近栏杆处，盯着下面的刘祥云。麻哥大摇大摆地走过来，坐在密探的对面，两个打手站在了密探的身后，麻哥问密探："哎，人家都在看戏，你在看什么？"

密探回头，惊讶地瞪大了眼，叫了一声"麻哥"。

麻哥冷笑着说："既然认识我，你的胆子还不小啊，竟敢跟踪我家二爷！"

密探急忙辩解，他是来看戏的，打手这时用匕首抵住了他的腰，密探吓得求饶，麻哥掏出手枪指着密探说："麻哥没别的本事，就是会叫你消失得无影无踪，比如说，用麻袋装着，丢到江里去喂鱼。"密探吓得发软，身子往下滑，被后面的打手拽住，密探连忙说："麻哥！我再也不敢了！"

麻哥对密探说："我谅你也不敢了！回去给你们的捕头带个信，谁要是再跟踪我家二爷，我麻哥就叫他到江里去喂鱼！"

密探连连点头，趁机逃跑。

刘祥云不知道自己在看戏的时候，麻哥替他完成了一场更精彩的戏。只是当戏演完后，他送蔡雪回家，小莲没有来见他们，而是去了华清浴池。当女堂倌提着大桶热水往木桶内倒时，哗哗的水声，顿时热气蒸腾，女堂倌往木桶内撒玫瑰花瓣，小莲开始脱衣，梳妆台上椭圆形的镜子里出现小莲的脸，她仔细端详自己的脸，把一件又一件的衣服，丢在床上，然后全裸的她走向木桶，浸泡在水里，她闭上了双眼，手里抓着玫瑰花瓣，嘴唇却颤抖起来，她喃喃自语说："哥……洗不干净了！我洗不干净了哇！"

小莲拍打着水面，失声痛哭。

第二天，麻哥向刘钦云汇报了教训密探的事情，刘钦云问麻哥："二爷身边就没人了？"

麻哥回答说："嘿嘿，他身后现在是我们的人。"

刘钦云问刘祥云在和谁接触？麻哥嘿嘿地笑着说："二爷艳福不浅啦！一回来就和蔡家丫头搭上了。"

刘钦云知道刘祥云和蔡雪从小就在一起读书，他问麻哥刘祥云还去了哪里？麻哥说二爷到德珍茶楼去看花鼓戏，看那个旦角小莲了，刘钦云说了一句："小莲？噢，不过小莲那妞不是二爷消受的。"

麻哥就问："那谁有那个艳福呢？二爷不要我就下手啦。"

刘钦云却恶狠狠地说："你要是敢动她一根毛，我就砍掉你一只手！你算算你有几只手好砍。"

麻哥吓了一跳，他没想到小莲被刘钦云看上了，刘钦云转了话题，他吩咐麻哥说："过几天云南那边的烟土要过来，这次只是过境，我们要负责他们在武汉境内的安全。你要带人亲自布置，一点差错都不能出！烟土的生意，千万不能让二爷知道。"

麻哥亲自去办，刘钦云继续交代："衙门和巡捕房那边，我去招呼。道上的兄弟，你去打招呼。"

麻哥点头，继续向刘钦云汇报，蔡家老三最近赌瘾蛮大，说要拿货栈去赌单双。刘钦云感兴趣了，这个倒是值得一赌，他要麻哥赶快找梁老幺，在太平洋饭店设局，找几个"南生"（老千），把蔡家的货栈拿下来。

麻哥笑了，货栈拿下来，云南的货就可以落脚了，一举两得。

麻哥依计行事去了。刘祥云也按计划去了武昌花园山昙华林街，这是基督教美国圣公会教堂圣诞堂的所在地。

刘祥云走在林荫道上，发现有人在背后跟着他，便机警地突然闪到一边。跟踪者走到路口，发现刘祥云不见了。正在张望，刘祥云从背后闪出，用手腕卡住了他的脖子，刘祥云低声喝道："什么人？为什么跟踪我？"

跟踪者被夹得快说不出话来，他喊："二爷……自家人……"

刘祥云手松了，但是仍然夹住他问："谁叫你来的？"

跟踪者说："老爷不放心，要我们保护你。"

刘祥云这才放手，轻蔑地笑道："就你这德性，还来保护我？跟我滚回去！"

"二爷，你、你保重！"跟踪者连忙溜了。

刘祥云回到刘府后，愤怒地推开书房门，刘钦云正在练习书法，头也不抬地问他怎么了？谁惹他啦？

刘祥云生气地质问大哥为什么派人跟踪他？刘钦云说那是保护他，刘祥云拍了一下桌子，就跟踪者那样的豆腐渣，还派来保护他？刘钦云笑了起来，不急不缓地说："呵呵，你是大日本陆军士官学校骑兵科的高材生。我那些手下，就和狗一样，是看家护院的，哪能和你比呀？"

　　刘祥云不想和大哥争辩什么，而是冲大哥喊："再派人跟着我，别怪我翻脸。"说着，气冲冲地离开了书房。

　　刘钦云盯着弟弟的背影，好半天不知道说什么好，他实在有些担心这个弟弟。

～ 2 ～

　　黄天虎他们的船队到达襄樊码头的时候已经是夜色朦胧。黄天虎、娜佳、九戒、菊姐、李秘书走出船舱时，码头、栈桥上异常安静，一盏汽灯投下一团白光，白得一片惨淡。

　　黄天虎他们的船队明天就要走陆路，李秘书已经联系好了马帮，明天一早，他们到码头来找黄天虎他们的船队，晚上大家可以好好睡一觉，黄天虎让九戒和老王值上半夜，他到时候值下半夜，九戒点头，众人进舱各自休息。

　　九戒值班的时候，菊姐端个碗走到他身旁，晚饭时吃剩的藕夹，她想给九戒吃吃，怕他值班饿。菊姐拣了块藕夹送到九戒嘴旁，九戒有滋有味地吃着。

　　这时，码头上突然出现几条人影，鬼鬼祟祟地往帆船扑来。在船尾守夜的老王正在泡茶，一条黑影闪到老王身后，突然反勒住他脖子，往他胸口猛刺一刀。另一条黑影膀子上文着青龙，手上握了把枪，枪口瞄准了九戒，菊姐端着碗转身时，看到一个黑洞洞的枪口对准九戒，她无暇多想，喊了声"强盗"！就扑上前去！

　　枪声响了，菊姐胸部中枪，趔趄了几步，倒在杀手身上。

　　九戒见菊姐中弹，疯了一样往杀手扑去，一把抓住他持枪的手，两人扭打起来。

　　船舱里，听到枪响声的李秘书飞快地取出一长一短两支枪，扔了一支给黄天虎，一帘之隔的娜佳已被惊醒，慌乱地穿衣，黄天虎刚把头探出船舱，一发子弹便射到门框上，他又缩回头。

　　舱外，另一个杀手端了支汉阳造，对着竹木的船舱不停射击。一颗子弹破壁而过，打在黄天虎身旁，另一颗子弹飞入帘后，娜佳发出一声惊叫。

黄天虎不顾一切地冲出舱，膀子上文着青龙的杀手正猛卡着九戒的脖子，九戒的脑袋已挨着江水，黄天虎反拿长枪，如使扁担一样，狠狠往杀手头部敲去，杀手软绵绵地倒地，李秘书则一个鱼跃窜出舱，随即开枪，端着汉阳造的杀手身中数弹，倒地身亡。还有三个持刀的杀手见势不妙，拔脚就逃。黄天虎和李秘书继续射击，可那三个杀手逃得很快，连打伤的一个都跟着逃走了。

杀手逃走后，黄天虎急忙钻进船舱，撩开帘子前，他双手合十，祈祷了一下，随后进入后舱，娜佳满身鲜血，双目紧闭，半坐半躺在那儿。

黄天虎大惊失色地叫着"娜佳！娜佳"！

娜佳微微睁开眼睛说："天虎，天虎，我……我真没出息，挨了一枪。"

黄天虎握住她的手说："你别动，就这么躺着别动，我去找医生。"娜佳反过来紧紧抓着黄天虎的手说："别走，就这样陪陪我，我就会好的。"

舱外传来九戒撕心裂肺的哭声，黄天虎回头看去，娜佳说："快去看看九戒，快。"

黄天虎走出舱，九戒抱着菊姐的尸体正哭得死去活来。

黄天虎没想到菊姐就这么不声不响地离开了他们，他不由失声痛哭地叫着"菊姐……"。

娜佳一手捂着伤口，支撑着身子走出舱，她看见菊妹的惨状时，双腿一软，跌坐在地，泪如雨下。

李秘书用绳子绑好一个没逃掉的杀手后，走过来扶起娜佳，他才发现娜佳受伤了，他要娜佳别动，他马上去找医生。这时码头上传来一阵脚步声，一队人马快步跑来，黄天虎抓起了枪，见是清兵，黄天虎又把枪收了起来。

李秘书派人请来了一个当地医生，替娜佳绑扎伤口，两个士兵在码头上审问那个杀手，九戒仍抱着菊姐的尸体坐在那儿，如泥塑般不哭不闹。

这时，黄天虎把李秘书拉到一边商量，等马车来了，他想让九戒把娜佳和菊姐送回汉口，李秘书点头，只是他不明白来杀他们的是什么人？不像是抢东西的强盗，黄天虎也不知道是怎么一回事，但听口音，肯定是汉口来的。

李秘书问黄天虎："会不会是刘家?"黄天虎一怔,随即摇头,刘家没必要赶来杀他们。

清军小头目过来了,问谁是黄天虎?

黄天虎走了过去,清军小头目告诉黄天虎,杀手招了,是武昌洪门的,因为黄天虎害过他们的兄弟金强。

黄天虎这才恍然大悟,脑子里顿现金强被麻哥下饺子的画面,他没想到为了这个仇,洪门的人赶到这里杀他,更没想到为了他,菊姐丢了性命,娜佳挨了一枪。

黄天虎难过得不知道说什么好,直到码头上有两辆马车跑来,黄天虎才走到娜佳身旁扶起娜佳说:"娜佳,上车吧。"

娜佳可怜巴巴地望着黄天虎,她不想离开黄天虎,再说医生说她就伤了点皮肉,骨头没伤着,几天就会好的,她想跟着黄天虎一起去恰克图,只要有黄天虎在身边,她什么都不怕。

黄天虎坚持要送娜佳走,马上就骑马走山路,马一颠,娜佳的伤口肯定好不了,娜佳见黄天虎态度坚决,知道自己非回去不可,突然扑到黄天虎怀中哭了起来,她是那么舍不得离开黄天虎,为了他,生命算不了什么,可她不能拖他的后腿,她更不能成为他的负担,爱一个人,不是非要天天相守在一起。

九戒仍抱着菊姐的尸体纹丝不动,他的心痛到了极点,菊姐,这个刚刚有几天好日子过的女人,这个让他念着想着的女人,却为了救他,失掉了自己的性命。

黄天虎沉重地走到九戒身旁,他轻声说:"九戒,你送菊姐回家吧。"

九戒抱着菊姐站起身,慢步往马车走去,李秘书把娜佳扶上车,九戒抱着菊姐也上了车,马车载着他们离去了,黄天虎目送着他们,脸上不知不觉地淌满了泪水。

马车载着九戒他们回到了汉口。娜佳一见到伊万诺夫,就扑在父亲怀中痛哭起来,关于船队发生的意外,伊万诺夫已经知道了,他一边安慰娜佳,一边要九戒将菊姐入土为安。

下雨了,一座新坟在坟地立着,九戒面对着这座新坟,双膝跪下,墓前摆着香烛、香炉、供果，墓碑上刻着六个字"贤妻菊姐千古"，九戒盯着贤妻菊姐的字样，泪水混着雨水在他脸上流淌着，在大雨中，黑皮、吴哥等上百个码头工人拿着扁担穿着搭肩，默默地为自己的姐妹送行，雨水打在他们的脸上，和着泪水一滴一滴地往下流淌，苦命而又善良的菊姐走了，她的声音，她的笑容，却永远地印在了他们的脑海里。

<h2 style="text-align:center">～ 3 ～</h2>

冬天来了，蔡三爷越来越迷恋打麻将，而憨子却对蔡三爷照顾得格外小心，三爷在茶楼打麻将的时候，憨子为专门暖手的铜手炉里添上板炭，然后很小心而又细致地用棉垫子包着，递给蔡三爷，蔡三爷接过烘笼，高喊道："火来了！东风！"

蔡三爷打得极有兴致，憨子又跪在地上，想为蔡三爷换棉鞋，蔡三爷不耐烦地吼他："走开！脚还是热乎的！"

憨子仍然坚持为蔡三爷换，一边换一边说："马上就好，脚板心不能受凉。"

在一旁打麻将的秋秋既羡慕又嫉妒地对蔡三爷说："三爷啊，你还不耐烦！哎，我什么时候有个憨子就好啦！成夜成夜地伺候你，我们都看不过眼啦！"

蔡三爷笑了起来，要拿憨子，赌秋秋刚收的一个小女孩，蔡三爷还故意显威风，在憨子帮他换棉鞋时哎哟地叫了一声，一脚将憨子蹬倒在地，骂道："这棉鞋烤了多久啊？这么烫！滚！"

憨子爬起身，低着头一言不发地出去了。

憨子去了蔡瑶卿的卧室，蔡瑶卿问憨子有什么事？憨子弯腰笑着向蔡瑶卿汇报，蔡三爷最近还是在茶楼打牌，前几天手气蛮好，还赢了100多两银子，后来就手气背，一直在输。他虽然不懂麻将，但是伺候蔡三爷，看多了，就知道蔡三爷为什么输了。

蔡瑶卿让憨子说说蔡三爷为什么输？憨子就说蔡三爷爱打英雄牌，赌气牌，经常可以胡的牌，他不胡，总想赢大的，结果反而输了。还有，他发现其他的人好像在做笼子，一起让三爷输钱。前几天，蔡三爷只输了30

两，叫雷先生用货栈的堆栈费抵了赌债，现在，蔡三爷又输了100多两，还不让其他人下场，他偷偷去找雷先生，雷先生说没得办法，这笔钱，只好到大账上来支取，蔡瑶卿一下子火了，他拍案而起骂着："败家子！败家子啊！"

憨子觉得蔡三爷这样子赌下去，将来恐怕要出大事情，希望蔡瑶卿一定要劝蔡三爷收手，蔡瑶卿笑着点头说："好，我知道了。憨子，你这样贴心，我很高兴。放心，我这边会给你涨工钱的。"

憨子卑谦地微笑着向蔡瑶卿致谢，就准备退出蔡瑶卿的卧室。蔡瑶卿吩咐憨子："你先到大账上领100两吧。你莫跟三爷说，让他着一下急。唉，三爷的面子也是德昌的面子，这点小赌账，德昌号还是付得起的。"

憨子仍然卑谦地微笑说了一句"我知道了"，就弯腰退出门。

憨子这种憨态一点一点地赢得了蔡瑶卿和蔡三爷的信任，慢慢地成为蔡三爷身边最重要的人。

这天，一身穿"报"字马甲的报子骑马跑来，大喊道："德昌号！电报！"

报子翻身下马，走向德昌号，祝掌柜惊讶问哪来的电报？

报子把一份上海的电报交给祝掌柜，祝掌柜向蔡瑶卿汇报，上海的电报来了，蔡瑶卿和蔡雪都惊讶起来，蔡雪急忙接过电报看，看着看着，她就笑了起来，蔡瑶卿问谁来的电报啊？蔡雪把电报递给蔡瑶卿说："你自己看吧。"

蔡瑶卿带起老花眼镜，读起电文："蔡老爷你好十分惦记找不到陈老板怎么办我很好问码头兄弟们好大小姐的鞋很好还在穿回信太原天虎。"

蔡瑶卿呵呵笑了起来，是黄天虎的电报，这小子善于学，学会了发电报。祝掌柜也笑起来说："出远门，长见识了。不过，他应该在恰克图，怎么这电报是上海发来的呢？"

蔡雪解释说："恰克图可能不能和汉口直接发电报，需要上海电报局再转发。哎呀！这电文可就贵了！你看看，啰里啰唆的，连鞋很好也要说，真是花钱不心疼！"

祝掌柜夸黄天虎义气，还在那里找陈老板，蔡瑶卿吩咐祝掌柜说："难为他一片忠义之心！你赶快给山西的邱老板发个电报，要他转告天虎，陈老板找不到，就别找了，要他赶快回来。北方一刮大风雪，冰天雪地的，一下就困住了，要一直等好几个月才能出来。"

祝掌柜马上去办，蔡瑶卿要祝掌柜顺便告诉憨子他们，说黄天虎来电报了，问候他们，祝掌柜走出去了，蔡瑶卿手拿电文，又看了一遍，不禁叹气，蔡雪就问父亲："怎么啦？怕他回来，三叔还不饶他？"

蔡瑶卿点头又摇头，蔡雪又问："陈老板找不到了，遗憾？"

蔡瑶卿还是点头又摇头，蔡雪说："那你叹气摇头是什么意思嘛？"

蔡瑶卿没有回答蔡雪的话，起身走了，留给蔡雪一个让她百思不得其解的背影。

蔡三爷仍然还在茶楼里打麻将，他的手气很好，非常兴奋，憨子给他茶杯添水时，秋秋打出一个三筒："三筒！"

蔡三爷大叫一声："就等你的独三筒！胡啦！哈哈！"

秋秋很沮丧地看了看蔡三爷的牌，蔡三爷将牌推倒时，憨子趁机说："三爷，黄天虎来电报了。"

蔡三爷就问电报说什么？憨子赶快说："他很好，问你好。"蔡三爷说："嘿！老子好得很！这小子又想卖乖回货栈啦？哼！没门！"憨子笑了起来，给每位都添水，秋秋不服气，推倒麻将牌说："这小打小闹的，不好玩。三爷，想不想玩大的？"

蔡三爷得意地说："嘿！不就是赌单双吗？小菜一碟！"

秋秋故意激蔡三爷："小菜一碟？嘿！三爷你好大口气！押单双，如果是单挑，有的连老婆、房子都输掉！"

蔡三爷狂妄地冲秋秋说："老子的本事就是赢你的老婆和房子！哈哈！"

秋秋笑了起来，下一轮的赌局就在他的设计中，引蔡三爷上钩了。

～ 4 ～

秋秋在英租界的太平洋饭店订下一间总统套房，约蔡三爷来赌一局。

当华灯初上的时候，两辆人力车载着蔡三爷和憨子来到了太平洋饭店，主仆二人先后下车，走进了饭店。

太平洋饭店，巨大的吊灯映着大理石的地面，一片辉煌，当服务生引领着蔡三爷和憨子走过大堂时，提着一个竹篮的憨子左顾右盼，惊讶得张大了嘴，这气派，这场面，他是第一次见识。

秋秋出来迎接蔡三爷，蔡三爷也有些拘谨，这场面，他也见识不多，他随着秋秋走进套房，一排身穿低领紧身上衣和超短迷你裙的丰满女孩，头戴皇冠，妖艳地列队欢迎，蔡三爷头不动，眼珠子却不停地两边梭动，憨子眼睛睁得老大，嘴巴也大张着，一副傻里吧唧的迷糊相。

套房比大厅显得更加金碧辉煌，几位男士西装革履靠在那里，正与依偎在身边的女孩子调情，与他们相比，蔡三爷简直就像是刚从乡下来的乡巴佬，好在蔡三爷感觉良好，仍然大摇大摆地走了过去。

秋秋笑着为蔡三爷介绍："嘿嘿，这位是报社的戴社长；这位是钱庄的秦老板；这位是洋行的杨买办；这位是纱厂的周少爷。这位是德昌号茶庄的蔡三爷。"

蔡三爷点头致意，客人们并不起身，只是微微点头，周少爷在和身边的小姐调情，连头也不点，秋秋招呼蔡三爷在一个单人沙发上坐下后，一个男人的声音传来："哎呀哈哈！对不起对不起啊！哈哈！"原来是宝官梁老幺来了，身后跟了两个徒弟。

梁老幺身穿对襟大褂，仙风道骨，其实是有名的"南生"。看来，他和在座的许多人都是熟人，不停地打哈哈。

秋秋连忙为蔡三爷介绍："这位是汉口清芬酒店的梁先生。这位是德昌号茶庄的蔡三爷。"

梁老幺用犀利的目光打量着三爷说："久仰！久仰！"蔡三爷还了一下礼，梁老幺便招呼大家到棋牌室说："各位，请！"

麻哥设下这场牌局后，他自己却去了肥码头。麻哥在肥码头工头的带领下，检查码头的情况，他问水面的情况怎么样？

工头要麻哥放心，他都布置好了，警戒的船，接应的船，都已经到位了，麻哥问："货靠岸后，怎么办？"工头就告诉麻哥，趸船下面有个底舱，可以先藏起来，麻哥下到底舱，仔细观察后摇头说："不行，这里人太杂，白天运输惊动太大，还是得存放到货栈才好。"

工头问了一句，放货栈？麻哥说："怎么啦？看起来都是红糖，怕什么？"

工头马上去调搬运，麻哥说这是伊万诺夫的地盘，好地方，不过刘老板早晚会把它打下来，要工头千万小心点，别给伊万诺夫发现他们在走私烟土。

麻哥知道刘钦云除了肥码头，对蔡家的货码头也极有兴趣，晚上的赌局蔡三爷肯定就是笼中之鸟。

在总统套房里的棋牌室里，中间有长条桌，赌客们随意选择椅子，围着条桌坐下。梁老幺取出两粒骰子、一副摇缸，请大家过目，检测，然后，他取出一块很大的吸铁石，一根铁钉，请大家亲自试验。

秦老板用吸铁石吸起铁钉，可是吸不起骰子，表示骰子里面没有灌金属。蔡三爷盯着他的动作，戴社长说："没问题，大家都是朋友嘛！开始吧。"

梁老幺说："好，那就老规矩。我先坐庄，各位也可以选择坐庄，当然，也可以单挑，我来摇宝。左为双，右为单。"

梁老幺摇宝。骰子咕咚咕咚地响，他猛地朝中间一扣喊："单！"身后的徒弟揭宝（揭开盖子），大叫："双！"大家都笑了。

梁老幺故意幽默地说："哎哟，要是大家下注，我就输惨啦！"梁老幺再次摇宝扣下喊："单！"周少爷拿出一摞筹码，拍在"双"上。徒弟揭宝，大叫："双！"周少爷赢了，梁老幺的徒弟赔筹码。

蔡三爷睁大了眼睛问周少爷赢了多少？秋秋说50两，蔡三爷回头低声问憨子带了多少？憨子说200两，蔡三爷要他去换筹码。

骰子咕咚咕咚地响着，梁老幺摇宝，他猛地朝中间一扣，突然喝道："双！"

周少爷犹豫了，蔡三爷毫不犹豫，买单，拿起一摞筹码扣在"单"上，徒弟揭宝，大叫："单！"蔡三爷赢了，哈哈大笑，将赔付的筹码扫向自己的怀里。

摇宝还在激烈进行着，在总统套房的一间小房里，秋秋朝憨子招手示意，憨子走过来，秋秋领憨子来到小房里，两个丰满的女孩向他们媚笑着，秋秋嘻嘻笑着对憨子说："来来，我们也来玩玩。"

憨子窘迫起来，他没带钱，秋秋笑起来说："嗨，谁要你赌钱啦？咱们赌摸！锤子，剪刀，布，你会吧？咱们和小乖乖玩玩锤子剪刀布，谁赢了，就可以随便摸，嘻嘻！"一个女孩撒娇地说秋哥你真坏！秋秋嘿嘿地笑着，说："男人不坏，女人不爱。来，锤子、剪刀、布！哈哈！我赢啦！"

女孩躲避，喊着不算，不算，秋秋一把搂住女孩，手就伸进了她的胸部，捏起来，憨子的脸顿时红了起来，另一个女孩笑着主动走向憨子说："小哥哥，咱们也来玩玩？"

女孩开始叫锤子、剪刀、布！憨子学得很快，一下子就赢了，女孩笑着喊："哈哈，你赢了！"憨子嘿嘿傻笑起来。

当秋秋和憨子与女孩子玩笑成一团时，一个侍者进来，在秋秋耳边悄悄说话，秋秋点头，对憨子耳语："哎，兄弟，有钱赚了！"

憨子愕然地看着秋秋，秋秋说："有个朋友有一批货，想找个地方堆一下，明天就转走。怎么样？"

憨子想跟蔡三爷打招呼，秋秋说："行，但你跟三爷一说，你的那份就没了。"憨子想了想，一咬牙说"走"。

憨子带着秋秋去了货栈，憨子打开了货栈，一辆辆的板车拖进了货栈，憨子望着车上的麻包问什么货啊？

秋秋说："听说是红糖吧。"

麻哥和墨镜男子走进来，憨子大惊失色地叫了一声"麻哥"，麻哥冲他笑笑说："谢了啊！麻哥是知道好歹的。放心，只放一晚上。天亮就走。"

麻哥随即吩咐道："别卸车！连车一起停下来。明天拖起来方便。"墨镜男人随即朝憨子和秋秋手里塞了几块银元："谢了！"

憨子瞅了一眼麻哥，将银元捏在手心里，麻哥继续吩咐："人不离车，给我守到天亮！"

在总统套房里，到了下半夜，赌博开始白热化，先生们的西装全脱了，领带也扯开了,蔡三爷的对襟褂子也解开了扣子,敞着干瘦的胸部,宝缸啪地扣下,喊单喊双的声音骤起,蔡三爷又输了,他颓然坐下,满头都是汗珠。

墙角的西洋柜式立钟指向凌晨 3 点,当当地敲响了。蔡三爷面前的筹码所剩无几,他目不转睛地盯着梁老幺手中的摇缸,令人头晕目眩的摇缸动作,骰子叮叮一阵阵响,摇缸猛然扣下。

秦老板大喊:"单!"扣上一大摞筹码。

蔡三爷喊:"跟!双!"他将面前的筹码全推过去。

徒弟揭宝:"单!"

秦老板大叫:"哈哈!赢啦!"

蔡三爷一脸沮丧,他大喊:"筹码!"

一个侍者过来问:"借多少?"

蔡三爷喊:"五千!"

憨子和秋秋回到了总统套房,有了钱的憨子将一女孩带进了套房的卫生间,他把女孩顶在墙上,女孩躲闪着,憨子将一块银元塞到女孩手心里,女孩呻吟道:"我还是黄花闺女……"

憨子喘着粗气说:"我、我要的就是黄、黄花……"动作变得急切起来。

～ 5 ～

在总统套房棋牌室,侍者推来餐车,精细瓷碗里盛的是白木耳莲子羹,秦老板打着哈欠说:"哎呀,老幺,不早啦,散吧?"

梁老幺看各位的意思,蔡三爷输了,还想继续玩,梁老幺说:"那就赌最后一把?哪一位和三爷单挑啊?"

秦老板问蔡三爷:"三爷,你丢了多少?"

侍者回答:"八千。"

秦老板也干脆,要赌一万两,问蔡三爷怎么样?

梁老幺呵呵笑了起来，蔡三爷一口气要是扳回来，还倒赢两千，蔡三爷拍案而起说："搞！风水轮流转，我不信扳不回来。"

秦老板就对蔡三爷说："哎哎，蔡三爷，今晚我们都是玩的真金白银，你可不能放空炮啊，总得拿点什么东西做个抵押吧？"

梁老幺替蔡三爷说："蔡三爷管的就是货栈，硬得很哪！"

秦老板就要赌货栈，周少爷阴阳怪气地说："那是蔡三爷的命根子，三爷，莫赌了，算了。"

蔡三爷的脸一下涨红了，喊："那我就赌你的钱庄！"

秦老板也拍案而起连叫好，今天就痛痛快快玩一把。

梁老幺说，按照老规矩，单挑是要立字据的，两位要是玩真的，就请立个字据，蔡三爷卷袖子说："哎呀，哪来这么多的啰唆！快点快点嘛！"

梁老幺拿出早就准备好的字据样本，给他们过目，然后再添上他们各自要赌的物业，以及姓名，时间，在座的就是见证人。

单挑开始了，梁老幺说单挑的规矩，三局两胜。现在，请蔡三爷先买宝。

蔡三爷买双，梁老幺摇动骰子，一阵阵响，屋里的人全都站了起来，梁老幺猛扣摇缸，大喊一声："开！"

摇缸揭开，骰子显示：12点，梁老幺大喊："双！蔡三爷胜！"屋里一阵喧哗，蔡三爷得意地瞟了秦老板一眼，秦老板不动声色地看着。

憨子还在总统套房卫生间里和女孩调情，秋秋敲了几下门，憨子探出一张汗湿的脸来，秋秋说："你还在搞啊？三爷在单挑了！"

梁老幺的手，将摇缸高高举起，摇动，骰子叮叮响，憨子慌慌张张走了进来，梁老幺猛扣，大喊一声："开！"摇缸揭开，15点。梁老幺大喊："单！秦老板胜！"

蔡三爷呆住了，憨子颤颤地喊："三爷……"

蔡三爷正好没地方发气，一脚蹬去："霉气！滚！"

憨子疼得捂住腰，爬出门外，秋秋蹲下，关切地问："憨子！怎么样啊?"憨子痛苦地捂住腰部,指着室内:"叫三爷别玩了。"

蔡三爷已经停不下来,梁老幺说:"双方打成平局。最后一局!蔡三爷,还玩吗?"

蔡三爷想点烟,手却颤抖得厉害,秋秋连忙为他点火,蔡三爷有些怯了说:"看、看秦老板的意思。"

梁老幺问秦老板,秦老板喊"玩!就赌这一把!"

蔡三爷也雄起喊:"赌就赌!摇!"

梁老幺说:"好。蔡三爷,请买宝。"

蔡三爷喊老子还是要双,梁老幺将摇缸高高举起摇动,所有的人都屏住呼吸,只听见骰子叮叮地响,梁老幺猛扣,大喊一声:"开!"摇缸揭开,9点,梁老幺大喊:"单!秦老板胜!"

蔡三爷目瞪口呆地望着9点,秦老板哈哈大笑着,众人祝贺秦老板,蔡三爷却呆坐在沙发上,梁老幺弯腰喊他:"蔡三爷?"

蔡三爷不应,梁老幺慌了,问:"蔡三爷?怎么啦?"

蔡三爷想说话,但是说不出来,突然倒在沙发上。

麻哥在第一时间告诉刘钦云,蔡家的货栈到手了。

刘钦云正在洗脸,丫鬟在一边伺候。刘钦云很高兴,麻哥这一仗干得漂亮,货栈拿下了,烟土也出了,刘钦云示意丫鬟出去,招手要麻哥过来,麻哥进屋,弯腰,刘钦云说:"衙门,巡捕房,还有各路兄弟,按老规矩打点。"

麻哥点头,准备亲自去办,刘钦云又对麻哥耳语:"给湖南王大哥发报,货已出汉口。"麻哥会意,笑着点头退出。

一场赌博,蔡三爷输了,也病了,他躺在床上哼哼地叫着,魏神仙给他拿脉,蔡瑶卿又气又恼地站在一边看着这个不争气的弟弟,蔡雪站在父亲旁边伺候着,魏神仙拿完脉起身时,蔡瑶卿急忙问:"神仙,怎么样?"

魏神仙说:"三爷的病,起因是急火攻心,眩晕所致,但病因是情志失调,肝肾阴虚,肝阳上亢,痰瘀阻滞。就是小中风啊。"

蔡瑶卿问要紧吗？魏神仙说："现在无大碍，但是千万不能大意，要防止三爷再次烦躁，再受刺激，千万要安神宽心，然后益气养阴，化痰泄浊，活血化瘀，待病情稳定后，再慢慢活动，就会慢慢康复的。"

蔡瑶卿谢过魏神仙，魏神仙要回去开方，走时他小声对蔡雪说："好好哄他，说点初一过年的好话。"

蔡雪点头："哎，知道了。"

魏神仙看了蔡三爷的病又去后院看憨子的病，蔡三爷是习武之人，他这一脚很厉害，魏神仙给憨子开了方子，要憨子去他那里贴膏药，年轻人，应该好得快，蔡瑶卿听了直叹气。

送走魏神仙后，蔡瑶卿走进书房，憨子弯腰跪在地上，祝掌柜站着，神气凝重，蔡瑶卿挥手让他们起来说话，憨子捂着腰站起来，蔡瑶卿要憨子别站了，坐下，憨子怯怯地坐下，蔡瑶卿问："在场的除了秋秋以外，还有哪些人？"

憨子都不认得，摇宝的他们喊梁先生，其他的，憨子不知道。

蔡瑶卿大惊，气得拍桌子喊："嗨！梁老幺是个老南生！是害人的祖宗！怎么就去惹他了？"

祝掌柜把现场借据八千两的字据递给蔡瑶卿。

蔡瑶卿抬头问"还有"？

祝掌柜说："还有货栈……"

蔡瑶卿猛地夺过字据，他的手颤抖着，看完字据，手一松，字据飘了下去。

"天灭我也！天灭我也……"蔡瑶卿突然倒在地上，祝掌柜和憨子一起扑向蔡瑶卿喊："老爷！老爷！"

第十三章　出让砖茶

～ 1 ～

蔡瑶卿和蔡三爷都病了，憨子显得格外忙碌，他去汉江挑水，蔡雪在蔡府后院的灶屋里煎药，憨子从后门挑水进灶屋时，蔡雪正在忙着拿碗，用竹滤子过滤中药，蔡雪见了憨子回头说："憨子，水缸满了，歇一会。"憨子满头大汗，嘿嘿笑。

蔡雪被憨子的样子逗得扑哧笑起来，她又对憨子说了一句："就晓得傻笑。"

憨子也不在意蔡雪这么说，走过去一边给蔡雪帮忙一边说："嘿嘿，老爷、三爷都病了，真难为大小姐的。"

蔡雪一笑。憨子忙了货栈又忙店里，要他莫挑水，店里请了挑水工，花不了几个银子，憨子不听，坚持自己挑，憨子把蔡家当自己家一样爱护，能省一个，是一个。再说，他从小扛包，做惯了，闲着也是闲着。当蔡雪把两碗药汁倒好后，蔡雪端了一碗给她父亲送去，憨子把另一碗端给了蔡三爷。

蔡雪端药进蔡瑶卿卧室时，他垫着枕头靠在床上，和祝掌柜说话。祝掌柜向蔡瑶卿汇报，秦老板还算通达，听说蔡家两位老爷都病了，不好催促，只是交付货栈一事，终究要解决，这还是需要蔡瑶卿拿个主意。

蔡瑶卿叹息，他一生遵照诚信，现在生病了，知道他的，还能体恤他的呕心沥血，不知者，还以为他在装病赖账。德昌号如此不堪，让同行见笑了，那八千两赌债成了蔡瑶卿压在心里的巨石，他想过几天舒坦日子却被弟弟搅得没一天安宁。

蔡雪不想让父亲太难过，就对祝掌柜使眼色，祝掌柜会意，称自己要去过早，退出了蔡瑶卿的卧室，蔡雪便侍候蔡瑶卿喝药，宽慰父亲安心养病。

另一边，在蔡三爷的卧室里，憨子在照护蔡三爷喝药，蔡三爷的嘴歪斜着，被憨子搀扶着，喂药。三爷嘴歪，不好喝，药水从嘴角流出来，憨子很耐心地用毛巾给他揩干净，蔡三爷很感动地对憨子说："憨、憨子，麻、麻烦你了。"

憨子见蔡三爷这样对待他这个下人，也格外地感动，他说："哎，三爷，快别这么说。照护你，是我的福气。"三爷望着他，心里一阵暖和，他算是没错看憨子，有他，正如秋秋所言，是三爷的福气。

憨子安慰蔡三爷，福大命大，这一开春，他就会好起来的，只当是做了个噩梦，蔡三爷被憨子安慰得一阵高兴，说："老子好、好了，还是要赢、赢回来的。"憨子便哄他，说连本带利，都赢回来，还转个弯，从前花楼赢到后花楼！三爷忍不住笑了，喷出药水，憨子又耐心替蔡三爷擦干净，蔡三爷说憨子一点不憨，他是装憨。

憨子又一阵傻笑，讨好地对蔡三爷说："谢三爷夸奖！"蔡三爷没再说话，很安静地喝药，憨子便知道他在蔡三爷的心里，又进了一步，这正是他所希望的。

就在蔡家接连发生这么多事的时候，黄天虎回来了。

他戴着礼帽，穿一件大衣，显得英武极了。当他突然站在披着搭肩、扛着包、低头上坡的黑皮面前时，黑皮头也不抬骂了一句好狗不挡道，黄天虎也不生气，调侃黑皮不是好狗是好虎，黑皮一抬头，黄天虎微笑地站在他的面前。

黑皮将麻袋卸到板车上，惊喜地捶打着黄天虎："嗨！我的天！你回了！"

黄天虎将大衣脱下，披在黑皮的身上，将礼帽歪戴在黑皮的头上，取下墨镜，也给黑皮戴上，然后取下黑皮的搭肩，搭在自己的肩上说："走，去见欢喜爹爹！"

黑皮笑着说："你莫把他吓得歪到江里去了！"

黄天虎不说话，披着搭肩，走上跳板，进入船舱，扛起一个麻袋，就出仓了，跳板微微闪动了一下，黄天虎有点不习惯了，滑了一下，稳住身子前行，九戒在后面催他："嗨！快走哇！"黄天虎慢慢走到坡上，走到欢喜爹爹面前，张开嘴，欢喜爹爹举起手，将竹签递到他的口里，黄天虎张嘴，不接，欢喜爹爹就问："哎，你到底要不要啊？"黄天虎不说话默默看着欢喜爹爹，欢喜爹爹奇怪地抬头，惊讶地发现是黄天虎，黄天虎微笑着说："我回了！"

欢喜爹爹的嘴颤抖起来骂道："嗨，你个狗东西！你还活着啊！"

收工后，欢喜爹爹和吴哥带着一群人一起去了巧妹的米粉馆，大家围坐在一起，大碗盛酒，大喊干杯，黄天虎咕嘟咕嘟一口气喝下："嗨！好过瘾啊！"

九戒就问黄天虎："北方的酒，比汉口的辣吧？"

黄天虎就说："嗯，劲大。这次出去，酒量长了，不长不行啊。到了蒙古，第一次喝酒，蒙古人问我，酒好不好？我说好哇！结果就一个劲地给我上，喝得我晕晕乎乎。"

吴哥去过蒙古，蒙古人好客，要是有人夸他的酒好，就是说还要喝，黄天虎刚去没经验，如果不能喝的时候，应该说，喝好了，他们就不再斟了。

黄天虎开始不知道，后来才慢慢地明白，这一来，他交了不少朋友，办事，做生意，酒喝好了，什么都好了，北方人直爽，不像汉口人，个个都是弯弯肠子，欢喜爹爹多年的经验就是这样，黄天虎也有这样的感觉，只是他还年轻，他没敢去这样比较，倒是欢喜爹爹，心直口快地说出来了，这时巧妹端菜过来，黑皮赶忙接过来，黄天虎喊道："巧妹，我要吃牛肉米粉！"

巧妹大声应着："少不了你的！"黄天虎就感叹起来，在外面真的想牛肉米粉，想热干面，想大家，他发电报问候大家了，他问大家："蔡老爷告诉你们了吗？"

九戒不知道电报是什么玩意儿，憨子这时接过话说："祝掌柜跟我说过，你问候大家好。后来就出事了，一忙，就忘了。"

黄天虎急了，他问憨子出什么事了？大家便一边喝酒一边对黄天虎讲了这一段蔡家发生的事情。

这顿酒，黄天虎喝得很不安心，他担心蔡老板能扛得住吗？

～ 2 ～

第二天，黄天虎和吴哥他们又聚在米粉馆里。黄天虎不知道如何去面对蔡家的灾难，货栈不是蔡三爷一个人的，蔡老板也有份，怎么就随随便便输给人家呢？这一点，黄天虎怎么也想不明白。

黑皮就告诉黄天虎说："憨子为这个事还被三爷踢伤了，现在才好。"

憨子也叹气，蔡三爷现在中风了，蔡老爷也病了，德昌号再经不起折腾了，黑皮和憨子都看黄天虎，吴哥却对黄天虎说："我看你还不能回德昌。那个蔡老三，病得歪着在，要是对你又吼起来，说不定把命都丢了。"

巧妹端来牛肉米粉，黄天虎吃完一口就把碗放下了，他回不回去无所谓，他是替蔡老爷急，蔡老爷对他恩重如山，他不能就这样站在岸上看着。

欢喜爹爹也劝黄天虎说："你的义气，大家都是知道的。但这是一塘浑水，你犯不着再一脚踏进去，划不来啊。"

黄天虎知道大家都是为他好，让他不担心蔡家，他做不到。不过这次他出门赚了一些钱，他想为大家做点事，他去工棚看了一下，估计着今年要下大雪，棚子好多地方都会压垮，他想请人把工棚修一下。

九戒不同意，修也是白修，这本来是房东的事，他们找过他，嘴唇都磨破了，他就是躲着拖着，舍不得花钱。黄天虎觉得工棚是人住的，大家又三天两头搬不走，先修了再说。

憨子很羡慕黄天虎，出去一趟就发财了。

黄天虎说："哪有那么好发财的？但是，我知道怎么发财了。"这一趟远门，黄天虎确实长见识，长胆量也长智慧了。

憨子就更加羡慕黄天虎，大家吃完饭后，憨子带着黄天虎一起去了蔡家，憨子先进去，悄悄将后门打开，黄天虎戴着礼帽和墨镜，背着包袱，悄悄溜进后院，黄天虎直接去了蔡瑶卿卧室，他一进门，就对着蔡瑶卿跪下了，蔡瑶卿没想到黄天虎回来了，一见是他，要他快起来说话。

黄天虎听说蔡老爷和三爷都病了，心里很难过，蔡瑶卿就安慰黄天虎，人吃五谷六米，哪有不生病的，让黄天虎起来说话，然后吩咐憨子去把祝掌柜喊来。

憨子出去了，蔡瑶卿就问黄天虎一路上的情况，黄天虎这一路该遇到的都遇到了，土匪啊，沙暴啊，什么都遇到过，去了一次，就不想再去第二次，太苦了。

祝掌柜推门进来了，他问了一句，天虎回来啦？

黄天虎答了一声回来了，就继续对蔡蔡瑶卿讲一路的情况，他一到恰克图，马上就去打听陈老板。山西的老板们说，他是接到家里的急信，急急忙忙走的。这一走，就没有回来。黄天虎后来又去他家打听过，他也没有回家，估计是在半路上出事了。

蔡瑶卿摇头叹口气说："好人多难哪！"

蔡瑶卿叹息完后，黄天虎又讲他做了一笔生意，他们到恰克图的时候，俄罗斯的皮毛积压得很厉害。很多皮商想早点脱手，就低价甩卖。他发现归化的皮毛比恰克图价格高多了，他就想反正他们是要返回归化的，就用蔡瑶卿给的 500 两银票，带了一批皮毛到归化，一到就出手了。

蔡瑶卿和祝掌柜惊讶地对视了一下，黄天虎掏出几张银票，转手后，连本带利一共是 3000 两银子，扣除了车马费，一共是 2800 两，邱老板帮他换成了银票，他把银票递给蔡瑶卿。

蔡瑶卿和祝掌柜又对视了一下，他们很震惊，蔡瑶卿没想到黄天虎这么会做生意，祝掌柜是觉得这笔钱来得真及时，蔡家有救了。

蔡雪端着一碗燕窝羹走来，听见里面在说话，就在门外倾听，蔡瑶卿不肯要黄天虎赚的钱，德昌只要 500 两本银，其余的都是黄天虎的。

黄天虎着急地对蔡瑶卿说："老爷！你不是还没有把我赶出门吗？你就

当是我为德昌出了一趟差，行吗？"

　　蔡瑶卿说："可是……"

　　黄天虎不等蔡瑶卿说完接过话说："老爷，我知道，我现在回来不合适。我马上就走，不给您添麻烦。"

　　蔡雪听到这里生气了，端着一碗燕窝羹，推门进来，将碗搁在桌上，转身就走，蔡瑶卿就对蔡雪说："雪儿，黄天虎回来了。"

　　蔡雪头也不回说："哼，回来了有什么了不起？回来了马上就走，还不如不回！"

　　蔡雪走了，蔡瑶卿嘿嘿笑着解围说："大小姐的脾气，唉，你也知道的。"

　　黄天虎站起来，他没怪蔡雪，这次路途遥远，北方的皮毛好，他给老爷和三爷各带了件羊皮小袄，给祝掌柜带了顶毛帽子，给大小姐带了条狐狸围脖，祝掌柜很感动，黄天虎这么老远地出门一趟，还记得给他带礼物，蔡瑶卿也感动得说不出话来，这孩子太重义了。

　　黄天虎告辞要走了，蔡瑶卿让黄天虎把蔡雪的礼物亲自送去，黄天虎为难地看着蔡瑶卿，蔡瑶卿挥挥手说："没事。去吧。"

　　黄天虎去了蔡雪的卧室，可他站在门外不敢进去，他喊："大小姐。"蔡雪听到了喊声，但是背对着半掩半开的门，不理他，黄天虎再次喊："大小姐，我……"蔡雪转过身，冷冷地说："你不是觉得在这里不合适吗？还来干什么？"

　　黄天虎很窘迫，他说："我给你带了一点小礼物，谢谢你的鞋。"

　　蔡雪冷冷地说："我不稀罕，拿走！"

　　黄天虎无奈，将包袱挂在门把手上，转身就走，憨子刚刚从蔡三爷房里出来，看到了这一幕，他看见黄天虎从后门出去了，便悄悄走向蔡雪门口，蔡雪以为黄天虎还在门口，改了口气说："莫怪我，你一去那么久，又没个音讯，我只能天天给观音菩萨烧香，祈祷你平安。可是你一回来就要走，连话也不跟我说，这叫人怎么想，难道你心里就没有一点点我？我真的……很想你……"

憨子外头偷听得面红耳赤，蔡雪发现外面没有声音了，她拉开房门，看见的却是惊愕的憨子，憨子支吾说"我……"，蔡雪又羞又怒，把门砰的一声关上。

～ 3 ～

刘祥云来蔡家找蔡雪，他问德昌号的伙计大小姐在家吗？伙计让他稍候，他去看看。伙计对蔡雪通报刘家二少爷来了时，蔡雪正被黄天虎弄得烦躁不安，说了一句："不在！"伙计出去对刘祥云说大小姐不在家，刘祥云告诉伙计要是蔡雪回了，就说他来过。

刘祥云从蔡家出来后去了圣保罗教堂，他走进阅览室时，刘安走到他身旁说："上海又寄来了一批《圣经》，要不要看看？"

刘祥云说看，刘安递给他一本精装的《圣经》，刘祥云接过，坐在临窗的地方，翻开精装的封面，一个刊名赫然出现：《湖北学生界》，他惊讶地抬头望着刘安，刘安却微笑地看着他。

刘祥云迫不及待地翻阅起来，刘祥云喃喃读着："'入东西之学说，唤起国民之精神'……好啊！"刘安过来问他："怎么样？亲切吧？"

刘祥云兴奋极了，刊物的编辑者，好多都是同乡，同志。他要在东京，肯定会加入的，刘安打开另外一本《圣经》，里面是另外一本刊物《浙江潮》，这也是日本留学生鼓吹革命的一本刊物。

刘祥云惊讶地问："《浙江潮》！这么快就可以看到啦！？"

刘安说："鲁兹通过教会系统，在上海购买，很快就可以寄到武汉。你快看，武昌昙华林那边的阅报室，也有很多人等着看呢。"

刘祥云告诉刘军，那次他看到有好多的新军军官也在昙华林看书，他要刘安注意，刘安说他在新军里混过几天，他倒是觉得，如果要革命，不可忽视军队，刘祥云如有可能，也可去新军里活动，刘祥云点头，他本来就是武备学堂推荐去日本的，军界的新旧故交颇多，进入倒是不难，他要好好想想，怎么进入新军队伍去。

刘祥云和刘安商量了一会儿，就各自分开了。刘祥云回到了家里，哥哥刘钦云要带他去汉口郊外骑马，刘祥云就和哥哥一起去了郊外，刘祥云一边跑马，一边回头看，刘钦云策马奋力追赶。

刘祥云放慢了节奏，刘钦云追了上来说："哎呀！不行啦！"

刘祥云夸哥哥说："哥，你英雄不减当年！我是骑兵专业，你能这么快赶上，已经很不错啦。哎，你叫我到这里来看看，看什么呀？"

刘钦云笑着说看风景，刘祥云已经知道哥哥是醉翁之意不在风月，刘钦云下马，信步朝湖边走去，湖水荡漾，野鸭惊得从芦苇丛中飞起，刘祥云捡起一块石头，朝水面掷去，刘钦云指着后湖说："这一大片湖，哥都买下来了。"

刘祥云问哥哥买湖干什么？刘钦云觉得汉口的人口是越来越密集了，刘祥云又捡起一块石头，打水漂，他知道哥哥带他来看地，哥哥想圈地搞房产，刘钦云点头，这些年，跟洋人打交道，他开始明白了，这最大的生意，不是父亲那一代人倒腾的茶叶，而是地产！房地产！这些年，刘家在码头上打打杀杀，争来夺去，抢的就是那么巴掌大的一块地。这汉口就像个人，他现在还小，还是个学生娃，但他总要长大的，现在站的地方，就是将来的汉口，将来的码头。

刘祥云被哥哥的计划弄得很兴奋，他错看自己的大哥了，刘钦云这时也捡起一块石头，朝水面扔去，一边扔一边说："你以为哥只是个码头老大是吧？我告诉你，康梁来人联络两湖会党，我也参加过几次集会。"

刘祥云笑起来，他问大哥是不是也想造反？刘钦云趁机教训弟弟，他一看康梁那架势，就觉得是秀才造反，绝对不行，刘祥云的那些同学，本来都有大好的前程，都被砍头了。

刘祥云收起笑容，他才知道大哥带来他这里不是看圈的地，而是打算教训他，退出参加的革命圈子，刘钦云见弟弟不高兴了，就拍着他的肩膀说："你都留过洋了，我教训你干什么？我是想告诉你，这么大的一副担子，哥一个肩膀，挑不起啊！"

刘祥云就问大哥："你想让我经商？"

刘钦云摇头，对于留洋的刘祥云而言，让他经商，是大材小用了，他想过了，他要送弟弟去新军，去拿枪。这世道越来越不太平了，他们刘家的祖宗基业，就凭麻子手下那几杆破枪，是根本保不住的，要想自保，要想把生意做强做大，在这不太平的年月里，军队才是最有力的保障。

刘祥云没想到大哥要送他去新军，他觉得他大哥经商也大材小用了，他应该去当封疆大吏，像香帅那样，做一方诸侯。

刘钦云笑了起来，他对弟弟说："那你的第一枪，就该敲掉我啦！"刘祥云也笑了起来，兄弟俩为了他们的共识，第一次紧密地站在了一起。

~ 4 ~

在新成洋行，伊万诺夫亲自给李秘书搅拌咖啡，李秘书发的电报和明信片，他都收到了，他夸李秘书，帮他了却了一个大心愿，他的忠诚和勇敢，会得到回报的。

李秘书被伊万诺夫夸得很不好意思，跟黄天虎相比，他差得远了。刚开始，他没把黄天虎放在眼里，处处为难他。可是，不论是遇到土匪，还是沙漠中的风暴，黄天虎都走在最前面，他在沙漠中迷路，就是黄天虎坚持要找他，最后把他救出了沙漠，要不是黄天虎，他恐怕不会站在这里了。

伊万诺夫已经从李秘书电报中知道他对黄天虎的评价了，他也会给黄天虎报酬的，这时李秘书极力在伊万诺夫面前推荐黄天虎，他认为黄天虎看中的恐怕不是钱，他的确是个人才，新成洋行需要这样的人才。

伊万诺夫微笑起来，对于李秘书的建议，他会认真考虑的。

伊万诺夫在考虑他的洋行要不要黄天虎这个人才时，黄天虎去了小莲所在的茶楼。他除了给蔡家带了礼物外，也给小莲买了礼物，他给小莲带了一条皮毛围脖，当他到茶楼后门时，后门停着一辆马车，小莲走出门，黄天虎发现小莲，很开心地准备迎上去，阿廖沙却出现了，他扶小莲上车，黄天虎想喊小莲，却喊不出来，他眼睁睁地看着马车离去，皮毛围脖一下子变得如千斤重一般。

黄天虎也不知道自己是怎么样离开茶楼的，可他一点都不怪小莲，在他的心里，小莲占据着太大的空间，以至他看不到蔡雪为他担心的种种，看不到娜佳关心的眼神。

伊万诺夫决定让黄天虎来他们洋行做事。当黄天虎走进他办公室时，他上前说："呵！我们的勇士回来了！快请坐！"

李秘书闻讯过来，与黄天虎亲切握手，拥抱，李秘书去给黄天虎倒茶，伊万诺夫说李秘书非常赞赏黄天虎，感谢黄天虎救了他的命，黄天虎谦虚地说："沙暴一来，我其实也吓蒙了。沙丘一下子就移动了位置，骆驼也跑散了，好险啊！"

秘书端来茶盘，先送给伊万诺夫，然后送给黄天虎后接话说："我一看地形不对，就乱跑，瞎找，结果越跑越远。"

秘书说完这些，就退去了。伊万诺夫问黄天虎想过到他们洋行来工作吗？

黄天虎很诚实地说："过去没有，现在想了。"

伊万诺夫问为什么？黄天虎现在觉得做生意，挺有意思的。

伊万诺夫对黄天虎说的挺有意思，很不理解，他诧异地看着黄天虎，黄天虎很骄傲地说："是啊。我看到我们家乡的茶叶，走了那么远的路，送到很远很远的地方，有那么多的人愿意买，喜欢喝，我就很高兴。买的愿意买，卖的愿意卖，买的人很高兴，卖的人赚了钱，也很高兴，不是挺有意思吗？"

伊万诺夫听了黄天虎的话，惊异地问他不觉得苦吗？

黄天虎说："干活嘛，哪有不吃苦的？"

伊万诺夫很欣赏黄天虎这种态度，黄天虎是个很聪明的人，他很愿意黄天虎来帮助他，他给了黄天虎两个选择，一个是，到肥码头去，当工头；一个是，到他们洋行来，做生意。但是，如果到洋行来，学做贸易，而且，是茶叶贸易，他可能会在阿廖沙的手下工作，他们之间有一些不必要的误会，阿廖沙很任性，他可能会为难黄天虎，黄天虎愿意吗？

黄天虎选择到洋行学做生意，至于阿廖沙，他不会去冒犯他的。伊万诺夫其实也想到黄天虎会这样选择的，他越来越相信黄天虎的智慧，还有勇气，他确实如李秘书所言，是一个不可多得而且可以培养的人才。

黄天虎就这样进了新成洋行工作。

第一天去阿廖沙办公室时，阿廖沙坐在转椅上剪指甲，腿跷在大班桌上，黄天虎站在那儿，已经好长时间了，阿廖沙的指甲终于剪完了，他说："我很不明白，你明明知道我讨厌你，恨不得你马上消失，你为什么还要来我们洋行工作?"

黄天虎不出声,阿廖沙继续说:"我不喜欢你现在这个样子,你可以说话,对了,我们也可以再决斗。我告诉你,你只会是失败者。"

黄天虎终于说话了:"我也不喜欢你。我喜欢的是这份工作,不是你,但我不会和你打架,我已经答应伊万诺夫先生了。"

阿廖沙冷笑起来,他要给黄天虎的第一份工作,就是打扫洋行的卫生,所有的,包括厕所,马桶,说着举起一只白手套冲着黄天虎吼:"记住!这是一只新的白手套,如果我的手套上有了一丝灰尘,你就给我滚蛋!"

阿廖沙将白手套扔到地上,黄天虎直直地望着他,深呼吸了一下,就开始打扫卫生。

黄天虎从拖楼梯开始,拖完又擦拭台阶上的铜条,再跪在地上,双手使劲擦拭地板,可在他的身后,他刚擦拭干净的地方,还没有干,阿廖沙又故意踩过,留下脚印,他又得重新去擦,不管阿廖沙如何对他,他告诉自己要忍住。

做完外面的卫生,黄天虎去卫生间擦拭马桶,李秘书知道阿廖沙在故意为难黄天虎,偷偷地给黄天虎送来去污粉,黄天虎感激地笑笑,继续擦着卫生间。

黄天虎把卫生做得极其干净,在阿廖沙的办公室里,黄天虎擦完阿廖沙的大班桌,一出门,伊万诺夫看了看黄天虎,就进门戴上白手套,伸出食指在桌上划了一下,举起来,洁白的手套,没有痕迹。

伊万诺夫就对阿廖沙说:"阿廖沙,够了。我需要的不是清洁工!"

阿廖沙嘲讽地:"你不是全权交给我处理吗?才过去了几天,你也受不了啦?我还没玩够呢!"

伊万诺夫看到阿廖沙在刚擦干净的地板上踩下脚印,他这种无理的行为,洋行的职员都看在眼里,实在有损形象。阿廖沙不理伊万诺夫的指责,而是坏笑着说:"哦,那我再给他安排新的工作。"

～ 5 ～

阿廖沙把黄天虎派去给他的卧室打扫卫生。

黄天虎去伊万诺夫公馆的时候，娜佳站在窗前看长江，她的油画《码头工人》还没有完成，黄天虎在画室门口问："小姐，请问你的画室需要打扫吗？"

娜佳一转身，看见了黄天虎，高兴地大叫着："哇！你回来啦！"黄天虎问她的伤好了吗？

娜佳的伤没伤到骨头，早好了。只是黄天虎的勇敢和坚强，她太佩服了。如果她没受伤，她都不敢说有决心走完全程，她要拉黄天虎进来坐，黄天虎笑着说："对不起，我身上很脏。我是按阿廖沙先生的要求来打扫卫生的。"

娜佳知道自己的父亲需要的不是清洁工，一定是阿廖沙指派黄天虎来家里做清洁，阿廖沙在折磨黄天虎，也在侮辱黄天虎。娜佳非常生气。

黄天虎见娜佳这么生气，就对她说："在中国的店铺里学徒，要扫三年的地，要跟老板娘倒三年的马桶。我现在只是才开始啊。"

娜佳要黄天虎就安安静静坐在这里，帮她完成这幅画，她去找秀梅，让秀梅帮黄天虎打扫卫生，黄天虎摇头，他不需要别人帮忙，他答应了的事情，就会做到底的。

娜佳叹口气，她知道黄天虎的脾气，不再说什么，黄天虎却神秘地笑起来，要娜佳闭上眼，娜佳也笑了，很听话地闭上眼，黄天虎掏出一个项链，举起来说："看看！这是什么？"娜佳睁开眼，眼前晃动着的，是一颗狼牙！

娜佳把狼牙项链戴在自己的脖子上，跑到镜子前照了照，十分高兴："嗯，我很喜欢，我要怎样感谢你呢？"

黄天虎趁机提出了一个请求，他想学英语，在洋行工作，不懂英语是不行的。而且黄天虎发现秘书和洋人打交道，说的都是英语，他就想英语肯定是很重要的一门语言。

娜佳清楚黄天虎的想法后，问黄天虎为什么不去找蔡雪呢？蔡雪的英语顶呱呱，比她好很多，黄天虎语塞起来，他也不知道为什么怕见蔡雪，娜佳笑着问："你不好意思，是吗？这样吧，我教你俄语，蔡雪教你英语，你都学一点点简单的对话，好吗？"

黄天虎就用俄语说了一句"好吧"，娜佳哈哈大笑，也用俄语连连说好，好。

黄天虎和娜佳商量定下学习的事后，就退出了娜佳的画室，他还要去做卫生，他不能让阿廖沙捉到他的过错。阿廖沙这时却在自己的办公室用鹅管笔写信，秘书进来后，他将信装进信封，对秘书说："派人马上送到德珍茶楼，潘小莲小姐。要快！一定送到她本人手里。"秘书接过信出去了，阿廖沙拨动转椅，转了一圈，将脚跷上大班台，得意地笑了。

秘书把阿廖沙的书信送到了德珍茶楼小莲手上，小莲看完信后，匆匆走出门拦住一辆人力车，就往前赶。

黄天虎正在阿廖沙的卧室里擦洗卫生间马桶，小莲忽然走进门叫"阿廖沙"，带着一手泡沫的黄天虎探出头，顿时愣住了，小莲也呆住了，问黄天虎："回来啦？"

黄天虎说回了，小莲就说："你去恰克图的时候，我很想去送你，可是那天阿廖沙不知给我喝了什么东西，我就睡着了。你肯定心里蛮恨我。"

黄天虎说没有，黄天虎其实有很多话要对小莲说，可他不知道说什么，小莲一问，他就被动地回答，当小莲问他怎么在这里时，黄天虎支吾着说他……找了个事做。

小莲就问阿廖沙是不是得了急病，黄天虎很奇怪，阿廖沙在他的办公室好好的，怎么会得急病？

小莲愤怒地骂了一句："这个骗子！"她转身就要走，黄天虎拉住她叫道："小莲！"小莲扯了两下，黄天虎不放手，小莲转身举起拳头捶打起着他哭了起来，她一边哭一边说："我叫你走！我叫你跑！你干脆死到外头，不要回来呀！"小莲说着就扑到黄天虎的怀里，号啕大哭起来。

娜佳听见了哭声，急忙下楼，她跑到阿廖沙的卧室门前，看见小莲和黄天虎正抱在一起，小莲在哭泣，她呆住了，黄天虎正在安慰着小莲："不哭了，不哭了啊！再哭，就没有葡萄吃了。"小莲这才破涕为笑，又要举手打黄天虎。

黄天虎躲闪时，发现了娜佳，他急忙推开小莲，叫了一句"小姐"！小莲一听，急忙闪开，娜佳进门问小莲怎么来啦？小莲掏出一封信，递给娜佳，娜佳一看信，呼吸急促起来，黄天虎奇怪地问怎么啦?

娜佳将信递给黄天虎，信上文字写着:我得了急病，快不行了，快到我家来见最后一面。

黄天虎问这是谁写的?

小莲生气地说:"还有谁?"

黄天虎明白了，他一下子愤怒起来，原来阿廖沙今天要他洗马桶，是想骗小莲来看他的笑话，黄天虎把袖笼子扯下，摔在地上说:"我不干了!"

娜佳连忙安慰黄天虎说:"他就希望你生了气甩手不干，你想上当吗?"

小莲总算明白是怎么一回事，黄天虎想在洋行做事，阿廖沙就用这样的方法整黄天虎，就是为了赶走黄天虎。小莲从地上捡起袖笼子说:"不就是刷马桶吗? 来，我和你一起刷!"小莲说完，就真动手刷着马桶，看看在卫生间刷马桶的小莲，黄天虎熄了火，一言不发地走进门和小莲一起刷着马桶。

伊万诺夫知道了这件事，他把阿廖沙叫到自己的办公室，抓起那封信，啪地拍在桌子上对阿廖沙说:"我警告你! 立即停止这些无聊的游戏! 否则我就把黄天虎调进别的部门。"

阿廖沙见父亲发火后，耸耸肩，走出了伊万诺夫的办公室。

在蔡家，蔡三爷的病还没有好，他靠在床上，左手在摇宝，骰子叮当响，他眯缝着眼，好像在听美妙的音乐，摇了一会，他突然睁开眼，喊:"单!"他颤抖着右手，揭开摇缸，一看，却是双，他气愤地将摇缸甩在床上。

蔡雪扶着蔡瑶卿到前厅坐下，对蔡三爷的这种状况，蔡瑶卿除了难过，他不知道再对这个不争气的弟弟说什么。

祝掌柜拿着厚厚的账本到前厅来了，秦老板派人来催款了，他也查了账，现在，要保住货栈，一是把历年储存的砖茶脱手，换取现银;二是卖掉新店的砖茶厂，今后不再制茶。

蔡瑶卿低头叹气，砖茶和砖茶厂如他的手心手背一样，都是肉，割哪里都会让他疼痛。可现在蔡家的情况，他再疼也还是要割，他决定先将砖茶出手，他不能让人家戳德昌的脊梁骨，他一生讲信用，不能因为不争气的弟弟，自毁一生的英名。

祝掌柜和蔡瑶卿一样心疼这些砖茶，砖茶有许多是贡品，是老太爷和蔡瑶卿多少年的收藏，他问蔡瑶卿不留一点？蔡瑶卿摇头，留了看着更伤心，壮士断腕，只能这样救蔡家了。

蔡家要卖掉砖茶的消息传出去后，伊万诺夫很高兴，他早就渴望收购这些砖茶，可蔡瑶卿一直不松口，现在机会来了，他把阿廖沙和黄天虎叫到他的办公室，他要他们赶快去联系，一定拿下来，价钱好商量。

阿廖沙不解地问伊万诺夫要那些老古董干什么？

伊万诺夫知道蔡瑶卿收藏的砖茶都是历史，都是宝贝，他要他们快去，阿廖沙却对黄天虎说："德昌号？那不是你的老东家吗？你去说一声，不就得了？"

黄天虎接过阿廖沙的话说："还是少爷出面吧。我陪少爷去。"

伊万诺夫要阿廖沙去，他代表新成洋行，黄天虎陪他去，这样才显得有诚意，阿廖沙又习惯性地耸耸肩，无奈地说了一句"好吧"。

伊万诺夫不看阿廖沙，而是对黄天虎说："黄天虎，你现在是新成洋行的人。这是生意，你们中国人说，在商言商，亲兄弟，明算账，我希望你站在我们洋行的立场，你明白吗？"

黄天虎点点头，他要伊万诺夫放心，他知道这是生意，尽管他为蔡瑶卿难过，可生意归生意，他会在商言商的。

伊万诺夫很高兴，他要的就是黄天虎的这个表态，他挥手让阿廖沙和黄天虎去办这件事，他会在家里等待他们的好消息，这批砖茶对于他来说，是他的梦想，也是他一直想收藏的珍品，只要黄天虎愿意去谈，他相信黄天虎会拿下来的。

第十四章　蔡府分家

～ 1 ～

阿廖沙和黄天虎为蔡家的砖茶直奔德昌号。黄天虎一进门，祝掌柜就迎上前和黄天虎打招呼，黄天虎赶紧给祝掌柜介绍新成洋行的阿廖沙少爷，想拜会蔡老爷，祝掌柜笑着脸相迎阿廖沙，并通报蔡瑶卿。

黄天虎和阿廖沙一起进了蔡家的前厅，阿廖沙左顾右盼后问："这就是你老东家的家？"

黄天虎指着前厅为阿廖沙介绍：这是前店后厂，汉正街的商户都这样。阿廖沙对黄天虎的介绍不感兴趣，他提醒黄天虎，现在的老板是谁，没忘吧？

黄天虎当然没敢忘，只是阿廖沙不放过任何一处教训黄天虎的机会，他对黄天虎说："没忘就必须保证我们的利益，要是你脚踩两只船，我马上就把你赶出新成洋行！别指望我父亲还会救你。"

黄天虎一愣，点点头，这时蔡瑶卿在祝掌柜的陪同下过来和阿廖沙打招呼："阿廖沙先生，欢迎，欢迎。"

黄天虎问蔡瑶卿好，阿廖沙开门见山地对蔡瑶卿说："蔡先生，听说你经商之余，还搞砖茶收藏，如今想出售藏品，我想来开开眼。"

蔡瑶卿没想到这消息传得这么快，也没想到伊万诺夫来得也这么快，他稍稍犹豫了一下，就示意祝掌柜去拿，片刻后，祝掌柜捧着几只精致的木箱回到客厅。一块块包装精美的砖茶被摆放到了桌上，有的砖茶的包装纸上还印着金龙，阿廖沙是第一次见到这么多砖茶，他兴奋极了，小心翼翼地拿起一块，惊讶地问："道光九年？这可是献给皇帝的贡茶！不得了，就像古董一样，我真是大开眼界啦。"

蔡瑶卿拿起一块包装纸上印着外文的对阿廖沙说："你再看看这块，你应该知道它的来历。"

阿廖沙看了看，茫然地摇头，蔡瑶卿告诉阿廖沙，那是他爷爷当年生产的砖茶，阿廖沙大吃一惊。

从蔡瑶卿父亲开始，蔡家就喜欢收藏，刚开始，就是一般爱好，后来，德昌自己生产的砖茶，包括贡品砖茶，每次生产后，都留下了一部分，伊万诺夫家砖茶厂历年生产的砖茶，蔡瑶卿也收藏了。在汉口只是一部分，还有的，都留在乡下。

阿廖沙问蔡瑶卿："这批藏品，蔡老板打算卖多少钱呢？"

蔡瑶卿一下子正色起来，他突然不想卖了，他对阿廖沙说："多少钱也不卖。"

在一旁看这些藏品的黄天虎，一直没有开口说话，这时听了蔡瑶卿的话，长长松了口气。

阿廖沙奇怪起来，他做蔡瑶卿的工作说："蔡先生，我们新成洋行很有诚意收购你的藏品，你只管开价吧，你应该知道我们的实力。"

蔡瑶卿立即把脸沉了下来，说了一声："送客。"祝掌柜站起身做了一个"请"的动作，阿廖沙莫名其妙地问："蔡先生，你不卖怎么又放消息出去？你这不是故意吊……吊人家胃口？"蔡瑶卿心里很难受，他一转身，什么话都没有再说，就走了。

阿廖沙带着黄天虎气冲冲地离开了蔡家，回到新成洋行后，阿廖沙去伊万诺夫办公室汇报去蔡家的情况，黄天虎则去了伊万诺夫公馆。他要找娜佳，约蔡雪出来，他好拜她们学英语和俄语。

当夜幕来临的时候，黄天虎、娜佳和蔡雪一起去了邦可咖啡屋，在咖啡屋灯光迷离之中，调酒师在调配各种饮料和咖啡，当服务生端来咖啡送给黄天虎他们时，娜佳变得格外活跃，她要黄天虎和蔡雪快喝咖啡，黄天虎端起杯子，喝了一大口，随即皱起了眉头，娜佳见了，就笑了说："哪有你这样喝咖啡的？蔡雪教教他。"

蔡雪没心思，她问娜佳叫她来干什么？她父亲身体一直没恢复过来，她没有心情坐在这里享受咖啡。娜佳见蔡雪心情不佳，就让黄天虎有什么话快对蔡雪说，她看到有朋友在另一边，过去招呼一下再来。

娜佳走了，蔡雪问黄天虎有什么事就快说，黄天虎急忙解释说："大小姐，今天我去德昌，看到老爷要转让珍藏多年的砖茶，我很难过。老爷这样做，是为了货栈，但货栈……"蔡雪打断他话说："你关心货栈就直接去找我爸啊，找我干什么？"

黄天虎叹了一口气，在汉口码头，谁不知道蔡老爷一辈子讲味口，他是宁肯自己受罪，也要讲面子的。他去说，蔡老爷怎么会听？蔡雪心里很感动黄天虎这么在意她家，可语气仍旧冷冷地说："你是说，我爸是死要面子活受罪，是打肿脸充胖子，是吧？是的，你说得很准。没事，我帮你约，你直接跟我爸说去。"

黄天虎说实话了，他对蔡雪说："大小姐，谁不知道老爷听你的话呀？你去说，老爷肯定听，嘿嘿。"

蔡雪问黄天虎，他现在是新成洋行的人，怎么一门心思帮德昌着想？黄天虎突然认真地说："我怎么就不是德昌的人啦？是老爷叫我出去打个转，避避风头，我还是要回来的。"

蔡雪终于笑了，这些天对黄天虎的气终于消失了，她玩笑式地说："一板正经的，好像德昌少了你就活不成了。"

黄天虎也笑着说："嘿，是我离了德昌就活不成了。"

蔡雪嗔道："哼，就一张嘴。"

黄天虎赶快笑着要蔡雪做自己的老师，蔡雪就教他喝咖啡要小口小口喝。黄天虎要学英语，咖啡怎么喝，他才不在乎，蔡雪惊讶起来，黄天虎解释，洋行的人开口就是英语，他完全成了哑巴，他喊蔡雪："大小姐，你教教我吧。"

蔡雪就知道是娜佳出的主意，只是黄天虎怎么不去找她学？她有些奇怪，黄天虎告诉蔡雪，娜佳说蔡雪的英语好，再说，他和蔡雪是邻居，请教也方便，蔡雪心里很高兴，却故意淡淡地说："想不到啊，我蔡雪在你心里，还能派一点用场，原来我一直以为我一无是处呢。"

黄天虎接过蔡雪的话说："不不不，大小姐在我心里，一直是……"

蔡雪期待地问黄天虎一直是什么？黄天虎支吾了半天说出几个："是大小姐呀。"蔡雪又生气了，她对黄天虎说："莫哄我了，你心里就只有一个小莲！"黄天虎支支吾吾，说不出话来。

这时娜佳带刘祥云过来了，娜佳喊："雪儿，你看是谁来了？"蔡雪惊喜叫了一句："祥云，你怎么在这里？"

刘祥云微笑地望着蔡雪，他和几个报社的朋友在一起聊天，正好碰到了娜佳，知道蔡雪在这边，就过来打个招呼，他看到了一旁的黄天虎，就礼貌地问黄天虎是哪一位？

蔡雪介绍说是黄天虎先生，新成洋行的。黄天虎连忙把手伸向刘祥云说："你好。"蔡雪介绍刘祥云，刚从日本留学回来，她的私塾同学。

刘祥云打量着黄天虎说了一句"幸会"，娜佳邀请刘祥云一起坐坐喝杯咖啡，刘祥云没有坐下，推说那边还有朋友，就走了，蔡雪追到刘祥云身后说："祥云，那天你找我，正好我不舒服，对不起啊。"

刘祥云说没关系，也没停下来，一直往前走，蔡雪不好再追，黄天虎远远看着他们，却有一种不舒服的感觉侵入，他也不知道他是怎么啦？

第二天，蔡雪把黄天虎带到自己家，蔡雪已经把黄天虎的话告诉了蔡瑶卿，蔡瑶卿现在要黄天虎有话跟他直说无妨，黄天虎望着蔡瑶卿，想了想说："我……我只是想，马上就要开春了，明前茶，雨前茶，眼看就要上市了。现在，正是要用货栈的时候；而且，德昌号的货栈，是个专门的茶叶货栈。我听说，老太爷当年建造这个货栈的时候，光是地板，就一层石灰，一层木板，一层石灰，一层木板，硬是铺了三层，所以储存茶叶，特别收潮。这样好的茶叶货栈，丢掉了，实在可惜呀！"

蔡瑶卿对黄天虎的话很惊讶，他怎么对货栈这么了解呢？黄天虎也是从欢喜爹爹那里了解了货栈的特性，这么好的货栈，如果就这样丢了，实在是太可惜了。

蔡瑶卿感叹了一下，黄天虎了解得这么细，比他那个不争气的弟弟强多了，面对黄天虎，他实在是觉得惭愧极了，蔡雪在黄天虎说话的时候，一直看着他，她也没想到黄天虎如此熟悉这些。

黄天虎诚恳地要求蔡瑶卿宁可赔钱，也不能丢掉货栈，尤其是春茶上市的时候，蔡瑶卿长叹一声，没有说话，黄天虎接着说："我这次到北方，亲眼看见兄弟一样的朋友，做起生意来，一分一厘地争，红着眼睛，恨不得动刀子；谈好了，又大碗喝酒，碰杯。赚一分钱，一厘钱，真的好难啊。这个货栈的业主，不是三爷啊，能争回来一点，就是一点，那是老爷和德昌号的血汗钱，老爷为什么就不去争呢？"

蔡雪忍不住插嘴说："面子呗！我爸把面子看得比命还要紧。"

蔡瑶卿沉吟起来，黄天虎说的道理，他不是不懂，但在汉口这个码头，有它自己的码头规则，说话算话，搭白算数，愿赌服输，一诺千金，莫要小看这码头上的面子，它其实就是一个人的信誉，一个商铺的招牌，这个信誉和招牌，是拿钱也买不到的。这些蔡雪和黄天虎能懂吗？

黄天虎对于码头规则还是清楚一些，他劝蔡瑶卿想别的办法筹集资金，不要出让藏品，找钱庄借款或者找银行，汉口有这么多的银行，德昌信誉这么好，别人一定会放贷的。

蔡瑶卿笑了起来，他没想到黄天虎到洋行泡了几天，泡出点洋味来了，黄天虎在洋行确实很多感触，洋行也是经常用银行的钱去做大生意的，蔡雪也情不自禁地认为黄天虎的办法蛮好，蔡瑶卿瞪了她一眼说："大人谈生意，你岔什么嘴？"

蔡雪指着黄天虎问："他也是大人？"蔡瑶卿没理蔡雪，而是转而对黄天虎笑着摇摇头，德昌号还没到山穷水尽借钱的地步，尤其是找外国人借钱，他就是讨饭也不会去的。他要是开始借钱了，他这张老脸往哪儿搁？那谁还敢来跟他做生意？在汉口码头做生意这么多年，他的信誉一直是公认的，现在家里是周转不灵，可他说什么也不会去借钱。

黄天虎见劝不了蔡瑶卿，也不知道说什么好，蔡瑶卿还是心领了黄天虎的好意，也知道了黄天虎的心一直在德昌，这让他很高兴，有这一点，他就很知足了，他想到时候要黄天虎回来帮他，黄天虎是不会推辞的，有黄天虎对蔡家的这份心意，他还有什么过不去的坎呢？

～2～

刘钦云带着麻哥去了维多利饭店，秦老板迎上前，把他们带进了门，刘钦云边走边说："货栈怎么还没有到手？我们可是有约在先的。"

秦老板赶紧解释，他也想快点到手，也怕夜长梦多。可是，蔡老三一病不起，蔡瑶卿也跟着气病，他也不好催得太紧，他毕竟还要在汉正街混。

刘钦云也不是要秦老板逼死蔡家兄弟，猴子不上树，多敲几遍锣，秦老板问了一句刘老板的意思是？刘钦云不作声，往前走去，秦老板急忙跟上他，心里还琢磨着刘钦云的意思到底是什么，最后还是麻哥提醒秦老板找蔡三爷本人谈。

刘钦云和麻哥走了后，秦老板去了汉正街，蔡三爷拄着拐棍，在憨子的搀扶下，摇摇晃晃地走来，有人打招呼："哟，三爷！出来啦？"三爷甩开憨子的手，大声说："出来了！老子的腰睡疼了，出来转转。"

秦老板在汉正街茶楼临窗的雅间约了蔡三爷，他和蔡三爷对桌而坐着，憨子在一旁上茶，蔡三爷问秦老板是不是怕他死了，锅里的鸭子就飞了？

秦老板赔着笑脸说，蔡三爷福大命大。蔡三爷却不甘心输了一回，还要来接着赌，说下回秦老板的钱庄就得改姓蔡。

秦老板笑起来说："好！我就喜欢三爷的性格，豪爽，痛快，所以，货栈的事情，我从来都不催。"

蔡三爷听了秦老板的话说："你现在不就在催吗？我告诉你，要货栈，没有！要命，有一条！"

憨子闻声，连忙跑进来，紧握双拳。

秦老板冷笑着说："三爷，我可不是属兔的！要是怕你，我会孤身一人来找你？早把刀子架你脖子上了。"蔡三爷挥手要憨子出去，憨子后退着出了门。

秦老板继续说："三爷，我知道你讲江湖规矩，赌债不还，不用我下你饺子，你自己会找个歪脖子树吊上去。我是体谅你为难，德昌号是你大哥当家，你是个甩手掌柜。货栈的事，你要是不好出面，我就直接跟你大哥要去，反正有字据在，你看如何？"

蔡三爷连忙摆手，他已经把蔡瑶卿气得吐血了，他自己的屁股自己揩，是红是黑，他认了。秦老板却不干，蔡三好汉一条，光棍一个，他自己认了有个屁用？蔡三爷赌了狠，那他不是亏大了？刘钦云那边还在催呢。

蔡三爷问秦老板要怎么了结？秦老板举起茶杯，一饮而尽说："我听说你大哥已经在卖家底了，德昌账上，还能有几两银子？他要是手头宽裕，早就帮你把屁股擦干净了。"

蔡三爷不耐烦了，他不想听这些，问秦老板有什么屁，直接放，别拐弯抹角的，秦老板就给蔡三爷出了一招：分家。只有分家，蔡三爷才能拿到货栈、拿到银子。

憨子把这些都听在耳朵里，等蔡三爷他们谈完话后，他送蔡三爷回家就直接去了货码头，一群码头工人正在扛包，黄天虎、九戒、黑皮、吴哥站在一侧商量事情，憨子叫："天虎，你怎么跑码头上来啦？害我找死。"

黄天虎也是为蔡家的事想请兄弟们出出主意，憨子却对黄天虎说："蔡家现在好多了。唉，虎子，我劝你一句，你已经在洋行里做事了，你就别管他们蔡家那些闲事了。"

蔡家对黄天虎那么好，现在人家有难了，黄天虎不能袖手旁观，憨子却觉得这是人家的家务事，他们帮忙肯定是越帮越忙，黄天虎就是不忍心看着蔡老爷伸着脑袋接石头，黑皮也不喜欢站在黄鹤楼上看船翻。憨子说他有个办法，可以救蔡老爷，黄天虎让他快说，九戒开玩笑说："叫孙悟空拔根汗毛，一吹，变一大堆银子！"

憨子在说正事，没心情和九戒瞎开心，黄天虎的那个洋老板，想买蔡老板的砖茶，他觉得可以联手做个笼子：先让蔡老板答应卖给他，开价十万两银子；然后呢，他们用别的砖茶将那些收藏品换下，调个包，这不就两全其美了。

黄天虎问："调包？嗨，你以为人家是傻瓜呀？"

憨子说："这件事，只要你不说，我不说，那就成了。"

黄天虎反对，憨子生气了，黄天虎刚才吵着要救蔡家，现在有办法了，他却要退缩。黄天虎说，是要救蔡家，要救也不能做这种烂屁眼的事，憨子火了，他质问黄天虎："你说谁烂屁眼了？"

黄天虎也不甘示弱地说："就是你！"

憨子翻脸了，一把揪住黄天虎说："噢！就你干净！就你正经！你从蒙古带皮子过来，还不是走私货？"

黄天虎也火了，说憨子在胡扯，憨子用力推了他一把，两人打了起来，吴哥急忙将两人拉开说："打破碗说碗，打破碟说碟，别扯来扯去了。都是兄弟伙里，都放平和些，再想个办法。"

"你让黄天虎想去！"憨子气冲冲地走了，不再理这些兄弟伙的。

蔡三爷从汉正街回家后，直接找到了蔡瑶卿，蔡瑶卿和祝掌柜正在算账，祝掌柜见了三爷，赶紧站起来说："三爷，您坐。老爷，那我先到柜台去照护一下。"蔡瑶卿点点头，祝掌柜出去了。

蔡瑶卿关心地问蔡三爷："今天好像气色不错？"

蔡三爷坐下身，他是为货栈的事而来，这件事不解决，总是个心病，蔡瑶卿问他准备怎么解决？

蔡三爷想他家这货栈，怎么着也值上十万两银子，他看家里现在一口气也拿不出来，后来听说蔡瑶卿准备卖收藏的那些东西，他听了就心疼，那是他的罪过。

蔡三爷和蔡瑶卿说话时，蔡雪站在门口倾听着，蔡瑶卿为弟弟的赌债也在想办法，只是银子不会从天上掉下来。

蔡三爷就开始说："大哥，这些年，我不争气，老是惹你生气着急。你看我，这么大一把年纪了，总不能让你操一辈子心吧？"

蔡瑶卿似乎意识到了什么，问蔡三爷说这话是什么意思？

蔡三爷终于提出分家，树大分丫，人大分家，蔡瑶卿走他的阳光道，他走自己的独木桥，今后他是死是活，不再找大哥的麻烦了。

蔡瑶卿一听，气得发抖，他指着蔡三爷喊："你想分家？你，你再说一遍？"

　　蔡雪怕父亲又犯病，赶紧进屋要她的三叔有话好好说，蔡三爷站起来，生气地拍桌子说："雪儿来得正好！那我就再说一遍：分家！货栈的事情，我蔡三一人担着！与你们无关！"

　　蔡雪劝蔡三爷说："三叔，都是一家人，分什么家呀！"

　　蔡三爷说，这些年，他也受累了，也受够了，亲兄弟，算明账，铺子，货栈，还有茶山，统统都分。

　　蔡瑶卿气炸了，说："你还想分祖宗的茶山？休想！货栈你也休想拿走！"

　　蔡三爷说："那就算钱！把我的一半算现钱！"说完，他拔脚就走，蔡雪拦住他喊"三叔"，蔡瑶卿不让蔡雪拦，放他走，蔡雪无奈，闪开，蔡三爷拄着拐棍，一瘸一瘸地走了。

　　蔡瑶卿满脸通红，坐着不动，蔡雪吓坏了喊："爸，你没事吧？"

～ 3 ～

　　刘祥云加入了新军。这天阳光灿烂，湖北新军骑兵驻地上，一匹战马正在疾驰。两队新军士兵凝视着战马，几名军官也盯着战马，骑马的是刘祥云，他穿着马靴，举着军刀策马奔来。跑道两侧，设置了 7 个不同的靶子，有球型、环型和柳树枝等象型靶。刘祥云策马疾驰中一只手举起军刀，一只手操纵马匹，采用左劈、右劈、上刺、下刺等刀法，将所有目标斩落在地。

　　骑兵们喝彩，军官们也都鼓掌，一旁的军官注视着刘祥云，他就是武汉新军的最高领导人，第八镇统制官章彪，他对刘祥云这一系列表现，满意极了。

　　刘祥云是刘钦云找关系送进新军的，起先章彪也没把刘祥云当回事，这些商家的公子哥，能派个差就不错，现在在驻地上训练，刘祥云标准的动作，确实让他吃惊了一番。

　　这天刘祥云回到刘府，他梳洗干净，身着便装走进餐厅，刘钦云问他："听说你露了一手？"

　　刘祥云笑着坐下，他感觉好久没出操，没以前做得好，刘钦云却举起一杯红酒向他祝贺，为了弟弟的回归，也为了章彪的赏识，他们兄弟俩要干一杯。刘祥云举杯和大哥碰杯，他是要感谢大哥，刘钦云却说："我准备办个堂会，请章彪大人，还有各界的朋友们，聚一下，为你进入新军铺铺路。你也可以邀请你的朋友，一起来玩玩。"

刘祥云问大哥准备请哪个戏班？刘钦云也清楚刘祥云最近泡了不少茶馆，让他推荐一下，刘祥云挑了德珍茶楼的花鼓戏班，那个真旦唱得不错，刘钦云笑着问："哦，你喜欢上了？"

刘祥云摇头，他就是觉得不错罢了，刘钦云赶忙让弟弟别忘了请蔡家大小姐，他还是很希望弟弟和蔡家大小姐结为百年之好的。

兄弟俩商量好这件事后，分头去准备。

去德珍茶楼，刘钦云派麻哥去，麻哥在两个背着枪的马仔陪同下走进门问，小莲呢？班主急忙迎上前说小莲生病了，起不来。

麻哥落座，跷起二郎腿问："什么病啊？这么娇贵？"

班主说："发烧，嘿嘿，高烧，还没有退，嘿嘿！"

麻哥不讲理说："高烧？我们家老爷马上就要办堂会，她竟敢发高烧？"

班主气得发抖，可仍然挤出笑脸说："大爷，你这话说的……她生病时，您不是还没来吗？"

麻哥说："那大爷我今天来了，非要她出来见我不可！不就是一戏子吗？戏子么，就是让人看的，让人说的，让人玩的，哈哈。"

班主没办法，只好对麻哥承诺堂会他们去就是了，他们会尽力的，麻哥却拍了一下桌子问："那戏台上是你去唱啊，还是我去唱啊？啊？"

小莲披头散发，披着一件棉袄，扶住墙，慢慢走来，班主急忙去搀扶她，小莲说："我、我不来，大、大爷他不走啊。"

麻哥哈哈大笑，骂着，老子想要谁来，就是阎王爷，都得乖乖地来。小莲虚软地坐下说："大爷，我来了，你说吧。"

麻哥说他家老爷要请客，来的都是朝廷大官，马虎不得，他们要准备好戏目，拿出最拿手的，别给他家老爷丢脸，小莲说知道了。麻哥满足了，说，唱好了，大大有赏，要是唱不好，那就别怪他不讲情面，说完麻哥站起身，走到小莲的面前，摸了摸小莲的脸，小莲急忙躲闪，麻哥却哈哈大笑，扬长而去。

小莲靠在班主身上抽泣起来，班主扶着她进屋休息，他去请魏神仙来给小莲看病，这个麻哥，他们得罪不起。

魏神仙来后，他在给小莲拿脉，班主焦灼地站在一边，而在茶楼门口，黄天虎在门口徘徊着，他也是刚刚知道小莲生病的事情。

当魏神仙看完小莲的病走出门时，班主请他到起居间，端来热水，请他洗手，班主问："神仙，病重吗?"

魏神仙说小莲受了风寒，吃了他的药，应该会马上退烧。只是小莲底子虚，长期劳累，气血两虚，今后要注意好好调养，班主谢过魏神仙后，说了实话，后天有个重要的堂会，小莲非得上台不可，不知魏神仙有无妙方?

魏神仙对班主说："人间万事，不能超违天命哪! 千金身体如此虚弱，且在重病之中，哪能上台唱戏呀! 你既是班主，更是父亲，孰轻孰重，你自己掂量吧。"

班主叹气，这堂会是刘钦云老爷家的，在汉口谋生，哪敢不去，魏神仙听说是刘家，也知道得罪不起，他就给小莲准备了一粒药丸，堂会当天服下，可管两个时辰，"注意，两个时辰之内，一定要小莲马上休息，不然，只会加重病情"。

班主送走魏神仙后，小莲向父亲提出想见见黄天虎，她想跟黄天虎说句话，班主迟疑了一下，待会阿廖沙要过来，他要小莲少说几句话，小莲点头。

班主出门片刻后黄天虎就走进来，坐在床边问小莲好些了吗? 小莲看见他，忍不住又是泪汪汪，她对黄天虎说："哥，你带我走吧，我实在是受不了了，我不想在汉口待下去了! 我不想唱戏，不想天天赔笑脸了!"她一把抓住黄天虎的手继续说："我想回家! 我想跟你去偷葡萄，捉泥鳅……"她说着，眼泪大滴大滴地落在黄天虎手背上，黄天虎将她的手放进被子里，笑着安慰她："好，好，等你好了，我们就回去，去采茶，摘莲蓬，到张爹爹的菜园里去偷瓜。"

小莲笑着连连点头，黄天虎就对小莲说："上次你在伊万诺夫家问我在汉口干什么，我回答得蛮没出息，现在我想好了，我一个逃难的乡里伢，先在汉口挑扁担，再看货栈，再到洋行里做事，一步一步走到今天，往后再苦再累我也得熬着，我还要往高里攀，我要做老板，做个比刘钦云、比伊万诺夫、蔡瑶卿更大的老板！"

黄天虎终于有决心做老板，可小莲却不高兴，黄天虎一做老板，肯定身边有蛮多女人，肯定不要她了。黄天虎说，他不是那样的人，如果做了老板，就要失去小莲，白送一个老板他也不要。小莲相信黄天虎说的是真话，她深情地看着他，突然扑到他怀中，她多想时间就在这一刻停摆，可门外传来班主的咳嗽声，两人急忙闪开身。当班主进来后，黄天虎和小莲坐着互相看着对方笑着。

～ 4 ～

蔡府要分家的消息传开了。麻哥最先把这个消息传到了刘钦云耳朵里，尽管蔡瑶卿不同意，可刘钦云认定蔡瑶卿的不同意阻止不了蔡三爷的决定，这一场争夺码头之战，他赢定了。

黑皮知道蔡府要分家的消息后，就往新成洋行跑去，他找到黄天虎，将黄天虎拉到一边气喘吁吁地说："虎子，德昌要分家了！"

黄天虎一惊，他没有想到这一天来得这么早，他送走黑皮后，一个人忧心忡忡地在伊万诺夫办公室门口徘徊，伊万诺夫发现了他问："黄天虎，进来。有事吗？"黄天虎进门，鼓足勇气说："有事。先生，我想问你借点钱。"

伊万诺夫问黄天虎借多少？黄天虎要二十万两银子，伊万诺夫惊讶地问黄天虎，二十万两，他借这么多钱干什么？

黄天虎说实话了，蔡瑶卿家出了点事，他想帮帮他们。伊万诺夫想了想，明白了，蔡老三输了，输得很惨，黄天虎想帮老东家的忙，他很欣赏，但他的钱，不会用来帮一个输红了眼的赌徒。

黄天虎仍试图争取，十万两也行，伊万诺夫摇摇头，不过他提出蔡瑶卿如果同意转让茶山，他可以考虑，他要黄天虎去试试？

"他不会答应的。"黄天虎也摇摇头，转身离去。

黄天虎失望地走后，秘书匆匆走到他身后叫他："黄先生，我找了一家银行，他们同意借贷。"

黄天虎问哪家银行？秘书说是日本的，黄天虎要先去问问蔡老板，说完就往德昌号赶去。

黄天虎跑到德昌号店门前时被小伙计拦住，蔡老爷和大小姐今天不会客。

黄天虎问祝掌柜呢？小伙计说也不会客。

黄天虎管不了这么多，他冲进去说有急事，蔡瑶卿躺在躺椅上，身上盖着毛毯，在闭目养神，蔡雪在给父亲捶腿，桌子上堆满了账本。祝掌柜停止打算盘："汉口的茶庄、货栈，老家的砖茶厂、老宅子，都算完了。再就是卧龙山和崇阳的茶山茶园了，这可是德昌号的命根子，也要分吗？"

蔡瑶卿沉吟不语。蔡雪说："爸，三叔从来就没有做过生意，你把这么多的家产分给他，他要是掌不住，那就糟蹋了。"蔡瑶卿愁眉紧锁，还是不吭声，这时黄天虎闯了进来，小伙计在一旁说："老爷，我说不能进来，他非要闯！"

蔡瑶卿问黄天虎满头大汗的，什么事？黄天虎把有一家银行愿意借钱的事讲了，蔡瑶卿一惊，问黄天虎："你在帮我借钱？"

黄天虎说："是啊，有了活水好行船哪！"

蔡瑶卿生气了质问黄天虎："胡闹！谁要你去借钱的？"

黄天虎一听蔡三爷闹分家，心里就急得冒火，再说了用借来的钱还债、做生意，不丢人的，蔡瑶卿颤巍巍地站起身，他呵斥黄天虎说："黄天虎，这是分你家还是分我家？啊？要你瞎操心！你这么到处哭着喊着借钱，我蔡瑶卿今后还有脸在汉口做人吗？"

黄天虎鼻子一酸，眼泪一下子掉了下来，他没想到他这么全心全意为了蔡家，却被蔡瑶卿如此训斥，蔡雪赶紧替黄天虎解围说："爸，你熄熄火，天虎也是为了我们德昌好，你不同意，不就算啦。"

蔡瑶卿挥挥手，让黄天虎去忙他的事，蔡家的事，不用他管，黄天虎眼里噙满泪水，无奈退出了蔡家。

～ 5 ～

蔡三爷又喝醉了，在憨子的搀扶下，拄着拐棍，踉踉跄跄地朝德昌走去。突然，从暗处冲出一伙蒙面人，手持棍棒，不问青红皂白，朝他们打去。蔡三爷和憨子拼命抵抗，无奈蔡三爷腿脚已经不灵活了，被打倒在地，蒙面人拿出麻袋，抬起三爷，往麻袋里塞，憨子拼命逃出，边跑边喊："来人啦！救命啦！"

正和一群码头工人聚会的吴哥听见喊声，急忙冲出门。蒙面人看见来人了，扔下麻袋就逃走。

黄天虎一行跑来，九戒扶住憨子，黄天虎、黑皮冲到麻袋边，吴哥等也赶到，大家将麻袋扯开，救出蔡三爷，三爷惊恐万分地大口喘气。

大家把蔡三爷送回蔡府后，也在奇怪，谁要对蔡三爷下手？

第二天，蔡雪端着碗药去蔡瑶卿卧室门口，可房门紧闭，也推不开，她轻轻敲了敲门喊："爸，吃药啦。"门里传出蔡瑶卿苍老的声音说："等会，等会再吃。"

蔡雪说："等会就凉了，爸，你开门啊。"过了好一会儿，房门终于被打开了，蔡瑶卿伸出手欲接碗，蔡雪感到奇怪，一侧身挤进门。

蔡雪看到一大一小两只紫檀八宝箱已打开了，抽屉里均是金银珠宝，一侧的黄花梨托盘上放满了古代玉器。蔡瑶卿欲用身子阻挡，蔡雪还是看到了，她不由大吃一惊。

蔡瑶卿把门关上对蔡雪说："货栈不能卖，茶山更动不得，只有这些了，这是你妈陪嫁的首饰，还有我平时给她买的。她总是舍不得戴，说要留给你……"

蔡雪伏在父亲的肩上哭了起来，蔡瑶卿继续说："雪儿，爸对不起你了，爸先要动一下这些东西，过这个难关。你待会叫祝叔来，找个可靠的当铺，先当些银子回来。爸以后再给你当回来。爸要是来不及，今后谁把它们当回来，谁就是我的女婿……"

蔡雪失声痛哭，她不要这些东西，她只要父亲身体健康。蔡瑶卿准备把这些当掉后，就分家。

蔡瑶卿去了钟台书院，那是一处古香古色的建筑，大门上的牌匾写着："钟台书院"，这是咸宁同乡会的所在地，大厅中堂两边，两排带茶几的官椅上，坐满了汉正街咸宁籍的商界达人，蔡家分家仪式正在举行。蔡瑶卿、蔡雪坐在右边，蔡三爷坐在左边。同乡会会长黄先生分别跟蔡瑶卿和蔡三爷征求意见："还有什么需要再商量的？"

蔡瑶卿微笑，摇摇头，蔡三爷有点惶恐，弯腰摇头说："没有，嘿嘿！没有！"

会长说："各位乡贤！今天，应蔡府兄弟二人之邀，同乡会各位乡贤公议，为蔡氏兄弟举行分家仪式。上香！"

蔡瑶卿、蔡三爷二人下位，走到中堂前，接过黄香，面对关圣人塑像，叩拜，上香。

会长宣读分家契约："此系兄弟二人商议自定，特此言明，各无异议，空口无凭，立字存证——"

蔡雪低头，咬住嘴唇。会长问蔡瑶卿："卿翁，你看。"蔡瑶卿要蔡三爷说，蔡三爷说："大哥！你分得这么细，那老宅子里的马桶、茅坑都对半分啊？还有，我们家祖坟山也对半分？我要那么多坟山干吗？我横睡直睡，也睡不完哪！"

乡贤们一阵哄笑，大厅里凝重的气氛消散了许多，蔡瑶卿也苦笑了一下，接着就咳嗽起来，蔡雪急忙给他捶背，蔡三爷继续说："我说大哥，这老宅子啊，坟山啊，我都不要了。我回乡去，你还不让我回家不成？除了咸宁和崇阳的茶山对半分以外，什么砖茶厂啊，铺面，还有货栈，我的那一半，你折合银子给我算了。"

蔡瑶卿问蔡三爷要多少银子？蔡三爷说20万两，不算多吧？乡贤们吃惊，互相表达惊异地问："20万两？"

蔡瑶卿的脸部抽动了一下，吐出一个字"好"！

蔡三爷不放心地问了一句："大哥，我可是要现银啊。"

蔡瑶卿再吐出一个字："好！"

会长说："那就按照你们商议的，再写正式的契约？"

蔡三爷说："可以。我蛮简单。"

蔡瑶卿点头说好，会长问就这么定了？

蔡瑶卿仍是一个字"好"。

大局已定，蔡三爷突然动了情，他走到蔡瑶卿面前，咚的一声跪下，颤声说道："大哥！我对不起你！"说着，就要磕头。蔡瑶卿连忙去拉他，蔡三爷不愿起来，哭泣起来，只是说对不起。蔡瑶卿也动了情，也跪下，流泪道："老三啊！大哥再也管不了你了！你可不要再顽皮啊！大哥再也管不了了你了啊！"兄弟二人抱头大哭。

第十五章　真旦小莲

～1～

刘钦云是在维多利酒店宴请章彪的。当骑兵卫队前呼后拥着章彪来到维多利酒店门口时，刘钦云、刘祥云都在大门口迎接，披着披风的章彪下马说："在酒店里唱堂会，很新鲜。"

刘钦云接话说："将军戎马倥偬，难得偷闲，今天就好好放松放松。"

刘祥云说了一句："将军请！"一群人拥戴着章彪进门，他们直接去了酒店的总统套房，几个漂亮丫头轻盈走来，向章彪行礼，用山西话说："拜见将军！"

章彪惊讶地问这些丫头们是山西人？丫头们说是的，而且是山西榆次的，章彪哈哈大笑，这些丫头和他是真正的老乡，看来刘钦云为了这次宴会颇费了心思，章彪很满意刘钦云的安排，只是刘钦云趁机抬自己的弟弟刘祥云，告诉他这些安排都是刘祥云的主意，这些丫头也都是刘祥云亲自找来的，章彪连连点头，对刘祥云说："祥云是香帅看好的学生，自然也是我新军的干才。我想安排祥云到参谋处任参谋，具体负责训练新兵。"

刘钦云一听大喜，要刘祥云拜谢章彪，刘祥云立即跪拜，说："谢将军栽培！"章彪把刘祥云拉了起来，示意其余人退下，刘祥云稍稍有些不安，他不知道章彪这样做的意图。

　　房间只剩下刘钦云和刘祥云时，章彪突然厉声说："刘祥云，你在东京闹事，我早就知道了！你是报效朝廷，还是学那些乱党，被砍头示众，你自己要好好掂量！我丑话说到前头，你要是胆敢在我的手下闹事，我第一个就拿你开刀！"

　　刘祥云惊出一身冷汗，他赶紧跪倒在地说："学生不敢。"刘钦云也跪倒在地说："多谢将军仁德之恩！"章彪突然又哈哈大笑，上前扶起二位，准备一块看戏去，随即对刘祥云说："祥云啊，你的军服我给你带来了，可以换装了！"刘祥云应了一声就去换装了。

　　酒店舞厅布置成了堂会的场所，搭起了小小的戏台。刘钦云陪同章彪走进门，刘祥云一身戎装，紧随其后，汉阳府、夏口厅的官员在门口恭迎，汉口商贾名流站起身欢迎，章彪到主宾席坐下。大家才纷纷坐下。锣鼓响起，舞台上开始"打闹台"。有几个演员在翻筋斗、花剑花枪对打。而在酒店临时化妆间里，小莲正对镜化妆，班主很急，他担心小莲的身体，问小莲好点没有？

　　小莲喝了魏神仙的药，浑身轻松，好多了，唱完一场应该没问题。班主这才松了一口气，今天来了好多的大官，他不能马虎，他叮嘱小莲放开了，好好唱。这时麻哥推开门问班主怎么还在打闹台？要他们快上戏，班主赔笑着说："马上就来！马上就来！"

　　麻哥退出去了。山西丫头专门服侍章彪，他很开心。当酒店侍者端着酒盘，穿梭于酒桌间时，茶倌也提着大茶壶，不断给客人加水，锣鼓突然停下，舞台上出现了静场，一个清脆婉转的声音从幕后传来。宾客们期待地看着舞台，以村姑形象出现的小莲且歌且舞，一路上场了。乐器声突然响起，小莲的青春，活泼，山野，清纯，一下吸引了宾客们的眼球，喝彩声顿起："好！"

　　章彪是山西农村贫寒农家出身的，小莲村姑的清纯形象，一下子抓住了他，他几乎是目不转睛地看着小莲。刘钦云斜眼注视着章彪，微微一笑，看来他精心设计的这个宴会着实没有白忙。

　　小莲今天超常发挥，唱腔婉转，活泼泼一个山野精灵。宾客们阵阵喝彩叫好，特别是章彪，他也兴奋得连连喝彩，刘钦云赶紧凑过去对章彪说："这个旦角，是个女孩子，是个真旦。"

　　章彪吃惊地望着刘钦云，刘钦云笑着解释小莲是汉口第一真旦，名叫小莲花。

　　章彪又哈哈大笑，连连说："还真不错，真不错！"刘钦云满足地盯着台上的小莲，欣慰地笑了起来。

　　当堂会结束后，宾客都走了。靠在沙发上的刘钦云成了总统套房的主人，麻哥过来汇报客人们都走了；刘钦云"嗯"了一声，问大家反应怎么样？麻哥呵呵笑着："那还有什么话说，连将军都夸老爷的堂会好呗！"这时4个山西丫头过来，给刘钦云按头、按手、捶腿。

　　刘钦云让麻哥去请班主和小莲花过来，麻哥说他们在门外候着，麻哥喊了一声，班主和小莲怯怯地走进门，低头不语。

　　刘钦云很纳闷地问他们为什么不说话？麻哥接着吼了一句："别傻站着，抬头跟老爷说话！"

　　班主和小莲怯怯地抬头，刘钦云打量着小莲。卸了妆的小莲不好意思地垂下眼帘，刘钦云没想到没化妆的小莲那么清秀。他心里一动，只是不露声色地笑着说："啊，我明白了，你们怕的是麻子，不是我，对吧？"班主不敢回答，嘿嘿笑，刘钦云挥手让他们坐，班主和小莲不敢坐，麻哥又吼："老爷要你们坐，你们还敢不坐？"班主和小莲这才坐下。

　　刘钦云笑着说："不要怕，啊，这个人，就是个张飞脾气。今天的堂会，唱得不错。客人们都很满意，你们辛苦了。尤其是小莲花，听说还带病演出，真是难为你们了。"

　　班主见刘钦云对他们这么好，连连道谢，刘钦云又问他们住在哪儿？

　　班主说："住在，暂时住在茶楼后面的客房里。"

　　刘钦云认为那是茶楼伙计们住的地方，班主连说已经不错了，刘钦云"哦"了一声，喊道："来人。"麻哥应了一声，刘钦云说："抬上来！"几个马仔抬着一个小箱子上来，这是给班主他们的一点赏钱，马仔打开箱子，里面全是银元宝。班主的眼睛睁大了，惊讶得说不出话来，他没想到刘钦云出手这么大方，他真是有些担当不起。

　　刘钦云又喊小莲："小莲花。"小莲站起身说："小女在。"刘钦云今天高兴，赏给小莲一套房子，要她好好住着，好好唱戏，小莲和班主又惊又喜，二人跪下磕头："谢谢刘老爷！"

刘钦云对麻哥说："派人把房子打扫一下，今天就接小莲姑娘过去。"

麻哥心领神会地说："好，我马上就去办！"

～ 2 ～

分家完毕的蔡瑶卿靠在床上闭眼不语，他似乎一下虚脱了，蔡雪在铜盆里倒了热水，拧了把热毛巾，给父亲揩脸，揩手。祝掌柜在一旁向蔡瑶卿汇报听说蔡三爷也想做茶庄，他在想，蔡三爷可能会把货栈的人带过去，要是雷先生和憨子一走，货栈的人手要早安排了。

蔡瑶卿仍然闭着眼问祝掌柜觉得谁合适？祝掌柜反复斟酌过，他想来想去认为黄天虎最适合。蔡瑶卿淡淡一笑，祝掌柜和他想法一样。祝掌柜觉得黄天虎在码头扛包时，他就发现他不但能吃苦，而且忠诚，侠义。到了货栈，他的聪明劲就露出来了，再到恰克图一磨炼，还真是个做生意的料。

蔡雪也在一旁说黄天虎一直都说自己是德昌的人，总是想回来。

蔡瑶卿要蔡雪找黄天虎先谈一下，摸摸底，要是黄天在洋行干得还好，那就不勉强，免得误了黄天虎的前程。

蔡雪应了一声，就退出去了。

而蔡三爷这边，正如祝掌柜所言，他正在做憨子工作。他马上就要独立门户了，而憨子跟着他也吃了不少苦，他也想把憨子留在身边。现在，憨子要好好考虑一下，是继续留在德昌，还是跟他走。蔡三爷对憨子实话实说，憨子要是想留在德昌，他一点意见也没有，也不会怪他，他们还是兄弟，要是跟着他，他当然也是绝不亏待憨子。

憨子的思想斗争激烈起来，他用了一个缓兵之法，只是他立刻在蔡三爷面前表态说："三爷，看你说的，我肯定跟定你老人家了！只是这么大的事情，我还是想跟欢喜爹爹说一声。我是他捡来养大的，不跟他说，恐怕不好。"

憨子的这一招，蔡三爷认为是他讲情讲义，应该这样做，欢喜叔养大憨子也不容易，他是应该先跟欢喜叔商量。憨子见蔡三爷允许，就一边高兴地致谢，一边盘算下一步如何打算。

江在租界的江边，江水拍打着岸堤，那种雄壮的力量又一次让黄天虎充满了力量感。

祝掌柜和黄天虎在江边交谈，他把蔡家目前的情况和洋行比较了一番，这个时候让黄天虎回蔡家未必就比洋行好，这需要黄天虎自己好好考虑，自己拿主意。

黄天虎想都不想，他说马上回去。他从小到大，很少跟他爸在一起，他老是在外面，家里老是看不到他的人。到了汉口，蔡老爷给他的感觉，就像个慈父一样，蛮亲切也蛮贴心的，不管怎么说，他都应该回蔡家去。祝掌柜笑了起来，说黄天虎："难怪你在他的面前说话一点顾忌也没有。"

黄天虎没有顾忌，那是假的。蔡瑶卿还是老爷，他也是实在忍不住了，才犯上一回。祝掌柜年轻的时候，也是这么血气方刚，那时蔡瑶卿也还很年轻，他们可没少吵架，后来就慢慢长大了，慢慢客气起来了，慢慢的，就分出主仆来了。主子毕竟是主子，他们再怎么样，也只是伙计。黄天虎明白祝掌柜的意思，如果回去，他会掌握分寸的。

祝掌柜知道黄天虎是个聪明人，一点就透，就诚恳希望黄天虎早点回来，早点接他的手，他老了，蔡府需要黄天虎这样的年轻人。

黄天虎和憨子各自决定了自己的去向，这天当工棚已粉刷一新，大通铺和高低床中间添了张小桌子，桌上摆满了用大碗装的酒菜。几十个码头工人就站在那儿聚餐。

九戒吆喝："来来来，工棚修好了！再也不漏风漏雨了，这首先要谢谢天虎，都满上！满上！来，敬天虎一杯！"

黄天虎说："我现在还没钱，有点小钱也只能修修这破工棚，等我一挣到钱我就盖一栋大房子，让挑扁担的都搬进去住！"

众人喝彩："好！"吴哥说就冲黄天虎这话他也要敬他一杯，来，干！众人举杯，再次干杯。

黑皮这时问憨子是不是马上要高升了？憨子看了黄天虎一眼说："嘿嘿，还没呢。三爷这个人吧，就是个疯脾气。他请我去帮他，我真的很犹豫。欢喜爹爹跟我说，三爷要是没有好人帮他，就是个丢的货。欢喜爹爹既然发话了，那我就去帮他了。"

九戒问憨子肯定要当掌柜了？憨子说雷先生掌柜，不过九戒觉得憨子迟早会当掌柜的，他提议祝憨子掌柜鸿运大发，大家兴奋地碰杯。

黑皮却神秘说今天还有一件喜事，要暂时保密，九戒问什么事？

黑皮忍不住还是说了出来，黄天虎马上要回德昌。大家都转过来问黄天虎是不是真的？黄天虎说，明天就去辞工，九戒为黄天虎叹息，洋行多好，多少人想进去，连门都找不到，黄天虎怎么偏要辞工到德昌去呢？他想不通。

黄天虎向大家解释说："蔡老爷对我恩重如山。他现在要我回去，我不能不回啊。"

憨子问黄天虎是不是去接货栈？黄天虎现在还不知道，九戒又高兴起来，要是接掌柜的，这样，就有了两个掌柜，众人一阵大笑。

黄天虎说："憨子过去，是干活。我回去，拉黄包车都行。"

欢喜爹爹这时说话了："你们俩小子，一个帮德昌，一个帮泰昌，其实还是在帮一家人。俗话说，亲不亲，打断骨头连着筋。人家是亲兄弟，分分合合，很正常。所以你们一定要放清醒啊，做生意，要竞争，没错！但是，你们可别忘了，你们也是兄弟啊！"

黄天虎举起了杯子，欢喜爹爹说的话，也是他想说的，他希望他和憨子，不管碰到什么事，都是兄弟。

憨子倒是很谦虚，他做生意还真的不会，黄天虎是哥，他要黄天虎多带带他，黑皮就提议为兄弟情分，干杯，大家再次举杯，喊着"干"！工棚里欢歌笑声传到了江面很远很远。

3

麻哥把小莲带到了刘钦云的别墅。马车在一幢洋楼前停下，别墅门口，有马仔站岗。别墅周围树木森森，黑洞洞的，小莲有点害怕。

麻哥对小莲说："莲花姑娘，请！"小莲跟着麻哥进门，一个女管家和几个丫鬟恭候迎接，麻哥说："你们给我听着，这位是汉口的名角莲花小姐。这幢房子，老爷就送给她了。她就是房子的主人！从今以后，你们都要听她的！听见没有？"

女管家和丫鬟齐声说："听见了！"

麻哥走了，小莲去了别墅卧室的卫生间，她要洗澡。丫鬟在浴缸里放满了热水，然后走到门口喊："小姐，可以洗澡了，茶就放在浴缸的旁边，你随意。有什么事，随时喊我，我在外面候着。"

小莲走进浴室，豪华的一切，让小莲如在梦中一样，当她坐在豪华的梳妆台对镜梳头时，不敢相信她拥有的这一切是真实的。她梳完头后，去了衣橱，她打开衣橱，不由一惊，衣橱里挂满了漂亮衣服，这时窗外传来丫鬟们说话的声音：

"听说是个唱戏的，名角呢。那个将军不来了，肯定是老爷自己用了。"

"再大的名角，还不是老爷的一件衣服，穿穿就扔了。"

"她肯定想不到，那些衣服，都是上一个死鬼的。"

"莫瞎说，莫把鬼都引出来了……"

小莲惊恐万分，这时风吹动窗户，"啪"的一响，小莲惊叫一声，丫鬟敲门问："小姐，有什么事吗？"

小莲说："没事。"迅速穿好自己的衣服，跑到窗口俯视。门口有马仔在巡视，小莲跑到后面的窗口窥探，后院有围墙，但是此刻没人。小莲将床单迅速卷起，一头系在窗户上，一头甩下，然后爬出窗。

就在这时，麻哥陪着刘钦云来到了别墅。刘钦云走进大厅，女管家和几个丫鬟恭候迎接，刘钦云问小莲姑娘怎么样了？

女管家说小莲正在卧室里，已经洗完澡了。刘钦云"哦"了一声，径直上楼，走到卧室门口，刘钦云敲门，门内没有声音，他猛地一脚踹开房门，发现小莲不在房间里。

这时麻哥掏枪冲进门，四处查看，刘钦云阴沉着脸不说话，麻哥发现后窗悬着的床单说："老爷，跑了！"刘钦云走到窗口看了看说："给我追！"麻哥马上往外走去，刘钦云又说："还有，她的老子，也给我抓来。"

小莲慌不择路，在树丛里奔跑，身后，麻哥带人追来，麻哥大喊："小莲姑娘！不要跑！前面有狼！"小莲吓得边哭边跑，突然，前面亮起了手电筒光，她用手挡住了脸，她还是被抓了回去。

刘钦云坐在卧室的沙发上抽烟，麻哥和一个马仔将小莲架着，拖进卧室，甩在地上，刘钦云大怒："我好心好意待你，你为什么逃跑？啊？"

小莲仰起头哭道："你不要脸！你骗我！你想害我！"

刘钦云眼露凶光，上前一把抓住小莲的衣领，猛抽她两耳光，吼道："搞邪了！你敢骂我！"打完后，刘钦云将小莲猛地推倒在地。麻哥和马仔扑过来，驾轻就熟地将小莲拖到床上按住。小莲哭喊，乱蹬着。刘钦云冷笑着说："哼，还没有哪个女人能逃出老子的手掌心！老子不信就整不了你！放开她！"麻哥和马仔松手，刘钦云说："老子还不想亲自动手咧！老子要你乖乖地自己脱光上床！"

小莲嘶哑着喉咙哭喊："不要脸！呜呜！不要脸……"这时，马仔将班主，还有管家、丫鬟等都押上来，要他们跪下。

刘钦云坐下身，对班主说："我本来是善待你们父女的，可是你的女儿敬酒不吃吃罚酒，那就对不起了。我今天丑话说到这里了，你的女儿，我是要定了。她要是答应，我就明媒正娶，让她风风光光地做刘家的姨太太；德珍酒楼我就拿下，作为我的聘礼，送给你；你的女儿要是不识相，不答应，那你们都走不出这栋楼。"

班主连忙说："老爷！你看中小女，是我们的福气啊！我答应！我答应！"

小莲喊道："爸！我不答应！刚才我都听见了，这屋子里被他害死的女人都变成了死鬼。"

刘钦云阴冷的目光投向女管家问："刚才是哪个多嘴？嗯？"女管家指着一个丫鬟，丫鬟大哭磕头求老爷饶命，麻哥拔出手枪来，走向丫鬟，丫鬟突然扑向小莲大喊："小姐饶命！小姐救我！"

刘钦云说："给我丢出去！"麻哥上前抓住丫鬟，走向窗边，丫鬟大喊："小姐救我啊！"麻哥将丫鬟扔出窗，丫鬟惨叫一声。

刘钦云站起身，对班主说："我今天不逼你，你和你的女儿好好想想!"然后对女管家说:"给我看好他们!谁要是再有个闪失,我亲手宰了他!"女管家连连磕头:"是!是!"刘钦云哼了一声,走出卧室。

～ 4 ～

黄天虎再去新成洋行上班时,直接去了伊万诺夫办公室。他一进门就对伊万诺夫说有件事要对先生说。伊万诺夫知道黄天虎要说什么,他挽留黄天虎,只要他能留下来,他马上就给黄天虎涨工资。

黄天虎真的非常想留下来,他还有很多的东西需要学习。伊万诺夫也替黄天虎分析,茶叶贸易黄天虎才刚刚上路,而且伊万诺夫给黄天虎的待遇,是很多中国人包括俄国人都梦寐以求的。

黄天虎当然清楚他留在洋行意味着什么,但是他不能眼看着蔡老板就这样被整垮、整死,他真的做不到。

伊万诺夫叹气,他知道自己留不住黄天虎,他最看中的也是黄天虎的忠诚和侠义,他想留下黄天虎,不仅仅想黄天虎帮他做生意,他还想把黄天虎带回俄国去种茶。如果俄国也能生长中国这样的茶树,那他们何必跑到汉口来呢?他可以在他的祖国种茶,采茶,做茶,让茶香飘荡在俄罗斯的大地上。

黄天虎很奇怪,伊万诺夫怎么会想到带他去,伊万诺夫说:"因为我想把你家乡的茶树都运到俄国去!已经有一个中国人到俄国种茶成功了,就是你们汉口茶庄的人!黄天虎,你知道吗?在我的眼里,你就是一株茶树!"

黄天虎被感动了,他对伊万诺夫说:"先生,要是有可能,我愿意跟你去俄国种茶树的。过去,我不知道我们家乡的茶,会走这样远的路,到俄国,到欧洲。每次听李秘书他们谈欧洲的茶,伦敦的茶,我真的想到那里去看看,去跟他们说,这是我们种的茶。"

伊万诺夫也动情地对黄天虎说:"孩子,你先去帮你的老东家吧。记住,我会帮你的。你是我的中国孩子。"

黄天虎就这样辞别了伊万诺夫。第二天当清晨的汉正街晨曦初露时,黄天虎走在映着霞光的石板路上,听着一个挑担子的汉子,沿街叫卖豆腐脑："豆腐脑——喝！豆腐脑——喝！"

他在货栈门口走动，时而围着货栈打转，时而站在空地上沉思。

蔡雪给靠在床上的蔡瑶卿端来了豆腐脑，要父亲趁热喝，蔡瑶卿问黄天虎来了吗？

蔡雪说黄天虎早就来了，在前厅候着。蔡瑶卿让蔡雪快叫黄天虎和祝掌柜进来。蔡雪出门片刻后黄天虎和祝掌柜来到卧室，向蔡瑶卿请安，彼此之间说了一会客气话后，蔡瑶卿就直接对黄天虎说："客气话就不说了。德昌号一分家，元气大伤啊。现在请你回来掌管货栈，并且辅佐祝掌柜打理茶庄，不知你有什么想法？"

黄天虎刚才去看了一下货栈，他觉得，首先要充分用好货栈。除了存放他们自己的茶叶，还要存揽外地茶商的茶叶，收取货栈费。蔡瑶卿点头认同黄天虎的想法。黄天虎认为货栈最大的优势，是离码头近，但是这样一个优势，他们没有利用。他问蔡瑶卿货栈附近的空地，是不是蔡府的？

空地当然是蔡府的，当年蔡瑶卿的父亲买下这块地的时候，就准备做大货栈的。

黄天虎就告诉蔡瑶卿说："那好！我想把货栈旁边的空地清理出来，先用木板搭棚子，做个简单的堆栈。有些货起坡后，马上就要转走，这些货就可以先存放在堆栈里；小件的货，客码头上客人们的行李，也可以临时寄存。这样一来，空地就盘活了，只要有了流水，积少成多，大小也是个收入啊。"

蔡瑶卿兴奋起来，黄天虎的想法太好了。祝掌柜也认为这个简单，马上就可以搞，就是人手不够了。黄天虎提出想请黑皮到货栈来，九戒和欢喜爹爹负责堆栈，还有小伙计，两边照应，应该差不多了。

祝掌柜就问货栈的账呢？黄天虎都考虑了，货栈和堆栈只记进出流水，大账都由铺子里统一记，每天对账，日清月结。

蔡瑶卿激动了，他下床说："天虎，我真是没想到，你出去没几天，就有这大长进！走，到货栈去！"一行几个人就直奔货栈。

这时在汉正街外，蔡三爷、憨子、雷先生正慢步走，蔡三爷说："看看，多少人靠这条街发了财。老子做了这么多年生意，就不信翻不了本！

雷先生，你说这茶庄怎么弄啊？"

雷先生认为目前不宜做茶庄，做茶叶生意麻烦。看看德昌，从种茶到销茶，多少人在忙。如今，他们没有客户，没有货栈，茶来了放哪里？卖给谁？心里都没有底。

蔡三爷就问憨子，该怎么弄？憨子含糊不清，他不懂这些，就说："我听三爷的。"

雷先生又向蔡三爷出主意，蔡三爷现在手里不是有一点活钱吗？他想，可以把茶馆盘下来。一楼卖茶水，也可以代为经营茶叶，二楼，除了喝茶，再多开几间麻将室。蔡三爷吃的喝的玩的地方都有了，茶叶生意先带着做，慢慢熟悉业务，站稳了以后，再开茶庄。

蔡三爷眼睛一亮，马上说："嘿！这是个好主意！先骑马找马，慢慢来，好！"

蔡家兄弟俩分家后就这样开始了不同的经营之路。

～ 5 ～

刘祥云一身戎装，正要登上马车，刘钦云出现在门口问他去哪？刘祥云要去武昌炮团看个老同学，刘钦云说既然是看老同学，那今天看明天看都一样，要刘祥云先陪他去一个地方。

刘钦云上车，刘祥云无奈，跟着上车。马车驶出院子，刘祥云问刘钦云去哪？刘钦云笑而不答。当刘钦云的马车在大街上奔跑时，在拐弯处，又一辆马车悄悄地跟了上来。

刘钦云兄弟俩的马车到了别墅门口，刘祥云看了一眼别墅，焦急起来冲刘钦云说："大哥，你把我带这儿来干吗？我真有急事，是公务。"

刘钦云要弟弟不要慌，进去看一眼就走，刘祥云无奈，跟他走进别墅，刘钦云等刘祥云一进门就说："二弟，你今天就老老实实在这里待着，下棋、打牌、喝酒，干什么都行，就是不能出门！"

刘祥云真的有急事要过江，刘钦云把门关上，脸一沉说："不行，你今天哪儿也不能去！"刘祥云笑着问大哥不是想绑架吧？刘钦云这是保护弟弟，他知道弟弟要去干什么，弟弟和那帮学生混在一起的事，他早就知道。

刘祥云趁大哥不注意，突然跑到窗前，纵身跳出窗。刘祥云刚刚跳下窗，麻哥等人立即将他包围。刘祥云跳窗崴了脚，疼得他蹲下身。麻哥把一瘸一瘸的刘祥云扶进厅，刘祥云靠在沙发上，马靴脱了下来，女管家和丫鬟给他包扎脚腕。

刘钦云对门口的马仔说："好好照护二爷！谁让他出门谁就是跟我过不去！"马仔回答"是"！刘钦云又劝刘祥云说："二弟，安心待在这里休息，千万不要过江去！这不是我的意思，是章将军的意思！"

刘钦云走了，刘祥云懊恼地打了一下沙发，他没想到自己就这样被大哥软禁起来。

跟着刘家兄弟的那一辆马车是阿廖沙派人跟踪的。他找不到小莲，就派人跟踪了刘家兄弟，才知道小莲被刘钦云绑架了。他匆匆去货栈找黄天虎，走到了货栈，他又犹豫起来。黄天虎无意中发现阿廖沙就说："沙少爷？进来坐吧。"

阿廖沙本能地拒绝黄天虎，黄天虎问他有事吗？阿廖沙说："有事，但跟你说，等于白说。"

黄天虎说："不一定，你说给我听听。"

阿廖沙这才告诉黄天虎，小莲被刘钦云绑架的事情，黄天虎立即往马车走去，阿廖沙疑惑地问他："你应该知道刘老板是个什么样的人。"

黄天虎当然知道，阿廖沙问他不怕得罪他？黄天虎说："他就是个活阎王，我也不怕。哎，你上不上车？"阿廖沙认真看了黄天虎一眼，上了车，马车飞奔着向刘钦云的别墅而去。

马车来到别墅前，黄天虎和阿廖沙从马车窗口观察情况，一个背枪的马仔守在门口，黄天虎对阿廖沙说："你在前门找个由头跟守卫说话，我从后面翻墙进去看看。"

阿廖沙点点头，下车，像游客一样逛到门口："真漂亮，有山有水，还有这么一幢精致的小房子，先生，能让我进去参观一下吗？"

马仔说："不行。"

阿廖沙仍往门口走去说："将来，我的别墅，就应该这么设计。让我看一眼吧，很快的。"

"不行不行，快走！要不就对你不客气！"另一个马仔也冲到门口。

黄天虎悄悄下车，绕到别墅院子的后面，翻上墙。黄天虎跳下墙，警惕地看看四周，随后挨着墙寻找。躲在屋顶上的麻哥盯着黄天虎，黄天虎正在搜找一个个空荡荡的房间时，突然出现了刘祥云。刘祥云一怔，随即向欲逃走的黄天虎招手，黄天虎走到窗前问："是你？噢，上回在咖啡馆蔡雪介绍过你。"刘祥云点头问黄天虎到这里来干什么？

黄天虎说找人，刘祥云问是个女人吧？黄天虎点头，刘祥云瞎猜的，这儿好像没有什么外人，如果有，在这儿，估计也出不了什么大事，他马上就帮黄天虎找找。不过他想托黄天虎一件事，刘祥云把一个纸条递给黄天虎说："拜托你了，快走吧。"

黄天虎问："你凭什么相信我？"

刘祥云说："直觉。"

一艘渡船即将离岸，黄天虎大喊："哎！等一下！"黄天虎飞跑下坡，上船。

武昌蛇山圣公所阅览室，日知会正在集会，刘安把一本本宣传革命的小册子发给大家。

可这时大批清军包围了圣公所，一个教士跑进门，要大家赶快解散，教士拉着刘安往后门跑去，清军冲进圣公所前门。

黄天虎满头大汗跑到圣公所附近，突然发现大批清军，他急忙躲在石头后面，刘安跟着教士从后门逃跑。黄天虎绕到树林的后面，朝圣公所后门的方向爬行。突然，他睁大了眼睛。草丛中，凸现黑洞洞的枪口，埋伏着清军，刘安飞快跑来，清军追过来，大喊站住，清军开枪，教士中弹倒下。刘安跑进树林里，埋伏的清军跃起身，枪口对准了他。黄天虎痛苦地闭上了眼睛。

小莲和班主都被反绑双手，口里塞着毛巾，坐在地上，小莲听见了窗外黄天虎的声音，拼命挣扎，可不一会儿，黄天虎的声音就消失了。倒是刘祥云一瘸一拐地在走廊上寻找，他推开一扇门，室内空无一人。他又去推一间卧室的门，但门被锁住了，他刚离开两步突然听到门里传出一声轻微的动静，又折回门口仔细听了一会，喊道："来人。"女管家过来了问：

"二爷，我来了。"

刘祥云说："把这个门打开。"女管家为难地说，老爷交代过，这门不能开。刘祥云吼道："打开！"女管家无奈，掏出钥匙开锁。麻哥在楼梯拐弯角探头偷窥他们，刘祥云一把推开房门：坐在地上的小莲和班主，两人都被反绑双手，惊恐地看着门口。

刘祥云大吃一惊，他实在不明白，他的大哥到底在干什么。

第十六章　化装舞会

~ 1 ~

麻哥把别墅里的情况马上给刘钦云汇报了，刘钦云赶到别墅时，刘祥云正准备解小莲身上的绳子，刘钦云进门时，刘祥云问他："大哥，你这是搞什么名堂？"刘钦云佯装一惊叫"麻子"！"来了！老爷"，麻子凑上前，刘钦云抬手就打了他一耳光："混蛋！要你们好好侍候他们，怎么都绑起来了？"

麻哥捂着脸，刘钦云吼他："还不松绑？"麻哥急忙为小莲和班主松绑，刘钦云就把刘祥云拉到一边，兄弟俩进了另一个房间，刘钦云向弟弟解释，这个小莲，他很早以前就喜欢上了，只是一直没有下决心，现在他年龄也大了，想娶一房太太。

刘祥云就质问大哥："你喜欢就明媒正娶啊！你绑人家，人家会喜欢你吗？把自己当山上的土匪了，掉底子。"

刘钦云其实知道欲速不达，但他实在没办法，他这把年纪了，小莲一个小姑娘能看上吗？刘祥云要大哥表现出足够的诚意，人家若是看不上，强扭的瓜不甜，这个道理大哥应该是懂的。刘钦云就认为弟弟说得对，从现在起，他就善待小莲和她爹，他要弟弟成全大哥这件事。刘祥云的脚扭伤了，他找了医生，让他赶快回家去。

刘祥云临走就叮嘱大哥要善待小莲他们，他要大哥保证，刘钦云就说："我保证，你就放心吧。"

刘祥云出门后，刘钦云松了口气，麻哥走进门说："老爷，你真是料事如神，我埋伏在别墅的顶上看得一清二楚，阿廖沙那洋小子来了，货码头的黄天虎也来了，肯定是先来探探深浅的。到了晚上，他们就会来救小莲。"

刘钦云笑了起来，都自不量力，让他们都来，正好一网打尽。刘钦云让麻哥里里外外都要埋伏人，但不要打草惊蛇，在院子里包严实了，一个不留，全部乱枪打死。

麻哥嘿嘿笑着：私闯民宅，格杀勿论。

这天夜里，黄天虎带着黑皮、九戒、憨子走到土堤上，他们在讨论如何救小莲。

黄天虎在刘钦云别墅里只找了两个房间，没看到小莲，是不是阿廖沙搞错了，小莲被关在别的地方。黑皮刚才到戏班子去问了问，小莲的爸爸也不见了。这就奇怪了，九戒奇怪刘钦云想害的是小莲，找他爸爸干什么？憨子听说刘老板赏了他们很多银子，既赏银子，又绑人，说不过去。但不管怎样，黄天虎要把小莲救出来。

憨子倒是质疑，他们就一根扁担，两个拳头，拿什么去跟刘大老板斗？鸡蛋再凶、再狠、再多，也斗不过一个小石头。黄天虎咬咬牙，不作声，憨子迟疑片刻对黄天虎说："天虎，别急，听我一句劝，你现在已经当掌柜了，以后说不定还要当老板，算是人上人了，可小莲只不过是个戏子，戏子嘛，人人喜欢，人人又不把她当回事，你何必把自己搭进去？"

"我打死你个杂种！"黄天虎突然站起身往憨子扑去，两人扭打起来。黑皮用力把两人分开，现在不是打架的时候，人是肯定要救的，但先想办法。憨子悻悻地站起身说："说句真话就打人，讲不讲理？"

九戒狠狠推了憨子一把说："你个畜生！不敢救自己女人的人还叫男人？要是菊姐还在，我就是死一百次也要去救她……"九戒想到菊姐突然哽咽起来，黄天虎搂住他肩膀，陪着他一起难过。

阿廖沙这时匆匆赶来，他发现小莲和他的爸爸就在那栋别墅里，黄天虎很诧异地问他真的？阿廖沙说这次是千真万确，里面有他的人。

黄天虎问他们有多少人？阿廖沙说："也就三五个。关键是，他们都有枪。而我，只有一把。"

黄天虎要九戒快去喊吴哥来，大家商量商量。

而在刘钦云的别墅里，两个拿着长枪的马仔跑来，埋伏在路边的树林里，院子里的各个角落里，隐藏着枪手，许多窗口也隐藏着枪手，枪口对准了院子里的各个角落。

刘钦云拿起一瓶红酒，倒了一杯，喝了一口，欣赏着自己的猎物。小莲和她父亲嘴里仍塞着毛巾，被反绑在地上，一个马仔跑进来，在他耳边耳语，刘钦云微笑着点头："行啊，来得正好。"

他端着酒杯，走到小莲身边说："好消息！有人来救你了。英雄救美的大戏马上就要开演了，我准备了二十来支枪迎接他们。"

小莲惊恐地摇头，刘钦云拔出她口里的毛巾问小莲你想说什么？

小莲哭起来，她不要他们来，是她害了他们。刘钦云告诉小莲："可是他们喜欢你啊，他们肯定要来，我就让什么黄天虎什么阿廖沙统统被乱枪打成破筛子。"班主用身体撞了一下小莲，示意她赶快答应。小莲哭喊："我答应你，我什么都答应你，但你一定要放过他们。"

刘钦云说："呵呵，终于学乖了，听话了，行啊，但是，你的这些话，要当着他们的面，亲口说。"

一群黑影悄悄移动，接近埋伏着的马仔，吴哥带人扑向马仔，缴了他们的枪。吴哥学蛐蛐叫，黄天虎、阿廖沙等听见了蛐蛐声，黄天虎挥手，大家弯腰摸到了别墅旁。他探出头用目光寻找，小莲坐在别墅房间的椅子上，被反绑着，头上蒙着头巾。

黄天虎对九戒和黑皮做了个包围的手势，九戒和黑皮带人朝别墅两边绕去。九戒掏出一捆鞭炮，点燃，抛进院子里，黑皮在另一边，也抛进鞭炮，鞭炮炸响，火光四射。院子里埋伏的马仔一个个跳出来，有的胡乱开枪。

刘钦云急步走向窗口，暗示马仔不要乱动。这时阿廖沙一马当先，冲进门，黄天虎也冲了进去。阿廖沙扑向小莲，正要给她松绑，突然，"小莲"掀开头巾，站了起来，迅速掏枪，对准了阿廖沙，阿廖沙目瞪口呆地看着，原来"小莲"是麻哥装扮的。客厅四周埋伏的人也闪出来，枪口对准了黄天虎和伙伴们。

麻哥哈哈大笑："痛快，痛快呀。"

阿廖沙愤怒地骂麻哥卑鄙，马仔上前，缴了阿廖沙的枪以及黄天虎等人手中的大刀、扁担。吴哥等人持枪冲进来，枪口对准了麻哥等人。书房形成对峙局面。刘钦云走下楼，他的身后，是被押着的小莲和班主。

刘钦云对小莲说："你的朋友都来了，该他们唱的戏都唱了，很精彩呀。现在，该你上场啦。"

小莲眼里噙着泪花，颤声对黄天虎和阿廖沙说："哥，少爷。你们赶快回去吧。"

阿廖沙说："不，你跟我们一起走。"

黄天虎也说："刘老板，叫他们放下枪。有什么事，冲我来。"

刘钦云示意众人收枪，黄天虎："刘老板，你是汉口码头的前辈，我一向非常敬重你。小莲有什么对不住你的地方，我替她道歉，还望你大德大量，放了她。"

刘钦云点了支烟："你误会了。我怎么会为难小莲姑娘？我和小莲姑娘马上就要订婚了，她是我的姨太太，这栋房子，就是我送给她的聘礼。你们这样兴师动众，私闯民宅，我倒要问问你，究竟是为什么？"

黄天虎大惊，他不相信小莲怎么突然会做刘钦云的姨太太呢？刘钦云要小莲自己说，小莲含着泪水，扭头对他们说："对，我要做刘家的姨太太。你们走吧。"

黄天虎对小莲说："小莲，肯定是他们逼的你，你不是真心的。"

小莲却说："不，我是真心的。"

阿廖沙赶忙说："小莲，我现在跟你说实话，那天我把你灌醉，只是不想让你送黄天虎，我没碰你，你别气糊涂了就做糊涂事。你看看，这姓刘的年龄比你爹还大！"

小莲愈发感到痛苦，对他们吼道："我的事不要你们管！你们走，你们快走啊。"

女管家用托盘装着一份订婚契约进来了，刘钦云拿起契约说："各位看好了，这是我和小莲的订婚契约，小莲。"班主又示意小莲签字，小莲猛地咬破手指，在契约上按下血手印。

刘钦云又拿起契约给大家展示："诸位，你们可是看见啦，小莲她是心甘情愿，刘某是明媒正娶，到时候，我再请大家喝喜酒，现在，大家就请回吧。"

阿廖沙绝望地喊了一句"小莲"！

黄天虎咬紧牙关，满眼泪水。

小莲一转身跪下来对黄天虎说："哥，对不起。"

吴哥上前拉住黄天虎，要他走，小莲磕了几个头，哭着跑上楼去了，黄天虎盯着刘钦云，咬牙切齿地说："你等着，我饶不了你。"

刘钦云淡淡地看着黄天虎说："我等着。"

～ 2 ～

蔡府新修的堆栈今天落成开业，一杆杆鞭炮举起点燃，炸响。黄天虎在门口指挥九戒，药材放东边，不要和海味放在一起，不要串味。九戒奇怪地望着黄天虎，东西都放得好好的，黄天虎是被昨晚的事气糊涂了吧？

黄天虎仔细一看，九戒果然堆放有序，不由懊恼地摇摇头，走到一边。其实如此喜庆的鞭炮声，对于他来说，没有任何感觉，他感觉自己像个木头人似的。

这时一辆马车过来了，娜佳和蔡雪下车，走到黄天虎身后。娜佳夸黄天虎昨晚很勇敢，阿廖沙也很勇敢，他们两个是头一回并肩作战，都尽了最大的努力，就不要太难受了。

黄天虎默不作声，蔡雪也安慰黄天虎，今天堆栈开张，他就别一脸哭丧的样子。老话说：人各有志，不能勉强。小莲她自己要做刘钦云的姨太太，不但拒绝了他，也拒绝了阿廖沙，他应该接受这个事实。

黄天虎生气了，他不相信小莲是真心要嫁刘钦云，小莲是被逼的，被逼的，难道蔡雪和娜佳不知道吗？

蔡雪听说小莲在婚约上签了字，还是血书，对一个乡下来的戏子来说，嫁给刘老板，也是个蛮好的选择，黄天虎和小莲青梅竹马，她们都理解，可黄天虎也不能为了这件事而把自己毁了。

黄天虎也知道蔡雪和娜佳都是为他好，他不作声，扛起一件货，咚咚咚地跑到堆栈那边。当他卸下货后，心里难受极了，他突然哭了起来。黑皮、九戒、蔡雪、娜佳听着不远处的哭声，他们都异常难受，可他们没有走过去，这个时候让黄天虎一个人痛痛快快哭一场也许更好。

到了夜里，一辆马车驰来，刘钦云和小莲下车，进了刘府。躲在墙角处的黄天虎伸出脑袋，窥探着刘府大门。刘府明显增多了家丁，黄天虎看看就消失在黑暗中。

黄天虎溜到围墙边，打量四周，往围墙上爬去，可围墙太高，黄天虎板住墙沿攀了一半又落地。黑皮和九戒突然出现在他身后，黄天虎发现他们，不由一怔，黑皮和九戒二话不说，用力托起黄天虎。黄天虎爬上墙，落地后随即掏出一把刀，警惕地扫视四周。

草坪那头就是卧室，隐现一个丫鬟的身影，接着出现小莲。黄天虎往卧室方向摸去，小莲无意中发现黄天虎，又惊又喜。这时一个庞大的身影挡住了黄天虎，黄天虎抬头看见麻哥，一惊。

麻哥和几个马仔把绑着的黄天虎推进堂屋，刘钦云过来了，盯着黄天虎问："又是你？"

麻哥问刘钦云怎么处置黄天虎，刘钦云吐出三字"下饺子"。麻哥取出一只麻袋，狞笑着朝黄天虎走去。小莲突然冲出卧室，手里抓着一把剪刀对着自己胸口说："你们下他饺子我就杀了自己！"麻袋口已罩住了黄天虎，刘钦云看着小莲，内心紧张起来。

这时门口传来一阵喧闹声，麻哥快步往门口走去。十几个扁担围在刘府门口喊："放他出来，我们找黄天虎有事。"

麻哥走到门口说："反了不成？滚！快滚！"几个扁担说："黄天虎出来我们就走。"黑皮和九戒躲在一边。

麻哥快步走到刘钦云身旁汇报，外头是一群扁担，刘钦云惊讶地望着麻哥，麻哥说他们找黄天虎有事，刘钦云看看小莲，思索片刻，对麻哥耳语，麻哥把装着黄天虎的麻袋往门口拖去，小莲跟上一步，刘钦云拦住了她。

等麻哥把麻袋拖到墙角，刘钦云才示意小莲去。当黄天虎钻出麻袋，又怒又气，门被打开了，进门的居然是小莲，她对黄天虎说："哥，你快回去吧。"

黄天虎不肯走，他要小莲跟他一起走。小莲急了，黄天虎要是不走，他们就会杀了他，还会杀她爹，杀了门口的扁担兄弟，黄天虎痛心疾首问小莲，他走了，她怎么办？

小莲说："我已经是刘钦云的人了，往后你别来找我了，快走！"小莲把黄天虎推出门。小莲的眼泪如雨点般往下掉着，黄天虎离去的背影定格在她的泪水之中，那个背影是她要记住而又是她不得不忘掉的背影。

麻哥带着家丁把黄天虎推出大门，一群扁担围住了他。黄天虎仍满腔怒火回头看着刘府，九戒、黑皮出来拉着黄天虎走进了夜幕。他们来到了土堤外上，黄天虎蹲下身，泪水又迷糊着他的眼睛。他不说话，黑皮和九戒默默地看着他，也蹲下身陪着黄天虎。大家都不说话，夜就在他们的无奈中一点一点褪去，露出了晨曦。

～ 3 ～

刘钦云带着小莲去了德珍茶楼。当他看报纸时，小莲坐在他对面，哀怨地看着窗外。她想黄天虎，那是一种无奈和绝望的想。

刘钦云没看小莲，盯着报纸看。在"本埠新闻"里，一行标题引起了刘钦云的注意：

"汉口码头喜现小件寄存　端茶送水满面春风"

刘钦云看着，皱起了眉头，他大喊一声："来人。"马仔应声而至，刘钦云让他把麻哥喊来，他让麻哥请蔡三爷去刘府，他随后到。

麻哥把蔡三爷和憨子引进门，刘钦云说："三爷来了，请坐，上茶。"

蔡三爷也知道刘钦云请他来，不光是请他喝茶的，让刘钦云有话就直说。

　　刘钦云问，蔡三爷分家想自己做点什么事情？蔡三爷说，还没想好，开个茶庄啦，顶个茶馆啦，还在商量。

　　刘钦云就问蔡家在鄂南有十二个山头的茶园，蔡三爷分了几个？蔡三爷说对半分，六个。

　　刘钦云对蔡三爷的六个山头有点兴趣，要是可以卖的话，就让他开个价，蔡三爷很吃惊，刘钦云又不做茶叶生意，为什么还买茶山？

　　刘钦云早年也是做茶叶出身的，他喜欢那里的茶，他的英国老板也喜欢那里的茶。可蔡三爷的大哥生性固执，从来不跟洋人做生意，只顾自己做，自己销，赚一点零散银子。现在汉口的茶厂，早就是机器制茶了，可他大哥还在人工制茶，死脑筋。

　　蔡三爷不明白刘钦云为什么要买茶山，他要茶叶，蔡家采给他就是了，他想喝水，没有必要去买一条汉水，他奇怪刘钦云又要打什么算盘。

　　刘钦云就对蔡三爷说：“你是没挑担子，不知肩膀疼。要做好茶，很难的。你现在有那个实力吗？你的那些茶园，要变成银子，首先你要投银子啊。你的银子哪里来？”

　　蔡三爷不肯把祖宗的山头卖给刘钦云，他大哥知道会骂死他的。刘钦云沉吟片刻，和蔡三爷商量，要不租借也行，山头还是蔡家，先租借给他，他的生意，随便蔡三爷挑。

　　蔡三爷问：“你的生意？茶楼？酒店？赌场？弹子房？随便挑？”

　　刘钦云点头，蔡三爷笑了，他首先要汉正街的茶馆，然后要租界的一栋公馆，然后就是赌场。

　　刘钦云就对蔡三爷：“你的山头如果是租借给我，值不了那么多银子。这样吧。你的山头租借我 50 年，我送你一栋公馆，还有汉正街的茶馆，作为每年的租金。还有，我在花楼街的场子，分一半给你，你要是罩得住，就是你的福气，要是罩不住，那我就不客气，就要收回了。”

　　蔡三爷哈哈大笑，两个就这样定下了商量的结果。蔡三爷化敌为友，夸起刘钦云早年打码头时勇敢，刘钦云又是一阵笑，他对蔡三爷说：“不过呢，亲兄弟，算明账。你大哥又修了堆栈，你知道吗？”

　　蔡三爷知道这件事，刘钦云就问：“那堆栈的地皮，是大哥分家后买的，还是你家老太爷原来买的啊？"

蔡三爷被问住了，刘钦云赶紧又说："三爷啊，你不知道的事情，恐怕还不止一个堆栈吧？"

蔡三爷警惕起来，一想刘钦云说的还真是实情。从刘府出来后，他派人去了堆栈，堆栈口显眼处挂了一方木牌，上书八个大字："德昌堆栈　小件寄存"。一群提着行李箱，扛着木箱的旅客涌了过来。小伙计在负责登记，黑皮在接行李，安放行李，发牌子。

两个混混走了过来，突然摘下那块木牌，将其扔在地上。黑皮一惊，冲上前拉住一个混混骂："你找死是吧？给我捡起来！"另一个混混过来推了黑皮一把说："滚你的蛋去，你小子在别人的地盘上挣钱，你还赌狠？"

黑皮一把揪住对方问："你胡说！你到这长江边上打听打听去，这是谁的地盘？"

蔡老三出现了，他说："哟嗬，一个叫化子一样的臭扁担，叫你才看了三天门就不认识主子啦？"

黄天虎急步赶来要蔡三爷到屋里说话，蔡老三说："少来这一套。你小子给我听清楚了，谁要是想在这地盘上做生意，谁要是不通过我三爷，我见一次砸一次！"

黄天虎大惊，他不明白蔡三爷这是怎么啦？蔡三爷带着他的人怒气冲冲地走了。

堆栈的小件寄存仍然繁忙，黑皮用荷叶包了几个肉包子走来，往黄天虎口里塞了一个肉包子，又往正忙着发欢喜的爹爹口中塞了一个。九戒过来了问："天虎，这堆栈你整得再旺，给蔡三爷这么一砸一闹不就垮了，还搞不搞啊？"

黄天虎毫不犹豫地："搞！这不就等于打码头嘛。"

九戒说："可一笔写不了两个蔡字，别说跟蔡三爷打，就是跟憨子打，我怎么下得了手啊？"

黄天虎被蔡三爷这一闹，就开始琢磨，蔡三爷的下一步棋是什么。他要黑皮再加一块牌子，说明小件寄存，概不过夜，天黑以前，轮船最后一班船走了后，一定不再寄存了，以防万一。

九戒点头，这生意一好，什么乌龟王八都会跑出来的。黑皮想晚上跟憨子聊聊，摸摸底。

黄天虎担心白天还好说，就怕晚上。要黑皮跟龙哥打个招呼，请他们帮忙照护一下。九戒跟龙王庙、四官殿那边的兄弟也打个招呼，请他们喝喝茶。还有秋秋，要注意他的动静。黄天虎总觉得，蔡三爷背后有黑手，这挖心的打法，比动扁担棒子更厉害。

黄天虎安排好这些就去了蔡府，蔡雪挽着蔡瑶卿走出卧室。蔡瑶卿已经知道了堆栈的事，这怪他。黄天虎却说："老爷，让我说句大实话，你别伸着脑壳接石头，有错没错都把事情揽在自己身上。当初分家时货栈是折合成银子分给三爷的，已经两清了，堆栈是货栈的一部分，跟他三爷一点关系也没有。"

蔡瑶卿说："可分家协议里没有标明啊，他怎么扯都有个由头。"

蔡雪也觉得三叔只要看哪里赚钱，哪里想插手，都能找到由头。她要父亲别多想，黄天虎说："大小姐说得很对，老爷，你别操心了，安心养病，这事你就交给我吧。"

蔡瑶卿清楚老三是个赖子，花样很多，黄天虎怎么对付得了他，算了，他还是蚀财免灾。

黄天虎不干，一个铜板都不能出，蔡瑶卿分家损失已经够大了，不能再往水里丢钱了。蔡瑶卿担心老三天天来砸场子，这生意还怎么做啊？等会他叫祝掌柜筹三千两银子去，明天就给老三送去。

黄天虎见劝不了蔡瑶卿，建议就给他三百两银子，他保证用这三百两来摆平，蔡瑶卿疑惑地说："才三百两？天虎，我老弟赖起来，可是块打不湿拧不干的油抹布。"

黄天虎知道蔡三爷心虚，心虚的人底气长不了的。而且，他知道砸堆栈不是三爷的本意，三爷在给人当枪使。蔡瑶卿惊讶地看着黄天虎，他发现黄天虎是真正成熟了，也精明了。

～ 4 ～

刘祥云穿过小巷，看看身后，闪进门，他去了武昌胭脂巷，那是共进会秘密集会处。革命党人在此聚会。

刘祥云发现了一个熟悉的面孔：竟然是货码头的吴哥。他们互相点头致意。

一叫杨杰的革命党人士说："革命潮流，浩浩荡荡，一日千里。现在之中国，到处都是干柴。孙总理，黄先生，总是在沿海起事，其实，两湖腹地也可以先干起来。尤其是我们湖北的党人，也可以做番事业的。"

刘祥云也说："湖北的新军力量不可小视，和文学社，共进会一样，均是爱国热血之士。我觉得这三家有必要联合起来，捏成一个拳头。"

孙吴接过话说："好啊。有了这个拳头，我们就可以新军为主力，共进会和文学社为辅助，在武汉发动起义。"大家都很兴奋。

吴哥就说："武汉的码头，苦力众多。商家与帮会，以前与会党多有联系。如果起事，可以先控制码头交通。"

孙吴点头，他对刘祥云说："祥云，你看看能不能在汉口租界再找个地方？多一个联络地点，多一份安全。最近情势非常紧急，刘安被抓了，我们要想法救出刘先生，各项活动更要注重安全。"

刘祥云说他去安排，徐正说："海外可能会来人。我们找个机会再议，最好把文学社的朋友也约到，但约会地点一定要保险。"这事也由刘祥云来安排。

大家散开后，刘祥云回到了刘府，他一身戎装，走到刘钦云卧室门前叫"大哥"，刘钦云开门要他进去说话，刘祥云拒绝进屋，站在门口问刘钦云不是一直想为小莲姑娘办一场订婚仪式吗？

刘钦云是这样想的，他要明媒正娶小莲，这也是刘祥云的意思。刘祥云提出了他的想法，就在维多利酒店办一场化装舞会，款待一下朋友们，这样既新潮，又时尚。大哥和小莲姑娘出席，跳第一支舞，多浪漫。

刘钦云不知道什么化装舞会？又是洋人的玩意儿吧？

刘祥云就解释也就是一般的 party，只不过可以化装，戴面具，互相认不出，蛮好玩的。

刘钦云听刘祥云安排，他把维多利包一个晚上，让弟弟和朋友们玩去，但他要弟弟帮他请黄天虎，刘祥云说大哥小气，跟一个挑扁担的过不去。黄天虎跟小莲一起长大，这样做就是在人家伤口上撒盐了。刘钦云却说："不，这个黄天虎有点不一般，我要他死了这份心。"在卧室里倾听的小莲，很难过，可她除了黯然神伤外，拿刘钦云一点办法都没有。

刘祥云还是答应了大哥的要求。他一身军装去了蔡府，一个伙计把刘祥云引进门，刘祥云一看众人就笑道："呵呵，来得巧啊，我想找的人除了娜佳，都在这里。"

蔡瑶卿请刘祥云坐。蔡雪问又是什么晚会、舞会、吃喝玩乐的会吧？

刘祥云说："猜对了，在舞会前还要加两个字，化装，是化装舞会，都戴面具的，我么，就戴个狼的，你戴个兔子的，好玩吧？去不去？"

蔡雪觉得听起来是蛮好玩，但这舞会是干吗的？不说清楚她不去。刘祥云看了一眼黄天虎，取出请柬说："我大哥想举办订婚仪式，我怕他弄得像老八股，就出了这个主意。天虎兄，邀请名单上有你，我大哥欢迎你去。"

黄天虎猝不及防，面色青红幻变，咬住牙不作声。

蔡雪对刘祥云说："新娘不就是小莲吗？祥云，你大哥请天虎去参加他的订婚仪式，这不是明摆着要看天虎笑话吗？心肠也真是太狠了，告诉你大哥，他不用戴狼的面具就可以参加化装晚会。这个晚会用大轿来抬我也不去。"

"厉害，真是一张刀子嘴啊，"刘祥云求助地叫："蔡老爷。"

蔡瑶卿说："这种事，我管不了。"

蔡雪要刘祥云回去，娜佳那儿他也不用去了，她保证娜佳也不会去。刘祥云并不显得特别失望，而是说："呵呵，你们几个蛮像兄弟姐妹的，蛮讲义气，佩服！告辞。"

黄天虎豁然开朗了一般，闷闷地说了声："我去。"众人一惊，刘祥云回头看着他，露出一丝笑意。黄天虎低头就往门口走去，刘祥云跟着他出门。

黄天虎匆匆走出门，刘祥云追到他身后喊："天虎兄，请留步。"黄天虎停步说："对不起，那天我怎么赶也来不及了，刘安先生就在我眼皮底下被抓走的，唉。"

刘祥云说："不不不，该道歉的应该是我，仅仅一面之交，天虎兄就甘为我充当大任，我真是十分佩服。"

黄天虎说："先生没别的事我就先走了。"

"稍等。"刘祥云见左右无人，就从内衣口袋里取出一本用报纸包好的书："我送你一本书，天虎兄有空就随便翻翻吧。"

黄天虎接过书，扯开报纸：封面：《浙江潮》，黄天虎吃惊地看着刘祥云，他发现刘祥云和刘钦云是如此不一样。

～ 5 ～

蔡瑶卿看中了黄天虎，等黄天虎一走，他就问蔡雪今年多大了？蔡雪奇怪父亲昨天问过了，又问。

蔡瑶卿故意装糊涂，问黄天虎这个人怎么样？蔡雪说父亲昨天问过，蔡瑶卿说有的事，就得多问，像黄天虎，义气，敢作敢为，说话算话、心肠好，脑袋又特别灵，他要是个姑娘伢，就嫁给他做老婆过日子算了。

蔡雪笑得弯了腰，让父亲找孙悟空去，请他拔根毛变成姑娘伢。蔡瑶卿又故意说："恐怕不行，就是我变成女的，可我有钱啊，黄天虎是个穷光蛋，不般配啊。"

蔡雪却说："怎么不般配？我爷爷碰上我奶奶的时候，还不是个讨饭的穷光蛋？"

蔡瑶卿笑了起来，他说："雪儿，今天我算是把你的心里话掏出来了。"

蔡雪羞得跑走了，可她满脸春风，她准备和黄天虎一起去参加化装舞会。

为了策划这场化装舞会，身着便装的刘祥云和孙吴走进宝善里，那是秘密机关处。刘祥云带孙吴看房子，孙吴很满意，这前后都进出方便，不错，只是会议地点定了吗？孙吴问。

刘祥云就提出了选在化装舞会场所。

华灯初上，维多利酒店门前车水马龙。

黄天虎戴着礼帽、墨镜，陪同蔡雪、娜佳前来参加舞会，蔡雪和娜佳装扮成男士，也戴礼帽，墨镜，刘祥云一袭白色西装，站在门前迎接宾客。又一辆马车停到饭店门口，刘钦云带着小莲一起下车，小莲一袭晚礼服，挽住刘钦云走进门。

大堂新设了接待处，宾客可以在这里领取各种各样的面具。挂衣橱上，悬挂着各种供化装用的服装，这种形式很新鲜。大家在这里挑挑拣拣，一片笑声。

黄天虎挑了熊，蔡雪挑了马，娜佳挑了虎，蔡三爷和憨子也来了，蔡雪立刻戴上了面具，憨子看了蔡雪一眼，居然没有认出来。

侦缉队徐队长来了，他迅速戴上眼镜蛇的面具，一个戴着羊面孔的青年男子站在立柱旁，静静地看着他们。

舞厅内宾客满座。大家带着面具喝茶品酒，格外的怪异搞笑。黄天虎三人坐在圆桌旁，音乐响起，充当司仪的刘祥云宣布："各位来宾，晚上好！现在我宣布刘钦云先生和潘小莲小姐的订婚仪式开始。请双方交换戒指。"

两个装扮成小天使的女孩捧着戒枕上场。没戴面具的刘钦云和小莲上场，刘钦云从戒枕上取下一枚硕大的翡翠戒，戴在小莲左手中指上，小莲给刘钦云左手中指上套上一枚黄金戒，另一个小天使给小莲献上一束百合花。众人的掌声响了起来，刘钦云握着小莲的手，步入舞池，跳开场舞。

黄天虎盯着小莲，抓起一瓶酒。蔡雪从他手中夺过酒瓶，想了想，倒了两杯，递了一杯给黄天虎，黄天虎接过酒就一饮而尽，随即起身提起那瓶酒往阳台走去。蔡雪想起身追，可娜佳已追到黄天虎身旁，走到阳台上。蔡雪就坐了下来，端起酒喝了大半杯。

在饭店阳台上，娜佳对黄天虎说："天虎，不要太难受，你看小莲，她对这个命运的选择还是很开心的，你也应该为昔日爱人的好运开心。"

黄天虎不回话，晃晃酒瓶，示意跟她干杯，娜佳无奈，跟他碰杯。黄天虎一仰脖子，一口气喝完一瓶酒。

幽深的走廊里，戴着眼镜蛇面罩的密探走来，注视着客房的动静。他走近一扇门，正要倾听，突然门拉开，一个女人尖叫起来，眼镜蛇道歉说："噢，对不起。"

戴着鹿面具的刘祥云走过来，寻找蔡雪，许多面具对他打招呼，刘祥云微笑着，挥手走过。他看见了马的面具，开心极了，他走到马的身边，使用英语说："亲爱的马，我可以请你跳支舞吗？"

蔡雪也用英语说："先生，你找错人了。"

刘祥云说："没错。我要找的就是你。"说着，伸出手来，蔡雪站起，伸出手，两人朝舞池走去。那个羊面具过来了，盯了黄天虎一眼，消失在人群中。黄天虎觉得羊面具背影似曾相识，不由跟上几步，娜佳拉起黄天虎的手说："可爱的熊，我可以请你跳支舞吗？"

黄天虎不会跳舞，也没心情跳，可娜佳要教他，不等他拒绝，娜佳就把黄天虎拉进舞池。

在弹子房，蔡三爷学打弹子，兴趣盎然，憨子心不在焉，在一旁观战，蔡三爷说："憨子，想出去玩就去吧。"憨子傻笑着马上走了，他盼的就是三爷这句话。

在走廊里，憨子与一个高大的男子擦肩而过，憨子一愣，觉得似曾相识，回头再看，高大的男子已经转弯。高大男子是化了装的吴哥，他也看见了憨子，但是一直没有回头，迅速转弯走掉了。

带了鹿面具的刘祥云带着蔡雪旋转，旋转到角落处，刘祥云突然松开手，另外一只"鹿"，也是穿着白色西服，闪了出来，拉住了蔡雪的手。蔡雪一怔，但迅速恢复镇定，继续跳舞，刘祥云趁机溜出舞厅。

在客房里，刘祥云进门，只见麻将桌四周坐满了戴着面具的革命党人。孙吴说："今天我很高兴，文学社、共进会两个团体联起手来。军队的同志们一直在催我们赶快发动，但是，武汉地处腹地，一旦起义，既是生路，也是死路。因此，我们必须计划周全，只能成功，不能失败。"

蒋舒午接着说："我同意。现在到了最紧要的关头，不是鱼死，就是网破。我提议，今后不再提及双方的团体名字，都以革命党人的身份投入战斗。"

杨杰认为当务之急，是要赶快买枪买子弹。兵马未动，粮草先行。徐正和杨杰到上海去一趟，将鄂省的情况，向黄兴先生、谭人凤先生，还有宋教仁先生，先报告一声。大家在议论的时候，刘祥云又悄悄出门，他走进厕所，吴哥已经在里面，吴哥说："有跳蚤，好痒。"刘祥云点头出去了。

刘祥云慢步走来，眼镜蛇面具迎面过来，仔细打量着他。刘祥云仍慢步走到拐弯处，悄悄回头窥探，密探已走远，背影消失。刘祥云闪到一边，用暗号敲一扇门。房门开了，刘祥云进门，可密探已急步返回，走到那间客房门前，他侧耳倾听室内的动静。刘祥云小声说："有情况。按计划，撤。"就在这时，突然响起敲门声，大家急忙噤声，刘祥云迅速掏出手枪，闪到门边。

在舞厅里，憨子靠在舞厅门口，看里面的人跳舞，他发现了黄天虎，黄天虎老是踩娜佳的脚，娜佳哈哈大笑。那个戴着羊面具的青年人出现了，视线投向主桌，戴着豹面具的麻哥捧来几只面具，供刘钦云和小莲挑选。小莲选了一只山鬼面具，刘钦云帮她戴上，刘钦云自己选了一只虎面具，羊面具死死盯着刘钦云。

当山鬼面具站立在一边，几个狼面具狗面具上前给虎面具敬酒，豹面具也凑到虎面具身前，羊面具毫不犹豫地掏出手枪，瞄准虎面具射击，可子弹却击中了正在移动的豹面具。枪声骤响，正在敲门的密探徐升大惊，不再关心客房，掏出枪往舞厅冲去。

舞厅大乱，革命党人趁机散开了。几个护卫掩护刘钦云和小莲撤退，黄天虎用身子挡住蔡雪和娜佳往门外退。麻哥一手捂着鲜血流淌的肩膀，一手持枪对羊面具射击。

羊面具逃到立柱后射击，突然子弹打光，他立即从腰间抽出一把尖刀来。麻哥想开枪，刘钦云制止他，顺手拿起一个花架，手上发力，居然硬生生地掰下一条腿来，随后以木腿当剑，指着对方。羊面具举刀向刘钦云扑来，刘钦云举木腿迎击，一招就击落羊面具手中剑，再一招将其打翻。羊面具躺在地上一动不动，刘钦云扔掉木腿。麻哥走上前，想绑羊面具，羊面具突然起身窜上阳台，跳下楼。

麻哥对着楼下的黑暗处开了几枪，羊面具把已破损的面具扔在地上，他是阿廖沙，他的脸上挂满了泪水。

第十七章　蔡雪怀孕

～ 1 ～

一场订婚仪式差点闹出人命来。刘钦云很是恼火，尽管在汉口这片码头上想杀他的人少说也有百来人，可目前最想要他的命只有两个人，一个就是带着羊面具的阿廖沙，一个是黄天虎。

刘祥云指挥革命小组的人员撤退后，回到了舞厅会客室，麻哥咬着牙撕开衣服，两个马仔为他包扎伤口，他对刘钦云充满着疚意。当刘钦云说出两个要他命的人后，刘祥云很疑惑，黄天虎好像喝醉了，刚才他还在外头看到他了，不过大哥这么怀疑，刘祥云还是把黄天虎带进了舞厅的客房。蔡雪和娜佳也跟着一起来了。

黄天虎确实已醉，双脚有些不稳。刘钦云盯着他，小莲也紧张地盯着他，麻哥却拔出了手枪，随时做好了出击的准备。黄天虎没事一般，摇摇晃晃走到刘钦云身前，突然以手为枪，瞄准刘钦云，嘴里发出砰的一声。全场人为之一震，几名护卫吓得拔出枪对着黄天虎。刘钦云却轻轻笑着说："不是你。"

黄天虎喊："是我！就是我想杀你，过来，快来抓我呀。"

刘钦云看了一眼小莲，对黄天虎说："我抢了你的女人，你当然很想杀我，但很可惜，这次不是你。叫他下去。"

黄天虎还拼命喊着："不，是我，就是我开的枪。有种的就来抓我。"刘祥云急忙把他推出门，密探徐升问："刘老爷真是大人大量，佩服！但这小子我还是得好好查查。"

至于阿廖沙，昨天上午，他和伊万诺夫一起去了上海，麻哥亲眼看着他们上了船。麻哥这么说的时候，刘钦云沉思不语。刘祥云见状，赶紧对大哥道歉："大哥，凶手还是得查，但这事怪我，出了个馊点子，搞什么化装舞会，结果给刺客提供了可乘之机，请大哥恕罪。"

刘钦云没怪刘祥云，他吩咐，从今天起，凡他名下的地盘都加强戒备。另外，把今晚参加舞会的宾客名单都交给徐升，要是徐升查不来凶手，徐升应该知道会发生什么。

徐升紧张地点头退出了客房。而黄天虎被娜佳和蔡雪一起架着上了人力车，直奔伊万诺夫公馆而去。到了公馆，三个人的面具先后被甩到地板上。黄天虎进屋后木然地坐着一会儿突然说："酒，我还想喝酒。"

秀梅关切地问娜佳喝茶吧？娜佳也有几分醉了，她让秀梅拿酒来，要伏特加。黄天虎也喊："对！伏特加！"蔡雪跟着说："何以解忧，唯有杜康！我也要喝，喝个痛快。"

秀梅见三个人都要酒，就去拿酒来了。娜佳倒了三杯，自己端起一杯，和黄天虎干杯。伏特加酒烈，黄天虎喝了后不停咳嗽，娜佳连忙帮他捶背。蔡雪看着他们，心里有种异样滋味，她端起酒，一口喝了大半杯。

伏特加的烈性在三个人体内燃烧，三个人都醉了。管家和秀梅只好把客房打开，把蔡雪安排到娜佳的隔壁，黄天虎安排到阿廖沙房间的隔壁。当管家和秀梅把娜佳和蔡雪扶到娜佳房间里时，她们俩都倒在床上。秀梅想扶起娜佳，娜佳却挣扎起来对蔡雪说："你就睡这儿啊，我，过去睡。"蔡雪已经迷糊了，喃喃地说："好，你去吧。"

娜佳去了另外的房间，蔡雪留在娜佳房间。

夜深后，起风了，庭院的大树在风声中摇摆不定。当风吹开男客房的窗户"哗哗"响时，黄天虎迷迷糊糊醒了，他摸着去关窗，却在迷糊中走出了房间，走进了娜佳卧室。娜佳卧室的窗也开着，他把窗户关好后，直接回到床上躺下了。而蔡雪浑然不知，仍躺在那儿昏睡。无意中，两个男女合躺在一张床上，当黄天虎翻了个身，一手正好搂住了蔡雪。半醉半醒中的黄天虎，身体的接触让他突然冲动起来，他抱住蔡雪狂吻着，蔡雪本能挣扎了几下后，反过来抱住了黄天虎。黄天虎冲动地脱蔡雪的衣服，蔡雪没有反抗，任由黄天虎脱着，当她被脱得只剩下内衣时，黄天虎又吻了一下蔡雪，嘴里突然冒出一句："小莲，小莲，我想死你了。"

蔡雪一怔，酒一下子醒了一大半，她用力把黄天虎推开，黄天虎又扑到蔡雪身边，蔡雪再次把他推下床。黄天虎似乎意识到什么，逃一般出了娜佳的卧室门。

在过道里，黄天虎踉踉跄跄地走着，当他回到自己的房间时，房门"砰"的一声被关上了。这声音把黄天虎怔得一愣，不过很快他就倒在床上呼呼睡去了。

～ 2 ～

第二天，黄天虎和蔡雪没事一样回到了蔡府。当他们偷偷从后门进去时，蔡瑶卿在后院打太极拳，蔡雪惊讶地问蔡瑶卿能打拳了？

蔡瑶卿得意起来，这几天他感觉好多了。蔡雪劝蔡瑶卿回屋里去，一早蛮凉的。黄天虎喊蔡雪仍然为大小姐，他觉得应该让蔡瑶卿活动活动，对身体有好处，蔡瑶卿已闻出他们俩身上的酒气，要他们赶快去洗洗。

两个人应了一声，就走了。在蔡雪卧室，黄天虎提着一小桶热水，走进来把水倒进一只铜洗脸盆，蔡雪说："好了好了。我自己来。"

黄天虎低着头，不敢看蔡雪，而是小声说："昨天晚上，对不起……"

蔡雪心情很好，她其实早就希望黄天虎亲她，抱她。不过她故意逗黄天虎说："对不起？昨晚你那样欺负人，现在才说对不起？"

黄天虎支吾着解释自己真是喝多了，蔡雪这时却羞涩起来，她对黄天虎说："别这样说，天虎，以前，你在外头不显山不露水的，一点也看不出来，没想到，你心里头有我。"

黄天虎却深深地叹了一口气，他不知道他该为蔡雪的话感动还是内疚。蔡雪没怪黄天虎叹气，让他把头低下来要帮他洗头。黄天虎一下子感到无比温暖，他顺从地低下头，任由蔡雪洗着。蔡雪一边洗一边笑着说："好臭，臭男人，"说着抓起一块香皂在他头上擦起来。黄天虎任由蔡雪骂着，那种被人关爱的温馨片刻间布满了黄天虎所在的空间，失去小莲的痛，变得模糊而又遥远。

洗完头的黄天虎去了蔡府的书房，蔡瑶卿拿着一张报纸生气。老三跟刘钦云合作了，这不等于送肉上砧板吗？刘钦云要去卧龙山喊山开园，欺人太甚，蔡家的茶园，他凭什么去喊山？祝掌柜也纳闷，不过最近蔡三爷挺忙的，茶馆他盘下了，公馆他住上了，现在又每天泡在花楼街上，蔡三爷的这一系列动作只能说明他卖掉了茶山。

蔡瑶卿问黄天虎怎么看这件事？黄天虎在洋行的时候，听说汉口的茶市过去是英商霸着，刘钦云也是靠给英商做买办发家的。他最近一直在做地产生意，怎么又突然回过头来做茶叶了？对于刘钦云的这种反常行动，黄天虎一时还摸不清楚刘钦云到底想干什么。

蔡瑶卿给黄天虎分析刘钦云这个人，刘钦云自以为是汉口商界的老大，什么事情都想压人家一头。最近，衙门在筹备汉口的总商会，他就忍不住了。春茶是个冒泡露脸的事情，喊山，开园是很风光的事，这种事，他是不会放过的。

黄天虎却认为刘钦云现在插手茶山不是露脸那么简单，刘钦云好像一直跟蔡瑶卿过不去，老是在背后拆德昌的台，三爷分家的事，刘钦云肯定在背后出点子了。

蔡瑶卿就告诉黄天虎，当年打码头时，刘钦云的父亲就败在了货码头，刘钦云肯定惦记着赢蔡家的。

黄天虎明白刘钦云和蔡家之间的矛盾后，建议蔡瑶卿不和刘钦云纠缠。开园蔡家要去，喊山也要喊，但是，砖茶厂的事情，蔡瑶卿要赶快定下来。春茶过了就是夏茶，一季赶一季，不能耽误了。

蔡瑶卿听了黄天虎的建议后说："唉，你们都知道，我恨洋人，好好一个中国，被他们搅得礼崩乐坏，国将不国！我是宁愿饿死，也不跟他们做生意！但是，你说的有道理，茶的大宗生意，还是要出口。德昌要马上缓过气来，是要加大出口了。你先去洋行谈谈吧。"

祝掌柜给蔡瑶卿建议，他在家里守城，货栈、堆栈的事情，他先管着；春茶的事情，砖茶厂的事情，就让黄天虎去张罗，他在洋行工作过，他去比祝掌柜强得多。

蔡瑶卿接受了祝掌柜的建议，吩咐黄天虎筹备春茶的事情，货栈、堆栈，就先交给祝掌柜。

黄天虎按蔡瑶卿的交代去了新成洋行。黄天虎见了伊万诺夫的秘书，秘书告诉黄天虎，砖茶厂的事情，没问题的，老板过几天回来他直接说就是了。

黄天虎确定了这件事，就和秘书谈起报纸的事，他看到报纸上的广告，蛮新鲜的，问秘书有没有报社的朋友？

秘书门路广，报社很熟，报道的，摄影的，都有。黄天虎知道秘书有这个门路后，很高兴，他就想借报纸也为德昌吹一吹。秘书就告诉黄天虎，报纸的性质，广告恐怕要收费的，报道就不收了，有机会他陪记者去德昌，给黄天虎帮忙去，再说了秘书对黄天虎所说的那些茶山，蛮感兴趣的，他要黄天虎把茶山的大致位置画下来，黄天虎感到奇怪，秘书要茶山的位置干吗？

秘书解释老板做茶叶生意，他这儿茶的资料是越多越好，黄天虎答应回去画了给秘书，两人谈好事情后，黄天虎就离开了。

～ 2 ～

黄天虎住进了蔡雪的心里。一天，蔡雪在自己的卧室里，走到镜子前端详着自己，镜子里出现的是一个幸福的小女人。因为有黄天虎，她觉得自己是最幸福的女人了，她将将头发，坐在床头遐想了一会儿，才端起杯子喝了口水，突然感到一阵恶心，忍了又忍，还是跑到一边呕吐起来。吐了两口，蔡雪突然想到什么，又惊又喜，急忙换上衣服，出门去找娜佳。

娜佳知道蔡雪怀孕的事情后，一阵难过，她没想到蔡雪和黄天虎这么快就走到了一起，不过蔡雪信任她，她又很开心。很快她就把黄天虎喊到了公馆，在她的画室里，她告诉黄天虎，蔡雪怀孕了。

黄天虎大惊，他问娜佳，蔡雪还没结婚，谁的孩子？

娜佳生气了，她对黄天虎说："你还装什么啊？当然是你的啦！"

黄天虎更惊了，蔡雪怀孕，怎么会是他的孩子？

娜佳真的生气了，她冲黄天虎喊："黄天虎，我一直以为你是个敢作敢为的人，没想到你……太可恶了！你跟人家睡了觉，还想赖账？"

黄天虎觉得有口难辩，他后来走了……他好像没有碰她，被娜佳这么一喊，黄天虎自己都迷糊，难道他真的碰了蔡雪？

蔡雪就在娜佳的卧室里，她现在完全没有主张，哭着要自杀。人命关天，黄天虎是不是男子汉，就看他如何对待蔡雪了，娜佳如此认为。尽管她的心是痛的，可她还是希望蔡雪有一个好的归宿。

黄天虎深深吸了一口气，冲出门去了娜佳的卧室。蔡雪背对着房门，坐在床边。黄天虎走过去，轻轻喊道："大小姐。"蔡雪背对着他，不理他。黄天虎把手轻轻抚在她的肩上说："别怕！有我呢！"蔡雪突然转身，双眼含着泪，双手轮番打黄天虎，一边打一边哭着说："就是你就是你就是你，你害了我，你毁了我啊！"

黄天虎抱住蔡雪，任她捶打，他向蔡雪道歉说："对不起，让你受苦了。我做的事，我会做到底，你别怕，我们一起来想办法。"蔡雪听了黄天虎的话，一下就软了，靠在他的怀里问："那你说怎么办？"黄天虎搂着她说："我马上娶你！"

蔡雪担心父亲那一关不好过，黄天虎说自己去说，蔡雪告诉黄天虎说："你去说，他会答应的。可是，三叔分家的时候，爸把妈给我的陪嫁，都送到当铺去了，他说过，谁把这些首饰赎回来，谁就是他的女婿……"

黄天虎答应去赎，蔡雪抬起头问黄天虎："你去赎？你知道要多少银子吗？"黄天虎双手扳住她的双肩，直直地盯着她："大小姐！蔡雪！看着我！"蔡雪抬头看着他，突然觉得不好意思了。黄天虎严肃地说："望着我！"蔡雪泪汪汪地看着他，黄天虎问："你说心里话：你愿意嫁给我吗？"蔡雪的眼泪一下滚了出来，愣愣地望着他，点点头。黄天虎又问："你是因为怀了孩子，没有办法，才答应嫁给我吗？"蔡雪立即坚定地摇摇头，黄天虎的眼睛一下就湿了，他对蔡雪说："你嫁了我，不怕跟着我吃苦受累吗？"蔡雪摇摇头，黄天虎又问她："你相信我一定能够振兴德昌，赎回嫁妆吗？"蔡雪点点头，黄天虎再也控制不住了，一下子抱住蔡雪，哭了起来，他没有想到身为大小姐的蔡雪是如此看重他，又是如此相信他，这样的看重和信任，对于黄天虎来说就如长江雄壮般的力量，让他在瞬间领悟到了男人的力量、勇气和责任。

　　蔡雪也哭了，她颤声说："虎子，我相信你，从你第一次救我的时候，我就喜欢你了。我不怕吃苦，可是我现在最怕的，是爸爸的身子！他现在受不了一点点的打击，魏神仙悄悄对我说了，爸爸现在这样子突然好了，很不正常，要我们随时注意。万一我们的事情他受不了，那该怎么办？"

　　黄天虎抬起头，去抹蔡雪的眼泪，他对蔡雪说："这样吧。我们陪老爷回乡去。到了乡下，再跟他说。我先回乡去张罗，这段时间你就在娜佳这里休息，我在新店迎接你们。赎当的事情，你放心，我会想办法的。"

　　蔡雪对黄天虎的安排很满意，她开始对黄天虎撒娇，要他答应，不准再跟别的女人好。黄天虎点头，蔡雪忽然又感到恶心，急忙捂住嘴，跑到卫生间去吐了起来。

　　黄天虎关切地问蔡雪："怎么了？是不是瞎吃把肚子给吃坏了？我带你到魏神仙那儿看看去。"

　　蔡雪不肯去看什么神仙，黄天虎说她小病不看，大病完蛋。蔡雪怪是黄天虎害的，骂黄天虎是傻子。这么大了，没听老人说女人这样子就是怀孕了。黄天虎以前还真不懂，一听这个消息，就哈哈大笑，想想自己要有儿子了，兴奋得不知所措。

　　黄天虎和蔡雪所说的话，娜佳一直在门外听着，她的眼泪也在不知不觉中流了一脸。只是她没有惊动他们，而是掩面离开了自己的卧室，她知道自己彻底失去了黄天虎。

～ 4 ～

　　黄天虎回到了新店。过了几天，蔡瑶卿在蔡雪的陪伴下，伊万诺夫在娜佳的陪伴下，满面春风地来到了新店。秘书陪同记者们也来了新店，新店一下子热闹起来。黄天虎安排马车，迎接着这些贵宾，把这些人都妥当地安排在蔡家老宅子里住下。

　　蔡家老宅堂屋里，摆了两桌茶。蔡瑶卿在自己家里招待亲朋，伊万诺夫一行和一些晋商在座，蔡瑶卿介绍喊山的来历："喊山，是本茶乡沿袭至今的民间习俗。每年的惊蛰之日，茶乡就要开园，喊山，祭茶神。卧龙山，乃先祖奉旨贡茶之地，当年喊山的时候，连本地官员和御茶园官员都要到场，以表对茶敬意，祝茶叶丰收，茶事顺利。"

　　黄天虎也介绍说："每年喊山开园的时候，都要请年轻未婚的女孩子，进茶园采头道茶。早上的茶山，雾气腾腾，采茶的姑娘在雾中采茶，好像天上的仙女一样，所以啊，这些女孩子又叫采茶仙女。"

　　娜佳就问："听说这些仙女头天晚上还要沐浴净身？"

　　黄天虎说："对，因为明天除了喊山，还要对头道茶进行评比，看谁的茶好，所以，采茶的仙女们都要净身，不能带一点点杂质到茶山去，免得影响茶叶的质量和品位。"

　　伊万诺夫觉得是很浪漫的事情，蔡瑶卿问黄天虎明天先评哪边的茶园？黄天虎要蔡瑶卿明天主持喊山，当然先评德昌的新茶。蔡瑶卿微笑说明天请大家品新茶，晋商们祝德昌号明天开园大吉。大家于是都举杯，气氛很融洽，蔡瑶卿对黄天虎的办事能力也越来越信任。

　　刘钦云这时也没闲着，小莲被他养了起来。每天给画眉喂食，闲情逸致一般，只是她内心却空空落落的，当然她得装作幸福的样子，她不能让刘钦云看出什么。

　　管家向刘钦云汇报："老爷，英国洋行支持我们再做茶叶。他们建议，卧龙山的茶可以制成精致红茶。如果印度茶、锡兰茶顺利打进中国市场，我们的红茶就可以当做印度茶经销。"

　　刘钦云吩咐管家赶快和蔡老三签订合同，然后，马上以"泰昌"的名义入市，抓住今年春茶的喊山时机，好好打一打牌子！现在的报纸，时兴广告了，他要管家去报社商量商量，看怎么做，莫要麻子去，他那副吃人的样子，别人看了都怕。

　　管家笑了笑，就亲自去办。管家出去后，刘钦云决定带着小莲回新店去。

　　入夜，当新店河街一片繁华，流光溢彩，渔火一片时，各地茶商又相见，相互寒暄问候。

　　刘钦云在麻哥、憨子的陪同下出现在新店，小莲挽着刘钦云，俨然贵太太，引起许多人的瞩目。很多人在小莲背后指指点点，小莲目不斜视，可她的内心五味陈杂。这种在别人眼里风光无限的生活，对于她而言，却承受不起。

可刘钦云偏偏不放过她，带着她去了鄂南春茶楼，许多茶客看见小莲，非常惊喜，大声呼喊："小莲回来了！""哎！小莲！""小莲！跑哪里薅黄瓜去啦？"

小莲看见许多熟悉的面孔，非常兴奋，站起身挥手打招呼："嗨，柳叶儿！"

刘钦云却不动声色地低声命令小莲："坐下！大呼小叫的，成何体统！"

小莲无奈又尴尬地坐下，一个小姑娘兴奋地跑过来喊："小莲姐！"

小莲问："柳叶儿！你怎么来啦？"

柳叶儿明天早晨要上山采茶，小莲问她是不是明天喊山的采茶仙女？柳叶儿点头，茶厂要她们来的，她们就在祠堂边的大宅子里住，小莲冲柳叶儿挥手，说自己待会儿去看她们，柳叶儿闻到了小莲身上的香味说："嗯，小莲姐姐！你真香！"说完，笑嘻嘻地跑了，小莲情不自禁闻了闻自己的袖口，刘钦云说："这可是扬州有名的谢馥春的鸭蛋粉。皇宫里的娘娘、妃子们，都用的是谢馥春的香粉呢。"

小莲才恍然大悟般说了一句："难怪。"刘钦云问她："你们刚才说什么采茶仙女，是怎么回事啊？"

台上开始唱戏了。一个和小莲小时候差不多大的小姑娘，在唱《薅黄瓜》，小莲目不转睛地看着，她脸上挂着微笑，而她的心却一阵阵伤感，在这里有她熟悉的一切，在这里也有丢失掉的一切。

刘钦云却起身离开了茶楼，小莲回头诧异地看着他。她没问他去哪里，她知道，就是她问了，他也不会告诉她实话，她与他本来就不应该是同居一屋的人。

刘钦云去了一个老宅堂，麻哥把憨子带进堂屋。憨子拜见刘老爷，刘钦云问憨子，明天的头茶，是不是很香？

憨子说："头茶嘛，当然香啦。"

刘钦云就取出一盒鸭蛋粉问憨子："头茶和这个比，哪个香呢？"憨子接过鸭蛋粉嗅了嗅说："小的不懂，但小的知道这是香粉，香粉当然比头茶香多啦。"

刘钦云把鸭蛋粉交给憨子，要他把头茶变香。憨子一惊，放下鸭蛋粉，他不敢做这种事，他好赖还算蔡家的人，不能这么对不起蔡家。刘钦云静静地看着他，头对麻哥微微一侧，麻哥把一袋银元扔到憨子面前。憨子的思想斗争又激烈起来，看看鸭蛋粉又看看银子，最后一咬牙，把两样东西都揣在怀里走了。看着他背影，刘钦云微微一笑。

⌒ 5 ⌒

在一处老宅里，采茶仙女们嘻嘻哈哈地在这里聚集。一个女孩子将皂荚放进外圆内方的石臼，不停地捣碎，几个女孩子在架锅烧水，火光闪闪，热气腾腾，一片喜气。

一个女孩子将捣碎的皂荚倒进锅里，一个女孩子提水倒进大木桶里，老宅里蒸气弥漫着，女孩子们用毛巾裹着身子，害羞地跑进沐浴房。

憨子来到大门口，被一老婆婆拦住，老婆婆说："哎哎，男人不能进去！"

憨子要找柳叶儿，老婆婆喊："柳叶儿！柳叶儿！

柳叶儿跑出来，憨子笑嘻嘻地说："嘿嘿，我是泰昌茶庄的，小莲姐姐要我来找你的。"说完，憨子将柳叶儿拉到一边，又悄悄说："你小莲姐姐这次来，没想到会碰到你。她说，没什么东西好送你，就把随身带的鸭蛋粉送给你，做个纪念，鸭蛋粉可是皇宫里娘娘们用的香粉，可贵重呢。特别是洗了澡以后，擦那么一点啊，会香半个月。"憨子把一盒鸭蛋粉递给柳叶儿，柳叶儿接过盒子说谢谢小莲姐姐。憨子叮嘱柳叶儿待会儿记得擦，柳叶儿点头，憨子就往回走去。

这时，黄天虎带着蔡雪慢慢走过来，憨子发现他们，急忙躲到一丛灌木后。黄天虎带蔡雪走到老宅门口说："这是仙女净身的地方，男人是不能进门的，你进去看看吧。"蔡雪进门后，黄天虎突然想起一个地方，独自走了。

黄天虎来到当年小莲排戏的祠堂门口，朝里张望。朦胧的窗口，隐隐约约的梁柱，他耳边响起当年小莲的唱戏的乐曲声，不由感慨万分。

蔡雪不知道时候来了，她对黄天虎说："蛮有意思，那水真干净啊，我都想洗一下。"只是在吃饭的时候，黄天虎说采茶的女孩子要净身，换衣，不能带一点杂质到茶园去，她刚才进去打转的时候，好像闻到一种淡淡的香味。

黄天虎吃惊地问蔡雪："香味？什么香味？"

蔡雪也说不出来，好像是一种非常高级的香味，她以前在上海闻过，她想了想，终于想起是扬州谢馥春的香粉，鸭蛋粉。

黄天虎很奇怪，这个乡村怎么会有这么高级的香粉，他问蔡雪能不能肯定？蔡雪点点头，黄天虎想这么高级的香粉，居然跑到乡下小姑娘的房间里去了，这里面有鬼。

蔡雪问黄天虎："那怎么办？总不能叫她们明天不去啊。"

黄天虎紧张起来，他要蔡雪先去看看她父亲，让他老人家安安心心睡觉，别惊动他。让她也洗了先睡，明天要起早床的，他去处理这件事。

黄天虎走了，月光如水，温柔地洒在路上。黄天虎匆匆走路，突然传来一阵脚步声，黄天虎不经意地抬头看了一眼，停了下来。小莲缓缓走来，她也看见了黄天虎，也停了下来。黄天虎感到自己脚有千斤重，怎么也抬不动，小莲咬咬嘴唇，快步走到他身前说："连话都不想跟我说了？"

黄天虎艰难地吐了一个字"不"，小莲哀怨地对黄天虎说："我知道你恨我，恨吧，我都恨自己，像我这样，活着还不如死了好。"

黄天虎终于可以畅快说话了，他对小莲说："不！小莲，我从来就没恨过你，我是亲眼看着的，你是为了救我救你爹救黑皮他们，才答应的刘钦云，大家心里谢你都来不及。"

小莲问黄天虎："你真的不恨我？"黄天虎点头，眼泪夺眶而出，小莲也哭了，一把抓住他手说："可是我不能嫁给你了啊，不能了……"黄天虎的眼泪流得更急更快了，他何尝不是和小莲一样的处境，他现在也不能娶小莲，他要娶的是蔡雪。

不远处，刘钦云在麻哥和两个保镖的陪同下过来，无意中看到了这一幕，众人都一愣。麻哥立刻拔出了枪，却被刘钦云一把按住，刘钦云轻轻吐出二字："不管。"可黄天虎和小莲已发现他们，小莲快步走来，刘钦云居然笑脸相迎着小莲问："累了吧？"小莲一怔，摇摇头，刘钦云又说：

"不累的话就到那边转转去。"小莲跟着他们走了，黄天虎远远看着他们，心又变得格外沉重。

黄天虎没再想小莲，而是去了老宅门口，可那里已变得冷冷清清，老婆婆端起板凳往门口走去，黄天虎快步走到她身后问："婆婆，人呢?"

老婆婆说："走了，都回去睡啦。"黄天虎失望地看着空荡荡的门洞沉思起来。

刘钦云带着小莲缓步走到河边，他对小莲说："好地方，在这儿住，能多活十年。小莲，你跟黄天虎的话，该说完了吧?"小莲莫名其妙地望着刘钦云，她不知道他是什么意思。

刘钦云掏出怀表看了看，对小莲说："你和黄天虎相好一场，丈夫却是我，这样的结果，你和他难免有些话要说，所以我给了你一个钟头……别那样看着我，你以为你做了我的太太还能随随便便出来瞎逛吗? 我是大人大量，特意安排你去把话说完。记住，这是头一次，也是最后一次。要是以后你再跟他眉来眼去、勾勾搭搭，我也不会跟你过不去，但我会砍下他的脑袋，把它挂在我们的新房梁上。"

刘钦云的话，让小莲不寒而栗。月光一如从前一样宁静而又柔软地照着新店的一切，那么熟悉而又让她欢喜的月亮，在今夜却让她颤抖不已。

第十八章 首义之战

～1～

当晨雾在卧龙山山间和茶园中飘动的时候，喊山开始了。在茶园下的一块山坡上，旌旗招展，祭祀台上摆着香案、香炉，香案两边，是土灶与炒锅，用以炒茶。用木板搭起的简易长条凳上，坐满各地茶商和宾客。

蔡瑶卿、伊万诺夫在黄天虎的陪同下来到了喊山台，刘钦云在小莲和憨子的陪同下也来到了喊山台。

喊山台两边的山坡上站满山民和茶农，担任司仪的黄天虎喊了一句"喊山开茶现在开始"！

顿时，牛角号齐鸣，锣鼓声、鞭炮声响成一片。茶农们抬着竹篾扎制的风、雨、雷、电诸神上山，放在祭祀台两边，茶农抛撒茶、米和黄豆，祈求丰收，黄天虎接着说："宣读祭文！"

蔡瑶卿面对青山，宣读祭文：

天地造化，春气和畅，物产灵芽，石乳流芳。

茶开卧龙，天下飘香。资尔神功，佑吾茶乡。

蔡瑶卿念完祭文，满眼已是热泪，多少年来，他为有这样的茶山而骄傲，只是今年，这样的感慨似乎比往年来得更激烈一些。泪便在宣读中涌了出来，直到有人递给他香，他才克制住自己的情感。当黄天虎喊："一拜天地，"时，他和众人站起，弯腰，拜。黄天虎喊："二拜山神，"老百姓弯腰，拜，黄天虎喊："三拜茶神，"蔡瑶卿弯腰，拜。黄天虎喊："宣布开茶。"蔡瑶卿上前，将香插入香案，面对青山，大喊："开茶啦！"

群山回应："开茶啦！"

黄天虎领导喊山："开——山——啦——"

密密麻麻的山民、茶农和应："开——山——啦——"

在此起彼伏的喊山声中，一队队身穿民族服装的采茶仙女背着茶篓，在薄雾中飘然上山采茶。

黄天虎领导喊山："发——芽——啦——"，山民、茶农和应："发——芽——啦——"，茶商、宾客们和四周的群众一起高呼："发——茶——啦——"

当牛角号同再次齐鸣时，蔡瑶卿老泪纵横，而蔡雪却望着黄天虎微笑。伊万诺夫抿嘴沉思着，娜佳兴奋得直欢呼。刘钦云也是沉吟不语，小莲却掩面流泪。憨子嫉妒地看着黄天虎。每个人在喊山台上都有着这样那样的思绪，只是黄天虎忙于喊山仪式，对于每个人的状态，他无暇顾及。

喊山仪式结束后，娜佳和蔡雪背着茶篓到茶园学采茶，茶娘在一旁教她们。蔡瑶卿和伊万诺夫边看茶树边聊天，伊万诺夫说："蔡老板，我曾经想把你的茶山都搬到我的祖国去。可是今天，我突然明白了，我可以把茶树搬走，甚至把这里的土壤运走，但是，我没法带走你们的山神，茶神，还有，你们的茶文化，茶叶的灵魂。"

蔡瑶卿接过伊万诺夫的话说："不，只要你真正喜欢茶，多多少少，你总会感受到茶的灵魂。你回国的时候，我会送一批卧龙山的茶树茶种给你。"

伊万诺夫表示感谢。

这时新茶炒好了，蔡瑶卿邀他一起去品尝。

在喊山台长木头条凳上摆满了茶杯，一茶女在斟茶，蔡瑶卿今天异常兴奋，高声喊："诸位，请品尝一下新茶！"

大家端起茶杯，开始品茶，喝第一口，大家还笑容满面，喝第二口，许多人的笑容就凝固了，开始交头接耳。刘钦云品茶后，脸上似笑非笑，虽然他也感觉小莲的家乡山清水秀，他还想带着小莲来这里养老休闲，只是他不放心小莲，黄天虎把喊山仪式主持着像模像样，他打从心里就叹服黄天虎年纪轻轻，前途无量，也难怪小莲会对黄天虎念念不忘，不过小莲嫁给他时，还是个黄花闺女，在这一点上，他对黄天虎的恨意少了几分，对小莲的宠爱自然就多了几分，不过他还是不会让蔡家这么顺顺当当地开山采茶。

伊万诺夫端着茶杯皱眉，蔡瑶卿发现伊万诺夫神情不对，品了一口茶含在口里，片刻后他猛地将茶水喷出口喊："黄天虎！"

黄天虎急忙来到他身边，蔡瑶卿问黄天虎给大家喝的是什么茶？

黄天虎奇怪，是今天采的新茶，蔡瑶卿怒喝道："你尝尝！什么味道？"黄天虎抿了一口茶，如实回答："嗯，茶里面，有异味。"蔡瑶卿气得发抖，啪的一下将茶杯摔了说："刚刚采的新茶，哪来的异味？啊？你给我说清楚！"

蔡雪急忙搀扶蔡瑶卿，众人连忙解围说："蔡老板过虑了，茶挺好的嘛！"

蔡瑶卿叹气说："唉！蔡某做了一辈子的生意，讲究的就是货真价实，可这茶，不是在骗人吗！"说完，他剧烈地咳嗽起来。

黄天虎清楚是怎么一回，只是他不能如实告诉蔡瑶卿，就对他说："老爷，现在有两班人在采茶，这只是第一锅，后面还有啊。"

蔡瑶卿不明白黄天虎什么意思？黄天虎吞吞吐吐地说："现在的茶山有一半……是人家的了。"

蔡瑶卿大惊，视线投向刘钦云问："一半是人家的？这么说，老三把我分给他的茶山又卖给了人家？"黄天虎点头，蔡瑶卿如挨重击，颓然坐下。众人小声地议论着这件事，刘钦云瞟了一眼憨子，憨子却装出一脸无辜。

当又一排干净茶杯摆好了，茶女斟茶，黄天虎请大家品茶。蔡瑶卿双手颤抖，慢慢品茶。他突然笑了起来："好茶，好茶！这才是真正的卧龙极品啊！"众人也赞不绝口。

这时柳叶儿跑到小莲面前，掏出鸭蛋粉递给她说："谢谢姐姐！"小莲奇怪地问："这盒子怎么在你手里？害得我到处找，拿走也不告诉我一声。"柳叶儿急忙解释，并指着憨子说是他替小莲带给她的礼物，蔡瑶卿大惊，急忙夺过鸭蛋粉，盘问柳叶儿，才知道柳叶儿昨晚净身后用了香粉。

蔡瑶卿转身逼视小莲说："小莲，亏你还是咸宁人，原来是你搞的鬼！"

小莲急忙解释，蔡瑶卿突然热泪盈眶，对刘钦云说："刘老板，我蔡家虽然分了家，可是这茶山的茶叶，都是同一个天，同一座山，手心手背都是肉啊。你我在码头上可以论输赢，但是，你不能在我的茶山上玩狡猾！"

刘钦云此时也只有硬挺着了说："你别血口喷人！女人之间送点小玩意，说清楚就算了嘛！你借题发挥干什么？"麻哥这时掏出枪，黄天虎一把抓住他的手，刘钦云喊："都给我听着！这里的茶山，一半姓刘了！我让它是什么味它就是什么味，你少在我的地盘上发号施令！"

蔡瑶卿欲言又止，刘钦云一行气冲冲地走了，蔡瑶卿看着眼前的茶山，突然头晕目眩，口吐鲜血，倒在地上。

～ 2 ～

黄天虎带领一群人把蔡瑶卿抬回蔡府老宅。在老宅堂屋，当地的老中医为蔡瑶卿拿脉出来，黄天虎焦急地迎上前问，蔡老爷还好吧？

老中医摇头，恐怕无力回天了。黄天虎大惊，要马上把蔡瑶卿送回汉口，老中医告诉黄天虎此时不宜远行，就怕舟车劳顿，半路就归天了。黄天虎顿时热泪盈眶地对老中医说："老伯，你一定想方设法让老爷坚持几天，汉口还有亲人没有回。"

老中医点头，他会尽力而为。当老中医走后，蔡瑶卿苏醒过来，蔡雪给他喂参汤。黄天虎进门强装笑容说大夫说没事的，蔡瑶卿知道生死有命，这是天意，他这次回来，只怕是要叶落归根了。

蔡雪一下子哭了，蔡瑶卿让蔡雪不要哭，现在不是哭的时候。蔡雪擦干泪抬起头来看着蔡瑶卿，蔡瑶卿却望着黄天虎说："天虎，你说过你把我当爹看，我很欣慰。说真的，我也很喜欢你。你有点像我年轻的时候，但你脑袋比我年轻时灵光。我现在还丢不下的，一个是德昌号，一个是雪儿，我想把他们都托付给你，你现在就给我一个回答。"

黄天虎眼泪夺眶而出，他向蔡瑶卿表示，愿意一辈子跟随他，万死不辞。蔡瑶卿清楚黄天虎的真心和义气，只是他现在和阎王爷比赛，他要黄天虎真心实意地回答他。黄天虎磕了几个头说："老爷这样器重我，我这条命，就是德昌的，就是小姐的，我愿意一辈子对小姐好。和小姐一起，白头偕老，把德昌号办得红红火火的，决不辜负老爷的知遇之恩。"

蔡瑶卿欣慰地笑了，他要的就是黄天虎这几句话。他相信黄天虎既然说了，就会当命一样去做到的。现在他希望黄天虎和蔡雪赶快拜堂成亲，他要亲眼看着他们拜堂成亲，蔡雪和黄天虎含泪点头。

在蔡家老宅开始操办黄天虎和蔡雪结婚的事情。仆人们在大门上挂红灯笼时，一辆马车到蔡家老宅门口停下，蔡三爷和祝掌柜下车。蔡三爷诧异地问："哎，挂灯笼干什么？"

一仆人说："回三爷的话，小姐马上大喜了！"蔡三爷很惊讶，这么急地让他和祝掌柜回来就是为了蔡雪要结婚的事？当他和祝掌柜走进蔡瑶卿卧室，蔡瑶卿靠在床上，面有死色。蔡三爷才知道大哥病得如此之重，他伤心地喊了一句"大哥"，蔡瑶卿微微点头示意。蔡三爷坐在床边，拉着大哥的手，痛哭起来。是他害了大哥，爹妈走得早，大哥为了他，又当大哥，又当严父，只怪他自己不争气，现在大哥这个样子，他心里真的很难过。

蔡瑶卿要弟弟不要太难过，他有事要交代。蔡雪赶紧把已经准备好的笔墨送上。祝掌柜坐在桌边，拿起笔来，蔡瑶卿说："我马上要去见父母了，我现在要立一份遗嘱。"

蔡三爷又喊了一声"大哥"，蔡瑶卿抓住他的手，摇摇头说："我很清醒，很明白。我主要想说的，是这几件事：第一，我的所有财产，包括茶山，店铺，茶厂，房地产，由我唯一的女儿蔡雪继承；第二，德昌号所有的经营，包括茶山，茶厂，码头，店铺，货栈，房地产，交给我的女婿黄天虎全权管理。"

蔡三爷吃惊问："黄天虎？你把蔡雪嫁给他啦？"

蔡瑶卿点点头，继续说："第三，德昌号的经营，采取股份制。蔡雪占五成一，黄天虎占五成三，老祝占五个点，其余的股份，交由天虎在经营中安排，由蔡雪、黄天虎、老祝三人商量，最后决定。"

祝掌柜停笔喊了一声"老爷"，蔡瑶卿说："老祝啊，你跟了我一辈子，你是德昌的功臣，你要帮蔡雪，帮黄天虎，不然我不安心的啊！"

祝掌柜热泪盈眶，蔡瑶卿继续说："我这一辈子，恪守的就是八个字：诚信经商，宽厚待人。德者，昌也。今后凡是到德昌做事的人，都要告诉他们这八个字。"

祝掌柜点头，蔡瑶卿对蔡三爷说："最后一条，老三啊，我想告诉你，卧龙山，十二个山头，这是我们祖宗传下来的基业。山头自己家可以分，但是绝对不能卖！谁要是出卖祖产，谁就自动放弃了继承权！你现在租借给刘老板，那是你的选择，哥不说什么，但是，你绝对不能卖出去！今后我们传给子孙，也就这样了。"

蔡三爷问蔡雪的家产怎么办？

蔡瑶卿说："唉，老话说的有，一代不管二代。我们老爸会想到我们会分家吗？唉，我们眼睛一闭，什么都管不了啦。雪儿如果生了儿子，愿意姓蔡，雪儿的家产，就还是姓蔡了。要是不愿意，我们也管不了啦！"

蔡三爷问："那黄天虎会同意吗？"蔡瑶卿要蔡三爷放心，黄天虎会同意的，如果他没有看错，黄天虎今后的生意，绝对比他们兄弟做得好，做得大。黄天虎的志向大得很，不会在意这几个茶山的。

蔡三爷没有意见了，祝掌柜问蔡瑶卿还有什么吩咐？

蔡瑶卿很伤感地说："唉，我一辈子爱茶，我收藏在老宅里的砖茶，我就带一点走吧。把我和雪儿她妈葬在一起，我的墓前，一定要栽一片茶树，让我时时刻刻，闻到家乡的茶香啊。"

蔡瑶卿说完，屋子里的三个人都已经泣不成声了。

当蔡雪结婚的事情准备完毕后，她和黄天虎的婚礼开始了。鞭炮炸响，唢呐声在空中盘旋，蔡瑶卿也装扮整齐坐在太师椅上看着一对新人，蔡三爷在一旁陪坐着。

黄天虎与蔡雪新郎新娘打扮，站立在蔡瑶卿面前。

祝掌柜主婚，新人三拜后，蔡瑶卿颤巍巍地抓住蔡雪与黄天虎的手，合在一起，然后掏出一大把钥匙放在他们手中，微笑着说："雪儿，天虎，我的儿！拜托了！"说完，蔡瑶卿闭上了眼睛。

蔡雪、黄天虎狂喊："爸！爸爸啊！"

蔡瑶卿就这样走了，在巍巍青山上，蔡瑶卿和他妻子合葬在一起。在坟墓四周移栽了茶树，坟前，青烟袅袅。蔡雪、黄天虎跪在坟前，蔡三爷和祝掌柜站在后面。黄天虎磕头，满眼泪水地说："爸，妈，你们放心吧！我们一定让德昌号德而昌！"

～ 3 ～

回汉口后，祝掌柜招集德昌号全体伙计到场宣布：老爷临走的时候，作了非常仁厚的安排。现在，大小姐、黄天虎，就是我们德昌的新老板！以后，大家一律要称蔡老板！黄老板！

伙计们，包括黑皮、九戒，都兴奋地大声喊："蔡老板！黄老板！"

祝掌柜继续宣布，请黄老板训话，众人热烈鼓掌。

黄天虎站起来，谦虚地说："感谢老爷的厚爱，让我来执管德昌，我和祝掌柜一样，真的是睡不着啊！老爷给我们留下了最宝贵的财产，那就是德昌的店训：诚信经商，宽厚待人。今后，我们就按照这店训去做！谁要是搞坑蒙拐骗那一套，谁就两个山字一撂：请出！"

众人笑了起来，黄天虎又说："老爷给我们留下的第二个宝贝，就是股份制，老爷要大家都做德昌的股东，都做德昌的老板。这就是说，铺子的生意越好，大家的红利就越多！"

众人便议论起来，黄天虎继续说："我刚接手德昌，好多事情还不太熟悉，还需要大家的帮衬。我准备在铺子里设一个'知言箱'，就是'知而不言，言而不尽'的意思，大家对我有什么建议，对德昌的生意有什么好的点子，好的想法，都可以写成纸条，放进去。这个知言箱呢，由蔡老板掌管，就相当于大家的折子。谁的折子好，蔡老板有赏！我也会有赏！"

蔡雪接过黄天虎的话："我保证铁面无私，并且，替大家保密。"祝掌柜微笑点头，黄天虎宣布人事："大家都知道，德昌分家后，元气还没有恢复，还需要大家齐心协力，振兴德昌。我们的掌柜，还是德高望重的祝掌柜！"

大家热烈鼓掌，祝掌柜站起来致谢。

黄天虎宣布货栈、堆栈的栈长，是九戒，大家笑称九栈长，九戒站起来致意。

黄天虎给栈长配了个副官，小伙计，大家拍掌笑称小副官。

黄天虎说："我们在汉口做生意，那是离不开码头的。我们还有茶山，还有砖茶厂，还有很多运输和外地的生意。这一块，就交给我们的黑皮掌柜，黑掌柜了！"

大家哄堂大笑，黑皮站起来，笑着说："嗨！我做梦都没有想到，我会当上掌柜。其实，也就是跟着我们老板，我们祝叔拼命干呗！"

人事宣布完后，黄天虎说："好啦！我想说的，都说完啦！一句话，人心齐，泰山移。我们只要齐心协力，德昌马上就会在我们手里更上一层楼！"

大家热烈鼓掌，祝掌柜请蔡老板训话，蔡雪笑着说："我哪敢训话啊？我只说一句话，在生意上，黄老板的话，就是我的话，大家都要听黄老板的。我呢，是他太太，我当然也得听他的。完啦！"

大家笑了，热烈鼓掌，黄天虎站起来说："今天蔡老板请客，大家到大兴园聚餐，吃鮰鱼去！"

所有伙计都高兴起来，德昌号一片和谐喜气。

吃完饭后，黄天虎、黑皮、九戒三人边走边说，九戒说就差一个憨子。大家都在黄天虎手下干了，黑皮想去劝憨子回来算了，黄天虎摇头，蔡三爷那边也要人。他感觉憨子好像变了，这次回咸宁老家，新茶里掺了鸭蛋粉的怪味，很可能跟他有关。众人愕然地望着黄天虎，九戒说："他敢？等会我就去问他。"

黄天虎问过，憨子死不承认，他真是有点担心，小兄弟出去没几天就变成仇人。黑皮想明天和九戒找他去，黄天虎答应他们去找憨子谈一下，另外他要黑皮有空就到伊万诺夫的砖茶厂学点手艺去，德昌肯定也要搞机器制茶。

黑皮也认为机器制茶肯定比手工做茶好，以前蔡老爷就是不听劝，但买机器要不少钱，黄天虎有钱吗？

黄天虎现在没有钱，但新成洋行的秘书他熟悉，他跟银行、钱庄很熟，可以帮他们贷款。黑皮说钱多的话，再买几条船就更好了。黄天虎想好，船不用买，龙王庙那边有很多货船，他们要用船就去租。九戒没想到黄天虎一当老板，就又借钱又租船，把原来蔡老爷定的规矩都改了，他担心蔡雪会不会不高兴？

黄天虎了解蔡雪，蔡雪会支持他的，就在他们说话的时候，土堤的一头，突然出现一队荷枪实弹的清军，飞速向他们扑来，众人惊愕地睁大眼，清军包围了工棚，为首的高喊着："出来！都给我滚出来！"正在睡觉的工人被惊醒了，几个士兵又吆喝着冲进门："出去！统统出去！"大批睡眼惺忪的码头工人被赶出工棚。

黄天虎、黑皮、九戒也被赶在一堆，清兵拿着一张画像挨个辨认，清军小头目厉声说："大家听好了，我们奉命前来捉拿钦犯吴哥，吴哥长期潜伏在此地谋反。谁要是举报吴哥的行踪，本官重重有赏！谁要是隐瞒不报，一旦抓获，马上杀头。"

黄天虎大吃一惊，他从来没想过吴哥会是钦犯。清兵走后，黄天虎，黑皮和九戒都惊讶不已，只是他们找不到吴哥，很担心吴哥的安危。

到了第二天，秋秋先找到了憨子，他把一小袋银元递给憨子。憨子摸摸银元，又把袋子扔回去，不清不白的钱他不要。秋秋冷笑地说："不清不白？哈哈，乌鸦别嫌猪黑，你就别装了！你这回在咸宁立了功，我们刘老板特意给你赏金，你敢不给刘老板面子？"

憨子不再推辞，叹息地说："我真是没出息。"秋秋也拿话激他说："对，你就是没出息！屁颠屁颠跟着蔡三爷，就做个跟屁虫，人家呢？股份有了，老板当了，老婆娶了，伢也怀上了。"

憨子一惊，蔡雪怀孕了？秋秋说："怀上啦，你说这黄天虎也真有本事，没几天工夫就把蔡家大小姐搞上了，还下了种。"

憨子又气又怒，他真是亏大了，跟了三爷，忙死累活，什么也没落着，秋秋给自己倒了一杯酒说："你呀，不但是憨子，还是傻子，跟三爷有什么不好？黄天虎只是个上门女婿，德昌说到底还是蔡雪的。你要是把三爷认作干爹，再等他一翘辫子，那蔡家不是你的也会变成你的。"

憨子心动了，他为自己盘算起来。当秋秋走后，憨子也走出了门，黑皮、九戒快步走来，后头还跟着黄天虎。憨子嘿嘿地笑，问兄弟们都来了有事吗？黑皮搂住他的肩，要他到那边去说话。

黄天虎、黑皮、九戒把憨子带到江堤上，黑皮推了一把憨子问："说，那天茶里的鸭蛋粉，是不是你放的？"九戒也接着说："不说实话就下你的饺子。"

憨子强作镇定说："我放鸭蛋粉？放你的狗屁！我一个挑扁担的，哪知道什么鸡蛋粉鸭蛋粉？天虎大哥那天也问过了，柳叶儿她根本就不认识我。"

黄天虎对憨子说："不对，那天是黑灯瞎火的，柳叶儿是记不清谁给的鸭蛋粉。憨子，你敢当着欢喜爹爹的面发誓吗？"

憨子发作起来："去就去，有什么不敢的？噢，你们一个个都当了掌柜，都发了，还娶了大小姐当老婆，还不过瘾，还把屎涂在我这个最没出息的穷光蛋身上。算了，不用你们下饺子，我自己去死了算了！"憨子往江水冲去，不一会便把江水踩得啪啪作响，众人面面相觑片刻，相继冲到江滩上拉回憨子，憨子仍边挣扎边大叫："放开，让我去死！去死！"

一场问话闹成这个样子，兄弟几个人不欢而散。

～ 4 ～

蔡雪的丫鬟春晓正在后院洗衣服，蔡雪捧着一摞床单走进后院，找个木盆也洗起来。黄天虎探头看了一眼，连忙扶起蔡雪："起来！哎，你给我起来！"蔡雪莫名其妙问怎么了？黄天虎把她扶到一把凳子上坐着说："来，坐这儿。我问过了，有个生过六个小孩的嫂子：孕妇要注意休息，注意营养，不能劳累。"

蔡雪伸了一下腰，感觉这个腰还真有点酸了，黄天虎就说："你看你，跟你说过多少遍了，就是不听。你腰酸，你伢的腰不也会跟着一起酸吗？

来，进屋去，你赶快上床躺着去。"黄天虎又扶起蔡雪，此刻蔡雪十足的孕妇样子，幸福地依偎着丈夫慢慢走进门。

蔡雪休息后，黄天虎去了租界，当一个车夫拉着黄天虎跑时，他扫视着街景，路边的一扇窗里突然发出轰的一声巨响，玻璃粉碎，窜出大团黑烟。街上顿时大乱，车夫吓得将黄包车拉到路边。一个满脸油黑的男人狂奔而来。他的身后，警笛吹响，租界巡捕追来。逃跑的那人是刘祥云，黄天虎认出来了，他急忙向刘祥云招手。刘祥云发现黄天虎，跳上车，车夫拉着车钻进小巷。

巡捕追到巷口开枪，车夫中弹倒地，黄天虎和刘祥云摔下车后，两人往伊万诺夫公馆逃去。

黄天虎带着刘祥云狂奔到伊万诺夫家门口敲门，娜佳开门看到他们大惊，随即让他们进门。娜佳将他们带进自己的卧室后，巡捕也敲响了门。开门的是秀梅，巡捕说有两个疑犯逃进公馆，请配合他们捉拿，秀梅不让他们进，"让开！"巡捕一把将秀梅推开，闯进门。

秀梅追到巡捕身后说："老爷，家里没有外人，只有小姐在，你们别乱找了。"

巡捕不理她，接连推开几扇房门检查，娜佳走出卧室，反手关上门问："你们干什么？出去，赶快出去！"

巡捕要搜查娜佳的房间，娜佳说是她的卧室，有什么好看的？不能进去。巡捕不肯走，坚持要看，娜佳对秀梅说："多煮点米饭，这两位先生不想走，留他们在这里吃饭。"两个巡捕对视一眼，哭笑不得，只得离开公馆。

而刘祥云和黄天虎翻过围墙，逃出了公馆，黄天虎把刘祥云带进了货栈，藏在了货栈的隐秘小间里。

黄天虎给刘祥云送水，他提着一把壶走进货栈深处，看左右无人，他移开两件货，走进一个隐秘小间。刘祥云站起身来，黄天虎取出杯子，倒了一杯水递给他。刘祥云喝了几口，说他现在就得过江去武昌，黄天虎说码头上都是兵，都拿着枪，让刘祥云等天黑了再走。刘祥云却认为不能等，天黑就来不及了。

黄天虎为刘祥云想了一个办法，他、九戒带着化装成码头工人的刘祥云走出门，三人都拿着扁担，刘祥云披着披肩，头上还戴着顶破草帽。他们向土堤走去，黑皮已把一条小划子停靠在江滩上，刘祥云跳上小船，黑皮划桨，小船慢慢驰入江中向武昌划去。

世道越来越不太平了，清兵越来越多地涌入汉正街，路人惊恐地四处逃窜，一个个店铺也赶紧关门。

黄天虎走出门看了看，低声对祝掌柜说："赶快去把货栈堆栈的门关了，但人别离开，都在店里守着。"祝掌柜点头匆匆离去。蔡雪也走到门口看了看，很惊讶，清兵到处抓乱党，黄天虎把她拉进门说："天天抓人，枪响，说不定要出大事！你先到乡下去避避。"

蔡雪不肯一个人走，要走就一起走。黄天虎劝蔡雪先走，她怀着孕，不去乡下就到圣公会教堂去避两天，那儿安全些。蔡雪这才点头，又一队清兵杀气腾腾地奔来，一个破衣烂衫的老乞丐颤巍巍地走到门口，突然一屁股坐在门槛上，黄天虎倒了杯水给他，蔡雪把老乞丐扶进店，老乞丐坐下身，突然抬头看着黄天虎："谢谢！"黄天虎一惊，这老乞丐竟然是吴哥扮的。

黄天虎把吴哥带到巧妹的米粉馆，巧妹给黄天虎、黑皮和仍化装成乞丐的吴哥送来茶水。黄天虎对吴哥小声说，清兵到工棚来抓了他几次。吴哥知道，情况紧急，他现在长话短说了，革命党马上就要起义，武昌一打响，汉口也要立即响应。现在他请黄天虎做两件事，有一批军火，主要是汉阳造，要运到汉口来，想先藏在黄天虎的货栈里，这是杀脑壳的事，他要黄天虎想清楚。

黄天虎是没问题的，黑皮、九戒都是靠得住的兄弟，至于杀不杀脑壳，黄天虎根本就不会去考虑。

吴哥对黄天虎的态度很满意。不过俗话说兵马未动，粮草先行，如果起义成功，军队的军饷、粮草都是大问题，他还要黄天虎去联络汉口的商会，商界，去筹集军饷和粮草。

商会会长是刘钦云，黄天虎就得去找他，这让黄天虎有些犯难。刘钦云一直在和德昌号过不去，老是在算计他们，想打下这个码头，蔡老爷就是被刘钦云逼死的，黄天虎很犹豫。

吴哥却等不及了，黄天虎要是答应，点个头就行，要是他不想去，他立马走人，他不能让那些拼了命的人，一边挨饿一边打仗。黄天虎思想斗争很激烈，他站起身，走到一边思索，最终叹了口气答应了吴哥。吴哥抓住黄天虎的手说："搭白算数！"

黄天虎应了一句："搭白算数！"吴哥和黄天虎的手紧紧握在了一起。

～ 5 ～

在刘府，庭院里的菊花盛开得格外鲜艳，丫鬟端着一碗燕窝银耳汤走进小莲的卧室。刘钦云亲自接过碗，小莲躺在床上，刘钦云端着碗走到床前轻声问"醒了"？小莲"嗯"了一声，刘钦云就问她："往日你七八点就下床了，今天一口气睡到十点多。待会我带你去医院检查一下，看看你是不是怀孕了？"

小莲知道自己没怀孕，刘钦云是看蔡雪怀孕了，希望小莲给他生个大胖儿子。小莲没说什么，想起床，刘钦云要她就这么躺着别动，刘钦云舀起银耳，一勺一勺地喂给她喝。小莲看着日渐苍老的刘钦云，涌起了一种从来没有的怜惜之感，其实，刘钦云对她真的不错，她能够感受到他的真情，这是她唯一欣慰和感动的。

刘钦云喂完银耳汤后就去了书屋，麻哥冲进书房，刘钦云问："找到二爷了吗？"麻哥摇头，武昌到处戒严，军营更是不能靠近。据说抓了一批乱党，昨天晚上，杀了三个，其中有一个姓刘，刘钦云大惊，不由"啊"地叫了一声。麻哥派人打听过，不是二爷，叫什么，刘复基，死得很惨。其中还有一个是宪兵，几位大人想免他一死，他却大叫自己是革命党，要革命，要挽救中国，要杀便杀，武昌的兄弟到湖广总督府的东辕门口去看了，三颗人头，没有二爷。

刘钦云沉下脸骂麻哥："混蛋！怎么说话呢？"刘钦云要麻哥赶快准备车马，先护送小莲到别墅去。家里的东西也收拾一下，该转移的，也转过去，麻哥马上去安排了。可刘钦云却愁肠百结，这天下说不太平就真的不太平起来。

就在这时，黄天虎、黑皮来到了刘府。马仔通报的时候，麻哥想去阻拦，刘钦云却吩咐让黄天虎进来，黄天虎走进前厅，正巧碰到被丫鬟、妈子簇拥着的小莲下楼，看见黄天虎，小莲一愣，黄天虎欲言又止，小莲停下来看着黄天虎，想等他说话，可黄天虎一转身走了。小莲怅然地看着他的背影，又是一阵失落，不过她现在是刘府的姨太太，黄天虎也有自己的妻子，他们之间还能说什么呢？

黄天虎和黑皮去了刘钦云的书房，刘钦云迎上前说："黄老板，稀客！请坐。"黄天虎直言不讳地说："我本想来杀你的。"麻哥大惊，随即掏出枪，刘钦云却不动声色接过黄天虎的话："我知道，但不是现在。"黄天虎看了一眼麻哥说："我有要事相告。"刘钦云示意麻哥退下，麻哥和黑皮一起退下去了。

黄天虎把刘祥云平安无事的消息告诉了刘钦云，昨天武昌出了事，刘祥云也在场，但是他很机智，逃脱了，现在他很安全。刘钦云舒了一口气。

黄天虎搬出了刘祥云，他知道刘钦云只有这么一个弟弟，他会帮助这个弟弟。武汉三镇，看来是要变天了。革命党和朝廷，现在已经是水火不容。刘祥云说现在不是你死，就是我活。如果他们起事成功，那么，兵马未动，粮草先行，军队打仗，军饷、粮草就是大事。他请自己的大哥务必支持，带领武汉商界，鼎力相助。

刘钦云明白黄天虎的意思，要是说捐款，他二话不说支持。何况，刘祥云是他兄弟，刘家的家产，他也有一半。只是商界，他就不知道别人是怎么想的了。

黄天虎把商会的会长这个帽子戴在了刘钦云头上，对刘钦云说："会长一发话，谁个不从呢？"

刘钦云听了心里舒服，他说，别的人说，他是听不进去的，黄老板说了，他还是蛮舒服。蔡老板在世的时候，也是商会的协理，黄天虎现在是德昌号的老板，这个协理的位置，非他莫属。他和黄天虎商量，请他先去联络各位会董，他们再找个时间，一起聚一下，大家一起商量。

黄天虎和刘钦云达成了共同的意愿，刘钦云没想到黄天虎是革命党。黄天虎解释他真不是革命党，他只是他们的朋友，也是刘祥云的朋友。刘钦云拱手对黄天虎说："好！黄老板今天在危难中来寒舍报信，我真的很感动。过去有些误会，还请黄老板不要放在心里。你是祥云的朋友，也就是我的朋友，我真的很想结交你这个兄弟！商会的事情，我们一起来做！"

黄天虎很真诚地说："刘先生举义旗，我愿听你的吩咐！"两个人为了革命党起义开始了他们之间的合作。

从刘府出来后，黄天虎回到了德昌号，伙计们都聚集在一起，黄天虎说："从现在起，除了蔡老板、祝掌柜，欢喜爹爹，所有的人，分两班守夜。九戒，你守上半夜，黑皮，你守下半夜。"黄天虎拉着蔡雪，他要专守蔡老板，守整夜，大家笑了。

黄天虎说："守夜是小，防火，防贼，防兵匪，是大！黑皮，去找码头上的兄弟，专门守护货栈和堆栈！先发赏钱！肉包子管饱！"这时，外面响起了炮声，紧接着枪声四起，黑皮喊道："是武昌！江对面！"

黄天虎急忙冲出门，蔡雪跟出。黄天虎等人站在后门，朝江对岸观望。武昌那边，枪炮声响成一片，映红了夜空，总督府门口火光冲天，枪声暴响。刘祥云带领一队剪去辫子的新军士兵往总督府冲去。

武昌首义之战，终于打响了。

枪声一响，汉口这边也立即行动起来。

吴哥、黑皮、九戒等一群码头工人奔到货栈门口。黄天虎撬开木箱，吴哥把步枪分发给码头工人，黑皮给众人发子弹。吴哥集合队伍说："过来，都过来，我教教大家怎么用枪。"

黄天虎把蔡雪拉到一边说："雪儿，打仗要钱，我们得捐点，我想把德昌号今年的收入都捐出去。"

蔡雪毫不犹豫地说："你捐吧，我没意见。"

黄天虎笑着对蔡雪说："德昌号的老板娘真好。"蔡雪也甜蜜地一笑。

黄天虎想这仗肯定会打到汉口来，他要蔡雪先到教堂去避一下。蔡雪不走，她要跟着黄天虎，死也要和他死在一起。黄天虎拿蔡雪没办法，只好由着她。

蔡三爷来德昌了，九戒给蔡三爷和憨子送上茶水，黄天虎和蔡雪进门，蔡雪问："三叔，这么晚了，还麻烦你来看我。"

蔡三爷说："这对岸的枪子噼噼啪啪响了一夜，我担心啦！你坐！你坐！"

蔡雪和黄天虎坐下，蔡三爷对黄天虎说："外面乱哄哄的，你就把雪儿甩在家里？"

黄天虎想解释，蔡雪说："是我不愿走，不关天虎的事。"

蔡三爷要送蔡雪走，他要蔡雪别耍小孩子脾气，这件事，听黄天虎的，马上就走，他送蔡雪走。蔡雪还要说，蔡三爷喊道："憨子！去叫黄包车！"憨子应声而去，黄天虎就对蔡雪说："听三叔的话，走吧！"

他们一群人去了圣公会教堂，圣公会内挤满了惊慌失措的市民，嘈杂声一片，教士和修女们在安抚前来避难的教友。黄天虎、蔡雪、三爷、憨子走到鲁兹身旁，黄天虎对鲁兹说："先生，蔡雪怀孕了，我想让她在这儿住上几天，打扰你了。"

鲁兹要黄天虎放心，他们会照顾好蔡雪。黄天虎把准备以总商会的名义成立商团，维持秩序，保护商家的事情和蔡三爷说了。三爷支持黄天虎这样做，憨子要带几个弟兄到这里来保护医院，保护蔡雪。蔡雪说，自己能吃能跑的，大活人一个，她不需要什么保护。她到教堂来，是想做点自己能做的事情。这外头在打仗，一打仗就会有伤员，她在上海当过护士，一般的护理她能做。黄天虎欣赏地看着蔡雪，蔡雪真是一个好妻子，黄天虎如是想。

〜 6 〜

天蒙蒙亮，大江上弥漫着硝烟和薄雾，浑身都是硝烟和血迹的刘祥云站在船头，从武昌来到汉口。

当船靠岸后，他去了巧妹的米粉馆，黑皮给刘祥云端来一碗水说："先喝口水，米粉马上就好。"

灶台上火正旺，巧妹正在下米粉，吴哥也来了，他问武昌拿下了吗？刘祥云点头，马上就要攻汉口。

黄天虎走进门叫了一句祥云，刘祥云一把抱住黄天虎说："天虎，谢谢你！要不是你救了我，我的人头早就挂在城门上了。"

黄天虎说："你们都提着脑袋往前冲，我也得跟上啊！哎，你大哥很痛快，满口答应捐款。我摸了一下，汉口的商家，个个都是热血汉子，捐款肯定没得问题。就是这军饷筹齐了，交给谁？”

刘祥云赶过来，就是商量这个问题。武昌马上要成立军政府，汉口也要成立分政府。筹饷筹粮，刻不容缓。另外，民军过江前后的这一段时间，维持汉口的秩序，也刻不容缓。

吴哥把汉口的码头工人和人力车工人都动员组织起来了。现在就是枪不够，不少人还是拿着扁担、棒子，打码头的家伙。刘祥云知道这些，现在上街维持秩序的，一律在左臂缠上白毛巾作为标记，这事他交给黄天虎负责。这时巧妹端上米粉，刘祥云说：“巧妹啊，汉口这边要是打起来了，在前线就吃不上你下的牛肉粉了。”

巧妹说：“那就蒸包子！蒸馒头！还有肉包子，酱肉包子，豆沙包子，菜包子。”

刘祥云大笑：“好啊！那就等着吃你的肉包子啦！”

事情商量完后，大家分头各干各的事。刘祥云回到了刘府，汉口商务总会在此开会议事，汉口商界要人都到会了。刘祥云说：“各位，不用我说，大家已经知道，武昌打起来了，革命军已经占领了武昌，湖广总督已经跑啦！章彪章将军，也逃跑啦！革命军已经成立了军政府！”

大家笑着鼓掌说：“二爷，想不到你是革命党啊！”

刘祥云继续说：“在座的都认识我，我就不客气了。我现在能站在这里和大家说话，就证明革命军已经胜利了！昨天晚上，军政府已经成立，黎元洪统领就任了军政府鄂军大都督。现在，代表中国的不是满清，而是‘中华民国’！国体改为五族共和！国旗为红黄蓝白黑五色，代表汉满蒙回藏五族为一家！我们的革命，是为了推翻清朝政府，是为了实现共和！是为了让各位更好地做生意，不再受清朝的欺凌！军政府还要通电全国，照会各国政府，我们国民军是义军，是义师！我们保证做到秋毫无犯，保商卫民！现在，还需要各位的鼎力相助！”大家议论纷纷，表情各异，不过都在鼓掌。

刘钦云说话了：“现在，我来介绍一下德昌号的黄天虎黄老板，蔡瑶卿先生仙逝，他现在是德昌号的老板了，按照本会的规矩，由他接替蔡瑶卿先生出任本会协理。下面，请黄老板将有关事宜向大家作一个说明。”

黄天虎站起来，首先向大家鞠躬致意说："各位前辈，黄天虎才疏学浅，刚刚入门，还需要各位多多提携包涵！遵照刘会长的意思，我跑了个腿，到几位会董家专程拜访了。大家的意见是，拥护军政府，拥护黎都督！首先，我们马上组织商团，维持社会治安，接应民军，保商卫民，缉拿奸细，捕捉抢匪；其次，我们马上为军政府筹集军饷与粮草，在沈家庙、济生局、小关帝庙、商会、育婴堂等地设立粮台，为民军供应粮草。以后，我们再逐步分区设立粮台，便于军民取粮；汉口战事打响，军士必有伤亡。商会立即组织红十字会，从事战地救护，所有的药费，均由商会筹集捐助。德昌分家后，元气还未恢复。但军机紧急，民军将要过江，我愿将今年收入全部捐出，我捐10万！"

大家很惊讶，又是一阵议论。秦老板的钱庄票号也捐10万，李老板昨晚枪一响，就叫伙计们挑了十几担馒头和酒肉过江去犒劳兄弟们了。国家兴亡，匹夫有责，大家如此慷慨，他也捐10万，周老板认捐10万，王老板也是捐10万，会场气氛一下子热烈起来。

刘祥云连连拱手说："我代表浴血奋战的民军，谢谢诸位了！"

刘钦云也站了起来说："各位！自古荆楚也多慷慨之士啊！既然诸位如此慷慨解囊，我这个会长岂能怠慢，我捐20万！"

大家"好，好"地喊起来，又是鼓掌。

刘祥云一看高兴了，接着话头说："诸位，我们还想联名发起劝募'国民捐'，让热血之士，也有报效的机会——"

刘钦云打断了弟弟的话："秦老板，李老板，这捐款的事情，就请二位辛苦了。"秦老板和李老板对视一眼说："好，这事就交给我们了。"

刘钦云对黄天虎说："黄老板，商团、粮台和救护诸事，就有劳你了。"黄天虎点头。

刘祥云站起身说："诸位支持共和，襄助革命，祥云非常感激。现在，我要请大家剪掉脑后的这根耻辱辫！与清朝彻底决裂！"

众人惊愕，一阵静默后，有人窃窃私议，刘钦云劝弟弟，这事是否缓行一步？

刘祥云说："不行！既然革命，头颅尚且不惜，何况这区区辫子。"黄天虎站起身说："我先来！我剪！"

刘祥云大喊："来人！剪刀伺候！"马仔递上剪刀，黄天虎头一甩，将辫子甩在胸前，用嘴咬起，自己动剪刀，先剪下辫梢，以示决心。然后将剪刀递给马仔，马仔将自己的辫子剪下，递给他，黄天虎把辫子扔在地上，刘祥云鼓掌，几个老板叫了起来，都跟着说："过来，剪我的。"

不管是捐款还是剪辫子，大家都被刘祥云的革命情绪感染得热血沸腾。

不久，汉口也打起来了，在刘家庙附近，民军不断伤亡，清军呐喊着冲了过来，民军奋力还击。

刘祥云和吴哥带领敢死队赶到了，刘祥云挥舞着马刀，吴哥举着大刀，大声呐喊："敢死队！冲啊！"

敢死队队员有的是新军，有的是码头工人，拿枪支的全部上了刺刀，有的挥舞着大刀，呐喊着跃出沙包，朝敌阵冲去。

硝烟滚滚，杀声震天，敢死队与清军展开肉搏战，有的拼刺刀；有的挥舞大刀，但被清军开枪打倒；有的抱住摔在地上打滚。刘祥云马刀显威风，杀气腾腾，一个清军从背后朝他刺来，刘祥云来不及躲闪，吴哥大喊一声高高跃起，朝清军一刀劈去，清军倒下，刘祥云和吴哥又朝敌阵冲去。

黄天虎、黑皮带领担架队冒险冲过来，黄天虎和黑皮抢救伤员，一个叫小胖墩的民军，胸前鲜血汩汩，黄天虎用他口袋里的书按住伤口，黑皮来接应，将小胖墩放在担架上。两人抬起担架拼命奔跑，一颗炮弹呼啸而来，黄天虎大喊："躲一下！""轰！"炮弹在不远处爆炸，黄天虎和黑皮又抬起伤员离去。

黄天虎和黑皮抬着担架满头大汗走进院内，一个伤兵坐在台阶上，满脸鲜血，蔡雪和丫鬟正在给他包扎受伤的头部。黄天虎喘着气，走到蔡雪身边，蔡雪看见他，满身都是尘土和鲜血，吓了一跳："你受伤了？"

黄天虎摇头，是伤员身上的。蔡雪眼泪夺眶而出说："这么多的伤员！怎么办哪？医生根本就忙不过来！只有看着他们等死！我真难过！他们那么年轻，很多人还是孩子！"

黄天虎抱住她说："他们都是英雄！刚才我就在想，我要是赚了更多的钱，首先就要开个大医院救他们的命！"

鲁兹带领医生来，走到小胖墩的面前，蹲下，用手按了按他的颈部动脉处，站起身，惋惜地摇摇头。

黄天虎抓住鲁兹说："你再看看，他可能还活着，他还带着书，他还想读书，还是个学生啊！"

鲁兹摇头，血浆都不够了，他们怎么救人？

黄天虎从小胖墩的胸前拿起染满鲜血的《论语》，两位义工用白布罩住小胖墩，黄天虎站起来，将染满鲜血的《论语》小心翼翼地放进自己的口袋。

第十九章　商会募捐

黄天虎被麻哥请到了刘府。刘钦云在书房迎接黄天虎，他刚刚得到消息，湖广总督瑞澂弃城逃跑了，逃到洋人的军舰上，鼓动洋人炮击汉口。要是长江上的外国军舰一开炮，汉口就毁了，军政府要商界配合他们去汉口租界领事馆，要他们承认革命军为交战团体，并且保持中立。刘钦云为此特地找黄天虎商量这件事，刘钦云问黄天虎和伊万诺夫一家还有来往吗？

伊万诺夫先生做过黄天虎的老板，也是他的恩师，常来常往，但武昌起义发生后，黄天虎还没见过他。在汉口的俄国人中，伊万诺夫是举足轻重的大老板。俄国领事敖康夫是汉口各领事馆的首领，跟伊万诺夫关系密切，刘钦云要黄天虎去拜访一下伊万诺夫，托他去说服敖康夫。黄天虎说马上就去，随后离开了刘府，直奔伊万诺夫公馆。

一路上，黄天虎看到江面上外国军舰游弋，外国国旗飘扬，军舰的炮口瞄准了汉口，马车驰过租界大街时，他发现英国水兵在街垒前严守，形势对汉口极为不利，黄天虎很着急，催促马车快一点。

伊万诺夫公馆也不平静，一身中山装的阿廖沙正匆匆往门口走。

伊万诺夫喊住阿廖沙。阿廖沙停下来，伊万诺夫疑惑地打量着他。伊万诺夫走到阿廖沙身边，掀开他的衣服，发现阿廖沙腰上插了两支手枪，还别着几个炸弹。伊万诺夫惊愕地问阿廖沙，这是去打仗吗？

阿廖沙叫伊万诺夫不要管他的事情，可作为父亲，他又怎么可能不管阿廖沙？现在兵荒马乱，到处都是炮火声，阿廖沙这个样子外出，他怎么可能不担心呢？

阿廖沙不肯告诉伊万诺夫他要去做什么，倒是娜佳走出画室，告诉父亲阿廖沙想去杀刘钦云，他要去救小莲，小莲是他的，他不能允许刘钦云夺走了自己心爱的女人。

就在这时，黄天虎来了。一进门，伊万诺夫就看到了他，黄天虎就如他的救星一样，他要黄天虎好好劝劝阿廖沙。

黄天虎在门外就听到了他们一家人的谈话，他不同意阿廖沙这个时候去杀刘钦云，如果阿廖沙想参加民军，民军肯定欢迎他，现在他想去杀刘钦云，可刘钦云跟革命军站在一起，带动商会的人给革命军捐款，他自己就捐了20万两银子。现在去杀刘钦云不是时候，阿廖沙如果想帮民军的话，他有件大事要拜托阿廖沙，更要拜托伊万诺夫先生。

黄天虎就把他到伊万诺夫公馆的目的讲了出来，可伊万诺夫知道事情原因后，沉吟不语。

娜佳走到父亲身旁劝父亲答应下来，伊万诺夫仍犹豫不决，中国的皇帝，就等于俄国的沙皇，他要是去了，就等于和沙皇对着干。

黄天虎理解伊万诺夫的心情，民军只要求各领事馆保持中立，要是各领事馆们听从瑞澂的鼓动，让在长江上的各国军舰向汉口开炮，流血最多的肯定是老百姓。

伊万诺夫仍在犹豫，娜佳急了，她说："爸爸，你要是不去的话，我去找敖康夫先生。"

伊万诺夫答应去，并且带着娜佳和阿廖沙一起去，黄天虎这才如释重负般地辞别了伊万诺夫一家人。

黄天虎从公馆出来后，去货码头找黑皮，哥黑皮不在，原来在圣公会教会医院里，伤员太多，而医院的血浆不够用，黑皮就把守候在码头上的工人，全部带到了圣公会教会医院，去为伤员献血。面对教堂门口站满的长蛇般的献血者时，鲁兹惊讶得说不出话来，当黄天虎第一个挽起袖子对鲁兹说："来吧，先抽我的。"蔡雪过来马上给他扎上胶带，准备抽血。

黑皮气喘吁吁跑过来了，说民军快顶不住了，冯国璋已经攻到大智门了。

蔡三爷、吴哥、麻哥等带领码头工人和市民正在大智门战斗，他们拿着大刀、棍棒、扁担，从大街小巷冲出来。这些不是士兵的战士，倒下了，又涌上来，当清兵又猛烈扫射时，蔡三爷边开枪边骂骂咧咧，一颗子弹击中他的下肢，蔡三爷倒在地上，可他仍抬起枪射击，躲在一边的憨子急忙冲到蔡三爷身旁，试图营救他，蔡三爷大骂他："别管我，快去杀狗日的！"憨子拼足全力，把蔡三爷拖出战场，当清军终于溃退时，憨子和吴哥他们把蔡三爷送到了教会医院。

蔡三爷被送进了手术室，黄天虎、蔡雪、憨子都围在他身边，鲁兹和一名医生正在检查他的伤口。鲁兹说："蔡先生，你没有生命危险，但这条腿伤得很厉害，先观察两天，很可能要截肢。"

蔡三爷没事一般地说："截就截吧，老子一条腿也能走路！"憨子却哭了，他说："不，三爷，从今后你就是我的爹，我背着你走。"蔡三爷也感动了，他认憨子做了自己的干儿子，憨子马上磕头叫蔡三爹，并且说他一定孝敬蔡三爷一辈子，蔡雪也安慰蔡三爷，她也会照护蔡三爷一辈子。

蔡三爷欣慰地看看憨子，又看看蔡雪，坦然地接受了手术。

当刘祥云和娜佳走进教堂的时候，黄天虎和蔡雪发现了他们，蔡雪惊喜地问："你们怎么在一起？娜佳也去打仗了？"

娜佳是在教堂门口碰到刘祥云的，她刚陪父亲去了俄国领事馆。敖康夫先生说，他一定去说服各国领事，保持中立，不对汉口开炮。众人都惊喜起来，刘祥云告诉他们，现在长江上有 15 艘外国炮舰，要是他们开炮，后果不堪设想，他代表汉口民众谢谢娜佳，也谢谢伊万诺夫先生。

娜佳开心地笑了。刘祥云接着告诉他们现在长江上最大的威胁是清海军萨镇冰的舰队，据说英国拖船 Samson 号装了六百吨煤和清海军的大炮配件，正从上海开往汉口。

黄天虎要商会马上派人去九江截住他们。

刘祥云点头，并告诉黄天虎另一个消息，听说清军有一千担大米，秘密存储在租界的一个德国人的仓库里，但具体位置不清楚。

这两件事，黄天虎也承诺下来。

～ 2 ～

黄天虎安排黑皮带着几个码头工人去九江截住英国拖船 Samson 号。他亲自把他们送上船，看着帆船远去，才离开码头回到了教会医院。

已经是夜里，躺满伤员的病房静悄悄的，黄天虎走进病房寻找蔡雪的踪迹，鲁兹疲惫不堪地走来问他是不是找蔡雪？黄天虎点点头，鲁兹指向一个方向后问黄天虎，蔡雪怀孕多久了？

黄天虎告诉鲁兹快两个月了。鲁兹忙得都快忘了这件事，完全把蔡雪当护士用了，从早忙到晚，太辛苦蔡雪了，他决定明天一定给蔡雪检查一下。黄天虎谢过鲁兹就去找蔡雪去了。

在教会的一间杂物室里，黄天虎找到了头发蓬乱的蔡雪，她和衣半躺半坐在地上，已经睡着了。黄天虎看到蔡雪这个样子不由一怔，他心疼蔡雪，也担心蔡雪，他赶紧脱下外衣盖在蔡雪身上，随后轻轻撩起妻子的乱发。蔡雪醒了，吻了一下丈夫，随后对他说："你回家睡去吧。"

黄天虎只是来看看蔡雪，他马上就要走，他还要去打听大米的下落，他只是担心怀孕的蔡雪身体吃不消。蔡雪觉得奇怪，这几天，她都没有吐。黄天虎安慰蔡雪肯定太忙了，忙得忘了自己，说着就把手轻轻放在妻子腹部，要摸摸宝宝。蔡雪娇羞地要黄天虎轻点，黄天虎又把头贴在她腹部，黄天虎这个样子让蔡雪哈哈大笑起来，只是黄天虎有些奇怪蔡雪的腰还那么细，人家怀孕都挺个大肚子。蔡雪说她问过人家，她现在才两个多月，三个月一到，肚子就起来了。

黄天虎和蔡雪说了一会怀孕的事情后，黄天虎就把鲁兹明天要给她检查的事对蔡雪说了，要她一定要去检查一下，他得去寻那一千担大米。

蔡雪把黄天虎送出门后，发现正在喝水的刘祥云。刘祥云路过杂物间时听到了黄天虎和蔡雪说的话，他不好意思过去打扰他们，才走到门外来的。蔡雪走到刘祥云身旁说："打打杀杀了一天，累坏了吧，别在这里睡，回家去睡个安稳觉。"

刘祥云摇头，他有回家的时间，还不如在这睡会儿。蔡雪沉默片刻，轻声说："我知道，你是来看我的。"

刘祥云的心思被蔡雪发现后，很尴尬，他支吾地问蔡雪："嗯……黄天虎他对你好吗？"

蔡雪知道黄天虎心里一直还念着小莲，刘祥云就开玩笑了说："那我大哥还是得当心点，呵呵。哎，这么晚了，他去哪里了？"

蔡雪告诉刘祥云，黄天虎去找一千担大米去了。刘祥云担心黄天虎的安全，就和蔡雪一起跟了过去。

黄天虎先去了工棚问欢喜爹爹，九戒他们回了吗？欢喜爹爹说他们还在找大米，黄天虎就快步走了。黄天虎沿路寻找，他发现了秋秋，就跟踪过去，而在路边的秋秋也发现了他，飞快地闪入一条小巷。黄天虎瞥见他的身影，急忙尾随着他。秋秋不慌不忙地走着，突然回头，黄天虎赶紧躲进一个门洞，秋秋没发现他，径直走了。

秋秋去了江边的仓库，他走到仓库门口，按约定暗号那样，敲了两下门，大门打开，秋秋进去了。

黄天虎好奇地走到门口，犹豫片刻，也跟着进去了。仓库沉浸在黑暗中，一盏马灯闪烁出一团黄光，投在一摞摞麻袋上。黄天虎走到麻袋前，又在地上发现白花花的大米，不由又惊又喜。可这时，他身后的大门"砰"的一声关上了，紧接着一只大麻袋套住了他。黄天虎又惊又怒，在袋中拼命挣扎，两个士兵竭力按住麻袋，秋秋往麻袋狠狠踢了一脚，狂笑着说："哈哈，黄天虎，你这两天老板当得几威风啊，怎么也在沟里翻船啦？"

看守仓库的清军头目持枪走来问秋秋："你认识他？这是谁？"

秋秋说："德昌号的老板黄天虎。"

清军头目一怔："德昌号的？他怎么当了民军的奸细？"

秋秋问清军头目怎么处置？清军头目思索片刻，吐出三字："下饺子。"两个士兵在袋口缠上麻绳，秋秋拍拍麻袋中的黄天虎说："黄老板，兵爷要下你的饺子，这是你自找的，我也没有办法，谁叫你放着生意不做，偏偏来管这些破事。"

清军头目下令："抬走。"

秋秋和一个士兵抬起麻袋走出门。他们去了江堤边，黄天虎仍在麻袋中挣扎，面对波涛滚滚的长江，秋秋和士兵放下麻袋，清军头目下令："下。"

秋秋和士兵将麻袋掷入江水，麻袋在水上飘浮。

这时，枪声突然响起，清军头目首先被击倒，士兵企图掏枪，也被子弹击中倒地。开枪的是刘祥云，他身后是惊恐的蔡雪。秋秋惊叫一声，撒腿就逃，刘祥云继续射击，秋秋惨叫一声，但很快就消失在黑暗中。

麻袋已大半沉下水，蔡雪不顾一切地往长江冲。刘祥云追过来，一把拉住她，他跳进长江，奋力往麻袋游去。蔡雪紧张地盯着刘祥云，刘祥云终于抓住麻袋，蔡雪稍稍松口气。刘祥云把麻袋拖上滩，蔡雪冲到滩上，手忙脚乱地解开麻袋口的绳子，黄天虎伸出脑袋，蔡雪一下子抱住黄天虎，痛哭起来。

～ 3 ～

江边仓库的大米被刘祥云和黄天虎带领的码头工人运到了堆栈，欢喜爹爹清点没差错后，众人才兴高采烈地散去。黄天虎办完了这件事，想起鲁兹要给蔡雪检查身体，就去了教会医院，刚刚检查完一个病人的鲁兹见到黄天虎，就走到他身旁告诉他，给蔡雪检查了，她身体很健康，没有怀孕。

黄天虎大吃一惊，蔡雪没有怀孕，那她吐了个把月，怎么回事？鲁兹告诉黄天虎，呕吐是一种妊娠反应，但不是怀孕的依据，很可能是蔡雪怀孕心切，产生了一种幻觉。

黄天虎再也听不下去了，拔脚就走了。心乱如麻的黄天虎竭力回想着结婚前后的情景，他又来到了杂物间门口。蔡雪背对着门口在哭，黄天虎冷冷地问蔡雪："为什么骗我？"

蔡雪一震，可她没回头，只是哭得更伤心了。黄天虎生气了，他冲着蔡雪说："我想起来了，那天我喝醉后只是解开了你的衣服，没有碰你，可你却说自己怀孕了，还吐给我看，然后我就跟你结了婚。其实，不管你怀没怀孕，只要蔡老爷发句话要我结婚，我也会答应的，但你却用假怀孕来骗我！"

蔡雪很委屈，她没有骗黄天虎，她以为男的跟女的只要碰一下就会怀孕的，她不懂，只是黄天虎不相信她，一个在上海学过护士的人会不懂怀没怀孕？

蔡雪泪如雨下，她知道，不管她现在说什么，黄天虎都不会相信她，就在这时，黑皮慌慌张张冲进门喊："天虎！天虎，冯国璋放火了！"

汉口烧起来了。黄天虎赶紧随着黑皮往门口走去，蔡雪追到他身后喊"天虎"，黄天虎只是回头看了她一眼，没理她，那眼神是如此的冰冷。蔡雪失声痛哭起来，她是那么热烈地爱着这个男人，她不想失去黄天虎。

清军举着火把冲进汉口市区，见房就烧，居民和清军发生冲突，清军开枪，居民接连倒地。清军的行为激起了更多人的愤恨，越来越多的人加入到民军队伍之中。民军为了避免汉口成为焦土，主动撤离汉口。巧妹蒸了包子馒头去送民军，刘祥云也和黄天虎告别。尽管刘祥云喜欢蔡雪，可他把这种感情藏在了心底，他和黄天虎仍然是朋友。

黄天虎送走民军后去了堆栈，两辆载满煤油桶的板车被拖进堆栈，黄天虎和九戒一起把煤油桶安放在大米的周围，欢喜爹爹再装配一枚土炸弹，把大米藏好后，黄天虎才回家。

当黄天虎把一身的脏衣服扔在地上时，蔡雪走到门口，小心翼翼地喊黄天虎吃饭，黄天虎很冷淡地说自己不饿。蔡雪特地做了藕夹和黄焖丸子，都是黄天虎平时爱吃的菜，可黄天虎还是淡淡地说不想吃。蔡雪禁不住泪水盈眶，她默默地走出房门，与正冲进来的九戒差点撞上了，九戒冲进门喊："天虎，外头给拿枪的围住了，要你出去。"

黄天虎往门口走去，举着火把的清兵包围了德昌号，黄天虎、九戒和蔡雪走出门来。原来清军先去了刘府，麻哥推说刘钦云病了，商会的事去找黄天虎，清军就直奔蔡府而来。清军头目说大帅请黄天虎去指挥部商谈，黄天虎准备走，蔡雪一把拉住他，满是担忧地看着他。黄天虎轻轻推开她，跟着清军走了。

黄天虎被带进指挥部，正在看地图的清军指挥官转身吩咐给黄天虎上茶，对黄天虎说："黄会长，眼下的局势想必你也知道，叛逆猖獗，汉口久攻不下，前景堪忧。汉口商界实力雄厚，请黄会长协助我们办理两件事，第一，请商团维持汉口秩序；第二，请商会尽快给进城部队提供粮饷。"

黄天虎说："大人太抬举我了，我实在没有这个能力，现在汉口到处火光冲天，多少市民死在火中，如果要维持秩序，首先请大人要你的部队停止纵火。至于粮饷，已经给民军拿走了，一文钱也没有了。"

黄天虎说完，清军指挥官大喊来人！两个士兵将秋秋推进门，黄天虎一惊，手臂上缠着绑带的秋秋指着黄天虎说："大人，那一千担大米就藏在他的货栈里。"

清军押着黄天虎和秋秋来到堆栈门口，九戒带着码头工人围上前，清军持枪拦住他们喊着："散开！散开！"

吴哥带着六七个持枪的码头工人埋伏在土堤边，密切关注着事态发展。

清军头目喊："把门打开，开门！"黄天虎不动弹，清军头目把枪口抵着黄天虎脑袋说："我数到3，1……"

"不！"蔡雪突然出现在堆栈门口，狂叫起来。

清军头目看了蔡雪一眼，把枪口抵得更紧："2……"

堆栈大门突然被打开了，举着火把的欢喜爹爹慢慢挪到大门口，黄天虎震惊地看着他，欢喜爹爹说："黄天虎！要我的孙娃子给我报仇！"

黄天虎大喊了一句："不！"

清军开枪，欢喜爹爹身中数弹，仍撑着身子，将火把丢进堆栈，堆栈响起了爆炸声，大火熊熊烧了起来。这时不远处的吴哥开枪了，几个清兵中枪倒地。黄天虎捡起一支枪，瞄准秋秋开枪，秋秋一头栽倒在地。清兵头目用手枪瞄准黄天虎，离清兵头目很近的蔡雪大惊，往他扑去，清兵头目慌乱地改变射击方向，对着蔡雪开枪，蔡雪倒在地上。清兵头目被吴哥开枪击毙了，黄天虎疯了一样冲到蔡雪身旁，背起蔡雪就往医院跑，九戒跟在后面保护着他们。他们来到了长江上，上了一条小船。九戒奋力划动双桨，小船往江中划去。黄天虎抱着满身鲜血的蔡雪坐在船舱里，蔡雪双目紧闭，黄天虎喊着："雪儿，雪儿！"

蔡雪一动不动，黄天虎哭着说："雪儿，你快醒醒，快醒醒，我要吃你做的藕夹、你炸的黄焖丸子，你快起来给我做。"蔡雪微微睁开眼，吐出含含糊糊的几个字,黄天虎问她说什么,蔡雪微弱地说:"我去……"黄天虎泪流满面,他抱紧了蔡雪,蔡雪又昏迷了。

圣公会到了,背着蔡雪的黄天虎气喘吁吁地奔进教堂,九戒跟在他们身后,鲁兹大步迎上前,把他们带进手术室,黄天虎和九戒在门口等待。黄天虎焦虑不安地来回走动,直到鲁兹打开门对黄天虎说:"她醒了,你进去吧。"黄天虎如释重负地冲进手术室。黄天虎把蔡雪的手紧紧地握在手心里,他在这一刻才知道蔡雪对他来说有多重要。

～4～

一晃过年了,汉正街张灯结彩,鞭炮炸响,这是中华民国元年的第一个春节,商铺门前悬挂着五色旗和五色灯,墙角里是一堆剪下的辫子,孩子们互相甩着剪下的辫子打仗,玩游戏。

德昌号的老板伙计们聚集在一起吃年饭。两个伙计抬着一个大箩筐走来,里面装着一封封用红纸包裹的银元。

黄天虎拿起一封银子说:"今晚大年三十,明天就是大年初一啦!大家辛苦了一年,去年首义,我们德昌义捐了全年的收入。但后来的秋茶,元旦和春节前的茶市,大家赶了一把,生意赶上来了!蔡老板说要发红包,而且,要发大红包!"

祝掌柜拿了一个大信封,递给黄天虎,黄天虎又递给蔡雪,蔡雪要黄天虎发,黄天虎拿起信封,恭敬地说:"首先,是给三叔的孝敬钱!"

黄天虎弯腰,双手捧着银子送给蔡三爷,蔡三爷笑眯眯地接了,他不在乎多少,就在乎他们的这点心意。

黄天虎又拿了一个大信封,恭恭敬敬地递给祝掌柜,接着就是黑皮、九戒。黄天虎一边发一边说些感谢话,憨子在一旁看着他们,心里很不是滋味。当祝掌柜接过名册开始念名字叫来拿赏银时,第一个是欢喜爹爹,笑声突然停止了,场内一片静默。黄天虎说欢喜爹爹的红利,就由憨子代领,憨子是欢喜爹爹一手带大的,也算是欢喜爹爹的后人了。他喊憨子,憨子装作没听见,蔡雪也喊憨子,叫他快去领欢喜爹爹的红利。

憨子不高兴了,他说:"大过年的,还嫌不热闹,拿我来寻开心是吧?"

黑皮说："憨子，别这么说话。"

憨子更生气了，他说："这么说又怎么啦？我偏要说。欢喜爹爹又不是光带了我一个，还有你，你，你！你们是看我现在混得不行就打发我几个小钱吧？老子不稀罕！"

室内气氛陡然沉默起来。"告辞"，憨子甩手出去了，黄天虎看一眼蔡雪，跟在憨子后面也出门去了。

码头上，雪花飘飘洒洒地飞舞着，憨子走得很快，一下子就消失在雪花中。黄天虎想追，蔡三爷拉住黄天虎说："天虎，憨子这个犟瓜，给脸不要脸，我收拾他去。"黄天虎点点头，没说话，蔡三爷朝着憨子方向追去。

黄天虎没回蔡府，而是走到了江边，望着雪中的汉江，他思绪万千，一晃眼，他从一根扁担成长为蔡府的老板，这一路走来，他是感慨万千。

雪花慢慢地落满了黄天虎的肩头和头顶，黄天虎不去理会这些，仍然往前走着。黑皮和九戒跟了上来，九戒对黄天虎说："还在想刚才的事啊？唉，憨子从小就心眼小，爱生气，你别往心里去。"

黑皮也说："小时候，我跟他开个玩笑，他硬是半年没有理我。"黄天虎望着远方，他没有接九戒和黑皮的话，仍然往工棚方向走去。在风雪中，昔日的三个小扁担正往工棚蹒跚而去。

黄天虎三人冒雪走进工棚，走到自己曾经睡过的床铺前，几个小孩从破棉絮中露出头来看着他们，问他们找谁？

黄天虎问孩子们是谁，一个小孩警惕地看了看黄天虎说："我们是黄天虎的兄弟，这是他和黑皮、九戒的床，是他让给我们睡的。"

黄天虎和黑皮、九戒相视一笑。他们不动声色地和小孩子们聊着。黄天虎得知大年三十，几个孩子怕到别人家讨饭，人家嫌不吉利，都还没吃饭时，就喊几个小孩子起床，一起去吃年饭。孩子们高兴了，手忙脚乱地起床随着黄天虎、黑皮和九戒们一起去了蔡府。

孩子们到了蔡府，见到豪华的饭厅个个手足无措，黄天虎喊："雪儿，来客人啦，上菜。"

蔡雪走出门惊讶地问："这是？"

黄天虎对几个孩子说："快跟蔡老板拜年！"孩子们一起跪下，磕头，拜年。

蔡雪吩咐赶快给孩子们上菜。孩子们站起身，看到桌上的剩菜，眼睛就亮了，扑上前去抢，蔡雪赶紧拦住："哎哎，那是剩菜！"

一群小扁担已狼吞虎咽地吃起剩菜来。黄天虎笑眯眯地说："吃吧吃吧，先填填肚子再说。"蔡雪又赶紧从厨房里端来一只烧鸡一桶米饭，黑皮感叹地说："唉，当年我跟他们也一样啊。"九戒的眼角也湿了说："是啊，应该叫憨子也来看看！"

憨子这个时候去了花楼街，蔡三爷大步追到憨子身后说："憨小子，气性还蛮大咧，那银子你不要就是个白不要。"

憨子生气地说："谁稀罕？他们都当老板，都有钱了，我，我还是个穷光蛋，那点小钱我拿了也发不了财。"

蔡三爷问憨子是嫌弃他没得用，拖累了他，还是别的。憨子不敢这样想，他说就是饿死也不离开蔡三爷。蔡三爷又是一阵感动，他要的就是憨子的这股义气，憨子是他的干儿子，他要是死了，他所有的财产，都归憨子。

憨子又惊又喜，只是蔡三爷还是要娶太太的，要是生了儿子，他就会让给儿子。蔡三爷哈哈大笑，说他从小玩婊子玩多了，没得生育了，蔡三爷把他惊人的隐私告诉了憨子，憨子赶紧说："那我就服侍三爷一辈子！"

"好好好，老子算是没瞎眼。走，老子带你玩玩去。"

蔡三爷一头钻进了春香楼。红柱绿屏中，一个丫头端着茶过来，上楼的一个嫖客看见她喝道："站住！"丫头回头看一眼，慌了神，仍不停步，嫖客冲上前，一把揪住她头发骂："臭婊子，昨天叫了你一夜都不过来，在春香楼里还装么事正经？老子打死你！"

丫头手中的托盘落地，茶杯摔得粉碎，嫖客拖着丫头的头发往房间走去。

憨子走出门，好奇地看着他们，蔡三爷也探出脑袋大喊："是哪个狗日的在这里闹事？"

嫖客赌狠地说："叫什么叫？大爷在这里玩关你屁事！"

蔡三爷对憨子使个眼色，憨子掏出枪，对准嫖客说："那我先陪你玩玩。"

"我……喝多了。"嫖客吓一跳，赶快逃下楼。

小姑娘跪谢憨子说："谢谢老爷。"

憨子打量着她，满脸泪痕的小姑娘，酷似小莲，憨子心里一动，问她叫什么名字？匆匆赶上楼的老鸨说："小翠，刚从乡下来，还是个黄花姑娘。"

憨子往老鸨手里塞了几个银元，说这个小翠他要了，要老鸨给他看好了，谁来了也不许动她。

老鸨点头，她已经看到了憨子手上的枪，她哪里敢得罪憨子和蔡三爷。只是憨子留下这个长得像小莲的小姑娘，自有他的打算，这一点他并没有告诉蔡三爷，而是陪着蔡三爷去了另外的房间玩乐。

～ 5 ～

黄天虎准备去刘府拜年，他要蔡雪和他一起去，蔡雪笑黄天虎想去看小莲，黄天虎告诉蔡雪，他真的是给刘钦云拜年去的。

辛亥革命时刘钦云和黄天虎是站在了一起，只是刘钦云和蔡府之间的恩怨太多。蔡雪说，现在革命成功了，刘钦云说不定又会对黄天虎下手的，不过她也知道黄天虎去刘府拜年是为了德昌。黄天虎是生意人，生意人哪里有利就往哪钻，为了德昌，生意场上的礼节还是免不了的，但是，这个年，蔡雪说她去拜。

黄天虎惊讶地望着蔡雪问："你去刘家拜年？"

蔡雪点头，她要黄天虎好好在家待着，把那个养颜花茶装个几篓子她带上就行。

黄天虎不愿意，花茶是他用他家的祖传秘方专门调给蔡雪喝的，送什么也不该送花茶。

蔡雪说，想送给小莲，小莲喝了这养颜花茶，肯定会变得更白、更嫩、更会勾引黄天虎。

　　黄天虎急了，蔡雪就笑了，她是开玩笑的，她有她的打算。她要黄天虎去看刘祥云，刘祥云现在是汉口警察局局长了。他们分头拜年去。

　　黄天虎去了汉口警察局，他祝贺刘祥云，刘祥云挥挥手，要黄天虎不必客气，小小芝麻官，算不了什么。革命成功，民国建立，刘祥云是首义功勋，按理来说，他应该高兴才对，可武昌首义，汉口之役，阳夏之战，多少人流血牺牲，才推翻了清朝，现在胜利的果实，还是被那些权贵们抢了，他都觉得就像一场梦。

　　黄天虎也是首义功臣，就应该让黄天虎这样的人来当官，来为老百姓做事。刘祥云问黄天虎想不想出来做事？他去跟都督说说。

　　黄天虎笑起来，他就是个卖茶叶的，不是当官的料，他要刘祥云跟都督说说，多照顾他们茶商茶农，多买点他们的茶他就满足了。

　　刘祥云就让黄天虎把贡茶给他一点，他拜年带给都督，帮黄天虎说说。

　　刘祥云和黄天虎说话的时候，那个原先当过清政府侦缉队长的徐升站在门口，冷冷地看着他们，他也不明白，清朝怎么说推翻就推翻了呢？

　　黄天虎走后，徐升怯生生地走进了刘祥云的办公室，喊了一声："厅座！"

　　刘祥云就开始盘问徐升，自立军唐才常一案，刘安一案是不是都是徐升侦破的？

　　徐升承认是自己侦破的，刘祥云又厉声问他："在维多利酒店跟踪我的，是不是你？"

　　徐升挺直身子说"是"，刘祥云掏出一把手枪，"啪"地拍在桌上说："那你还等什么？"徐升抓过手枪，慢慢举起来，刘祥云盯着他。徐升突然将手枪对准了自己的太阳穴，刘祥云仍然一动不动，逼视着他，徐升闭起了眼睛，额头却渗出汗珠来了，他突然无力地垂手，把枪搁在桌上，然后双膝跪地说："我该死！我罪该万死！"

　　刘祥云鄙视地望着徐升说："站起来！"

　　徐升哆哆嗦嗦站了起来，刘祥云说："像你这样的满清余孽，凶手爪牙，早就该就地正法了！现在让你站在这里，是看你自己想死还是想活！"

徐升愿意追随刘祥云，戴罪立功，赴汤蹈火万死不辞，他的命在刘祥云手里捏着，他想活。

刘祥云缓和下来，他并不是真的要杀徐升，他要徐升告诉他，黄天虎的一家到底是怎么一回事？

徐升把黄天虎的父亲黄腊生曾经是会党交通员，自立军起事，传说康有为在海外筹集一大笔军饷，要带回国内，但迟迟不见军饷，自立军着急，没有等到军饷就起事了。江湖传说，海外的银票藏在黄腊生身上，一共是30万美金，会党和官府当时都在找他，黄腊生跳水逃跑了，只是黄天虎的爷爷和家人都是徐升杀死的。

刘祥云没想到徐升这么罪大恶极，气愤地拿着枪又顶住徐升的头，刘祥云咬牙切齿地说："要不是有人要保你，老子早就一枪崩了你个狗杂种。"

徐升吓得又喊："卑职该死！"

刘祥云要徐升把今天的谈话全部烂在肚子里，说完就要徐升滚。徐升敬礼后，标准的一个转身，大步走了出去。刘祥云举起手枪对门口扣动扳机，除了金属的撞击声，枪里并没装一颗子弹。

黄天虎辞别刘祥云后回到了蔡府，蔡雪也从刘府拜年回来。小莲很喜欢蔡雪送去的花茶，刘钦云就建议开家养颜茶馆，他出地方办个茶馆，合作一把。她正要把这件事告诉黄天虎，黄天虎说天气不错，想去码头走走。

蔡雪把去刘府的经过给黄天虎讲了一下，黄天虎也觉得不错，单从生意上说，汉口这么多的茶庄，大家都把绳子拴在俄国茶商这一棵树上，脑壳都挤破了，互相压价，互相残杀，结果，吃亏的总是华商自己，而蔡雪的父亲一直坚持开辟国内的市场，这是很高明的，现在有花茶市场，做做也不错。

蔡雪没说话，她原本想离刘府远一点，可现在却越走越近。黄天虎知道蔡雪的心思，但现在不是报仇的时候，等时间到了，他不会手软的，再说，人也是会变的，刘钦云现在变了很多，他不信跟刘钦云合伙办个茶馆，刘欣云还会吃了蔡府不成。

　　蔡雪暗暗叹口气，不作声，算是默认了黄天虎认同的事情，作为一个商人的妻子，利益已经是她必须去理性对待的事情了。

第二十章　真假小莲

～ 1 ～

　　蔡雪和小莲开的茶楼名字叫颜如玉茶轩。这天，黄天虎到颜如玉茶轩时，茶艺师正在楼上表演茶艺，蔡雪、娜佳和几个太太坐着观看。小莲在楼下的陈列柜前介绍产品，许多太太在小莲的介绍下，都在选购花茶。

　　黄天虎进门，四处看了看，发现小莲，没有惊动她，自己走到临街茶桌前坐下。他刚坐下，小莲还是发现了他，小莲走到黄天虎身旁时，黄天虎对她说："柜台上有人，你不必亲自去介绍。"

　　小莲觉得蛮新鲜，再说是黄天虎配制的花茶，她更觉得有意思，只要有客人找她批发花茶，她就叫他们直接找黄天虎去。

　　黄天虎点头说了一句："好。"小莲对黄天虎的态度不满意，她对黄天虎说："站半天才说几个字，你是不是不想跟我说话？不想见我？"黄天虎连忙看了看左右，小莲知道黄天虎提心吊胆怕蔡雪发现，就告诉黄天虎她们都在楼上。黄天虎看着小莲反问了一句："你说呢？"小莲叹了口气，望着窗外伤神，要是知道有今天，她就不到汉口来，她现在应该和黄天虎生活在一起了。

　　黄天虎不再是以前的农村孩子了，他不怪汉口，人生都是命，事到如今，他只求菩萨保佑小莲平安无事，活得好好的，他就心满意足了。小莲没想到黄天虎一直没有忘掉她，她的眼圈一下就红了，顿时觉得就是死，也值了。

黄天虎看着小莲，不再吭声。这时蔡雪和娜佳挽着手走下楼，对桌而坐的黄天虎和小莲顿时落入蔡雪眼帘。蔡雪看到他们相视而坐时，不由一怔，她没想到，自己不管如何努力，她在黄天虎的心目中就是不如小莲。

蔡雪正在伤感时，看到走进茶馆的警察徐升。徐升倒背着手，饶有兴趣地四处观望。蔡雪迎上前对徐升说："警官大人，稀客！"徐升弯腰说打扰了黄太太，不过他不是来喝茶的，是刘祥云请黄天虎到警视厅去一趟。

黄天虎也发现了徐升，他丢下小莲跟着徐升来到了刘祥云的办公室。刘祥云听了徐升对黄天虎父亲的介绍后，想找黄天虎了解更多关于黄腊生的情况，可黄天虎知道的事情比刘祥云还少。刘祥云发觉从黄天虎这里问不出什么情况后，安慰了一下黄天虎，说可能他的父亲还活着，至于他父亲的下落，他要是有消息一定会通知黄天虎的。

天黑的时候，黄天虎回到了蔡府，蔡雪端坐在太师椅上一动不动，可眼角的泪水不争气地不停往下流。她的脑海里总是闪现黄天虎和小莲含情脉脉对视的样子，那种挥之不去的酸意让她除了暗自伤心外，竟找不到更好的发泄方式。当黄天虎进门兴奋地喊"雪儿"时，蔡雪还是坐着没动，黄天虎没发现蔡雪的神情，还在自顾自地说："那边茶馆刚开张，我这边就销了几十件，真是个相得益彰的好生意啊。"

蔡雪不回话，黄天虎这才发现她的脸上挂着泪水，他问蔡雪："你怎么哭了？"蔡雪擦了一把泪，说："进沙了，揉的。"黄天虎还真相信蔡雪的眼睛进沙子，他要帮蔡雪把沙子弄出来，蔡雪推开他，站起身说："没事，开饭了。"黄天虎怔怔看着她背影，他想不出来，蔡雪到底有什么心事？

两天后，黄天虎再次去颜如玉茶轩时，空荡荡的茶轩，古琴悠悠地回荡着，茶艺小姐上前迎接他，他却看不到小莲的影子，他忍不住问茶艺小姐刘太太呢？

茶艺小姐说刘太太有两天没来了。原来黄天虎和小莲在茶馆见面的事被刘钦云派去跟踪小莲的人看到了，为了防止小莲和黄天虎走得太近，刘钦云已经替小莲买好去上海的船票，要小莲去上海玩玩，散散心。

黄天虎没看到小莲，就离开了茶馆，回到了德昌。

德昌号门口挂着块大招牌：

"本号独家精制　颜如玉　养颜花茶　德昌精制　中华秘方　养颜必备深闺茶香。"

几个客商围在门口要批花茶，祝掌柜指挥着两个伙计往板车上装花茶，有一个客商匆匆赶来说："祝掌柜，给我再加十件货。"

黄天虎见生意这么好，很高兴，那种见不到小莲的烦躁也一扫而光，只是他没有发现，憨子站在对街的门洞里，阴冷地看着在德昌号批花茶的客商。

～ 2 ～

蔡三爷和憨子被刘钦云请进了刘府。蔡三爷见黄天虎研制的花茶这么有市场，内心很有些不服气，他在刘钦云面前抱怨，那花茶是刘太太和德昌号一起在做，怎么就成了德昌号独家精制的呢？这个黄天虎也太不把刘钦云放在眼里了。

刘钦云找蔡三爷和憨子来，不是听他们说这些的，而是告诉他们，他们都是德昌的老人，应该知道德昌的内情，这花茶是德昌研制出来的，当然是德昌号独家精制。

蔡三爷不这样想，他现在是泰昌的老板，泰昌也是刘钦云的，听说刘太太现在在茶轩推销花茶，她应该帮泰昌才是。刘钦云听了蔡三爷的话，停下来问谁说刘太太在推销花茶？她去上海了。

憨子也告诉刘钦云，满汉口的人都在说刘太太推销花茶的事情，而且蛮多客商都是冲着刘钦云的名望去的，结果好处都让德昌给兜着了。

刘钦云不以为然，花茶对于他来说是个小事，可憨子说黄天虎借着刘钦云的名头，赚的都是真金白银。见憨子和蔡三爷都对黄天虎推销花茶意见重重，刘钦云沉吟片刻后故意说："这事难办，说起来呢，三爷是德昌的老人，黄天虎是你的侄女婿，又是憨子的兄弟，这手心手背都是肉啊。"

蔡三爷接过话说："亲兄弟，明算账。亲戚是亲戚，生意是生意，两码事！"

刘钦云问憨子："泰昌也需要发展啊，憨子现在是掌柜吧？"

憨子点头。刘钦云说:"你啊,应该多向黄天虎学习,凡事多动动脑子。这养颜花茶,是老祖宗的配方。德昌可以配,你泰昌也可以配嘛,德昌泰昌,一字之差嘛。"

憨子恍然大悟,满面喜色地和蔡三爷一起离开了刘府。憨子回到蔡三爷公馆后,把一堆德昌号的养颜花茶的包装放在桌上对雷先生说:"你仔细看看,这样的包装,我们也做得出来吧?"雷先生有些为难,德昌的花茶是精制的,配方是黄天虎亲自抓的,憨子找的那些小作坊,配不出那个味。

憨子不管这些,中国人这么多,蚂蚁似的,一个人就算上一次当,得上当多少年,这事他要雷先生放心,出了事,一碗水都是他的。

雷先生叹气说自己的岳母病危,他得回乡去一趟。憨子拍了一下桌子,骂雷先生是胆小鬼,窝囊废。雷先生任由他骂,也不愿意去干这种丧良心的事。

雷先生辞职回乡下不久,在德昌号柜台前一堆小包装的茶叶被扔在柜台上,一顾客愤怒地说:"你们德昌原来也是个挂羊头卖狗肉的货,叫你们老板滚出来!"

祝掌柜出来,笑着说:"哟,这位先生,别这大的火气。"

顾客说:"你看看你们的什么养颜花茶,完全是一股霉味!养颜?养个鬼颜!"

祝掌柜拿起那小包装的养颜花茶,闻了闻,皱起了眉头,说不可能,德昌绝不会用这样的霉茶。顾客说这盒子上白纸黑字写着德昌,还能有假?

黄天虎走了过来,祝掌柜把有人仿造德昌花茶指给黄天虎看。顾客不信是仿造的,认定就是德昌造的假。黄天虎仔细看了看水货,又叫伙计拿了一盒真品,仔细对比后,他把两盒茶叶放在顾客面前说:"你看,这是我们的花茶,这是你拿来的,包装不一样。"

顾客不讲理了,他说:"我不管!反正这上面印的是德昌的牌子!"又有几个顾客进门围观,黄天虎见状对顾客说:"这样吧,你买了多少茶?我们包换。"

顾客问:"包换?行啊,可市面上这么多的霉茶,你德昌换得过来吗?"

黄天虎拱手对顾客们说:"换!拜托各位,只要发现了霉茶,我们包换！但是，也请大家伙帮我们查查，这些霉茶是从哪里来的？一旦查实，德昌重赏！”

一顾客说："黄老板，大话别说早了，要是这些霉茶真的是你们做的呢？"

黄天虎说："那就不用你们动手，我自己会砸了德昌的招牌！"

顾客们满意地走了。黄天虎、黑皮、九戒、祝掌柜去了蔡府，他们研究水货的包装问题，很显然是有人在搭德昌的顺风船了。黄天虎说："马上分头去城里的茶店转转，我去汉口，九戒去汉阳，黑皮去武昌。"黄天虎安排完后，蔡雪走了过来，她告诉黄天虎在大门口有个拉黄包车的找黄天虎，说有急事。

黄天虎"噢"了一声，就往外走，蔡雪跟出门，诧异地看着黄天虎背影发呆，她奇怪黄天虎这是要去哪里呢？不过她没来得及问黄天虎。

九戒在一家乡下茶叶作坊看到了水货德昌养颜花茶，当九戒以高价引诱作坊老板的时候，作坊老板同意九戒拿个牌子来，作坊老板帮九戒填货。

九戒回德昌后，黄天虎已经回到了德昌。九戒把一摞水货包装盒放在桌上对黄天虎和黑皮说："错不了的，那个作坊就是水货的窝点。"

黄天虎问九戒谁要那个老板仿制的？查清楚没有？

九戒说："把那个老板抓起来，一问，不就清楚了？"

蔡雪却建议去警察局报警，让刘祥云派人去调查。黄天虎不愿意闹得水响，万一走漏风声，就前功尽弃了。黄天虎正要说怎么应对那个作坊老板时，蔡雪的贴身丫鬟春晓进门说："老板，有人找。"

蔡雪问是谁，春晓说："拉黄包车的。"

"我去去就来！"黄天虎一边说一边匆匆走了。蔡雪觉得奇怪，又是拉黄包车的，她问黑皮和九戒认识吗？黑皮和九戒相互对视，摇头说："没听说。"

蔡雪感觉黄天虎肯定有事瞒着，她把春晓拉到一边，悄悄吩咐她几句，春晓点点头，就出门去了。

3

黄包车拉着黄天虎往一小巷走，一个扎着麻花辫子的姑娘，酷似小莲，走进小巷，坐在黄包车上的黄天虎无意中看见了那个姑娘，以为自己看花了眼，他喊："停车，停车。"黄包车夫停了下来，黄天虎指着小巷说："快，进巷子。"

黄天虎看见了那位姑娘的背影，他跟了上去。姑娘一拐弯，又不见了。黄天虎觉得奇怪，下了车，走进小巷。在一家小旅店门口，那个姑娘在一个烧饼炉前停了下来。黄天虎远远地看着她。姑娘买了个烧饼，拿着烧饼一边走一边吃，麻花辫子垂在双肩，活脱脱一个过去的小莲，只不过姑娘满面愁容。黄天虎怔怔看着她，直到姑娘低头走了过来，黄天虎才喊："小姐，请留步。"姑娘停了下来，但并没回头。

黄天虎喊："小莲。"

姑娘冷冷地说："你认错人了！"说完姑娘走进了一家名叫仁和客栈的小旅社。那姑娘径直往楼上去，黄天虎跟了进去，掌柜迎上前说："喔哟哟，黄老板来了，稀客。"

黄天虎问掌柜："刚刚进门的那个姑娘住在这儿吧?"

掌柜点头。黄天虎告诉掌柜如果那个姑娘有什么事，请掌柜一定要告诉他。这就是黄包车去找黄天虎的缘由。当黄天虎再次走进仁和客栈时，老板笑脸相迎。原来那位长得像小莲的姑娘住小店已多日，交不出房钱不说，现在又病在床上了，万一有个什么闪失，小店也担当不起，只好请来了黄天虎。黄天虎要老板把姑娘住店的钱都记在他的账上。

老板带着黄天虎去了客房，房内一片狼藉，到处弥漫着一股霉味。老板掩着鼻子，退了出来，站在门口等黄天虎。黄天虎走近床边，只见那姑娘靠在床上，奄奄一息的样子。黄天虎赶紧吩咐车夫去请魏神仙。黄天虎见老板站在门外就让他去端碗水来。老板去了后，黄天虎往床边走去，姑娘挣扎着往床里躲避说："走开！不要过来！"

黄天虎停下来说："好，好，我不过来。我是来帮你的，没有别的意思。"

姑娘问："你帮我？为什么？"

黄天虎说："嗯，你和我小时候的朋友长得一模一样，那天突然见到，以为是她，就冒昧打扰了。"

客栈伙计端来水，黄天虎接过瓷碗说："来，小姐，先喝口水吧。"姑娘仍然畏缩，伙计说："还不快喝？这是汉正街有名的黄老板，有名的大善人，他帮你把房钱都交啦。"姑娘这才挣扎着靠在床上，含泪道谢。姑娘喝了一口水后，眼泪却一滴一滴地落了下来。

黄天虎问姑娘："听小姐的口音，好像是湖南人？为何来到汉口了？"

姑娘哭得更凶了。她告诉黄天虎她叫小翠，是下江人，来汉口找姑父，却没想到姑父没找到，自己却生病了。

黄天虎让小翠先安心治病，养好身体再说。小翠感动极了，眼泪又是一滴一滴地流出来，她对着黄天虎连连道谢。黄天虎让小翠不要太客气，他有时间会再来看她的。

当黄天虎再来看小翠时，春晓悄悄跟踪而来。黄天虎走进客房，靠在床上的小翠急忙起身迎接。黄天虎要她别动，就靠在床上说话。小翠一笑，告诉黄天虎她已经没事，好多了。

黄天虎问小翠找他有事吗？小翠告诉黄天虎说："多亏黄老板侠义相救，小翠非常感激。在汉口我举目无亲，我想到黄老板府上去做个烧火打粗的丫头，一来报答黄老板，二来，也有个安身之处。"

黄天虎对小翠提出的这个要求感到很意外，也很为难，她长得太像小莲了，这样的人进入蔡府，蔡雪会怎么想？

小翠见黄天虎为难，就赶紧说："对不起，黄老板就当我胡说吧。"

黄天虎安慰小翠，要她先安心调养，做工的事情，他来安排。

小翠见黄天虎答应了收留她，又伤心起来，泪水盈眶地对黄天虎说："小翠命苦，要不是黄老板相助，我早已流落街头了。黄老板对我恩重如山，如黄老板不弃，我……我愿以身相报。"小翠说完忽然扑到黄天虎怀中。黄天虎又是一怔，不过他很快轻轻推开了小翠说："我……该走了。"

小翠见黄天虎要走，就问他："你不是说我长得很像你小时候的朋友吗？"

黄天虎点头。小翠又抽泣起来，她说："可你根本不喜欢她，也不喜欢我。"

黄天虎已经心乱如麻，这种事情，他自己一下子都说不清楚。他要小翠别胡思乱想了，他改天再来看她。小翠要黄天虎说话算话，下次一定要来看她，黄天虎点点头，就往外走。

春晓悄悄守在客栈门口，当黄天虎走出客栈时，小翠也跟了出来，她对黄天虎说："先生走好！"

黄天虎说："回去吧，外面风大。"小翠嫣然一笑。春晓看到了这一幕，她大吃一惊。而在一棵大树后，憨子和一个马仔探出头来，也悄悄地看着这一切。当黄天虎离开客栈时，憨子挥了挥手，马仔快步离去。春晓跟在黄天虎身后，也悄悄地离开了小巷。

～ 4 ～

小莲在丫鬟的陪同下从上海回到了汉口。刘钦云派麻哥去请黄天虎到刘府来一趟。那个和憨子在客栈门口跟踪黄天虎的马仔到刘府向刘钦云禀报，说他在仁和客栈门口，看到刘太太在送黄天虎。

刘钦云一惊，麻哥抬手打了马仔一巴掌，马仔被打翻倒地，可他认定他看到的就是刘太太和黄天虎。

刘钦云思索片刻，一侧头，示意麻哥将马仔带出去。麻哥一把将马仔拖出门。刘钦云感到烦躁异常，踱到一边，突然拍了一下桌子。麻哥进门对他说："老爷，那小子我已经把他关起来了，免得他出去乱嚼舌头。"刘钦云点头，麻哥又说："老爷，恕我直言，太太是不是已经回来了，然后有家不归，偷偷去跟黄天虎约会？"

刘钦云面色阴沉，一言不发，他也拿不准小莲是不是回到了汉口。麻哥说黄天虎总喜欢缠着太太，留着他总是个祸害，建议刘钦云得找个机会除掉他。刘钦云仍不吭声，他不愿意相信小莲早就回到了汉口，这些年，他对小莲动了真情，他不愿意失去小莲。

小莲和随行丫鬟回到了刘府。小莲进门时，麻哥迎上前说："哟，太太回来啦。"

小莲说："还是回来好，外头呆不惯。"

刘钦云接过话说："回来就好，是今天到的汉口，还是……"

小莲说她刚刚下船。刘钦云再也忍不住说："可我听说，你最晚昨天就到了汉口，还跟谁在客栈见了一面。"

小莲很茫然地望着刘钦云说："你这话是什么意思？哎，你从哪里听来的瞎话，我刚回家你就像审犯人一样审我。"

刘钦云就想知道实情，他不想传言中的事情是真实的。这时门卫把黄天虎引了进来。黄天虎见了刘钦云就问："刘先生约我来谈花茶的事吧？"

刘钦云说："花茶的事不慌，今天你来得巧，我太太也回来得巧，正好面对面，我要打开天窗说亮话。"麻哥把手放在腰间的枪柄上。黄天虎见气氛异样，但还是镇定地要刘钦云有话就直说。

刘钦云问黄天虎一个钟头前，他和小莲是不是见面了？小莲接过话说自己一小时前，还在船上。黄天虎一震，他确实没见过小莲。刘钦云喝道："来人。"那个马仔被带了上来。刘钦云对马仔说："说，刚才你看见谁了？"

马仔胆怯地看了看黄天虎说："刚才我，我在仁和客栈门口看见了黄老板和刘太太。"

黄天虎直到这个时候才知道自己落入他人圈套。刘钦云逼视着黄天虎和小莲，阴笑道："呵呵，真是不见棺材不落泪啊，黄天虎，你爬到老子头上来了，我刘某被你戴上了绿帽子，在江湖上丢了脸，你自己作个了结吧。"

刘钦云突然拔出一个马仔的枪，把枪在手里摇了摇，然后放在黄天虎面前的桌子上。就在这个时候，蔡雪阴沉着脸闯进了刘府。原来春晓告诉她，黄天虎去仁和客栈看的人是刘太太，而且黄天虎已经去了刘府。蔡雪拉开抽屉找到一个油布包，油布包里是一把手枪，她带在身上就直奔刘府而去。

刘钦云最先看到了蔡雪，他和蔡雪打招呼，蔡雪没理。黄天虎问蔡雪有事吗？

蔡雪说有事，黄天虎要她回去再说，蔡雪突然掏出手枪，对准自己脑袋说:"不,就在这儿说。"众人大惊失色地看着她,黄天虎提心吊胆问蔡雪:"你要我说什么?"

蔡雪厉声喝道:"你给我说清楚,你刚才去哪里了?"

黄天虎叹了一口气,告诉刘钦云和蔡雪误会了。蔡雪的眼泪夺眶而出,她不相信这仅仅是一个误会,她觉得黄天虎娶了她那才是个误会。

小莲要蔡雪先放下枪。蔡雪冷笑起来,她冲着小莲说:"我要打死的是自己,你急个什么?"

小莲说:"你放下枪,我就给你说实话。"蔡雪犹豫片刻,把枪放下。小莲喊丫鬟菊菊把她的包拿来,菊菊拿来提包,小莲从包里取出两张船票说:"这是上海到汉口的船票,你们都是打码头的老江湖,算一下,这船是什么时候到的汉口。"

麻哥接过票看了一眼,然后把票递给刘钦云。刘钦云看着船票,仍满腹疑惑。黄天虎说:"雪儿,你真的误会我了,刚才我确实是去看了一个人,可那人不是小莲,只是长得很像。"

蔡雪听了黄天虎的解释,更是伤心绝望,要是她长得不像小莲,黄天虎还会去看她吗?她还不如一死,好成全他们。蔡雪想到这儿,把手枪对准了自己的太阳穴。黄天虎惊恐地大叫一声"雪儿",他飞扑过去。蔡雪扣动了扳机,黄天虎一把抓住蔡雪的手,子弹打进了天花板。蔡雪双脚一软,倒在黄天虎的怀里。黄天虎夺下枪,抱起蔡雪,就朝门外跑去。

黄天虎把蔡雪带到了德昌后院。蔡雪昏昏沉沉躺在床上,魏神仙正在给她拿脉。黄天虎焦急地守在一边。魏神仙拿脉完后站了起来对黄天虎说:"蔡雪一时急火攻心,并无大碍,静养数日即可恢复,别让她再受刺激了。"

黄天虎"噢"了一声,就跟着魏神仙一起去抓药。只是这场惊险让黄天虎陷入了思索之中。

~ 5 ~

麻哥带着一群马仔去了仁和客栈,麻哥等人冲进门时,正在盘问客栈老板的九戒和黑皮回头看着他们,他们都是来找小翠的,可小翠不见了,憨子早把小翠带到了郊外的茶叶作坊仓库里，他把小翠藏了起来。

麻哥没找到小翠，回刘府时，刘钦云迎上来问落空了？

麻哥说："早跑了，黄天虎也派人在逮她。老爷，这件事我越想越奇怪，究竟是谁狗胆包天假冒太太害老爷呢？"

刘钦云已经知道此人的首要目标并不是他，而是黄天虎，这人一箭双雕，心计很不一般。他要麻哥赶快去查憨子，他感觉这事一定与憨子有关。

黑皮、九戒和黄天虎也在商量这件事。花茶的水货，小莲的水货，都分明冲着黄天虎而来，只是这是谁干的呢？黑皮说他明天去查查。这时蔡雪轻轻推开门，蔡雪从惊吓中醒来的时候，黄天虎一个劲对蔡雪道歉，蔡雪尽管眼泪不争气地往下淌，可面对黄天虎的道歉，她还是原谅了他。

黄天虎一见蔡雪，急忙扶她坐下来。蔡雪提醒黄天虎想想当年她父亲是怎么死的，起因是什么？

黄天虎当然记得，头茶里被掺了鸭蛋粉，当时猜疑是憨子，只是没有真凭实据，瞎猜疑只会伤了自家兄弟。黄天虎不愿意去猜疑憨子，蔡雪叹了一口气。黑皮倒是认为憨子变得太快，眼神都不一样了，看见钱就兴高采烈的。黄天虎还是不愿意把这些事放在憨子身上，他要黑皮和九戒先把水货花茶的事情查清楚再说。

黑皮和九戒带人摸黑去了乡下茶叶作坊，他们把作坊老板装进了麻袋带到了树林里，黑皮站在一棵大树旁吩咐将麻将解开，一黑衣人解开麻袋，黑皮说："要死要活，就只一句话！"作坊主连连点头，黑皮问："是谁要你仿制德昌号的花茶的？"作坊主连连摇头，黑皮厉声喝道："埋了！"黑衣人开始用锹挖坑，作坊主连连点头，黑皮拔下他口里的毛巾，作坊主颤声说道："是……是泰昌茶庄的韩老板……"

第二天，黄天虎、黑皮、九戒约憨子去了关帝庙，当憨子到关帝庙时，黄天虎、黑皮、九戒默默站在神案前，憨子走进门说："喔哟，都来啦？什么事啊？搞得神神怪怪的。"

黑皮说："你心里明白！"

憨子接一句："哎，你这样逼着我就不好玩了。"

黄天虎问憨子知道今天是什么日子吗？憨子忙死了，早就不记得今天是什么日子。黄天虎告诉他，今天是他们兄弟结拜的日子。黄天虎要憨子如果还认兄弟，今天他们就再在关老爷面前上香起誓，憨子对黄天虎说："黄天虎，有话就直说，用不着来这一套！"

黄天虎问憨子市面上那些仿造德昌的花茶，是不是他做的？憨子不承认，黄天虎生气了，他说："憨子，我说句掏心窝的话，如果没有拿到证据，我不会约你到关老爷面前来兄弟聚会。你不承认没关系，我给你一个面子。只要你从今天起，不再用德昌的包装去做茶，我们仍然是兄弟，你做你的泰昌的花茶，有什么难处，哥哥我帮你！"

憨子冷笑着说："嘿嘿，你以为我是吓大的？不信你去问问三爷，他是泰昌的老板！"

这时蔡三爷带着一群人来到了关帝庙，蔡三爷一走进门就冲着黄天虎说："黄天虎，泰昌是老子当家，有什么事情，别欺负我干儿子，冲着老子来。"

黄天虎告诉蔡三爷，今天他们是兄弟聚会，有什么事，按江湖规矩了断，他要蔡三爷看看这养颜花茶的包装，看起来一模一样，里面的东西却完全不一样，生意场上，最见不得这样照搬招牌的。

憨子讥讽黄天虎，说他眼睛发霉了，他的包装上有德昌两字吗？三爷拿起憨子的包装细看，原来"德昌精制"四个字，"德"字是个黑墨点，看不出德昌两个字，但猛一看便以为是德昌。蔡三爷把包装纸拍在桌上骂黄天虎说："没有德，只有昌！黄天虎，你别看见胡子就当老子。"

黄天虎到这个时候才知道憨子真是聪明过人，他今天本来只是想息事宁人，只要憨子说，不再用这样的包装了，不再打德昌的招牌了，他就到此为止，大家还是兄弟。但是，既然憨子话说到这个分上，他只好拿出证据来了。

黑皮递上一个大信封。黄天虎对憨子说："这是你给书坊的亲笔底稿，上面清清楚楚写着德昌，你要人家把德字黑掉，要人家事后把底稿烧掉，人家怕今后打官司，没有烧，偷偷存起来了，你要不要再看看？"黄天虎抽出底稿，展开。蔡三爷一惊，伸手抓过底稿观看。憨子脸色煞白，可他还在狡辩说："这底稿是伪造的！"

黄天虎说："我们兄弟一场，你的字迹我还不认得？要不，我们到警察厅去鉴定?"

憨子耍横了："你也可以模仿！我不服！"

黄天虎说："请人证上来！"黑皮押着作坊老板上来。憨子掏出枪说："你要是敢造谣我就打死你！"作坊老板哆哆嗦嗦地说："哎呀，各位老爷，我哪敢造谣啊！"

蔡三爷厉声问："那包装是谁要你印的？"

作坊老板说："回老爷的话，是泰昌的掌柜……韩老爷。"憨子想开枪，蔡三爷一把抓住憨子手腕，子弹打飞了。黄天虎赶紧说："谢谢三爷！三爷，要是泰昌想做花茶生意，我高兴都来不及啊！只要憨子不再仿德昌的招牌，我愿意和泰昌一起，做大花茶生意！"

蔡三爷不接黄天虎的话，一挥手说"走"。众人正准备离去，黄天虎在身后叫："三爷，您发个话啊。"

蔡三爷说："这是你们兄弟伙里的事，关老子屁事。憨子留下来说话，我们走。"众人拥着蔡三爷出门。

黑皮要憨子赶快给黄天虎认个错，憨子犟着脖子不吭声。黄天虎说："算了，说了不改等于白说。憨子，我再问你一件事，最近，汉正街上冒出了一个假小莲，你知道这件事吗？"

憨子一寒，依然嘴硬说："我不是包打听，不知道。"

黄天虎又问："蔡雪差点把自己打死你也不知道吗？"

憨子一把撕开自己衣襟，敞开怀往黄天虎逼去："把什么脏水都往我身上泼，你干脆打死我算了，来呀，开枪呀！"黄天虎看着他，不由重重地叹口气，他知道憨子确实变了，不管他想怎么拉憨子回头，都似乎没有用。

黄天虎、黑皮和九戒不再理憨子，他们走出了庙门。憨子跟在他们身后，看着昔日兄弟的背影，他本能地紧跟了几步后却又停了下来，他听到树林里传来一阵窸窸的声音，他紧张地四处看着。麻哥带着几个马仔突然冲出树林，将枪口瞄准憨子，憨子一惊问："麻哥，你干吗？"

麻哥一脚把憨子踢翻，用枪抵着他脑袋问："那个长得很像太太的女人是不是你找的？"

憨子迟疑片刻后，承认了。

～ 6 ～

伊万诺夫家出事了。娜佳去了蔡府，她找黄天虎赶紧去救救自己的父亲。

黄天虎匆忙随着娜佳去伊万诺夫公馆，伊万诺夫接到一封国内的电报后，突然大哭，然后就把自己关在房间里，不肯出来。

黄天虎问阿廖沙呢？娜佳说阿廖沙在家里，他要打开房门，可伊万诺夫说，要是他敢进来，就自杀，死给他看。娜佳在马车里紧紧握着黄天虎的手，一边说一边哭。

马车到公馆后，黄天虎和娜佳急忙冲上楼梯。阿廖沙和秘书小李、管家、秀梅等人都聚集在伊万诺夫卧室门前，黄天虎和娜佳走到门前，阿廖沙红着眼睛说："他不肯出来，你劝劝他吧。"黄天虎点点头。

娜佳喊："爸爸，天虎来了，你开门啊！"

伊万诺夫在里面说："你骗人，你们都在欺骗我。"

黄天虎喊："先生，我是黄天虎，我来了。"

伊万诺夫问："天虎？真是你吗？"

黄天虎在门外喊："真的是我，请你开门吧！"门开了，伊万诺夫泪流满面，一把抓住黄天虎的手说："天虎，我该怎么办？"

原来俄国也发生革命了，布尔什维克朝冬宫开炮了。黄天虎没有反应过来，他疑惑不解地望着伊万诺夫，娜佳和阿廖沙听明白了，他们惊讶地问："啊？那沙皇不是完了?!"

伊万诺夫亲眼看见了武汉的革命，战争，火烧汉口，那么多的鲜血，他曾经庆幸，他只是一个旁观者，他的砖茶厂没有被战火摧毁，他的生意也没有受到影响。他继续享受中国政府给他半税的优惠，虽然这对中国商人来说，也许是不公平的。但他没有想到，这样的革命，包括战争，一下子也降临到他的故乡，他真的接受不了。

黄天虎总算明白了是怎么一回事，他安慰伊万诺夫说："先生，你是个商人，你给你的故乡运去的是砖茶，不是炮弹，你怕什么呢？"

娜佳也说："是啊，沙皇要喝茶，布尔什维克也要喝茶……"

伊万诺夫变得激动起来，他说："别跟我提那些肮脏的家伙，那些下等人，他们不配喝我的茶。"

阿廖沙不服气，他说："为什么？他们难道不是人吗？他们难道连喝茶的权利也没有吗？你这样蔑视他们，就需要革命。"

伊万诺夫拍了一下桌子，说阿廖沙要革命就在家里革命好了，干脆杀了他，他受够了，他厌恶战争。

阿廖沙需要革命，他要夺回属于他的东西，他需要一支枪，他还想要去杀死刘钦云。黄天虎把他拉到一边说："阿廖沙，你说的不是革命，是报仇，你怎么报仇是你的事情，现在要紧的是让你爸爸安静下来，你不要再吓唬他了。"阿廖沙一甩手，跑了出去。

这时秘书小李给伊万诺夫送来一壶茶，娜佳扶伊万诺夫躺下说："爸爸，你休息一下吧。"

黄天虎也对伊万诺夫说："您安心睡吧。我不走，有事随时叫我。"伊万诺夫疲惫地点点头，两人带上门，轻脚轻手地出去。

黄天虎送娜佳回到卧室。娜佳累了一天，心里更累，她真的好想离开汉口，可她又舍不得，她问黄天虎知道是为什么吗？

黄天虎知道。黄天虎走到娜佳身边说："娜佳，你爸爸和你哥哥情绪都不稳定，这个家需要你撑起来，有什么委屈，你千万要忍住，这个时候，你千万不能倒。"娜佳突然转身，扑到他的怀里说："这个担子太重了，我挑不起来，我也要一只老虎，像蔡雪那样。"

黄天虎安慰娜佳说："老虎会有的，将来啊，你的老虎一定比蔡雪的强！"娜佳哭出了声，她也不明白自己为什么就忘不了黄天虎。

秘书小李平静地守候在伊万诺夫卧室门前，在这些人之中，他是最平静的一个。

第二天，秘书小李走进了日商冈田洋行，他向冈田行军礼，冈田说："小野君，辛苦了！"

伊万诺夫的秘书小李，原来是日本人，叫小野，他通过茶叶收集输送的情报非常有价值。不论是在中国，还是在远东，茶叶可以渗透进一切领域。现在俄国已经发生了革命，这势必会影响汉口俄商的去向，他们必须未雨绸缪，早作预防。

秘书小野把他在伊万诺夫家见到的情形告诉了冈田，并说俄国茶商已经开始惊慌不安了，中国的革命只是换了一个皇帝，俄国的革命，恐怕更加残酷。俄国茶商如果撤退，汉口的码头恐怕又要重新洗牌。

冈田吩咐秘书小野必须关注汉口各界的新兴力量，对商界的黄天虎，要继续做好功课，秘书小野领令离开了冈田回到了新成洋行。

黄天虎也去了新成洋行，伊万诺夫心烦意乱地站在窗口凝视着窗外，黄天虎进门问："先生好些了吗？"

伊万诺夫说他人还好，就是洋行不行了，他不知道这新成洋行能不能坚持到冬天，他已经得到可靠的消息，俄国，现在叫苏联政府，准备禁止进口茶叶，他们说茶是"奢侈品"，禁止进口。他们只需要面包和黄油。

黄天虎问伊万诺夫的消息准确吗？伊万诺夫和这个世界保持着密切的联系，他的消息肯定是准确的，他今天请黄天虎来，就是想跟他商量一个对策，怎么办？

黄天虎的想法是，他们可以合作，首先开辟中国市场，然后，是南洋市场，新成洋行主要产品是砖茶，一旦苏联不再进口砖茶，他们可以联手销往中国的北方。过去，湖北的砖茶主要是山西茶商在做"边茶"的生意。他们可以重新开辟新的市场，凡是和俄国接壤的地方，生活习惯和俄国相同，他们都可以渗透过去。

伊万诺夫点头说："可惜，我们再也做不成俄国市场那么大的规模了。"

黄天虎安慰伊万诺夫："革命革完了，饭还是要吃的，茶还是要喝的。总有一天，你们苏联的革命党也要派人到汉口来的。"

伊万诺夫叹气，那个时候和他已经没有什么关系了。黄天虎想联手做大花茶生意，利用伊万诺夫茶厂的技术力量，大批量生产花茶，开辟北方市场。他们要做的，是各种各样的花茶，适合北方人口味的花茶，既有王公贵族喝的，也有老百姓喝的。只要有市场就做，至于外销茶，他们做精制红茶，南洋一带，还有欧洲市场，甚至美国市场，都可以试试看。

伊万诺夫站起来，激动地握住黄天虎的手，他很高兴和黄天虎合作，只要有生意做，他们就可以不走。

茶叶的市场对于黄天虎来说是很大的，他有信心让湖北的茶叶销往世界各地，这是他的目标，也是他的希望。只是当他怀着这个美好希望的时候，一些茶商听到了俄国要关闭茶叶贸易的消息，纷纷来到了德昌号。他们有的是要黄天虎拿主意的，有的要把手上的货扫地价一脚蹬给黄天虎。不管这些茶商有什么样的要求，黄天虎都尽力满足他们，只是黄天虎和伊万诺夫过密的交往引起了刘钦云的关注。他在伊万诺夫的肥码头上有一批烟土要接货，这个任务尽管麻哥交给了憨子，但是刘钦云要的是占有肥码头，俄国革命的消息他已经知道了，在这个时候，黄天虎和伊万诺夫来往过密，对他来说都是不利因素，他要想办法，想想如何拿下肥码头。

第二十一章　天津茶市

~ 1 ~

黄天虎把一批茶商安抚好后，刘祥云在一天夜里，开着一辆轿车来到了蔡府。刘祥云一进蔡府就喊"天虎"，黄天虎迎了出来，蔡雪也走出卧室对着刘祥云说："祥云，你坐，我给你泡茶。"

刘祥云找黄天虎是想给章彪送一些茶叶去，章彪现在在天津当寓公，盖了一处古色古香的大房子，连宣统皇帝溥仪也常去他家住，他带信给刘祥云，想喝湖北的贡茶。这不，刘祥云一接到章彪的信，就连夜赶到了蔡府，想让黄天虎安排人把茶叶尽早送到天津去。

黄天虎正想去天津摸摸花茶的行情，他决定亲自给章彪送茶去。刘祥云劝黄天虎别去，派别人送是一样的。黄天虎坚持自己亲自去一趟，刘祥云也就不再说什么，起身告辞出了蔡府。

刘祥云刚走，祝掌柜进门来了，黄天虎问那批三角梅怎么样？祝掌柜看了样茶，茶叶是碎了些，但是都是好茶的茶末。

屯绿本来吸香性很强，黄天虎想用它做茉莉花茶，先到天津试试。蔡雪就问："北方人爱喝茉莉花茶吗？"

祝掌柜说："爱。听说老佛爷慈禧太后对茉莉花特别偏爱，宫中规定，除了她，其他人都不能戴茉莉花。这茉莉花一珍贵，茉莉花茶也珍贵了。"

黄天虎也说："我爷爷说，过去朝廷里的王公大臣喜欢鼻烟，朝廷里的鼻烟，都是茉莉花熏制的。有个茶商脑瓜子特聪明，就用茉莉花熏茶，送进皇宫，结果特别受欢迎，朝廷还赏了这位商人一件黄马褂。"

蔡雪给黄天虎开玩笑说："那要是皇帝还在，这回该赏你黄马褂了！"

黄天虎和祝掌柜都笑了起来，夜在他们的笑声中一晃而过。到了第二天，麻哥在肥码头交代憨子这次去天津，是憨子的第一趟远差，一切谨慎，只用眼睛，不用嘴巴。

憨子要麻哥放心，押个船，出不了什么大事的。麻哥让憨子别说得那么轻巧，丢了这批货，就等于丢了脑袋。憨子点头表示明白，就朝码头走去。麻哥仍不放心地盯着他，他对憨子见利即变的软骨头个性，一直从心眼里瞧不起。

黄天虎去刘府找刘祥云。黄天虎给章彪的茶叶都准备好了，还给他准备了一些土特产，刘祥云没想到黄天虎这么细心，章彪看重的就是一份乡情。刘祥云交给黄天虎一封亲笔信，章将军一看信就会明白。

黄天虎和刘祥云的谈话，被走在过道里的刘钦云无意中听到了，他不由皱紧眉，等黄天虎离去后，刘钦云走进门问弟弟："你叫黄天虎到天津去？"

刘祥云随意地说："是啊，章将军想喝贡茶，叫他送一点过去。"

刘钦云气得拍了一下桌子骂弟弟糊涂，刘祥云不明白大哥这是怎么啦？

刘钦云向弟弟解释黄天虎是个精明的商人，要是只送几块砖茶，轮得到他亲自去送吗？弟弟是太小看黄天虎了，黄天虎到天津，肯定是去打码头的。

刘祥云不以为然，在他眼中，不就是一点点茶叶生意吗，多大个事啊？就算是去天津打码头，又怎么样呢？他不明白大哥为什么会生气，不过他也不想和大哥讨论生意上的事情，他对生意场上的事情，实在是没兴趣，不等大哥再说什么，他就借口工作忙，回警局去了。

刘钦云气呼呼地走进书房，麻哥紧跟着走进了书房。麻哥也知道黄天虎要去天津的事情，而且和他们的运烟土时间一致，刘钦云也担心黄天虎知道他们走私烟土的事情。他们的烟土长期搭伊万诺夫的顺风船，伊万诺夫只不过睁一只眼，闭一只眼，相互心照不宣。如果伊万诺夫一走，黄天虎接了新成洋行，这问题就大了，比黄天虎去天津还让他恼怒。

麻哥问刘钦云："黄天虎接新成洋行，不可能吧？"

刘钦云哼了一声，告诉麻哥，黄天虎这小子野心大得很，他已经有一种后生可畏的紧张感。

麻哥问黄天虎的时候，小莲正好走到书房前听见室内在说黄天虎，就悄悄躲在门外倾听。刘钦云已经知道伊万诺夫正在准备后路，准备和黄天虎合作，黄天虎这次去天津，不仅仅是去送茶的。麻哥问刘钦云："那怎么办？要不我再跑一趟，顺手就把他给办了，免得以后夜长梦多。"

刘钦云说："你不能亲自出手！要动手，给魏爷打个招呼，先给他个下马威。如果牵涉到烟土生意，你就看着办吧。"

小莲把刘钦云和麻哥准备的事听了一个正着，她大吃一惊，顾不得多想，迅速出了刘府，找了一个拉黄包车的车夫飞奔德昌号而去。

小莲到了德昌号后，上前敲门，一伙计开门，把她引进了书房。蔡雪披衣赶来发现是小莲，有些意外地问："刘太太这么晚了，还来找我男人？"

小莲也知道蔡雪一直误会她和黄天虎，她赶紧解释自己是来找她的，蔡雪问小莲找她什么事？

小莲把刘钦云和麻哥在书房里的话全告诉了蔡雪，而且刘钦云让麻哥马上就赶到天津去，黄天虎这次去天津就相当危险了。

蔡雪叹了一口气，黄天虎只是去帮刘祥云送茶，她不明白刘钦云为什么要这样逼黄天虎？

小莲要回去了，她让蔡雪快点想想办法救黄天虎。蔡雪真诚地感谢小莲："谢谢你！"

小莲没有回头，很快就消失在夜幕之中。

～ 2 ～

天津的张园是天津达官贵人养尊处优、吃喝玩乐的场所，整个庭院环境幽雅，中西合璧，中央筑有一幢八角八底的西洋式样的房屋，楼宅四面环绕传统长廊，庭园里置有小巧的亭子和石桌石凳，如同武汉的中山公园。

黄天虎是带着黑皮和小伙计一起到天津的。黑皮挑着礼品担子，小伙计提着礼品篮子，他们左顾右盼，都觉得天津十分新奇。只有黄天虎大步向张园走去，到了章宅门口，黄天虎递上名帖，家丁请他们进了章宅。

黄天虎刚刚一坐定，章彪就出来了。章彪头发胡须都白了，俨然一白须老翁，气定神淡。

黄天虎给章彪行礼，请安，章彪笑着问黄天虎："从汉口赶来的吧？祥云，他还好吗？"

黄天虎赶紧掏出刘祥云的亲笔信递上："这是他的亲笔信，给将军请安。"

章彪看完信说："哦，你就是蔡瑶卿先生的快婿了？哎呀，蔡老板是个好人哪！仁义，厚道！每年过年啊，他都客气，给我送茶，嗯，德昌的茶，那是真好啊。"

黄天虎对章将军说："从今年起，将军的茶就由我来送了。这次来得匆忙，给将军带了一点小礼物，希望将军喜欢。"说完让小伙计奉上一个精制的茶盒，打开缎面，里面是楠木的盒子，再打开，里面是两块贡茶茶砖。这是蔡瑶卿收藏的乾隆年间的贡品茶砖，黄天虎特地带给章彪将军的。章彪看了礼物，眼睛一下子发亮，他太意外了！这个太珍贵了，皇上看到了一定也很喜欢。

黄天虎让黑皮摆上茶礼，这是专门为章将军精制的砖茶，是小号精制的茉莉花茶。章彪打开包装，一股茉莉清香扑面而来。

章彪一边说："好香！好香！"一边喊管家："老魏啊，快给我泡茉莉花茶！"

老管家老魏应了一声"好咧"，就忙着泡茶去了。

黄天虎又叫黑皮展示带来的特产："这边的，是湖北的土特产：汉口后湖的藕，武昌洪山的菜薹，咸宁的桂花酒，洪湖的莲子，孝感的麻糖，一样给您带了一点。"

章彪惊喜极了，他对黄天虎说："难得！难得！你们的黎大总统给我官帽子，我可以不要，金银财宝俺也不稀罕，你的这些土特产，俺收啦！"

这时管家吩咐丫鬟们上茶。章彪品了品茶说："嗯！好！好香！这是你们做的？"

黄天虎点头说："这些都是我们德昌号精制的，不知道适不适合天津老少爷们的口味？"

章彪太满意黄天虎带来的茶了，问黄天虎带多少来啦？黄天虎这次主要是给他送茶来，花茶带的不多，一样带了一箱，主要是样品，要是天津人喜欢喝，他们马上就大批量送过来。

章彪决定明天就请天津的朋友们来喝茶，而且他建议黄天虎就在天津开个分店，专销他们自己做的茉莉花茶。这个建议正合黄天虎的心意，他赶紧向章将军道谢，他想在天津开拓花茶的决定就这样定下来了。

第二天，在章彪的帮助下，黄天虎他们的花茶赢得了天津茶商们的一致好评，很多茶商都找到黑皮要买德昌号的花茶。黑皮也没想到他们的花茶一下子就打入了天津市场，一开心，黄天虎、黑皮、小伙计一起去了天津塘沽玩，这是俄国的码头。小伙计一看见大海，就激动地朝码头内跑去。黄天虎站在岸边，眺望大海，黑皮笑了笑问黄天虎："一看这海，就想起长江了吧？"

黄天虎说："海比长江宽。"

黑皮又问黄天虎："这是俄国码头，伊万诺夫先生的船，应该到了吧？"

黄天虎也认为应该到了，今后他们的砖茶，花茶，就是运到这个码头，再运到北方，运到俄国和欧洲去。他指着一条大船给黑皮看，感慨地说："这样的大船，得装多少茶叶啊！咱们回去，得加把劲了！"

黑皮对黄天虎说："昨天你那一炮可炸得真响！十几个茶商围着我要花茶，够我们做一年的了！我现在发愁的，倒是我们能不能生产出这么多的花茶了。"

黄天虎兴奋地说:"要他们下定金!咱们回去马上就给花农下定金!要他们安安心心,把最好的花儿给咱们!我要把德昌的生意,做得比海还要大!"就在这时码头内传来小伙计的哭喊声,一群打手手握棍棒、大刀,气势汹汹地驱赶着小伙计。黄天虎和黑皮急忙赶上前去,小伙计哭喊着说:"我看看海,凭什么打我啊?"

打手说:"臭小子!这码头是你乱转的吗?"

黄天虎上前赔笑脸,他向打手解释他们是从汉口来的,小伙计没有见过海,一看就激动了。打手指着另一边让他们要看海去那里。黄天虎是来看船的,伊万诺夫让他帮着看看到天津码头的船,可打手不让他们看,三人只好往回走,黄天虎摸摸小伙计的头问:"还疼吗?"

小伙计摇头对着黄天虎神秘地说:"我看到船了!"

黄天虎问他看到什么啦?小伙计告诉黄天虎,他其实看到了伊万诺夫的船,船里还有憨子。

黄天虎吃惊地问小伙子:"你看到憨子啦?"

小伙计说:"是的,我看到他了,他正朝岸上看。"黑皮摸了一下他的头问:"你是不是被打昏了头啊?"

小伙计生气地说:"你才昏头呢!我看得清清楚楚,千真万确。"黄天虎一把抓住他的双肩问:"他看到你了吗?"小伙计说:"肯定也看到了。他一闪,就不见了!"

小伙子的话让黄天虎越想越感到奇怪,憨子怎么会出现在天津?他来这里干什么?

～ 3 ～

麻哥带着两个马仔在汉口火车站上车去了天津,九戒带着墨镜,尾随他们一起上车去了天津。

九戒去天津是蔡雪安排去的,她还去警视厅找了刘祥云,蔡雪一进刘祥云办公室就开玩笑地说:"民女有急事求见长官大人。"

刘祥云要蔡雪有事别客气,毕竟他们是同学,尽管他们之间无缘成为夫妻，同学情永远在，这种情谊天长地久。蔡雪就把小莲告诉她的情况告诉了刘祥云，等蔡雪离开后，刘祥云匆匆地回到了刘府，他一进门就直接问刘钦云："大哥，有件事，我想核实一下，你是不是派人到天津去了？"刘钦云一惊，问他："怎么啦？啊？你查到大哥头上来啦？"

刘祥云说："大哥，要是生意上的事情，可以和黄天虎好好谈嘛，他要是有对不住你的地方，你跟我说，我来摆平，犯不着到天津去大动干戈嘛。"

刘钦云气得发抖，他指着弟弟说："你胡说什么？啊？真是岂有此理！他黄天虎值得我出手？你跟我少管闲事！少被人牵着鼻子走！"

兄弟俩不欢而散。刘祥云回到自己办公室沉思片刻后，还是拿起电话接通了天津警察局，他感觉自己的这个大哥肯定会对黄天虎下毒手。

麻哥一行人到了天津，九戒跟踪他们也到了天津。当麻哥走到仁义堂大门前，往四周看了看，才走进去，九戒闪到一边守着麻哥。在仁义堂，天津帮会魏爷正在和麻哥密谋，麻哥告诉魏爷今后北方的货，就包给魏爷了，只是这次押货的人，是黄天虎过去的小兄弟，刘爷怕撞上了，坏了大事，所以特地派他来打扰魏爷。魏爷说这次就在天津做了黄天虎，魏爷的建议正合麻哥心意。魏爷想在章将军约他来喝茶时动手，麻哥说："不行！魏爷在天津，大名鼎鼎，在自己家里做掉客人，说不过去，刘爷也不会同意的。"

魏爷思索片刻，就和麻哥商量了一个办法，他们决定依计行事。麻哥从魏爷家出来后，九戒跟上了他们。麻哥他们去了盛奎旅社，这是黄天虎他们住的旅社，当黄天虎三人回到盛奎旅社时，客房说有人找他们，就在楼上，黄天虎往楼上走，走了两步他停下来问："老板，找我们的有几个人？"

客房说："一次来了三个，一次一个。"黄天虎顿时警惕起来，看着二楼，仍然往上走，走到门口，黑皮拔出了枪，小伙计躲在他身后，黄天虎推开门，黑皮冲进房间，坐在室内的是九戒，黄天虎惊讶地："九戒，你怎么来了？"

九戒把蔡雪安排他来天津的目的告诉了黄天虎，直到这个时候，黄天虎才想明白，刘钦云在利用伊万诺夫这条船，走私烟土，憨子真的是上了贼船。

九戒没想到憨子真变成了这样没有骨气的东西，他要黄天虎想个法子把他们抓起来。黄天虎问九戒："谁来抓？在哪里抓？你去官府举报，说船上有烟土，那不就连茶叶一起查封了？"

黑皮接过话说："要是我们不动手，麻哥他们肯定会对我们下手。刚才你不是听到了，有三个不明不白的人来看我们。"

黄天虎思忖片刻说："要不这样，九戒你马上就去塘沽码头守着，当点心，别让憨子看见了。"

九戒点头。小伙计也要去，黄天虎要小伙计跟着他们。九戒出门时，小伙计问："人家马上就打上门来了，我们就守在这里等死？"

黄天虎没有回答小伙计的问题，他在想如何应付麻哥他们。

九戒去了码头，他戴着墨镜坐在码头边上的一辆黄包车内，这时的码头冷冷清清的。

当夜幕降临时，夜色笼罩着黄天虎居住的旅社。在客房里，黄天虎和黑皮正在喝茶，一群黑衣人突然出现并悄悄地扑向旅社，另一边，一辆轿车开到巷口，麻哥走下车，盯着旅社。

黑衣人冲进旅社，客房刚刚问了声"你们"就被放倒在地，一个黑衣人用枪口顶着客房头问黄天虎住几号房？客房说："213……"那群黑衣人顿时冲上楼，昏暗的二楼楼道上，黑衣人悄悄摸向213房间，当黑衣人持枪摸到门口时，一人取出个炸弹，一人一脚踢开门，炸弹扔进客房，爆炸声响起，在硝烟中，黑衣人冲进房，客房里空无一人。

在走廊顶端的客房里，黄天虎和黑皮贴在门缝上看，一个黑衣人冲下楼，掏出客房嘴里的破布，先打了他一耳光，接着问："他们换哪个房了？不说就打死你！"

客房浑身颤抖地说："218……"

黑衣人又持枪往218冲去，冲到门口，黑衣人就开始瞄准房门射击，子弹穿透了板壁。在这间客房里，黄天虎和黑皮、小伙子从二楼窗口垂下一条用被单做的绳子，正攀援而下。守在门口的一个黑衣人突然发现攀援的黄天虎，急忙开枪，子弹打在黄天虎身旁的墙上。一群黑衣人冲出旅社，一个黑衣人正举枪瞄准黄天虎射击，突然这个黑衣人被一颗子弹击倒，在二楼窗口射击的一个黑衣人也被一枪打死，黑衣人不知子弹从哪来的，顿时慌作一团。

原来，开枪的是伊万诺夫的秘书，他正埋伏在旅社对面屋顶上，从容射击着黑衣人。这时他改用步枪射击，又一个黑衣人被打倒。黑皮掏出枪，拉黄天虎躲进墙角。

藏在楼下的麻哥感到不妙，掏出了枪，示意身边的马仔冲上去。就在这时候，巷口传来了马蹄声，不一会，大批的警察冲来，麻哥急忙钻进车。秘书看看楼下的情景，收枪离去，黄天虎这才长长地松了口气，他们总算逃过了一劫。

在天津塘沽的俄国码头上，九戒仍在码头旁的树林里守候着。一辆轿车往码头开来，九戒盯着那辆车，轿车停了，下车的正是憨子，几个挑夫挑着箱子过来了，憨子掀开车后盖，挑夫装箱。九戒远远看着他，直到憨子上车，轿车开出码头，九戒才急忙钻进马车。

在沿海大道上，轿车和马车一前一后地奔驰着，在轿车内，憨子无意中发现车后有人跟踪，回头看了看说："停车。"九戒发现前面的轿车停下来后，急忙吩咐车夫停车，憨子居然下了车，不慌不忙地往马车走去，九戒一惊，放下车帘，憨子走到马车前，掏出手枪说："给我滚出来！"

九戒无奈，只能下车，憨子一把摘掉九戒墨镜，不由一愣，惊讶地喊了一句"九戒"，九戒骂憨子："畜生！放着人不做，偏要做畜生。"

憨子狞笑着说："骂得好！九戒，你我兄弟一场，本来我多少得给点面子，但你故意来坏我的财运，兄弟我只能要了你的小命。"九戒无所畏惧怒视着憨子，憨子用枪瞄准九戒的脑袋。憨子正准备开枪时，不远处突然传来喊声："放下枪，举起手来！"憨子一惊，回头望去，一队警察冲来。憨子犹豫了一下，扔下枪，警察冲到憨子身前，枪口对准他说："把后盖打开，快！"憨子无奈地打开车后盖，警察搬出几箱茶叶，一个警察把箱子砸开，茶叶散开，滚出几团烟土。

憨子被警察带走了，九戒望着憨子远去的背影，心沉得如压着巨石一般。

就在这天夜里，李秘书和黄天虎去了海河边，黄天虎对李秘书说："小李，你今天就像天兵天将，太神了！"

秘书一笑说："其实，憨子一上船，我就知道了。"

黄天虎问："伊万诺夫先生知道吗？"

秘书说："他是老狐狸，怎会不知道？"

黄天虎惊讶极了，原来这一切只有他蒙在鼓里。秘书连忙解释，伊万诺夫不让黄天虎知道，是怕他卷进去，他是好心，别错怪了他。

黄天虎问秘书："他明明知道刘钦云利用他的船运输烟土，为什么不管？"

秘书说："他们互相利用啊。刘钦云有烟土在船上，沿途的码头都会一路护送，伊万诺夫先生就少了一笔保护费嘛。再说，烟土在他的船上，他随时可以拿住刘钦云，作为手中的筹码。"

黄天虎豁然开朗。伊万诺夫太聪明了，秘书笑着夸黄天虎也够聪明，不在码头上动手，方方面面都赢了，只有刘钦云吃哑巴亏了。

黄天虎问李秘书憨子被抓了吧？

秘书点头，憨子是自作自受。黄天虎叹口气，他和憨子毕竟兄弟一场，他希望李秘书保他出来，秘书答应试试看。

黄天虎突然问李秘书："小李，你到底是什么人？"

秘书说："秘书，伊万诺夫的秘书。"

黄天虎不相信，小李不像秘书，秘书不可能这么神通广大。秘书告诉黄天虎，他永远是黄天虎的朋友，他要黄天虎记住，说完就离开了黄天虎。黄天虎仍疑惑地看着他背影，越来越感觉商场风云变化莫测。

～ 4 ～

天津之行，对于麻哥和憨子而言是失败的。他们回到刘府后，狼狈地低头站在刘钦云面前，刘钦云像一头被激怒了的困兽，在客厅来回走动。他不说话，空气好像凝固了一样。走了一会，刘钦云突然站住，朝麻哥伸出手，麻哥明白了，摘下手枪，双手递给刘钦云，然后跪下。刘钦云熟练地打开扳机，对准了麻哥，麻哥热泪盈眶地说："老爷！开枪吧，我麻子来生还跟着你。"憨子等马仔一起跪下，为麻哥求饶，刘钦云审问麻哥："打客栈时，你在不在场？"

麻哥说在客栈楼下，刘钦云又问烟土失手时，黄天虎在不在？

麻哥赶紧说不在。憨子接过话说："老爷，截车的是天津的警察。"

刘钦云问："那个埋伏在屋顶上开枪的是谁？"

麻哥说："天黑，看不清楚，好像年纪蛮轻。"

刘钦云咬牙切齿骂着："废物！一帮窝囊废！丢丑丢到天津去了！"

憨子不服气地大喊："老爷！抓我的是天津警察厅，求老爷给我和麻哥一点时间，追查背后黑手，查不出来，憨子情愿自裁！"

这时，管家畏畏缩缩走到门口，刘钦云问什么事？

管家说："小的有事，要单独跟老爷说。"刘钦云眼珠子转了转，将枪甩给麻哥说："滚！都给我滚！"麻哥和憨子他们退下后，管家才走到刘钦云身边，与他耳语了一番。刘钦云满脸惊讶，更是又气又恼，他让管家带两个马仔跟着他走进自己的卧室，两个马仔冲进门，小莲在卧室里，他们架着小莲出来，刘钦云说了一句："关起来。"

小莲又气又怒地问："为什么关我？"

刘钦云望着小莲气恼地说："你还要我告诉你原因吗？不杀就算便宜了你，下去。"两个马仔架着小莲出门，两个马仔把小莲带到了刘府顶楼小屋，把她推进门，砰地关上铁栅栏。小莲冲到栅栏前喊："放我出去！放我出去！"可没有人理她，她给黄天虎通风报信的事被管家告了密。

第二天，刘钦云带着麻哥去了警视厅。刘钦云铁青着脸下车，刘祥云正在办公室里处理公务，刘钦云拄着文明棍走进门，刘祥云站起身问："大哥，你怎么来了？"

刘钦云叼着雪茄说："我来投案自首啊！"

刘祥云问刘钦云："大哥，是不是跟嫂子吵架了？坐！请坐！"

刘钦云不冷不热地说："她是戏子，你堂堂的警视厅长，难道也是戏子？"

刘祥云不笑了，问大哥："你这话是什么意思？"

刘钦云说："什么意思？你不是亲自给天津打电话，要保护黄天虎吗？我告诉你，要搞他的，就是我！要抓要关，你看着办吧！"刘祥云笑着拉他坐下，他对刘钦云解释说："大哥，你要是心里不舒服，回家骂我就是了，何必跑到这里来生气呢？你也知道，蔡雪是我的同学，她来找我打个电话，你说我能不帮这个小忙吗？"

刘钦云说："帮小忙，你那点小心思，还瞒得过我？今后是不是只认青梅竹马，不认大哥啦？"

刘祥云笑了起来，他哪里会不认自己的大哥呢。刘钦云问他："天津警察厅查了我的烟土，有没有你的功劳哇？"

刘祥云惊愕地望着大哥，天津查获的烟土，是自己的大哥的。刘钦云点头，所以他来投案。

刘祥云没有想到自己的大哥会走私烟土，这么大的事，大哥怎么不跟他打个招呼呢？现在，烟土也没收了，案也结了，他又能帮得了什么呢？

刘钦云说："我知道你当这个差也不容易，也不想惹你的麻烦，我只想知道，天津方面，是谁报的案？咱们家早先就是吃这碗饭的，你也不是不知道。我要是不知道内情，今后走路，还会撞鬼啊！"

刘祥云皱了皱眉说："好吧，我尽量打听一下。"

刘钦云站起身要走，走的时候对弟弟说了一句："还有，你嫂子最近可能不大舒服，你也少去约她。"刘祥云点头，刘钦云板着脸扬长而去，刘祥云满脸尴尬，随后快步跟着送出去。

关在刘府顶楼小屋的小莲头发蓬乱，衣衫不整，哭着捶门喊："放我出去！刘钦云！你放我出去！"门外，刘钦云阴沉着脸，对守门的马仔说："给我看好了！要是太太跑了，或者少了一根头发，我就剁掉你们的手！"

马仔应了一句"是"，管家上来对刘钦云说新成洋行的伊老板求见。刘钦云让管家请伊万诺夫进来，他自己下楼去了客厅，伊万诺夫站起身，刘钦云说："伊万诺夫先生，稀客！坐坐坐。"

伊万诺夫是来告辞的，他要回国了。刘钦云问他是短期省亲，还是……

伊万诺夫自己也不知道他是不是短期回国，又还能不能够再来汉口，他不知道现在的风往哪儿吹。刘钦云要为他饯行。伊万诺夫说："谢谢，不用了，我来贵府，还想说一件事，我走得太匆忙，来不及处理许多的善后事宜，我的儿子会留下来，还请刘老板多多照顾。此外，新成洋行已和德昌茶庄签约合作，生意上的事情，已经委托了黄老板。肥码头的管理，一直得到了刘老板的关照，我十分感谢。我走以后，为了生意上的方便，想请黄老板将茶厂、货栈、码头一并管理，今天特地来向刘老板致谢，并请刘老板谅解！"

刘钦云大惊，但马上笑着打哈哈："哈哈！肥码头的事情，你放心，我不会动一个手指头。至于其他的人会不会有想法，那我就爱莫能助了。哈哈！"

伊万诺夫说："那好，我谢谢刘老板的大度与承诺！"

刘钦云应了一句："不客气，我随时盼望伊老板平安回来。"

伊万诺夫离开了刘府，刘钦云气得恨不得马上把小莲处死，不是她通风报信，黄天虎早就被他们弄死了，现在倒好，他最怕的事情，硬是发生了，肥货头落入了黄天虎的手中。

～ 5 ～

黄天虎、黑皮、九戒、小伙计风尘仆仆地回到蔡府，他们这次去天津带回了一批订单，他问祝掌柜调货应该没问题吧？

祝掌柜说："如果新成洋行的茶厂开动起来，问题不大。现在的关键是码头，走水路，就得靠码头。新成洋行的肥码头，还有货栈，都应该形成一条龙。"

黑皮说："肥码头说是新成洋行在管，实际上是掌握在刘老板的手里，要拿过来，难。"

九戒说："要是俄国人跟我们合作，那码头也应该由我们来管。"

黄天虎决定马上去拜访伊万诺夫，码头的事情，肯定是要谈的，只要不阻拦他们发货就行。黑皮又说:"我也一直在琢磨,我们要赶快拥有自己的船队,天津那边,最好设一个分号。"

九戒马上说:"对,还有上海,杭州,我看都要设立分号。"

黄天虎说:"好啊,那就拜托各位兄弟了!"说完他离开他们,只身去了新成洋行。秘书匆匆下楼迎接黄天虎,他告诉黄天虎那个憨子,他托人弄出来了。黄天虎感激地说了一声"谢谢",秘书告诉黄天虎,新成洋行出大事了,伊万诺夫先生马上要回国了。

黄天虎没想到这么快,他问秘书伊万诺夫在吗?

秘书说:"在,刘钦云的后台是英国人,这次吃了亏,可能在俄国做了点手脚。他正焦头烂额的,你说话小心一点。"

黄天虎点头,秘书又说:"老头子如果要你接手洋行,你只管接!资金你不用担心,我的朋友们都会支持你!"

黄天虎离开秘书去了伊万诺夫办公室,伊万诺夫正对着电话吼叫:"不!我不能接受!让英国人见鬼去吧!我不能将我的茶厂贱卖给他们!"

黄天虎走到门口,伊万诺夫发现他,让他快进来,并问天津的情况怎么样?

黄天虎把天津的情况对伊万诺夫讲了一下。伊万诺夫知道天津的市场打开后,很高兴,他问黄天虎他们的茶厂会不会停工了?黄天虎告诉他不仅不停,还需要加班。伊万诺夫又问他们的砖茶呢?

黄天虎说:"继续生产啊,我们跟山西的老客户联系了,他们负责西北和蒙古的市场。你的砖茶,不会积压的。"

伊万诺夫先去了刘钦云那里,就是怕自己回国后,他为难阿廖沙,现在黄天虎带回天津这么好的市场消息,他可以安心回国了。他告诉黄天虎,他明天就走,他的家族在俄国突然遇到了麻烦,需要他马上回去,娜佳也跟他一起回国。

黄天虎问伊万诺夫:"那,新成洋行?"

伊万诺夫说:"我盼你回来,就是跟你商量这件事。事情很突然,我一下来不及处理善后的事情,所以,要请你帮忙。我走了以后,阿廖沙将留下来，继续管理洋行。但是，砖茶出口的业务马上会停止，除非我从俄国带回准确的消息，知道俄国不会禁止茶叶进口。但是我的砖茶厂，需要你接手。我会给你最优惠的条件，进行合作。"

黄天虎接过伊万诺夫的话说："先生，和砖茶厂密切相关的，还有码头和货栈，我想一起接过来，请你给我一个委托。"

伊万诺夫望着黄天虎说："孩子，我实际上是把新成整个地委托给你了。至于阿廖沙，我会跟他说的。黄天虎，你答应我一件事，万一我们回不来了，你一定要帮助阿廖沙，替我保护他。我已经签署了文件，今后所有的不动产，如果要变动，必须有你的见证签字，才能生效。我已经跟一些银行的朋友打了招呼，一旦有事，请你和他们一起，帮我处理不动产。"

黄天虎说："好的，我记住了。你放心！只要我还活着，我一定会好好保护沙少爷，管理好茶厂。你的资产，我会完整交还给你！汉口，永远都是你的家！"

伊万诺夫看着黄天虎，突然泪水盈眶。在汉口，只有黄天虎是他唯一可以信任的人，有了黄天虎的保证，他就能没有任何后顾之忧地离开中国，回国处理家族事情了。

这天夜里，娜佳约黄天虎去了维多利饭店。在舞厅里，乐队在吹奏舞曲，舞池里，舞伴们翩翩起舞。在舞池边，黄天虎与娜佳相对饮酒，娜佳说："又到秋天了，汉口变了，你也变了，可我还是过去的我。"

黄天虎理解地说："我知道。"白天蔡雪陪娜佳逛商场，给她买了好多东西，她很开心，明天她就跟父亲回国去了，离开他们，真的很舍不得，但不管如何，她总归要走。

黄天虎什么都没说，掏出一个首饰盒，递给娜佳。娜佳打开盒子，眼睛一亮，喊了一句："菩萨。"黄天虎送给娜佳的是一个和田玉的玉坠，雕的是玉佛。中国人有个习惯，男戴观音女戴佛，就是祈愿阴阳平衡，天人合一。佛的谐音，就是"福"，"戴佛"，也就是"代代有福"。

娜佳听了黄天虎的解释，问黄天虎："你也就是希望我幸福，经常像这佛那样哈哈大笑？"

黄天虎说："对，希望你和和美美，圆圆满满，笑口常开。"

娜佳说："谢谢，你给我戴上吧。"黄天虎给娜佳戴上玉坠后，娜佳说："可惜你不会跳舞。"黄天虎看了看周围说："你教我跳。"娜佳拉着黄天虎的手，走进舞池，灯光迷离，乐声幽婉，娜佳抱住黄天虎，靠在他的肩上，闭上了眼睛，泪水从她的眼角流了出来，她真想就这样和黄天虎一直跳到天亮，可天下没有不散的筵席，她还是要离开黄天虎。

第二天，黄天虎、蔡雪、黑皮、九戒等人去了肥码头，他们在这里等了很久。黄天虎、蔡雪不时回头往码头口张望，直到一辆黄包车在码头入口处停车，秀梅下车匆匆走到黄天虎身前说："黄老板，小姐和伊万诺夫先生一早就搭船走了！"

黄天虎一怔，他问秀梅："走了？为什么提前走？"

秀梅也不知道，伊万诺夫蛮急，娜佳要她对黄天虎和蔡雪说声对不起。黄天虎怅然看着江面，远去点点白帆一直向更远方飘去，他不知道哪一只船才是伊万诺夫和娜佳他们的。

❧ 6 ❧

麻哥、蔡三爷、憨子一起去了春香楼。蔡三爷边走边问："刘老板真的说把肥码头让给我啦？"

麻哥说："也不是让。肥码头是俄国人的，谈不上让，刘爷的意思，就是要把肥码头捏在自己人手里。"

蔡三爷说："麻子，我跟你说，我在码头上混了一辈子，这天上掉馅饼的事情，我总是不大相信。"

麻哥说："哎哟，三爷！你是汉口码头的元老了！要说求利，您一辈子也不愁了，请你出山，不就是求三爷重振当年雄风嘛！"

蔡三爷高兴了，憨子也说："三爷，这是刘爷的好心和恩惠嘛。"

蔡三爷听着高兴，他决定接管肥码头。憨子这时大喊："小翠！上茶！"小翠端茶上来说："小翠见过老爷。"麻哥一看，吓了一跳说："哎哟！太太！"憨子、蔡三爷哈哈大笑，对麻哥说："见过一面了，怎么还是吓成这样？"

麻哥没想到小翠和小莲长得这么像，憨子说："那就叫她今晚服侍大哥!"麻哥连连摆手说:"不敢不敢!你叫她来,还不知道谁服侍谁呢!"

三个人又笑了一番,喝完茶后,麻哥走了,蔡三爷、憨子带领一群码头工人大步去了肥码头。黄天虎诧异地看着他们,蔡三爷见了黄天虎问:"啊哈,都在这里啦?"

黄天虎问蔡三爷:"三爷,你这是?"

蔡三爷说:"好久没到码头上晃动啦,闷得慌,把肥码头接下来,我也就能来散散心啦!"

黑皮急了,他对蔡三爷说:"三爷,这肥码头可是伊万诺夫先生要我们来管理的!不信,你可以问问沙少爷!"

阿廖沙问蔡三爷:"这是我的码头,是谁要你们来的?"

憨子说:"沙少爷,你误会了,这码头当然是你的,我们不是要抢你的码头,我们是来顶替原来的工头的,嘿嘿,就是换个人。"

黄天虎忍不住了,他说:"三爷,你恐怕还不知道吧?新成洋行把茶厂、货栈、码头一并打包,和德昌合作了。为码头的事情,伊万诺夫先生专门请刘老板喝了茶,跟他讲清楚了。"

蔡三爷说:"我不管他找了谁,反正他没有找我!我和刘老板也是合作关系嘛,这里毕竟是刘老板的地盘嘛!他不来了,我就来嘛!"

九戒也说:"三爷,你经常跟我们说,歪江湖,正道理。我们和新成洋行是签了合同的,要是码头出了事,我们要负责任的!"

蔡三爷看着九戒说:"呸!你个狗东西,也配来教训我?那货码头本来是姓蔡的,现在不是被你们占了吗?你以为我稀罕这肥码头?我是为憨子着想啊!他也是你们的兄弟!你们就不能让一手吗?"

黄天虎微笑着说:"三爷!这码头要是德昌的,我早就让了。但这码头不是你的,也不是我的,是人家新成洋行的。码头归谁管,要人家说了算。这样吧,今天我们都回去,三爷也好,憨子也好,只要沙少爷说要你们来管,我们不说半个不字,立马撤人!你看怎么样?"

三爷看了看憨子,憨子点了点头说:"行,我们请沙少爷一起喝喝茶!"

三爷说:"那好!那今天就算我来提个醒!反正这肥码头我是要定了!黄天虎,你别逼我翻脸!走!"

憨子笑着跟黄天虎拱手,率众走了。阿廖沙问:"他们要干什么?要来打架打码头吗?"

黄天虎对阿廖沙说:"他们不会无缘无故地来,背后肯定有人指使。沙少爷,现在的关键是,你一定要坚持我们签署的合同,不管谁找你,你都要坚持。"

阿廖沙说:"你放心。没有什么可以打倒我的。"阿廖沙说是这样说,可当憨子请他去德珍茶楼时,他去了。憨子陪着他走进雅座,阿廖沙四处打量了一下对憨子说:"韩老板很会找地方啊。"

憨子嘿嘿地笑着,看来阿廖沙喜欢这里,他拍掌说:"来呀,上茶!"梳着麻花辫的小翠低头送茶进来,憨子说"抬起头来",小翠羞涩地抬起头,阿廖沙惊讶地张大了嘴。憨子得意地欣赏着阿廖沙的表情,他说:"沙少爷,喝茶呀!"阿廖沙眨了眨眼问憨子她是谁?

憨子说:"她叫小翠,是我的一个小妹妹。怎么啦?沙少爷认识她?"

阿廖沙摇头,觉得小翠太像小莲了,憨子又对阿廖沙说:"那就算是沙少爷多了一个小妹妹吧。"小翠娇滴滴地赶紧对阿廖沙说:"沙少爷,请喝茶。"阿廖沙目不转睛地盯着她说:"好,我喝!"

憨子要小翠唱段小曲给阿廖沙听听,阿廖沙又一阵惊喜,情不自禁鼓掌,小翠说了句"那我就献丑了",就唱起了《薅黄瓜》:

> 姐在园中薅黄瓜,
>
> 郎在外面丁瓦喳,
>
> 哎呀,我的冤家哪,
>
> 你丁了我的黄瓜花。
>
> 丁了个公花不要紧,
>
> 丁了个母花少了一条瓜,
>
> 惹得我的爹娘骂!

　　这熟悉的小曲，勾起了阿廖沙许多回忆，当小翠唱完后，他鼓起掌来，憨子说有事先走一步，没等阿廖沙反应过来，憨子已经离开了。小翠端起一杯茶，递给阿廖沙，阿廖沙去接，小翠不慎将茶水泼到阿廖沙的身上，小翠一边说："哎呀！对不起！我该死！"一边掏出手绢，靠在阿廖沙身上，帮他擦身上的水。阿廖沙把持不住，一把抱住了小翠叫着："小莲！你就是我的小莲！"小翠轻轻从他怀中挣脱说："先生认错人了，我不是小莲，我是小翠！"

　　阿廖沙问小翠怎么在茶馆里跑堂？小翠又重新编造着自己的身份，说她命苦，爹娘都死了，就只能到这里来混口饭吃。

　　阿廖沙问小翠想过去洋行做事吗？小翠摇头，说洋行是她想都不敢想的地方，阿廖沙告诉小翠只要他一句话就行了，他就是新成洋行的老板，说着阿廖沙又一把搂住了小翠，小翠听话地任由阿廖沙抱着自己。

　　几个回合下来，阿廖沙为了一个小翠，在憨子的劝说下，把肥码头签给了蔡三爷。

　　当黑皮和九戒带着几个挑夫往肥码头上走去时，几个打手拦住他们问是德昌的吧？

　　黑皮说："是又怎样？"憨子缓步走来说："是德昌的就不能进去！"

　　九戒说："憨子，你在沙少爷的地盘上赌什么狠？新成早就跟德昌签了托管协议，你们赶快滚出去！"

　　憨子不慌不忙地取出一份协议："睁开你的狗眼看看，这是什么？这是阿廖沙刚刚给三爷的委托书，识不了几个大字吧？我念给你听听：从即日起，肥码头的一切事宜交由泰昌处理！"

　　黑皮和九戒半信半疑地看着委托书，黑皮说："我看这是假的，是伪造的！"

　　憨子说："不信你就去找阿廖沙对证，或者你把这协议交给黄天虎看看，看他还敢不敢打肥码头的主意。拿着吧，快滚！"

　　黑皮一把接过协议，和九戒离去。他们匆匆地去找黄天虎，九戒对黄天虎说："天虎，憨子他们又把肥码头占了，还编了个水货协议来糊弄我们，你看看。"黑皮递过协议，黄天虎仔细看着协议，黑皮问："是假的吧?"

黄天虎说:"不,这是真的。"众人一惊,蔡雪过来了,也拿起协议看了看说:"奇怪,昨天阿廖沙还跑到肥码头上去主持公道,今天怎么冒出这么个东西?"

九戒要去找阿廖沙,黄天虎愁眉紧锁地说:"不行,在没找到给阿廖沙下药的人以前,我不能找他。"

黑皮要带人去把肥码头打回来,蔡雪不让,她问黄天虎:"跟三叔开战,你觉得合适吗?"黄天虎不吭声,他要找到阿廖沙问他为什么会这么做,就在这个时候,一辆轿车停在德昌号门口,李秘书下车,远远地喊了声"天虎",黄天虎走到他身前问有事吧?

秘书对黄天虎说:"有一样东西,你可能感兴趣。"秘书走到一边,将一些照片放在桌上。黄天虎拿起照片一看,不由一愣,照片甲中,憨子和小翠谈笑风生;照片乙中,小翠坐在阿廖沙身上。黄天虎已明白底细,这个女人长得很像小莲,他也见过一面,差点上当。他喊蔡雪过来,黄天虎把照片递给她,蔡雪也愣了一下说:"这妖精又跑出来害人了!小李,她到底是什么人?"

秘书说:"是一个长得像小莲的女人,一直被憨子藏着,现在派上用场了。"

黄天虎问李秘书:"这照片怎么来的?"

秘书说:"怎么来的并不重要,重要的是你现在需要它。"

黄天虎又问李秘书:"伊万诺夫先生也嘱咐了你?"

秘书告诉黄天虎,别想那么多了,他们的目标是一致的,说完就离开了德昌。黄天虎又是一阵纳闷,他和李秘书的目标真的是一致的吗?李秘书到底是什么人?

第二十二章　码头之战

～1～

黄天虎和黑皮去了新成洋行，他们走进伊万诺夫的办公室。阿廖沙将双脚搁在桌子上，抽着雪茄，傲慢地说："随便坐。"

黄天虎把憨子给的那份协议拍在桌上问阿廖沙："沙少爷，这是怎么回事？"

阿廖沙有点心虚，急忙放下脚说："这个嘛，让憨子他们管一下肥码头也算不了什么大事，我就……"

黄天虎不等阿廖沙说完，提高嗓门说："可你伤害的是你父亲和你自己的利益，你父亲亲自和我签订了新成产业的托管协议，包括肥码头在内，协议委托我为唯一执行人，全权执行此协议，无需与任何人商量。"

阿廖沙说："笑话！我家的产业你做主，我父亲是昏了头。"

黄天虎不甘示弱地对阿廖沙说："沙少爷，你听清楚了！我根本不想和你商量，谁占我的码头，我把他打出去就是。我来这里，是尊重你。你要是自己不尊重自己，做鬼吓人，我也不吃你那一套！"

阿廖沙问黄天虎："那你还来找我干什么？"

黄天虎说："我想让你清醒清醒，别以为你做的事情，我们不知道。"

黑皮把几张照片甩在桌上，阿廖沙一看大惊问："你竟敢偷拍我？"黄天虎对他说："你太抬举我了，我根本不会拍照。我只想告诉你，别吃了人家嘴软，拿了人家手短！"黄天虎说完走出门，阿廖沙愣了一下，连忙起身追出门说："天虎，黄老板，我们谈谈。"

黄天虎和阿廖沙坐下来谈肥码头的事情。黄天虎给了阿廖沙一系列建议，阿廖沙决定依黄天虎的建议行事，他们约好在肥码头见。黄天虎就先去了肥码头，蔡三爷和憨子带着一大帮人手持棍棒，气势汹汹来到了肥码头，奇怪的是码头上空空荡荡的。

蔡三爷看看左右问："人呢？是不是黄天虎知道我三爷要来，就夹着尾巴逃跑啦？"

憨子赶紧拍蔡三爷的马屁说："干爹是威名远扬，可黄天虎也不会轻易让出这块地盘，现在不来，等会他肯定会带着很多人来。"

蔡三爷被憨子拍高兴了，大声喊道："兄弟们给我听着，都把眼睛放亮点！家伙拿稳点！今天只要打下这肥码头，老子就摆下酒席，请大家连喝三天！"

"三爷想跟谁打码头啊？"黄天虎独自一人从趸船上走了过来，憨子手下立即将他团团围住。蔡三爷对黄天虎说："你好大的胆子，竟敢一个人来送死！"

黄天虎不急不缓地说："三爷，你是我的三叔，憨子也做过我的兄弟，我和各位无冤无仇，我当然敢来。"

蔡三爷一下子火了，他要和黄天虎决斗，黄天虎却说："三爷，我黄天虎不怕打码头！但是，我决不会跟自己的三叔和兄弟自相残杀！"

蔡三爷问黄天虎肥码头究竟是让还是不让？黄天虎告诉蔡三爷这码头不是他的，也不是三爷的，是人家洋人的，得人家说了算。

憨子得意了，他对黄天虎说："行啊！这话是你说的，那就听人家洋人的。"憨子话一落，一辆马车跑到码头口停车，阿廖沙下了马车，憨子兴奋地迎上去，可两个外国巡捕出现了，阿廖沙没有理会憨子，直接走到巡捕面前，用俄语对话，巡捕点头，阿廖沙走到黄天虎与蔡三爷身边说："黄老板，我已经跟巡捕说了，只有你和你的兄弟们，才是管理码头的人。"

　　黄天虎点头，蔡三爷目瞪口呆地望着他们，他一转身大喝"憨子"，憨子急忙上前，蔡三爷问他："你小子哄我是吧？你不是说洋人已经答应了我们？"

　　憨子气急败坏地对阿廖沙说："沙少爷！你不是跟我签了协议吗？"

　　阿廖沙说："那天我多喝了几杯，就糊里糊涂签了字，回去我才知道，我根本没有任何权力代表新成签订协议。"说完，他取出一份协议原件，将其撕得粉碎。憨子气极了，他扑向阿廖沙说："你敢戏弄我，我搞死你。"阿廖沙跟他扭打起来，巡捕吹着哨子赶来，黄天虎用力将他们分开，冲着憨子说："别打了！憨子，你再动手，小心被关到巡捕房去。"憨子挣脱后，对黄天虎和阿廖沙怒目而视。

　　黄天虎不理憨子，而是对蔡三爷说："三爷，您老来了两趟了，我应该给您老面子。这样，这段时间，我不来，你也不要再来，肥码头还是维持原状，你有什么货要走，跟我说一声；我呢，也跟你通报一声，你看行吗？"蔡三爷也就梯子下楼，哼了一声说："这事没完，走。"憨子快步走到三爷身旁叫"干爹"，蔡三爷头都不回地吼"滚"，一帮打手拖着棍棒走了，憨子慢腾腾地落在最后。

　　黄天虎走到阿廖沙身旁问他："沙少爷，还去找那个小翠吗？"阿廖沙耸了耸肩说："假的就是假的，我讨厌水货。"

　　黄天虎笑了，这一仗，他和阿廖沙配合得滴水不漏，硬是让憨子的设计落了空。

～ 2 ～

　　憨子被刘钦云喊到了刘府，他惶恐地低头站着，麻哥冷眼站在门口看着他。刘钦云训斥憨子是个蠢货，就凭他这德性，还想跟黄天虎打码头，自不量力。憨子不敢回嘴，被刘钦云教训得满头大汗，刘钦云最后问："黄天虎最后怎么说？"

　　憨子说："他说，不想和三爷打码头，还说，目前我们都不去接手，先维持现状，给三爷一个面子。"

　　刘钦云冷笑着说："好大的口气！他何止在给三爷面子，他也是在给我面子!"

憨子问刘钦云那他们还去不去？刘钦云不耐烦地挥挥手说："还去丢丑啊？该干什么就干什么去吧。"憨子连连点头，退了出去。憨子跟麻哥点头，麻哥不理他，憨子只好悻悻地走了。

憨子一走，刘钦云颓然坐下叹了一口气，麻哥安慰刘钦云说："老爷，是我的不是，没有交代清楚。"

刘钦云对麻哥说："不说啦，他们这么一闹，也不是没有效果，起码黄天虎不敢马上接手了，估计他开了口，肥码头近期还是在我们手里的。"

麻哥又问："四川的烟土马上又要到了，到底是走水路，还是陆路？请老爷吩咐。"

刘钦云用手撑着脑袋说："我再想想吧。"目前他也拿不定黄天虎心里怎么想，这烟土到底该不该继续走肥码头，他心里没底。

小莲的父亲在这个时候来找小莲，老班主下车走到门卫身前说："小兄弟，有劳你去通报一声，我想看看小莲。"

门卫走进门通报说："老爷，潘班主来啦，他想看看太太。"刘钦云一怔，接着说："打发他走，就说太太去外地玩了……噢，客气一点，别吼啊叫的。"

门卫又回到门口对老班主说："对不起，太太出门了，老爷要我把这个给你。"门卫递过一封银子，班主不接，他不要银子，他只想看看女儿，他要门卫帮帮忙，他想女儿了。

小莲面容憔悴躺在刘府顶楼小屋的床上，刘钦云去看她，小莲不想见他，侧过脑袋，刘钦云问守门的马仔小莲几天没吃东西了？

马仔说："两天，今天连水也不喝。"刘钦云叹了一口气，下楼去了。他只是想教训小莲一下，让她知道自己错在哪里，当小莲真的这样不吃不喝的时候，他又心疼，对小莲，他这一回是真的上心了。

班主在刘府见不到小莲就跑去找黄天虎，黄天虎和蔡雪一起迎接了他，问他有什么事？

班主说："天虎，大叔过去对不起你，但大叔的这件事只能求你了。"

蔡雪扶他坐下，让他慢点说。班主把小莲被刘钦云关起来的消息告诉了他们，黄天虎一惊，问为什么关她？

蔡雪说："这还用问？刘钦云肯定恨她给我通风报信。"

班主哭了起来，说小莲几天没吃东西，人快完了。黄天虎要班主莫急，他现在就去找刘钦云。蔡雪说："刘钦云是我三叔和憨子的后台老板，你刚刚把他们赶出肥码头，你现在去找他，他会给你面子？"

黄天虎说："就是跟他打一架我也要去。"

蔡雪说："别说傻话了，你就在家里待着，小莲是给我报的信，要谁去都不如要我去。"黄天虎觉得蔡雪说得有理，就让她一个人去了刘府。

蔡雪坐黄包车来到刘府门口刚刚下车，正好遇到刘祥云出门，刘祥云问蔡雪有事吧？

蔡雪说："我不找你，也不找你哥，我找小莲。"刘祥云把她拉到一边，压低嗓门说："现在不是找小莲的时候。"蔡雪说："等她翘了辫子才是时候吧？"刘祥云无奈，说他大哥的火还没消，蔡雪说："我又不找你大哥，我只想找小莲打牌，你让不让我进去？"麻哥溜到门口看了一眼，赶紧去书房找刘钦云，管家也来禀报说蔡雪来了，就一个人，二爷没让蔡雪进来，只在门口说话。刘钦云问管家太太关了几天？

管家说："九天了。现在不肯吃不肯喝，老爷也得拿个主意了。"刘钦云挥挥手说："唉，黄天虎给了我一个面子，我也给他一个面子。让她们见见吧，顺便要她劝太太吃点东西。"

管家带蔡雪上楼，刘祥云紧随其后。客房门口，有马仔把守，管家吩咐开门，马仔就把门打开。蔡雪走进房间时，小莲披头散发，靠在床上，面容憔悴。

蔡雪看到小莲这个样子，她的泪水涌了出来，她快步走向床边颤声喊"小莲"，小莲呆呆地看着她，突然一把抓住她的手叫"黄太太"，蔡雪紧紧捏住她的手说："我是蔡雪，我是蔡雪啊。"小莲一把抱住她喊"姐姐"，二人抱头痛哭起来。

在门口的刘祥云见状，示意马仔离开，赶紧给太太准备吃的。蔡雪对小莲说："小莲，对不起，连累你了。"

小莲问："天虎，他，他还好吧？"

蔡雪点头，告诉小莲多亏她报了信，刘二爷马上跟天津警察局打了招呼，救了黄天虎，要不他就回不来了。小莲舒了一口气说："阿弥陀佛，菩萨保佑。"

蔡雪就用手梳理着小莲的头发，一边梳一边说："看你，头发都乱成这样了。来，姐给你梳梳头。"

小莲听话地由蔡雪梳着头，蔡雪梳着梳着，眼泪却忍不住掉下来了，小莲问她："姐，天虎他对你好吗？"

蔡雪说："好，大小事情他都想到了，辛苦他了！只是天虎的心……还念着你。"

小莲向蔡雪道歉。蔡雪不怪她，她要是个男人，也不会忘记娃娃时的朋友。蔡雪这么一说，小莲喊了一句"姐"，转身抱住蔡雪，哭了起来。蔡雪劝小莲说："小莲，听姐的话，好好爱惜自己的身体。就算不为自己，也要为那些挂念你的人想。答应姐，不许再糟蹋自己的身子，好好活着！好吗？"

"姐，我答应你。"小莲又转身抱住蔡雪，泪水再一次夺眶而去。两个女人终于化解了心里的纠结，第一次如此信任而又亲密地相依相偎。

～3～

吴哥回汉口了。黑皮告诉黄天虎这个消息的时候，黄天虎随着黑皮一起去了巧妹的米粉馆。巧妹把黄天虎带到了楼上，黑皮在楼下守候。一身码头工人扮扮的吴哥迎上前来叫着"虎子"，兄弟见了面，自然免不了一顿问候，只是说到憨子的时候，黄天虎很内疚，他把憨子弄丢了，他觉得憨子变成这个样子，他是有责任的。

吴哥也听说过憨子的情况，一个人要变，别人是拉不回来的，这与黄天虎没关系。他这些年一直在南方北方到处跑，有时路过汉口，公务在身，也不好跟黄天虎他们打招呼，现在，广州马上准备北伐，要打倒列强，铲除军阀，汉口是北伐必争之地，他就先回来做准备工作了。

黄天虎知道这个消息，高兴起来，这些年他都憋死了，吴哥一回来，他又可以跟着吴哥做事了。吴哥对黄天虎说："你还是安心做你的生意，革命成功了，也还是要让老百姓过上好日子，让商家安安心心地经商做买卖。听说你现在做得不错啊，越做越大了。"

黄天虎说，我喜欢折腾，只是最近也不大顺手。

吴哥问他是为肥码头的事吧？

黄天虎点头，他觉得蛮伤脑筋的。

吴哥对他说："你现在的策略是对的。只要保证你的茶叶顺利出港，不耽误你的大事，这就够了，没有必要与三爷和憨子火拼。至于刘钦云走私烟土，他这么多年来，已经织成了一张网，你一个人的力量，是撕不破这张网的，一定要靠革命的力量，去摧毁它！现在，你设法让我潜进肥码头去，将来北伐军攻打汉口，码头是关键！我们必须实际掌握！另外，我也配合你在肥码头搞些动静，让刘钦云疑心，不敢在肥码头大肆走私烟土，你看呢？"

黄天虎望着吴哥说："当然好！只是，让你又去扛码头，我于心不忍哪！"

吴哥笑着拍拍他的肩，说吴哥这把骨头，再扛几年码头，一点问题都没有。黄天虎见吴哥坚持，也就答应了。

吴哥去了肥码头扛包。当黄天虎和黑皮去肥码头时，码头上，一长排挑夫扛着大包过来，吴哥披着搭肩，满头大汗地扛包，黄天虎走到他身旁说："歇口气吧。"

"我不累，没事的。"吴哥扛着包离开了。黄天虎钦佩地看着他背影，他没想到，吴哥为了革命，什么苦都能够吃。

而此时的憨子正跪在蔡三爷会馆的天井中间，一些马仔低头围在周围。蔡三爷对憨子说："汉口人说，码头都没有找到就去挑脚，这是什么意思？你明白吗？你连情况都没有摸清楚，对手在不在都不晓得，就稀里糊涂地召集人马去打码头！你丢丑不说，害得老子也跟着丢丑！老子在汉口码头雄了几十年，还从来没有掉过这样的底子！你自己说，该怎么处罚？"

憨子说："是我一时冲动，连累了干爹和兄弟们，憨子任凭干爹处罚！"

蔡三爷对憨子怒吼："不要喊我干爹！我没有你这个干儿子！不成器的东西，把衣服脱下来！"

憨子愤愤地脱下衣服，赤着上身，蔡三爷将拐棍扔到地上，对马仔们说："给我抽！一人一棍！"

马仔们你看我，我看你，不敢动手。

蔡三爷站了起来说："老子的话你们也不听了？啊？都给我脱衣服！"

马仔们纷纷脱衣，赤着上身，跪了下来。蔡三爷捡起拐棍，冲了上去，对着憨子和马仔们的背部，一顿乱棍，马仔们一个个惨叫着倒地打滚。

憨子被打倒，又直起腰来，咬牙挺住。蔡三爷见他不叫饶，更加生气，一棍打在憨子的头上，憨子大叫一声倒在地上，头上鲜血直流，昏死过去。

蔡三爷颓然坐在太师椅上，长长叹气，让马仔们送憨子去魏神仙那里治疗。

这天夜里，憨子手下的兄弟把他送到了花楼街的春香楼。他的头上和背部缠满纱布，他慢慢醒了过来，模糊中，他看见了小翠的身影，小翠正拿着手帕在嘤嘤地哭泣，憨子想动弹，但是疼得哼了起来。

小翠急忙上前叫"韩爷，韩爷"，憨子努力对她微笑，小翠抓住他的手哭道："这么狠心啊？怎么下得了手啊！"

憨子颤抖着问："我怎么到这里来了？"小翠告诉他，他手下的弟兄把他抬到魏神仙那里去了，然后又把他送到这里来，听说蔡三爷不认他这个干儿子了。

憨子不再说话，眼泪却大滴大滴地流了下来。蔡三爷打他的时候，他没有哭，蔡三爷不要他的时候，他却泪流满面，他不知道蔡三爷不要他了，他的路该怎么走，想到这些，他的内心充满了恐惧。

刘钦云坐着轿车到春香楼看憨子，他在麻哥的搀扶下下车走进了春香楼。

憨子靠在床上，小翠正在喂他喝药，麻哥走进门喊："韩老板，老爷看你来了。"

刘钦云走进来，憨子大惊，挣扎着要下床，小翠赶紧低头出去。刘钦云扭头瞟了一眼小翠，大步上前说："不要动，躺着，躺着。"

憨子没想到刘钦云会来看自己，他对刘钦云感激极了。刘钦云替憨子抱不平，说蔡老三责备几句就算了，动手打人，太没气量了。

憨子说，都怪他自己无能。这时，小翠端茶进来，憨子要小翠快来拜见刘老爷。刘钦云一见小翠，吃惊地问小翠是谁？直到小翠说拜见刘老爷，刘钦云才镇定下来，笑着打哈哈说："难怪你要在这里养伤的，你是金屋藏娇啊！"

憨子也笑了。刘钦云安慰憨子，人生难得一知己，有小翠照顾，他也就放心了，肥码头的事情，就不要提了，他今天来一是看看憨子，二来也是给憨子报个喜。

憨子这时睁大了眼睛望着刘钦云。原来特业公会的赵会长要刘钦云推荐缉私的稽查，他专门推荐了憨子。这可是个重要的职务，现在，走私烟土十分猖獗，特业公会也要加强缉私力量，憨子可是代表他去参加缉私的。

憨子一阵惊喜，连忙低头拱手说："谢谢刘老爷，我就是老爷的一只狗，你怎么使唤都行。"

刘钦云嘿嘿笑了，他要的就是憨子的这个态度。他一摆头，麻哥捧上一小箱银元，放在桌上，刘钦云站起来说："一点小意思，小翠，就给韩老板熬点汤喝吧！"

小翠懂事地说："小翠替韩老板谢过老爷了！"

刘钦云要憨子快点养好伤，他走的时候，憨子哭了起来，他实在是对刘钦云感激到了极点，他没想到在这种境况下，刘钦云带给他这么大的一个惊喜。

～ 4 ～

蔡三爷准备立遗嘱。他请来私塾的先生写遗嘱，私塾先生写完遗嘱，扶扶鼻梁上的眼镜对蔡三爷说："三爷，写好啦！"蔡三爷正在打盹，被惊醒后问："啊？写好啦？噢，念我听听。"

私塾先生清了清嗓子，念道："立本遗嘱人蔡瑞卿，小名蔡三。此遗嘱乃本人健康清醒之时所立，完全代表本人之最后心愿与意志。"念到这里，蔡三爷掏出银元，搁在桌上不耐烦地伸出大拇指说："行啦行啦，盖印吧。"

私塾先生走后，蔡三爷走进德昌号。在蔡三爷过去的卧室，刚刚换了被褥，显得干净整洁，蔡雪正在缝补一件羊毛袄子，蔡三爷叫："雪儿，忙着啦。"

蔡雪见是三叔，高兴地说："哎哟！三叔！什么时候来的？吓我一跳！"蔡三爷环顾着四周问蔡雪缝衣服哪？

蔡雪说："是啊，前几天太阳好，就把你的房间里的被褥，衣箱，都嗮了，换了。这是你的一件棉袄，我给你缝缝，马上天冷了，正好可以穿了。"

蔡三爷坐了下来，他被蔡雪孝心感动了，他问黄天虎呢？蔡雪说黄天虎到茶厂去了，最近天津的生意好，催货催得急，他日夜都铆在茶厂里了。

蔡三爷又问祝掌柜去了哪里？蔡雪告诉他，祝掌柜到山西去了，去谈西北的边茶。

蔡三爷没想到德昌真的是生意兴隆，他大哥还真是有眼光，要说做生意，黄天虎还真是把命都扑到德昌了。

蔡雪问蔡三爷有事？蔡三爷说没什么事，上次要打码头，他怕黄天虎忌恨他。蔡雪说："他敢！再说了，三叔啊，不是我夸黄天虎，在讲义气上，他是过了头了。你说他跟洋人都签了合同，码头是他扛下来了啊。到时候要是自己的货都不能走，年终还要交租子，你说他多冤啦。可他就是一个劲地说，三爷是叔叔，憨子是兄弟，宁可不要码头，也不能伤了感情。"

蔡三爷点了点头，他要蔡雪给黄天虎带个话，要他好好做生意，他决不为难黄天虎。蔡三爷站起来要走的时候，掏出一个小木盒子对蔡雪说："雪儿，叔交给你一个东西，你可要保存好，等叔不在了以后才能打开看。"

蔡雪对蔡三爷说："哎哟，青天白日的，你可别吓我！你要是不舒服，还是回来住吧，也让我尽点孝啊。"

蔡三爷对蔡雪说："好啦，我就不打搅你们啦！记住啊，连黄天虎也不要说啊！"

　　蔡雪答应着，说过几天她去看蔡三爷，顺便将棉袄带过去。蔡三爷点头，就往外走，他总算完成了自己的心愿，东西交给蔡雪保管，他放心，在这个世界，蔡雪是他唯一的亲人，除了她，他不会相信任何人。

　　一晃平安夜到了，这天下雪了，在伊万诺夫公馆里，黄天虎乘一辆黄包车来到了公馆门口。在伊万诺夫家的客厅里，一棵闪烁着灯光的圣诞树，把节日的气氛显现在所有人眼中，一群侨民聚集在这里，欢度平安夜。

　　阿廖沙醉醺醺地挽着秀梅，举着酒瓶，夸张地欢迎黄天虎，阿廖沙问："黄老板！你怎么来啦？"

　　秀梅烫了头发，不好意思地挣脱阿廖沙，迎接黄天虎。

　　阿廖沙转身朝侨民们大声喊道："女士们先生们！上帝派黄老板给咱们送糖果来啦！"

　　侨民们鼓掌，黄天虎说："谢谢！我的糖果，就是祝福！当然，对于阿廖沙先生来说，我的糖果，是刚刚汇入新成洋行账户上的十万红利！我曾经承诺过伊万诺夫先生，即使他不在汉口，我也会让新成洋行健康运行，并且盈利的。现在，我兑现了我的承诺，也祝远在俄罗斯的伊万诺夫先生和娜佳小姐，圣诞快乐！"

　　侨民们鼓掌欢呼起来，阿廖沙激动地拥抱黄天虎，他没想到黄天虎是如此守信用的一个人，在这一点上，他比黄天虎差得太远。

　　黄天虎走进娜佳的画室，秀梅揭开油画上的布，《码头工人》呈现在他的眼前，黄天虎默默看着，他问秀梅："还是没有消息吗？"

　　秀梅摇头，无论是电话还是电报都没有人回应，伊万诺夫所有的亲友，都失踪了，有消息的，都被处决了。

　　黄天虎默默将油画盖上，走到窗前，窗外雪花飞舞着，远处，传来江汉关的钟声。可娜佳不在这里，伊万诺夫也不在这里，黄天虎这个时候真想念他们，只是他们在哪里呢？黄天虎担心他们，也祈祷他们能早日平安归来。

～5～

北伐战争在武昌打响了。在菊姐原来的小院里，正在秘密开会，黄天虎、黑皮、九戒等人都聚集在油灯下，听吴哥安排。

吴哥说："武昌城马上就要攻破了，一旦拿下武昌，北伐军马上就要攻克汉口。汉口的码头，能控制的，都要迎接北伐军过江！黄老板，龙王庙的船帮没有问题吧？"

黄天虎说："已经都安排好了，一旦北伐军朝汉口开炮，船队马上过江，迎接大军。"

吴哥问九戒，黄包车工会联系了没有？九戒说已经联系了，所有的鞭炮已经发到每辆车上了。吴哥又问电厂的兄弟怎么样？黑皮说已经联系好了，江对岸的炮声一响，电厂就拉闸。

吴哥夸奖大家事都做得不错，他对大家说："记住！武昌徐家棚的炮声一响，电厂马上拉闸，全城电灯熄灭，所有的码头，所有的黄包车，都马上点燃鞭炮，让吴佩孚以为是北伐军打过来了，然后，所有的船队，马上过江，迎接北伐军。"

在汉口警视厅里，电灯突然灭了，一警官打着手电筒照着刘祥云。刘祥云走到窗前倾听，炮弹炸响，全城都是密集的枪声。刘祥云转身问："听一下，这是什么声音？"一警官说："枪、枪炮声……"

刘祥云大喊"徐升"，徐升说，是"鞭炮声"。刘祥云问为什么放鞭？徐升再听像枪声，刘祥云这才感觉不对头，他说："各位兄弟，外头的声音，就是汉口老百姓的声音，北伐军还没到汉口，全城的灯就灭了，他们其实早就过来了，我们的责任，是维护治安，迎接北伐军，愿意跟我一起干的，就留下来，不愿意的，现在趁黑，赶紧离开。"

警官们说："我们愿听局长吩咐。"

刘祥云就带着自己的队伍迎接北伐军去了。

第二天，汉正街上，"打倒列强"的歌声响了起来，北伐军列队经过汉正街，民众夹道欢迎。

德昌号大门外设了茶水摊，伙计们给战士们递茶水。吴哥一身军装，身后跟着两个勤务兵，笑盈盈走过来喝水，伙计惊讶地说："吴哥，你参军了。"

勤务兵赶紧说："这是我们的党代表。"

吴哥问黄天虎呢？黄天虎迎出门正好看到吴哥，伙计赶紧告诉黄天虎，吴哥是党代表了，黄天虎笑着说："吴党代表，有请。"

黄天虎陪吴哥来到前厅，蔡雪笑着迎出来，蔡雪说："哟！吴长官！你这一来，小店真是蓬荜生辉呀！"

黄天虎请吴哥坐，吩咐看茶。吴哥此次是来感谢黄天虎和蔡雪的，这次北伐军占领汉口，德昌号又是大功臣，他要代表革命军向他们致谢。他和黄天虎商量，他们都是码头工人出身，革命胜利了，他们应该为码头工人做点事情了，革命军马上要筹备成立海员工会，这个工会的主体，是码头工人和船员。汉口的码头，历来帮派林立，他们想成立一个统一的组织，可以更好地保护码头工人的利益。

黄天虎认为这是好事，吴哥也知道，黄天虎在武汉的商界，在汉口的码头上，都有人缘，有影响，所以他们想请黄天虎出任海员工会的委员长。

黄天虎对当个什么官，挂个什么头衔，实在是不感兴趣。他只想做生意，吴哥能帮他把生意做好，他就谢天谢地了。

蔡雪："黄天虎他是稀泥巴糊不上墙的，你就别为难他了。"

吴哥："哎，他可不是稀泥巴！要是带兵打仗，他是一员虎将！要是在地方当官，他会造福一方啊！"

蔡雪也说："哟！我怎么就看不出来呢？真是有眼不识泰山啦！"三人哈哈大笑起来。

黄天虎说："这样吧，党代表的工作，我们一定支持，海员工会有什么事，就让黑皮去参加帮忙吧。顺便说一声，肥码头的事情，这次能不能一并解决了？这件事，要党代表操心了。"

吴哥记住了黄天虎的事情，他站起来要走，突然想起什么说："噢，我最近住在血花世界，有什么事，可到那里来找我。"

黄天虎点头，与吴哥握手，要他保重。

吴哥走后不久，在肥码头，一队荷枪实弹的士兵冲上码头，为首的张处长指挥两个士兵在墙上贴上告示，告示说：从即日起，肥码头被本部征为军用码头，闲杂人等不得入内。

一群挑夫围在告示前，士兵开始驱赶挑夫说："看完了就快滚，快滚。"

而在蔡家厨房，蔡雪把药罐子里的药汤倒进碗，吹了吹，慢慢喝起来，黄天虎路过厨房，无意中看见蔡雪在喝药，不由奇怪地问："你病了？"

蔡雪摇头，黄天虎又问那怎么喝药？蔡雪掩饰地说受凉了，头有点疼。黄天虎打量着她不像生病的样子，他听说最近蔡雪老往魏神仙那儿跑，问蔡雪到底有什么事？蔡雪正想说，祝掌柜领着气喘吁吁的黑皮进门说："肥码头出事了！"

黄天虎一惊，黑皮把肥码头被征用成军用码头的事告诉了黄天虎，黄天虎问："征用？那我们的船呢？"

黑皮说不让靠，黄天虎沉思片刻后说："黑皮，你赶快到海员工会去找吴哥，陪他到肥码头来；我到肥码头去看看怎么回事；祝叔，你赶快去新成洋行，把这个情况告诉阿廖沙。我们到肥码头会合。"

一群码头工人聚集在马路边，议论纷纷，一群士兵持枪控制了肥码头。黄天虎乘坐着一辆黄包车来到了肥码头，九戒随后下车，工头见黄天虎来，急忙上前喊"黄老板"，黄天虎将他叫到一边，低声问："怎么回事？麻哥跟你打招呼了吗？"

工头说："没有啊，我也觉得很突然。"

黄天虎又问这是哪个部队的？工头摇头，黄天虎问他们的长官在吗？

工头指了指趸船，张处长正在那里抽烟，观景。黄天虎在工头和九戒的陪同下，来到趸船，工头给张长处介绍说："这是我们的黄老板，码头是他管着的。"

张处长望着黄天虎说："你来得正好！这码头是你的吧，我们征用啦！"

黄天虎笑着说："这位长官，这码头不是我的，是俄国人的，我只是代管。"

张处长说:"我不管是俄国人的还是英国人的,反正,现在这里是军用码头了。"

黄天虎问张处长:"这位长官,找人借个东西,还要打个招呼呢。这么大个码头,说征用就征用,总得有个说法吧?"

张处长说:"你这个人怎么这么啰嗦!我不是正在和你打招呼吗?你要什么说法?这是军事秘密!"

黄天虎见张处长说秘密,他也告诉张处长一个军事秘密:贵军过江,就是他们的船队,他们的码头,拼了命,将你们接过来的。为了让你们过江,你们有十几个弟兄,倒在了码头上,你们总不能一过江,就要夺他们吃饭的饭碗吧?

张处长火了,大喊一声:"你还反了!来人哪!"周围的士兵举起枪来,对准黄天虎。九戒突然一个箭步,跃到张处长背后,一手箍住他的脖子,一手夺过他手中的手枪,对准张的太阳穴,大喊道:"谁敢动,我打死他。"

趸船气氛突然紧张起来,士兵们举枪对准了黄天虎和九戒,九戒吼叫:"叫他们把枪放下!"

张处长吓得腿发软,颤抖着喊道:"放下!把枪放下!"

这时,吴哥带着一队士兵赶到,吴哥厉声喝道:"都把枪放下!"张处长的士兵放下了枪,黄天虎也说:"九戒,松手。"

九戒松手,黄天虎要九戒把枪还给张处长。九戒怒视着张处长,将枪塞给了他。张处长接过枪,突然转身,对准九戒,黄天虎敏捷地抓住他的手腕,抬起,"砰!"枪声响了,趸船气氛再次紧张了。吴哥的警卫员持枪对准张处长和其他士兵,吴哥喝道:"张处长!你这是干什么?"

黄天虎夺下枪,将弹夹卸下,将枪交给张处长。

张处长打官腔说:"呵!吴党代表,我在执行军务。"

吴哥说:"这里是民用和商业码头,不知张处长要执行什么军务?"

张处长是奉命行事,他要吴哥问师长去,吴哥说马上就去问,不过,在军令没有下达之前,请张处长带回他的士兵,以免发生不必要的误会。

张处长嘿地冷笑了一下，说你这个党代表，凭什么来管这个闲事？

吴哥说："张处长还不知道吧？本人现在兼任海员工会委员长，码头上的事情，必须与海员工会协商。"

张处长狠狠地说："好！咱们到师部评理去！"张处长一挥手，带领部下气冲冲地走了。一场码头之争再次平息了，这让黄天虎对战争中的纷乱多了一份警戒，在纷乱的战争年代，一个商人想立住自己的码头，黄天虎才知道有多么的艰难。

第二十三章　屠杀共产党

∽1∾

争夺码头平息之后，黄天虎约吴哥来到了江边，看着长江一浪赶一浪地拍打着江岸，江鸥自由地飞翔时，黄天虎内心多了许多的感慨。

他对吴哥说："哎！这么大个中国，怎么就不能让我们安安心心做点生意呢？我们拼了命推翻了皇帝，可是那些官老爷剪掉辫子，还是照样做他的官。好容易盼到北伐了，不指望做官发财，只指望能够过点清净的日子，可还没眨眼，这枪口又对准了自己。"

吴哥参加过一场又一场战争，他起先也是一种朴素的想法，即为了让天下老百姓过好一点的生活，可随着战争的升级，他才知道情况的复杂性。在北伐的军队中，有国民党员，也有共产党员，还有许多其他成分的人，大家现在是举着一杆旗帜，打倒军阀，走到一起来了。老话说得好，人上一百，种种色色，有的人革命，是为了打倒军阀，赶走列强，让老百姓过上安心日子；也有人是为了自己，为了升官发财，甚至为了成为新的军阀。每个人抱的目的不同，出发点就不会一样，目前在中国，就如他看到的长江，为什么是浑黄的？就是因为其中有泥沙。这些他得一点一点地给黄天虎讲，他相信黄天虎最终会理解真正为民而战的是共产党，会支持并站在他们这一边。只是码头被征用这一事，吴哥觉得有点蹊跷，张处长是军需官，他初来乍到，怎么就跑到肥码头来征用呢？这里面肯定有文章。

黄天虎其实也想过军队征用肥码头到底是为了什么。打肥码头主意的，无非是刘钦云和憨子。憨子要的是面子，要的是威风，刘钦云要的是深水码头和烟土通道。如果刘钦云和军队缠在了一起，事情就麻烦了。

吴哥也没有弄清楚争夺肥码头问题出在哪里，不过他要黄天虎这几天赶快抓紧出货，他先去打听一下，究竟是怎么回事。此外，还要提醒兄弟们，跟军队对抗时，不要硬顶，要避免不必要的牺牲，现在他们不是在打码头，而是在打天下，就得讲究战术战略。

黄天虎明白了这些道理，他和吴哥的手再次紧紧地握在了一起。吴哥离开了黄天虎后，就去调查张处长到底为什么要征用肥码头。

张处长在肥码头没讨到好，跑到潘师长办公室里抱怨。潘师长正在看军事地图，张处长一进办公室就把军帽摔在凳子上说："码头上那帮流氓，敢抢我的枪！"

潘师长问张处长到底是怎么一回事，张处长把他在肥码头上的事情对潘师长讲了一遍，提到吴征的时候，潘师长问："吴征？四师的党代表？他怎么去了？"

张处长也不知道吴哥和黄天虎的关系，更不清楚吴哥曾经是码头工人中的一员。

潘师长问张处长征用的什么码头？

张处长其实也不知道码头的具体情况，憨子说肥码头好，他就仗着军队的力量跑去征用肥码头。潘师长问憨子是不是刘会长手下的稽查？他为什么要点那个码头？刘会长知道这件事吗？

张处长被潘师长问住了，他征用肥码头的事没对刘钦云说。潘师长一下子恼火了，他冲着张处长说："胡闹！你以为汉口的码头是路边的果子，伸手就可以摘的？就是征用民房，也得跟人家打个商量，打个招呼吧？怎么能随意听一个稽查的呢？你知道汉口码头的水有多深吗？你知道那个稽查和那个码头有什么过节吗？"

张处长确实不知道这些，也没有想过，他问潘师长："那我就被流氓白欺负了？"

　　潘师长骂他活该，这么大的事，怎么就擅自做主，武装贩运烟土，这件事本来只能悄悄地做，张处长倒好，闹得个满城风雨。

　　张处长不吱声了，他怕吴征来问，他不知道怎么说。潘师长也怕吴哥，对吴哥这样的共产党，他觉得都是难缠的主，都不利于他们走私烟土。他让张处长先下去，他找刘钦云商量后再定夺。

　　张处长下去后，军法处赵处长进来递给潘师长一份绝密卷宗，是本师共产党员的全部名单。潘师长吩咐赵处长加强监视，不能打草惊蛇，特别是吴征，要多派些人盯紧，看吴征和哪些人接触，要是赵处长不方便，就直接找刘祥云，不能让吴征跑了。

　　赵处长按潘师长的要求，退下去监视吴征去了。

　　而吴哥此时在海员工会忙得不亦乐乎，完全不知道自己已经处于危险之中。

　　海员工会办公处是临江的西式建筑，临时做了海员工会。来来往往的人很多，大部分都是工人，军人，当黄天虎走进海员工会时，看到一片忙碌紧张局面。

　　黑皮看见黄天虎，马上跑过来问："找吴哥吧？"黄天虎点头，黑皮就带着黄天虎去找吴征。

　　吴征在海员工会委员长办公室，正在接电话，看见黄天虎，示意他先坐，吴哥在电话中说："需要码头，仓库，好好。多少？嗯，好的。我知道了。我马上解决。"

　　黄天虎听到这里，知趣地站起走到远处的窗口，直到吴哥放下电话，黄天虎才走过来。吴哥笑着说太忙了，黄天虎也笑了，他感叹幸亏没有接这个活，不然，哪有工夫做生意。

　　吴哥笑黄天虎脑袋里就只有生意。不过他帮黄天虎把情况摸了一下，二师是在征用码头，那天去的就是军需官。他也去协调了，说那是人家的专用码头，最近需要紧急运货。师长说，那就缓一缓，需要用的时候，再给吴哥打招呼。

　　协调到这一步，黄天虎还是很满意的，他会赶紧出货，不影响二师运货。

不过吴哥说黑皮在这里干得很出色，大家都很喜欢他，只是耽误德昌的生意，需要黄天虎多包容。黄天虎来找吴哥不是为黑皮，而是广州国民政府搬到武汉后，茶叶市场红火起来了，他想在血花世界里面开一间小小的专卖店，要请吴哥通融通融。吴哥满口答应了黄天虎，并给黄天虎写了一封信，让他去找李之龙主任，这事由他协调解决。

黄天虎感激了吴哥一番，就出了海员工会，他也越来越清楚，作为一名商人，尽自己最大的优势做好自己的生意，才能帮助更多需要帮助的人。

黄天虎回到了蔡府。这天夜里，黄天虎在书房里打算盘，看账本，蔡雪在蔡家香堂虔诚地上香、祈祷、跪拜送子观音。她多希望尽快给黄天虎怀上一儿半女，可她喝了那么多药，至今肚子还是没有动静，尽管黄天虎从来没有为此有一丝不快，可她却总感觉自己对不住黄天虎。

这天，当蔡雪从药罐子里倒出一碗药后，就在炉子上做米酒荷包蛋，给黄天虎送到了书房里，她要黄天虎明天再算，已经很晚了，让黄天虎早点休息。

黄天虎伸懒腰，对蔡雪说："天津的花茶一结账，我们就可以买轮船，不用租船啦！现在的茶叶市场，印度茶，锡兰茶，都上来了。我们手里有了资金，不能老是在一棵树上吊死。多一门生意，就多一条路。我们守着家门口这么好的长江，不好好利用，对不起老天爷呀。"

蔡雪说黄天虎就是个扛码头的苦命，只晓得做啊做啊，从没想过陪她出去玩玩，散散心，而且黄天虎的手伸得太长，现在局时不稳定，黄天虎扩大生意，虽然有钱赚，可是危险也很大。

黄天虎一直想有自己的轮船，他计划买了船就陪蔡雪坐自己的船到上海去玩，去南京路陪蔡雪逛街，买衣服，然后到百乐门去跳舞，让蔡雪尽情玩个够。

蔡雪笑了起来，对黄天虎说："我才不去百乐门跳舞呢。我就知道你要去那里的，那可是狐狸精的窝！"

黄天虎也笑了："好好好，我不去！你去哪里，我就去哪里，好吧？哎，雪儿，说真的，结婚这么多年了，你怎么还不给我生个伢啊？我快想死了。"

黄天虎这么一问，蔡雪一下子蔫了，她对黄天虎说："我不是不想，要不你再娶个小的吧，要不就娶娜佳，我保证没意见，让娜佳给你生个大胖小子，免得黄家绝了后。"

黄天虎一下子搂住蔡雪说："不，我哪有闲工夫来娶小老婆，我就要你生，生儿子伢姑娘伢，我都喜欢。"

蔡雪哭着说："可生不出来啊，魏神仙那儿不知去了多少回，人都快变成药罐子了，可就是怀不上。"

黄天虎没想到蔡雪背着他喝药是这么一回事，他正要安慰蔡雪，黑皮匆匆走进书房，黄天虎见了黑皮，问出什么事了？黑皮坐下，咕嘟嘟喝了一大杯茶说："工人纠察队找汉阳兵工厂要了一批枪支，吴哥要我们找个地方藏起来，以后运到大别山去。"

黄天虎问多少？黑皮说一千多支。黄天虎听了数字才知道不少，如果放到货栈里，目标太明显。黑皮也担心，要是一搜查，肯定先查货栈了。

黄天虎想了想，目前汉口现在最安全的地方，一个是租界，一个是教堂，这么多枪支不能集中在一个地方，得分散藏起来，阿廖沙家有个藏酒的地下室，他会去找阿廖沙，等他安排好后，黑皮再行动。

黑皮点头，他告诉黄天虎最近形势非常危急，国民党好像要对共产党下手了。吴哥要黄天虎不要去找他，有什么事，他来联络黄天虎。

黄天虎叹了一口气，革命尚未成功，兄弟就先残杀，这样看来，他们过去的打码头，都是小孩玩的游戏了，正如吴哥所说，打码头和打天下不同，看来打天下不仅仅是流血牺牲这么简单了。

这时，蔡雪端了夜宵进来，要黑皮趁热吃了。黑皮吃了一口说，真甜。蔡雪笑着说："没有你家巧妹做的好啊。"黑皮一笑，黄天虎接着说："黑皮，你在工会那边，也悠着点啊。刚才，我还在和你嫂子算账买船呢，我不希望你出什么事，咱们的船队还指望着你呢。"

黑皮心里一暖，这些年，黄天虎和蔡雪把他当作自家兄弟，现在也是革命的危险期，他知道保护自己，更希望和黄天虎一起再打码头，在长江里看到自己的轮船，那将是一件多值得骄傲的事情，想当年他们一起在码头扛包的时候，谁敢想象有一天会拥有属于他们自己的轮船呢？

～ 2 ～

憨子又去了刘府，当他站在刘钦云面前时，麻哥在后面仍然冷眼看着他。

刘钦云却对憨子和蔼可亲，他问憨子："憨子啊，你现在在侦缉队做事啦，你三爷打的地方，还疼吗？"

憨子不知道他要说什么，只好"嘿嘿"地笑。

刘钦云就问："是你带张处长去肥码头的吗？"

憨子点头，刘钦云"噢"了一声后，感叹说："你们兄弟感情还真不错啊。"

憨子听不懂刘钦云到底是什么意思，刘钦云就直接对憨子说："我说的话，你听不懂？八字还没有一撇，你就带着大兵到处张扬，去征用肥码头，你这不是给你大哥黄天虎报信吗？"

憨子急忙辩解说："没有没有！老爷！我冤啦！我恨不得一把掐死他，把肥码头给你夺回来！"

刘钦云哈哈大笑起来，问了一句："给我夺回来？"

憨子顿时毛骨悚然，弯腰说："老爷，我……我错了！我以后再也不敢了！你怎么说，我就怎么做！"

刘钦云仍然和蔼可亲地对憨子说："好，有你这句话就行。去吧，别好了伤疤忘了痛啊！"

憨子连连点头，退了下去。

麻哥这时问刘钦云："老爷，您今天怎么这么客气啊？"

刘钦云说："这种人，心太毒，太贪，一口就想吃成胖子，只能利用，绝对不能重用。"

麻哥这才明白刘钦云的用意，他越来越服刘钦云，什么事都看得如此之透，在他面前，麻哥觉得自己永远只是个娃娃。他就问和张处长合作的事怎么办？

　　刘钦云沉吟不语，在战乱的年代里，刘钦云有他自己的为人处世哲学，特别是与军队联手做生意的事，他都是十分小心谨慎的，每走一步，他都要小心地观察、分析再决定下一步怎么走。现在他还没有看透潘师长和张处长，与他们打交道，他就得格外小心。这也是麻哥问他，他不回答的理由。

　　憨子走出刘府后，去了江边，他到一处无人的地方双膝跪地，低头任由眼泪往下淌，过了好一会儿，他突然举起双拳，哭着大喊："刘钦云、黄天虎，老子一定要超过你们，老子一定要你们跪着来求我。"喊过后，堵在胸口的那股怨气消散了许多，他这才站起来，擦干眼睛回到了自己的住处。

　　这天夜里，凄厉的哨子声响起来时，部队深夜集合。

　　军法处赵处长喊："是共产党员的，向前一步走！"

　　队列中，没有人响应，赵处长说："我就不念名单了，都是一起拼杀过的兄弟，是条汉子，就出列吧！"

　　一个士兵大步走出来，第二个，第三个，第四个——突然，赵处长身后的警卫员也向前一步走，大步走了出来。

　　赵处长喊："赵三，你？"

　　警卫员说："报告处长，我知道我不在名单上，但我也是共产党员。"

　　赵处长问："那你为什么不杀我？啊？"

　　警卫员说："大哥，是你带我出来参军的，你是我哥。"

　　赵处长震惊，又怕又气，喊了一声："好，有种，你瞎眼的娘，我养了，上路吧。"

　　行刑队群枪齐发，一排还穿着士兵服的共产党员倒地身亡。

　　武汉的夜在灭杀共产党员的残暴中变得血腥和恐怖。

　　第二天，憨子又去了肥码头。当一辆军车开过来停在码头口时，士兵们从车厢跳下来，冲向码头，憨子从驾驶室里下来，大摇大摆地朝码头走去。工头笑着走来，憨子一巴掌甩过去，将工头打倒在地，士兵们很快控制住肥码头。一辆小车开来，赵处长下车，憨子弯腰走过去说："处长，都安排好了。"赵处长点了点头。

肥码头交给赵处长后，憨子就去了海员工会，他去找吴哥。

吴哥正在开会，憨子跑到门口冲他招手，吴哥走到门口问："憨子？有事吗？"

憨子告诉吴哥，黄天虎在肥码头被吴哥部队的人抓起来了，吴哥皱了一下眉，不解地问怎么又来闹事了？憨子没做声，吴哥回到办公室，对其他人说去处理点事，让他们按计划赶快行动。

当吴哥的小车驶向肥码头时，吴哥在警卫员和憨子的陪同下，走向肥码头。趸船上空无一人，吴哥感到奇怪，这时赵处长笑吟吟地走出门说："呵呵，吴党代表，你果然来了，佩服。"

吴哥马上知道自己被憨子骗了，他的警卫员想拔枪，憨子突然举起枪，对准警卫员说："不许动！"

吴哥转身怒视着憨子骂道："狗娘养的，叛徒。"

憨子说："吴哥，对不住了，我不是叛徒，我和你们本来就不是一路人。"

吴哥就这样落到了赵处长手中。

而工头气喘吁吁跑去找黄天虎时，黄天虎和九戒正在前厅里，工头冲进门说："天虎，吴哥被憨子还有当兵的抓起来了。"

"这个混蛋！我找他去，"黄天虎急步往门口走去，工头拦住他，"黄老板，你不能去，他们人多，都带着枪。"

九戒也不让黄天虎去，黄天虎是老大，要去也应该是他去。黄天虎要九戒赶快去找黑皮，要是他一时回不来，一定要稳住，看好店子。

九戒应了一句"好"，就去找黑皮。

黄天虎赶紧去肥码头，士兵们正押着吴哥朝马路上走去，黄天虎下了黄包车，吴哥看见他，焦急地大喊："回去，别过来。"

憨子停下来掏出枪躲在人群后，赵处长问："他是谁？"憨子说一个熟人，这时士兵拦住黄天虎，吴哥又喊："别过来，回去，回去呀！"士兵抓住吴哥，黄天虎推开士兵的枪支喊："憨子，你给我滚出来。"赵处长上前问："你想干什么？"

黄天虎说："长官，我是这个码头的老板，出了什么事，冲我来，与这位先生无关。"

赵处长没想到黄天虎如此仗义，就喊憨子过来，憨子硬着头皮走上前对黄天虎说："大哥，对不住，我在执行公务。"

黄天虎怒视着憨子说："放了吴哥！"

憨子也不客气地说："黄天虎，你别逼我。"

黄天虎大吼："放了吴哥！"

憨子欲举枪，黄天虎飞起一脚，将他的手枪踢飞，随即又一脚将憨子踢倒，憨子的手枪落在地上，黄天虎去抢枪，同时大呼："吴哥，走哇。"

吴哥拼命挣扎，更多的士兵涌了上来，枪口对准了黄天虎和吴哥，赵处长说："好，有种，带走。"

黄天虎和吴哥被士兵们绑起来带走了。

～3～

吴哥和黄天虎被押入死牢。牢里被关押的共产党人看到吴哥都惊讶地站了起来叫"党代表"，有个受刑的难友挣扎着想站起来，吴哥连忙搀扶他躺下。难友说："党代表，从广州一直打到武昌，哪一次我不是冲在最前头？为什么千辛万苦打败了军阀，却被关进了监狱？"

吴哥示意大家坐下后说："我们现在是转战到新的战场了。我们的武器，就是共产党人坚定的信仰和钢铁般的意志！同志们，我要告诉大家，这里是死牢，我的这位兄弟，当年就曾经在这里受过煎熬。"

黄天虎指着角落说："我就睡在那里。"

吴哥继续说："同志们，中国革命遇到意想不到的曲折了。蒋介石在上海大开杀戒，汪精卫在武汉又举起屠刀了。敌人现在很疯狂，我们随时都可能牺牲。要死我们就坦坦荡荡地死，江湖好汉上刑场，还唱一句'二十年后又是一条好汉'呢。"

黄天虎钦佩地看着吴哥，这个过去码头上的苦力，如此大义凛然地侃侃而谈，而这些都是黄天虎从来没去想过的东西。

难友接过吴哥的话说:"党代表,你放心吧,这里没有一个是孬种。"

吴哥点头:"好!当然,我们也要争取一切机会,活着走出去,凡是活着出去的兄弟,就好好地活下去,代表我们,去迎接中国革命胜利的那一天。"

死牢里的难友和黄天虎被吴哥的一番话说得热血沸腾,中国革命胜利的一天迟早会到来,这一天是全中国人的希望和愿望,这也让黄天虎第一次知道了共产党人坚定的信仰和意志真如钢铁一般,这确实与他们打码头不一样,这种意志才能打天下,他终于明白了打码头和打天下的不同。

此时的汉正街,大雨冲刷着石板路,墙上满是红叉叉的杀人布告被雨打湿着。

在蔡府的天井里,雨水如注,一如蔡雪的眼泪一般。祝掌柜、九戒愁眉不展,当黑皮拿着雨伞,匆匆进门时,九戒迎上去:"找到没有?"黑皮摇摇头。他打听过了,憨子和国民党在肥码头设下了圈套,憨子跑到海员工会去找吴哥,说天虎被抓了,吴哥去救天虎,结果,被他们抓了。

祝掌柜没想到憨子会使用这样的连环计,害得黄天虎和吴哥都被抓了。九戒捶了一下桌子骂憨子是疯狗,恨不得当时就去把憨子杀了。九戒往门外冲去,蔡雪抬起头喊"站住",大家都望着她,蔡雪说:"天虎临走时说过,要你稳住,你忘记了?"

九戒没忘,可他心里像油锅在翻,哪里还稳得住。

蔡雪说:"就是装着火山也得稳住!"

祝掌柜也劝大家别急,都听蔡老板的。蔡雪分析黄天虎被抓,肯定和憨子有关,黄天虎现在下落不明,他们不能轻举妄动。德昌号的生意,现在不能停,大家该干什么就干什么,需要调整的,她和祝掌柜商量后,会告诉大家。大家纷纷点头。

蔡雪说:"天虎被抓这件事,现在要封口,不能让客户知道!以免影响生意。九戒,你到茶厂去顶着,除了已经签了合同的老单子,现在不再接新单子。"

九戒点头。蔡雪又吩咐黑皮,最近不要在工会抛头露面,最好是避一避,先回巧妹老家。黑皮说湖南也在杀共产党,人头到处滚。蔡雪要黑皮店子里的事情就不要管了，他只有一件事，就是想办法活下去。黑皮眼睛一下子潮湿了，他要去做他该做的事。

蔡雪把店里的事情交给祝掌柜，她想出去走走。九戒要陪她去，蔡雪摇摇头，一个人独自朝门外走去。

大雨还在倾盆般地下着，蔡雪叫了一辆黄包车直接去了警视厅。

刘祥云在办公，秘书报告说："德昌号蔡老板求见。"

刘祥云叹口气，他知道蔡雪找他是为了黄天虎，可黄天虎和吴哥的事情，他做不了主，他要秘书转告蔡雪就说他不在。秘书去了接待室，告诉蔡雪刘局长不在，让她改日再来。蔡雪不走，她要在接待室里等刘祥云回来。秘书有些尴尬，要蔡雪还是回家去，这样不太好。蔡雪说："老百姓等等局长，不算犯法吧？"秘书拿蔡雪没办法，只好随她坐着等。

秘书又去了刘祥云办公室，报告蔡雪不肯走，要等他回来，刘祥云放下电话，出了办公室直接去了接待室。

刘祥云见了蔡雪，公事公办一般，他对蔡雪说："蔡老板，有失远迎啊！"

蔡雪站起也是公事公办的口吻说："刘局长公务繁忙，小女子只有一句话，说完就走。"

刘祥云要蔡雪去他的办公室，蔡雪想就在接待室里讲，刘祥云觉得不妥，带着蔡雪去了自己的办公室。刘祥云请蔡雪坐下，给她倒茶，蔡雪这才说："祥云，本不该再来麻烦你，只是这次天虎他……"蔡雪没说完，就不由自主地哭了起来。

刘祥云递给她一块手帕说："我知道你会来的，但是，黄天虎是军队抓的，我正在打听此事，一旦有了消息，我马上告诉你。"

蔡雪说："谢谢。我没有办法。要花钱，你只管说，我情愿倾家荡产，只想求他一条命。"

刘祥云点头，他会尽力的，但是，这次黄天虎牵扯上共产党的案子，真的是蛮麻烦。蔡雪掏出一张十万的银票给刘祥云，要刘祥云拿去打点，她只求刘祥云这一回了，下次黄天虎再犯事，就让他自作自受，她不再给刘祥云添麻烦。

刘祥云收下蔡雪的银票。他让蔡雪先回去，要黄天虎的弟兄们千万冷静，现在杀共产党是杀红了眼的，莫要沾火星。

蔡雪站起来要走，临走的时候她让刘祥云转告刘太太，不要为黄天虎的事情再伤害自己。人各有命，现在都认命吧。

刘祥云没想到蔡雪这么细心，他说一定转告小莲。

蔡雪离开刘祥云后去了蔡三爷的公馆。蔡三爷躺在床上，屋里凌乱不堪，蔡雪喊了一声"三叔"，蔡三爷睁开浑浊的眼睛见是蔡雪就说："啊，是雪儿哪，坐，坐。"

蔡雪摸了摸他的额头，蔡三爷在发烧，蔡三爷说烧了好几天了，蔡雪问憨子呢？他要带你看医生啊？

蔡三爷叹口气说："他，他巴不得我早死。"

蔡雪赶忙给三爷倒水，三爷一口气喝了一大杯，蔡雪的眼泪又流了下来，她又喊了一声"三叔"，蔡三爷问是不是黄天虎出事了？蔡雪点头，三爷指着外间说："是他作的孽？"蔡雪点头，蔡三爷长叹说："作孽呀！"

这时外面传来憨子的说话声："谁来了？"蔡雪连忙给三爷使眼色，憨子进门来见是蔡雪就说："噢，是大姐，稀客啊。"

蔡雪问憨子："三叔病得这么狠，怎么没有说一声呢？"

憨子说："啊，我最近忙昏头了。我马上就去请医生。"

蔡雪要憨子过来，她有话跟他说。他们一起去了堂屋。蔡雪说："憨子，你喊我一声姐，我很高兴。那姐就只问你一句话，你天虎哥，他关在哪里？"

憨子摇头说自己不知道。蔡雪淡淡一笑说："那么大个码头，那么多人看见，难道我就不知道？憨子，姐今天来，不是来问你的不是的。抓了就抓了，现在，我们得想办法，救他出来。"

蔡三爷挣扎着撑起来，凝神听外面说话。

憨子说："姐，既然你都知道了，那我也直说了。黄天虎他也太江湖义气了，吴哥是共产党，他也不是不知道，他硬是要去救他，把自己扯进去，你说我有什么办法？"

蔡雪说："他是你哥，是你结拜的兄弟。他要是有个三长两短，憨子你恐怕也难在汉口码头混下去了。"

憨子冷笑着说："我早就混不下去了。大不了走人，没什么了不起。"

蔡雪说："不，你舍不得走的。你的好日子才开头。姐也直说了，只要能救黄天虎出来，条件你随便开。"

憨子嘿嘿笑了起来，蔡雪问他笑什么？憨子说要德昌号，你也答应？

蔡雪说："只要你胃口好，我怎么不答应？"

憨子嘿嘿笑，蔡雪现在是病急乱投医了。

德昌号，蔡雪真能给，蔡雪是德昌号大股东，她当然能当家，憨子却淫笑起来说："大姐你还是没有听明白，德昌号，我是连人带号一起要！"

蔡雪大惊，她问憨子："什么？连人带号？你连我也一起要了，是吧？"

憨子痞笑，直接说："雪姐，其实，你也知道，我一直是喜欢你的，我一点也不比黄天虎差。"

蔡雪咬牙切齿地骂憨子说："黄天虎真是瞎了眼，怎么认了你这个禽兽不如的东西！"

憨子仍然不甘心，他对蔡雪继续说："姐，那就给我一个晚上，让我圆一个梦，好歹结识姐一场。"

蔡雪啪地打了憨子一巴掌骂道："做梦，黄天虎就是死，也要让他死得干干净净，清清白白。他要是死了我也会陪他一起去！"

蔡雪说完，大步离去。

憨子在她身后吼："死，去死，都去死啊！"

蔡三爷在自己的卧室听到了这些话，他怒目圆睁，紧捏双拳，狠狠咬牙。他要是有力气，真想爬起来，现在就杀了憨子，是他瞎了眼，怎么就收养了这样的一个逆子呢？养虎为患，蔡三爷痛苦地闭上了眼睛，一滴泪水挂在了他的眼角处。

〜 4 〜

在刘府，小莲还是知道了黄天虎被抓的消息。她两天不吃东西，丫鬟急了，跑去找刘钦云汇报。刘钦云要丫鬟喂小莲吃，丫鬟喂不进去。刘钦云叹了一口气，他晓得小莲的鬼板眼，他去小莲床前说："饭还是得吃啊。"

躺在床上的小莲痛苦地呻吟着，不回答。刘钦云叹口气说："我刘某一生好强，从不低三下四求人，到如今就好像只为一个女人活着……算了算了，小莲，你别这样来为难我，我不再拦你，只要你愿意，你想干吗就干吗去吧。"

小莲支起身子想说话，可胃里一阵恶心，不禁呕吐起来，丫鬟急忙拿来一只高脚铜痰盂。

刘钦云喊："来人。"麻哥进门，刘钦云让他赶快去把魏神仙请来，麻哥走几步又返回说："老爷莫急，我看八成是太太有喜了！"

刘钦云惊喜，视线又投向小莲，想从小莲脸上看到答案，小莲不理他，刘钦云没办法，只好等魏神仙来。

魏神仙来后，他给小莲拿脉，刘钦云在一边等待。魏神仙拿脉后站起身走到刘钦云身前说："刘老板，恭喜啊！"

刘钦云问："有喜了？男孩还是女孩？"

魏神仙说："是一位公子啊。不过，太太必须静卧，安胎，不能激动。"

刘钦云拱手谢谢魏神仙，魏神仙让他派个人跟着去抓药，还要刘钦云说服太太吃点东西，刘钦云点头。魏神仙走后，刘钦云走到床前说："小莲，你有喜啦。"

小莲双目紧闭，泪珠却从眼角沁出。

刘钦云又说："你还是吃点东西啊，有什么心事，跟我说。"

小莲睁开眼，望着刘钦云说："留他一条命。"

刘钦云问："谁？"

小莲说："你知道。"

刘钦云扭过头，小莲还是忘不了黄天虎。

小莲这时说："一命换一命，我给你刘家留个后。"

刘钦云闭着眼深呼吸，不说话。小莲接着说："我和儿子求你了。"刘钦云走到一边，凝神思索。这次黄天虎被抓，与共产党有联系，他也没把握能不能救黄天虎，只是现在，面对小莲，他不知道说什么。

死牢里，狱卒拖着受了刑的吴哥过来，地上留下一道鲜红的血迹。

狱卒将吴哥甩进牢房，黄天虎脱下自己的衣服，给吴哥擦血迹，谁知越擦越多，黄天虎禁不住热泪盈眶。吴哥艰难睁开眼睛，蠕动着嘴唇说"别哭"。

黄天虎抿紧嘴唇，点点头。吴哥又蠕动着嘴唇说："枪……"黄天虎将耳朵贴在他的嘴唇边，听见了他说的话，明白了。黄天虎点点头让吴哥放心，吴哥努力挤出了一个笑容，放心了，只要那批枪还在，革命胜利就不会太远。

在师长办公室里，潘师长看着犯人花名册，他手执朱砂笔，不停地打叉，翻过一页，看见吴征的名字，停顿了一下，狠狠打了一个大叉，后面紧随的，是黄天虎的名字，他犹豫起来，这时赵处长门口喊报告，潘师长在黄天虎名字上打了一个大叉叉。赵处长进门，潘师长将花名册甩给他说："统统处决！"

赵处长捡起花名册说："是！"

潘师长说："通知刘祥云，让他来监斩！别让警局闲着了。"

赵处长又回答了一个"是"字，就退了下去。

赵处长走出来时，憨子弯腰候着，媚笑着问："处长，怎么样？"赵处长说："统统处决！"憨子点头笑了笑，表情突然凝固了，他是恨黄天虎，可真正面对黄天虎即将被杀的消息时，他内心却变得沉重起来。他离开赵处长后去了酒馆，想用酒麻醉自己，当他回到蔡三爷公馆时，他手捶门喊："开门，开门！"

马仔开门，憨子醉醺醺地歪进来，口里含糊不清嘟囔着："统统处决！"

然后，用手指做着开枪的手势："啪！啪！哈哈！黄天虎，大哥，统统处决！"

蔡三爷惊醒了，他听见了憨子说的话，惊讶地张大了嘴，顿时热泪盈眶。

憨子回到了自己的卧室，一头倒在床上，呼呼大睡。

蔡三爷从枕头下摸出一把匕首，想起床，没有劲，滚下床，他手握匕首，喘着气，朝门外爬去。蔡三爷口里衔着匕首，艰难地朝楼上爬，待他爬进憨子卧室，憨子还在打鼾。蔡三爷爬到床边，颤巍巍地扶着床沿站了起来，手握匕首，高高举起。憨子突然惊醒，看见模糊的身影，惊叫："干爹！"

蔡三爷正准备刺下，听喊干爹，犹豫了一下。憨子突然翻身打滚，大叫起来。蔡三爷狠狠刺下，匕首扎在床上，难以拔出来。憨子翻身下床，蔡三爷拔出匕首，大叫道："狼心狗肺的东西！我杀了你！"憨子清醒了，朝蔡三爷扑来，两人滚在地上。憨子压在蔡三爷的身上，一手按住他握匕首的右手，一手掐住蔡三爷的脖子。

憨子凶狠的眼睛，蔡三爷仇恨的眼睛，叠加在一起，憨子狠狠掐着说："我要你杀，我要你杀！"

蔡三爷的手渐渐松开，匕首掉在了地上，马仔们纷纷跑来，站在门口。蔡三爷死不瞑目，大睁着眼，大张着口，憨子看看门外的马仔，偷偷收起匕首，假装悲痛，干号起来，马仔们也不敢说什么，任由憨子干号着。蔡三爷就这样走了，好在他把遗书留在蔡雪那里，他没有杀死憨子，成了他至死未了的心愿。

5

夜，继续一片黑暗。大批士兵涌进监狱，狱卒打开死牢的门大喊："出来，统统出来。"

黄天虎惊醒了，难友们惊醒了，黄天虎将吴哥搀扶起来，黄天虎热泪盈眶地叫了一声"吴哥"，吴哥安慰他说："天虎，我第一眼看见你，就觉得你是条汉子！人生自古谁无死，留取丹心照汗青！来！给我扣好风纪扣！"

黄天虎揩干眼泪，给吴哥扣好风纪扣说："吴哥，和你一起死，我死而无悔！"

士兵持枪催促死牢里的人，吴哥大喊："同志们，上路啦！"

囚徒们拖着沉重的脚镣，依次走出死牢。吴哥带头高唱《国际歌》，黄天虎搀扶着吴哥，囚徒们放声歌唱，监狱里其他的囚徒都涌到窗口，高声唱着，与难友告别。

囚徒们走上刑场，赵处长和刘祥云站在一起。刘祥云面无表情，强压住自己的情感，长条木桌上摆满了大瓷碗，黄天虎和吴哥搀扶着走来，黄天虎看见了刘祥云，他说："刘局长，想不到是你来送我们上路了。"

刘祥云说："吴哥，黄天虎，兄弟我公务在身，忠义不能两全了。"吴哥笑了起来，有意思，竟在这里见到刘祥云，也就此永别了。

刘祥云大喊："上酒！"

士兵举起酒坛，筛酒，刘祥云把酒端给吴哥和黄天虎，他再难过，也如他而言，忠义不能两全，国民党要杀共产党，这是他阻止不了的局面。

刘祥云自己也举起一碗酒："两位哥哥，就此别过了！"

刘祥云的眼中闪着泪光，仰面干掉酒，吴哥和黄天虎也一饮而尽。黄天虎将大瓷碗啪地摔在地上，吴哥也将碗摔在地上。

这时，一个传令兵走到赵处长身前耳语，赵处长一怔，随后走到吴征面前说："吴党代表，师长让我来送你上路，你还有什么话说？"

吴哥说："请转告师长，我们都曾经是北伐战士。我们为北伐的战旗洒过鲜血。我们没有想到，会死在自己人的枪口下！这是我们的悲剧，也是你们的悲剧！"

赵处长接着说："师长说，你可以坐着受刑。"

吴哥说："免了吧，我要站着，我要眼睁睁地看着你们开枪！"

赵处长说："好！兄弟我佩服！"

吴哥大喊："同志们，兄弟们，正面受刑！"

囚徒们纷纷转身，面对着枪口。

黄天虎也面对着枪口。

一个士兵走过来，将黄天虎与吴哥拉开。黄天虎与吴哥握手，赵处长喊"举枪"。

执行的士兵举枪，吴哥大喊"天快亮了"！

赵处长高喊："开枪！"

枪声齐起，吴哥和囚徒们纷纷倒地，硝烟散去，只有黄天虎还站在那儿，他看看周围倒下的尸体，突然狂喊起来："刘祥云，你这个孬种，开枪啊，开枪啊！"

在潘师长办公室，正当他往门口走去时电话铃响了，他接电话"喂"了一声，突然挺直胸膛说："唐长官！我是树亭！嗯，是，马上处决！嗯？这个人……有！在！在押！什么？外交交涉？好，我明白了。"

潘师长重重放下电话，这个外交交涉的人就是黄天虎。

第二天，当黄天虎呆呆地走出监狱大门时，赵处长站在门口看着他说："信你的邪，还有本事找到唐长官。"

一辆小车停在大门外，蔡雪、祝掌柜、九戒站在车边，蔡雪扑上前抱住黄天虎，痛哭起来。

黄天虎回家的消息由刘祥云带给了小莲。他回刘府时，小莲靠在床上，丫鬟给她端来燕窝羹，刘祥云走进来，小莲直起身，期待地望着他，刘祥云说："他活着，回家了。"

小莲不说话，掩面而泣，她只要黄天虎活着就行，这是她最大的愿望。

黄天虎回蔡府后，在郊外为蔡三爷和吴哥修了墓。这天大雨倾盆，黄天虎领着蔡雪、黑皮、九戒、祝掌柜等，在墓前肃立，黄天虎率先跪地，黑皮等人跟着他跪地，黄天虎眼中燃烧着复仇的怒火，他要杀了憨子。

从墓地回蔡府后，蔡雪拿出一个红木箱子说："这是三叔送来的，说是等他走了以后再打开。"黄天虎点头，蔡雪打开箱子，里面是一封信和一把钥匙，蔡雪取出信，看了起来。

蔡三爷在信中写道："雪儿，你看到这封信的时候，三叔已经走啦。三叔这辈子，做了很多的糊涂事，现在，我想做一件不糊涂的事情，就是把我所有的财产，都交还给你。我已经写好了遗嘱，连同所有的地契，房契，都存放在花旗银行里。憨子一直想打我的主意，我如果不是病死，肯定会死在他的手里。有了遗嘱，就不怕他扯皮闹事了。这样，我就可以安安心心会你的爸爸去了。"

蔡雪看完信后，痛哭起来，呆坐在一边的黄天虎突然站起身，从书桌抽屉里取出一支手枪，便大步走出门。蔡雪吃惊地看他一眼，跟着出了门。黄天虎拿着枪大步走来，雨水被他踩得啪啪作响，蔡雪慌慌张张冲到他身后问："你去哪儿？天虎，说话！你去哪儿？"

黄天虎嘴里蹦出三个字："杀憨子！"

蔡雪大惊，一把拉住他说："杀憨子？你这样怎么杀得了他？回去，你跟我回去！"

"但不杀憨子我还是个人吗?！他杀了三爷，害死吴哥，别忘了，你爸爸也是死在他手上。"黄天虎甩开蔡雪，继续前行，蔡雪跌坐在雨水中，号啕大哭起来。

黄天虎听着妻子的哭声，放慢脚步。黑皮、九戒和祝掌柜、小伙计赶来了，祝掌柜、小伙计扶起蔡雪，黄天虎大步如飞地走进雨幕，黑皮、九戒对视一眼，尾随黄天虎而去。

黄天虎去了警察局，他走到门卫处说："长官，我是德昌号老板黄天虎，我找你们刘局长。"

门卫说："请。"

黄天虎进门。黑皮、九戒赶到门口时，门卫阻拦，不让他们进去。

黄天虎走进门，边走边四处观察，两个警察走出侦缉队办公室，黄天虎往侦缉队办公室走去，正在上楼的刘祥云无意中看到黄天虎，不由大惊失色。

憨子正坐在办公桌前打电话，黄天虎推开房门，憨子发现黄天虎，急忙去拔手枪，但黄天虎的枪口已经瞄准了他，憨子笑道："大哥，你别误会！我……"

黄天虎说："少废话！你这头衣冠禽兽，拿命来吧！"

憨子喊："不不不，大哥饶命！"

黄天虎开枪，憨子惊叫一声，但子弹打偏了，刘祥云从身后抱住了黄天虎，九戒和黑皮随即也按住了憨子。刘祥云和黄天虎争夺了一会，那把手枪失手落地，刘祥云把黄天虎硬拉出门，拉进办公室，黄天虎趁机从他腰间拔出手枪，瞄准他："只要你还披张人皮，你就放我出去下手，要不我打死你。"

刘祥云说："开枪吧！开呀，你在警察局打死憨子，我责任难逃，你也等于打死了我。同时你也等于打死了蔡雪，打死了黑皮、九戒那帮兄弟！告诉你，黑皮是上了黑名单的人，你还让他在这里待着?"

黄天虎一震，枪口垂落，忍不住失声痛哭。刘祥云搂住他说："兄弟，君子报仇，十年不晚。这里交给我了，你赶快回去吧。"

说完，刘祥云去了侦缉队办公室，九戒和黑皮仍把憨子按在地上，刘祥云说："放开他。"

黑皮和九戒这才松开手，刘祥云又说："出去。"

黑皮和九戒出门，憨子抱住刘祥云一条腿说："谢谢局长救命之恩。"刘祥云一脚踢开他，掏出枪射击，子弹都打在憨子前后左右墙上，憨子嗷嗷叫着，跳得像猴子一样。其实刘祥云也恨不得一枪杀了憨子，这样的一个败类，却是他的部下，他痛苦地闭上了眼睛，不愿意再多看憨子一眼。

黄天虎回到了蔡府。夜里送子菩萨前香烟袅绕，蔡雪对佛磕头，黄天虎悄悄进门，远远地看着蔡雪。蔡雪发现他，站起身扑到他怀中，黄天虎拥住蔡雪说："别哭了，哭多了，容易老。"

蔡雪说自己成天操黄天虎的心，还能不老啊? 黄天虎很感激蔡雪，要不是蔡雪，他早就和吴哥做伴去了。蔡雪其实很纳闷，她听刘祥云说，银票潘师长收了，但他没有跟高层联系，也没有跟洋人联系，那潘师长怎么会接到唐长官的电话呢?

黄天虎也不清楚唐长官为什么突然会打电话免他一死，蔡雪瞎想过，会不会是黄天虎失踪的爹，在暗中保护他呀？黄天虎笑了起来说："嗯，我爹比蒋总司令、唐总司令还厉害，他是黄总司令。"

蔡雪没再提黄天虎父亲的事情，她要黄天虎到上海去散散心，她实在怕黄天虎再犯上什么事。黄天虎不愿意去上海，他明天就开始忙生意了，他要大大方方地满世界走，让他们看看，黄天虎是吓不倒的。

蔡雪又告诉黄天虎，她昨晚梦到娜佳了，她好像在上海。蔡雪说自己不行，要娜佳给黄天虎生个儿子，娜佳就傻乎乎地笑，蔡雪也笑，一下子就醒了，醒后她感觉娜佳说不定真的在上海，一如她感觉黄天虎的父亲在暗中保护黄天虎一样，这种感觉她说不清楚，可她愿意相信这样的感觉。

黄天虎这时一把抱起蔡雪，往床边走去，边走边说："我谁都不要，只要蔡雪。"

蔡雪害羞地叫："哎呀，你放下，你放下嘛！"

黄天虎不听蔡雪的，把蔡雪抱到了床上，在这样的夜里，蔡雪多希望黄天虎能在她的肚子里留下黄家的骨肉啊。

第二十四章　日本侵略

~ 1 ~

各地的共产党员遭到国民党血腥残杀后，共产党迅速转入地下活动。黑皮已经被吴哥培养成一名共产党员，这天夜里，在龙王庙码头的一艘帆船里，中共地下交通员老王在召集秘密会议，黑皮凝神倾听着。

老王说："中央的紧急会议决定在汉口召开，这是在敌人的眼皮下召开的会议，我们一定要做好安全保卫工作，不惜用生命保护会议代表，保证会议顺利召开。黑皮，你们商号最近有什么活动没有？"

黑皮回答说："现在是夏茶交易的旺季，按照惯例，我们商号会请各地的茶商来汉口，看茶样，谈生意。我们可以利用这个时机，接待安排我们的代表。"

老王怕黄天虎不可靠，为什么吴哥他们都牺牲了，只有黄天虎一个人活了下来？这让他不放心黄天虎这个人。

黑皮向老王解释，黄天虎本来就不是共产党员，敌人也没准备抓他，是他自己为了营救吴哥去闯码头才被抓的。再说，德昌号为了营救黄天虎，也花了不少钱，黑皮可以用生命作保证，黄天虎是非常可靠的。

黑皮的一番解释消除了老王对黄天虎的疑虑，只是现在是白色恐怖时期，共产党员的行动一定要严守纪律，异常小心。水上的交通线，由黑皮负责；陆上的交通线，由老周负责；代表的集合地点，再单独和各位商议。

老王把这些安排后，每个人各行其是，会议解散后已经是深夜了。黑皮回到米粉馆后，巧妹还在等黑皮，她给黑皮做了一碗米粉，黑皮吃米粉的时候，巧妹去了后面小屋给脚盆里倒热水，准备让黑皮洗澡。

黑皮吃完米粉说他到水管随便冲一下就完了，巧妹不干，她要黑皮爱干净，成天黑汗水流的，大小也是个经理了，还搞得像个扛包的。

黑皮却走到巧妹身前，一把箍住她的腰问："黑汗水流怎么啦？开始嫌弃啦？"

巧妹推开黑皮，要黑皮快去洗澡，等黑皮洗完澡，上楼时，巧妹还在蚊帐里给他缝衣服。

黑皮将桌上的油灯吹灭，巧妹喊："哎，我在缝衣。"

黑皮没回巧妹的话，站在窗前朝外眺望，又走到后窗朝外看了看。巧妹叹了口气说："唉，什么时候能睡个安身觉啊？"黑皮觉得没什么异样情况后才进蚊帐，上床掖好蚊帐说："巧妹啊，你这里是汉口的第一个交通站，外地的交通员，从船码头一上岸，第一个面对的，就是你。这几天，你要特别小心。"

黑皮说完就躺下，巧妹依偎过来说："好啦，知道啦，上次就跑了一趟水，没多少人认识我。"

黑皮问巧妹去了哪些地方？

巧妹上次去了九江、安庆、芜湖、南京，不过最近情况特别复杂，尤其是长江沿线的交通员，变动很大。不少人牺牲了，还有不少人叛变，黑皮要巧妹遇到了熟悉的交通员，不要忙着接头，一定要看准，才能答话。

巧妹"哼"了一声："就以为你一个人聪明啊？嗯，这么长时间了，也没好好陪我。"

黑皮一边打哈欠一边说："忙完了这阵子，我陪你去看戏。"巧妹说："我不要看戏。"黑皮知道巧妹要什么了，翻身抱住巧妹，两个人在蚊帐里疯狂地忙碌着。这些日子为了革命，儿女情长都被黑皮忘记了，要不是巧妹提示他，他还真的想不起来，他们有好久没在一起忙活了。

一夜在黑皮和巧妹的熟睡中过去了，当黑皮去德昌号上班时，黄天虎正召开会议，商议接待茶商的事情。蔡雪、祝掌柜、九戒以及伙计们都在，黑皮是一阵欣喜，老王交代的事情，他正要在接待茶商的时候去办。

开会的时候，祝掌柜说："今年答应来的茶商，还真不少，要不是时局紧张，要来的还会更多。"

黄天虎问旅馆定好了没有？九戒说去年是大华旅社，今年要不要换一下？黄天虎觉得大华简陋了一些，今年换到长江酒店去，那里吃饭，打牌都方便。

九戒担心长江的房价太贵，黄天虎说高一点没关系，茶商们心里有数的。黄天虎问黑皮交通的事情怎么样？黑皮说水陆两路都安排好了，到时候到车行租一辆小轿车来接待客商。

祝掌柜的样茶也一一安排好了，黄天虎很满意，不过他要求礼品要早准备，货栈马上要清理，一旦外地茶商有货要他们代销，他们必须有地方存放。黑皮倒认为肥码头的货栈也可以一起调剂，黄天虎点头，让黑皮去安排。最后蔡雪说："现在是乱世，大家万事要小心，德昌再也经不起折腾了。"

黄天虎也要大家小心，一年一度的茶会也是德昌号的招牌，不能办砸了。

散会后，大家就分头去准备茶会，黑皮和黄天虎去了货码头，在路上，黄天虎对黑皮说："有什么话，直说吧。"

黑皮"嘿嘿"地笑了一下，他问黄天虎："你怎么知道我有话对你说？"

黄天虎也"嘿嘿"地笑了起来，他说："你是什么人，我不知道？"

黑皮告诉黄天虎，他有一些外地的朋友，最近要到武汉来，他们也是茶商，到时候暂住一下酒店，不知行不行？

黄天虎很爽快，答应保证人家平安来，平安走。黑皮知道黄天虎不会为难他，这事他也就不再对九戒说，多一个人知道多一份危险。黄天虎要黑皮怎么安全、方便就怎么办，有什么事，他兜着。

黑皮很是感激黄天虎，尽管他没对黄天虎说过自己的身份，估计黄天虎心里是清楚的。黄天虎要黑皮把存在阿廖沙家里的枪支设法运走，阿廖沙可能要回国了。黑皮点头，他其实也明白了，黄天虎一直都在支持他和吴哥从事的革命事业。

这天，在警局会议室内，刘祥云端坐在中间，听取属下汇报。侦缉队长徐升汇报说据各地线报，当地的共党头子最近销声匿迹，不知去向。据上海方面侦听，秘密电台提及汉口的次数增多，他估计，共党最近会在武汉策划重大活动。

一警官问，最近在报纸上公布公开处决的共党分子，就有一百多人，他们收尸都收不完，还敢来武汉送死？

憨子却冷笑着说："我个人觉得，徐队长的说法，值得注意。汉口是茶叶大港，现在，是一年一度夏茶交易的旺季，全国乃至世界各地的茶商，都要云集汉口。共党借这样的时机搞点什么活动，完全有可能。"

一警官问："那他们不是在刀尖上舔血吗？"

刘祥云最后总结说："最危险的地方，往往就是最安全的地方。武汉，上海，南昌，南京，这长江一线，是共党最危险的地方，但是，也是他们最容易选择闹事的地方，我们不能掉以轻心。第一，凡是需要重点保护的地方，都要加强警戒，严防共党制造爆炸案；第二，茶叶交易期间，车站，码头，旅馆，都要加强监控；第三，凡是与共党有嫌疑的人，也要加强监控，不得遗漏！"

众人回答"是"，刘祥云就宣布散会。

散会后，憨子去了客运码头。黑皮在一辆小轿车旁候客，戴着黑眼镜的憨子和几个便衣也在这里守候监视。当旅客下船时，黑皮走到憨子面前递烟，并为他上火。黑皮对憨子说："憨子，我可是丑话说在前头啊，你干什么我不管，只是不要惊动我的客人。"

憨子问黑皮威胁他吧？小时候，憨子最怕的就是被黑皮丢到河里喂鱼去，憨子现在不怕黑皮了，而且他对黑皮密切监视，当有客商来时，黑皮上前迎接，憨子就低声对身边的便衣说："盯上。"他就不信，他现在治不了黑皮。

黑皮清楚憨子不再是他的兄弟，对憨子他得格外小心，只是客商来的时候，他把客商们引进长江酒店。黄天虎、九戒都在大堂忙着接待客商，当九戒带客人上楼时，黄天虎问黑皮他的客人什么时候到？

黑皮告诉黄天虎，他的客人该来的时候就来了，只是憨子在客码头蹲桩，他看着昔日的兄弟现在变成这个样子，内心真的难过极了。黄天虎安慰黑皮，人各有志，随憨子去吧，不过天津的客人快到了，要他快去火车站接小伙计去。

黑皮接客商去了，他回了一趟米粉馆，巧妹示意他上楼。

黑皮跟巧妹上楼，巧妹小声对黑皮说："命令来了：明修栈道，暗度陈仓。"

黑皮领着上级的命令再次去了长江酒店。在大堂里，黑皮找到了黄天虎，他对黄天虎说他的朋友请黄天虎帮忙，要黄天虎把茶叶交易闹得红红火火的。黄天虎明白了，他让黑皮把血花世界的楚剧戏园子包三天，唱三天大戏。

～ 2 ～

黄天虎这一举动引起了各方的注意。在刘府，刘钦云和小莲在窗前喂鸟，小莲的肚子似已微微隆起了，麻哥进来汇报血花世界的楚戏园子被黄天虎包了三天，管家也走来汇报德昌号派人来送请帖。刘钦云正在气头上，说不去，管家说："来人说，天津的魏爷来了，还有……"管家话没说完，刘钦云夺过请帖，下楼去了。小莲笑了笑，就去逗鸟，她知道刘钦云肯定会去看戏的。

刘钦云下楼给刘祥云打电话，他问弟弟知不知道黄天虎包戏园子的事情，刘祥云说知道，这么大的动作，全汉口都已经知道了。

刘钦云在电话中对弟弟说："他黄天虎刚刚从刑场上下来，就搞这么大的动静，究竟是为什么？你是局长，应该问个为什么？"

刘祥云知道了大哥的意思，他会去调查的。当他放下电话时，徐升进来汇报说："局座，安庆码头抓了一个共党的交通员。据他交代，共党最近要在武汉举行什么会议。"

刘祥云一惊，问他还说什么了？徐升说："他和他的上线是单线联系。

他本来是准备护送上线来汉口的，但是没有等到，就被抓了。"

刘祥云吩咐徐升立即与安庆联系，将交通员秘密押送过来，在武汉寻找他的上线，这件事由徐升亲自去做，不要打草惊蛇。

徐升领令退下后，秘书进来汇报德昌号蔡雪派人送请帖来，请刘祥云去看戏。

刘祥云接过请帖，挥手让秘书退下去了，可他内心却格外沉重，他已经失去了吴哥这样的好兄弟，他不想再失去黄天虎。他效命于国民党，忠义不能两全，这是他最痛苦而又不得不做出选择的事情。

黄天虎包下了血花世界。这天夜里，楚戏园内宾客如云，黄天虎与蔡雪盛装迎接各路宾客，祝掌柜、九戒也在招待客人，工头也来帮忙，黑皮在周围警戒。

天津魏爷到的时候，身后随从跟随着，黄天虎与魏爷寒暄了几句，由祝掌柜带魏爷去了包厢。

刘钦云携小莲也来了，麻哥跟在他们身后，黄天虎说："哎呀，刘老板，欢迎大驾光临。"

蔡雪也亲热拉住小莲的手说："恭喜啊，几个月了？"

小莲瞟了一眼黄天虎，不好意思地说："三个月了，折腾死我了。"蔡雪一直拉着她的手说："我巴不得折腾一回呢。天天烧香拜佛，菩萨到现在还不显灵。来，这边请！"

蔡雪把他们带进了魏爷的包厢，刘钦云与魏爷见了面相互寒暄着。

刘祥云着便装出来了，憨子上前迎接，刘祥云问他怎么样？人手够吗？憨子说差不多，楚戏园全部控制了，血花世界所有的出口都控制了。这么多外地客商，黄天虎肯定在搞鬼。

刘祥云要憨子别打草惊蛇，轻举妄动。憨子明白，他一直想置黄天虎和黑皮于死地，他会格外小心对待这件事的。

这时在血花世界对面窗口，老王用望远镜观察敌情，一联络员匆匆进门说："安庆来人了？"老王问是谁？联络员跟他耳语了一番，老王大惊，叫他赶快叫黑皮去1号交通站，老王对身边的联络员说："给1号发信号，蜂群已经集中到血花世界，可以进洞了。"

此时，在汉口的俄租界，前来参加中共中央紧急会议的中共代表们，纷纷化装成绅士，进入租界。他们来到三教街 41 号，闪进楼内，随后上楼。

而在血花世界楚戏园的舞台上，演员正在表演。黄天虎在第一包厢陪同魏爷和刘钦云，蔡雪在第二包厢陪同刘祥云和阿廖沙，黑皮接到了老王传来过的命令，他在血花世界外面冲进汽车，发动后冲向了街外。

在客运码头，安庆便衣押送叛变的交通员到了汉口，徐升秘密接待他们。

安庆便衣肚子饿坏了，徐升要去酒店请他吃饭，他想随便吃点东西，填填肚子，徐升就把安庆便衣带到了巧妹的湖南米粉馆。

许多码头工人在这里吃牛肉粉，喝靠杯酒。徐升要了一张桌子，招呼大家坐下，巧妹过来招呼问："几位大哥，要点什么？"徐升说："牛肉粉，要快。"

巧妹无意看见了叛变的交通员，交通员也看见了她，巧妹马上恢复常态，高声吆喝说："外地客人牛肉粉五碗，多给点尖椒辣子。"

正在切牛肉的巧妹爸王跛子抬头看了看，立即朝屋内走去，跛到米粉馆楼上，大喊："快快、快跑！"

三个外地来的地下成员，其中一个是会议代表，立即站了起来，一保卫人员推开后窗，喊道："掩护代表！"

代表翻窗，另一保卫人员举枪扑向窗边。

徐升异常敏感，立即掏枪对准巧妹说："不许动！"

巧妹仍然高声叫喊："哎，搞么事罗？你怎么拿枪对着我呀？你以为我怕枪啊？"

周围喝酒的码头工人一听，全都扭过头来。

叛徒指着巧妹说："她、她就是交通员。"

徐升大喊："快！抓人！"便衣们立即掏出手枪，往米粉馆冲去，巧妹举起茶杯，突然砸向徐升，又猛地扑了上去，撞倒了徐升。

便衣冲向米粉馆，楼上的地下党开枪打倒便衣，另外一个便衣冲了进去，王跛子扑向冲进来的便衣，便衣开枪击中王跛子。

这时黑皮停车掏出枪，冲了过来，黑皮举枪击倒便衣，巧妹与徐升还在一起扭打，黑皮冲过来喊："巧妹！闪开！"

巧妹死死压住徐升的手枪，大喊："掩护代表！"

徐升推开巧妹，翻身而起，巧妹抓起板凳朝他砸来，徐升开枪击中了巧妹，巧妹一下子倒在地上。

黑皮狂喊："巧妹！"举枪朝徐升射击，徐升踉跄了一下倒在地上，黑皮扑过去扶起巧妹狂喊："挺住！"

巧妹艰难地对黑皮说："快，叛……叛徒！"

米粉馆楼上的代表翻窗跳下去了，保卫人员冲下楼时，叛变的交通员吓得拔脚就跑，保卫人员冲过来对准叛徒开枪，叛徒倒在地上。保卫人员跑了过来，黑皮狂喊："快走！"

保卫人员含泪望了巧妹一眼，转身朝米粉馆旁的小巷跑去。一辆小轿车停在汉正街口，三人迅速跑过去钻进轿车，轿车启动开走了，党代表他们得救了。

巧妹牺牲了。黑皮紧紧抱住巧妹泪如雨下地喊："巧妹！巧妹！"黑夜的上空响着黑皮撕心裂肺的呼喊声，可巧妹静悄悄地，再也回答不了他。

巧妹和她的父亲王跛子都离开了黑皮，当林中两具棺木并排放在大树下时，黄天虎和德昌号的人在棺木前肃立。黑皮走到巧妹前，用手梳理着她的头发，失声痛哭。黄天虎、九戒将他拉开，工人盖上棺盖，开始钉棺钉，敲击棺钉的咚咚声在树林里扩散着。黑皮的脑海里呈现出一个又一个共产党员流血牺牲的场景，为了这场革命的胜利，一个又一个共产党人付出了血的代价。

而在三教街41号，中共中央在那里顺利地召开了紧急会议。这也就是历史上著名的"八七会议"。

～ 3 ～

1938 年夏天，日本对中国的侵略战争正逼近武汉。

早晨，当江汉关钟楼时针指向 7 点时，在蔡府，黄天虎正在一丝不苟地打领带。

丫鬟春晓在帮蔡雪梳妆，黄天虎出门办事，还要去教堂看望一批难童，让蔡雪不要去教堂，可蔡雪要去，她想去看这些可怜的孩子们一眼，争取早日把他们送走。

黄天虎坐着小轿车出门，他让春晓好好照顾蔡雪。

小轿车在大街上行驶，大街上随处可见大标语："誓死保卫大武汉！"街头到处是匆匆行走的路人，还有跑步前进的部队，局势越来越混乱。黄天虎抽着雪茄，在听车内的广播，都是日军占领中国领土的消息，潜山、安庆失守，马当、湖口等地就成为武汉的前哨阵地，海军总司令陈绍宽上将根据蒋委员长的命令，会同第九、第五战区部队，在马当至汉口间，构筑若干处要塞炮台，设立江防要塞司令部。

这些消息让黄天虎眉头紧锁，他多么不希望听到这样的消息。早些年是推翻皇帝，军阀内战，都是中国人自己的事情，现在中国快陷入了日军掌控之中，作为一名中国的商人，黄天虎接受不了这样的事实。

黄天虎新的办公室在新成洋行，原新成洋行已换上新铜牌：德昌商号，董事长办公室是原来伊万诺夫的办公室。

黄天虎走进办公室时，秘书还是伊万诺夫的秘书小李，他给黄天虎倒了一杯茶。

和黄天虎一起来办公的，还有黑皮和九戒。岁月不饶人，黑皮和九戒也老了，这三个从小在码头长大的兄弟还是在一起共事。

日本侵略中国后，上海的大批工厂迁来武汉，现在又要迁往四川，民生公司的船已经不够用了。黄天虎提出大家统一运价的想法，民生公司的卢总很赞成，他也有这样的想法。只是黄天虎租船是为了免费运送难童到大后方，而他们自己的轮船都是货轮，他来公司就是和两个兄弟商量这件事的。

　　九戒经过这些年的磨练，脑子转得很快，他给黄天虎建议，可以互换，他们帮民生公司运一船货，民生公司帮德昌运一船孩子，互相都免费。黄天虎对九戒的建议很满意，笑着夸九戒点子多，来得快。九戒其实对黄天虎有看法，自从阿廖沙说回国后，就没有了消息，而伊万诺夫一家更是音讯全无。现在黄天虎想把茶厂迁到四川去，他不反对，可是这茶厂不是黄天虎的，黄天虎年年将他们的红利存入花旗银行，现在又要帮他们迁移工厂，黄天虎这是在做将豆腐盘成肉价的亏本生意，这让九戒想不通。

　　黄天虎没认为自己是在做亏本生意，既然伊万诺夫把生意交给他打理，他就会对伊万诺夫一家负责。现在存到花旗银行已经不保险了，他让秘书下午就去将伊万诺夫先生的资金转入瑞士银行，秘书说他马上就去办。九戒做了一个无可奈何的手势，黄天虎就是这种重义之人，他也拿黄天虎没办法。

　　黑皮知道黄天虎把义看得比生命还重，他没像九戒那样劝黄天虎不要做这种亏本的生意，他只是提醒黄天虎，将茶厂运往四川的费用，也许高于这些机器的费用，他们能不能到了四川后，就地采购机器，就地建厂呢？

　　黄天虎其实已经研究过了，如果政府迁移到四川，一旦日军包围西南地区，西南只有一条路与外界相连，那就是云南、缅甸一线。如果连那条线也掐断了，那就真的被围困了。到那时，连讨饭的碗都难得买，又能到哪里买机器去？

　　九戒和黑皮觉得黄天虎分析得对，九戒问新店的茶厂怎么办？他要黄天虎趁自己手中有船赶快拆迁，再迟就来不及了。黑皮也问天津和上海、杭州的分店怎么办？而且祝掌柜去上海，好长时间没有信息了，他担心祝掌柜被日本人抓起来了。

　　黄天虎长叹一声，走到窗前说："国将不国，茶何以堪！现在的关键是救人，天津的人，要小伙计带着撤回来。上海方面，我亲自去一趟。"

　　黑皮不同意黄天虎去上海，上海现在是日本人的天下，太危险了。黄天虎坚持要去，这些年来，祝掌柜和他情同父子，他必须去。上海码头他的关系多，只有他去了，才能救祝掌柜，至于九戒和黑皮，就在家抓紧办工厂迁移的事。

　　黑皮和九戒办事去了，黄天虎留下秘书说："小李，你神通广大，帮我办个去上海的通行证吧。"

秘书有些为难，黄天虎说钱不是问题，秘书"噢"了一声，他知道黄天虎不在乎花钱，他问黄天虎需要他陪着一起去吗？

黄天虎反问秘书："你说呢？"

秘书不动声色地说："我试试看。"

黄天虎点头，秘书退了下去。

蔡雪去了圣公会，圣公会大院内到处都是难童，一个女教师正在带领孩子们朗诵儿歌：

> 公鸡叫，喔喔喔，
>
> 妈妈叫我快起床，
>
> 穿上军装扛起枪，
>
> 跟着爸爸打东洋。

蔡雪看着孩子们，眼眶红了，保育院负责人李大姐在鲁兹的陪同下，笑着走过来。鲁兹向蔡雪和李大姐互相介绍了对方，李大姐很热情地问蔡雪："蔡老板，你怎么亲自来了呢？"

蔡雪在家不安心，国难当头，她担心这些可怜的孩子们，尽管她多次捐款保育院渡过难关，可现在这些无家可归的孩子们眼看着有生命危险，她怎么能坐视不管呢？

李大姐向蔡雪介绍说："蔡老板，现在各地涌到武汉的难童，已经有好几千了，最多的是东北、华北、安徽的难童，我们已经在疏散了，但人太多，很慢。第一批难童，已经坐火车往湖南方向疏散，如果你们有水路疏散，那是太好了。"

蔡雪告诉李大姐说："我和我的先生商量过了。我们租用民生轮船公司的客船，专门运送难童。所有费用，由我们来出，但护送孩子的老师们，要请保育院统一安排了。"

李大姐紧紧握住蔡雪的手，她太感谢蔡雪了，在最关键的时刻，挺身为孩子们解决了最大的困难。

蔡雪是真心喜欢这些孩子，这些年来，她一直没能为黄天虎生下一男半女，内心苦恼无比，她不喜欢战争，她希望战争尽快结束，她希望这些可怜的孩子们能够过上安稳的日子，可是她的这个愿望什么时候才能够真正实现呢？

蔡雪不知道。

4

在刘府，刘钦云在书屋里闭眼躺在竹躺椅上，他用手撑着额头，一个丫鬟给他打扇，管家在汇报："现在政府催着纱厂迁往四川，工厂究竟是迁，还是不迁，老爷您得赶快拿个主意。"

刘钦云问管家是个什么主意？管家不敢拿主意，他听刘钦云吩咐。刘钦云又问麻哥的态度，麻哥说他就跟着刘钦云，他到哪里，自己就跟到哪里。刘钦云长长叹了一口气，关键时刻，管家和麻哥不能为他分一点忧。

刘钦云叹完气后问黄天虎有什么动静没有？管家告诉刘钦云，黄天虎有轮船公司，现在生意兴隆，大家都抢着搬迁，他肯定是赚饱了。

刘钦云听了管家的话，一下子暴躁起来，说："搬迁搬迁搬迁！我的房子能搬迁吗？我的地皮能搬迁吗？日本人马上要打过来了，现在只剩下工厂了！不搬迁，怎么办？"

管家就问刘钦云："那，要不要联系轮船公司？现在码头上的搬迁物资都堆成了山。"

刘钦云头疼起来，他要管家先去联系联系。他现在心里烦躁死了，日本人对中国的侵略，他恨死了，可是工厂不搬就要落进日本人手里，他不甘心。当管家退下后，刘钦云的头更疼了，面对局势的混乱，他也想不出更好的办法了，除了搬，他找不到别的路可走。

而刘钦云的弟弟刘祥云这个时候正在审一个汉奸，憨子已经担任了侦缉队长，刘祥云和憨子走进审讯室，汉奸被绑在十字架上低垂着头，几个大汉轮番抽打着他，汉奸惨叫着。刘祥云和憨子进来后，憨子点了一根烟抽上走到汉奸面前问："是谁指使你到军事要塞的？"汉奸低头不说，憨子用烟头烫汉奸的脸，又问："是谁指使你给日军发射信号弹？"汉奸痛得大叫。

刘祥云挥挥手让憨子退下，他上前掏出手绢给汉奸擦脸上的血迹，一边擦一边说："小兄弟，你也是中国人。我知道，你也是受苦出身，你这么干，也是被逼的，是不是？"

汉奸被刘祥云说得哭了起来。刘祥云继续说："你也知道，日本人正在屠杀我们中国人，说不定，哪一天，也会杀害你的父母，你的姐妹。你还年轻，不能当汉奸啊。你告诉我们，是谁指使你这么做的，你告诉了我，就等于是帮助你的亲人，去阻止日本鬼子杀害你的乡亲，去强奸你的姐妹。你想想，你为他们去死，值得吗？"

汉奸哭得更厉害了，他对刘祥云说："我要喝水。"

刘祥云转身下令给汉奸松绑，倒水。他知道他的话打动了汉奸。

日本的情报员频频被捕的消息传到了冈田耳朵里，冈田招见秘书小李，也就是小野。

当小野走进冈田洋行后，冈田对他说："武汉会战关系到帝国的荣誉，天皇陛下非常关心，大本营严令攻占武汉，迫使蒋介石政府成为地方政府，最后投降，建立真正的大东亚共荣圈。"

秘书小野点头。冈田吩咐小野要马上阻止日本情报员再次被捕的事情。冈田问小野有什么具体计划，小野说："现在的侦缉队长憨子，是黄天虎的结拜兄弟，但是背叛了黄天虎，两人结怨很深。我准备策反憨子，让他为我们服务。"

冈田知道憨子是一个心胸狭隘、报复心强的人，对于这种人只能利用，不能轻信，而他要的人是黄天虎，还有刘钦云，他们是武汉商界的领袖，他们如果归顺大日本，对于日本要建立的大东亚共荣圈无疑具有示范效应。黄天虎和刘钦云是大西瓜，冈田要小野不能因小失大，让黄天虎和刘钦云在他们眼皮底下跑了。刘钦云老奸巨猾，黄天虎性情刚烈，现在不宜来硬的，只能智取。

小野一边点头，一边向冈田汇报：黄天虎准备亲自去上海救他的伙计，需要通行证，他想陪黄天虎一起去。

冈田说黄天虎很有武士风范，小野一起去很好。他要小野见机行事，尽量感化黄天虎，如有必要，就地羁押黄天虎。

小野领令退出了冈田洋行。他其实很敬重黄天虎的为人，只是他是日本人，他要效命于大日本的天皇。他希望黄天虎能够归顺于日本，这样他和黄天虎就可以做真正的朋友，只是黄天虎会吗？小野拿不定。如果黄天虎知道他是日本人后，会如何看他呢？这些对于小野来说，都是未知的问题。

而此时的黄天虎在德昌号前搭起了工棚收留难民，尤其是难童，德昌号成了收容所。

工棚外几个大锅正在熬粥，炒菜，一群破衣赤脚的孩子眼巴巴地端着破碗，已开始排队了。炊事员驱赶着孩子们："走走走，还没有熟呢，走！"

黄天虎走来，抱起最小的一个孩子问："饿了吗？"

孩子点头。黄天虎又问："你的爸爸妈妈呢？"

孩子说："死了。"

黄天虎问怎么死的？孩子说："飞机呜呜地飞来，炸弹，炸死的。"

黄天虎听了孩子的话，心里十分难受，看看饭已经熟了，他走到锅边亲手帮孩子添了一碗饭，当孩子高兴地端着饭冲黄天虎笑的时候，他也欣慰地笑了笑。

黄天虎来到德昌号前厅，许多汉正街的老板正在喝茶，见黄天虎进来，纷纷站起来。钱庄的秦老板说："黄老板，大家听说你在救济难童，都很感动。国家兴亡，匹夫有责，汉正街的老板们，救国，赈灾，从来都是不含糊的。这次保卫大武汉，我们也愿意出微薄之力呀。"

老板们纷纷附和说："是啊，再重的担子，也不能你一个人挑哇！这不是钱多钱少的问题，不管捐多捐少，是个心意啊。"

黄天虎拱手说："各位老板所言，令黄天虎感佩。这么多年来，不管是辛亥首义，还是汉口水灾，七七献金，咱们汉口的商家，汉正街的商家，都是慷慨解囊，义薄云天。现在，日寇企图亡我中华，国将不国，命都可能随时丢掉，那些身外之物，还有什么留恋！所以，黄天虎宁愿现在散财救难，不愿当亡国奴，任人宰割！各位愿共同救难，我非常赞成。我提议，以汉正街商会的名义，集中善款，共同捐助，大家意下如何？"

秦老板说:"好啊,我同意。"大家纷纷表态同意,这让黄天虎很开心也很感动,汉口的商人如他一样都是真正的汉子,都不愿意当亡国奴的。

～ 5 ～

黄天虎和秘书小李一起去了上海。沦陷后的上海仍然车水马龙,但到处是日本兵。黄天虎和秘书走出码头时,日本岗哨检查,秘书掏出通行证,哨兵挥手,顺利通过。当他们走出码头时,一辆小轿车停在码头上,一个日本职员站在轿车前恭迎。黄天虎和秘书上车,他们去了冈田洋行上海分行,日本人佐藤起身恭迎他们,秘书向黄天虎介绍:"这位是冈田洋行上海分行的佐藤先生。"

黄天虎说了一声"幸会"。佐藤告诉黄天虎,他见过黄天虎,黄天虎在上海分店开业的时候,他听黄天虎讲过茶道,黄天虎的刚柔相济,阴阳调和的茶道,他很欣赏。

黄天虎笑着说:"我那只是一孔之见,佐藤先生见笑了。"

佐藤招待他们坐定,上茶后,佐藤对黄天虎说:"黄先生,你的来意,冈田先生已经告诉我们了。长江沿线战火纷飞,黄先生却不避风险,亲赴上海,寻找救助自己的员工,我十分钦佩。"

黄天虎说:"谢谢冈田先生,佐藤先生。我只是个生意人,中国的生意,是以人为本的,讲究'师徒如父子'。祝掌柜是我的师傅,其他的都是我的徒弟,我的兄弟,我得把他们带回去。"

佐藤已经打听过了,黄天虎在上海的门店被查封了,具体的人员,可能被派遣到飞机场修理机场去了。等明天他再具体去查查,请黄天虎放心。

黄天虎很高兴地向佐藤道谢。佐藤说:"黄先生远途劳顿,应该好好放松放松,晚上请到处看看,大东亚共荣的上海,仍然是人间天堂!"

黄天虎为佐藤所说的大东亚共荣的上海有些难受,可为了救祝柜掌,他没有反驳佐藤的话。

到了晚上,他们一行人去了上海的曼陀罗酒吧。夜上海灯红酒绿,酒吧内华洋杂处,小舞池内,乐队在演奏舞曲,浓妆艳抹的舞女在伴舞。黄天虎在秘书和佐藤的陪同下，走进酒吧，侍者将他们引导到豪包内就座。

眼前的一切，对于黄天虎而言似曾相识，秘书问黄天虎："像不像维多利酒店的舞厅啊？"

黄天虎还没来得及回答秘书的话，佐藤说："黄先生，这里的舞女既不是中国人，也没有日本人，都是白俄，你尽管放松。"

黄天虎礼貌地向他们致谢，佐藤喊来侍者吩咐将最漂亮的舞女请过来。侍者退下后不久，一个高挑的舞女举着酒瓶，摇摇晃晃地走了过来，逆光下黄天虎看不清她的脸庞，舞女摇摇晃晃歪倒在黄天虎身边，醉眼蒙眬地问道："谁再陪我喝一杯？"

黄天虎笑着举起酒杯，当他望向舞女的时候，笑容突然凝固了，他惊叫："娜佳？"

舞女哈哈大笑，问黄天虎："娜佳？哈哈！你怎么知道我叫娜佳？"

秘书也大惊地叫了起来："小姐！娜佳小姐！"

佐藤惊讶地问："娜佳小姐？"秘书点头，他站起来和佐藤找到一间房，两人和曼陀罗酒吧的老板窃窃私语了一番，而豪包内娜佳靠在黄天虎的肩上满面泪痕，娜佳问黄天虎："天虎！我是在做梦吗？"

黄天虎难过地摇头。娜佳突然抓住他的手，咬了一口，黄天虎失声叫了起来，娜佳带泪笑了起来说："真的，这不是梦，你真的是黄天虎！"

娜佳说完，扑到黄天虎的怀里嚎啕大哭起来。

秘书这时赶了过来，对黄天虎说："黄老板，这里不是说话的地方！"

黄天虎站起来带娜佳走。他们去了上海的新亚酒店，在客房门口，佐藤说："黄先生，我们告辞了！"秘书对黄天虎说："我在隔壁房间，有事随时喊我。"黄天虎向他们再次致谢了一番。

黄天虎和娜佳走进客房，娜佳去洗澡了。黄天虎独自站在窗前抽着雪茄，他凝望着窗外上海的夜色，窗外有呜呜的警车驶过，可这一切是中国人自己的领土吗？黄天虎想到这，心就隐隐地疼。

娜佳这时穿着睡衣走来，她脖子上仍带着黄天虎送的玉佛，黄天虎望着玉佛问娜佳："噢！玉佛还在啊？"

娜佳抚摸着玉佛说："要不是菩萨保佑，我就见不到你了。"说完，她和黄天虎在客厅坐了下来。黄天虎要娜佳快告诉他，她父亲呢？阿廖沙呢？她怎么跑到上海来了？

娜佳浑身颤抖起来，眼泪又不停地流了下来，黄天虎紧紧抱住娜佳说："别怕！"

娜佳的心情平静了一下。原来伊万诺夫已经不在了，娜佳的姑姑是皇室成员，她和父亲一回去，父亲就被逮捕了，她和姑姑家的孩子，一起被流放到了西伯利亚。后来听说姑姑，还有姑父，她父亲都被处决了。

黄天虎听完娜佳的讲述，难过得烟斗掉了下去都没有意识到，他掩面哭泣着，他如此敬重的伊万诺夫先生就这样与他永别了。

娜佳见黄天虎这么难过，用手揩了眼泪，从地上捡起烟斗，递给黄天虎后，又用手抹去黄天虎的眼泪。她为黄天虎点火，安慰黄天虎不要太难过，说完就去酒橱倒了两杯酒，她递给黄天虎一杯说："天虎，这些年，我的眼泪已经哭干了。上帝保佑，菩萨保佑，我终于活了下来，又逃出了西伯利亚，我只有一个信念，就是回到中国去，回到汉口去，去找你，我就一路流浪到了哈尔滨，然后到了上海。"

黄天虎再也控制不了自己，他一把抱住娜佳说："噢，娜佳！"娜佳急忙往后退，她对黄天虎说："别碰我，我不是原来的娜佳了。"黄天虎仍上前抱起娜佳，娜佳的泪水夺眶而出，这个她日思夜思的男人，这个她深深爱着的男人，她终于又看到了他。

黄天虎对娜佳说："跟我回汉口，好吗？"

娜佳温顺地点头，她无数次梦见自己重回汉口，现在，她就要跟着黄天虎再次回到汉口，她真的觉得这一刻自己太幸福了。

第二天，秘书走进娜佳住的客房问她："小姐，听说你已经买了回汉口的船票。"

娜佳说："刚买，我回自己的家去，有什么问题吗？"

秘书对娜佳摊牌了：他是日本人，娜佳必须还得留在上海，他依然是伊万诺夫一家的忠臣，是忠臣就必须提出有利于娜佳的建议，娜佳是自由的，但黄天虎是不自由的，汉口正在打仗，日本人允许黄老板来上海带走他的兄弟们是会讲条件的。当然，黄老板他并不知道，是上海方面希望娜佳留下。

娜佳问秘书："如果我拒绝你的建议呢？"

秘书说："那非常抱歉，我们总有办法让小姐留下来。"

娜佳终于明白她已经成为日本人的人质了。娜佳逼视着秘书问："我想问你一件事，你跟随我父亲多年，你究竟是什么人？"

秘书对娜佳说："我是谁并不重要，小姐，重要的是，我们必须活下去，如果你执意要和黄老板一起回汉口，黄老板的生命也会受到威胁，而这一切，黄老板至今还蒙在鼓里，希望你不要为难黄老板，安静地留在上海。"

秘书说完这些话就走了，娜佳望着回汉口的票，难过地闭上了眼睛。

当黄天虎来请娜佳一起去餐厅吃饭时，秘书躲在一根立柱后监视着他们，黄天虎对娜佳说："吃完饭我就帮你去收拾行李，然后直接去十六铺码头，祝掌柜他们快到了。"

娜佳心里很难受，可她什么都不能说，黄天虎问她："怎么了，娜佳？"

娜佳说："对不起，天虎，我还不能回去。"

黄天虎惊愕地问娜佳："不回去？莫非你还留恋那家舞厅？汉口那边有你的家，还有你的产业。"

娜佳说："我们家的产业还在吗？不可能。"

黄天虎说："都在！娜佳，你爸临走前，把新成公司的茶厂、码头什么的都托付给了我，几年过去了，这些产业都经营得非常好，赚的钱也已经存入了瑞士银行，只要你一到汉口，我就会把这些资金和产业全部交还给你！"

娜佳听了黄天虎的话，突然哭了，她说："天虎，我答应你，我一定会回到汉口，回到你身边，但不是现在。"

黄天虎猜测地问："是不是有人不让你回去？"娜佳未置可否，黄天虎继续对娜佳说："如果你不回去，那些产业我就无法交给你，难道你不想让你爷爷创建的新成重新开张？"娜佳除了不停地流泪，她已经感动得说不出话来。

黄天虎就在这时无意中发现了躲在立柱后窥探的秘书，顿时明白了几分，他大步走到立柱旁说："出来！"

秘书畏畏缩缩走到立柱前，黄天虎问他："是你不让娜佳回去？"

秘书对黄天虎说："我是在执行上级的命令。"

黄天虎对秘书说："你的上级不就是日本人吗？告诉他，我这次一定要把娜佳带回汉口！"

秘书说： "那这样做的结果很遗憾，包括你在内的所有人都不能回去！"

黄天虎一把揪住他领口说："你敢！"

娜佳冲上前，用力拽过黄天虎说："别为难他了，是我要留在上海的，我还有事。天虎，你很久以前说过，要送一个酒吧给我，还记得这件事吗？"

黄天虎当然记得，就是娜佳现在要十个酒吧，他也会答应她。娜佳问黄天虎："你能帮我买下这个餐厅吗？"黄天虎点头。娜佳笑了起来，她想帮助俄罗斯的兄弟姐妹，就像黄天虎不顾生命危险来救助他的同胞一样。上海的白俄很多，那么多的女孩子，出身贵族，却只能在舞厅卖身。何况，她还要寻找阿廖沙，她想留在上海是她最佳的选择吧。

黄天虎见娜佳的态度很坚决，也就没再说什么。娜佳说："天虎，你安心回去吧，汉口有我的家，我永远不会忘记汉口，我一定会回家的。"

黄天虎重重地点了点头，他相信，在汉口，他一定会在娜佳的家里见到她。

第二十五章　黄刘联手

～ 1 ～

蔡雪收留了一群难童，黄天虎去了上海后，蔡雪在家教这些孩子们念童谣：

> 花枕头，朵朵花，
>
> 中间睡个胖娃娃，
>
> 娃娃乖乖睡，
>
> 明天起来学排队，
>
> 排队到南京，
>
> 去打日本兵！

李大姐听说蔡雪收留了一批难童，就到德昌号找蔡雪，李大姐对蔡雪说："救济难童是行善，但影响你们做生意了。"

蔡雪自己没小孩，这些伢她看了就喜欢，生意的事也谈不上影响不影响的。李大姐要蔡雪把孩子们的登记表送到保育院，让这些孩子和保育院们的孩子一起走。

蔡雪点头。李大姐走后，黄天虎带着祝掌柜回到了汉口。祝掌柜被日本人送到了上海郊外和其他的中国劳工一起修飞机场，黄天虎去的时候，伙计搀扶着祝掌柜，被日军士兵押了过来，黄天虎跪在祝掌柜的面前说："祝叔！我来迟了！"祝掌柜扶着黄天虎痛哭。

在佐藤的交涉下，黄天虎顺利地带着祝掌柜和伙计们回到了德昌号，德昌的员工们为了迎接他们，放起了鞭炮，黑皮和九戒都在大门口迎接。被伙计搀扶的祝掌柜看见了蔡雪，老泪纵横，踉跄着走上前行礼叫着"蔡老板"，蔡雪急忙搀住祝掌柜，她的眼泪也忍不住直流，她说："祝叔，好想你啊！"

秘书小野回到了汉口，他向冈田汇报上海之行。冈田夸奖小野说："很好！留下娜佳，是一步妙棋！先把黄天虎稳住，还要继续施加压力。刘钦云，还有憨子，也要抓紧了，中国军队马上就会撤退，我们必须在皇军进城之前，确定汉口维持会人选。"

小野领令退下后，他找到了憨子。这天夜里，他把憨子带到了春香楼小院，这是小翠原来住过的小院，他们在这里喝酒，小野对憨子说："韩队长对这里应该不陌生吧？"

憨子没想到李秘书会请他到这里来喝酒，只是李秘书对这个小院怎么也熟悉？憨子有些纳闷。当李秘书说憨子比他更熟悉这个小院的时候，憨子更加奇怪了，他不明白李秘书找他喝酒到底为了什么。这时小野拍手，老鸨应声而到，老鸨轻声用日语说话："先生，有什么吩咐？"

小野说："上一壶清酒。"

憨子一听他们说日语，马上跳起来，掏出手枪对准秘书说"不许动"！

小野笑着摇摇头，示意憨子看身后，春香楼的保镖，憨子熟悉的人，已举枪对准了憨子。憨子顿时冷汗直冒，他直到这个时候才发现李秘书原来是个日本人。

小野挥挥手，要保镖放下枪，他对憨子说："韩队长，如果我想你在汉口消失，是一件非常容易的事情，有一个人，我想你应该认识一下。"

小野说完再次拍手，一个身穿和服的女子低头走了进来，和服女子用日语向小野问候，小野还了一个礼，和服女子望着憨子用汉语问候："韩队长，晚上好！"憨子一看，吓得说不出话来，这和服女子，竟然是小翠！

憨子惊恐地问："你是谁?"

小翠答道："我是川口惠枝子，也是小翠。"

憨子望着小翠说："你是日本人！你一直在欺骗我?"

小翠不急不缓地说："对不起，那是我的工作。但是，我对你的感情，是真的，没有欺骗。"

憨子长叹了一声后说："你们的陷阱，太深了！说吧，你想怎么样?"

小野这才说话，他对憨子说："韩队长，说实话，我们选择让小翠到汉口来，不是对付你的。"

憨子现在明白了，他们想打黄天虎的主意，想把小翠送进德昌，送进新成，可惜半路上被憨子截住了。

憨子问小野："你不是黄天虎的患难兄弟吗？你也要下他手?"

小野说："对于一个军人来说，帝国的利益高于一切！韩先生，你很清楚，汉口马上就要被我们占领了！只要和我们合作，我们就会为你提供实现你梦想的平台。"

憨子不想当汉奸，他是中国人，他虽然恨黄天虎，恨刘钦云，他发过誓要超过他们，可他是个中国人，他可以和日本人做交易，但他不能当汉奸。

小野只要憨子帮他们干活，其他的，他不管。他告诉憨子，第一，他们希望保护他们的情报人员，憨子可以去抓捕，但是等憨子去了以后，情报人员已经转移了。

憨子点头。小野说出第二个计划，黄天虎正在计划运送难童，他希望，这艘船可以开出汉口码头，但永远也到不了重庆。

憨子没想到日本人这么狠毒，连小孩子也不放过，他的后脊背顿时发凉，可小野告诉他："办法你想，要万无一失。"说完就和憨子干完杯。

小野和憨子喝完酒后，剩下的事就由憨子去做了。憨子密切监视着黄天虎的行踪。

一天夜里，憨子把自己给灌醉了，当他回蔡三爷公馆的时候，小翠在公馆里，小翠厌恶地说："又醉得像狗屎！"

憨子嬉皮笑脸地靠在她身上："是啊，一朵鲜花，插在狗屎上，哈哈！"

小翠一把推开他，憨子顺势倒在床上，小翠抽出他身上的手枪，顶住他的太阳穴说："再胡闹！就打死你！"憨子顺势抱住小翠，翻身压在小翠身上，小翠推开他："那艘船的事怎样了？"

憨子说："我都安排好了，哈哈，神机妙算，谁也防不了，你就好好犒劳我吧。"

小翠不再拒绝憨子，她的任务就是协助憨子，不让黄天虎他们运送难童的船进入重庆。

2

秘书小野还在德昌号上班。这天黑皮正在给黄天虎汇报，民生公司答应运送难童免费，黑皮问他们的货轮还免费吗？

黄天虎做事向来说话算数，他们的船也免费运送，第一批安排两条船，民生和民众，要黄天虎挑选，黄天虎要黑皮先安排民众，今天就带人上船检查设备，一定要保证安全。

秘书把这一切全部记录下来。黑皮去了肥码头，民众客轮停靠在肥码头上，几个水警警官朝客轮走去，持枪的保卫拦住他们说："对不起，长官，轮船正在检修，禁止登船。"

周警官说："老子就是负责登船检查的！滚！"

黑皮正在机舱内监督检修，保卫进舱汇报说："黑哥，有几个警察要上船检查，怎么也挡不住。"

黑皮走下船和周警官打招呼说："周警官来啦？"

周警官问黑皮："你们德昌放着自己的船不用，怎么还租用民生的客轮？"

黑皮"嘿嘿"地笑了一下说："我们老板抠门，肯定是为了省钱吧。"

周警官又问："运人还是运货？"

黑皮说："哪会运人啊？我们德昌是做茶叶生意的，运来运去的，只有茶叶。"

周警官又问黑皮什么时候走？黑皮说还没定，得听老板的。周警官说现在是特别时期，船走不走，恐怕还要告诉兄弟一声。黑皮保证到时候一定报告。周警官就往船舱走去，黑皮追上几步，往他兜里塞了一包钱。周警官把钱掏出来扔在地上说："你这是什么意思？运点茶叶还要用钱来打发？说，你们到底想用这船搞什么名堂？"

黑皮说："哎呀，周警官，熟人熟事的，这是德昌的一点小意思嘛，周警官何必……"

周警官打断黑皮的话说："老子秉公执法，你少来这一套！"说完回头喊道："都过来，给我上船检查！"

黑皮见拦不住周警官，就飞步往德昌奔去，黑皮冲进门对黄天虎说："天虎，快想想办法，有个姓周的警察在找我们麻烦啦！"

黄天虎一怔："警察？不可能。"

黑皮把他遇到的情况对黄天虎讲了一遍，黄天虎面色沉重起来，黑皮就说："信了邪，昨天才定的事情，今天就有人知道了。要是有人对那一船的小孩下手，那不是惨了？"

黄天虎站起身思索片刻后，就给刘祥云拨打电话，他把这件事告诉了刘祥云。刘祥云放下电话，按了一下电铃，向下属部署了保护这些难童的任务。

难童运送这天，在货码头，蔡雪牵着一个孩子的手走在最前面，李大姐也在队伍中。趸船上，警察林立，刘祥云看着码头入口处，憨子也盯着码头入口处。刘祥云说："加强警卫，水上巡逻艇立即保护民众轮，不允许任何水上目标靠近！"

周警官回答"是"。

刘祥云又吩咐憨子带人进舱检查，憨子应声而去。

蔡雪带着孩子过来了，刘祥云对蔡雪点点头，扶着一个孩子上跳板，蔡雪也扶着孩子过跳板。憨子看一眼刘祥云，和周警官分别上船，阴暗的机舱里，憨子和周警官一前一后走了进去，走到一排管道旁，周警官掏出一个手电照了照，回头看着憨子。憨子点点头，掏出手枪在一边警卫。周警官用嘴咬住手电筒，掏出一个定时炸弹，往管道上安装。

等周警官安装好炸弹后，憨子头一侧，示意他快走。突然，几道手电筒光柱亮起，箭一般射过来，憨子大吃一惊，周警官急忙去掏手枪。黄天虎走出藏身处，痛心地说："憨子，没想到你真是邪完了！"

憨子指示周警官快打死黄天虎，黑皮持步枪冲上前，一枪托击昏周警官，憨子瞄准黄天虎，黄天虎轻蔑地看一眼憨子，仔细研究那炸弹，灯光突然大亮，刘祥云带着一群警察走进舱说"不许动"！

憨子一震，犹豫片刻后扔下枪，刘祥云厉声喝道："带走！"两个警察上前给憨子戴上手铐，另外几个警察开始拆炸弹。黄天虎焦灼地看着他们，一个警察取下炸弹，对刘祥云点点头，刘祥云松了一口气，黄天虎也松了一口气。

孩子们已经进了客舱，蔡雪和李大姐在甲板上铺上麻袋片，孩子们或坐下或追逐玩耍，他们谁都没想到船上曾经历过这么大的危险。

客轮终于缓缓离开了码头，李大姐带着孩子朝蔡雪挥手告别，蔡雪也朝客轮挥手。

不远处，几个警察押着憨子和周警官往码头出口走去，而在码头入口处，村姑装束的小翠紧张地朝栈桥看了一眼，戴上斗笠匆忙离去。当四个警察押着憨子和周警官走向人行道时，憨子沮丧地垂着头，他们刚刚只剩背影时，在路边假装兜售的小翠突然从提篮中取出枪，立即瞄准警察背部开枪，四个警察接连倒地。小翠带憨子和周警官逃往一条小巷，一个受伤的警察拔枪射击，子弹击中周警官，小翠和憨子顾不上周警官，急忙逃进小巷。

憨子被小翠救走后，一队警察在夏队长指挥下冲进憨子住的公馆搜查，黑皮带人冲进秘书小野的办公室搜查，可他们都没有找到憨子。

憨子被带进了冈田洋行的地下室，憨子焦躁地在地下室来回走动，他没想到，搞来搞去，他现在变成了地下室内的老鼠。

秘书小野对憨子说："你急什么？能保住你的小命就算不错了，先休息几天，皇军马上就要占领武汉了！"

憨子问小翠呢？小野说小翠还有任务，不能来陪憨子，说完丢下憨子出了地下室，留下憨子一个人在地下室里继续焦躁不安。

～3～

小莲的父亲来到了刘府，他来和小莲话别。老班主对小莲说："三厅的洪深科长号召武汉的戏剧界到各县去做抗战宣传，到前线去劳军，我们楚剧戏班子马上就要下去了。你还好吧？"

小莲叹口气，对于她来说，过一天，算一天，不过她现在有了小宝，小宝调皮得很，她都管不住他了。

班主问小莲，现在时局这么乱，她和刘钦云有什么打算没有？是走，还是留？得早拿主意。小莲在家里关腻了，她要班主带她一起走，趁她现在还唱得动，也跟大家一起，为抗战出份力。

班主叹了一口气。小莲现在的身份不一样了，再说，小宝还小，刘钦云不会同意小莲再回剧团唱戏的。

这时，刘钦云走过来，他对班主说："老亲爷来啦？"

班主连忙站起来说："明天戏班子要到孝感宣传抗战，特意过来，看看小宝。"

刘钦云留班主在家里吃饭，小宝马上就放学了，班主推辞改日再来，说着就要走，小莲赶紧对刘钦云说："钦云，我要跟爸去孝感。"

刘钦云问小莲要去孝感多长时间？

小莲说五天，班主说最多四天，不过他还是劝小莲别去了，安心在家里伺候刘钦云。

小莲想去，刘钦云说："想去就去吧，抗战宣传，人人有责，我叫麻哥派人保护你。"

小莲和昔日的姐妹们在一起，她不需要刘钦云派人保护她。班主没想到刘钦云会答应小莲去参加抗战宣传，就让刘钦云放心，他会让小莲平平安安地回家的，等抗战宣传义演时，他就来接小莲。刘钦云点头，班主离开了刘府。

日本人就要打到武汉来了，刘钦云家的纱厂机器搁在码头上无法运走，刘钦云焦躁地将桌上的物件扫到地下。麻哥汇报说军队临时征用了轮船，他们的机器设备上不去了，刘钦云怒骂："土匪，简直是土匪。"

麻哥告诉刘钦云还有最后一线希望，现在码头上还剩下德昌商号的两条船，他们原是准备运送茶厂的设备，后来帮民生公司运送设备，茶厂的事情就搁下来了；现在，轮船刚刚从宜昌回来。刘钦云沉思片刻后对麻哥说："你去德昌跑一趟，先借条船用用。"

麻哥告诉刘钦云，在这种情况下，恐怕得他亲自出面才行，刘钦云叹气，决定去找黄天虎。

黄天虎在德昌号后院架起了大茶桶，正指挥人往玻璃瓶里灌茶，准备送到前线去，忙得黑汗水流。祝掌柜进门说："刘钦云来了。"刘钦云不等请他，已经走了进来，黄天虎迎上几步说："哎呀！不知刘先生驾到，有失远迎啊！"

辛亥首义那年，德昌也是灌制义茶支援民军，现在又灌制义茶支援抗日，黄天虎的精神让刘钦云感到可敬可佩。

黄天虎问刘钦云来德昌有什么事情。刘钦云说，这一段时期身体一直不争气，病病歪歪的，许多事情真的是心有余而力不足，朋友们建议他这病要到香港去看洋大夫，他想总商会的工作，还需要黄天虎多挑些担子。他已经跟市政府呈文，请黄天虎继任武汉总商会会长，市长已经批准了，黄天虎年富力强，众望所归，他希望黄天虎不要推辞，值此危难时刻，敌寇即将破城，商家纷纷逃难，除了黄天虎，还有谁想着往前线送义茶，就这一点，他觉得商会会长非黄天虎莫属。

黄天虎问刘钦云真的要走？

刘钦云说："刘某虽然老朽，但是，也不愿当亡国奴，更不愿为虎作伥啊！"

黄天虎明白了刘钦云的心情，他告诉刘钦云，会长不必更换，他先临时牵个头，刘钦云要到香港治病就早作准备。刘钦云就告诉黄天虎说："那就麻烦黄老板了。本来，我马上要走的，只是还有一事，让我放心不下，我的纱厂已经奉命内迁。可是今天管家告诉我，运送设备的船只被军方临时征用了，大批设备堆积在码头，令人心焦！"

黄天虎问刘钦云纱厂怎么还没有搬迁？刘钦云说一直在生病，这事就耽误下来，最近才下决心拆迁的。

黄天虎明白了，他也知道现在汉口已经没有船了，只剩下他们公司的两条，不过他要跟蔡雪商量一下。刘钦云很感激黄天虎在如此紧急关头，没有一口拒绝他，不过他告诉黄天虎也不必勉强，他会再作应变准备。

黄天虎点头，他让刘钦云先回去，他会尽快给他答复的。

刘钦云走后，黄天虎就去了后院，当他告诉蔡雪刘钦云的难处后，蔡雪气呼呼地问黄天虎："你答应借船给他了？"

黄天虎说："没有啊，这不是找你商量吗？"

蔡雪对黄天虎说："哼，他一来，我就知道是黄鼠狼给鸡拜年，没安好心！假惺惺地说什么让你当会长，其实是让你去堵枪眼，他倒好，脚板抹油，开溜；然后才说要借船运他的机器设备！那我们的茶厂怎么办？"

黄天虎也没想到刘钦云会提出这样的要求。不过，刘钦云一辈子要强，不肯求人的，今天亲自上门，也是真的着急了。蔡雪不管这些，这个人跟她父亲斗了一辈子，跟黄天虎也斗了一辈子，蔡三爷和憨子其实都是他在背后使的坏，汉口码头上的人都知道。刘家和蔡家，打了几代人的码头，现在黄天虎要丢下自己的工厂，去帮刘钦云，蔡雪怎么也接受不了。

黄天虎也知道蔡雪说的都是事实。刘钦云这个人，看起来道貌岸然，其实喜欢煽阴风，点鬼火，在背后使坏。但是刘钦云今天的决定，还是让他感到奇怪，他宁愿到香港去，也不愿当亡国奴，去帮日本人做事情。上海沦陷后，没有搬迁的纱厂，可红火赚钱了。日本人也需要工厂为他们服务。刘钦云不会不知道这些，但是他还是将纱厂迁走了，对于一个国家来说，对于一个正在打仗的政府来说，士兵们可以不喝茶，但是不能不穿衣。

蔡雪没想到黄天虎说来说去还是想舍弃自己的工厂，去做好人，去帮刘钦云。可黄天虎认为自己不是在帮刘钦云一个人，他是在帮更多的人。

蔡雪气坏了，她不听黄天虎的道理，而是冲着黄天虎吼道："黄天虎，我告诉你，德昌不是你一个人的！你想帮他，我不同意！"说完，蔡雪丢下黄天虎就走了，黄天虎追出去喊："雪儿！雪儿！有话好说啊！"蔡雪不理他，冲出门去。

<h2 style="text-align:center">～ 4 ～</h2>

蔡雪去了圣公会，黄天虎坐着一辆轿车到圣公会找蔡雪。鲁兹看到黄天虎问他："黄先生，你们的军队和政府马上就要撤退了，你们什么时候走啊？"

刘祥云已经告诉过黄天虎，他们已开会决定将军队、政府、学校、工厂等撤出武汉，但是总有一天，他们会打回武汉，中国不会亡，武汉也就不会亡。

黄天虎还没定，这么大的一摊子事，不是说走就能走的。鲁兹说："武汉如果放弃，估计大量的难民会涌来。我们已经在着手筹备保护难民的机构，给难民尽量多的人道主义援助。我们请你代表华商参加，尤其是你的夫人，她很有经验，我们希望她多做一些具体的工作。"

黄天虎说："如果这是蔡雪的选择，我会尊重她的意见。"鲁兹点头，让黄天虎去找蔡雪。黄天虎找了半天，不见蔡雪踪迹，便在走廊等蔡雪。他不由自主点燃一支烟正准备抽，蔡雪板着脸走出门说："别在走廊里吸烟！"黄天虎赶忙熄火说："噢，对不起！"蔡雪问黄天虎："有什么事？快说吧，我很忙。"

黄天虎要蔡雪有事好好商量，犯不着生这么大的气。蔡雪太了解黄天虎了，黄天虎一旦动了念头，是很难回头的。德昌的事情，反正黄天虎做主也做惯了，就做到底。她自己的事，她自己也做一回主，她要留下来，照顾生病和残疾的难童，她让黄天虎带着兄弟们走。

黄天虎劝蔡雪说："别这样，雪儿，跟我走，帮我生个儿子。""我没这个本事，生不出来！"说完，蔡雪转身走了。黄天虎望着蔡雪的背影，想说什么，却一句话也说不出来。

黄天虎去了货码头，他坐在江边痛苦地抱着头。

九戒往江面打水漂，黑皮对黄天虎说："现在码头上闹翻了天！大家都盯着咱们的船，到底怎么办，你拿个主意！"

九戒也说："日本人马上就要打过来了。我们运送自己的设备，天经地义，谁也不会嚼舌头。蔡雪姐说的也对，你凭什么要扔下自己的工厂不管，去运他刘钦云的设备？"

黄天虎没接黑皮和九戒的话，而是凝望着江面突然问他们："现在是几月了？"

九戒说："你是不是昏了头啦？十月啦！"

黄天虎喃喃地说："马上就要过冬了，前线的官兵马上要换冬装啦。"

黑皮终于明白了黄天虎的心意，他问黄天虎："纱厂比茶厂更重要，是吧？"

黄天虎说："是的。刘钦云的这套设备，是从英国洋行进口的，花了很多英镑。刘钦云一走，我们的船一走，这些设备扔在码头上，就成了日本人的了。"

黑皮对黄天虎说："你要是下了决心，就拍板吧！老拖着也不是个事啊。"

黄天虎站起来说："我要是这么定了，蔡雪就不会原谅我了。"这时江对岸浓烟滚滚，传来炮声，九戒吐掉狗尾巴草问："新店的茶厂设备已经运来了，怎么办哪？"

黄天虎说："赌一把了！先运新店茶厂和纱厂的设备！要祝叔带着孩子们跟船走，先到重庆打前站。情况紧急了，我们还有小火轮，到时候，你们先走，我最后撤！"

黑皮接过黄天虎的话说："只能这样了。黄天虎，这么大的事情，你还是和蔡雪商量一下再定吧！"黄天虎叹气，点点头。

这天夜里，黄天虎又开着轿车去了圣公会。蔡雪还在给孩子们掖被子，鲁兹做手势要她出来，鲁兹说："雪，回家吧，黄天虎在外面已经等了好几个小时了。"

蔡雪说："他等和我有什么关系，我还要值夜班呢。"

鲁兹说："雪，你有很好的理由可以生气。但是，你的国家正在遭受大灾难，你必须尽快地学会原谅。当我们无法饶恕的时候，我们不是在伤害别人，也不是在伤害上帝，我们在伤害自己。大敌当前，我们还有时间这么相互伤害吗？"

鲁兹的一番话让蔡雪哑口无言，鲁兹冲蔡雪说："去吧。"

蔡雪默默地向黄天虎走去。

黄天虎看到蔡雪后，为她拉开车门。蔡雪坐进副驾驶的位置，蔡雪不看他，眼望前方问："决定了？"

黄天虎说："我希望是我们共同的决定。"

蔡雪仍然望着前方说："开车吧。"

在刘府，小莲正在清理衣物，床上到处都是衣服，孩子小宝在一边玩。

刘钦云走进门默默地看她片刻后问："你那个宣传队，什么时候动身？"

小莲说："说不定，也许明天就出发。"

刘钦云问小莲："日本人马上就打过来了，说不定宣传队一动身就给截住了，你就不能听我一回？"

小莲摇摇头，递了个玩具给儿子，刘钦云抱起儿子说："你可以不冲着我，可你得冲着你儿子啊，你连儿子也不要了？"

小莲说："我要，小宝你先管着。爸爸他身体不行了，我怕他连去部队慰问演出都走不完，你让我去尽忠尽孝吧。"

刘钦云要小莲和班主跟他们一起走，小莲叹了口气，班主一辈子就是走江湖的命，班主不会去香港的。

刘钦云对小莲说："你还是忘不了他！"

小莲抱过小宝问刘钦云："你还要我怎么样？"

刘钦云颓然坐下，伤感地说："唉，过去，打码头，争地盘，赌狠赌气，要的是面子和霸气。可是现在，有了小宝，有了你，我什么都不要了！我，我只要这个家呀！"

小莲见他这么说，也伤感起来，走过去，依在他的肩头说："钦云，我也舍不得这个家呀。我到了重庆，你来，或者我再去香港，我们还可以团聚嘛！"

刘钦云却流泪了，他老啦，也不知道熬不熬得到团聚的时候，过去对不住小莲的地方，他要小莲多担待一下。小莲被刘钦云说得泪水盈眶，可是她还是希望自己去义演，去尽一份作为中国人的力量。

夜里，麻哥开车跑进刘府，气喘吁吁地敲刘钦云卧室的门。刘钦云对麻哥说："深更半夜的，有事明天说！"

麻哥说："老爷！船！船有啦！"

不一会，门开了。刘钦云穿着睡衣，探出身子问："哪里的船？"

麻哥告诉刘钦云，黄天虎决定先搬刘钦云的纱厂，再搬自己的茶厂。他并把德昌为这事的争吵，把黄天虎的话都告诉了刘钦云。

刘钦云让备车，他要亲自登门致谢。

刘钦云的车来到码头时，黄天虎和几个码头工人正扛着大木箱，喊着号子，齐步前进。黄天虎在领号子，粗犷的号子声，伴随着长江的波浪声响彻着整个码头。

刘钦云这时卷了卷袖子，大步上前，他走到黄天虎身边时，黄天虎惊讶地问："你怎么来啦？"

刘钦云说："我来喊号子啊！"

刘钦云转身，双手叉腰，大声吼道："弟兄们！跟我来呀！"

刘钦云激动地吼起了号子，黄天虎也喊着号子，码头工人齐吼号子。对岸武昌火光冲天，传来浓烟、炮声，黑皮、九戒、麻哥也扛起了木箱。小莲看到这一幕，泪水一滴一滴地流了下来，她做梦都希望有一天黄天虎和刘钦云能携手共进，这一幕，她终于在这样的时刻看到了。

～ 5 ～

刘钦云要去香港了。

当夜雾飘荡的时候，一条小火轮马上要起航了，栈桥上，麻哥等人提箱扛包地簇拥着刘钦云匆匆走来，走到趸船上，刘钦云把孩子递给保姆，呆呆望着汉口的方向，依依不舍。他的身后，小宝在哭喊着妈妈，刘钦云久久地望着汉口，突然改了主意说："麻哥，你敢不敢跟我一起走？"

麻哥说："敢！我愿和老爷一起死，不不不，我愿死在老爷前头。"

刘钦云点头，走到小宝身前说："小宝，爸不跟你一起走了，爸要去咸宁找妈妈，爸爸一定会找到你的妈妈！周妈，你先把小宝带到上海，三天后，不，最迟五天后，我带小宝的妈妈来上海找你们，然后我们一起去香港。"

小火轮开走了。刘钦云和麻哥回到了刘府，他们组织了十几个持枪的家丁攀上一辆卡车，麻哥陪着一身短打的刘钦云钻进一辆轿车，车子驰进夜幕。

刘钦云没去香港反而去咸宁的消息传到了黄天虎耳朵里，当蔡雪告诉黄天虎，听说日本人已经攻到咸宁时，黄天虎紧张地思索片刻，就让蔡雪赶快去把黑皮和九戒喊来，他决定带着他们也去咸宁，他要和刘钦云联手救出小莲。

小莲在一个小山村里义演，戏台上方悬挂着抗日的横幅，十几个演员卧在戏台上睡觉。小莲把父亲搀到大树下说："爸，这儿风小，你就在这熬一夜，明天就回汉口了。"

班主边咳嗽边说："我怕是回不去了，我最放心不下的是你，还有小宝。你回到汉口就赶快去……"

他的话还没说完，突然一声枪响，正在守夜的一个演员中枪倒地。小莲一惊，急忙用身子掩住父亲，演员们都抬起头来，有一个抽出了一把道具大刀。又一声枪响，抽刀的演员刚迈出一步便被打死。一群骑马的日本兵包围了戏台，雪亮的手电在演员中扫描，手电光柱落到小莲脸上，"花姑娘"，一个日本兵去摸小莲的脸，班主起身挡住女儿，日本兵对班主开枪，班主应声倒在了地上。小莲哭喊着扑向班主，几个日本兵冲上前去抓小莲。

就在这个时候，轿车和卡车一前一后地冲进了小山村，刘钦云和麻哥下车，远处传来一阵枪响，麻哥循着枪响声说："老爷，在那边。"刘钦云掏出手枪，一侧头，十几个家丁跟着麻哥往枪响声处扑去。

草丛中，刘钦云和麻哥埋伏着。十几个演员被捆绑着跪在戏台上，班主已被打死，横尸台上，跪在他面前的小莲正哭得死去活来，守着他们的只有两个日本兵。刘钦云咬紧了牙关，麻哥小声道："老爷，只有两个日本人，我去把他们灭了，你再去救太太。"

刘钦云点头。一个日本兵用刺刀去捅抗日的横幅，麻哥摸到树后，突然反勒日本兵脖子，一刀将其刺死，另一个日本兵听到动静，朝麻哥射击，麻哥已闪到树后。刘钦云一枪把日本兵打倒，然后往戏台冲去，小莲抬起泪眼，发现是刘钦云，顿时又惊又喜。

刘钦云即将冲到戏台上时，大批日本兵出现了，一挺机枪也开始扫射，家丁纷纷中枪倒地。刘钦云肩头中了一枪，他站在那里，可他手枪里的子弹打光了。麻哥嘴里乱骂着拼命射击，但身中数枪，庞大的身躯倒在了地上。

刘钦云赶紧去扶麻哥，"老爷快逃命去吧"！麻哥说完这话，就闭上了眼睛。刘钦云放下麻哥尸体，捡起那把道具大刀，一个日本军官收回手枪，抽出指挥刀往刘钦云劈去。刘钦云一侧身，避过对方刀锋，然后一刀准确地刺向对方胸膛。日本军官大惊失色，但刘钦云用尽全力，青筋直冒，刀尖仍刺不穿对方军装，原来那把大刀是木头做的。

日本军官回过神来，一扭身，一刀劈飞了木刀的刀尖，刘钦云后退了一步，日本军官又一刀劈飞了半把木刀，刘钦云手中只剩下一个刀把。日本军官狞笑着举刀往刘钦云劈去，突然一声枪响，中弹的日本军官像凝固了一样，呆立片刻后倒地。刘钦云回头望去，黄天虎、黑皮、九戒、小伙计等八九人举枪向日本兵射击，刘钦云腿一软，跌坐到地上。

黑皮又扔出一颗炸弹，硝烟弥漫，黄天虎和九戒冲上前，背起刘钦云就跑。日本的机枪又疯狂扫射起来，小莲看着黄天虎背着刘钦云离去，她这才松了口气。

在山路上，九戒、小伙计伴着黄天虎匆匆逃着。刘钦云在黄天虎背上呻吟着说："放下我，放下。"黄天虎没有停步，他对刘钦云说："熬一下，再熬一下就到了。"

终于到了一个农家小屋，黄天虎把刘钦云放在竹榻上，九戒对小伙计说："走，到外头放风去。"

黄天虎给刘钦云垫好头说："刘先生，这里是我老家，我熟得很，日本人来了也不怕，你再熬一下，我去找医生。"

刘钦云说："不，不要医生，我该死了。"

黄天虎安慰刘钦云，他的伤并不重，找个医生看一下，养个十天半个月就好了。

刘钦云没想到黄天虎会来救自己，他激动地说："我真的该死，该死。"

黄天虎惊讶地望着他。刘钦云继续说："我害死了你的老丈人，害死了你的兄弟吴哥，还害死了蔡三爷，我就是死十次也抵不上我作的孽，你就别管我了，出去把门关上，让我一个人走吧。"

黄天虎真诚地对刘钦云说："不，刘先生，不说别的，就冲着你冒死救小莲，我也要管你。你知道，小莲和我……就是在这一带的山里长大的。你挺一下，我马上回来。"

刘钦云轻声说了一句"对不起"，黄天虎回头看他一眼，就急忙找医生去了。刘钦云望着黄天虎远去的背影，眼角边一下子漫出了泪水。

第二十六章　中国万岁

~ **1** ~

日军占领了汉正街，"咔、咔、咔"的日军践踏在石板路上发出的声音格外刺耳。

汉正街口拉起了铁丝网，设立了岗亭和关卡，汉正街一带成了难民区，中国人进出都受到盘查。当一个卖菜的小贩挑了一担菜过关卡时，被日军拦住，小贩举起双手接受检查。一辆军用吉普开来，憨子身穿日军制服，叼着烟，坐在吉普上，车下后，憨子下车走到小贩面前说："啊，原来是丑货啊？卖菜呀？"

小贩哀求憨子说："韩老板，我、我是良民哪！"

"嗯，我知道，你是良民。"憨子突然飞起一脚，将菜筐子踢翻，白菜萝卜翻滚出来，随之滚出来的，是一小包盐。憨子吼道："那是什么？嗯？"

小贩说："盐，一点点，我自己吃的啊。"

憨子一巴掌甩过去，将小贩打翻后骂了一句："你好大的胆子！"骂完，憨子扬长而去。

憨子来到了德昌号，小伙计笑着点头说："韩队长来啦？"

憨子笑眯眯地招手要他过来。小伙计凑过来时，憨子揶去一巴掌说：

"老子现在是局长了!"

小伙计猝不及防,被打得倒在柜台上。九戒闻声走出来,大声嚷道:"谁在这里撒野?"

憨子冲九戒说:"啊哈,原来是九掌柜!久仰,久仰啊!"

九戒故意看了半天才说:"我还以为是太君,原来是个水货,换了一身皮,就来汉正街赌狠了!"

憨子恶狠狠望着九戒说:"哎,九戒,我是在执行公务!你把我惹毛了,莫怪我不客气!"

九戒不理憨子这一套说:"我们平头老百姓,不懂得什么公务母务,我只记得你流鼻涕的时候,总是我跟你揩鼻涕的。"

小伙计在一边偷笑,憨子指着九戒说:"我今天刚回来,心情不错,不跟你计较。你跟你的老板说,要他马上到总商会去,我再说一遍,别他妈敬酒不吃吃罚酒!"

九戒不甘示弱地对憨子说:"老子生来就喜欢吃罚酒,你看着办!"

憨子丢下一句:"好,你鸭子死了嘴巴硬,老子总有一天搞死你。"说完,气冲冲地离开了德昌号。

黄天虎这时去了租界区。租界区也拉起了铁丝网,设立了关卡,外国侨民进出,都受到了严格检查。黄天虎带着墨镜,抽着雪茄坐在轿车里,到关卡处时司机递上通行证,日军上前查看。日军要黄天虎取下墨镜,黄天虎点头,取下墨镜他用日语问候了一下日军。日军惊讶地问他:"你会说日语?"黄天虎点头,日军一挥手放行了。

黄天虎的轿车开进总商会,日军岗哨阻拦要黄天虎下车检查,黄天虎下车时,被秘书小野看到了,他走过来示意哨兵放行。

小野把黄天虎带进了特务机关长办公室,冈田机关长笑着迎上来对黄天虎说:"黄老板,咱们又见面了。"

黄天虎望着冈田说:"冈田先生,你这次的买卖做大啦。"

冈田哈哈大笑。当黄天虎和冈田坐下后,小野叫人送上茶。冈田对黄天虎在汉口难民区委员会的组织活动很赞赏。黄天虎为难民做了大量的工作，他为人行侠仗义，汉口码头众人皆知，这也是冈田十分佩服的地方。现在，汉口处于无政府状态，这么大的一个城市，不能长期依靠军队来维持治安，恢复民生，日方还得靠黄天虎这样的商人。因此他们想立即成立治安维持会，请黄天虎出任会长，带领各界精英，为武汉的老百姓服务，这也是冈田请来黄天虎的真正意图。

冈田的意图，黄天虎是知道的，他以自己对政务一向不热衷为由推辞。冈田也知道黄天虎对政务没兴趣，辛亥也好，北伐也好，黄天虎都有机会出任做官，但是他都推辞了，这些冈田很清楚。正是因为他不愿做官，这样的人做日本的维持会长才更有说服力。冈田甚至对黄天虎说：“黄先生，也许你不知道，在很多关键的时刻，我们都以不同的方式帮助了你。现在，作为朋友，希望你出来为自己的同胞做一点事情，大概不过分吧？”

黄天虎回答冈田说：“我是一个知道感恩的人。对于朋友的情谊，我非常珍惜，而且，也懂得回报。但是，如果先生当年的帮助，就是为了今天让我出来为你们做事，那我得考虑，这些帮助的目的究竟是什么了。”

黄天虎的回答让冈田很尴尬，他脸上的笑容一下子消失了，他对黄天虎冷冷地说：“黄先生，你的这些话，我很难接受，我们请你出任会长，是对你的尊重和信任，如果辜负了这份信任，后果会很严重，希望先生三思。”

黄天虎不卑不亢地说：“作为个人，我很感激你，也很感激小野先生。我对小野先生，一向是抱有兄弟之情的。我尊重，同时也珍视我们之间的友谊，但是，我不能做对不起我的国家、我的良心的事情！有什么后果，我愿一人承担。”

冈田拿黄天虎没办法，于是又笑着邀请黄天虎过几天再喝茶继续谈这件事，黄天虎当场就拒绝了，冈田威胁黄天虎说：“黄先生如果想牺牲个人，当然是一件十分容易的事情，就怕牵连到其他的人，先生的勇敢，就太自私了吧？”

黄天虎要冈田有什么冲着他来，不要骚扰他的家人和朋友，冈田丢下一句：“我希望找到我们都能高兴的方案。”说完手一挥，小野起身送黄天虎。

小野把黄天虎送到大门外后，对黄天虎说：“黄老板，我很佩服你的义气和气节，但是，我也很希望我们能够继续合作。维持会只是一个短短的过渡阶段，一旦汉口政府成立，它的使命也就完成了，不会影响你的生意。"

黄天虎对小野说："小野先生，我们相识了这么多年，你应该了解我的为人。为兄弟们拼命，为老百姓做事，我黄天虎一点也不马虎，但是，要我当汉奸，我一天也不愿做。"说完头也不回地走向自己的轿车。小野在黄天虎身后喊："冈田先生的话，请你三思。"黄天虎没回头，说了一句："不必啦！"轿车在黄天虎的话中开走了，小野气得脸色大变，他也知道了要黄天虎为日本人做事，这个工作太难做了。

黄天虎走后，小野回到办公室向冈田汇报了黄天虎的态度，冈田冷笑起来，黄天虎太傲慢了，他一定要黄天虎为自己的傲慢态度付出代价。

2

圣公会大院挤满了难民，许多难民席地而坐着。黄天虎来到了圣公会，当他在人缝里穿行时，内心充满了沉重之感，一边是冈田和小野对他的软硬相逼，一边是中国国土在不断流失，随着难民的增多，黄天虎更感自己的力量是如此之薄弱。

黄天虎是去教会医院找蔡雪的，他已经清楚冈田和小野不会放过他，他来医院是要蔡雪离开汉口。

蔡雪先发现了黄天虎，她快步走到黄天虎身边说："你来得正好，这几天难民太多了，粮食，还有盐，恐怕不够了。哦，还有药品和绷带。"

黄天虎没理蔡雪说的这些，而是将她带到窗前把情况简单说了一下，他告诉蔡雪，如果日本人要抓人的话，第一个要抓的肯定是你。蔡雪不敢相信，教堂挂的是美国的国旗，日本人也敢来抓人？黄天虎劝蔡雪走，日本人什么事情都干得出来。

蔡雪放不下难民，难民没吃没喝的，在这种情况下她能放心走吗？

蔡雪和黄天虎的对话，鲁兹听见了，他走过来对蔡雪和黄天虎说："没关系，还有我们。我的意见，是你们都赶快走，赶快离开武汉。"

黄天虎也知道要尽快离开武汉，不过他要先去解决粮食和药品问题，走的事情，再商量。

　　黄天虎回蔡府后，让九戒去打听粮食和药品问题。九戒打听到相关情况后，回蔡府向黄天虎汇报情况。目前粮行和药店全部被日本人控制了，没有宪兵队的批文，一律不准批发粮食和药品。黑市交易，被憨子的警察局控制了，要买只能找憨子。

　　黄天虎听了九戒汇报的情况，气得一拳捶在桌子上。

　　九戒继续汇报情况，日本人今天到茶厂去了，命令他们开工，生产贡茶，他们要在砖茶上留下文字做纪念，内容他们说以后再定。

　　黄天虎了解这些后，决定带着九戒去找憨子。他约憨子去了茶楼。

　　憨子大摇大摆地带着两个警卫进来了，冲着黄天虎说："啊哈，大哥，三哥，想起我憨子了哇？啊？哈哈。"

　　黄天虎问憨子："兄弟之间说说家常话，你带人来干什么？"憨子嘲笑地望着黄天虎说："俗话说得好，不怕一万，只怕万一呀！"

　　黄天虎告诉憨子还认他这个大哥，就让警卫出去。警卫出去后，憨子卸下枪放在茶桌上，问黄天虎找他什么事？

　　黄天虎不说话，掏出德昌号货栈的地契放在桌上推给憨子，那是憨子一直喜欢的地方，憨子盯着地契说："我喜欢货栈不假，但是，我要就要在明处。"

　　黄天虎要憨子看在父老乡亲们的分上，出手帮忙，弄些粮食和药品。憨子叹了一口气，现在日本人对粮食和药品控制得特别严，弄不好，就是掉脑袋的事情，他有些犹豫。

　　黄天虎劝憨子说："我知道很困难，要是好弄，我就不用找你了。现在黑市上还有交易，你帮我找个主，价钱好说，你睁一只眼，闭一只眼，不就成了？"

　　憨子对黄天虎行事的死心眼想不明白，如果黄天虎答应当维持会长，这粮食和药品，就是黄天虎一句话的事情，何必憋着性子来找他？

　　黄天虎当然知道这一点，他建议憨子去当这个会长，他去向日本人说。憨子见话说到这个分上，只得答应黄天虎去打听打听。不过憨子好不容易混到警察局长这个位置上，他希望得到黄天虎和兄弟们的支持，抬桩。他的位置坐稳了，绝对比刘祥云强，汉口的天下，就是他们兄弟伙的。要是这边老是出事，今天栀子花，明天茉莉花，闹得汉口不安宁，那就不能怪他，公务在身，对兄弟他就没客气可讲了。

憨子把他的这些想法告诉黄天虎后，就把地契还给黄天虎。黄天虎说："我就不为难你了，只是希望你多做些积德的事情，也不枉欢喜爹爹养育之恩，我们兄弟一场了。"

憨子等黄天虎说完，不说话，却站起来收好枪，拱手说了一句："大哥，对不起，我还有事，就先走了！"说完，憨子就离开了黄天虎。

当他带着警卫下楼后，九戒进雅座问黄天虎："怎么样？答应了吗？"黄天虎不说话，又一次猛捶桌子，茶杯茶盘都跳起来。

黄天虎决定去见冈田。他在小野的陪同下走进了冈田办公室，冈田伸出手来同黄天虎握手说："噢，黄老板，我相信你会来找我的。怎么样？考虑好了吗？"

黄天虎说："冈田先生，你希望我为武汉的老百姓服务，今天，就有一个服务的事情，需要你支持了。"

冈田让黄天虎说。黄天虎就把难民需要粮食和药品的事情说了一下。冈田说："黄先生，你如果出任维持会长，这个问题，恰好是你的分内之事，根本用不着来找我哇。"

黄天虎继续推辞。冈田告诉黄天虎那他们先谈一桩生意，黄天虎的茶厂马上开工，生产他们需要的砖茶，对于黄天虎所要求办的事情，他们也马上去办。黄天虎答应了，冈田哈哈大笑，对着黄天虎说："那好，成交。"

黄天虎离开冈田回德昌号书房时，黑皮知道了黄天虎答应为日本人生产砖茶的事情。他和老王还有刘祥云在秘密会议中商量过日本人针对黄天虎的事，他们都担心黄天虎的安危，都决定劝黄天虎离开武汉，他们没想到的是黄天虎居然答应为日本人干活了。

黄天虎有自己的想法。难民区再不赶快筹措粮食和药品，许多人就要饿死病死了，他已经想好了对付日本人的对策。他招手让黑皮和九戒凑近，对他们耳语了一番，两人惊讶地频频点头，决定依黄天虎所说的计策，见机行事。

黄天虎终于为难民们解决了粮食和药品。当一辆大卡车插着红十字的旗帜，装满粮食和药品，开往圣公会难民区时，鲁兹打开大门，兴奋地招手，引导卡车进来。难民们伸出饥饿的双手，高兴地涌向卡车。蔡雪站在花坛边，冲着黄天虎微笑，她实在佩服自己的丈夫，答应的事情，就一定能想尽办法做到。

黄天虎不仅为圣公会难民解决了问题，在德昌号前，黄天虎还让九戒给饥饿的难民们发放粥，在工棚前总有排着长队的难民，端着碗等待着开饭的时间。

～ 3 ～

在冈田洋行日式客厅内，身穿和服的女人在舞蹈，佐酒，在音乐声中，冈田和小野身着和服在招待黄天虎。

黄天虎摘下礼帽，端起酒，抿了一口。冈田问黄天虎，这清酒喝得惯吗？黄天虎摇头，喝惯了武汉的汾酒，对日本的清酒还真不习惯。冈田没想到黄天虎这么诚实、坦率，他告诉黄天虎，以后会慢慢习惯的。他以为黄天虎真的已经改变态度与他们合作，也为黄天虎答应合作生产砖茶而高兴。当冈田挥手让女优们退下后，他告诉黄天虎，从他在码头上扛包做苦力开始，冈田他们就在关注黄天虎，在帮助他，只是黄天虎不知道这其中的原因。

黄天虎问冈田这是一个秘密吗？

冈田神秘地笑了起来，他一拍手，客厅左边的墙壁无声地滑开，一个身穿和服的老人坐在榻榻米上。

冈田问黄天虎，认识这位老先生吗？

黄天虎身体前倾，仔细辨认着，那位老人已经是热泪盈眶了，他颤声喊："天虎。"

黄天虎大惊，他不敢确定地喊了一声"爸爸"？

老人哭着又叫了一句："天虎哇。"

黄天虎霍然站起来，他简直不敢相信自己的眼睛，眼前的和服老人，真是自己失踪多年的父亲黄腊生。

黄腊生已是泣不成声，张开双手，站起来说："天虎，是我，我是你爸啊！"

黄天虎惊恐地往后退一步，又看了看冈田后问黄腊生："你，你怎么穿着日本人的服装？"

冈田接过黄天虎的话说："你爸现在是大日本川口株式会社的董事长，川口怀乡先生！"

黄天虎更加惊讶地问："董事长？日本人？爸，这是真的吗？"

黄腊生颤巍巍地走了两步，声音颤抖着，他说："天虎，你听我说……"话没说完，突然间一下昏倒。黄天虎大叫一声"爸"，扑过去，黄腊生一下子倒在了黄天虎的怀里。

黄天虎把黄腊生送回他的卧室，并请来医生给黄腊生做检查。医生打完针后，黄天虎急切地问医生："没事吧？"

医生对黄天虎说："老先生情绪激动，受了点刺激，现在需要静养。但是他的心脏病很严重，还需要观察。"

黄天虎谢过医生后，就去了小客厅。黄天虎找到冈田，他问冈田，这究竟是怎么回事？

冈田告诉黄天虎，他们原来也不知道川口先生是黄天虎的父亲。川口株式会社是日本很大的企业，和冈田洋行有很密切的贸易往来。很多年前，川口株式会社请他们在中国，尤其是武汉，寻找一个叫黄天虎的年轻人，什么目的他们不知道。他们寻找了很久，后来小野告诉他，汉口码头上有个年轻人，就叫黄天虎。那个时候，冈田并不知道黄腊生是中国人。川口株式会社委托他们继续关注黄天虎，在关键的时候，帮助黄天虎。

黄天虎没想到失踪的父亲会成为日本川口株式会社的董事长，更没法想象他父亲怎么到了日本？还入了日本籍？冈田对黄天虎的问题，狡猾地笑了笑，他要黄天虎自己去问他的父亲。

当黄天虎再次走进父亲卧室时，父亲醒了过来，黄天虎搀扶起父亲，给他喂水。黄腊生喘息了一会，靠下来后对黄天虎说："咳，好像，好像做梦一样。"

黄腊生握住了黄天虎的手，抚摸着，突然又闭上眼睛，抽泣着说："是真的，是真的。"

黄天虎强忍住内心的波涛，也抚摸着父亲苍老的手，无声地任泪水滑落，他无数次想过自己的父亲，可他又无数次恨过自己的父亲，不是父亲，他的母亲和爷爷不会被官兵所杀。黄腊生理解儿子的感情，这么多年来，他对自己的亲人充满了内疚，他也没有想到会活下来，也没有想到儿子会活下来，还活得这么有出息。

黄腊生那天跳河后，中了枪，幸亏一条湖南的船救了他。他从湖南逃到广东，发现官府在通缉他，会党内部也在追杀他，只好逃到了南洋，伤好后到一家日本公司做工，这家公司，就是川口株式会社。川口先生认识孙中山先生，曾经帮助过革命党，他很同情黄腊生，也信任他，正是他听说了黄腊生的遭遇后，才要冈田洋行来寻找其家人的下落的。

川口先生只有一个独生女，叫惠子。后来，川口先生得了重病，这么大的公司，他想交给黄腊生来管理，想把惠子嫁给他，但要掌管这么大的企业，必须要加入日本籍。在川口先生临终前，黄腊生答应了他，加入日本籍，娶了惠子，算是报川口先生的知遇而恩。

黄天虎听了父亲的话后，紧握着他的手，他明白了父亲的苦衷，只是父亲怎么迟不回，早不回，偏偏在武汉失守的时候回来呢？黄腊生告诉黄天虎，是日本军方找到了他，要他赶快回来，说黄天虎有危险，再晚了，就见不到了。他非常着急，跟惠子交代了一下，就坐军方的飞机飞过来了。

黄天虎一下子站了起来，直到这个时候，他才知道冈田他们欺骗了他的父亲。黄腊生回中国后，也知道冈田他们的目的，可是他已是风烛残年了，不能再失去儿子，他劝黄天虎答应冈田他们，当了维持会长也是在为汉口的老百姓办事。

黄天虎激动起来，他对父亲说："爸，你要是跟我说这件事，那我只能说对不起了！"

黄腊生听了黄天虎的话，很焦急地说："虎子，你斗不过他们的！冈田先生说了，你也只是挂个名，你的生意还是照样做。"

黄天虎不想和父亲谈这个问题，就提出告辞。黄腊生望着黄天虎，突然痛苦地捂住了胸口。黄天虎连忙上前扶住他，大喊："医生，医生。"护士、冈田、小野闻声而到，护士放平黄腊生，给他喂药，然后对黄天虎说："先生，他需要静卧，不能激动。你们明天再来，好吗？"

黄天虎眼中闪着泪光说："爸，你好好休息，我明天再来看你。"黄腊生点头，眼角的泪水也沁了出来。

～ 4 ～

江水拍打着江岸，哗哗地响着。黄天虎如雕塑一般坐在江边，黑夜中只有他的雪茄烟头一明一灭。事情比他想象中要复杂，面对冈田他们，黄天虎又恨又急。

黑皮、九戒一前一后走来，黑皮告诉黄天虎，憨子的人在给他们值夜班。

黄天虎冷笑了一下，憨子是越来越"出息"了，昔日的兄弟离他越来越远，他真的很痛心。

黑皮劝黄天虎快走，冈田这个时候把黄天虎的父亲弄来，绝对是逼黄天虎下水的。黑皮要黄天虎带着蔡雪走，越快越好。

黄天虎想过走，可他走得脱吗？他问黑皮茶厂的事情都安排好了吗？黑皮告诉黄天虎，按他的计划只能在夜里偷偷干，蛮费时间。黄天虎要黑皮赶紧搞，他再想想办法，争取能全身而退。

夜深了，黄天虎回到了蔡府，他靠在床上，怎么也无法入眠。蔡雪心疼地对黄天虎说："唉，一夜没合眼了，多少睡一下啊。"

黄天虎感觉就像做梦一样。他很小的时候，他的父亲就出去做革命党，很少回家，他只觉得父亲神神秘秘的，一下子回来，一下子又没了。现在，居然变成日本人回来了，还是个董事长，他简直不相信，这都是真的。

蔡雪依偎进黄天虎的怀里，要他别想了，回来了就回来了，她还想自己的父亲突然回来那该多好。

黄天虎没想到提到了蔡雪的伤心处，他就决定过几天陪父亲回乡下去看看，让蔡雪也一起去。黄天虎去跟爷爷，母亲，还有蔡雪的父亲告个别，他们要是走了，还不知什么时候才能回去。

蔡雪点头，反正这辈子她跟定了黄天虎，就是死也要死在一起。黄天虎抱紧了她，他要蔡雪赶快给他生个小老虎。蔡雪又难过了，她努力了十几年了，就是肚子不争气，她要黄天虎就别指望她了，赶快娶个小的。

黄天虎摇头，除了蔡雪，他哪个都不要。蔡雪幸福地依偎着黄天虎，她是那么深地爱着黄天虎，可为什么她就不能为黄天虎怀个孩子呢？她多希望自己和黄天虎有一个爱情的结晶，她对这一天的期待，等得太久太久。

天亮后，黄天虎去看望父亲黄腊生，他决定和父亲以及蔡雪一起回趟黄家故居。

黄家故居大门上挂着把大铜锁，当黄天虎开了锁后，黄腊生颤抖着手推开大门，走进黄家院子。他的眼前出现了一个又一个幻觉：黄天虎的母亲微笑地走了过来，黄天虎爷爷坐在院子里编织箩筐。黄腊生以为这些是真的，可他再往前走时，幻觉不见。他挂着拐杖站在大院里一动不动，任由老泪纵横。

黄天虎看到父亲这个样子，很难过，他扶着父亲走进屋里看了看，就和蔡雪一起扶着父亲去了爷爷和母亲墓前。黄腊生再也控制不住，扑通跪下来，嚎啕大哭，他说："爸，素珍，我回来啦。"

黄天虎与蔡雪也跪下磕头。

从黄家墓前回来后，黄天虎和蔡雪又去了蔡瑶卿墓。蔡雪献上菊花，焚香，跪在墓前说："爸爸，德昌现在变成了大商号了，我们有了自己的轮船公司，自己的茶厂，在上海、杭州、天津、太原都设立了分号，生意做得红红火火。可日本鬼子打过来了，我和天虎要走了，你放心，我们一定会回来的，等到胜利的那一天，我们会带着你的外孙，一起来看你，你要保佑我们啊！"

~ 5 ~

汉口沦陷后，烟花巷烟土店仍然繁华。入夜的花楼街，人流涌动，化了装的刘祥云和夏队长，戴着墨镜，警惕地注视着周围。走进春香楼，老鸨上前迎接他们，夏队长问小桃红在吧？

老鸨连忙点头说："在在在，小桃红，陈老板来啦！"

夏队长带着刘祥云去了小桃红房间，小桃红招呼二人喝茶，她问夏队长："这么长时间也不来看我呀？是不是有了林妹妹啊？"

夏队长笑着说："八个林妹妹给我，也换不走一个小桃红啊！"

小桃红笑眯眯地骂了一句："死鬼！就一张嘴。"

夏队长顺势搂过小桃红说："我的这位大哥，是个大老板。哎，秋香呢？还在吗？"

小桃红说秋香傍大腿啦，夏队长问是谁？小桃红说现在的警察局长，韩局长呗。

夏队长和小桃红调笑了一阵，到了夜里，他们离开了小桃红去了秋香房间。一个光着身子的男人抬起身子，两个蒙面人冲了进来，光身子男人从枕头底下掏枪，跳下床，蒙面人举枪就射，光身子男人倒下，蒙面人冲上前，翻转男人一看，不是憨子。

蒙面人厉声喝问："他是谁？"秋香吓得发抖说："太……太君……"这时，外面传来脚步声，两个蒙面人相继从后窗逃走。

第二天，在机关长办公室，憨子与小野惶恐低头站立着，冈田抽打两人的耳光，冈田骂着："混蛋，立下赫赫战功的皇军军官，没有死在战场上，竟然死在汉口的床上！"

骂完，冈田转到憨子面前问："他们暗杀的目标本来是你，可你为什么没有去春香楼？"

憨子回答说："报告机关长！我真的有公务，很久没有去春香楼了！"

冈田限定憨子在五天之内立即破案，抓不到凶手，就拿自己的人头祭奠少佐，憨子冷汗满面。冈田又转到小野面前问："黄天虎为什么还不松口？"

小野说："他的茶厂已经开工了。"

冈田说："我要的是维持会，立即执行下一步计划，我看他还能硬到什么时候！"

　　小野回答了一个"是"，退出了冈田的办公室。小野把黄天虎约到了维多利酒店舞厅，他们在舞台酒吧喝酒，舞池内日本军官与舞女狂热起舞，小野问黄天虎："黄老板对这里不陌生吧？"

　　黄天虎当然熟悉，小野又说："在这个城市生活了这么多年，汉口，也成了我的第二故乡，虽然热起来像蒸笼，冷起来像冰窟，但是，它四季分明，蛮有性格的，我很喜欢。"

　　黄天虎接过小野的话说："好啊，那你就多为这个城市做点善事。"

　　小野转入正题，对黄天虎说："我们要把汉口交给我们信任的人手里，维持会长，希望天虎兄不要再推辞！"小野说完，举起了酒杯，黄天虎也举起酒杯，喝一口后，他放下酒杯对小野说："我已经说过了，我对什么会长不感兴趣，请你们赶快去寻找愿意担当的人，我们还继续做朋友，这样不是很好嘛！"

　　小野掏出几张照片，推给黄天虎，黄天虎一看，竟然是祝掌柜在重庆、娜佳在上海的照片。

　　黄天虎的脸一下子变得沉重起来，他问小野打算干什么？

　　小野阴笑着说："天虎兄放心，娜佳小姐的莫斯科餐厅生意很好，祝掌柜在重庆也很安全。我的意思是，我们知道他们在哪儿，但是，如果天虎兄还不愿合作，那么，他们的安全，我们就不能保证了！"

　　黄天虎猛地将酒泼向小野说："卑鄙！"

　　这时一个军官走过来，用日语问怎么回事？小野掏出手帕揩脸，也用日语说没事。

　　军官走了。黄天虎压低嗓子，咬牙切齿地说："小野我告诉你，如果你们敢动我的朋友一根汗毛，我会搞死你！"

　　小野也变脸了，他对黄天虎说："黄天虎我告诉你！你别以为这是在打码头，你们上百万大军都被我们打得稀里哗啦，你必须清醒地看到，我们对你是够客气的了。"

　　黄天虎问要是他不答应呢？

　　小野说："很简单，维持会一样会成立，可是，你的家人，你的朋友，统统都要赔着你去死。"

黄天虎说："呵呵，你以为我会怕死吗？"

小野一字一顿地说："我知道你不怕死，但是，我要你亲眼看着另外一个人的死。"

小野说完，就带着黄天虎走到一间客房。一个女人打开门，小野带着黄天虎走进里间卧室，只见小莲戴着手铐，被关在卧室里。小野对小莲说："刘太太，你的老朋友看你来了。"

黄天虎没想到在这里看到了小莲，小莲也没想到会是黄天虎，她站起来叫："天虎！"

小野示意打开小莲手铐。小野对黄天虎说："黄老板，小莲的生死，就捏在你的手里，如果你不答应出任维持会长，我向你保证，明天，你的太太，你的父亲，你的兄弟，包括刘太太，统统都会被枪毙，而且，会死得很难看。"

小野说完，带上门出去了。

小野出门后，小莲扑向黄天虎，她叫着："天虎。"然后痛哭起来。黄天虎抱住了小莲，他在咸宁救回刘钦云，一直找不到小莲的下落，他一直很担心小莲，没想到小莲竟然到这里来了。

原来小莲原先被日本人关在咸宁，这几天才转到汉口来。黄天虎咬紧了牙，冈田利用他的亲人、朋友威逼他，他实在没想到日本人这么狠毒。

小莲在这个时候突然想起来了，她在咸宁看到了小翠，她穿上了他们宣传队的服装，和一帮日本兵，打着他们的旗帜，往宜昌方向去了。黄天虎更加愤怒起来，他骂着"卑鄙"，小莲焦急地问他怎么办？黄天虎在这个时候反而冷静下来，他到窗口看了看，酒店四周站满日军岗哨，暗处还有便衣在游走。黄天虎看了一会儿，转过身小声对小莲说："他们抓你，无非是想要挟我，我会有办法对付他们。你一定要活着出去，赶快到香港，然后，再公开身份，揭露去重庆的假小莲。"

小莲听完黄天虎的话后，抓住黄天虎的手臂说："我哪儿也不想去，我只想和你在一起。"

黄天虎劝小莲说："傻丫头，要是让日本人潜入重庆，将会有更多的人牺牲，我们的损失就太大了。小莲，你的心思我明白，但是现在你一定要想法活着出去，这是我对你唯一的心愿了，明白吗?"小莲的眼泪又夺眶而出，这么多年过去了，她一点都没有忘掉黄天虎，只要是黄天虎让她去做的事，哪怕是死，她也会心甘情愿。一个女人的心里一旦装上哪个男人，生与死对于她而言，已经没有任何意义。她的生命是黄天虎的，小莲一直这样认为。

∽ 6 ∽

黄天虎终于答应出任维持会长，他向小野提了四个要求：

第一，撤销对我朋友的监控，我要亲自得到他们安全的信息；第二，给我的妻子和父亲发放特别通行证，让他们离开汉口；第三，释放小莲，送她去香港；第四，不再威胁我的兄弟们，让他们自由选择是留下还是离开。

小野把黄天虎的要求向冈田汇报了，冈田在办公室内来回踱了好一会儿，才对小野说："他的要求，可以答应，但是，必须一步步来，而且，是倒着来。他最心痛的，放在最后。"

小野领命后，冈田又说："还有，要他的茶厂抓紧生产砖茶，凸现'庆祝武汉加入大东亚共荣圈'字样，向天皇陛下献礼，这也是非常重要的事情，一定要抓紧!"

冈田要小野好好照顾川口先生，千万不要让他在汉口出事。小野点头，退出了冈田办公室。

小野答应了黄天虎的第一个要求，放了小莲。

黄天虎送小莲回到刘公馆，小野也跟着他们。黄天虎送小莲到门口，管家出来迎接，说刘钦云急坏了，每天都打电话来问。黄天虎把小莲交给管家，要他一定要尽快护送小莲安全到达香港。

小莲转身依依不舍地望着黄天虎说："今生欠你的，来世再还吧。"黄天虎的眼睛一下子湿了，他努力微笑着对小莲说："记住我的话，保重。"

说完转身，头也不回地上了轿车，小莲突然跑上前，哭喊："天虎，天虎。"轿车绝尘而去，小莲仍然痛哭地喊："哥，哥……"

这一幕被藏在刘公馆附近墙角的憨子看到了，他对几个便衣说："看好了，给我盯紧！"便衣们点头。

墙角对面，一辆垃圾车正在回收垃圾，化装成清洁工的刘祥云和夏队长，紧盯着憨子和便衣。

黄天虎送小莲回家后，就回到了蔡府。他在书屋里把一摞摞文件装进一个小木箱，随后眉头紧锁，端坐在书桌后。蔡雪轻轻走进门打量着黄天虎，她问："你答应日本人了？"黄天虎微微点头，蔡雪想了想，泪水流出，惨笑道："我知道你想干什么……我知道，你不要我了！"

黄天虎望着蔡雪说："你别瞎想，现在最要紧的是你必须马上离开汉口。天黑以后，你和春晓换装。黑皮和春晓从前门坐轿车走，你和九戒从后面走。到了圣公会后，有人会带你出城。"

蔡雪大叫"不"。黄天虎告诉蔡雪他会来找她的，要她赶快去重庆等她。蔡雪不肯走，她要和黄天虎死在一起，她早就想好了，她不能和黄天虎同生，她要和他同死，夫妻俩就是死也要拉两个小日本垫背。

黄天虎强忍着眼泪，笑着对蔡雪说："我们做生意的，最忌说个死字，连4字都不说，你嘴里就别跑马了，你看我们不都活得好好的，以后还会活得更好。噢，黑皮来了，雪儿，我饿了，你去做点东西来，就把昨天吃剩的莲藕排骨汤热一热。"蔡雪疑惑地看了黄天虎一眼，心事重重地走进厨房，把汤罐放在炉子上。

黑皮走了进来，黄天虎打开箱子对黑皮说："黑皮，我要托你办几件事。"说完，黄天虎从箱子里取出一摞文件和银票交给黑皮说："这是我帮伊万诺夫先生管理新成洋行的账目明细表，赚的钱都在这里，你看一下。"

黑皮接过账目看，惊讶地问，这么多？黄天虎点头，他要黑皮一定要亲手把这些账本和银票交给娜佳。

黄天虎又从箱子里取出几个信封对黑皮说："这是给祝掌柜回老家的养老费，这是给九戒的，这是给小伙计的。噢，这点钱是修理工棚的，我们住过的工棚，早该修了。这是给你的，我知道你是共产党，你可能不会离开汉口，这点钱你就……"

黑皮没等黄天虎说完，突然痛哭起来，他喊着："虎子，你何必这样呢？大家都希望你好好的，什么事情也没有。"

黄天虎搂住黑皮说："兄弟，放心，我很好。噢，天快黑了，我有一件最要紧的事情托付给你。"他在黑皮耳边说了一下，黑皮就去请蔡雪。

蔡家厨房里汤罐已冒出腾腾热气，蔡雪仍呆呆守在炉前。黑皮走到门口喊："姐，天虎要你过去。"蔡雪往碗里倒着汤问："怎么今天喊我姐了？"

黑皮解释是一直想喊，但她是老板，不敢喊，刚才不知怎么脱口就出来了。黑皮问蔡雪喊姐她高兴不？蔡雪说，当然高兴啊，黑皮、九戒还有很多人，都是她的小兄弟。蔡雪一边说一边端起汤碗往书房走，黄天虎正凝望着窗外。蔡雪说："汤热好了，来吃吧。"黄天虎竟不吭声，黑皮接过汤，将碗放桌上说："姐，我今天要对不住你了。"

蔡雪诧异地问："怎么了你们？都怪怪的……"话音未落，黑皮就一把抓住了她的手，随后取出一条棉绳绑了起来。蔡雪大叫起来问："干吗？你疯了？"黑皮往她嘴里塞了一条毛布，蔡雪憋得满脸通红，嘴里呜呜作声。黑皮突然双膝跪地说："姐，黑皮今天对不起你！"

黄天虎走到蔡雪身旁，满眼泪水地说："雪儿，我的雪儿……我知道，你舍不得我，舍不得这个家，不肯一个人走的，所以我只能绑你走。你先安安心心去重庆，你放心，我不会那么容易死的，等这里的事办完后，我会到重庆去找你的。"蔡雪两眼噙满泪水，可她说不出话，她又挣扎起来，黄天虎抱住她，哭着说："雪儿，听话，听话……"

就在这个时候，憨子带着一群密探监视着蔡家大门，九戒让春晓赶快换身衣服，化装成蔡雪的春晓和黑皮走出前门，上了轿车，警察局的监视车跟了上来。

在蔡家后门，九戒先开门，走了出去，裹着大衣围巾的蔡雪和伙计们一起走出门，随后分开了。便衣一看这么多的人，慌了，不知追哪一个。蔡雪一帮人闪进小巷，很快消失在小巷里。

蔡雪去了圣公会，上了一辆运尸车。插着红十字的运尸车开了出来，日军上前检查，卡车上，是横七竖八的尸体，日军连忙捂着鼻子示意快走，运尸车出城，在乱坟岗，运尸车停下，司机赶紧下车打开后车板喊："到啦！"

所有的"尸体"都活了，蔡雪爬下车，突然听到一个声音："蔡雪姐！"

蔡雪回头一看，原来是化了装后的小莲。

蔡雪惊喜地叫："小莲，是你。"小莲拉着她的手，蔡雪笑了，突然，她皱眉弯腰呕吐起来。小莲连忙搀扶她问："雪姐，你怎么啦？"蔡雪不好意思地笑着说没事，小莲惊喜地明白是蔡雪有喜啦，蔡雪一怔。这时，树林里传来一声口哨，蔡雪弯腰挥手说："快，跟我走。"说完带领大家朝树林里跑去。

～ 7 ～

送走蔡雪后，黄天虎请父亲和冈田、小野吃饭。

冈田说："黄老先生，我为你们父子相逢，也为我们之间的友谊和合作，敬你们一杯。"

黄天虎举杯说："冈田先生，我是个生意人，我们可是有言在先啊！"

冈田哈哈大笑，表示耽误不了黄天虎做生意。

黄腊生也说："冈田先生，你也知道，川口家族在军部非常有影响，我希望不要让我的儿子太为难。"

冈田笑着说："不为难，不为难，这是对黄天虎先生的信任哪！"

冈田问黄天虎的砖茶什么时候可以做好？黄天虎告诉冈田，就等他们的模子了。

冈田答应明天一早就派人给黄天虎送模子去，武汉维持会成立，这是个大事，明天他们想召开一个新闻发布会。

黄天虎问冈田准备在哪里开？冈田想听黄天虎建议，黄天虎想了想，建议就在茶厂召开，明天正好可以出砖茶。

冈田为了这样的双喜临门，也为了大东亚共荣，向黄天虎和黄腊生举杯。黄天虎不动声色地举起酒杯，把一杯酒喝了下去。

饭后，黄天虎送黄腊生回卧室。黄天虎对父亲说："爸，冈田先生答应了我，明天就用军用飞机送你回南洋。爸，儿子不孝，不能到南洋去伺候你老，只希望你健康长寿，常回来看看。"

黄腊生眼睛又湿了，他没想到自己回国给儿子添麻烦了，维持会的事情，他不多说什么了，他要黄天虎自己决定，只要黄天虎好好做生意，冈田先生不会为难他的。

黄天虎点头，他摘下礼帽递给父亲说："爸，这是你的礼帽，你曾要我保管好的，我现在还给你。"

黄腊生惊喜地接过礼帽查看。他终于可以洗清罪名了，他急切地撕开帽檐，从里面取出一个小纸卷，他打开纸卷，原来是一封密信。黄天虎接过密信，打开，这是当年康有为写给唐才常的一封密信：

佛尘兄：见字如面。欣闻自立大军欲起事勤王，此乃我中国之幸也。卓如现在檀岛全力募款，以助义师军械之需，然尚需时日，望吾兄枕戈待旦，一旦募款到手，立即飞送，助我勤王之师饮马长江矣。有为

黄天虎问父亲这是怎么回事啊？

黄腊生长叹一声。当年他从海外回国，本来是到汉口给唐才常送信，根本没带一分钱，哪知刚回来，唐才常就被杀了，他完全不知道，可国内传闻他带了 30 万美金回国。他亡命海外后，会党和革命党都以为他卷款逃跑，就到处追杀他。

黄天虎这时才明白为什么自己也被人追捕过，黄腊生蒙冤几十载，这也是他不想回中国的一个原因。

黄天虎却劝父亲说："爸爸，你这就不对了，汇款没有寄到，主要的责任，还在康梁二公。既然当革命党，你这点冤屈算什么？辛亥首义，汉口打仗，我就在现场，牺牲的革命党，真是成千上万，不晓得有多少义士，连个姓名都没有留下。朋友们怀疑你，也只是传闻。爸爸，叶落归根，我希望你回来，做个堂堂正正的中国人！"

黄腊生真没有想到，那个总爱偷人家葡萄吃的调皮小子，这么有出息。他决定这次回日本后，就马上跟惠子商量，争取早日回来，到汉口来带孙子，川口公司也可以和德昌号合作。

黄天虎点头。黄腊生要黄天虎小心，冈田他们什么事情都做得出来的。

黄天虎明白这些，他跪下，跟父亲磕了三个头。黄腊生连忙搀扶他起来，黄天虎泪流满面地说："爸爸，再见了！"说完，头也不回地离开了自己的父亲。

第二天，一轮血红的朝阳在大江上升起，德昌号外，黄天虎和春晓扮的"蔡雪"挽着手走了出来，他们迅速进了汽车，监视的轿车也跟随着。

在机关长办公室内，冈田将一方模子交给憨子说："今天是个特殊的日子，将有许多新闻记者前来采访，必须加强安全保卫，你一定要亲自监督安装这个模子，监督完成砖茶的压制！"

憨子应声"是"。

冈田又问他："你的对手都是你的兄弟，你不会手软吧？"

憨子回答："卑职心中没有兄弟，只有皇军。"

冈田笑着拍他的肩说："好，我会好好奖赏你。"

憨子领命而去。他来到了黄天虎的茶厂，在茶厂前空地搭起了简易的台子，两边挂起了标语："中日亲善"，"东亚共荣"。茶厂四周布满了日本士兵，戒备森严，在茶厂车间内，也布满了日军士兵和警察。憨子大步走进车间，车间内，黑皮、九戒正在忙碌，九戒看见憨子，嘲笑道："哟！韩局长也来车间干活了？"

黑皮说："你没看见人家背着手吗？这叫视察！"

憨子不理他们的嘲笑，而是对他们说："我来执行公务，这很正常，倒是两位老板今天亲自到车间来，很不寻常啊。"

九戒就对憨子说："那局长大人就帮我来做砖茶吧，来呀，先把这个篓子搬过去。"

憨子不看九戒，背着手往外走。他在门外看了一眼，又走到压制砖茶的模具前，要九戒把模具换下来。九戒让憨子别命令他，他不是警察，憨子管不了他。

憨子说这是在执行公务，九戒拿话抵他："我也在执行公务，这里是工厂，不是烟馆妓院。"

黑皮问憨子要搞什么？憨子掏出模具说："奉皇军的命令，砖茶的模具要换成这个！"

黑皮伸手要看看，憨子收手不给黑皮看，却命令他们赶快换上，黑皮一把推开憨子说："憨子，你少在厂子里耍威风，你不给我看模子我绝对不会给你换。"

憨子急了，掏出枪来对着黑皮说："黑皮，不要逼我，快，换模具。"

黑皮望着憨子说："老子就是不换，有种你就开枪。"

憨子大喊："来人，给我抓起来！"突然，一支枪对准了憨子的脑袋。刘祥云用手枪顶住憨子的脑袋说："韩局长，没想到吧，咱们又见面了！"

夏队长上前，收缴了憨子的枪。黑皮从憨子手中夺下模具一看，上面的文字是："庆祝武汉加入大东亚共荣圈。"

黑皮骂憨子是汉奸，这时小野大步走来，九戒迎上前"嘿嘿"笑着点头。小野狐疑地看着他，走进车间，车间内，机器开动了，戴着口罩的工人，看不清面容，小野问："韩局长呢？"

九戒说："出去了。"被反绑在板凳上堵住口的憨子拼命挣扎，踢倒了一个小凳子。夏队长连忙按住他，走到门口的小野闻声又转身过来。九戒笑脸相送地对小野说："车间空气不好，请外面休息。"小野回头看了一眼，走出车间，并对九戒说："砖茶出来了，赶快送过来！"九戒笑着点头说："好的，明白。"

小野走了，流水线上，一块块的砖茶压制出来，黑皮、九戒等紧张地装箱。小野走到茶厂车间门口问一个警察："看见韩局长了吗？"警察指着车间说："他去了车间，没有出来。"

小野惊讶问："没有出来？他一个人去的？"警察点头。

小野连忙喊上警察和日本哨兵，他带队冲向车间。九戒推着砖茶箱，走了过来，小野等人从他身边跑过。九戒加快了脚步，他要把砖茶送到茶厂前记者招待会上。

在茶厂前空地上一辆辆汽车鱼贯而入，日本军方代表、武汉政界和商界代表、新闻界代表纷纷下车，走向主席台。冈田、小野、黄天虎等人也下了车，冈田对黄天虎说："黄会长，恭喜呀！夫人呢？怎么没有来？"

黄天虎说:"她今天有手术,走不开。"

冈田"噢"了一声,做了一个请的动作,黄天虎也做了一个请的动作。冈田这时看了看手表,对小野耳语,小野点头,朝厂区走去。冈田邀请黄天虎走到台上,冈田走到扩音器前,开始讲话:"各位!今天请大家到这里来,是想见证一个激动人心的时刻!武汉攻克以后,建设一个新的中国,实现中日亲善的大东亚共荣圈,又进入了新的历史阶段!武汉治安维持会,马上就要宣布成立!现在我宣布:大武汉的维持会长,就是武汉著名的商界领袖,武汉总商会会长,黄天虎先生!黄会长在汉口码头、商界、慈善界享有崇高的威望!他的出任,实在是众望所归!现在,就请黄会长发表讲话!"

冈田的话一落,代表们纷纷鼓掌,黄天虎微笑着走到扩音器前。这时,一个新闻记者走上前,递给黄天虎一个纸条:"黄先生,有人托我给你带个信。"黄天虎接过纸条打开一看,突然笑了,笑得特别开心。

黄天虎把纸条装进口袋后说:"在场的许多朋友都知道,我曾经是汉口码头上的一个苦力,我在码头上扛过米,扛过煤,扛过茶,还扛过很多很多东西。我恨过这个城市,真的!为什么?它老是把我当成乡巴佬!后来我慢慢发现,这大汉口,这汉正街,满街的人,几乎都是乡巴佬!大汉口,就成了五湖四海乡巴佬的家!成了我们自己的家!"台下的记者、代表都听着他讲话。

黄天虎继续演讲:"现在,有人来到中国,来到汉口,要当我们的家了!我们的长江,我们的汉水,我们的城市和码头,好像成为他们下饭的菜,可以随便吃。"

台下,日本军官们脸上变色了,台上冈田变脸厉声提醒黄天虎:"黄先生,你走题了。"

台下顿时议论纷纷,黄天虎说:"好,我就转人正题吧。今天,是一个庆典,我们准备了一点小小的礼品,送给各位,我要说的话,全在这礼品上!"

这时九戒推车过来,发放砖茶,一个记者接过砖茶看,上面的文字是:"中国万岁"!

小野带人冲进车间后,黑皮停了机器,对刘祥云说:"刘局长,快撤!"

刘祥云和夏队长押着憨子从后门走，黑皮来点火，他们还没来得及走，小野带人已经进门了，刘祥云对准小野开枪，小野中枪后倒在地上。

刘祥云和夏队长边后退边还击，憨子趁机突然一头撞倒夏队长，朝车间门口跑去。刘祥云开枪击中了憨子，憨子踉跄着还在跑。夏队长起身，又是一枪，憨子终于倒在地上。

厂内的枪声传到了会场上，会场所有人都呆住了，黄天虎举起砖茶，大声喊："朋友们，兄弟们，武汉是我们中国人的家，武汉人誓死不当亡国奴，中国必胜，中国万岁！"

冈田这时拿起砖茶看了一眼，顿时大怒，掏出枪来对准黄天虎射击，黄天虎中弹，身子摇晃了一下，倒在地上。

这时，台上台下一片混乱，九戒从推车中取出手枪，朝冈田射击，冈田倒在地上。这时大路上，一辆卡车开来，龙哥带码头上的兄弟赶来，朝日军开枪，日军纷纷被打倒在地。

在茶厂车间内，导火索吱吱燃烧，黑皮举枪一边还击一边大喊："快撤！"

刘祥云朝后门跑去，突然他中弹倒下了，黑皮大喊："祥云！"刘祥云要黑皮快走，黑皮扶起他说："我们一起走！"

导火索还在吱吱响着，黑皮背着刘祥云朝厂后门跑，随着轰隆一声巨响，车间爆炸了，大团火光与浓烟飞腾。

当浓烟滚滚时，倒在地上的黄天虎颤抖着手，从沾满鲜血的衣服里取出那张纸条：

蔡雪的笔迹：天虎，我怀孕了。

黄天虎久久地看着纸条，欣慰地笑了，当纸条飘落时，笑容定格在黄天虎脸上。

峡江日出了，一条小船划来，划船的是黑皮，小莲搀扶着挺着肚子的蔡雪，朝远方眺望，在雄浑的长江号子声中，小船越走越远。

后 记

　　人的一生中，有许多的年份是不能忘记的。对于我来说，2011 年命中注定是个难忘的年份。在纪念辛亥革命爆发一百周年的前夕，电视连续剧《汉口码头》顺利地拍完关机了。作为一个系统的文化工程，小说《汉口码头》也如期顺利出版了。按照我和导演钱五一先生的约定，这部以最后的工作台本为基础进行文本转换的小说，我们共同署名。目的只有一个，那就是"纪念"。

　　我和五一是相识三十年的老朋友了。不仅如此，我们还曾经是一个杂志社的同事。那是八十年代的初期，我们在武汉市总工会《主力军》杂志社当编辑。《主力军》的前身是《工人文艺》，我们都是冲着文学梦而走到一起的。五一出身于江南书香门第，那时就是非常有个性的青年作家。后来，我调到文联，他调到电视台，立即因导演电视剧《汉正街》而名声大噪。岁月流逝，白云苍狗，三十年河东三十年河西，但我们始终保持着真诚的朋友情谊。而且，五一不止一次地说过，什么时候我们合作一把，就好了。

　　真诚的愿望总会得到机遇的青睐的。去年春天，五一来找我了。五一想拍一部老汉口的电视剧。五一说，这个电视剧非你莫属，怎么样，你来写吧？我说我好好想想。一周后，我将汉口码头的构思设想讲给五一听，刚刚听完构想，敏锐的五一一拍大腿，说道："成了！"

　　五一对我是了解的。我在码头上长大，他年轻的时候就在长航工作，何尝不是一个"老码头"？因此，《汉口码头》的创作对于我们来说，既是偶然，也是必然。我生在武汉，长在武汉，我的家族的命运，我个人的成长史，都与汉口、汉正街、汉口的码头、租界，与武汉的历史变迁，紧密相连，息息相关。我的祖辈们清末民初从咸宁山区下汉口，进城求学打工，在汉正街经商；我从小就在码头上勤工俭学，拿着纤绳，帮码头工人拉板车。我第一次拉车时，才九岁，就在我们会场对面的码头上，在炎热的夏天，我开始了在码头勤工俭学的生涯。这样一段难忘的生命体验，成为我这辈子丰富的创作源泉。二十多年前，我就在一篇小说中，描写了当时拉车的感觉与体验：

　　　　孩子想起夏日的酷热和骄阳的毒晒。想起滚烫的阳光像滚沸的开水一样铺天盖地漫了过来，淹没了他瘦小的身躯。老人拖着板车，他在前面帮忙拉，那"纤绳"磨破了他稚嫩的肩头，红肿了又青紫了，然而还在磨还在磨。老人驼着背，一件粗布背心被汗水全湿透，粘在干瘦的脊背上，一顶旧草帽像蒸笼盖一样盖着汗涔涔的头，而那蒸汽从草帽的缝隙中一缕一缕地冒了出来。孩子呢光着头光着上身，全身只穿一条短裤。那短裤也被汗水湿透了，紧紧地裹住了小屁股和大腿。毒辣辣的阳光像钢鞭一样肆虐地抽打着他，他的眼里嘴里全是咸涩的汗水，他感到整个世界和这汗水一样咸涩。

　　　　火啊！火啊！他感到自己在通红的炉膛中燃烧，像一颗煤球像一团白火。

　　请原谅我在这里回忆起往事。因为当年的那些粗犷的豪爽的码头工人们绝对想象不到，那个跟在他们身后喊号子唱楚剧抢西瓜抢酒喝的少年，会在今天，将他们的风采，他们的灵魂，写进一部电视剧里。当然，《汉口码头》绝对不仅仅是对汉口码头生活风俗简单的摹写，也绝对不是一部简单的"打码头"的帮会剧。在这部电视剧里，我们想展现给大家的，是当年码头的各种形态：湖北茶乡的"乡码头"，汉水边的"土码头"，长江边的"洋码头"；我们更想揭示和阐述的，是"码头"在中国近代史和现代史中丰富的内涵与外延：那些物化形态的"明码头"，那些转化为社会形态的例如帮会、乡党等组织，甚至转化为文化形态、政治形态乃至封建意识形态的种种"暗码头"，这些都是"码头"立体的不可缺少的注释。至于《汉口码头》，它就是一部武汉城市的发展史，是中国近代史、现代史乃至革命史生动形象的展现。在 19 世纪末中国的"洋务运动"中，当年外来移民人口占 70% 以上的汉口，就是 19 世纪中国的"深圳"；电视剧中主要人物的命运，就是当年农民工进城的命运，当年外资外商与中国现代化进程交织在一起的命运。作为中国的交通枢纽，五口通商的口岸之一，汉口的开放，变革，经济的繁荣，城市的发展，造就了一代汉口商人。他们大多出身草根，来自乡野，在中国现代第一波开放大潮中趁势崛起，在历史的码头与江湖中竞争沉浮。但是，每逢历史转折点，或者事关中华民族之大义，他们中的优秀者，都表现出行侠仗义、诚信仁厚、不畏强权、坚持民族气节的"侠商"品格。是的，山西有"晋商"，安徽有"徽商"，武汉的商人，完全可称为"侠商"。在他们的身上，不仅体现了"开放、包容、侠义、敢为天下先"的"武汉精神"，而且，通过这部电视剧，从一个崭新的独特的角度，揭示出"辛亥革命"为什么会在武汉取得成功的最本质的根源。正如美国学者罗威廉在其研究汉口的专著中指出："对于 19世纪后期的汉口来说，不同寻常的是它的城市地位，以及商人在这些活动中发挥了主导作用。……1911 年，武汉三镇及其他城市里的年轻的中国资产阶级，以异乎寻常的速度站在了支持革命政府的一边。"

因此，作为一个土生土长的从小在码头上长大的武汉作家，我是多么期待有一部电视剧，能够形象生动地再现当年与"大上海"齐名的"大武汉"的风采；多么期待当代的武汉人，我们的后代，能够通过电视屏幕，了解当年大武汉的历史地位，从而激发起武汉人的历史自豪感，为建设一个新的现代化的大武汉而努力奋斗。同时，我更想说的是，《汉口码头》绝对不是一部地域性的电视剧。汉口特殊的历史地位和地理区位，决定了它是属于中国的，也是属于世界的。如同我们第一次通过电视剧介绍当年汉口至俄罗斯乃至欧洲的"茶马古道"，一个承担了世界茶叶贸易 80% 的输送任务的城市，注定是属于世界的。

因此，我为我有幸能够加入电视剧《汉口码头》的创作团队而感到荣幸并感恩。同时，我不能忘记的是，电视剧《汉口码头》的创作，也融会了许多领导与朋友的智慧与心血。特别是五一导演，从去年夏天开始，我们像战士一样顽强战斗，像疯子一样探讨争吵，像孩子一样在深夜的街头高歌，像兄弟一样相互慰藉着前进。作为电视剧《汉口码头》的编剧，我要感谢武汉市委、市政府、市委宣传部、市文联领导的大力支持；感谢市委宣传部朱毅部长、陈汉桥副部长的具体策划与指挥；感谢中央电视台领导和朋友们的支持与厚爱；感谢剧组的演职员朋友们的倾情加盟；感谢在我创作剧本过程中给予我关怀、帮助的领导和朋友们；感谢杨文女士和武汉图书馆给予我创作资料上的大力帮助。此外，我还要感谢武汉大学出版社，感谢张福臣先生、邓元梅女士在此书出版过程中的辛勤劳动；感谢命运与历史使命，让我们有缘相聚，共同见证一个城市文明进程中的辉煌一刻。

　　最后感谢的，是我的家人。倘若没有她们的全力支持，生命之花的突然绽放，几乎是不可能的。

董宏猷

2011 年 8 月 21 日

后 记

　　这个剧本在没有投拍以前，就得到了武汉大学出版社的肯定并即将出版，这无疑是令人欣慰的。但一个纸质的东西不论多么精彩，要转化成视频，也就是说，从平面的转化成立体的，必须通过艰巨的再创造。到如今半年过去了，电视剧《汉口码头》已拍摄完毕，但还在后期制作中，还没有通过观众的检验，三十多集的镜头正静静地躺在硬盘里，等待着音乐，等待着合成。此时我只能引用我在开机仪式上说过的一段话：

　　一切才刚刚开始，如果我现在就扬言这部片子会拍得多好，那等于在吹肥皂泡。

　　不过我已经准备好了，或者说我以为我准备好了。

　　我准备了足够的坚强来面对即将到来的挑战，还想准备一份安静的心态，可静下来很难。

　　我只能说，我的工作将兑现我的承诺。

　　我坚定地相信：有很多人始终在默默地关注我。为了这种关注、这份信任，我不会在乎生命。

　　这个剧本，记录了武汉的一段历史，记录了老武汉人的生存状态，也记录了我和董宏猷近三十年的友谊。

　　在一个个的镜头拍摄中，我和我的演职员无数次下泪，为那些生活在晚清民国年间的平民草根，为他们伟大的人格和生命的光辉。

在此我感谢始终信任我的朱毅先生！

感谢始终为我排忧解难的陈汉桥先生！

感谢为这部戏慷慨解囊的马小援先生！

感谢我多年的老朋友王汉明先生！

感谢始终在默默帮助我的柯大军先生！

感谢周利明先生、陈立忠先生、田冰先生和圣章红女士！

感谢剧组的所有演职员，他们付出了艰辛的代价，尤其是文杰、李立群、刘牧、林伊婷、陈楚翰、王林、李宪、喜红等演职员。

感谢我的一位老师，四年前，当我的一部作品在央视播出时，他深夜打来电话，两个多小时，严厉指出了我创作上的问题并激励我转型，由此我开始重新学习……

如果这个作品能证明我的转型成功，我的家人也许会比我更高兴。

钱五一

2011 年 10 月 2 日于汉口